唐诗学书系之六

唐诗汇评

增订本

三

陈伯海　主编

孙菊园　刘初棠　副主编

书系主编　陈伯海

副主编　朱易安　查清华

上海古籍出版社

第三册篇目表

杜　甫

杜甫(712—770),字子美,自称杜陵布衣、少陵野老。原籍襄阳(今湖北襄樊),自曾祖居巩(今河南巩县)。早年漫游吴越。举进士落第,复游齐赵。天宝三载结识李白,同游梁宋、齐鲁。五载,入长安,应试落第,遂居留长安,进《三大礼赋》,又投诗干谒权贵,十五载,始得授右卫率府胄曹参军。安史叛军陷两京,被俘困长安。至德二载夏,间道奔肃宗行在凤翔,授左拾遗,上疏救房琯。乾元元年,出为华州司功参军。二年弃官经秦州、同谷入蜀,至成都,营草堂寓居。宝应元年蜀乱,流亡梓、阆诸州。广德二年回成都。时严武为剑南西川节度,荐甫为节度参谋、检校工部员外郎。武卒,蜀中乱,离成都经云安至夔州。大历三年正月出峡,经江陵、公安漂泊至湖南,转徙于岳、潭、衡诸州间。五年冬,病卒。在我国古代诗史上,杜甫是"集大成"者,被誉为"诗圣",其诗被誉为"诗史",与李白并称"李杜",对后世影响十分深远。有《杜甫集》六十卷,已佚。大历中,樊晃集其诗编为《小集》六卷,亦佚。北宋王洙重编《杜工部集》二十卷、补遗一卷行世,为后世各种杜集祖本。《全唐诗》编诗十九卷。

【汇评】

唐兴,官学大振,历世之文,能者互出。而又沈、宋之流,研练精切，稳顺声势，谓之为律诗。由是而后，文体之变极焉。然而莫不好古者遗近，务华者去实，效齐梁则不逮于魏晋，工乐府则力屈于五言，律切则骨格不存，闲暇则纤秾莫备。至于子美，盖所谓上薄风骚，下该沈宋，言夺苏李，气吞曹刘，掩颜谢之孤高，杂徐庾之流丽，尽得古今之体势，而兼人人之所独专矣。使仲尼考锻其旨要，尚不知贵其多乎哉！苟以为能所不能，无可无不可，则诗人以来，未有如子美者。时山东人李白，亦以奇文取称，时人谓之"李杜"。余观其壮浪纵恣，摆去拘束，模写物象，及乐府歌诗，诚亦差肩于子美矣；至若辅陈终始，排比声韵，大或千言，次犹数百，辞气豪迈，而风调清深，属对律切，而脱弃凡近，则李尚不能历其藩翰，况堂奥乎！（元稹《唐故检校工部员外郎杜君墓系铭并序》）

杜逢禄山之难，流离陇蜀，毕陈于诗，推见至隐，殆无遗事，故当时号为"诗史"。（《本事诗》）

唐兴，诗人承陈隋风流，浮靡相矜。至宋之问、沈佺期等，研揣声音，浮切不差，而号律诗，竞相沿袭。逮开元间，稍裁以雅正。然恃华者质反，好丽者壮违；人得一概，皆自名所长。至甫，浑涵汪茫，千汇万状，兼古今而有之。他人不足，甫乃厌馀，残膏剩馥，沾丐后人多矣。故元稹谓"诗人以来，未有如子美者"。甫又善陈时事，律切精深，至千言不少衰，世号"诗史"。昌黎韩愈于文章慎许可，至歌诗独推曰："李杜文章在，光芒万丈长。"诚可信云。（《新唐书·杜甫传赞》）

公之诗，支而为六家：孟郊得其气焰，张籍得其简丽，姚合得其清雅，贾岛得其奇僻，杜牧、薛能得其豪健，陆龟蒙得其赡博，皆出公之奇偏尔，尚轩轩然自号一家，嫉世煊俗。后人师拟之不暇，矧合之乎？风骚而下，唐而上，一人而已。是知唐之言诗，公之馀波及尔。（孙仅《读杜工部诗集序》）

古今诗人众矣，而杜子美为首，岂非以其流落饥寒，终身不用，

而一饭未尝忘君也欤?(苏轼《王定国诗集叙》)

子美诗妙处乃在无意于文。夫无意而意已至,非广之以《国风》、《雅》、《颂》,深之以《离骚》、《九歌》,安能咀嚼其意味,闯然入其门耶?故使后生辈自求之,则得之深矣。(黄庭坚《大雅堂记》)

杜子美之于诗,实积众家之长,适其时而已。昔苏武、李陵之诗,长于高妙;曹植、刘公干之诗,长于豪逸;陶潜、阮籍之诗,长于冲淡;谢灵运、鲍照之诗,长于峻洁;徐陵、庾信之诗,长于藻丽。于是杜子美者,穷高妙之格,极豪逸之气,包冲淡之趣,兼峻洁之姿,备藻丽之态,而诸家之作所不及焉。然不集诸家之长,杜氏亦不能独至于斯也,岂非适当其时故耶?……孔子,圣之时者也,孔子之谓"集大成"。呜呼,杜氏、韩氏亦集诗文之大成者欤!(秦观《韩愈论》)

诗欲其好,则不能好矣。王介甫以工,苏子瞻以新,黄鲁直以奇,而子美之诗,奇常、工易、新陈莫不好也。(《后山诗话》)

老杜诗,凡一篇皆工拙相半,古人文章类如此。皆拙固无取,使其皆工,则峭急而无古气,如李贺之流是也。然后世学者,当先学其工者,精神气骨皆在于此。(《潜溪诗眼》)

王介甫只知巧语之为诗,而不知拙语亦诗也;山谷只知奇语之为诗,而不知常语亦诗也。欧阳公诗专以快意为主,苏端明诗专以刻意为工,李义山诗只知有金玉龙凤,杜牧之诗只知有绮罗脂粉,李长吉诗只知有花草蜂蝶,而不知世间一切皆诗也。惟杜子美则不然:在山林则山林,在廊庙则廊庙,遇巧则巧,遇拙则拙,遇奇则奇,遇俗则俗,或放或收,或新或旧,一切物、一切事、一切意,无非诗者,故曰"吟多意有馀",又曰"诗尽人间兴"。诚哉是言!(《岁寒堂诗话》)

子美诗奄有古今。学者能识国风、骚人之旨,然后知子美用意处;识汉魏诗,然后知子美遣词处。(同上)

或问王荆公云：编四家诗，以杜甫为第一，李白为第四，岂白之才格词致不逮甫也？公曰：白之歌诗，豪放飘逸，人固莫及，然其格止于此而已，不知变也。至于甫，则悲欢穷泰，发敛抑扬，疾徐纵横，无施不可。故其诗有平淡简易者，有绵丽精确者，有严重威武若三军之帅者，有奋迅驰骤若泛驾之马者，有淡泊闲静若山谷隐士者，有风流蕴藉若贵介公子者。盖其诗绪密而思深，观者苟不能臻其阃奥，未易识其妙处，夫岂浅近者所能窥哉！此甫所以光掩前人而后来无继也。(《苕溪渔隐丛话》引《遁斋闲览》)

山谷云：老杜作诗，退之作文，无一字无来处。盖后人读书少，故谓韩、杜自作此语耳。(《苕溪渔隐丛话》)

少陵诗宪章汉魏，而取材于六朝。至其自得之妙，则前辈所谓集大成者也。(《沧浪诗话》)

李、杜二公，正不当优劣。太白有一二妙处，子美不能道；子美有一二妙处，太白不能作。子美不能为太白之飘逸，太白不能为子美之沉郁。(同上)

大抵老杜集，成都时诗胜似关辅时，夔州时诗胜似成都时，而湖南时诗又胜似夔州时，一节高一节，愈老愈剥落也。(《瀛奎律髓》)

观杜者不唯见其律，而有见其骚者焉；不唯见其骚，而有见其雅者焉；不唯见其骚与雅也，而有见其史者焉。此杜诗之全也。(杨维桢《李仲虞诗序》)

蜀郡虞集云：杜公之诗，冲远浑厚，上薄风雅，下凌沈、宋，每篇之中有句法章法，截乎不可紊；至于以正为变，以变为正，妙用无方，如行云流水，初无定质，出于精微，夺乎天造，是大难以形器求矣。公之忠愤激切、爱君忧国之心，一系于诗，故常因是而为之说曰：《三百篇》，经也；杜诗，史也。"诗史"之名，指事实耳，不与经对言也；然风雅绝响之后，唯杜公得之，则史而能经也，学工部则无

往而不在也。(《唐诗品汇》)

杜子美诗诸体皆有绝妙者，独绝句本无所解。(《丹铅总录》)

少陵故多变态，其诗有深句，有雄句，有老句，有秀句，有丽句，有险句，有拙句，有累句。后世别为"大家"，特高于盛唐者，以其有深句、雄句、老句也；而终不失为盛唐者，以其有秀句、丽句也。轻浅子弟往往有薄之者，则以其有险句、拙句、累句也，不知其愈险愈老，正是此老独得处，故不足难之；独拙、累之句，我不能为掩瑕。虽然，更千百世无能胜之者何？要曰：无露句耳。(《艺圃撷馀》)

盛唐一味秀丽雄浑。杜则精粗、巨细、巧拙、新陈、险易、浅深、浓淡、肥瘦靡不毕具，参其格调，实与盛唐大别。其能荟萃前人在此，滥觞后世亦在此。且言理近经，叙事兼史，尤诗家绝睹。(《诗薮》)

太白笔力变化，极于歌行；少陵笔力变化，极于近体。李变化在调与词，杜变化在意与格。然歌行无常镬，易于错综；近体有定规，难于伸缩。调词超逸，骤如骇耳，索之易穷；意格精深，始若无奇，绎之难尽；此其稍不同者也。(同上)

大概杜有三难：极盛难继，首创难工，遭衰难挽。子建以至太白，诗家能事都尽，杜后起，集其大成，一也；排律近体，前人未备，伐山道源，为百世师，二也；开元既往，大历既兴，砥柱其间，唐以复振，三也。(同上)

杜子美之胜人者有二：思人所不能思，道人所不敢道，以意胜也；数百言不觉其繁，三数语不觉其简，所谓"御众如御寡"、"擒贼必擒王"，以力胜也。五七古诗，雄视一世，奇正雅俗，称题而出，各尽所长，是谓武库。五七律诗，他人每以情景相和而成，本色不足者往往景饶情乏，子美直摅本怀，借景入情，点熔成相，最为老手，然多径意一往，潦倒太甚，色泽未工，大都雄于古者每不屑屑于律故。故用材实难，古人小物必勤，良有以也。(《唐诗镜》)

昔人云诗至子美集大成，不为四言，不用乐府旧题，虽唐调时露，而能得风雅遗意。七言歌行扩汉魏而大之，沉郁瑰琦，巨丽超逸；五言律体裁明密，规模宏远，比耦精严，音节调畅；七言律称是。至于长律，阖辟驰骤，变化错综，未可端倪，冠绝古今矣。（李维桢《雷起部诗选序》）

少陵七律与诸家异者有五：篇制多，一也；一题数首不尽，二也；好作拗体，三也；诗料无所不入，四也；好自标榜，即以诗入诗，五也。此皆诸家所无，其他作法之变，更难尽数。（《唐音癸签》）

或问：子美五七言律较盛唐诸公何如？曰：盛唐诸公唯在兴趣，故体多浑圆，语多活泼；若子美则以意为主，以独造为宗，故体多严整，语多沉着耳。此各自为胜，未可以优劣论也。（《诗源辩体》）

宋明以来，诗人学杜子美者多矣。予谓退之得杜神，子瞻得杜气，鲁直得杜意，献吉得杜体，郑继之得杜骨。它如李义山、陈无己、陆务观、袁海叟辈，又其次也；陈简斋最下。（《池北偶谈》）

自元微之作序铭，盛称其所作，谓"自诗人以来，未有如子美者"。故王介甫选四家诗，独以杜居第一。秦少游则推为孔子大成，郑尚明则推为周公制作，黄鲁直则推为诗中之史，罗景纶则推为诗中之经，杨诚斋则推为诗中之圣，王元美则推为诗中之神，诸家无不崇奉师法。宋惟杨大年不服杜，诋为村夫子，亦其所见者浅。至嘉隆间，突有王慎中、郑继之、郭子章诸人，严驳杜诗，几令身无完肤，真少陵蟊贼也。杨用修则抑扬参半，亦非深知少陵者。（《杜诗详注凡例》）

诗有以涩为妙者，少陵诗中有此味，宜进此一解。涩对滑看，如碾玉为山，终不如天然英石之妙。（《岘斋诗谈》）

五言排律，当以少陵为法，有层次，有转接，有渡脉，有闪落收缴，又妙在一气。（同上）

古之人，如杜子美之雄浑博大，其在山林与朝廷无以异，其在乐土与兵戈险厄无以异，所不同者山川风土之变，而不改者忠厚直谅之志。志定，则气浩然，则骨挺然，孟子所谓"至大至刚塞乎天地"者，实有其物，而光怪熊熊，自然溢发。少陵独步千古，岂骚人香草，高士清操而已哉！（同上）

少陵五言长篇，意本连属，而学问博，力量大，转接无痕，莫测端倪，转似不连属者，千古以来，让渠独步。（《唐诗别裁》）

少陵七言古如建章之宫，千门万户；如巨鹿之战，诸侯皆从壁上观，膝行而前，不敢仰视；如大海之水，长风鼓浪，扬泥沙而舞怪物，灵蠢毕集。别于盛唐诸家，独称大家。（《唐诗别裁》）

杜诗近体，气局阔大，使事典切，而人所不可及处，尤在错综任意，寓变化于严整之中，斯足以凌轹千古。（同上）

五古前人多以质厚清远胜，少陵出而沉郁顿挫，每多大篇，遂为诗道中另辟一门径。无一蹈袭汉魏，正深得其神理。（《杜诗镜铨》）

少陵绝句，直抒胸臆，自是大家气度，然以为正声则未也。宋人不善学之，往往流于粗率。（同上）

少陵之真本领……仍在少陵诗中"语不惊人死不休"一句。盖其思力沉厚，他人不过说到七八分者，少陵必说到十分，甚至有十二三分者。其笔力之豪劲，又足以副其才思之所至，故深人无浅语。（《瓯北诗话》）

杜工部五言诗，尽有古今文字之体。前后《出塞》、"三别"、"三吏"，固为诗中绝调，汉魏乐府之遗音矣。他若《上韦左丞》，书体也；《留花门》，论体也；《北征》，赋体也；《送从弟亚》，序体也；《铁堂》、《青阳峡》以下诸诗，记体也；《遭田父泥饮》，颂体也；《义鹘》、《病柏》，说体也；《织成褥段》，箴体也；《八哀》，碑状体也；《送王砯》，纪传体也。可谓牢笼众有，挥斥百家。（《读雪山房唐诗序

例》）

少陵七律，无才不有，无法不备。义山学之，得其浓厚；东坡学之，得其流转；山谷学之，得其奥峭；遗山学之，得其苍郁；明七子学之，佳者得其高亮雄奇，劣者得其空廓。（《岘傭说诗》）

情芳意古，蕴藉宏深，本《小雅》怨诽之音，撰建安疏宕之骨，简蓄不逮古人，沉厉过之。七言骨重气苍，意研律细，诸家评论，以此赅焉。（《三唐诗品》）

五言长律，作者颇夥，然不能以颢气驱迈，健笔抟捖，则与四韵无大异，不过衍为长篇而已。杜老五言长律，开阖跌荡，纵横变化，远非他家所及。……七言长律，最为难工，作者亦少，虽老杜为之，亦不能如五言之神化，他家无论也。（《唐宋诗举要》）

奉赠韦左丞丈二十二韵

纨袴不饿死，儒冠多误身。

丈人试静听，贱子请具陈。

甫昔少年日，早充观国宾。

读书破万卷，下笔如有神。

赋料扬雄敌，诗看子建亲。

李邕求识面，王翰愿卜邻。

自谓颇挺出，立登要路津。

致君尧舜上，再使风俗淳。

此意竟萧条，行歌非隐沦。

骑驴三十载，旅食京华春。

朝扣富儿门，暮随肥马尘。

残杯与冷炙，到处潜悲辛。

主上顷见征，欻然欲求伸。

青冥却垂翅，蹭蹬无纵鳞。

甚愧丈人厚，甚知丈人真。

每于百僚上，猥诵佳句新。

窃效贡公喜，难甘原宪贫。

焉能心怏怏，只是走踆踆。

今欲东入海，即将西去秦。

尚怜终南山，回首清渭滨。

常拟报一饭，况怀辞大臣。

白鸥没浩荡，万里谁能驯？

【汇评】

《东坡志林》：杜子美云"白鸥没浩荡，万里谁能驯"，盖灭没于烟波间耳。而宋敏求谓余云：鸥不解"没"，改作"波"字。……便觉一篇神气索然也。

《野客丛书》：仆谓善为诗者，但形容浑涵气象，初不露圭角。玩味"白鸥波浩荡"之语，有以见沧浪不尽之意；且沧浪之中，见一白鸥，其浩荡之意可想，又何待言其出没邪？改此一字（按指改"波"为"没"），反觉意局。

《优古堂诗话》：杜《赠骥子》诗："熟精《文选》理"，则其所取，亦自有本矣。如《赠韦左丞》诗，皆仿鲍明远《东武吟》："主人且勿喧，贱子歌一言。"然古《咏香炉》诗："四座且勿喧，愿听歌一言。"

《潜溪诗眼》：山谷言：文章必谨布置……如杜子美赠韦见素诗云："纨袴不饿死，儒冠多误身。"此一篇立意也，故使人静听而具陈之耳；自"甫昔少年日"至"再使风俗淳"，皆儒冠事业也；自"此意竟萧条"至"蹭蹬无纵鳞"，言误身如此也，则意举而文备。……然宰相职在荐贤，不当徒爱人而已，士故不能无望，故曰"窃效贡公喜，难甘原宪贫"；果不能荐贤则去之可也，故曰"焉能心怏怏，只是走踆踆"，又将入海而去秦也；然其去也，必有迟迟不忍之意，故曰

"尚怜终南山,回首清渭滨";则所知不可以不别,故曰"常拟报一饭,况怀辞大臣"。夫如是可以相忘于江湖之外,虽见素亦不得而见矣,故曰:"白鸥没浩荡,万里谁能驯。"终焉。此诗前贤录为压卷,盖布置最得正体,如官府甲第厅堂房屋,各有定处,不可乱也。　　诗有一篇命意,有句中命意。如老杜上韦见素诗,布置如此,是一篇命意也。至其道迟迟不忍去之意,则曰"尚怜终南山,回首清渭滨";其道欲与见素别,则曰"常拟报一饭,况怀辞大臣",此句中命意也。盖如此然后顿挫高雅。

《后村诗话》:《与韦左丞》五言二篇,当以古风为胜。

《对床夜语》:老杜云:"读书破万卷,下笔如有神。"读书而至破万卷,则抑扬上下,何施不可;非谓以万卷之书为诗也。

《唐诗援》:宗子发曰:起二句潦倒悲愤,得此振起,以下二百言纵笔恣意,真有建瓴之势。

《唐诗归》:钟云:胆到,识到,力到,直直吐出,觉谦让者反琐甚,伪甚("甫昔"四句下)。　　谭云:好大本事!不作诳语("致君"二句下)。　　钟云:五字堪哭!堪笑("暮随"句下)!　　谭云:英雄低首心肠("残杯"二句下)。　　钟云:自"致君尧舜上"至此十句内,妙在说得屈伸悬绝之极。又云:李杜同负才名,同居乱世,李调羹赐锦不以为荣,杜冷炙残杯不以为辱,高人慢世,胸中各有所主("残杯"二句下)。　　钟云:好前辈!今人不肯("每于"二句下)。　　钟云:六句慢调("窃效"六句下)。

《唐诗选脉会通评林》:刘辰翁曰:肮脏悲愤具见起语。周敬曰:此诗见公之抱负,而浩然之气,终不可回。　　唐汝询曰:此杜壮年作,犹露鲍、谢蹊径。起便感激,豪气自在。　　周珽曰:句句转,字字快,烹炼极化,通体皆灵。

《杜臆》:前诗犹有颂丞语,此诗全篇陈情,诗题曰"赠",似误。此篇非排律,亦非古风,直抒胸臆,如写尺牍;而纵横转折,感愤悲壮,缱绻踌躇,曲尽其妙。……末段愤激语,纡回婉转,无限深情。

《唐诗快》:英雄失路,满腹牢骚,虽有丈人,其如之何?肮脏悲愤,出口便见(开头二句下)。 连用四人名,而两古两今,殊为奇肆("赋料"四句下)。 此自道素志耳,非大言也("致君"二句下)。 句法古甚("甚愧"二句下)。

《杜工部诗说》:"骑驴"六句,极言困厄之状,略不自讳,隐然见抱负如彼,而厄穷乃如此,俗眼无一知己矣。

《杜诗详注》:诗到尾梢,他人几于力竭,公独滔滔滚滚,意思不穷,正所谓"篇终接混茫"也。然须玩其转折层次,不可增减,非汗漫敷陈者比。 董养性曰:篇中皆陈情告诉之语,而无干望请谒之私,词气磊落,傲睨宇宙,可见公虽困踬之中,英锋俊采,未尝少挫也。

《义门读书记》:观唐代赠送之诗,惟老杜篇篇意思深长。此篇发端二语,气象褊迫,早年诗如此。此诗兼带齐梁气调。

《唐宋诗醇》:杜之五古,从古人变化而出,独辟境界。严羽谓其"宪章汉魏,取材六朝。其自得之妙,则先辈所谓集大成者",王世贞谓其"以意为主,以独造为宗,以奇拔沉雄为贵",是已。此篇起语兀傲;"甚愧丈人厚"二句叠语归题,别有风神;一结旷达,收转前半,意在言外,所谓"篇终接混茫"也。故前人多取为压卷。

《唐诗别裁》:抱负如此,终遭阻抑。然其去也,无怨怼之词,有"迟迟我行"之意,可谓温柔敦厚矣。

《读杜心解》:此应诏退下后,将归东都时作也。……起四句,愤激而有古趣。既以自提,兼提韦丈,开手老到。"甫昔"一段叙杜心也。志大言大,尤妙在"自谓"四句,横空盘郁。"此意"一段,慨失职也。而前八泛述,后四人事,关目清晰。"甚愧"至末,乃赠韦本旨,接法古朴而陡健。一结高绝,昌黎不及。

《十八家诗钞评点》:张云:"读书"二语沉雄。杜语专以沉雄擅长,然此二语,乃自道所得,乃其所以沉雄之由也。

《杜诗镜铨》：邵云：突兀二语,一肚皮牢骚愤激,信口冲出(首句下)。　　一篇之主("儒冠"句下)。　　乐府调,开出全篇("丈人"二句下)。

《唐宋诗举要》：吴曰：局势甚大,故以淡笔开拓("丈人"二句下)。　　吴曰：反跌下文有神力,四句一气读("自谓"四句下)。　　吴曰：转笔隽快("此意"句下)。　　刘曰：入得磊落。吴曰：接笔奇矗("甚愧"句下)。　　吴曰：二语中截断多少语,所谓呜咽之音也("焉能"二句下)。　　吴曰：此下雄奇万变,苍莽无端,不可一世矣("今欲"句下)。　　吴曰：兜转万钧神力("即将"二句下)。　　吴曰：收束尤超恣奇横,神变不测("白鸥"二句下)。

送高三十五书记

崆峒小麦熟,且愿休王师。
请公问主将,焉用穷荒为?
饥鹰未饱肉,侧翅随人飞。
高生跨鞍马,有似幽并儿。
脱身簿尉中,始与捶楚辞。
借问今何官,触热向武威。
答云一书记,所愧国士知。
人实不易知,更须慎其仪。
十年出幕府,自可持旌麾。
此行既特达,足以慰所思。
男儿功名遂,亦在老大时。
常恨结欢浅,各在天一涯。
又如参与商,惨惨中肠悲。

惊风吹鸿鹄，不得相追随。

黄尘翳沙漠，念子何当归。

边城有馀力，早寄从军诗。

【汇评】

《唐诗镜》：肝胆批露，语气壮往有馀。

《杜臆》：起四句云："愿休王师"，"焉用穷荒"，才是正论。故知前首（按指《投赠哥舒开府翰》）赞翰非由衷语也。"主将"即翰也。高系相知，故送别诗悃款周悉，用情特至。

《义门读书记》：无穷转变起伏。……"何当时"、"有馀力"应"休王师"无迹（"念子"二句下）。

《杜诗详注》：天宝之乱，由当时黩武所致，公已先见其兆矣。高为书记，军事皆得参谋，故以休兵息民告之。《赠哥舒翰》诗先从朝庭发端，《寄高书记》诗先从主将发端，起局正大。 末结送别之意。方聚而散，故恨"结欢"之浅，别难复聚，又有"参商"之感。"惊风"二句，已不得往；"黄尘"二句，高不能来，故嘱其寄诗以相慰。"从军诗"，仍应记室交情。

《读杜心解》：送高人哥舒幕也。送幕客而带及主将，入手得体。且设为商榷之词，以讽穷兵之失，其味油然而长。"饥鹰"以下，入高书记。哀其志，叙其行，戒其慎周旋，祝其大建树，凡四层。末段十句，见送之之情。……通首看来，时事忧危之情，朋友规切之谊，临歧颂祷赠处执别之忱，蔼然具见于此诗。

《唐宋诗醇》：送书记，却从主将发端，设为商略，以讽穷兵之非，立言有体；中陈规戒，末致缠绵，词意并到。

《杜诗镜铨》：蒋云：惯截取中幅语作起句，最见突兀。 先作一比（"饥鹰"句下）。 张云：写高从戎装束，似赞似嘲（"高生"二句下）。 问答亦本乐府体（"借问"二句下）。 观诗直有家人骨肉之爱，公于同时诸诗人，无不惓惓如此。

赠李白

二年客东都，所历厌机巧。
野人对膻腥，蔬食常不饱。
岂无青精饭，使我颜色好？
苦乏大药资，山林迹如扫。
李侯金闺彦，脱身事幽讨。
亦有梁宋游，方期拾瑶草。

【汇评】

《后村诗话》：《赠李白》云："岂无青精饭，使我颜色好……"公与岑参、高适诗，皆人情世法。与谪仙倡和，皆世外一种说话。

《杜臆》："亦有"、"方期"，语不虚下。

《杜诗解》：唐人诗，多以四句为一解，故虽律诗，亦必作二解。若长篇，则或至作数十解。夫人未有解数不识而尚能为诗者也。如此篇第一解，曲尽东都丑态；第二解，姑作解释；第三解，决劝其行。分作三解，文字便有起有转，有承有结。十二句诗，凡十句自说，只二句说李侯者，不欲以东都丑语，唐突李侯也。李侯诗，每好用神仙字，先生亦即以神仙字成诗。

《初白庵诗评》：似摹李格而作。

《杜诗镜铨》：张云："机巧"二字，说尽世情可厌（"所历"句下）。　　李云：雅调亦近太白。　　太白好学仙，故赠诗亦作出世语；却前八句俱说自己，后方转入李侯，可悟宾主、虚实之法。

《读杜心解》：太白栖神世外，自相遇后，即有齐州受箓、王屋访隐之事。其地皆于梁、宋为近。所谓"梁宋游"者，必邂逅盟心之语。公述其语为赠，则李是主，身是宾也。今乃先云自"厌""腥膻"，将托迹神仙，而后言李亦有"脱身幽讨"之志。自叙反详，叙李反略,则似翻宾作主,翻主作宾矣,不知其自叙处多用"青精"、"大药"等语,正为太白作引。落到"李侯",只消一两言双绾,而上八句之烟云,都成后四句之烘托。

游龙门奉先寺

已从招提游,更宿招提境。
阴壑生虚籁,月林散清影。
天阙象纬逼,云卧衣裳冷。
欲觉闻晨钟,令人发深省。

【汇评】

《庚溪诗话》:此诗"天阙",指龙门也。后人为其属对不切,改为"天关",王介甫改为"天阅",蔡兴宗又谓世传古本作"天窥"……以余观之,皆臆说也。且"天阙象纬逼,云卧衣裳冷",乃此寺中即事耳。以彼天阙之高,则势逼象纬;以我云卧之幽,则冷侵衣裳,语自混成,何必屑屑较琐碎失大体哉?

《珊瑚钩诗话》:"天阙象纬逼,云卧衣裳冷。"余曰:星河垂地,空翠湿衣。"欲觉闻晨钟,令人发深省。"余曰:钟磬清心,欲生缘觉。

《批点唐诗正声》:中二联雄特,缜密俱到。

《唐诗分类绳尺》:此等景象,亦是太白劲敌。

《唐诗归》:钟云:"天阙"句不必解,自是奇句("天阙"句下)。　　钟云:"令人发深省",静慧人实有此境,胸中无"深省"二字,不可入山水禅林间("令人"句下)。　　钟云:此诗非结语,便不必收,俗人反赏前六句。

《唐诗选脉会通评林》:刘辰翁曰:"卧"字可虚可实。　　周甸曰:次二语,言风声月影皆佳致。末二句,佛境幽而平且清朗。

闻钟警发，含蓄有深意，谓烦恼可除也。

《杜臆》：此诗景趣泠然，不用禅语而得禅理，故妙。初嫌起语浅率，细阅不然。……盖人在尘溷中，性真汩没，一游招提，谢去尘氛，托足净土，情趣自别。而更宿其境，听灵籁，对月林，则耳目清旷；逼帝座，卧云床，则神魂兢凛。梦将觉而触发于钟声，故道心之微，忽然豁露，遂发深省，正与日夜息而旦气清，剥复禅而天心见者同。　　钟伯敬云："此诗妙在结，前六句不称。"无前六句，安得有此结乎？"天阙"、"云卧"不偶，故有"天阅"、"天窥"之谬论；刘云："'卧'字可虚可实。"极是。

《杜诗解》：题是《游龙门奉先寺》，及读其诗起二句，却云"已从招提游，更宿招提境"，"已"字、"更"字，是结过上文、再起下文之法。……盖此篇乃先生教人作诗不得轻易下笔也！即如是日于正游时若欲信心便作，岂便无诗一首？然而"阴壑""月林"之境必不及矣！……先生是以徘徊不去，务尽其理。题中自标"游"字，诗必成于宿后。如是，便将浅人游山一切皮语、熟语、村语，掀剥略尽，然后另出手眼，成此新裁。杜诗为千古绝唱，洵不诬矣。

《唐风怀》：妙在字字工切，即是仄韵，不妨入律。

《唐诗解》：此言龙门景物种种超凡，是以闻钟而有悟也。

《唐诗快》：读至末二句，虽不闻晨钟而如闻晨钟，不游招提而如游招提矣。

《姜斋诗话》："天阙象纬逼，云卧衣裳冷。"尽人解一"卧"字不得，只作人卧云中，故于"阙"字生许多胡猜乱度。此等下字法，乃子美早年未醇处，从阴铿，何逊来，向后脱卸乃尽，岂黄鲁直所知耶？

《义门读书记》：用两层叠注，逼出末句，有力。

《杜诗详注》：张綖注：三、四状风月之佳，五、六见高寒之极。闻钟发省，乃境旷心清，倏然则有所惊悟欤！

《春酒堂诗话》："天阙象纬逼，云卧衣裳冷。""阙"字或作"阔"，或作"阅"，或作"窥"，四字之中，毕竟"阙"字近理，正不必以不称"卧"字为嫌。

《绳斋诗谈》：《游龙门奉先寺》，此齐梁人古诗略带骈语者。以为仄韵律者，非也。

《唐宋诗醇》：气体高妙。"天阙象纬逼"五字浑成，若改作"窥"字、"阅"字，索然无味矣。　　张溍曰：通首皆言夜景，首句点明昼间游览，自不可少。

《杜诗镜铨》：李子德云：气体高妙，澹然自足。　　杨慎曰："天窥"、"云卧"乃倒字法：窥天则星辰垂地，卧云则空翠湿衣，见山寺高寒，殊于人境也。《庚溪诗话》引韦述《东都记》，谓"天阙"即指龙门，究于对属未称。

《读杜心解》：题曰游寺，实则宿寺诗也。"游"字只首句了之，次句便点清"宿"字，以下皆承次句说。中四，写夜宿所得之景，虚白高寒，尘府已为之一洗。结到"闻钟"、"发省"，知一宵清境，为灵明之助者多矣。"欲觉"正与"更宿"呼应。

望　岳

岱宗夫如何？齐鲁青未了。
造化钟神秀，阴阳割昏晓。
荡胸生层云，决眦入归鸟。
会当凌绝顶，一览众山小。

【汇评】

《潜溪诗眼》：《望岳》诗云"齐鲁青未了"，《洞庭》诗云"吴楚东南坼，乾坤日夜浮"。语既高妙有力，而言东岳与洞庭之大，无过于此。后来文士极力道之，终有限量，益知其不可及。《望岳》第二句如此，故先云"岱宗夫如何"……无第二句，而云"岱宗夫如何"，虽曰乱道可也。

《唐诗品汇》：范云：起句之超然者也。

《画禅室随笔》：顷见岱宗诗赋六本，读之既尽，为区检讨用孺言曰："总不如一句。"检讨请之。曰："齐鲁青未了。"

《唐诗归》：钟云：三字得"望"之神（首句下）。　　谭云：险奥（"荡胸"二句下）。　　钟云：定用望岳语景作结，便弱便浅（末句下）。　　钟云：此诗妙在起，后六句不称。　　又云：如此结，自难乎其称，又当设身为作者想之。

《唐诗选脉会通评林》：刘辰翁曰："齐鲁青未了"五字雄盖一世。"青未了"语好，"夫如何"跌荡，非凑句也。"荡胸"语，不必可解，登高意豁，自见其趣；对下句苦。　　郭濬曰：他人游泰山记，千言不了，被老杜数语说尽。　　周珽曰：只言片语，说得泰岳色气凛然，为万古开天名作。句字皆能泣鬼磷而裂鬼胆。

《杜臆》："齐鲁青未了"、"荡胸生云"、"决眦入鸟"，皆望见岱岳之高大，揣摹想象而得之，故首用"夫如何"，正想象光景，三字直管到"入归鸟"，此诗中大开合也。……集中《望岳》诗三见，独此辞愈少，力愈大，直与泰岱争衡。诗垂近千年，未有赏识者。余初亦嫌"荡胸"一联为累句，今始知其奇。钟伯敬乃谓："此诗妙在起，后六句不称。"犹然俗人之见也。又谓："定用望岳语作结，便弱便浅。"请问将用何语作结耶？

《杜诗解》："岳"字已难着语，"望"字何处下笔？试想先生当日有题无诗时，何等惨淡经营！一字未落，却已使读者胸中、眼中隐隐隆隆具有"岳"字、"望"字。盖此题非此三字（按指"夫如何"）亦起不得；而此三字非此题，亦用不着也。……此起二语，皆神助之句（首句下）。　　凡历二国，尚不尽其青，写"岳"奇绝，写"望"又奇绝。　　五字何曾一字是"岳"？何曾一字是"望"？而五字天造地设,恰是"望岳"二字("齐鲁"句下)。　二句写"岳"。"岳"是造化间气所特钟,先生望"岳",直算到未有岳以前,想见其胸中咄咄!"割昏晓"者,犹《史记》云:"日月所相隐辟为光明"也。一句写其从地发来,一句写其到天始尽,只十字写"岳"遂尽("造化"二句下)。　翻"望"字为"凌"字已奇,乃至翻"岳"字为"众山"字,益奇也。如此作结,真有力如虎(末二句下)。

《唐诗快》:只此五字,可以小天下矣,何小儒存乎见少也(首二句下)。　"割"字奇("阴阳"句下)。　"入"字又奇,然"割"字人尚能用,"入"字人不能用("决眦"句下)。

《古欢堂集杂著》:余问聪山:老杜《望岳》诗"夫如何"、"青未了"六字,毕竟作何解?曰:子美一生,唯中年诸诗静练有神,晚则颓放。此乃少时有意造奇,非其至者。

《杜诗详注》:诗用四层写意:首联远望之色,次联近望之势,三联细望之景,末联极望之情。上六实叙,下二虚摹。　少陵以前,题咏泰山者,有谢灵运、李白之诗。谢诗八句,上半古秀,而下却平浅;李诗有六章,中有佳句,而意多重复。此诗遒劲峭刻,可以俯视二家矣。　《龙门》及此章,格似五律,但句中平仄未谐,盖古诗之对偶者。而其气骨峥嵘,体势雄浑,能直驾齐梁之上。卢世㴼曰:公初登东岳,似稍紧窄,然而旷甚。后望南岳,似稍错杂,然而肃甚。固不必登峰造极,而两岳真形已落其眼底。

《诗学纂闻》:起轻佻失体。

《唐诗别裁》:"齐鲁青未了"五字,已尽太山。

《读杜心解》:公望岳诗凡三首,此望东岳也。越境连绵,苍峰不断,写岳势只"青未了"三字,胜人千百矣。"钟神秀",在岳势前推出;"割昏晓",就岳势上显出。"荡胸"、"决眦",明逗"望"字。末联则以将来之凌眺,剔现在之遥观,是透过一层收也。……杜子心胸气魄,于斯可观。取为压卷,屹然作镇。

《杜诗镜铨》：刘须溪云："荡胸"句不必可解，登高意豁，自见其趣。　　"割"字奇险（"阴阳"句下）。

《老生常谈》：予尝谓：读《北征》诗与荆公《上仁宗书》，唐宋有大文章，后人敛衽低首，推让不遑，不敢复言文字矣。此言出，人必谓震其长篇大作耳。不知"齐鲁青未了"才五字，《读孟尝君传》才数行，后人越发不能。古人手段，纵则长河落天，收则灵珠在握，神龙九霄，不得以大小论。

《岘佣说诗》：《望岳》一题，若入他人手，不知作多少语，少陵只以四韵了之，弥见简劲。"齐鲁青未了"五字，囊括数千里，可谓雄阔。

《唐宋诗举要》：吴北江曰：此十字气象旁魄，与岱宗相称（"造化"二句下）。　　吴曰：奇情写望岳之神（"荡胸"二句下）。　　吴曰：抱负不凡。　　邵子湘曰：语语奇警（末二句下）。

玄都坛歌寄元逸人

故人昔隐东蒙峰，已佩含景苍精龙。
故人今居子午谷，独在阴崖结茅屋。
屋前太古玄都坛，青石漠漠常风寒。
子规夜啼山竹裂，王母昼下云旗翻。
知君此计成长往，芝草琅玕日应长。
铁锁高垂不可攀，致身福地何萧爽。

【汇评】

《唐诗选脉会通评林》：唐元常评通首为锻炼而少韵。孝先则曰：韵度未曾乏，语甚不化；要是子美少年笔。此固自有定论。

《义门读书记》：开长吉。　　"青石漠漠常风寒"，萧爽。

《杜诗详注》：申涵光曰："子规夜啼山竹裂，王母昼下云旗翻"，二语大类长吉，见此老无所不有也。

《纽斋诗谈》："子规夜啼山竹裂，王母昼下云旗翻"，虚景实写，此得之《离骚》。

《唐宋诗醇》："青石漠漠常风寒"与"烈风无时休"同一景象。"子规"二语，评者以为大类长吉。然贺虽险奥，故不能如此奇健。

《读杜心解》：歌体之整饬精丽者。前四，志履历；中四，写坛景；后四，羡高隐。

《杜诗镜铨》：李云：高格微言，咀咏不尽。

贫交行

翻手作云覆手雨，纷纷轻薄何须数！
君不见管鲍贫时交，此道今人弃如土。

【汇评】

《唐诗品汇》：刘须溪曰：只从俗谚，略证古意。

《唐诗选脉会通评林》：蒋一梅曰：语不多而意到。　　陆时雍曰："君不见管（鲍）贫时交"一语已足。

《杜诗详注》：朱鹤龄云：此必公献赋后，久寓京华，故人莫有念之者，故有此作。

《唐宋诗醇》：朱鹤龄曰：太白云"前门长揖后门关"，公诗云"当面输心背面笑"，与此同慨。

《读杜心解》：诗如谣，乐府体也。只起一语，尽千古世态。

《杜诗镜铨》：一语说得尽（"翻手作云"句下）。　　王右仲云：作"行"止此四句，语短而恨长，亦唐人所绝少者。

兵车行

车辚辚，马萧萧，行人弓箭各在腰。

耶娘妻子走相送，尘埃不见咸阳桥。

牵衣顿足拦道哭，哭声直上干云霄。

道傍过者问行人，行人但云点行频。

或从十五北防河，便至四十西营田。

去时里正与裹头，归来头白还戍边。

边亭流血成海水，武皇开边意未已。

君不闻汉家山东二百州，千村万落生荆杞。

纵有健妇把锄犁，禾生陇亩无东西。

况复秦兵耐苦战，被驱不异犬与鸡。

长者虽有问，役夫敢申恨？

且如今年冬，未休关西卒。

县官急索租，租税从何出？

信知生男恶，反是生女好。

生女犹是嫁比邻，生男埋没随百草。

君不见青海头，古来白骨无人收。

新鬼烦冤旧鬼哭，天阴雨湿声啾啾。

【汇评】

《蔡宽夫诗话》：齐梁以来，文士喜为乐府辞，然沿袭之久，往往失其命题本意。……虽李白亦不免此。惟老杜《兵车行》、《悲青坂》、《无家别》等数篇，皆因事自出己意，立题略不更蹈前人陈迹，真豪杰也。

《碧溪诗话》：杜集多用经书语，如"车辚辚，马萧萧"，未尝外入一字……皆浑然严重，如天陛赤墀，植璧鸣玉，法度森锵。

《吴礼部诗话》："长者虽有问，役夫敢伸恨。"寻常读之，不过以为漫语而已。更事之馀，始知此语之信。……"虽"字、"敢"字，曲尽事情。

《诗薮》：杜《兵车》、《丽人》、《王孙》等篇，正祖汉魏，行以唐调耳。

《杜臆》：此诗已经物色，其尤妙在转韵处磊落顿挫，曲折条畅。

《唐诗选脉会通评林》：吴山民曰：首段作乐府语，不嫌直率。"且如今冬"二句，应"开边未已"来；"县官急索"二句，应"村落生荆杞"来。　　周珽曰：以开边之心未已，致令人鬼哭不得了。闻者有不痛心乎？写至此，应胸有鬼神，笔有风雨。　　陆时雍曰：起结最是古意。

《汇编唐诗十集》：吴逸一云：语杂歌谣，最易感人，愈浅愈切。

《初白庵诗评》：俞犀月先生云：声调自古乐府来，笔法古峭，质而有文。从行人口中说出，是风人遗格。

《义门读书记》：曲折穿漏不直，亦有宾主。借"秦人"口中带出，以所见者包举所不及见者也（"况复秦兵"二句下）。　　篇中逐层相接，累累珠贯，弊中国以徼边功，农桑废而赋敛益急，不待禄山作逆，山东已有土崩之势矣。况畿辅根本亦空虚如是，一朝有事，谁与守耶？借汉喻唐，借山东以切关西，尤得体。

《绳斋诗谈》：句有长短，一团气力。"长者虽有问"数句作缓语，一间急势。末用惨急调，收得陡。

《杜诗详注》：此章是一头两脚体，下面两扇，各有起结，各换四韵，各十四句，条理秩然，而善于曲折变化，故从来读者不觉耳。　　周甸曰：少陵值唐运中衰，其音响节奏，骎骎乎变风变雅，与《骚》同功。唐非无诗，求能仰窥圣作神益世教如少陵者，鲜矣。

《唐诗别裁》：诗为明皇用兵吐蕃而作，设为问答，声音节奏，纯从古乐府得来。　　以人哭始，以鬼哭终，照应在有意无意。

《唐宋诗醇》：此体创自老杜，讽刺时事而记为征夫问答之词。言之者无罪，闻之者足以为戒，《小雅》遗音也。篇首写得行色匆匆，笔势汹涌，如风潮骤至，不可逼视。以下接出点行之频，指出开边之非,然后正说时事,末以惨语结之。词意沉郁,音节悲壮,此天地商声,不可强为者也。

《读杜心解》:是为乐府创体,实乃乐府正宗。

《杜诗镜铨》:邵云:是唐诗史,亦古乐府。　　通篇设为役夫问答之词,乃风人遗格。　　叙起一片惨景,笔势如风潮骤涌,不可迫视("车辚辚"四句下)。　　蒋云:三字一吞声,小顿下再说起("行人但云"句下)。　　一篇微旨("武皇开边"句下)。　　善作反衬("纵有健妇"句下)。　　又作一折("长者虽有问"句下)。　　痛绝语("生女犹得"二句下)。

《养一斋李杜诗话》:若《桃竹杖引》,特一时兴到语耳,非其至也。必求其至,《兵车行》为杜集乐府首篇,具长短音节,拍拍入神,在《桃竹杖引》之上。

《岘佣说诗》:"行人但云点行频"、"去时里正与裹头"、"纵有健妇把锄犁",合之五古《新婚别》、《无家别》、《垂老别》、《石壕吏》诸诗,见唐世府兵之弊,家家抽丁远戍,烟户一空,少陵所以为诗史也。

《十八家诗钞评点》:张云:杜公歌行妙处,与汉魏古诗异曲同工,如此篇可谓绝诣矣。

高都护骢马行

安西都护胡青骢,声价欻然来向东。
此马临阵久无敌,与人一心成大功。
功成惠养随所致,飘飘远自流沙至。
雄姿未受伏枥恩,猛气犹思战场利。
腕促蹄高如踣铁,交河几蹴曾冰裂。
五花散作云满身,万里方看汗流血。

长安壮儿不敢骑,走过掣电倾城知。

青丝络头为君老,何由却出横门道?

【汇评】

《竹庄诗话》:咏骏马,见写貌骏物可喜之状。

《唐诗品汇》:刘云:亦是精气("此马临阵"二句下)。　　刘云:此气骨不可少("雄姿未受"二句下)。　　刘云:只知此语,绝是("青丝络头"二句下)。

《唐诗广选》:杨用修曰:马之为物最神骏,故古之诗人画工皆借之以寄其精工,若杜工部、苏东坡诸诗极其形容,殆无馀巧。

《唐诗镜》:"此马临阵久无敌,与人一心成大功",快意处不避粗梗。

《杜臆》:此赞马德,亦以"与人一心成大功"尽之。用人亦然,非独马也。至于"长安壮儿不敢骑",与"青丝络头为君老",尤极致意。此"为君"与前"一心"相照,盖唯豪杰能用豪杰,徒爱之养之而不能用之,虽豪杰何以自见乎?骐骥伏枥,空负千里之志矣。

《唐风定》:嘉州《赤骠歌》最为矫健,此犹过之,节短而气厚也。　　此结风流柔婉,与岑、李相似。

《唐诗选脉会通评林》:蒋一梅曰:看他画马,如生龙活虎然。　　周珽曰:语语迅快,如疾风之卷长云。

《杜诗详注》:张綖曰:凡诗人题咏,必胸次高超,下笔方能卓绝。此诗"雄姿未受伏枥恩,猛气犹思战场利"、"青丝络头为君老,何由却出横门道",如此状物,不唯格韵特高,亦见少陵人品。

《义门读书记》:(天宝)九载,(高仙芝)讨石国,平之,获其王,入朝,除武威太守、河西节度使,代安思顺。思顺讽群胡劓面割耳请留;制复留思顺,以仙芝为右羽林大将军。公诗盖作于此时,惜其屡立大功,而终老于环卫也。

《围炉诗话》:《骢马行》与岑参《赤骠马歌》意异格同。

《纫斋诗谈》：转接顿宕，如狮子跳，此方与名马配。

《唐诗别裁》：即"真堪托死生"意（"此马临阵"二句下）。思驰驱于战场，隐然为老将写照（"青丝络头"二句下）。　结处悠扬不尽者，或四语，或六语以传其神。若二语用韵，戛然而止，此又专取简捷，如此篇是也。

《读杜心解》：少陵马诗，先后六七首，人但颟顸赏诵，而不知意象各出，首首有相题立论之妙。　此系有功西域之马，新随都护入京者。诗即从此作意，本地风光也。起四，还清来历，以"欻然向东"为一诗之根。而说马带人，兼表都护矣。"功成"四句，叙其新到，而拟其性格。"未伏枥"、"犹思战"，都从新到上摹想出来。"腕促"四句，写其骨相，仍就来路生情。"交河蹴冰"，想在彼地如此也。"万里方汗"，历此长途而不疲也。末四，复就其气慨而推其心志曰：以兹"掣电"惊人之姿，今则安养退休矣，岂遂忘出建大功哉！又从来路转一出路，其不作一通套语如此。至其高迈卓绝，不肯低头傍人，读者自领。

《杜诗镜铨》：王阮亭云：此子美少壮时作，无一句不精悍。　邵云：结有老骥伏枥之感。

《杜诗话》：美高仙芝也。只"与人一心成大功"句，人马夹写，神采奕然。末以"青丝络头为君老，何由却出横门道"，寓伏枥千里之志，自亦占几许身分。

《昭昧詹言》：直叙起。三、四夹叙夹议顿住，却皆是虚叙。第四伏结。"功成"四句，实叙其老闲，而以"猛气"句再伏结。"腕促"四句写。"长安"二句起棱。"青丝"二句入今，别一意作收，妙能双收人马。　"为君老"三字，下得凄恻：如此大材，肯为君老乎？乃竟为君老矣。转笔言，还当用之于边塞战场之上，又叹何由而得见用也。盖借马以为喻。

《唐宋诗举要》：吴北江曰：淋漓酣畅（"腕促蹄高"四句

下）。　　二句更从旁面顿足，然后结转有力（"长安壮儿"二句
下）。　　吴星叟曰：妙在句句赞马，却句句赞英雄。　　吴北江
曰：杜公马诗特见精采，每篇不同，皆亘古绝今之作。

天育骠骑歌

吾闻天子之马走千里，今之画图无乃是？
是何意态雄且杰，骏尾萧梢朔风起。
毛为绿缥两耳黄，眼有紫焰双瞳方。
矫矫龙性合变化，卓立天骨森开张。
伊昔太仆张景顺，监牧攻驹阅清峻。
遂令大奴守天育，别养骥子怜神骏。
当时四十万匹马，张公叹其材尽下。
故独写真传世人，见之座右久更新。
年多物化空形影，呜呼健步无由骋。
如今岂无骐骥与骅骝，时无王良伯乐死即休。

【汇评】

　　《后村诗话》：少陵马诗多矣，此二篇（《天育骠骑歌》、《题韦偃
马》）及曹霸《丹青引》尤老苍，一洗万古。

　　《杜臆》：此起亦奇突。……束语换韵，激昂顿挫，总是抒其垒
块。　　老杜最善咏马，而此篇妙在"卓立天骨森开张"，分明描出
豪杰模样。末四句无限悲感，前二句悲既往，如孔明辈；后二句悲
见在，而己亦在其内矣。总根"卓立"句来。

　　《唐诗快》：此言岂为马而发哉，足使千古英雄一齐堕
泪。　　"清峻"二字说马亦奇（"监牧攻驹"句下）。

　　《杜诗详注》：前记画中之马，首提天子之马，此图为天育设
也。"骏尾"以下，皆写其意态之雄杰。次叙画马之由，再提太仆监

牧,盖图起于张公也。末乃抚图兴叹,盖伤知马者难逢,而自慨不遇也。曰"年多物化",知作诗时,去开元间远矣。此章前二段各八句,末段四句收。

《义门读书记》:画马徒存,而真马老死槽枥,不得为天子用,公诗盖寓"叶公画龙"之叹乎!……"矫矫龙性合变化"二句,是"健"字精神。

《绖斋诗谈》:"如今岂无骒骧与骅骝,时无王良伯乐死即休",此跨出局外结法。

《唐宋诗醇》:杜甫善作马诗、画马诗,篇篇入妙。支道林爱其神骏,少陵当亦尔耶。末语一转,抚物自伤,感慨无限。

《杜诗话》:首提"天子之马"起,中云"当时四十万匹马,张公叹其材尽下",盖图起于太仆张景顺,故通篇归重真马,而画马不必过作形容。

《石洲诗话·渔洋评杜摘记》:"画出神骏。"结处云:"无限感慨,一句尽之。"方纲按:此西樵评。

《读杜心解》:首从写真作意,中述作画之由,末就今昔有无寄慨,自是题旧画体也。……起二句一提,下六句都将真马出色写生,却用"是何"两字领起,则句句说真马,即句句是画马也。"伊昔"以下,乃叙事体。以"阅清峻"三字作提,阅之既审,遂将"四十万匹"付之"大奴",独取"别养骥子"状其"神骏"。觉此马此画,俱横绝千古,而此图来历,更极明悉。至其筋脉灵动,则"写真传世",应还首段;"座右更新",挑动末段也。结更从画马空存,翻出异材常有来。既为画马转一语,亦为奇士叫一屈,又恰与篇首呼应。其寓意也悲矣,其运法也化矣!

《杜诗镜铨》:王西樵云:入手揭清题目,以"是何"唤起全神。先赞骠骑之雄俊,再叙牧养之始末。　起笔突兀而高老(首四句下)。　摹写入神("矫矫龙性"二句下)。　横绝之笔("当时四十"二句下）。　　张云：见画马不及真马有用，即起下文，又转到有真材而无知遇，结处寄托深远（末四句下）。

《诗法易简录》：以九字长句起，便有奔放之势（首句下）。　　尤妙在上句先用"呜呼"二字顿宕其气，以引起之，赶出末两长句，乃愈觉酣畅淋漓，极情尽致矣（末句下）。

《唐宋诗举要》：吴北江曰："年多"以下句句顿，句句咽，乃大家笔意，凡手所无也。　　旧评曰：杜公马诗篇篇尽善，尤妙在无一借凑之语，而意自超然，凡咏物当以此为法。

白丝行

缲丝须长不须白，越罗蜀锦金粟尺。
象床玉手乱殷红，万草千花动凝碧。
已悲素质随时染，裂下鸣机色相射。
美人细意熨帖平，裁缝灭尽针线迹。
春天衣著为君舞，蛱蝶飞来黄鹂语。
落絮游丝亦有情，随风照日宜轻举。
香汗轻尘污颜色，开新合故置何许？
君不见才士汲引难，恐惧弃捐忍羁旅。

【汇评】

《杜臆》：此诗本《墨子悲丝》来。……"不须白"就世情立论，乃愤激语。下云"随时染"、"色相射"、"污颜色"，脉理相贯。士得时则媸亦成妍，故云"灭尽针线迹"；依附者众，故云"蛱蝶飞来黄鹂语"。此一段造语妍丽，与《舟前看落花》诗相似。束语自道，具见品格。

《杜诗详注》：此见缲丝而托兴，正意在篇末。上段有踵事增华之意，……下段有厌故喜新之感。

《义门读书记》：极其眩耀，而后折之（"落絮游丝"二句下）。

《唐诗别裁》：渲染之馀，即弃捐之渐。抱才之士所以甘忍羁旅也。

《杜诗镜铨》：全首托兴，正意只结处一点。　　邵云：得梁陈乐府之遗。　　蒋云：写妙技，不觉写入自家话，微乎其微。慧心香口，直似飞卿；公诗真无所不有。

秋雨叹三首

其一

雨中百草秋烂死，阶下决明颜色鲜。

著叶满枝翠羽盖，开花无数黄金钱。

凉风萧萧吹汝急，恐汝后时难独立。

堂上书生空白头，临风三嗅馨香泣。

【汇评】

《苕溪渔隐丛话》：子美《秋雨叹》有三篇，第一篇尤感慨。

《唐诗镜》："惟草木之零落兮，恐美人之迟暮。"托意深厚可味。

《杜臆》：天宝十三载秋，霖雨六旬不止，帝忧之，杨国忠取禾之善者以献，曰："雨虽多，不害稼也。"百草烂死，决明独鲜，三嗅而泣，岂谓是耶？白头书生不敢非议朝政，有泣而已。

《杜诗详注》：首章，叹久雨害物。上四喜决明耐雨，下则忧其孤立而摧风也。赋中有比。申涵光曰："凉风吹汝"二句，说君子处世甚危。

《读杜心解》：三叹皆寓言。首章，伤直言不伸也。仇注：天宝十三载秋，大霖雨。房琯上言水灾，杨国忠使御史按之。据此，则"决明"之"鲜"，比直节也。……"临风三嗅"，秉苦节者，孤芳相赏焉。思深哉！

其二

阑风长雨秋纷纷，四海八荒同一云。

去马来牛不复辨，浊泾清渭何当分？

禾头生耳黍穗黑，农夫田妇无消息。

城中斗米换衾裯，相许宁论两相直！

【汇评】

《杜臆》：秋雨催寒，至出"衾裯"换米，非至急不尔，何暇计价耶？

《杜诗详注》：次章，叹久雨害人。上四皆秋雨之象，下慨伤稼而阻饥也。　　吴曰："阑风伏（"长"一作"伏"）雨"，无日不雨；"四海八荒"，无处不雨；田野、城中，则又无人不受其患矣。

《读杜心解》：次章，伤政府蒙蔽也。……农"无消息"，微词也。

《杜诗镜铨》：次方及淫雨。　　蒋云：暗影昏昏世界，是一篇《秋霖赋》。

其三

长安布衣谁比数，反锁衡门守环堵。

老夫不出长蓬蒿，稚子无忧走风雨。

雨声飕飕催早寒，胡雁翅湿高飞难。

秋来未曾见白日，泥污后土何时干？

【汇评】

《杜诗详注》：末章，自叹久雨之困。上四，言雨中寥落；下则触景而增愁也。

《读杜心解》：三章，伤潦倒不振也。"长安布衣"，即前所云"堂上书生"……"反锁"、"长蒿"，寥落如见。夹入"稚子"痴顽"走雨"，点缀生动。"翅湿"、"飞难"，句中有泪，自叹本旨在此。

《杜诗镜铨》：三首方正说自家苦雨寥落之况。　　　反形，亦曲尽稚子无知光景（"稚子无忧"句下）。

【总评】

《杜诗详注》：此感秋雨而赋诗，三章各有讽刺。房琯上言水灾，国忠使御史按之，故曰"恐汝后时难独立"。国忠恶言灾异，而四方匿不以闻，故曰"农夫田妇无消息"。帝以国事付宰相，而国忠每事务为蒙蔽，故曰"秋来未曾见白日"。语虽微婉，而寓言深切，非泛然作也。

醉时歌

原注：赠广文馆博士郑虔。

诸公衮衮登台省，广文先生官独冷。
甲第纷纷厌粱肉，广文先生饭不足。
先生有道出羲皇，先生有才过屈宋。
德尊一代常轗轲，名垂万古知何用！
杜陵野客人更嗤，被褐短窄鬓如丝。
日籴太仓五升米，时赴郑老同襟期。
得钱即相觅，沽酒不复疑。
忘形到尔汝，痛饮真吾师。
清夜沉沉动春酌，灯前细雨檐花落。
但觉高歌有鬼神，焉知饿死填沟壑？
相如逸才亲涤器，子云识字终投阁。

先生早赋归去来，石田茅屋荒苍苔。

儒术于我何有哉？孔丘盗跖俱尘埃！

不须闻此意惨怆，生前相遇且衔杯。

【汇评】

《杜臆》：此篇总是不平之鸣，无可奈何之词，非真谓垂名无用，非真薄儒术，非真齐孔、跖，亦非真以酒为乐也。杜诗"沉醉聊自遣，放歌破愁绝"，即此诗之解，而他诗可以旁通。自发苦情，故以《醉时歌》命题。

《唐诗快》：诗特豪横奔腾，不可一世。

《义门读书记》：目空一世而不露轻肆之迹，人但以为旷达耳。

《杜诗详注》：卢世㴼曰：《醉时歌》纯是天纵，不知其然而然，允矣"高歌有鬼神"也。

《纫斋诗谈》：衰飒事以壮语扛之，所谓救法也。如"灯前细雨檐花落"，苍莽中忽下幽秀句，人不诧其失群，总是气能化物。

《唐宋诗醇》："清夜沉沉"两语，写夜饮之景，妙不容说；"但觉高歌"二句，跌宕不羁中权有此，使前后文势倍觉生色。

《唐诗别裁》：转韵出韵，此诗偶见（"先生有道"二句下）。　　悲壮淋漓（"清夜沉沉"六句下）。　　本《庄子·盗跖》篇，见贤愚同尽，不如托之饮酒。故作旷达语，而不平之意仍在（末四句下）。

《读杜心解》：前段，先嘲广文，次自嘲，而以"痛饮真吾师"作合，是我固同于先生也。后段，先自解，次为广文解，而以"相遇且衔杯"作合，是劝先生当与我同也。"广文先生"、"杜陵野客"，迭为宾主，同归醉乡。

《杜诗镜铨》：张云：开手以富贵形贫贱，起得排宕。　　悲壮淋漓之至，两人即此自足千古。

《石洲诗话·渔洋评杜摘记》："'相如'二句应酬。结似律，不甚健。"按：……"相如"、"子云"一联，在"高歌"一联下，以伸其气，乃觉"高歌"二句倍有力也。此犹之谢玄晖《新亭渚别范云》诗"广平"、"茂陵"一联，必借用古事，以见两人心事之实迹也。……愚尝谓空同、沧溟以格调论诗，而渔洋变其说曰神韵；神韵者，格调之别名耳。渔洋意中，盖纯以脱化超逸为主，而不知古作者各有实际，岂容一概相量乎？至此篇末"生前相遇且衔杯"一句，必如此乃健，而何以反云"似律不健"耶？

《网师园唐诗笺》："清夜"四句，兴往情来，淋漓酣适。一路豪爽之笔，挥洒自如，却有结构。

《十八家诗钞》：张云：满纸郁律纵宕之气。

《唐宋诗举要》：吴曰："清夜"以下，神来气来，千古独绝。　　吴曰：收掉转（"不须闻此"二句下）。

赠卫八处士

人生不相见，动如参与商。
今夕复何夕，共此灯烛光。
少壮能几时，鬓发各已苍。
访旧半为鬼，惊呼热中肠。
焉知二十载，重上君子堂。
昔别君未婚，儿女忽成行。
怡然敬父执，问我来何方。
问答乃未已，驱儿罗酒浆。
夜雨剪春韭，新炊间黄粱。
主称会面难，一举累十觞。
十觞亦不醉，感子故意长。
明日隔山岳，世事两茫茫。

《唐诗品汇》：刘云：《阳关》之后，此语为畅（末二句下）。

《唐诗快》：此首无甚奇妙处，既逸而复收之，不过一真。

《唐诗归》：钟云：写情寂寂（首四句下）。 谭云："父执"二字凄然，读之使人自老（"怡然"句下）。 钟云：只叙真境，如道家常，欲歌，欲哭（"问我"句下）。 钟云：幽事著色（"夜雨"二句下）。

《汇编唐诗十集》：唐云：凡诗，情真者不厌浅。钟、谭虽喜深，不能删此作。

《唐诗选脉会通评林》：周敬曰：情真，浅不堕肤；淡雅，的然陶派。 周珽曰：主宾情义，蔼然于久别之馀。 陆时雍曰：此诗情胜乎词。

《杜臆》：信手写去，意尽而止，空灵宛畅，曲尽其妙。

《唐诗评选》：每当近情处，即抗引作浑然语，不使泛滥，熟吟"青青河畔草"，当知此作之雅。杜赠送五言，能有节者，唯此一律。

《增订唐诗摘钞》：只是"真"，便不可及，真则熟而常新。人也未尝无此真景，但为笔墨所隔，写不出耳。

《义门读书记》：句句转。……"夜雨剪春韭"，虽然仓卒薄设，犹必冒雨剪韭，所以见其恭也。"新炊间黄粱"，宋子京书作"闻黄粱"，非常生动。

《杜诗详注》：《漫斋诗话》云："怡然敬父执，问我来何方"，若他人说到此，下须更有数句，此便接云："问答未及已，驱儿罗酒浆"，直有抟土障黄流气象。 周珽曰：前曰"人生"，后曰"世事"；前曰"如参商"，后曰"隔山岳"：总见人生聚散不常，别易会难耳。

《初白庵诗评》：感今怀旧，如风行水上，自然成文。若涉一毫客气，便成两撅。

《读杜心解》：古趣盎然，少陵别调。一路皆属叙事，情真、景真，莫乙其处。只起四句是总提，结两句是去路。

《杜诗镜铨》：蒋云：处士家风宛然（"夜雨"二句下）。　　张上若云：全诗无句不关人情之至，情景逼真，兼极顿挫之妙。

《石洲诗话》：且如五古内《赠卫八处士》之类，何尝非《选》调？亦不可但以杜法概乙之也。此如右军临钟太傅《丙舍》、《力命》诸帖，未尝不借以发右军之妙处耳。

《一瓢诗话》：晁以道藏宋子京手抄杜诗，……"新炊间黄粱"为"闻黄粱"。以道跋云："前辈见书自多，不似晚生少年，但以印本为正也。"余谓此是好事愚人伪作宋抄本欺世，……"间"字有"老少异粮"之训，何等委曲！换却……"闻"字，呆板无味，损尽精采。

《十八家诗钞》：张云：此等诗纯任自然，纯是清气往来，然其造句及通体接换处，固极精妙也。

同诸公登慈恩寺塔

原注：时高适、薛据先有此作。

高标跨苍天，烈风无时休。
自非旷士怀，登兹翻百忧。
方知象教力，足可追冥搜。
仰穿龙蛇窟，始出枝撑幽。
七星在北户，河汉声西流。
羲和鞭白日，少昊行清秋。
秦山忽破碎，泾渭不可求。
俯视但一气，焉能辨皇州？
回首叫虞舜，苍梧云正愁。
惜哉瑶池饮，日晏昆仑丘。

黄鹄去不息，哀鸣何所投？

君看随阳雁，各有稻粱谋。

【汇评】

《岁寒堂诗话》：人才各有分限，尺寸不可强。同一物也，而咏物之工有远近，皆此意也，而用意之工有浅深。……刘长卿《登西灵寺塔》云："化塔凌虚空，雄规压山泽。亭亭楚云外，千里看不隔。盘梯接元气，坐辟栖夜魄。"王介甫《登景德寺塔》云："放身千仞高，北望太行山。邑屋如蚁冢，蔽亏尘雾间。"此二诗语虽稍工，而不为难到。杜子美则不然，《登慈恩寺塔》首云："高标跨苍天，烈风无时休。自非旷士怀，登兹翻百忧。"不待云"千里"、"千仞"、"小举足"、"头目旋"，而穷高极远之状，可喜可愕之趣，超轶绝尘而不可及也。"七星在北户，河汉声西流。羲和鞭白日，少昊行清秋。"视东坡"侧身"、"引导"之句陋矣。"秦山忽破碎，泾渭不可求。俯视但一气，焉能辨皇州？"岂特"邑屋如蚁冢，蔽亏尘雾间"，"山林城郭，漠漠一形；市人鸦鹊，浩浩一声"而已哉！人才有分限，不可强乃如此。

《唐诗归》：钟云：登望诗不独雄旷，有一段精理冥悟，所谓"令人发深省"也，浮浅人不知。　　钟云：他人于此能作气象语，不能作此性情语，即高、岑搁笔矣（首六句下）。　　谭云：奇（"七星"二句下）！　　钟云：此十字止敌得"青未了"三字，繁简各妙，非居高望远不知（"俯视"二句下）。　　钟云："叫"字奇，不善用则粗矣（"回首"句下）。　　钟云：末四句悠然、寂然，若不相关，正是此处语。

《唐诗选脉会通评林》：范梈曰：承以"烈风无时休"五字，今人能之否？"方知象教力，足可追冥搜"，游、观寺诗，十字同到。周启琦曰：力可搏犀缚象。　　陆时雍曰：登高望远，一往寄情无限。　　钱光绣曰：淹密尽临眺之神。

《杜臆》：钟云："登望诗不独雄旷，有一段精理冥悟，所谓'令人发深省'也。"又评"旷士"、"冥搜"句云："他人于此能作气象语，不能作此性情语。"余谓信手平平写去，而自然雄超，非力敌造化者不能。如"高标"句，气象语也，谁能接以"烈风无时休"？又谁能转以"旷士怀"、"翻百忧"？然出之殊不费力。"七星北户""河汉西流"，已奇，而用一"声"字尤妙。"秦山"近在塔下，故云"忽破碎"，真是奇语。……末后"黄鹄"四句，若与塔不相关，而实塔上所见，语似平淡，而力未尝弱，亦以见"旷士"之怀，性情之诗也。"君看"正照题面诸公，其缜密如此。

《钱注杜诗》："高标""烈风"，"登兹""百忧"，岌岌乎有漂摇崩析之恐，正起兴也。"泾渭不可求"，长安不可辨，所以"回首"而思"叫虞舜"。"苍梧云正愁"，犹太白云"长安不见使人愁"也。唐人多以王母喻贵妃，"瑶池""日晏"言天下将乱，而宴乐之不可以为常也。

《杜诗详注》：同时诸公登塔，各有题咏。薛据诗，已失传；岑、储两作，风秀熨贴，不愧名家；高达夫出之简净，品格亦自清坚；少陵则格法严整，气象峥嵘，音节悲壮，而俯仰高深之景，盱衡古今之识，感慨身世之怀，莫不曲尽篇中，真足压倒群贤，雄视千古矣。　　三家结语，未免拘束，致鲜后劲。杜于末幅，另开眼界，独辟思议，力量百倍于人。

《义门读书记》：此下（按指"回首叫虞舜"以下）意有所托，即所谓"登兹翻百忧"也。身世之感，无所不包，却只说塔前所见，别无痕迹，所以为风人之旨。

《唐宋诗醇》：以深秀擅长者，逊其高浑；以清古推胜者，让其奇杰。"回首"以下，寄兴自深。前半力写实境，奇情横溢。　　王士禄曰："秦山忽破碎"，凭高奇句，他人定费语言，不能五字便了。

《唐诗别裁》：后半"回首"以下，胸中郁郁碨碨，不敢显言，故托隐语出之。以上皆实境也。钱牧斋谓通体皆属比语，恐穿凿无味。

《杜诗镜铨》：凭空写意中语入，便尔耸特，亦早伏后一段。　　前半写尽穷高极远、可喜可愕之趣，入后尤觉对此茫茫，百端交集，所谓"泽涵汪茫，千汇万状"者，于此见之。视同时诸作，其气魄力量，自足压倒群贤，雄视千古。　　李子德云：岑作高，公作大；岑作秀，公作奇。

《野鸿诗的》：嘉州与少陵同赋《慈恩塔》诗，岑有"秋色正西来，苍然满关中。五陵北原上，万古青濛濛"四语，洵称奇伟，而上下文不称，末乃逃入释氏，不脱伧父伎俩。而少陵自首至结一气，横厉无前，纵越绳墨之外，激昂霄汉之表，其不可同年而语，明矣。

示从孙济

> 平明跨驴出，未知适谁门。
> 权门多噂嗒，且复寻诸孙。
> 诸孙贫无事，宅舍如荒村。
> 堂前自生竹，堂后自生萱。
> 萱草秋已死，竹枝霜不蕃。
> 淘米少汲水，汲多井水浑。
> 刈葵莫放手，放手伤葵根。
> 阿翁懒惰久，觉儿行步奔。
> 所来为宗族，亦不为盘飧。
> 小人利口实，薄俗难可论。
> 勿受外嫌猜，同姓古所敦。

【汇评】

《珊瑚钩诗话》：萱忘忧而已死，竹可爱而不蕃，则荒落甚矣。

水浊而不复清其源,葵伤而不复庇其根本,则宗族乖离之况也。此诗人因物而兴。

《唐诗归》:谭云:妙在一路上临时想主意(首二句下)。钟云:三字妙,不游权门不知("权门"句下)。 钟云:二语将"贫无事"三字写得有景有趣("堂前"二句下)。 谭云:不必根萱竹接二字("萱草"二句下)。 钟云:四句比兴,妙语似乐府("淘米"四句下)。 钟云:"为盘飧"何妨?老子多心("所来"二句下)。 谭云:厚道名言(末二句下)。

《杜臆》:蔼然情致,婉如面谈,却自妙绝。起语从陶靖节《乞食》诗脱来,亦其情同也。"诸孙贫无事",言其贫而懒也,观下文自见,止云"无事",语气浑厚耳。"淘米"四句,是家人语,因其汲水、刈葵,而示以作家之法如此,亦知其留款,止有米饭、葵羹耳;以为比兴,恐未然。篇终数句,是老人训诲后辈语,体悉人情,悃款忠厚。

《义门读书记》:娓娓恻恻,宗老训诫之词。中入比体,似歌似谣,两汉风流。

《杜诗详注》:从访济叙起,潦倒中仍存气骨(首四句下)。 卢元昌曰:大历七年,元载党徐浩,属杜济以知驿奏优,贬杭州刺史。据此,济交必多比匪,宜此诗有"权门噂沓"、"小人利口"等语,盖公之先见也。

《纽斋诗谈》:中间"淘米少汲水"横拦四句,陡然似断,却是接转,此《古诗十九首》家法。

《唐宋诗醇》:多似古乐府,温柔敦厚,比兴深切。

《唐诗别裁》:"淘米"四语,有水源木本意。随事比兴,古乐府往往有之。

《读杜心解》:起四句,迤逦而来,即以"权门噂沓"做个影子。中十句,既悯之,复戒之,皆所以发动其天良也。后八句,说透本旨,娓娓恻恻,确是一篇宗老训诫之文。　　中入比体,似歌似谣,只是家常语,直入两汉风格矣。

《石州诗话·渔洋评杜摘记》:"'所来为宗族'二句,笑柄。"按:此是渔洋评。其意以超逸语为古雅,故见此等句若近质率者,辄笑之。其实论诗不应如此。

《杜诗镜铨》:邵云:真趣,亦自汉魏出。　　无聊光景宛然(首二句下)。　　赵子湘云:时必淘米、刈葵,故复以起兴。族之有宗,犹水之有源,葵之有根也。水有源,勿浑之;葵有根,勿伤之;族有宗,亦勿疏之而已("淘米"四句下)。　　结意厚。

《岘傭说诗》:《示从孙济》,古诗也,而参用乐府体。中间"堂前自生竹"八句,拉杂比拟,皆乐府派也。此少陵变化古人处。

送孔巢父谢病归游江东兼呈李白

巢父掉头不肯住,东将入海随烟雾。
诗卷长留天地间,钓竿欲拂珊瑚树。
深山大泽龙蛇远,春寒野阴风景暮。
蓬莱织女回云车,指点虚无是征路。
自是君身有仙骨,世人那得知其故。
惜君只欲苦死留,富贵何如草头露?
蔡侯静者意有馀,清夜置酒临前除。
罢琴惆怅月照席,几岁寄我空中书?
南寻禹穴见李白,道甫问信今何如。

【汇评】

《唐诗品汇》:刘云:七字浩然,以其将隐也(首句下)。　　不必有所从来,不必有所指。玄又玄,众妙门("深山大泽"二句下)。　　刘云:其迭荡创体,类自得意,故成一家言。

《杜诗解》：句法奇（"巢父掉头"二句下）。　"深山"句只换得一"远"字，便成妙句。　《列仙传》写不出此七字（"指点虚无"句下）。　将没下落人，结有下落人，妙绝。　反结（"南寻禹穴"句下）。

《唐诗选脉会通评林》：杨慎曰："深山"两句佳。"织女"数言近诞，故为高公所不取。　周珽曰：说透归隐人心曲。真空中打扑，骨节都作龙鸣，而婉韵之致，又自朗然。

《杜臆》：孔游江东，故"东海"、"珊瑚"、"龙蛇"、"大泽"、"蓬莱织女"皆用江东景物，而牛、女乃吾越分野也。"深山大泽"指江东，而"龙蛇远"以比巢父之隐。"野阴"、"景暮"，以比世之乱。刘须溪云："不必有所从来，不必有所指，玄又玄"，此不知其解，而故为浑语以欺人，往往如此。……此篇宛然游仙诗，但人能超出尘氛之外，便是仙人，非必乘鸾跨鹤也。巢父何减仙人？

《义门读书记》：似用太白体，虚景作衬（"深山大泽"四句下）。

《杜诗详注》：别本止十二句，语虽简净，然少宕逸风神；不依诸家本为正。

《而庵说唐诗》：下句何等瑰丽（"钓竿欲拂"句下）！

《唐宋诗醇》：远性风疏，逸情云上，自是君身有仙骨，世人那得知其故也。　李因笃曰：《寄元逸人》得超忽之神，《送孔巢父》极狂简之致。

《唐诗别裁》：飘忽（"巢父掉头"句下）。　李、杜多缥缈恍惚语，其原盖出于《骚》（"深山大泽"六句下）。　巢父归隐学仙，故诗中多缥缈欲仙语。

《读杜心解》：起四句，作一冒。"山泽龙蛇"，虽用《左》语，实暗用老子犹龙意，见此等人定应远引也。"春阴景暮"，点缀行色。……"回车"、"指点"，仙侣导引也。"惜君苦留"，正指不知仙骨之世人。此处反笔顿住。……呈李白只一点，"今何如"者，前此赠白诗,一则曰"拾瑶草",再则曰"就丹砂",至此其果有得乎否也?亦非止平安套语,正与全篇赠孔意打成一片。

《网师园唐诗笺》:"诗卷"七句,飘飘欲仙。

《杜诗镜铨》:邵云:写景杳冥,迥非人境("深山大泽"四句下)。　　张上若云:带处烟波无尽(末二句下)。　　王士禛云:李受箓于高天师,言丹砂瑶草其事何如也?正与中间"有仙骨"句照应。

《岘佣说诗》:起笔"巢父掉头不肯住,东将入海随烟雾",突兀可喜。下接"诗卷长留天地间,钓竿欲拂珊瑚树",一句应"不肯住",一句应"入海",整束有力;自此便顺流而下矣。直起不装头之诗,此最可法。收笔"南寻禹穴见李白,道甫问信今何如",只作一点,确是"兼呈",题中宾主分明。

《唐宋诗举要》:吴曰:造思奇伟,句法瑰丽,光采陆离("钓竿欲拂"句下)。　　吴曰:二句乃开拓之笔("深山大泽"二句下)。吴曰:加入二句,尤觉奇幻,匪夷所思("蓬莱织女"二句下)。　　吴曰:再加二句,尤为酣恣沈著,得未曾有("惜君只欲"二句下)。

饮中八仙歌

知章骑马似乘船,眼花落井水底眠。
汝阳三斗始朝天,道逢麹车口流涎,
恨不移封向酒泉。
左相日兴费万钱,饮如长鲸吸百川,
衔杯乐圣称世贤。
宗之潇洒美少年,举觞白眼望青天?
皎如玉树临风前。
苏晋长斋绣佛前,醉中往往爱逃禅。

李白一斗诗百篇，长安市上酒家眠，

天子呼来不上船，自称臣是酒中仙。

张旭三杯草圣传，脱帽露顶王公前，

挥毫落纸如云烟。

焦遂五斗方卓然，高谈雄辩惊四筵。

【汇评】

《竹庄诗话》：见开元太平人物之盛。

《松江诗话》：子美《八仙歌》押两"船"字，在歌行则可，他不可为法。

《唐诗品汇》：蔡絛《西清诗话》云：此歌重叠用韵，古无其体。尝质之叔父元度，云：此歌分八篇，人人各异，虽重押韵，无害。亦《三百篇》分章之意也。

《唐诗广选》：刘会孟曰：（诗分）八篇，近之。吾意复如题画，人自一二语，集之成歌。　　又曰：不伦不理，各极其醉题，古无此体，无此妙。

《汇编唐诗十集》：《柏梁诗》，人各说一句；《八仙歌》，人各记一章。特变其体耳，重韵何害！

《唐诗援》：蔡元度谓此歌分篇人人各异，虽重押韵无害。予谓此是老杜创体，参差历落，不衫不履，各极其致，彼以重韵病之，浅矣。

《四溟诗话》：少陵《哀江头》、《哀王孙》作法最古，然琢削靡砻，力尽此矣。《饮中八仙》，格力超拔，庶足当之。

《唐诗解》：若崔之貌、苏之禅、李之诗、张旭之草圣、焦遂之高谈，皆任其性直，逞其才俊，托于酒以自见者。藉令八人而当圣世，未必不为元恺之伦，今皆流落不偶。知章则以辅太子而见疏，适之则以忤权相而被斥，青莲则以触力士而放弃，其五人亦皆厌世之浊而托于酒，故子美咏之，亦有废中权之义云。

《诗源辩体》：子美《饮中八仙歌》中多一韵二用，有至三用者，读之了不自觉。少时熟记，亦不见其错综之妙。或谓"此歌无首无尾，当作八章。"然体虽八章，文气只似一篇，此亦歌行之变，但语未入元和耳。至"焦遂"二句，如《同谷》第七歌，声气俱尽。

《唐诗选脉会通评林》：蒋一梅曰：一篇凡八章，是传神写照语，得趣欲飞。　　陆时雍曰：创格既高，描神复妙。　　周珽曰：翠盘之舞，龙津之跃，鹅笼之书生，取盒之红线，合而为八仙之歌。开天落地异品。

《杜臆》：此创格，前无所因，后人不能学。描写八公都带仙气，而或二句、三句、四句，如云在晴空，卷舒自如，亦诗中之仙也。

《唐诗快》：八人中惟太白有谪仙之号，馀七人皆未尝仙也，然因其自号"酒中八仙"，少陵遂从而仙之。至今读其诗，不但飘飘有仙气，亦且拂拂有酒气。

《放胆诗》：此诗有二"眠"字，二"天"字，二"船"字，三"前"字。乃自为八章，非故作重韵也。此系创格，古未见其体，后人亦不能学。

《而庵说唐诗》：作古诗必有解数。兹将八人截然分开，竟作八解，一解中或二语，或三语，或四语，参差不恒，诗中传记手，亦乐府之支流也。　　又：知章起，焦遂终，汝阳称封，李适之称爵，皆不苟。

《纫斋诗谈》：一路如连山断岭，似接不接，似闪不闪，极行文之乐事。　　用《史记》合传例为歌行，须有大力为根。至于错综剪裁，又乘一时笔势兴会得之，此有法而无法者也。此等诗以笔健为贵，清则劲而上腾，若加重色雕刻，便累坠不能高举矣。

《唐宋诗醇》：李因笃曰：无首无尾，章法突兀妙是，叙述不涉议论，而八人身分自见，风雅中司马太史也。

《唐诗别裁》：前不用起，后不用收，中间参差历落，似八章，乃似一章,格法古未曾有。每人各赠几语,故有重韵而不妨碍。

《读杜心解》:此格亦从季札观乐、羊欣论书,及诗之《柏梁台》体化出。其写各人醉趣,语亦不浪下。

《石洲诗话·渔洋评杜摘记》:"无首无尾,章法突兀,然非杜之至者。"按:此亦西樵评也。……皆谬之甚者。

《杜诗镜铨》:四句独详。八人以此人为主也("李白一斗"句下)。 独以一不醉客作结("焦遂五斗"句下)。 李子德云:似颂似赞,只一二语可得其人生平。

曲江三章章五句

其一

曲江萧条秋气高,菱荷枯折随风涛,
游子空嗟垂二毛。
白石素沙亦相荡,哀鸿独叫求其曹。

【汇评】

《诗源辩体》:子美歌行,起语工拙不同。如"曲江萧条秋气高,菱荷枯折随风涛"……等句,既为超绝;至……"悲台萧瑟石笼苁,哀壑权枒浩呼汹"等句,则更奇特。

《杜臆》:曲江秋高,菱枯荷折,以兴起游子"二毛",萧条相似。沙石无情,犹然相荡;孤鸿哀叫,尚尔求曹,况人之有情者乎?

《义门读书记》:层次深浅("白石素沙"句下)。

《杜诗详注》:首章自伤不遇,其情悲。在第三句点意,上二属兴,下二属比。

《师友诗传录》:阮亭答:七言五句,起于杜子美之"曲江萧条秋气高"也。昔人谓贵词明意尽。愚谓贵矫健,有短兵相接之势乃佳。

《杜诗镜铨》：前后四句写景，将自己一句插在中间，章法错落。

《读杜心解》：在第三句顿。……妙在下二句悬空挂脚，而落魄孤零之况可想。

其二

即事非今亦非古，长歌激越梢林莽，
比屋豪华固难数。
吾人甘作心似灰，弟侄何伤泪如雨！

【汇评】

《珊瑚钩诗话》："比屋豪华固难数。吾人甘作心似灰，弟侄何伤泪如雨！"……夫众豪华而己贫贱，所谓士贤能而不用，国之耻也。吾虽甘心若死灰，然而弟侄之伤涕零如雨何耶？盖行成而名不彰，友朋之罪也；亲戚不能致其力，闻长歌之哀，所以涕洟也耶？

《杜臆》：诗人有即事之作。我今即事，既非今体，亦非古调，信口长歌，其声激越，梢林莽而变色，何其悲也？盖追昔盛时，比屋豪华，今难复数矣，况我贫贱人甘心似灰矣。第心可死，而念弟侄之心不能死，如鸿失曹，岂能堪忍？虽甘灰槁，何伤乎泪之如雨也，盖情之必不容己者也。

《杜诗详注》：次章放歌自遣，其语旷。歌声激林，足以一抒胸臆，在第二句作截。……即事吟诗，体杂古今。其五句成章，有似古体；七言成句，又似今体。曰长歌者，连章叠歌也。

《读杜心解》："非今亦非古"五字，自道其诗。语非夸而格独立，于汉魏六朝之外，辟我堂阶；于"轻薄为文"之伦，任渠嗤点。不拟古，不谐今，确然自信。

《杜诗镜铨》：此首接上起下。

其三

自断此生休问天，杜曲幸有桑麻田，

故将移住南山边。

短衣匹马随李广，看射猛虎终残年。

【汇评】

《珊瑚钩诗话》："短衣匹马随李广，看射猛虎终残年。"余曰：犹足以消英豪之气。

《唐诗归》：钟云：寂寥行径，壮愤心肠，尽此五句。

《诗源辩体》：子美七言歌行，如《曲江》第三章、《同谷县七歌》、《君不见简苏徯》、《短歌赠王郎》、《醉歌赠颜少府》及《晚晴》等篇，突兀峥嵘，无首无尾，既不易学。

《杜臆》：念我昔为游子，意图自见，直欲叩苍天而问之，而今已矣，自断此生不必问天矣。犹幸杜曲尚有薄田，但当移隐南山，随李广，看射虎，消我雄心，终吾残年已矣。所谓甘心似灰者也。

《杜诗详注》：三章在归隐，其辞激。穷达休问于天，首句陡然截住。因杜曲，故及南山；因南山，故及李广射虎。一时感慨之情，豪纵之气，殆有不能自掩者矣。

《读杜心解》：首句顿，第三又顿。诗只五句，凡作三截。如歌曲之有歇头，历落可喜。　　"自断此生"一读，"休问天"另粘。……"短衣""射虎"，从"南山"字触起。曰"移住南山"，则归隐耳。设无后二句，则真心似死灰，意索然矣。卢云："塌翼惊飞，忽逞天际"是也。

《杜诗镜铨》：承转悲壮。一句截住，见笔力（首句下）。

【总评】

《唐诗镜》：意气豪荡，是侘傺搔首语。

《杜诗话》：末章因杜曲而及南山，一时感愤孤衷，不自摧抑，故以"短衣匹马随李广，看射猛虎终残年"作结，索性畅其豪气，激为古音。虽以七言成句，降从今体，实则堂奥独开，为集中创格。

《唐诗选脉会通评林》：刘辰翁曰：雄豪放荡，语尽气尽。他人称豪说霸，更不足道。

《放胆诗》：公此诗学《三百篇》，《七歌》学《离骚》，《新安吏》、《新婚别》诸作学古乐府，俱自开堂奥，不肯优孟古人。

《杜臆》：先言鸟"求曹"，以起次章"弟侄"之伤。次言"心似灰"，以起末章"南山"之隐。虽分三章，气脉相属。总以九回之苦心，发清商之怨曲，意沉郁而气愤张，慷慨悲凄，直与楚《骚》为匹，非唐人所能及也。

《杜诗详注》：此诗三章，旧注皆云至德二载公陷贼中时作。按诗旨乃自叹失意，初无忧乱之词，当是天宝十一载献赋不遇后有感而作。李肇《国史补》：进士既捷，大燕于曲江亭子，谓之"曲江会"；曲江大会，在关试后，亦谓之"开宴"。据此，则知公之对景兴慨，固有所为矣。　　卢世漼曰：《曲江三章》，塌翼惊呼，忽遨天际。《国风》之后，又续《国风》。

《初白庵诗评》：短五古已难作，尚有冷僻缥缈一径；若短七古，安得崛强苍茫如许，千古仰法也。

《杜诗镜铨》：题仿《三百》体，诗则公之变调。　　邵子湘云：短章踸踔，空同极学此种。

丽人行

三月三日天气新，长安水边多丽人。
态浓意远淑且真，肌理细腻骨肉匀。
绣罗衣裳照暮春，蹙金孔雀银麒麟。
头上何所有？翠微㔩叶垂鬓唇。
背后何所见？珠压腰衱稳称身。

就中云幕椒房亲,赐名大国虢与秦。

紫驼之峰出翠釜,水精之盘行素鳞。

犀箸厌饫久未下,鸾刀缕切空纷纶。

黄门飞鞚不动尘,御厨络绎送八珍。

箫鼓哀吟感鬼神,宾从杂遝实要津。

后来鞍马何逡巡,当轩下马入锦茵。

杨花雪落覆白蘋,青鸟飞去衔红巾。

炙手可热势绝伦,慎莫近前丞相嗔!

【汇评】

《彦周诗话》:老杜作《丽人行》云:"赐名大国虢与秦。"其卒曰:"慎勿近前丞相嗔!"虢国、秦国何预国忠事,而近前即嗔耶?东坡言:老杜似司马迁。盖深知之。

《李杜诗选》:刘曰:三、四语便尔亲切,盖身亲见之,自与想象次第不同。此亦所当识也。　又曰:画出次第宛然。"杨花"、"青鸟"二语,极当时拥从如云、冲拂开合、绮丽骄捷之盛;作者之意,自不必人人通晓也。

《唐诗归》:钟云:本是讽刺,而诗中直叙富丽,若深羡不容口者,妙,妙!如此富丽,一片清明之气行其中,标出以见富丽之不足为诗累。

《唐诗镜》:诗,言穷则尽,意亵则丑,韵软则卑。杜少陵《丽人行》,一以雅道行之,故君子言有则也。　色古而厚,点染处,不免墨气太重。

《唐诗选脉会通评林》:周敬曰:起结中情,铺叙得体,气脉调畅,的从古乐府摹出,另成老杜乐府。　吴山民曰:"头上"数语是真乐府,又跌宕而雅。　周珽曰:"态浓"以后十句,模写丽人妖艳入神。想其笔兴酣时,不觉大家伎俩自不可禁。

《杜臆》:自"态浓意远"至"穿鹙银"(按:杨用修谓"稳称身"

后，尚有"穿篾银"等二句），极状姿色、服饰之盛；而后接以"就中云幕"二句，突然又起"紫驼之峰"四句，极状馔食之丰侈；而后接以"黄门飞鞚"二句，皆弇州所谓"倒插法"，唯杜能之者。……"紫驼之峰"二句，语对、意对而词义不对，与"裙拖六幅""髻挽巫山"俱别一对法，诗联变体。……至"杨花"、"青鸟"两语，似不可解，而骑徒拥从之盛可想见于言外，真化工之笔。

《姜斋诗话》："赐名大国虢与秦"，与"美孟姜矣"、"美孟弋矣"、"美孟庸矣"一辙，古有不讳之言也，乃《国风》之怨而诽、直而绞者也。夫子存而弗删，以见卫之政散民离，人诬其上；而子美以得"诗史"之誉。

《唐诗评选》：可谓"人不言兮出不辞，乘回风兮载云旗"矣。是杜集中第一首乐府。杨用修犹嫌其末句之露，则为已甚。

《唐诗快》：通篇俱描画豪贵浓艳之景而讽刺自在言外。少陵岂非诗史？　　实有所指，转若无所指，故妙（首二句下）。　　何以体认亲切至此（"态浓意远"二句下）。

《杜诗详注》：此诗刺诸杨游宴曲江之事。……本写秦、虢冶容，乃概言丽人以櫽括之，此诗家含蓄得体处。

《杜诗话》：《卫风·硕人》美之曰："其颀"，自手而肤，而领而齿，而首而眉，而口而目，一一传神，此即《洛神赋》蓝本。《丽人行》为刺诸杨作，本写秦、虢冶容，首段却泛言游女以櫽括之；曰"态浓意远淑且真"，状其丰神之丽也；"肌理细腻骨肉均"，状其体貌之丽也；"绣罗衣裳照暮春，蹙金孔雀银麒麟"，状其服色之丽也；头上"翠微匌叶"，背后"珠压腰衱"，通身华丽俱见：较《洛神赋》另样写法。若如杨升庵伪本，添出"足下何所著"，尚成何诗体耶？

《唐诗别裁》：大意本《君子偕老》之诗，而风刺意较显。　　"态浓意远"下，倒插秦、虢；"当轩下马"下，倒插丞相；他人无此笔法。

《读杜心解》："绣罗"一段，陈衣妆之丽。"紫驼"一段，陈厨膳之侈。而秦、虢诸姨，却在两段中间点出，笔法活变。……末段以国忠压后作收，而"丞相"字直到煞句点出，冷隽。……"杨花雪落"、"青鸟衔巾"，隐语秀绝，妙不伤雅。无一刺讥语，描摹处语语刺讥；无一慨叹声，点逗处声声慨叹。

《杜诗镜铨》：李安溪云：欧阳文忠言《春秋》之义，痛之深则词益隐，"子般卒"是也；刺之切则旨益微，《君子偕老》是也。此诗实与"美目巧笑"、"象掃绉绵"同旨。诗至老杜，乃可与《风》《雅》代兴耳。　　宋辕文曰：唐人不讳宫掖，拟之乐府，亦《羽林郎》之亚也。　　蒋弱六曰：美人相、富贵相、妖淫相，后乃现出罗刹相，真可笑可畏。

乐游园歌

原注：晦日，贺兰杨长史筵醉中作。

乐游古园崒森爽，烟绵碧草萋萋长。
公子华筵势最高，秦川对酒平如掌。
长生木瓢示真率，更调鞍马狂欢赏。
青春波浪芙蓉园，白日雷霆夹城仗。
阊阖晴开昳荡荡，曲江翠幕排银榜。
拂水低徊舞袖翻，缘云清切歌声上。
却忆年年人醉时，只今未醉已先悲。
数茎白发那抛得，百罚深杯亦不辞。
圣朝亦知贱士丑，一物自荷皇天慈。
此身饮罢无归处，独立苍茫自咏诗。

【汇评】

《唐诗品汇》：刘云：婉转有态（"缘云清切"句下）。　　刘云：语达自别（"却忆年年"二句下）。　　刘云：每诵此结不自堪。又云：吾常堕泪于此。

《杜臆》："此身饮罢无归处"，境真语痛，非实历安得有此？

《杜诗详注》：上文语涉悲凉，末作发兴语，方见后劲。

《原诗》：即如甫集中《乐游园》七古一篇，时甫年才三十馀，当开、宝盛时，使今人为此，必铺陈飏颂，藻丽雕缋，无所不极，身在少年场中，功名事业，来日未苦短也，何有乎身世之感？乃甫此诗，前半即景无多排场，忽转"年年人醉"一段，悲白发，荷皇天，而终之以"独立苍茫"。此其胸襟之所寄托何如也！

《义门读书记》：此句中暗伏"无归"，与结处呼应（"烟绵碧草"句下）。但"荷天慈"，则不被君恩可知，措词微婉（"一物自荷"句下）。

《剑溪说诗》：世人但目皮色苍厚、格度端凝为杜体，不知此老学博思深，笔力矫变，于沉郁顿挫之极，更见微婉。……如《乐游园歌》，五律之《洞房》、《斗鸡》，七律之"东阁观梅"等篇，学杜者视此种曾百得其一二与？

《唐诗别裁》：极欢宴时，不胜身世之感，临川《兰亭集序》所云"情随事迁，感慨系之"也。

《读杜心解》："长生"二句，牵上搭下。"青春"六句，一气读。虽纪游，实感事也。是时诸杨专宠，宫禁荡轶，舆马填塞，幄幕云布，读此如目击矣。

《杜诗镜铨》：偏有此闲笔（"长生木瓢"句下）。　张上若云：此指明皇游幸，妙在浑含（"青春波浪"六句下）。　邵子湘云：凄寂可念（"此身饮罢"句下）。

《唐宋诗举要》：吴曰：大气旁魄，独有千古。

渼陂行

岑参兄弟皆好奇，携我远来游渼陂。

天地黝惨忽异色，波涛万顷堆琉璃。
琉璃汗漫泛舟入，事殊兴极忧思集。
鼍作鲸吞不复知，恶风白浪何嗟及？
主人锦帆相为开，舟子喜甚无氛埃。
凫鹥散乱棹讴发，丝管啁啾空翠来。
沉竿续蔓深莫测，菱叶荷花静如拭。
宛在中流渤澥清，下归无极终南黑。
半陂已南纯浸山，动影袅窕冲融间。
船舷暝戛云际寺，水面月出蓝田关。
此时骊龙亦吐珠，冯夷击鼓群龙趋。
湘妃汉女出歌舞，金支翠旗光有无。
咫尺但愁雷雨至，苍茫不晓神灵意。
少壮几时奈老何，向来哀乐何其多！

【汇评】

《唐诗品汇》：刘曰：写景入微，烟波远近，变态具足（"水面月出"句下）。　　刘曰：惨怆之容，窈渺之思。寻常赋乐事则所经历骇愕者置不复道，吾常游西湖遇风雨，诵此语，如同舟、同时。

《批点唐诗正声》：诗思雄浑深重，如泰山庄严，而崿岩翠嶂，分支竞秀，无不佳致也。

《唐诗归》：钟云：只是一舟游耳，写得哀乐更番无端，奇山水逢奇人，真有一段至性至理相发，游岂庸人事？　　钟云：奇景，奇语，写得幽险怕人。四语中已有风雨鬼神矣（"半陂已南"四句下）。　　谭云：游船忽生此语，是何胸中（"苍茫不晓"句下）。　　钟云：结得深（末句下）。

《唐诗选脉会通评林》：刘辰翁曰：《渼陂》下语辄如此，其阔可想。接叠两字（按指"琉璃"），语如乐府。中写景入微，烟波远近，变态具足，"此时骊龙"六句，凄怆之容，窈渺之思。　　周珽曰：

一篇游渼陂记,伎熟巧生,僻耽佳句,语必惊人,真可单行一代也。

《唐诗快》:此诗不过游渼陂耳,却说得天摇地动,云飞水立,悄然有山林杳冥、海水汩没景象,岂不令人移情。　　每于起处见其雄健(首二句下)。　　俱是画景("凫鹥散乱"十句下)。

《义门读书记》:缩本江海赋。　　上二连水中之影,此二连水中之气,万顷之奇,非此不能参灵极妙。亦暗与前黤惨忧思相应也("此时骊龙"一联下)。

《杜诗详注》:张綖曰:"好奇"二句,乃全篇之眼。岑生人奇,渼陂景奇,故诗语亦奇,"骊龙"四句,设想更奇。初学若以实理泥之,几于难解;熟读《楚辞》,方知寓言佳处。　　卢世㴻曰:此歌变眩百怪,乍阴乍阳,读至收卷数语,肃肃恍恍,萧萧悠悠,屈大夫《九歌》耶?汉武皇《秋风》耶?　　此篇第六段,托假象以写真景,本于汉《艳歌》,……少陵盖善于摹古矣。

《声调谱》:已尽转韵之格调矣。

《㲹斋诗谈》:真见其故,能发得出,不拘常格,此是豪放。若作怪支离,夹杂不伦,此是放肆,非豪放也。杜陵《渼陂》、《丽人》诸篇,是好样。　　《渼陂行》笔力如渴龙搅海。　　"船舷暝戛云际寺,水面月出蓝田关。"山与关影浸陂中,船行其上,故曰"暝戛";关头之月,亦在波间,故曰"水面月出"。皆蒙上"纯浸山"而言,此险中取巧法。写影中诸山,如在镜面上浮动,亦是虚景实描法。

《唐宋诗醇》:声光奇丽,气韵深稳。昭明称陶潜"文章不群,词采精拔,跌荡昭彰,独超众类,抑扬爽朗,莫之与京",可以移赠是诗。"骊龙吐珠"等句,全摹汉《艳歌》,末语用《秋风词》,颠倒变化,壁垒一新,取材之善则也。

《网师园唐诗笺》:离奇恍惚,纯乎楚骚("此时骊龙"四句下)。

《读杜心解》:记一游耳,忽从始而风波、既而天霁、顷刻变迁上,生出一片奇情,便觉忧喜顿移,哀乐内触,无限曲折。　　"好奇"，从下文风浪泛舟逆推出来。

《杜诗镜铨》："喜"、"忧"二字诗眼，起后"哀乐"字。　　邵云：光怪中，须得此秀句（"舟子喜甚"三句下）。　　只平叙一日游境，而滉漾飘忽，千态并集，极山岫海潮之奇，全得屈《骚》神境。通篇首以"好奇"二字领起，岑生人奇，渼陂景奇，故诗语亦奇。末用"哀乐"二字总束全文，章法有草蛇灰线之妙。

《昭昧詹言》：《渼陂行》此只用起二句叙点，以下夹叙夹写。此等章法，欧公惯用，无甚深奇。但其色古泽浓郁，棱汁巨响，非欧公所有。韩公亦时时学此。

《十八家诗钞》：张云：杜公变幻不测处，殆与造化相通。

夏日李公见访

远林暑气薄，公子过我游。
贫居类村坞，僻近城南楼。
旁舍颇淳朴，所愿亦易求。
隔屋唤西家，借问有酒不？
墙头过浊醪，展席俯长流。
清风左右至，客意已惊秋。
巢多众鸟斗，叶密鸣蝉稠。
苦道此物聒，孰谓吾庐幽？
水花晚色静，庶足充淹留。
预恐尊中尽，更起为君谋。

【汇评】

《苕溪诗话》：杜诗有用一字凡数十处不易者，如……"展席俯长流"、"杖藜俯沙渚"、"此邦俯要冲"……，其馀一字屡用若此类甚多，不能具述。

《唐诗归》：钟云：如见（"墙头"句下）。

《杜臆》："苦遭此物聒，孰谓吾庐幽？"正言若反，自是妙语。

《唐风定》：气雄力厚，篇篇有之，正以此种风韵为美。

《唐诗快》：真朴语，人不能到。

《义门读书记》：幽也（"贫居"句下）。……顶"远林"，以下六句从"远林长流"四字更转一层。自作客、主，极文之变（"巢多"句下）。

《杜诗详注》：申涵光曰："隔屋唤西家"、"墙头过浊醪"，画出村家情事宛然，语不嫌质。　　"清风左右至"，方喜凉气披襟；忽而鸟斗、蝉鸣，又觉繁声聒耳；及看水花晚色，则喧不碍静，幽意仍存。即见前景物，写得曲折生动如斯，知善布置者，随处皆诗料也。

《读杜心解》：诗似拟陶，非杜老本色。当时此种，惟王右丞、储太祝辈擅长。

《杜诗镜铨》：景真语旷，绝似渊明。"巢多"六句，总见所居幽静，却以一反一正出之，便非恒笔。　　村居真率，光景如画（"墙头"二句）。　　张云：了而不了（末二句）。

去矣行

君不见鞲上鹰，一饱则飞掣。

焉能作堂上燕，衔泥附炎热。

野人旷荡无靦颜，岂可久在王侯间？

未试囊中餐玉法，明朝且入蓝田山。

【汇评】

《杜臆》："旷荡无靦颜"，此公自道本色。读此诗何等气岸！穷益坚，老益壮，此公有焉。

《杜诗详注》：鲍钦止曰：天宝十四载，公在率府，因欲辞职，作《去矣行》。

《杜诗镜铨》：王阮亭曰：胸次海阔天空。

自京赴奉先县咏怀五百字

原注：天宝十四载十月初作。

杜陵有布衣，老大意转拙。
许身一何愚，窃比稷与契。
居然成濩落，白首甘契阔。
盖棺事则已，此志常觊豁。
穷年忧黎元，叹息肠内热。
取笑同学翁，浩歌弥激烈。
非无江海志，潇洒送日月。
生逢尧舜君，不忍便永诀。
当今廊庙具，构厦岂云缺？
葵藿倾太阳，物性固莫夺。
顾惟蝼蚁辈，但自求其穴。
胡为慕大鲸，辄拟偃溟渤？
以兹悟生理，独耻事干谒。
兀兀遂至今，忍为尘埃没。
终愧巢与由，未能易其节。
沉饮聊自适，放歌颇愁绝。
岁暮百草零，疾风高冈裂。
天衢阴峥嵘，客子中夜发。
霜严衣带断，指直不得结。
凌晨过骊山，御榻在嵽嵲。

蚩尤塞寒空，蹴蹋崖谷滑。
瑶池气郁律，羽林相摩戛。
君臣留欢娱，乐动殷樛嶱。
赐浴皆长缨，与宴非短褐。
彤庭所分帛，本自寒女出。
鞭挞其夫家，聚敛贡城阙。
圣人筐篚恩，实欲邦国活。
臣如忽至理，君岂弃此物？
多士盈朝廷，仁者宜战栗。
况闻内金盘，尽在卫霍室。
中堂舞神仙，烟雾散玉质。
暖客貂鼠裘，悲管逐清瑟。
劝客驼蹄羹，霜橙压香橘。
朱门酒肉臭，路有冻死骨。
荣枯咫尺异，惆怅难再述。
北辕就泾渭，官渡又改辙。
群冰从西下，极目高崒兀。
疑是崆峒来，恐触天柱折。
河梁幸未坼，枝撑声窸窣。
行旅相攀援，川广不可越。
老妻寄异县，十口隔风雪。
谁能久不顾，庶往共饥渴。
入门闻号咷，幼子饿已卒。
吾宁舍一哀，里巷亦呜咽。
所愧为人父，无食致夭折。
岂知秋禾登，贫窭有仓卒！
生常免租税，名不隶征伐。

抚迹犹酸辛，平人固骚屑。

默思失业徒，因念远戍卒。

忧端齐终南，澒洞不可掇。

【汇评】

《苕溪诗话》：《孟子》七篇，论君与民者居半，其馀欲得君，盖以安民也。观少陵"穷年忧黎元，叹息肠内热"，……而志在大庇天下寒士，其心广大，异夫求穴之蝼蚁辈，真得孟子所存矣。东坡问：老杜何如人？或言似司马迁，但能名其诗耳。愚谓老杜似孟子，盖原其心也。　　观《赴奉先咏怀五百言》，乃声律中老杜心迹论一篇也。

《岁寒堂诗话》：少陵在布衣中，慨然有致君尧舜之志，而世无知者，虽同学翁亦颇笑之，故"浩歌弥激烈"、"沉饮聊自遣"（"适"一作"遣"）也。此与诸葛孔明抱膝长啸无异，读其诗，可以想见其胸臆矣。……方幼子饿死之时，尚以"常免租税"、"不隶征伐"为幸，而"思失业徒"，"念远戍卒"，至于"忧端齐终南"，此岂嘲风咏月者哉！

《唐诗归》：钟云：读少陵《奉先咏怀》、《北征》等篇，知五言古长篇不易作。当于潦倒淋漓、忽正忽反、若整若乱、时断时续处得其篇法之妙。　　钟云："许"字道尽志大、言大人病痛（"许身"句下）。　　钟云：有此二语才有本领（"以兹"二句下）。　　钟云：汉乐府语（"指直"句下）。　　钟云：此语痛甚（"鞭挞"句下）。

钟云："凌晨过骊山"至此，极道骄奢暴殄，隐忧言外，似皆说秦，其实句句是时事，所谓借秦为喻也。　　谭云：少陵不用于世，救援悲悯之意甚切，遇一小景、小物，说得极悲愤、极经济，只为胸中有此等事郁结，读其诸长篇自见（"朱门"二句下）。　　谭云：骨肉语可怜。钟云："似欲忘饥渴"，归后情也，"庶往共饥渴"，归前情也。悲欢不同，各有其妙，同一苦境（"庶往"句下）。　　钟云：五字非暴贫不知，非惯贫不知（"贫窭"句下）。　　　钟云：饥困忧时，婆心侠气（"默思"二句下）。

《杜臆》：自"凌晨过骊山"，至"路有冻死骨"，叙当时君臣晏安独乐而不恤其民之状，婉转恳至，抑扬吞吐，反复顿挫，曲尽其妙。后来诗人见杜以忧国忧民，往往效之，不过取办于笔舌耳。……故"彤庭分帛"、"卫霍金盘"、"朱门酒肉"等语，皆道其实，故称"诗史"。

《杜诗详注》：胡夏客曰：诗凡五百字，而篇中叙发京师，过骊山，就泾渭，抵奉先，不过数十字耳，馀皆议论，感慨成文，此最得"变雅"之法而成章者也。又曰：《奉先咏怀》全篇议论，杂以叙事；《北征》则全篇叙事，杂以议论。盖曰"咏怀"，自应以议论为主；曰"北征"，自应以叙事为主也。　　　卢世㴶曰：《赴奉先》及《北征》，肝肠如火，涕泪横流，读此而不感动者，其人必不忠。　　　作长篇古诗，布势须要宽转。此二条（按指"穷年忧黎元"至"放歌颇愁绝"）各四句转意，抚时慨己，或比或兴，送开送合，备极排荡顿挫之妙。

《唐宋诗醇》：此与《北征》为集中巨篇，摅郁结，写胸臆，苍苍莽莽，一气流转。其大段中有千里一曲之势而笔笔顿挫，一曲中又有无数波折也。甫以布衣之士乃心帝室，而是时明皇失政，大乱已成，方且君臣荒宴，若罔闻知。甫从局外蒿目时艰，欲言不可，盖有日矣，一于此诗发之。前述平日之衷曲，后写当前之酸楚，至于中幅，以所经为纲，所见为目，言言深切，字字沉痛。《板》《荡》之后，未有能及此者，此甫之所以度越千古而上继《三百篇》者乎？
张溍曰：文之至者，止见精神不见语言，此五百字真恳切到，淋漓沉痛，俱是精神，何处见有语言？

《唐诗别裁》："忧黎元"至"放歌愁绝"，反反复复，淋漓颠倒，正古人不可及处。

《读杜心解》：是为集中开头大文章，老杜平生大本领，须用一片大魄力读去，断不宜如朱、仇诸本，琐琐分裂。通篇只是三大段，首明赍志去国之情，中慨君臣耽乐之失，末述到家哀苦之感。而起手用"许身""比稷、契"二句总领，如金之声也。结尾用"忧端齐终南"二句总收，如玉之振也。

《杜诗镜铨》：朱注：公赴奉先，玄宗时正在华清宫，故诗中言骊山事特详。　　李云：此篇金声玉振，可为压卷。首从"咏怀"叙起，每四句一转，层层跌出。自许稷、契本怀，写仕既不成，隐又不遂，百折千回，仍复一气流转，极反复排荡之致。次叙自京赴奉先道途所闻见，致慨于国奢民困，此正忧端最切处。末叙抵家事，仍归结到"忧黎元"作结，乃是"咏怀"本意。　　蒋云：叙事中夹议论，不觉发上指冠，大声如吼，即所谓"激烈"、"愁绝"也（"彤庭"十句下）。乐府法，亦用隔句对（"暖客"四句下）。　　李云：四句束上起下，并有含蓄，是长篇断犀手（"朱门"四句下）。　　张云：只此家常事，曲折如话，亦非人所能及。穷困如此，而惓惓于国计民生，非希踪稷、契者，讵克有此！　　五古前人多以质厚清远胜，少陵出而沉郁顿挫，每多大篇，遂为诗道中另辟一门径。无一语蹈袭汉魏，正深得其神理。此及《北征》，尤为集内大文章，见老杜平生大本领。所谓"巨刃摩天"、"乾坤雷硠"者，惟此种足以当之。半山、后山，尚未望见。　　李子德云：太史公谓："《国风》好色而不淫，《小雅》怨悱而不乱，《离骚》兼之。"公《咏怀》足以相敌。

《石洲诗话》：《奉先咏怀》一篇，《羌村》三篇，皆与《北征》相为表里。此自《周雅》降风以后，所未有也。迹熄《诗》亡，所以有《春秋》之作。若《诗》不亡，则圣人何为独忧耶？李唐之代，乃有如此大制作，可以直接《六经》矣。　　渔洋以五平、五仄体，近于游戏，此特指有心为之者言。若此之"凌晨过骊山，御榻在嵽嵲"、"忧端齐终南，澒洞不可掇"……于五平五仄之中，出以叠韵，并属天成，非关游戏也。

《方南堂先生辍锻录》：《赴奉先县五百字》，当时时歌诵，不独起伏关键，意度波澜，煌煌大篇，可以为法，即其中琢句之工，用字之妙，无一不是规矩，而音韵尤古淡雅正，自然天籁也。

《十八家诗钞评点》：张云：数语回斡无迹，所谓"更觉良工心独苦"也（"生常"句下）。

《唐宋诗举要》：吴曰：第一段（至"放歌"句）一句一转，一转一深，几于笔不着纸。而悲京沉郁，愤慨淋漓，文气横溢纸上，如生龙活虎不可控揣。太史公、韩昌黎而外，无第三人能作此等文字，况诗乎？诗中唯杜公一人也。　　吴曰：此下忽捉笔发生绝大议论，警湛生动，独有千古（"彤庭"二句下）。　　吴曰：再回护朝廷一笔，此等处掉转最难，而文势益超骏矣（"圣人"二句下）。　　吴曰：一句折落，悲凉无际（"朱门"二句下）。　　邵子湘曰：《咏怀》、《北征》，皆杜集大篇，子美自评"沉郁顿挫"、"碧海鲸鱼"，后人赞其铺陈排比、浑涵汪茫，正是此种。学杜须从大处著眼，方不落一知半解。　　张廉卿曰：杜公此等议论，实足上嗣《风》《雅》。

奉先刘少府新画山水障歌

堂上不合生枫树，怪底江山起烟雾。

闻君扫却赤县图，乘兴遣画沧洲趣。

画师亦无数，好手不可遇。

对此融心神，知君重毫素。

岂但祁岳与郑虔，笔迹远过杨契丹。

得非悬圃裂，无乃潇湘翻？

悄然坐我天姥下，耳边已似闻清猿。

反思前夜风雨急，乃是蒲城鬼神入。

元气淋漓障犹湿，真宰上诉天应泣。

野亭春还杂花远,渔翁暝蹋孤舟立。

沧浪水深青溟阔,鼓岸侧岛秋毫末。

不见湘妃鼓瑟时,至今斑竹临江活。

刘侯天机精,爱画入骨髓。

自有两儿郎,挥洒亦莫比。

大儿聪明到,能添老树巅崖里。

小儿心孔开,貌得山僧及童子。

若耶溪,云门寺。

吾独胡为在泥滓,青鞋布袜从此始。

【汇评】

《苕溪渔隐丛话》：许彦周《诗话》云：画山水诗,少陵数首,无人可继者。……苕溪渔隐曰：少陵题画山水数诗,其间古风二篇(按指本诗与《戏题五宰山水图歌》)尤为超绝。荆公、东坡二诗悉录于左,时时哦之,以快滞懑。

《岩溪诗话》：老杜《刘少府画山水歌》云："反思前夜风雨急,乃是蒲城鬼神入。元气淋漓障犹湿,真宰上诉天应泣。"……此皆穷本探妙,超出准绳处,不特状写景物也。

《诚斋诗话》：诗有惊人句。杜《山水障》："堂上不合生枫树,怪底江山起烟雾",又"斫却月中桂,清光应更多"。

《唐诗品汇》：刘曰：情景玄淡,活脱自在。 范德机云：歌行之奇清景绝者。 又云：古今题画之律度也。

《唐诗归》：钟云：唐突得妙(首句下)。 钟云：追写冥理,疑畏交集("反思"二句下)。 钟云：从何处插入("自有"二句下)？

《唐诗选脉会通评林》：周甸曰：起便见画得妙,"得非""无乃""悄然""已似"并"裂"字、"翻"字,便入画妙；"野亭春还"四句,描写兴致；"若耶""云门",见画中景象仿佛。 徐中行曰：亦奇,亦脱,是何等气韵生动,摹拟逼真! 蒋一梅曰:信口拈来都妙,自有画意。末,动人谋隐之思。 周启琦曰:诗成画外之意,画写意外之情,妙得诗画三昧。

《杜臆》:画有六法,"气韵生动"第一,"骨法用笔"次之。杜以画法为诗法,通篇字字跳跃,天机盎然,见其气韵。乃"堂上不合生枫树",突然而起,从天而下;已而忽入"前夜风雨急",已而忽入"两儿挥洒",突兀顿挫,不知所自来,见其骨法。至末因"貌山僧",转"云门、若耶"、"青鞋布袜",阒然而止,总得画法经营位置之妙。而篇中最得画家三昧,尤在"元气淋漓障犹湿"一语。试一想象,此画至今在目,真是下笔有神;而诗中之画,令顾、陆奔走笔端。

《唐诗快》:何其突兀(首句下)。 杳然(末句下)。

《杜诗详注》:谢省曰:此诗一篇之中,微则竹树花草,变则烟雾风雨,仙境则沧州玄圃,州县则赤县蒲城,山则天姥,水则潇湘,人则渔翁释子,物则猿猱舟船,妙则鬼神,怪则湘灵,无所不备,而纵横出没,几莫测其端倪。

《义门读书记》:是"新画"("怪底江山"句下)。 皆有"新"字在("画师"六句下)。 大概写("得非"四句下)。 跌断,插入四句。新障变化曲折,并奉先少府亦不漏略("反思前夜"四句下)。 言其明("野亭春还"句下)。 言其暗("渔翁暝蹋"句下)。 言其平("沧浪水深"句下)。 言其侧。"野亭"以下六句细写,逐层不乱("攲岸侧岛"句下)。 带叙("自有"句下)。

画其高处("大儿"二句下)。 画其下处。四句又将大处细景补出("小儿"二句下)。 暗应"新"字结("青鞋布袜"句下)。

《纫斋诗谈》:中间"反思前夜风雨急"四句,向笔墨通神处一衬,将前后实写底俱映得灵异深沉,此以虚运实之妙。

《增订唐诗摘钞》:起句如空中坠石。杜之起句多有如此者,律诗亦然。通篇将画景作真景。……描写与赏赞分作数层,反复浓至。

《唐宋诗醇》：起处飞腾而入，末则馀波绵邈，中间忽然顿挫，刻意奇警，与李白《同族弟烛照山水画壁歌》用意正同而各极其妙。

《唐诗别裁》：惊风雨、泣鬼神意，写来怪怪奇奇，不顾俗眼（"反思前夜"四句下）。　　见画而思游名山，神游题外（末句下）。　　题画诗开出异境，后人往往宗之。

《读杜心解》：此歌笔势飘洒，第就其句法长短，韵脚转换处，寻出自然节奏，无若坊本横加割裂也。时公在奉先，少府列障于其堂，要公作歌。起就新障作虚摹势，为若疑若讶之词，谓"烟雾"本出于深林，"堂上不合生树"，何为迷离忽起乎？下二句，乃落出画来，又以别幅陪起本幅，此出题处也，一顿。"画师"四句，泛言画好，又一顿。"岂但"六句，就障上山水之势，统为形容，又一顿。"反思"四句，又就本处近日事，发出奇想，笔法倒装，言山水之奇如此，岂人工能事哉，乃"元气淋漓"，而天为雨泣，前夜"蒲城"风雨，职是故耳。……"野亭"六句，才写画中景物。前皆虚拟，此乃实描也。……末忽因画而动出世之想，更有含毫邈然之趣。

《杜诗镜铨》：突兀。　　张上若云：以画作真，落想甚奇（"堂上不合"二句下）。　　一波未平，一波又起，诗亦若有神助（"反思前夜"二句下）。　　邵子湘云：忽接景语，妙（"野亭春还"句下）。　　指点极缥缈（"不见湘妃"句下）。　　结到移情处，宛入真境，神游题外，尤觉去路邈然。　　字字飞腾跳跃，篇中无数山水境地人物，纵横出没，几莫测其端倪。

《龙性堂诗话初集》：《刘少府山水障歌》云："沧浪水深青溟阔，敧岸侧岛秋毫末。不见湘妃鼓瑟时，至今斑竹临江活"等句，笔底烟云，透出纸背，无能继者。

《昭昧詹言》：章法作用，奇怪神妙，此为第一，韩、苏以下无之。起突写二句，妙。下始接叙画，已奇矣。"画师"以下，接叙人，作两层跌入。"得非玄圃"数句，又接写画，乃遥接"烟雾"句下也，却隔两段。"耳边"句，随手于议写中起棱，"反思"四句棱汁。"野亭"六句又接写画，乃遥接"闻猿"句下也，却隔一段。"不见"二句，又于写中起棱。"刘侯"一段铺叙，乃接"杨契丹"句下也。每接不测，奇幻无伦。"若耶"四句，另一意作结，乃是兴也，远情阔韵。

《岘傭说诗》：起手用突兀之笔，中段用翻腾之笔，收处用逸宕之笔。突兀则气势壮，翻腾则波澜阔，逸宕则神韵远。诸法备矣，须细细揣摩。

三川观水涨二十韵

原注：天宝十五载七月中避寇时作

我经华原来，不复见平陆。
北上唯土山，连天走穷谷。
火云无时出，飞电常在目。
自多穷岫雨，行潦相豗蹙。
蓊匌川气黄，群流会空曲。
清晨望高浪，忽谓阴崖踣。
恐泥窜蛟龙，登危聚麋鹿。
枯查卷拔树，礧磈共充塞。
声吹鬼神下，势阅人代速。
不有万穴归，何以尊四渎？
及观泉源涨，反惧江海覆。
漂沙坼岸去，漱壑松柏秃。
乘陵破山门，回斡裂地轴。
交洛赴洪河，及关岂信宿。
应沉数州没，如听万室哭。

秽浊殊未清，风涛怒犹蓄。

何时通舟车？阴气不黪黩。

浮生有荡汩，吾道正羁束。

人寰难容身，石壁滑侧足。

云雷此不已，艰险路更蹐。

普天无川梁，欲济愿水缩。

因悲中林士，未脱众鱼腹。

举头向苍天，安得骑鸿鹄？

【汇评】

《杜臆》：描写水势之横，不减虎头之画。而"声吹"、"势阅"二语，似不可解，而光景宛然，故前辈赏之，真惊人语也。

《初白庵诗评》：造物不足供其驱使，何等心力，何等腕力（"声吹"四句下）！ 感时触景，拉沓奔凑（"秽浊"句下）。

《唐宋诗醇》：沉郁顿挫，字字生造，无一浮响。集中此等自是少陵本色。

《读杜心解》：是纪事赋物之诗。起六，叙清来路，随用反呼法。"自多"十二句，记山内水涨，前六统领，后六曲描。……"不有"四句，撇上提下。"漂沙"十二句，记原隰水涨：前四，刻划由山及原；中四，形容山原弥漫；后四，又是总束暗度。"浮生"至末十二句，乃观涨之情，都从身世民生设想，而语语交映水涨，斯又正喻夹写之法。 雕镂刻深，仿象生动，遂为昌黎《石鼎联句》等诗及宋元以来体物律古之祖。

《杜诗镜铨》：张云：北方山川如此（"北上"二句下）。 邵子湘云：警绝，写得骇人（"声吹"二句下）。 开笔，承上起下（"不有"二句下）。 寓言，拯溺无人（"普天"句下）。 以悯乱意作结，复有举世沦胥之慨。

悲陈陶

孟冬十郡良家子，血作陈陶泽中水。

野旷天清无战声，四万义军同日死。

群胡归来血洗箭，仍唱胡歌饮都市。

都人回面向北啼，日夜更望官军至。

【汇评】

《韵语阳秋》："野旷天清无战声，四万义军同日死。"言房琯之败也。琯临败犹持重，而中人邢延恩促战，遂大败，故甫深悲之。

《后村诗话》：琯虽败，犹为名相。至叙陈陶、潼关之败，直笔不恕，所以为诗史也。

《杜臆》：真是悲歌当哭。见人哭人，未必悲；读此二诗（按指本诗与《悲青坂》），鲜弗垂涕者。　"群胡血洗箭"是实语。血作陈陶水，见之惊心；而胡人且以血洗箭，自是妙语。

《抱真堂诗话》：工部《悲陈陶》，可谓沉着痛快。

《唐宋诗醇》：何焯曰："至"字一韵独用。

《读杜心解》：陈陶之悲，悲轻进以致败也。官军之聊草败没，贼军之得志骄横，两两如生。结语兜转一笔好，写出人心不去。

《杜诗镜铨》：书法，见公不以成败论人（"四万义军"句下）。

悲青坂

我军青坂在东门，天寒饮马太白窟。

黄头奚儿日向西，数骑弯弓敢驰突。

山雪河冰野萧瑟，青是烽烟白人骨。

焉得附书与我军,忍待明年莫仓卒!

【汇评】

《杜臆》:"数骑弯弓敢驰突",奚儿之轻视我军也,可轻进兵乎?故有"莫仓卒"之戒。

《义门读书记》:落句深伤中人督战,以致一败涂地也。

《读杜心解》:青坂之悲,悲屡败而不惩也。与前篇(按指《悲陈陶》)一串。"雪"、"冰"、"烽"、"骨",所见无馀物矣。

《杜诗镜铨》:写出战败惨景("山雪河冰"二句下)。　　邵子湘云:"日夜更望官军至",人情如此;"忍待明年莫仓卒",军机如此。此杜所以为诗史也。

《岘傭说诗》:《悲青坂》亦乐府。"山雪河冰野萧瑟,青是烽烟白人骨",无限凄凉,以十四字括之,愈简愈悲。

哀江头

少陵野老吞声哭,春日潜行曲江曲。
江头宫殿锁千门,细柳新蒲为谁绿?
忆昔霓旌下南苑,苑中万物生颜色。
昭阳殿里第一人,同辇随君侍君侧。
辇前才人带弓箭,白马嚼啮黄金勒。
翻身向天仰射云,一笑正坠双飞翼。
明眸皓齿今何在?血污游魂归不得。
清渭东流剑阁深,去住彼此无消息。
人生有情泪沾臆,江水江花岂终极。
黄昏胡骑尘满城,欲往城南望城北。

【汇评】

《岁寒堂诗话》:杨太真事,唐人吟咏至多,然类皆无礼。太真配至尊,岂可以儿女黩之耶？惟杜子美则不然。《哀江头》云："昭阳殿里第一人,同辇随君侍君侧。"不待云"娇侍夜"、"醉和春",而太真之专宠可知;不待云"玉容"、"梨花",而太真之绝色可想也。至于言一时行乐事,不斥言太真,而但言辇前才人,此意尤不可及。如云："翻身向天仰射云,一笑（"箭"一作"笑"）正坠双飞翼。"不待云"缓歌慢舞凝丝竹,尽日君王看不足",而一时行乐可喜事,笔端画出,宛在目前。"江水江花岂终极",不待云"比翼鸟"、"连理枝"、"此恨绵绵无尽期",而无穷之恨、黍离麦秀之悲,寄于言外。……其词婉而雅,其意微而有礼,真可谓得风人之旨者。……元、白（《连昌宫词》、《长恨歌》）数十百言竭力摹写,不若子美一句,人才高下乃如此。

　　苏辙《诗病五事》:《大雅·绵》九章,初诵太王迁豳,建都邑,营宫室而已。至其八章,乃曰"肆不殄厥愠,亦不陨厥问",始及昆夷之怒,尚可也。至其九章,乃曰"虞芮质厥成,文王蹶厥生。予曰有疏附,予曰有先后,予曰有奔奏,予曰有御侮。"事不接,文不属,如连山断岭,虽相去绝远,而气象联络,观者知其脉理之为一也。盖附离不以凿枘,此最为文之高致耳。老杜陷贼时有诗曰："少陵野老吞声哭……"予爱其词气如百金战马,注坡蓦涧,如履平地,得诗人之遗法。如白乐天诗,词甚工,然拙于纪事,寸步不遗,犹恐失之,此所以望老杜之藩垣而不及也。

　　《唐诗广选》:李膺卿曰:此诗妙在"清渭"二句。明皇、肃宗一去一住,两无消息,父子之间,人所难言,子美能言之,非但"细柳新蒲"之感而已。

　　《唐诗选脉会通评林》:单复曰:词不迫而意已独至。　　刘辰翁曰:如何一句道尽（按指"细柳新蒲"句）！第常诵之云耳。　　周敬曰:"吞声哭"三字含悲无限！"清渭"二语怨深却又蕴藉,所以高妙。　　陆时雍曰:总于起结见情,中间叙事,以老拙见奇。　　　　吴山民曰:"潜行"二句有深意,尾句从"潜行"字说出。

《杜臆》:"一箭",山谷定为"一笑",甚妙。曰"中翼",则箭不必言;而鸟下云中,凡同在者虽百千人,无不哑然发笑,此宴游乐事。

《杜诗说》:诗意本哀贵妃,不敢斥言,故借江头行幸处,标为题目耳。　　　　此诗半露半含,若悲若讯。天宝之乱,实扬氏为祸阶,杜公身事明皇,既不可直陈,又不敢曲讳,如此用笔,浅深极为合宜。　　　　善述事者,但举一事,而众端可以包括,使人自得于其言外。若纤悉备记,文愈繁而味愈短矣。《长恨歌》,今古脍炙,而《哀江头》无称焉。雅音之不谐俗耳如此。

《增订唐诗摘钞》:写低头暗思,景象如画,此为善写"潜行"二字。

《杜诗详注》:潘氏《杜诗博议》云:赵次公注引苏黄门尝谓其侄在进云:《哀江头》即《长恨歌》也,《长恨歌》费数百言而后成。杜言太真被宠,只"昭阳殿里第一人"足矣;言从幸,只"白马嚼啮黄金勒"足矣;言马嵬之死,只"血污游魂归不得"足矣。

《缃斋诗谈》:叙事檃括,不烦不简,有骏马跳涧之势。

《唐宋诗醇》:所谓对此茫茫,百端交集,何暇计及风刺乎? 叙乱离处全以唱叹出之,不用实叙,笔力之高,真不可及。

《唐诗别裁》:贵妃曰"同"、曰"随"、曰"侍",似不免乎复;然《诗》有"高朗令终",《传》有"远哉遥遥"等语,不必苛责("同辇随君"句下)。　　　　"彼此无消息",犹《长恨歌》云"一别人间两渺茫"也。　　　　结出心迷目乱,与入手"潜行"关照("黄昏胡骑"二句下)。

《读杜心解》:起四,写哀标意,浮空而来。次八,点清所哀之人,追叙其盛。"明眸"以下,跌落目前;而"去住彼此",并体贴出明皇心事。"泪沾"、"花草",则作者之哀声也。又回映多姿。

《杜诗镜铨》:蒋弱六云:苦音急调,千古魂消。　　　　邵子湘云:转折矫健,略无痕迹,苏黄门谓"如百金战马,注坡蓦涧,如履平地",信然("明眸皓齿"二句下)。

《石洲诗话·渔洋评杜摘记》:"乱离事只叙得两句,'清渭'以下,以唱叹出之,笔力高不可攀,乐天《长恨歌》便觉相去万里。即两句亦是唱叹,不是实叙。"按:此西樵评,所说皆合,但不必以《长恨歌》相较量耳。

《岘傭说诗》:亦乐府。《丽人行》何等繁华,《哀江头》何等悲惨!两两相比,诗可以兴。

《唐宋诗举要》:"一箭"句叙苑中射猎,已暗中关合贵妃死马嵬事,何等灵妙! 吴曰:更折入深处("去住彼此"二句下)。 悱恻缠绵,令人寻味无尽("江水江花"句下)。

哀王孙

长安城头头白乌,夜飞延秋门上呼。
又向人家啄大屋,屋底达官走避胡。
金鞭断折九马死,骨肉不待同驰驱。
腰下宝玦青珊瑚,可怜王孙泣路隅。
问之不肯道姓名,但道困苦乞为奴。
已经百日窜荆棘,身上无有完肌肤。
高帝子孙尽隆准,龙种自与常人殊。
豺狼在邑龙在野,王孙善保千金躯。
不敢长语临交衢,且为王孙立斯须。
昨夜东风吹血腥,东来橐驼满旧都。
朔方健儿好身手,昔何勇锐今何愚。
窃闻天子已传位,圣德北服南单于。
花门剺面请雪耻,慎勿出口他人狙。
哀哉王孙慎勿疏,五陵佳气无时无。

【汇评】

《岁寒堂诗话》：观子美此诗，可谓心存社稷矣。

《后村诗话》：乱世惟富贵尤难全。

《唐诗品汇》：刘云：起以童谣，省叙事处（"长安城头"四句下）。　　刘云：忠臣之尽心，仓卒之隐语，备尽情态（"哀哉王孙"二句下）。

《诗源辩体》：子美七言歌行……如《哀王孙》、《哀江头》等，虽稍入叙事，而气象浑涵，更无有相类者。

《唐风定》：《兵车》、《王孙》二起语，至高至古，不摹古而自合，盖《风》《骚》之遗意也。

《唐诗归》：谭云：邂逅王孙，惓惓有情，写得可歌可泣。钟云：看他仓卒，叙致有节奏。

《唐诗选脉会通评林》：蒋一梅曰：首句，头下另安一头，奇。　　吴山民曰："身上无有完肌肤"以上，发自忠悃，故叙得痛切。"豺狼在邑"二句，语健而古。　　周启琦曰：两"慎勿"，殷勤厚语。　　陆时雍曰：深情苦语。又曰：《哀王孙》、《哀江头》去繁就简，语归至要。观其分布起伏，有断崖千里之势。

《唐诗评选》：世之写情事语者，苦于不肖，唯杜苦于逼肖。画家有工笔、士气之别，肖处大损士气。此作亦肖甚，而士气未损，较"血污游魂归不得"一派自高一格。

《唐诗快》：古致错落，硇硇粼粼。屡唤王孙，一唤一哀，几于泣涕如雨矣。

《原诗》：至如杜之《哀王孙》，终篇一韵，变化波澜，层层掉换，竟似逐段转韵者。七古能事，至斯已极，非学者所易步趋耳。

《抱真堂诗话》：工部之《哀王孙》、《哀江头》，其工部之《风》乎！

《读杜心解》：末一段，化用咏叹法，笔笔开摆。先着"不敢"

二句,有添毫之妙。"东风"、"橐驼",惕以贼形也。"健儿""何愚",追慨失守也。"窃闻"四句,寄与不久反正消息而戒其勿泄,慰之也。"慎勿疏",申戒之;"无时无",申慰之也。丁宁恻怛,如闻其声。

《杜诗镜铨》:蒋云:见其宝玦尚存,故疑为王孙;问其姓名不得,又因见"龙准"而断为高帝之子。叙次语意曲折。　张云:数语形容奔驰困辱之状殆尽("已经百日"二句下)。　检极恨处写二句("朔方健儿"二句下)。

《一瓢诗话》:提得笔起,放得笔倒,才是书家;撇得出去,拗得入来,方为作者。王右军字字变换,提得起,放得倒也;杜工部篇篇老成,撇得出,拗得入也。显而易见者,右军《兰亭序》、工部《哀王孙》。世人习于闻见,不肯细心体认耳。

《老生常谈》:工部七古,选本颇尽其精华,馀则启韩、欧一派,可以缓读。前人学前人,亦只能得其中等之作,再加以自家心胸学问以变化之。如《哀王孙》等作,虽韩亦不能得其妙,所谓各人有各人独至处。

《岘佣说诗》:是乐府体,故起用比兴。"高帝子孙"六句,笔头提得起,尤佳在一句一转,曲尽贼中相逢心胆俱怯光景。结处勉励得体。

苏端薛复筵简薛华醉歌

文章有神交有道,端复得之名誉早。
爱客满堂尽豪翰,开筵上日思芳草。
安得健步移远梅,乱插繁花向晴昊?
千里犹残旧冰雪,百壶且试开怀抱。

垂老恶闻战鼓悲，急觞为缓忧心捣。

少年努力纵谈笑，看我形容已枯槁。

坐中薛华善醉歌，歌辞自作风格老。

近来海内为长句，汝与山东李白好。

何刘沈谢力未工，才兼鲍照愁绝倒。

诸生颇尽新知乐，万事终伤不自保。

气酣日落西风来，愿吹野水添金杯。

如渑之酒常快意，亦知穷愁安在哉！

忽忆雨时秋井塌，古人白骨生青苔，

如何不饮令心哀？

【汇评】

《唐诗品汇》：刘云：第能此起，不患辞穷（首二句下）。　　　刘云：此老歌行之妙，有不知其所至者（"近来海内"二句下）。

《杜臆》：诗须出自性情。今佳辰胜友，会集一堂，岂非快事？而"开怀抱"即接以"战鼓悲"，"乐新知"即接以"不自保"，才是自家做诗。

《唐诗快》：可谓老气横九州。　　　冲口而出，遂成名句（首句下）。　　　健甚（"近来海内"二句下）。

《唐诗选脉会通评林》：梅鼎祚曰：悲壮可喜。　　　周珽曰：成局在手，穿插顿挫，色色匠心。其点睛处，尤有鳞甲飞动之势。　　　唐陈彝曰："急觞为缓忧心捣"七字练前语，极散缓矣；至"气酣日落"数句，才振作。　　　唐孟庄曰：杜不虚赞，恨薛华歌不传。尾七字，振起一篇。

《诗辩坻》：子美"文章有神交有道"，虽曰深老，且起有势，却是露句；宋人宗此等失足耳。滔滔一韵，未见精工。至"气酣日落"以后，浮气乃尽，真力始见耳。

《义门读书记》：唐初七言歌行，多用齐梁旧体，至公等乃专法鲍明远《行路难》，极于遒壮，故诗中专以"长句"为言也（"近来海内"句下）。

《杜诗详注》：杜诗格局整严，脉络流贯，不特律体为然，即歌行布置，各有条理。如此篇首提端、复，是主；再提薛华，是宾；又拈少年诸生，则兼及一时座客；其云悲笑忧乐，腰尾又互相照应。熟此可悟作法矣。

《围炉诗话》：子美如《苏端薛复篇》，言饮酒者不多，而"气酣日落西风来，愿吹野水添金杯"，宛似太白语。

《唐宋诗醇》：词气朴老，脉络井然，末幅纵笔排宕，单句径住，亦别有神味。

《岘佣说诗》："文章有神交有道"七字，总提有力，以下便挥洒自如；"气酣日落"一段与赠郑虔"春夜沈沈"后半同一笔墨，所谓气足神王处也。

《读杜心解》："坐中"以下，另表"薛华"，次座客也。而"诸生"句随手总束端、复，"万事"句随手蹴起醉怀，使笔正似梨花枪矣。看他将三人分作两处，自身夹入中间，而末段之醉怀，正伏根于夹入一段内，既变化，复细密。

《昭昧詹言》：起叙端、复开筵，是点题。起句妙，先起棱。"安得"三句插入。"百壶"以下叙饮，入薛华，亦是点题。"气酣"以下，总收起棱，神气俱变。

雨过苏端

原注：端置酒。

鸡鸣风雨交，久旱云亦好。
杖藜入春泥，无食起我早。
诸家忆所历，一饭迹便扫。

苏侯得数过，欢喜每倾倒。

也复可怜人，呼儿具梨枣。

浊醪必在眼，尽醉摅怀抱。

红稠屋角花，碧委墙隅草。

亲宾纵谈谑，喧闹畏衰老。

况蒙霈泽垂，粮粒或自保。

妻孥隔军垒，拨弃不拟道。

【汇评】

《唐诗归》：钟云：老杜每受人一酒一肉，不胜感恩，不胜得意，盖有一肚愤谑，即太白所谓"今日醉饱，乐过千春"也。　　钟云："入"字有景（"杖藜"句下）。　　谭云：偏要写出，供千古人笑端，非惟朴直，亦见游戏（"无食"句下）。　　钟云："一饭迹便扫"五字有分晓，有斟酌，许多嗟来呼蹴之感俱在其中（"一饭"句下）。　　钟云："得"字可怜（"苏侯"句下）。　　钟云："必在眼"三字，馋语好笑（"浊醪"句下）。　　钟云：饥困中尚自点景（"红稠"二句下）。

《杜臆》：访人须晴，故久旱之雨本好，而着一"亦"字，非本愿也。"杖藜入春泥"，行极不便，而以无食起早，则泥淖不暇顾矣。叙致委宛，而实与陶之《乞食》同。可怜可怜！高人偏不以为讳，此玩世之意，亦因以见苏之德也。"一饭迹便扫"，固是世情，而诸家遍历，明是乞人行径。……屋花、墙草，有何奇胜？虽在饥困，心目及之，想见此公胸次，所以千般艰苦，磨难不倒，声戛金石，日月不刊，岂偶然哉！末云拨弃妻孥，无可奈何，语似宽，心愈苦矣。

《杜诗详注》：末述雨后遣怀之意。花草增妍，粮粒有望。流离穷困中，作对景舒愁语，亦无可如何而安之耳（"红稠"八句下）。

《读杜心解》：乞食诗也。雨只起讫一带，中间详写贫穷乞食，开怀无愧，益见此老胸襟。只"也复"句似嫩。"红稠"、"碧透"，亦为雨色点染。

《杜诗镜铨》：李云：真率有味。此及下首（按指《喜晴》）皆陶句。　　张云：无食起早，写穷忙可笑（"杖藜"二句下）。　　贫家春景宛然（"红稠"二句下）。　　杜诗只字片句，后人多据为故实。……不如放翁诗"无复短衣随李广，但思微雨过苏端"，为新而工也。

述怀一首

去年潼关破，妻子隔绝久。
今夏草木长，脱身得西走。
麻鞋见天子，衣袖露两肘。
朝廷愍生还，亲故伤老丑。
涕泪授拾遗，流离主恩厚。
柴门虽得去，未忍即开口。
寄书问三川，不知家在否？
比闻同罹祸，杀戮到鸡狗。
山中漏茅屋，谁复依户牖？
摧颓苍松根，地冷骨未朽。
几人全性命？尽室岂相偶？
嵚岑猛虎场，郁结回我首。
自寄一封书，今已十月后。
反畏消息来，寸心亦何有？
汉运初中兴，生平老耽酒。
沉思欢会处，恐作穷独叟。

【汇评】

《苕溪渔隐丛话》：王君玉云：子美之诗，词有近质者，如"麻鞋见天子"、"垢腻脚不袜"之句,所谓转石于千仞之山,势也。

《唐诗品汇》:陈后山云:不敢问何如? 刘云:极一时忧伤之怀,赖自能赋,而毫发不失("自寄"四句下)。

《唐诗归》:谭云:好笑("麻鞋"句下)。 谭云:"涕泪"受官,比慕爵者何如? 钟云:草草中写出忠孝("涕泪"句下)。 钟云:又深一层,非客久不信("反畏"句下)。

《杜臆》:他人写苦情,一言两言便了,此老自"寄书问三川"至末,宛转发挥,蝉联不断,字字俱堪堕泪。

《唐诗快》:至性语令人堕泪("流离"句下)。 宋延清"近乡情更怯,不敢问来人"十字妙矣,此以五字括之("反畏"句下)。

《杜诗详注》:申涵光曰:"麻鞋见天子,衣袖露两肘。"一时君臣草草,狼藉在目。"反畏消息来,寸心亦何有?"非身经丧乱,不知此语之真。此等诗,无一语空闲,只平平说去,有声有泪,真《三百篇》嫡派。人疑杜古铺叙太实,不知其淋漓慷慨耳。

《初白庵诗评》:真情苦语,道得出。

《唐宋诗醇》:李因笃曰:《北征》如万山之松,中蔚烟霞;此诗如数尺之竹,势参霄汉。

《唐诗别裁》:妙在反接。若云"不见消息来",意浅薄矣("反畏"句下)。

《说诗晬语》:(杜诗)又有反接法,《述怀》篇云:"自寄一封书,今已十月后。"若云"不见消息来",平平语耳。今云:"反畏消息来,寸心亦何有?"斗觉惊心动魄矣。

《读杜心解》:诗从一片至情流出。自脱贼拜官后,神魂稍定,因思及室家安否也。……后八句,四应中段,四应首段,而"穷独叟"乃绾定妻子,收束完密。

《杜诗镜铨》:李云:其妙处有一唱三叹、朱弦疏越之妙。李云:如子长叙事,遇难转佳,无微不透,而忠厚之意,缠绵笔端。

公至性过人,不易企如此。　　张云:写出微服琐尾景况("麻鞋"六句下)。　　亦以朴胜,词旨深厚,却非元、白率意可比。公诗只是一味真。

《峴傭说诗》:"自寄一封书……寸心亦何有?"乱离光景如绘,真至极矣,沉痛极矣。

《唐宋诗举要》:张廉卿曰:真朴之中,弥复湛至("流离"句下)。　　吴云:收极凝重,所谓"盛得水住"者。　　吴曰:此等皆血性文字,至情至性郁结而成,生气淋漓,千载犹烈。其顿挫层折行气之处,与《史记》、韩文如出一手,此外不可复得矣。

塞芦子

　　五城何迢迢,迢迢隔河水。
　　边兵尽东征,城内空荆杞。
　　思明割怀卫,秀岩西未已。
　　回略大荒来,崤函盖虚尔。
　　延州秦北户,关防犹可倚。
　　焉得一万人,疾驱塞芦子。
　　岐有薛大夫,旁制山贼起。
　　近闻昆戎徒,为退三百里。
　　芦关扼两寇,深意实在此。
　　谁能叫帝阍,胡行速如鬼。

【汇评】

　　《杜臆》:明是条陈边事,岂可以诗论!

　　《杜诗详注》:朱又曰:此诗首以"五城"为言,盖忧朔方之无备也。……"谁能叫帝阍",即《悲青坂》所云"焉得附书与我军"也。

　　《读杜心解》:此杜氏筹边策也。灼形势,切事情,以韵语为奏议,成一家之言矣。　　起四句,从帝所在说起,谓朔方悬远而空虚也……"延州"四语,乃是扼要本旨。曰"秦北户"者,自灵武来由此入,南达长安由此过。而河东之贼,来截两头,亦由此进。以我塞之,则我可通而彼可扼也。"岐有"四句,插入绝奇。……末四语表明本意,复为危词以惕之。"速如鬼"者,稍迟则彼乘之矣。幸而当日太原不破,贼不得西耳。不然亦危矣哉!

《杜诗镜铨》:以韵语代奏议,洞悉时势,见此老硕画苦心。学者熟读此等诗,那得以诗为无用,作诗为闲事?

彭衙行

忆昔避贼初,北走经险艰。
夜深彭衙道,月照白水山。
尽室久徒步,逢人多厚颜。
参差谷鸟吟,不见游子还。
痴女饥咬我,啼畏虎狼闻。
怀中掩其口,反侧声愈嗔。
小儿强解事,故索苦李餐。
一旬半雷雨,泥泞相牵攀。
既无御雨备,径滑衣又寒。
有时经契阔,竟日数里间。
野果充馐粮,卑枝成屋椽。
早行石上水,暮宿天边烟。
少留周家洼,欲出芦子关。
故人有孙宰,高义薄曾云。
延客已曛黑,张灯启重门。
暖汤濯我足,剪纸招我魂。

从此出妻孥，相视涕阑干。

众雏烂熳睡，唤起沾盘餐。

势将与夫子，永结为弟昆。

遂空所坐堂，安居奉我欢。

谁肯艰难际，豁达露心肝？

别来岁月周，胡羯仍构患。

何当有翅翎，飞去堕尔前！

【汇评】

《苕溪渔隐丛话》：《学林新编》云：《冷斋夜话》曰："杜子美《彭衙行》押二'餐'字。"某按：《彭衙行》曰："小儿强解事，故索苦李餐。"又曰："众雏烂熳睡，唤起沾盘飧。"二字者，义不同。……按《广韵》上平声二十三"魂"字韵中有"飧"字；二十五"寒"字韵中有"餐"字。子美《彭衙行》于两韵中通押，盖唐人诗文用韵如此。

《唐诗归》：谭云：小儿不解事性情，此老专要描写（"痴女"四句下）。　　钟云：自家奔走穷困之状，往往从儿女、妻孥情事写出，便不必说向自家身上矣（"小儿"二句下）。　　钟云：以下描写卒客卒主草率亲昵，情事如见（"延客"二句下）。　　钟云：要哭（"剪纸"句下）。　　钟云："沾"字可怜（"唤起"句下）！　　钟云：小心厚道，一味感恩，忘却自家身分。乃知自处高人才士，见人爱敬，以为当然而直受者，妄浅人也。

《杜臆》：感孙宰之高谊，故隔年赋诗。感之极，时往来于心，故写逃难之苦极真。追思其苦，故愈追思其恩。……"暮宿天边烟"，逃难之人，望烟而宿，莫定其处，虽在天边，不敢辞远，非实历不能道。

《唐诗快》：可伤（"尽室"二句下）。　　未死何云招魂，此一语真可泣鬼（"剪纸"句下）。

《义门读书记》：名句。望见白水，以为晓光，几堕深渊；遥指晚烟,以为村落,仅宿空林。深山间道,奔窜之苦,尽此十字矣("早行"二句下)。

《绖斋诗谈》:写避难时光景真,落到感激孙公处,不烦言而意透。此争上截法,不知者只谓是叙事。

《剑溪说诗》:世人但目皮色苍厚、格度端凝为杜体,不知此老学博思深,笔力矫变,于沉郁顿挫之极,更见微婉。试举五古,自前后《出塞》、《三吏》、《三别》、《彭衙行》外,如《玉华宫》……等篇,学杜者视此种曾百得一二与?

《唐宋诗醇》:通篇追叙,琐屑尽致,神似汉魏。

《读杜心解》:起四,即点"彭衙",是先出题法。"尽室"以下,乃追叙初起身至"彭衙"一句以内所历之苦,正以反蹴下文"延客""奉欢"一段深情也。看其写小儿女态,画不能到。由奉先至白水,本无一旬之行程,不应迟迟若此,故前后用"尽室徒步"、"竟日数里"点破之。

《杜诗镜铨》:张云:写人所不能写处,真极朴极,亦趣极,惟杜公善用此法。先极写道路颠连,愈见孙宰情谊之厚。曲尽逃乱之态("痴女"六句下)。　　申云:"烂熳"二字,写稚子睡态入神。

邵子湘云:《彭衙》、《羌村》是真汉魏古诗,但不袭其面目耳,解人得之。

北　征

原注:归至凤翔,墨制放往鄜州作。

皇帝二载秋,闰八月初吉。
杜子将北征,苍茫问家室。
维时遭艰虞,朝野少暇日。
顾惭恩私被,诏许归蓬荜。

拜辞诣阙下，怵惕久未出。
虽乏谏诤姿，恐君有遗失。
君诚中兴主，经纬固密勿。
东胡反未已，臣甫愤所切。
挥涕恋行在，道途犹恍惚。
乾坤含疮痍，忧虞何时毕？
靡靡逾阡陌，人烟眇萧瑟。
所遇多被伤，呻吟更流血。
回首凤翔县，旌旗晚明灭。
前登寒山重，屡得饮马窟。
邠郊入地底，泾水中荡潏。
猛虎立我前，苍崖吼时裂。
菊垂今秋花，石戴古车辙。
青云动高兴，幽事亦可悦。
山果多琐细，罗生杂橡栗。
或红如丹砂，或黑如点漆。
雨露之所濡，甘苦齐结实。
缅思桃源内，益叹身世拙。
坡陀望鄜畤，岩谷互出没。
我行已水滨，我仆犹木末。
鸱鸟鸣黄桑，野鼠拱乱穴。
夜深经战场，寒月照白骨。
潼关百万师，往者散何卒！
遂令半秦民，残害为异物。
况我堕胡尘，及归尽华发。
经年至茅屋，妻子衣百结。
恸哭松声回，悲泉共幽咽。

平生所娇儿，颜色白胜雪。
见耶背面啼，垢腻脚不袜。
床前两小女，补绽才过膝。
海图坼波涛，旧绣移曲折。
天吴及紫凤，颠倒在裋褐。
老夫情怀恶，呕泄卧数日。
那无囊中帛，救汝寒凛栗？
粉黛亦解苞，衾裯稍罗列。
瘦妻面复光，痴女头自栉。
学母无不为，晓妆随手抹。
移时施朱铅，狼藉画眉阔。
生还对童稚，似欲忘饥渴。
问事竞挽须，谁能即嗔喝？
翻思在贼愁，甘受杂乱聒。
新归且慰意，生理焉能说！
至尊尚蒙尘，几日休练卒？
仰观天色改，坐觉祆气豁。
阴风西北来，惨澹随回鹘。
其王愿助顺，其俗善驰突。
送兵五千人，驱马一万匹。
此辈少为贵，四方服勇决。
所用皆鹰腾，破敌过箭疾。
圣心颇虚伫，时议气欲夺。
伊洛指掌收，西京不足拔。
官军请深入，蓄锐何俱发。
此举开青徐，旋瞻略恒碣。
昊天积霜露，正气有肃杀。

祸转亡胡岁，势成擒胡月。

胡命其能久？皇纲未宜绝。

忆昨狼狈初，事与古先别。

奸臣竟菹醢，同恶随荡析。

不闻夏殷衰，中自诛褒妲。

周汉获再兴，宣光果明哲。

桓桓陈将军，仗钺奋忠烈。

微尔人尽非，于今国犹活。

凄凉大同殿，寂寞白兽闼。

都人望翠华，佳气向金阙。

园陵固有神，扫洒数不缺。

煌煌太宗业，树立甚宏达。

【汇评】

《竹坡诗话》：韩退之《城南联句》云："红皱晒檐瓦，黄困系门衡"……状二物而不名，使人瞑目思之，如秋晚经行，身在村落间。杜少陵《北征》诗云："或红如丹砂，或黑如点漆。"此亦是说秋冬间篱落所见，然比退之，颇是省力。

《石林诗话》：长篇最难。晋魏以前，诗无过十韵者。盖常人以意逆志，初不以叙事倾尽为工。至老杜《述怀》、《北征》诸篇，穷极笔力，如太史公纪传，此固古今绝唱也。

《唐子西文录》：古之作者，初无意于造语，所谓因事以陈词。如杜子美《北征》一篇，直纪行役尔，忽云"或红如丹砂，或黑如点漆。雨露之所濡，甘苦齐结实"此类是也。文章只如人作家书乃是。

《艇斋诗话》：韩退之《南山》诗，用杜诗《北征》诗体作。

《碧溪诗话》：子美世号"诗史"，观《北征》诗云："皇帝二载秋，闰八月初吉。"……史笔森严，未易及也。

《冷斋夜话》：《北征》诗，识君臣大体。忠义之气，与秋色争高，可贵也。

《潜溪诗眼》：孙莘老尝谓：老杜《北征》诗胜退之《南山》诗。王平甫以谓《南山》诗胜《北征》，终不能相服。时山谷尚少，乃曰："若论工巧，则《北征》不及《南山》；若书一代之事，以与《国风》《雅》《颂》相为表里，则《北征》不可无，而《南山》虽不作，未害也。"二公之论遂定。

《韵语阳秋》：杜甫："天吴与紫凤，颠倒在裋褐"，皆巧于说贫者也。

《唐诗品汇》：刘云：长篇自然不可无此（"青云"八句下）。又云：愁结中得从容风刺，如此语乃大篇兴致（"残害"二句下）。

刘云：《北征》精神，全得一段尽意，他人窘态有甚不能自言，又羞置勿道（"经年"至"生理"一段下）。

《诗薮》：杜之《北征》、《述怀》，皆长篇叙事。然高者尚有汉人遗意，平者遂为元、白滥觞。

《唐诗归》：钟云：只似作文起法，老甚，质甚（"杜子"句下）。　　时事后才入征途，次第妙，妙（"人烟"句下）。　　往往奔走愁寂，偏有一副极闲心眼，看景入微入细（"幽事"句下）。此下一段说入门儿女妻妾非悲非喜，非笑非哭，非吞非吐，非忙非闲，口中难言，目中如见（"补绽"句下）。四句已是一首娇女诗矣（"狼藉"句下）。　　儿女语态正说不了，忽入"至尊蒙尘"一段，应首段意思，深忧长虑，谁信饥瘦穷老，有此想头！其篇法幻妙，若有照应，若无照应，若无穿插，若有穿插，不可捉摸（"至尊"句下）。

《唐诗选脉会通评林》：吴山民曰：说造化，神工简至；描旅行，真景入微。"粉黛亦解色"（"苞"一作"色"），看此老殷勤意，好笑！千辛万苦中，忽写出一段情景说话，读之几人抚掌绝倒。结收煞得俊伟。

《杜臆》：昌黎《南山》韵赋为诗，少陵《北征》韵记为诗，体不相蒙。……《南山》琢镂凑砌，诘屈怪奇，自创为体，杰出古今，然不可无一，不可有二，固不易学，亦不必学，总不脱文人习气。《北征》故是雅调，古来词人亦多似之。即韩之《赴江陵》、《寄三学士》等作，庶可与之雁行也。

《唐诗快》：笔法妙绝，古今未有（"苍茫"句下）。　绝好画图（"我行"句下）！　又有此闲点染，盖见文字之妙（"天吴"句下）。　情状如见（"问事"句下）。　长篇缠绵悱恻，潦倒淋漓，忽而儿女喁喁，忽而老夫灌灌，似骚似史，似记似碑，诚如涪翁所言，足与《国风》《雅》《颂》相表里。

《杜诗解》：《北征》诗通篇要看他忽然转笔作突兀之句，奇绝人。　"谷岩（"岩谷"一作"谷岩"）互出没"五字，便是一幅平远画，写得鄜州远已不远，近还未近，已是目力所及，尚非一蹴所至，妙绝。　陡然转出"至尊"，笔势突兀之至（"至尊"四句下）。　下"凄凉"、"寂寞"字妙，如此恶字，却有用得绝妙时（"凄凉"四句下）。

《初白庵诗评》：序事言情，不伦不类，拉拉杂杂，信笔直书。作者亦不自知其所以然，而家国之感，悲喜之绪，随其枨触，引而弥长，遂成千古至文，独立无偶。

《师友诗传续录》：（王士禛答）五七言有二体：田园邱壑，当学陶、韦；铺叙感慨，当学杜子美《北征》等篇也。

《唐宋诗醇》：以排天斡地之力，行属词比事之法，具备万物，横绝太空，前无古人，后无来者，自有五言，不得不以此为大文字也。问家室者，事之主；愤艰虞者，意之主。以皇帝起，太宗结，恋行在，望匡复，言有伦脊，忠爱见矣。道途感触，抵家悲喜，琐琐细细，靡不具陈，极穷苦之情，绝不衰馁。严羽谓李、杜之诗如金鹉擘海，香象渡河，下视郊、岛辈，有类虫吟草间者，岂不然哉！……中唐以下，惟李商隐《西郊》诗等作有此风力，特知之者少耳。　李因笃曰：其才则海涵地负，其力则排山倒岳，有极尊严处，有极琐细处，繁则如千门万户之象，简则有急弦促柱之悲，元河南谓其具一代兴亡，与《风》《雅》《颂》相表里，可谓知言。

《唐诗别裁》：一幅旅行名画（"我行"二句下）。 以下所见惨景（"鸱鸟"八句下）。 到家后叙琐屑事，从《东山》诗"有敦瓜苦，烝在栗薪"悟出（"海图"六句下）。 叙到家后，悲喜交集，词尚未了，忽入"至尊蒙尘"，直起突接，他人无此笔力（"至尊"六句下）。 "皇帝"起，"太宗"结，收得正大（"园陵"四句下）。汉魏以来，未有此体，少陵特为开出，是诗家第一篇大文。

《杜诗镜铨》：张上若云：凡作极紧要、极忙文字，偏向极不要紧、极闲处传神，乃"夕阳返照"之法，惟老杜能之。如篇中"青云"、"幽事"一段，他人于正事、实事尚铺写不了，何暇及此？此仙凡之别也。 李云："不闻夏殷衰，中自诛褒妲"，不言周，不言妹喜，此古文互文之妙，正不必作误笔。自八股兴，无人解此法矣。 如此长篇，结势仍复了而不了，所谓"篇终接混茫"也。

《闲园诗摘钞》：此诗有大笔、有细笔、有闲笔、有警笔、有放笔、有收笔、变换如意，出没有神。若笔不能换，则局势平衍，真成冗长矣。

《十八家诗钞评点》：张云：此与"夜深经战场"数语，就途中所见随手生出波绉，兴象最佳，须玩其风神萧飒闲淡之妙（"或黑"句下）。 张云：此一段叙到家以后情事，酣嬉淋漓，意境非诸家所有（"颠倒"句下）。

《岘傭说诗》：《奉先咏怀》及《北征》是两篇有韵古文，从文姬《悲愤》诗扩而大之者也。后人无此才气，无此学问，无此境遇，无此襟抱，断断不能作。然细绎其中阳开阴合，波澜顿挫，殊足增长笔力，百回读之，随有所得。

《唐宋诗举要》：吴曰：哀痛恻怛之中，忽转入幽事可悦，此之谓夭矫变化（"青云"二句下）。　　蒋曰：忽然截住，万钧之力（"新归"二句下）。　　张曰：忽入时事，笔力绝人（"至尊"二句下）。　　吴曰：此下至末，气势驱迈，淋漓雄直（"惨澹"句下）。　　吴曰：气象旁魄，语语有擎天拔地之势（"伊洛"十二句下）。

玉华宫

溪回松风长，苍鼠窜古瓦。

不知何王殿，遗构绝壁下。

阴房鬼火青，坏道哀湍泻。

万籁真笙竽，秋色正萧洒。

美人为黄土，况乃粉黛假。

当时侍金舆，故物独石马。

忧来藉草坐，浩歌泪盈把。

冉冉征途间，谁是长年者？

【汇评】

《容斋随笔》：张文潜暮年在宛丘，何大圭方弱冠，往谒之。凡三日，见其吟哦此诗不绝口。大圭请其故，曰："此章乃《风》《雅》鼓吹，未易为子言。"

《唐诗品汇》：刘云：哀思苦语，转换简远，有长篇馀韵。末更自伤悲，非意所及（"不知"二句下）。　　刘云：起结凄黯，读者殆难为情（"冉冉"二句下）。

《麓堂诗话》：五、七言古诗仄韵者，上句末字类用平声。惟杜子美多用仄，如《玉华宫》、《哀江头》诸作，概亦可见。其音调起伏顿挫，独为阶健，似别出一格；回视纯用平字者，便觉萎弱无生气。自后则韩退之、苏子瞻有之，故亦健于诸作。

《唐诗直解》：一片凄黯，极为惊心骇目。末更自伤悼一番，方不是口头搬弄。

《杜诗解》：此解全用《古诗十九首》"青青河畔草"法。先生自云"熟精《文选》理"，不我欺也（首四句下）。　四句写景，却分两番："阴房"二句，就"何王"写，写得怕杀人；"万籁"二句，就先生写，写得妙煞人。

《唐诗选脉会通评林》：周甸曰：首句奇，五字皆平。"阴房"二语，见无人居守。"万籁"二语，行旅中有此赏玩。"当时"二语，行旅中有此感慨。　蒋一葵曰：起二句，奇语。"阴房"句，恶景。"坏道"句，苦景。"美人"四句，盖伤苻坚也。末更自伤，非意所及。　徐中行曰：恶景险语，分明如昼。　周珽曰：穷居荒凉，草树茂密。读此自娱，消世几许奔竞心曲。

《蝼斋诗话》：古诗无定体，似可任笔为之，不知自有天然不可越之矩矱。故李于鳞谓："唐无五古诗"，言亦近是；无即不无，但百不得一、二耳。……若于鳞所云无古诗，又唯无其形埒字句与其粗豪之气耳。不尔，则"子房未虎啸"及《玉华宫》二诗，乃李、杜集中霸气灭尽、和平温厚之意者，何以独入其选中？

《唐风怀》：南邨云：荒凉幽咽，画亦不尽（"坏道"句下）。

《唐宋诗醇》：吴昌祺曰：即《古诗》"所遇无故物"之意。

《唐诗别裁》：唐初所建，而曰："不知何王殿"，妙于语言。

《说诗晬语》：诗贵寄意，有言在此而意在彼者……杜少陵《玉华宫》云："不知何王殿，遗构绝壁下"，伤唐乱也。

《读杜心解》：《九成》、《玉华》用意各别。一为隋代所建，故明志来历，有借秦为喻之意；一为国初所作，故不忍斥言，有《黍离》"行迈"之思。又彼承荒主而踵事也，故由盛及衰，意存追感；此则俭德而终废也，故因衰起兴，泪洒当前。

《杜诗镜铨》：只极言荒凉之意，他解深求反失之（"不知"句下）。　蒋云：二句插得妙，点缀尤为凄绝（"万籁"二句下）。　　邵子湘云：简远凄凉，正以少胜人多许。

《十八家诗钞》：张云：横插"不知何王殿"二语最妙，太史公文往往如此。

《唐宋诗举要》：吴曰：矜炼跌宕，诗境极为沉郁。

羌村三首

其一

峥嵘赤云西，日脚下平地。
柴门鸟雀噪，归客千里至。
妻孥怪我在，惊定还拭泪。
世乱遭飘荡，生还偶然遂。
邻人满墙头，感叹亦歔欷。
夜阑更秉烛，相对如梦寐。

【汇评】

《唐诗品汇》：刘云：当时适然。千载之泪，常在人目，《诗三百》不多见也。

《唐诗归》：钟云："怪"深于喜，又在喜前（"妻孥"句下）。钟云：五字却藏有喜在内（"惊定"句下）。　　谭云：光景真（"邻人"句下）。　　谭云：住得妙，再添一二句，不惟不佳，且不苦矣（末二句下）。

《杜臆》：起语写景如画。"妻孥怪我"二句，总是一个喜。……"生还偶然遂"，正发"怪我在"之意，见其可喜。"邻人满墙头"，乡村真景；而"感叹歔欷"，却藏喜在。

《批点唐诗正声》：全首珠玑。末句是耶非耶，极佳。

《唐诗选脉会通评林》：周敬曰：知不是梦，忽忽心未稳，意味深长。"如"字妙（末二句下）。　　吴山民曰：结写出怪情（末二句下）。　　周珽曰：无一字不可泣神雨粟。

《唐诗快》：《羌村》诗三首俱佳，而二、三之娇儿父老，此首足以兼之。　　宛然如见（"邻人"句下）。

《杜诗详注》：司空曙诗"乍见翻疑梦，相悲各问年"，是用杜句；陈后山诗"了知不是梦，忽忽心未稳"，是翻杜语（末二句下）。　　王慎中曰：三首俱佳，而第一首尤绝。一字一句，镂出肺肠，才人莫知措手；而婉转周至，跃然目前，又若寻常人所欲道者。真《国风》之义，黄初之旨，而结体终始，乃杜本色耳。　　申涵光曰：杜诗"邻人满墙头"与"群鸡正乱叫"，摹写村落田家，情事如见。

《义门读书记》：跌宕（"世乱"二句下）。

《杜诗解》："怪我在"，用《论语》成奇句不必道，偏看他笔墨倔强，不写几死幸生、相煦相沫之语，一则曰"怪我在"，一则曰"偶然遂"，人已归矣，还作十成死法相待，岂非异致！

《唐宋诗醇》：真语流露，不假雕饰，而情文并至。

《唐诗别裁》：不再添一语，高绝（末二句下）。

《说诗晬语》：《羌村》首章，与《绸缪》诗"今夕何夕，见此良人""见此粲者"、《东山》诗"有敦瓜苦，烝在栗薪"同一神理。

《增订唐诗摘钞》：不曰喜，而曰"怪"，情事又深一层。只作惊怪、疑惑之想，情景如画。

《读杜心解》：邻人感叹，生发好；秉烛如梦，复疑好。公凡写喜，必带泪写，其情弥挚。

《杜诗镜铨》：张云：是薄暮真景（"峥嵘"二句下）。　　摹写入神（"妻孥"二句下）。

《石洲诗话》："归客千里至"五字，乃"鸟雀噪"之语，下转入妻子，方为警动。鸟雀知远人之来，而妻子转若出自不意者，妙绝！妙绝！……苏诗"塔上一铃独自语，明日颠风当断渡"，下七字即塔铃之语也,乃少陵已先有之。

其二

晚岁迫偷生,还家少欢趣。

娇儿不离膝,畏我复却去。

忆昔好追凉,故绕池边树。

萧萧北风劲,抚事煎百虑。

赖知禾黍收,已觉糟床注。

如今足斟酌,且用慰迟暮。

【汇评】

《唐诗归》:谭云:写娇儿缠绵光景透彻。钟云:写自家儿女性情无馀矣,又代人家写儿女性情("娇儿"二句下)。

《杜臆》:久客以归家为欢。今当晚岁,无尺寸树立,而匆迫偷生,虽归有何欢趣?此句含有许多不平在。……"赖知"转下,黍收酒熟,聊慰目前;而"且用"二字,无限含蓄,非知止知足语也。

《杜诗解》:首四句总是曲写万不欲归一段幽恨。

《杜诗详注》:"不离膝",乍见而喜;"复却去",久视而畏:此写幼子情状最肖。

《读杜心解》:"不离"、"复却",眼前态拈出如生。中四,天然波致。

《杜诗镜铨》:此抵家稍自宽慰之景。   写出孩稚依依景象("娇儿"二句下)。

其三

群鸡正乱叫,客至鸡斗争。

驱鸡上树木,始闻扣柴荆。

父老四五人,问我久远行。

手中各有携,倾榼浊复清。

苦辞酒味薄,黍地无人耕。

兵革既未息,儿童尽东征。

请为父老歌,艰难愧深情。

歌罢仰天叹,四座泪纵横。

【汇评】

《唐诗归》:钟云:描写村落小家光景如见(首二句下)。

谭云:便将父老口中语入诗,妙,妙("苦辞"二句下)。　　谭云:"艰难"二字即指所送酒也,妙,妙("艰难"句下)!

《杜臆》:起语,钟云:"描写村落小家光景如见。"但他人决写不到此,入诗却妙。……至"歌罢仰天叹",则公与老父各有其悲,而无复欢趣。此句又三首之总结也。

《杜诗详注》:再叙饮中问答,皆乱后悲伤之意。

《杜诗解》:(首四句)写叩门,却三句写鸡,笔态奇恣。

《唐诗别裁》:荒乱景,从父老口中传出("苦辞"四句下)。　　"酒味薄"四句,以父老语入诗;"艰难"句,少陵歌也。

《读杜心解》:兴体起,朴而隽。"苦辞"四句,借风生浪。末四句,两答两推开,才喜又悲矣。

《杜诗镜铨》:张云:亦偶然事,写出便的真。村景如绘("群鸡"四句下)。虽述父老厚意,而时事艰难已带出("苦辞"四句下)。　　李云:叙事之工不必言,尤妙在笔力高古,愈质愈雅,司马子长之后身也。

【总评】

《诚斋诗话》:五言古诗,句雅淡而味深长者,陶渊明、柳子厚也。如少陵《羌村》、后山《送内》,皆是一唱三叹之声。

《唐诗归》:此三诗似咏生还之乐耳,以为偶然,以为意外,……流离死亡,反是寻常事也。

《义门读书记》：俱似脱胎于陶。叙述家人及乡邻情景，……弥哀婉而弥深厚。

《杜诗详注》：杜诗每章各有起承转阖；其一题数章者，互为起承转阖。此诗首章是总起；次章上四句为承，中四句为转，下四句为阖。三章，上八句为承，中四句为转，下四句为阖。

《纲斋诗谈》：《羌村》只是一真，遂兼众妙。

《读杜心解》：三诗俱脱胎于陶。

《古唐诗合解》：三首哀思苦语，凄恻动人。总之，身虽到家，而心实忧国也。实境实情，一语足抵人数语。

《岘佣说诗》：《羌村》三首，惊心动魄，真至极矣。陶公真至，寓于平澹；少陵真至，结为沈痛；此境遇之分，亦情性之分。

逼仄行赠毕曜

逼仄何逼仄，我居巷南子巷北。
可恨邻里间，十日不一见颜色。
自从官马送还官，行路难行涩如棘。
我贫无乘非无足，昔者相过今不得。
实不是爱微躯，又非关足无力，
徒步翻愁官长怒，此心炯炯君应识。
晓来急雨春风颠，睡美不闻钟鼓传。
东家蹇驴许借我，泥滑不敢骑朝天。
已令请急会通籍，男儿信命绝可怜。
焉能终日心拳拳，忆君诵诗神凛然。
辛夷始花亦已落，况我与子非壮年。
街头酒价常苦贵，方外酒徒稀醉眠。
速宜相就饮一斗，恰有三百青铜钱。

【汇评】

《对床夜语》：老杜《逼仄行》："自从官马送还官，行路难行涩如棘。"……下三字似乎趁韵，而实有工于押韵者。

《杜臆》：信笔写意，俗语皆诗，他人反不能到。真情实事，不嫌其俗。

《义门读书记》：学鲍。

《增订唐诗摘钞》：杜五言力追汉魏，可谓毫发无憾、波澜老成矣。七言间有颓然自放，工拙互陈。宋儒自以才力所及，专取此种为诗派，终觉入眼尘气。

《读杜心解》：大旨只是伤贫。　　率意之作，宋人每效之。

《杜诗镜铨》：五字突然而起，下意俱从此生出（首句下）。转（"我贫无乘"句下）。　　又翻一波（"东家塞驴"二句下）。二句倒文（"已令请急"二句下）。　　蒋云：住得脱洒，亦复萧瑟（末二句下）。　　只是不能亲来访毕一意，既贫难具马，又不可徒步，至告假后更不便出门，作三层写出，语意曲折。　　是招毕饮小简，坦率开宋人之先。

洗兵马

原注：收京后作。

中兴诸将收山东，捷书夜报清昼同。
河广传闻一苇过，胡危命在破竹中。
只残邺城不日得，独任朔方无限功。
京师皆骑汗血马，回纥喂肉葡萄宫。
已喜皇威清海岱，常思仙仗过崆峒。
三年笛里关山月，万国兵前草木风。
成王功大心转小，郭相谋深古来少。

司徒清鉴悬明镜，尚书气与秋天杳。
二三豪俊为时出，整顿乾坤济时了。
东走无复忆鲈鱼，南飞觉有安巢鸟。
青春复随冠冕入，紫禁正耐烟花绕。
鹤驾通宵凤辇备，鸡鸣问寝龙楼晓。
攀龙附凤势莫当，天下尽化为侯王。
汝等岂知蒙帝力，时来不得夸身强。
关中既留萧丞相，幕下复用张子房。
张公一生江海客，身长九尺须眉苍。
征起适遇风云会，扶颠始知筹策良。
青袍白马更何有？后汉今周喜再昌。
寸地尺天皆入贡，奇祥异瑞争来送。
不知何国致白环，复道诸山得银瓮。
隐士休歌紫芝曲，词人解撰河清颂。
田家望望惜雨干，布谷处处催春种。
淇上健儿归莫懒，城南思妇愁多梦。
安得壮士挽天河，净洗甲兵长不用！

【汇评】

《岁寒堂诗话》：山谷云："诗句不凿空强作，对景而生便自佳。"……然此乃众人所同耳，惟杜子美则不然，对景亦可，不对景亦可。喜怒哀乐，不择所遇，一发于诗；盖出口成诗，非作诗也。观此诗闻捷书之作，其喜气乃可掬，真所谓"情动于中而形于言，言之不足，不知手之舞之，足之蹈之"也。……"淇上健儿归莫懒，城南思妇愁多梦"，言戍卒之归休，室家之思忆，叙其喜跃，不嫌于亵。……至于"鹤驾通宵凤辇备，鸡鸣问寝龙楼晓"，虽但叙一时喜庆事，而意乃讽肃宗，所谓主文而谲谏也。"攀龙附凤势莫当，天下尽化为侯王。汝等岂知蒙帝力，时来不得夸身强"，虽似憎恶武夫，而熟味其言,乃有深意。……子美吐词措意每如此,古今诗人所不及也。山谷晚作《大雅堂记》,谓子美诗好处正在无意而意至。若此诗是已。

《吴礼部诗话》:老杜七言长篇,句多作对,皆深稳矫健。《洗兵马行》除首尾"攀龙附凤"云云两句不对,"司徒""尚书"一联稍散异,馀无不对者,尤为诸篇之冠。

《木天禁语》:归题乃篇末一二句缴上起句,又谓之顾首,如《蜀道难》、《古离别》、《洗兵马行》是也。

《唐诗品汇》:刘云:悲壮少及("三年笛里"二句下)。　刘云:有气象,有风韵("青春复随"二句下)。　刘云:事外句外,常有馀力("汝等岂知"二句下)。　刘云:此篇对律甚严而舂容酝藉。

《诗薮》:七言律最宜伟丽,又最忌粗豪,中间豪末千里,乃近体中一大关节,不可不知。……老杜"三年笛里关山月,万国兵前草木风",以和平端雅之调,寓愤郁凄悢之思,古今言壮句者难及此也。

《唐诗选脉会通评林》:周珽曰:"苇过",言易也;"破竹",喻捷也;"喂肉",寓刺也;"淇上"二句,见兵未能洗。全篇总是志喜而致戒,题曰《洗兵马》,厌乱思治其本旨也。　蔡絛曰:作诗者陶冶物情,体会光景,必贵乎自得。盖格有高下,才有分限,不可强致也。譬之秦武阳,气盖全燕,见秦王则战栗失色;淮南王安虽为神仙,谒帝犹轻其举止:此岂由素习哉!予以谓少陵、太白当险阻艰难,流离困踬,意欲卑而语未尝不高,至于罗隐、贯休辈得意偏霸,夸雕逞奇,语欲高而意未尝不卑!乃知天禀自然,有不能易也。　陆时雍曰:"攀龙附凤"四语,忧深思远,非浅襟所到。

《杜臆》:一篇四转韵,一韵十二句,句似排律,自成一体,而笔力矫健,词气老苍,喜跃之象,浮动笔墨间。

《唐诗解》：此肃宗还京之后，子仪收复山东，时少陵为左拾遗作此，以纪中兴之盛，而惜馀寇未除，盖有安不忘危之意，……亦非垂拱燕安之秋也。须涤荡馀寇，洗甲兵而不用，乃可耳。其后肃宗果怠于政，卒罢汝阳，将士无主，而使思明复猖獗，子美可谓有深虑矣。

《杜诗详注》：朱鹤龄曰：中兴大业，全在将相得人。前曰："独任朔方无限功"，中曰："幕下复用张子房"，此是一诗眼目。王荆公选工部诗，以此诗压卷，其大旨不过如此。

《绳斋诗谈》：他人古诗用骈句，只为补虚；少陵古诗用骈句，乃有馀勇。　　换韵转笔，陡健如龙腰突起。

《围炉诗话》：《洗兵马》是实赋。

《古欢堂集杂著》：子美为诗学大成，沉郁顿挫，七古之能事毕矣。《洗兵马》一篇，句云"三年笛里关山月，万国兵前草木风"，犹是初唐气格。

《唐宋诗醇》：平仄相间，对偶整齐，王、李、高、岑，上及唐初，声调如是，乃杜集七古之整丽可法者。至于此诗之作，自是河北屡捷，贼势大蹙，特为工丽之章，用志欣幸，中间略有寄意，全无讥风。

《唐诗别裁》：诗共四段，每段平仄相间，各用六韵，此古风变体。

《杜诗镜铨》：插入四句，尤极抑扬顿宕之致（"已喜皇威"四句下）。　　王西樵云：气势如春潮三折，排山倒海（"成王功大"六句下）。　　此及《古柏行》多用偶句，对仗工整，近初唐四家体。少陵偶一为之，其气骨沉雄，则仍系公本色。　　唐仲言曰：《洗兵马》一篇，有典有则，雄浑阔大，足称唐《雅》。　　陶开虞曰："三年笛里关山月，万国兵前草木风"，雄亮悲壮，恍如江楼闻笛，关塞鸣笳；"青春复随冠冕入，紫禁正耐烟花绕"，写得收京后春日暄妍，百官忻豫，一种气象在目。

《岘佣说诗》:《洗兵马》对仗既整,音节亦谐,几近初唐四家体;然苍劲之气,时流楮墨,非少陵不能作也。

留花门

北门天骄子,饱肉气勇决。

高秋马肥健,挟矢射汉月。

自古以为患,诗人厌薄伐。

修德使其来,羁縻固不绝。

胡为倾国至? 出入暗金阙。

中原有驱除,隐忍用此物。

公主歌黄鹄,君王指白日。

连云屯左辅,百里见积雪。

长戟乌休飞,哀笳曙幽咽。

田家最恐惧,麦倒桑枝折。

沙苑临清渭,泉香草丰洁。

渡河不用船,千骑常撇烈。

胡尘逾太行,杂种抵京室。

花门既须留,原野转萧瑟。

【汇评】

《唐诗归》:钟云:说尽客兵之害,千古永戒,然此外还有隐忧! 钟云:五字可风,伤中国无兵也,言外便有取笑外夷意,曰"此物",盖厌恶之极矣("隐忍"句下)。 谭云:写细民些小心事,妙! 妙! 然大患隐忧在此("田家"二句下)。 钟云:写夷兵利害,即在勇壮中见之("千骑"句下)。 钟云:隐忧尤在此句("杂种"句下)。

《唐诗选脉会通评林》:范梈曰:此中国何如时也! 读"胡为倾

国至"后数语,可以鉴《春秋》书会戎、盟戎之义矣。谓子美为"诗史",可不信哉? 　　　郭濬曰:叙出患害,亦忧亦愤。

《杜臆》:"连云屯左辅,百里见积雪","连云"与"积雪"颠倒作对,亦是一法。……题曰《留花门》,病在"留"字。

《唐宋诗醇》:张溍曰:经国之计,忧深虑远,岂寻常韵体!

《读杜心解》:劈提四句领局,下作两扇格分应,纪律整严。……曰"气勇决",其力可借也;"自古"以下十二句应之,此层是开。曰"射汉月",其锋可骇也;"长戟"至末十二句应之,此层是阖。

《杜诗镜铨》:张上若云:经国之计,忧深虑远,岂寻常韵语可及?

义　鹘

阴崖有苍鹰,养子黑柏颠。
白蛇登其巢,吞噬恣朝餐。
雄飞远求食,雌者鸣辛酸。
力强不可制,黄口无半存。
其父从西归,翻身入长烟。
斯须领健鹘,痛愤寄所宣。
斗上捩孤影,噭哮来九天。
修鳞脱远枝,巨颡坼老拳。
高空得蹭蹬,短草辞蛇蜒。
折尾能一掉,饱肠皆已穿。
生虽灭众雏,死亦垂千年。
物情有报复,快意贵目前。
兹实鸷鸟最,急难心炯然。

功成失所往，用舍何其贤！

近经滴水涯，此事樵夫传。

飘萧觉素发，凛欲冲儒冠。

人生许与分，只在顾盼间。

聊为义鹘行，用激壮士肝。

【汇评】

《后村诗话》：又《义鹘行》云："飘萧觉素发，凛欲冲儒冠。"又云："永激壮士肝"，似谓当时有权位而不能救人之急、脱人于难者。

《唐诗归》：谭云："其父"妙且滑稽（"其父"句下）。　钟云：鹘诚义鹘，此鹰亦鸟中申包胥也（"斯须"句下）。　钟云：用"老拳"妙（"巨颡"句下）。　钟云：五字与"君看皮寝处，无复晴闪烁"，同一快人，同一怕人（"饱肠"句下）。　谭云："贵目前"，妙。天道反不能如此。又云：造化深厚，"快意"二字，止说得物情，说不得天道（"快意"句下）。　钟云："心炯然"三字，是从来义侠之本（"急难"句下）。　钟云：发许大道理。住此便有味，有法。多下一段可恨（"功成"二句下）。

《唐诗选脉会通评林》：吴山民曰：子美平生要借奇事以警世，故每每说得精透。如此诗说老鹘仁慈义勇，所以打动人父息之情；而慷慨激昂，正欲使毒心肠人敛威夺魄。　董益曰："雄飞"、"雌鸣"，此可见其叙事有法。　陆时雍曰：抚情有馀。

《诗源辩体》：（杜诗）五言古如《柴门》、《杜鹃》、《义鹘》、《彭衙》及七言以歌行入律者，则甚旷逸。

《杜臆》：是太史公一篇《义侠客传》，笔力相敌，而叙鸟尤难。鸟有"父"，下语极新极稳，更无字可代。至"斗上捩孤影"八句，模神写照，千载犹生。"快意贵目前"一语，令人快心，令人解颐。……"人情许与分，只在顾盼间"，道理更大，明是季札挂剑心事，其可少耶？

《纫斋诗谈》：关目清白，叙事须仿此。　语不多而指划爽然，却又字字琢炼，所以为难。

《读杜心解》：奇情恣肆，与子长《游侠》、《刺客》列传，争雄千古。首一段，原题也，叙事明净，而"斯须领健鹘"一句摹入，手法矫捷。中一段，先八句写生，笔笔叫绝：其来有声势，其击有精神，其负痛伏辜有波折。……次八句，咏叹，笔又超绝。……后一段，明作诗之由。

《杜诗镜铨》：写出猛势，刻画处，十分痛快淋漓，如有杀气英风，闪动纸上（"斗上"四句下）。　　王仲樵曰：直目此鹘为鲁仲连辈人矣。　　记异之作，愤世之篇，便是"聂政"、"荆轲"诸传一样笔墨，故足与太史公争雄千古。得之韵言，尤为空前绝后。

画鹘行

高堂见生鹘，飒爽动秋骨。
初惊无拘挛，何得立突兀？
乃知画师妙，功刮造化窟。
写作神骏姿，充君眼中物。
乌鹊满樛枝，轩然恐其出。
侧脑看青霄，宁为众禽没。
长翮如刀剑，人寰可超越。
乾坤空峥嵘，粉墨且萧瑟。
缅思云沙际，自有烟雾质。
吾今意何伤？顾步独纡郁。

【汇评】

《唐诗归》：钟云："生鹘"便妙（"高堂"句下）。　　钟云：不读此二语，不知起句"见生鹘"三字之妙（"乌鹊"二句下）。　　钟云：四语自悲自负（"乾坤"四句下）。

《杜臆》：赞画之妙曰如生，此径云"见生鹘"，高人一等。至以"飒爽动秋骨"、"轩然恐其出"，形容生鹘甚妙。"乾坤空峥嵘"以下，又进一等，匪夷所思。

《杜诗解》：咏鹘便笔笔纯用鹘势：起时，瞥然飞到人眼前；结时，瞥然飞出人意外。真是自来未见如此俊物也。　　"初惊"，一奇；"何得"，一奇；"乃知"，一奇。接连用三奇笔，都从"飒爽动秋骨"五字中，跳脱而出也。

《杜诗详注》：此写画鹘神妙，酷似生鹘，抑扬尽致。写鹘恐其出击，疑于真鹘矣；乃仰天而不肯没去，则画鹘也。长翮可任超越，又疑真鹘矣；乃墨痕似带萧瑟，亦画鹘也。语意层层跌宕（"乌鹊"八句下）。

《绽斋诗谈》：即作真鹘形容，已是赞画入妙，与《画鹰》同法。　　借作英雄失路之感。

《唐宋诗醇》：刻意写生，笔力起伏顿挫，譬之画家，几于入木三分。

《读杜心解》：公《画鹰》诗云："素练风霜起，苍鹰画作殊"，是言画者欲飞也。公题画诗，多如此作意。今此诗却又笔笔翻转，都从不能飞去生情。

《杜诗镜铨》：即就画鹘寄慨，结法又别（"缅思"四句下）。

《王闿运手批唐诗选》：与"堂上枫树"一种用笔。此入五言嫌小巧，幸有"物"韵振拔之。

瘦马行

东郊瘦马使我伤，骨骼硉兀如堵墙。
绊之欲动转敧侧，此岂有意仍腾骧。
细看六印带官字，众道三军遗路旁。

皮干剥落杂泥滓,毛暗萧条连雪霜。

去岁奔波逐馀寇,骅骝不惯不得将。

士卒多骑内厩马,惆怅恐是病乘黄。

当时历块误一蹶,委弃非汝能周防。

见人惨淡若哀诉,失主错莫无晶光。

天寒远放雁为伴,日暮不收乌啄疮。

谁家且养愿终惠,更试明年春草长。

【汇评】

《唐诗品汇》：刘云：展转沉着,忠厚恻怛,感动千古。

《抱真堂诗话》：少陵诗不伤于直野,如"日暮不收乌啄疮"及"孔雀不知牛有角"是也。

《唐宋诗醇》：蔼然仁者之言,正不必有寄托。

《杜诗镜铨》：开口先极致嗟叹形容,下再细说(首二句下)。　张云：虽是借题写意,而写病马寂寞狼狈光景亦尽。

《读杜心解》：起句喝破,随以三句写其瘦态。不曰可惜,偏曰岂复有意于世,惋惜倍深。中以"细看"二字作提,四述其见遗于今,四推其立功在昔,二原其委弃所由,二状其哀鸣失色：凡作四层,无限曲折。……"恐是",正与"细看"呼应；"误一蹶"、"非能防",又从"病"字原其受挫,而谅其无辜。

《杜诗说》：全是自伤沦落,所谓"当时历块误一蹶,委弃非汝能周防",隐含救房相谪官事,与"不虞一蹶终损伤,人生快意多所辱"同意。末云："谁家且养愿终惠,更试明年春草长",自是幕府求知语,注家谓专为房作者,非。

《唐宋诗举要》：以上沉郁顿挫,几于声声入破矣("当时历块"句下)。

新安吏

原注：收京后作，虽收两京，贼犹充斥。

客行新安道，喧呼闻点兵。

借问新安吏，县小更无丁。

府帖昨夜下，次选中男行。

中男绝短小，何以守王城？

肥男有母送，瘦男独伶俜。

白水暮东流，青山犹哭声。

莫自使眼枯，收汝泪纵横。

眼枯即见骨，天地终无情。

我军取相州，日夕望其平。

岂意贼难料，归军星散营。

就粮近故垒，练卒依旧京。

掘壕不到水，牧马役亦轻。

况乃王师顺，抚养甚分明。

送行勿泣血，仆射如父兄。

【汇评】

　　白居易《与元九书》：李（白）之作，才矣奇矣，人不逮矣，索其《风》《雅》比兴，十无一焉。杜诗最多，可传者千馀篇，……然撮其《新安吏》、《石壕吏》、《潼关吏》、《塞芦子》、《留花门》之章，"朱门酒肉臭，路有冻死骨"之句，亦不过三四十首。

　　《岁寒堂诗话》：韩退之之文，得欧公而后发明；陆宣公之议论，陶渊明、柳子厚之诗，得东坡而后发明；子美之诗，得山谷而后发明。后世复有杨子云，必爱之矣，诚然诚然。往在桐庐见吕舍人居仁，余曰："鲁直得子美之髓乎？"居仁曰："然"。……余曰："……

《壮游》《北征》，鲁直能之乎？如'莫自使眼枯，收汝泪纵横。眼枯即见骨，天地终无情'。此等句鲁直能到乎？"

《唐诗品汇》：范云：天地无情，而"仆射如父兄"，当时人心可知，朝廷之大体可悲矣。

《唐诗归》：钟云："绝短小"、"肥男"、"瘦男"等字，愁苦人读之失笑（"中男"四句下）。　　钟云："莫自"二字怨甚（"莫自"句下）。　　谭云：使读者噤声（"收汝"四句下）。　　钟云："甚分明"三字，驭众之言（"抚养"句下）。　　谭云：用意深厚，有美有规（末二句下）。　　钟云：读此语，仆射不得不做好人（同上）。

《杜臆》：此诗炉锤之妙，五首之最。……"短小"是不成丁者，盖长大者早已点行而阵亡矣。又就"短小"中，分出肥、瘦、有母、无母、有送、无送。此必真景，而描写到此，何等细心！……止一"哭"字，犹属"青山"，而包括许多哭声，何等笔力，何等蕴藉！……"泣血"与哭异，乃有涕无声者。临别则哭，既行则悲，用字斟酌如此。

《诗源辩体》：《石壕》、《新安》、《新婚》、《垂老》、《无家》等，叙情若诉，皆苦心精思，尽作者所能，非卒然信笔所能办也。

《唐诗选脉会通评林》：陆时雍曰：善作苦语。

《杜诗说》：诸篇自制诗题，有千古自命意。六朝人拟乐府，无实事而撰浮词，皆妄语不情。

《杜诗详注》：张綖曰：凡公此等诗，不专是刺。盖兵者凶器，圣人不得已而用之。故可已而不已者，则刺之；不得已而用者，则慰之哀之。若《兵车行》、前后《出塞》之类，皆刺也，此可已而不已者也；若夫《新安吏》之类，则慰也；《石壕吏》之类，则哀也，此不得已而用之者也。

《蠖斋诗话》：杜不拟古乐府，用新题纪时事，自是创识。就中《潼关吏》、《新安》、《石壕》、《新婚》、《垂老》、《无家》等篇，妙在痛快，亦伤太尽。

《唐诗别裁》：诸咏身所见闻事，运以古乐府神理，惊心动魄，疑鬼疑神，千古而下，何人更能措手？

《读杜心解》：《新安吏》，借提邺城军溃也。统言点兵之事，是首章体。如《石壕》、《新婚》、《垂老》、《无家》等篇，则各举一事为言矣。

《杜诗镜铨》：军败事，叙得浑（"岂意"二句下）。

《网师园唐诗笺》："眼枯"二句，沉痛斯极。　　末二句，婉而多风。

《十八家诗钞》：张云：昔人谓《古诗十九首》惊心动魄，惟子美深得此秘，《三吏》、《三别》尤其至者。

《王闿运手批唐诗选》：分"肥"、"瘦"好整以暇（"肥男"二句下）。

潼关吏

士卒何草草，筑城潼关道。

大城铁不如，小城万丈馀。

借问潼关吏，修关还备胡。

要我下马行，为我指山隅。

连云列战格，飞鸟不能逾。

胡来但自守，岂复忧西都？

丈人视要处，窄狭容单车。

艰难奋长戟，万古用一夫。

哀哉桃林战，百万化为鱼！

请嘱防关将，慎勿学哥舒。

【汇评】

《唐诗品汇》：王深父云：此诗盖刺非其人则举关以弃之，得其人虽旧险亦足恃。《孟子》所谓"地利不如人和"也。

《唐诗选脉会通评林》：吴山民曰："艰难"二句，结上起下，结致伤时事。夫设险备患而一战失之，哥舒其可逃责耶！　　周珽曰：老杜"三吏"、"三别"等篇，情理切实。玩其抚膺流涕之言，不必向苦海中作狮子吼，人人自生菩萨慈悲念者。且选锋命毂，不失毫芒；而转韵处更觉词清于骨。信非煮字为粮、餐古为液者不能举腕。

《杜诗详注》：卢元昌云：此诗眼目在"胡来但自守"一句。其云"修关还备胡"，是叹"焦头烂额"后，为"曲突徙薪"计也。

《绲斋诗谈》："三吏"、"三别"，乃乐府变调，倾吐殆尽，而不妨其厚，爱人之意深也。此用意妙诀。

《读杜心解》：起四句，虚笼筑城之完固。中十二句，详述问答之语，神情声口俱活。……末四句，乃作者戒词。

《唐宋诗举要》：吴北江曰：起势斗峻。　　李子德曰：以叙述为议论，自见手笔。

石壕吏

暮投石壕村，有吏夜捉人。
老翁逾墙走，老妇出门看。
吏呼一何怒，妇啼一何苦！
听妇前致词，三男邺城戍。
一男附书至，二男新战死。
存者且偷生，死者长已矣。
室中更无人，惟有乳下孙。
有孙母未去，出入无完裙。
老妪力虽衰，请从吏夜归。
急应河阳役，犹得备晨炊。

夜久语声绝,如闻泣幽咽。

天明登前途,独与老翁别。

【汇评】

《批点唐诗正声》:语似朴俚,实浑然不可及。风人之体于斯独至,读此诗泣鬼神矣。

《诗镜总论》:少陵五古,材力作用,本之汉、魏居多。第出手稍钝,苦雕细琢,降为唐音。夫一往而至者,情也;苦摹而出者,意也。若有若无者,情也;必然必不然者,意也。意死而情活,意迹而情神,意近而情远,意伪而情真。情、意之分,古今所由判矣。少陵精矣刻矣,高矣卓矣,然而未齐于古人者,以意胜也。假令以《古诗十九首》与少陵作,便是首首皆意;假令以《石壕》诸什与古人作,便是首首皆情,此皆有神往神来,不知而自至之妙。

《唐诗镜》:其事何长,其言何简。"吏呼"二语,便当数十言。文章家所云要令,以去形而得情,去情而得神故也。

《诗源辩体》:子美《石壕吏》与《新安》、《新婚》、《垂老》、《无家》等作不同。《石壕》效古乐府而用古韵,又上、去二声杂用,另为一格,但声调终与古乐府不类,自是子美之诗。

《唐风定》:述情陈事,琐屑近俚,翻极高古,此种皆法《孔雀东南飞》,绝得其奥妙。

《唐诗选脉会通评林》:周珽曰:一篇苦情实状难读。末四语酸楚更甚,唐祚不几岌岌乎? 吴山民曰:起二句劲;吏怒、妇啼,何等光景。"三男戍",死其二,惨;"惟有乳下孙",危;"出入无完裙",可伤。"急应河阳役"二句,语非由心,强作硬口。"夜久语声绝"二句,泣鬼神语。结句尤难为情。

《而庵说唐诗》:一篇述老妪意,只要藏过老翁。用意精细,笔又质朴,又妙在一些不露子美身分。

《蠖斋诗话》:近阅旧刻本,作"老妇出门首",则"走"音同韵;

既立门首，则张皇顾望，情势跃然，不言"看"而意在其中矣。且六句连换三韵，与"青青河畔草"诗同体。

《纫斋诗谈》：含蓄二字，诗文第一妙处。如少陵前后《出塞》、"三吏"、"三别"，不直刺主者，便是含蓄。机到神流，乃造斯境。

《唐宋诗醇》：李因笃曰：响悲意苦，最近汉魏。

《杜诗镜铨》：顿挫（"吏呼"二句下）。　　独匿过老翁，家中人偏一一敷出（"室中"四句下）。

《读杜心解》：起有猛虎攫人之势。……"三吏"夹带问答叙事，"三别"纯托送者、行者之词。

《古唐诗合解》：子美诗，如《无家别》、《垂老别》、《新婚别》与此，俱语语沉痛。如此诗叙事质朴，意极精细，独见手法之妙。

《唐宋诗举要》：吴曰：此首尤呜咽悲凉，情致凄绝。

《王闿运手批唐诗选》：此用乐府体，亦开一法门。

新婚别

兔丝附蓬麻，引蔓故不长。

嫁女与征夫，不如弃路旁。

结发为妻子，席不暖君床。

暮婚晨告别，无乃太匆忙。

君行虽不远，守边赴河阳。

妾身未分明，何以拜姑嫜？

父母养我时，日夜令我藏。

生女有所归，鸡狗亦得将。

君今往死地，沉痛迫中肠。

誓欲随君去，形势反苍黄。

勿为新婚念，努力事戎行。

妇人在军中，兵气恐不扬。

自嗟贫家女，久致罗襦裳。

罗襦不复施，对君洗红妆。

仰视百鸟飞，大小必双翔。

人事多错迕，与君永相望。

【汇评】

《鹤林玉露》：《国风》："岂无膏沐，谁适为容，"杜诗："罗襦不复施，对君洗红妆"，尤为悲矣。《国风》之后，唯杜陵为不可及者，此类是也。

《唐诗品汇》：刘云：曲折详至，缕缕凡七转，微显条达。

《雨航杂录》：杜子美《新婚别》云："誓欲随君去，形势反苍黄"，《无家别》云："存者无消息，死者为尘泥"又"久行见空巷，日瘦气惨凄"：杳眇之极，足泣鬼神。

《唐诗归》：钟云："无乃"二字，新妇口语，只得如此（"无乃"句下）。　钟云：五字吞吐难言，羞、恨俱在其中（"形势"句下）。

钟云：绝是妇人对男子勉强别离口角（"勿为"二句下）。

钟云："对君"二字有意，妙，妙（"对君"句下）！　钟云：军中诗，男子要他忠厚，女子要他贞烈，看杜老胸中三代！

《诗源辩体》：《石壕》、《新安》、《新婚》、《垂老》、《无家》等，叙情若诉，皆苦心精思，尽作者之能，非卒然信笔所能办也。

《唐诗选脉会通评林》：王深甫曰：此诗所怨，尽其常分而能不忘礼义。　周珽曰：起兴"兔丝"，愿情"鸡狗"，羡心"百鸟"，合情理、事势、节义，以劝勉誓守。如怨如诉，如泣如慕，一腔幽衷，令人读不得。　胡应麟曰：起四语，子美之极力于汉者也。然音节太亮，自是子美语。　陆时雍曰：此作气韵，不减汉魏。"妾身未分明，何以拜姑嫜"，建安中亦无此深至语。　吴山民曰："自嗟"二字，含几许凄恻，又极温厚。

《杜臆》：起来四句，是真乐府，是《三百篇》兴起法。"暮婚晨告别"是诗柄。……"洗红妆"加"对君"二字，精妙。

《唐诗快》：少陵《新安》、《石壕吏》与《新婚》、《垂老》、《无家别》五篇皆可泣鬼，而引篇尤为悲惨。

《杜诗说》：此下三题相似，独新婚之妇，起难设辞，故特用比兴发端。　　《新安吏》以下，述当时征戍之苦，其源出于"变风"、"变雅"，而植体于苏、李、曹、刘之间。

《杜诗详注》：陈琳《饮马长城窟行》设为问答，此"三吏"、"三别"诸篇所自来也。而《新婚》一章，叙室家离别之情，及夫妇始终之分，全祖乐府遗意，而沉痛更为过之　　此诗"君"字凡七见："君妻"、"君床"，聚之暂也；"君行"、"君往"，别之速也；"随君"，情之切也；"对君"，意之伤也；"与君永相望"，志之贞且坚也。频频呼"君"，几于一声一泪。

《初白庵诗评》：语浅情深，从古乐府得来。

《唐诗别裁》：与《东山》"零雨"之诗并读，时之盛衰可知矣。　　"君今往死地"以下，层层转换，发乎情，止乎礼义，得《国风》之旨矣。

《说诗晬语》：少陵《新婚别》云："嫁女与征夫，不如弃路旁。"近于怨矣。

《杜诗镜铨》：李安溪云：小窗嚅嗫，可泣鬼神，此《小戎》"板屋"之遗调。

垂老别

四郊未宁静，垂老不得安。
子孙阵亡尽，焉用身独完？
投杖出门去，同行为辛酸。

幸有牙齿存，所悲骨髓干。

男儿既介胄，长揖别上官。

老妻卧路啼，岁暮衣裳单。

孰知是死别，且复伤其寒。

此去必不归，还闻劝加餐。

土门壁甚坚，杏园度亦难。

势异邺城下，纵死时犹宽。

人生有离合，岂择衰老端！

忆昔少壮日，迟回竟长叹。

万国尽征戍，烽火被冈峦。

积尸草木腥，流血川原丹。

何乡为乐土，安敢尚盘桓。

弃绝蓬室居，塌然摧肺肝。

【汇评】

《唐诗品汇》：王深父云：军兴之际，至于老者亦介胄，则有甚于闾左之戍矣。

《诗镜总论》：《石壕吏》、《垂老别》诸篇，穷工造境，逼于险而不括。

《唐诗归》：钟云：老人强作壮语，悲甚（"男儿"二句下）。钟云：此二语好！合上二句看，反觉气缓了些，不若单承上二句警策（"此去"二句下）。　钟云：可住（"何乡"二句下）。

《唐诗选脉会通评林》：吴山民曰：首四句，痛极，怨极。单复曰：写其老而即戎之心，慷慨不畏缩，而夫妇之情叙，亦浓至可伤。　周凯曰："孰知"四语，哀恋极情，痛心酸鼻。　陆时雍曰：语多诀别，痛有余情。"男儿既介胄，长揖别上官"，此语犹有少年意气。

《杜臆》："男儿既介胄，长揖别上官"，极苦痛中，又入壮语，才有生色。"老妻卧路啼"，如优人登场，当远行时，必有妻子牵衣哭别，才有情致。

《蟪斋诗话》：《垂老别》云："老妻卧路啼，岁暮衣裳单。孰知是死别，且复伤其寒"，曲折已明；又云："此去必不归，还闻劝加餐。"观王粲《七哀》："路逢饥妇人，抱子弃草间。未知身死处，焉能两相完？驱马弃之去，不忍听此言。南登灞陵道，回首望长安。"蕴藉差别。

《唐宋诗醇》：王粲《七哀诗》，实此诗之权舆；《古诗》"十五从军征"一首，则《无家别》所自出也。

《杜诗镜铨》：邵云：互相怜痛，声情宛然（"老妻"六句下）。　　蒋弱六云：通首心事，千回百折，似竟去又似难去。至"土门"以下，一一想到，尤肖老人口吻。

《读杜心解》：《石壕》之妇，以智脱其夫；《垂老》之翁，以愤舍其家：其为苦则均。……首段叙出门，用直起法，开首即点。"子孙"二句，抵《石壕》中十六句。中段叙别妻，忽而永诀，忽而相慰，忽而自奋，千曲百折。末段又推开解譬，作死心塌地语，犹云无一寸干净地，愈益悲痛。

《网师园唐诗笺》："孰知"四句，愈推宕，愈沉迫。

无家别

寂寞天宝后，园庐但蒿藜。
我里百余家，世乱各东西。
存者无消息，死者为尘泥。
贱子因阵败，归来寻旧蹊。
久行见空巷，日瘦气惨凄。
但对狐与狸，竖毛怒我啼。

四邻何所有？一二老寡妻。

宿鸟恋本枝，安辞且穷栖。

方春独荷锄，日暮还灌畦。

县吏知我至，召令习鼓鞞。

虽从本州役，内顾无所携。

近行止一身，远去终转迷。

家乡既荡尽，远近理亦齐。

永痛长病母，五年委沟溪。

生我不得力，终身两酸嘶。

人生无家别，何以为烝黎！

【汇评】

《后村诗话》：《新安吏》、《潼关吏》、《石壕吏》、《新婚别》、《垂老别》、《无家别》诸篇，其述男女怨旷、室家离别、父子夫妇不相保之意，与《东山》、《采薇》、《出车》、《杕杜》数诗相为表里。唐自中叶以徭役调发为常，至于亡国；肃、代而后，非复贞观、开元之唐矣。新旧唐史不载者，略见杜诗。

《唐诗品汇》：刘云：经历多矣，无如此语之在目前者（"久行"二句下）。　　刘云：写至此，亦无复馀恨，此其所以泣鬼神者（"家乡"二句下）。

《唐诗镜》："日瘦气惨凄"一语备景略尽。故言不必多，惟其至者。"家乡既荡尽，远近理亦齐"，老杜诗必穷工极苦，使无馀境乃止。李青莲只指点大意。

《唐诗归》：钟云："日"何以"瘦"？摹写荒悲在目，此老胸中偏饶此等字面（"日瘦"句下）。　　钟云：说得无家人入细（"家乡"二句下）。　　钟云：即《小雅》"靡有黎"意，翻得纤妙（末二句下）。

《杜臆》："空巷"而曰"久行见"，触处萧条。日安有肥瘦？创云

"日瘦"，而惨凄宛然在目。狐啼而加一"竖毛怒我"，形状逼真，似虎头作画。　　（《新安吏》、《石壕吏》、"三别"）此五首非亲见不能作，他人虽亲见亦不能作。公以事至东都，目击成诗，若有神使之，遂下千秋之泪。

《唐诗选脉会通评林》：陈继儒曰：老杜"三吏"、"三别"等作，触时兴思，发得忠爱慨叹意出，真性情之诗，动千载人悲痛。浑厚苍峭，为世绝调，有不待言说者。

《唐诗评选》："三别"皆一直下，唯此尤为平净。《新婚别》尽有可删者，如"结发为君妻"二句、"君行虽不远"二句、"形势反苍黄"四句，皆可删者也。《垂老别》"忆昔少壮时"二句，亦以节去为佳。言有馀则气不足。

《然灯纪闻》：唐人乐府，惟有太白《蜀道难》、《乌夜啼》，子美《无家别》、《垂老别》以及元、白、张、王诸作，不袭前人乐府之貌，而能得其神者，乃真乐府也。

《读杜心解》：通首只是一片。起八句，追叙无家之由。"久行"六句，合里无家之景。"宿鸟"以下，始入自己，反踢"别"字，……"近行"八句，本身无家之情。其前四极曲，言远去固艰于近行，然总是无家，亦不论远近矣。翻进一层作意。　　"三别"体相类，其法又各别：一比起，一直起，一追叙起；一比体结，一别意结，一点题结。又《新婚》，妇语夫；《垂老》，夫语妇；《无家》，似自语，亦似语客。

《杜诗镜铨》：自六朝以来，乐府题率多摹拟剽窃，陈陈相因，最为可厌。子美出而独就当时所感触，上悯国难，下痛民穷，随意立题，尽脱去前人窠臼，《苕华》、《草黄》之哀，不是过也。乐天《新乐府》、《秦中吟》等篇，亦自此去，而语稍平易，不及杜之沉警独绝矣。

《网师园唐诗笺》："家乡"二句旷达语，由痛极作，笔有化工。

《履园谭诗》：杜之前后《出塞》、《无家别》、《垂老别》诸篇，亦曹孟德之《苦寒行》,王仲宣之《七哀》等作也。

遣兴三首(其一)

下马古战场,四顾但茫然。

风悲浮云去,黄叶坠我前。

朽骨穴蝼蚁,又为蔓草缠。

故老行叹息,今人尚开边。

汉虏互胜负,封疆不常全。

安得廉颇将,三军同晏眠!

【汇评】

《诗源辩体》:子美五言古,短篇如"朝进东门营"、"男儿生世间"、"献凯日继踵"、"下马古战场"……字字精炼,既极其至;长篇又穷极笔力,皆非他人所及也。

《唐诗镜》:此老杜一时漫兴,遂开腐儒议论之门。

《唐诗选脉会通评林》:唐孟庄曰:"封疆不常全",胜亦非福。   董益曰:前四句,赋而兴也;中四句,言白骨蔽野,皆为开边而死;末四句,言兵家胜负无常,但得贤将如廉颇惟务谨守,不邀边功,则自然相安。

《杜臆》:三首转换一意。前章恨开边者,思及廉颇,谓其止于备御,不开边以要功也。

《读杜心解》:诗眼在"尚开边",咎兆衅也。

《王闿运手批唐诗选》:此学古之作。

佳 人

绝代有佳人,幽居在空谷。

自云良家子，零落依草木。

关中昔丧败，兄弟遭杀戮。

官高何足论，不得收骨肉。

世情恶衰歇，万事随转烛。

夫婿轻薄儿，新人美如玉。

合昏尚知时，鸳鸯不独宿。

但见新人笑，那闻旧人哭。

在山泉水清，出山泉水浊。

侍婢卖珠回，牵萝补茅屋。

摘花不插发，采柏动盈掬。

天寒翠袖薄，日暮倚修竹。

【汇评】

《唐诗品汇》：刘云：闲言馀语，无不可感（"世情"四句下）。　刘云：似悲似诉，自言自誓，矜持慷慨，修洁端丽，画所不能如，论所不能及（"合昏"八句下）。　刘云：字字矜到而不艰棘，尽不容尽（"摘花"四句下）。

《唐诗解》：此诗叙事真切，疑当时实有是人。然其自况之意，盖亦不浅。夫少陵冒险以奔行在，千里从君，可谓忠矣，然肃宗慢不加礼，一论房琯而遂废斥于华州，流离艰苦，采橡栗以食，此与"倚修竹"者何异耶？吁！读此而知唐室待臣之薄也。

《唐诗归》：钟云：卖珠补屋，故家暴贫真境，未经过者以为迂（"侍婢"二句下）。　钟云：清境难堪，然自不恶（末二句下）。

《唐诗选脉会通评林》：吴山民曰：语虽浅，当是《谷风》后第一首。"世情"二语，人情万端，可叹。"夫婿"以下六语，写情至此，直可痛哭。　周珽曰：以《骚》为经，以《选》为纬，高踞汉魏之顶。　郭濬曰：转折流美，又极凄怨。　陆时雍曰："在山"二句，语何自持；"天寒"二句，益更矜重，端人不作佻语。

《唐诗快》：题只"佳人"二字耳，初未尝云"叹佳人"、"惜佳人"也，然篇中可胜叹惜乎？　此诗盖为佳人而发，但不知作者果为佳人否？则观者果当作佳人观否？请试参之。　只此二语，令人凄然欲泪（首二句下）。　"自云"二字亦伤心（"自云"句下）。　伤心（"零落"四句下）。　可哭（"那闻"句下）。悄然（末二句下）。

《杜诗说》：末二语嫣然有韵，本美其幽闲贞静之意，却无半点道学气。

《绠斋诗谈》："在山泉水清，出山泉水浊"，古腰锁法，云横山腰，似断不断，此所以妙。

《唐诗别裁》：结处只用写景，不更着议论，而清洁贞正意，自隐然言外，诗格最超。

《杜诗镜铨》：接转又插一喻，语浅义深，逼真汉魏乐府神理（"在山"四句下）。　李云：落落穆穆，写出幽真本色（"摘花"二句下）。

《读杜心解》："在山清"、"出山浊"，可谓贞士之心，化人之舌矣。建安而下，齐梁而上，无此见道语。只以写景作结，脱尽色相。

《网师园唐诗笺》："在山泉水清"至末，落落写来，不着议论，而神韵弥隽。

《诗法简易录》：忽入比喻对偶句，气则停蓄，调则高起，最妙（"在山"一联下）。

梦李白二首

其一

死别已吞声，生别常恻恻。

江南瘴疠地，逐客无消息。

故人入我梦,明我长相忆。

恐非平生魂,路远不可测。

魂来枫叶青,魂返关塞黑。

君今在罗网,何以有羽翼?

落月满屋梁,犹疑照颜色。

水深波浪阔,无使蛟龙得!

【汇评】

《苕溪渔隐丛话》:《西清诗话》云:……(白)风神超迈,英爽可知。后世词人,状者多矣,亦间于丹青见之,俱不若少陵"落月满屋梁,犹疑照颜色"。熟味之,百世之下,想见风采。此与李太白传神诗也。

《诗薮》:"明月照高楼,想见馀光辉",李陵逸诗也。子建"明月照高楼,流光正徘徊",全用此句而不用其意,遂为建安绝唱。少陵"落月满屋梁,犹疑照颜色",正用其意而少变其句,亦为唐古峥嵘。

《唐诗归》:钟云:无一字不真,无一字不幻。又云:精感幽通,交情中说出鬼神,杜甫《梦李白》诗安得不如此! 钟云:到说自己身上,妙,妙("故人"二句下)。 谭云:幽冥可怯("魂返"句下)。 钟云:暗用招魂语事,妙。谭云:只转二韵,极见相关之情。此音外之音(末二句下)。

《唐诗解》:少陵此作,本摹"凛凛岁云暮"一篇,……即《古诗》"既来不须臾,又不处重闱,亮无晨风翼,焉得凌风飞"之意,观此可以知作诗变化法。

《唐诗选脉会通评林》:刘辰翁曰:起意,使其死耶,当不复哭矣,乃使人不能忘者,生别故也。"落月"二语,偶然实境,不可更遇。 杨慎曰:"落月"二语,言梦中见之,而觉其犹在,即所谓"梦中魂魄犹言是,觉后精神尚未回"也。诗本浅,宋人看得太深,反晦矣。传神之说,非是。

《杜臆》:瘴地而无消息,所以忆之更深。不但言我之忆,而以故人入梦，为明我相忆。……故下有"魂来"、"魂返"之语，而又云"恐非平生魂"，亦幻亦真，亦信亦疑，恍惚沉吟，此"长恻恻"实景。

《唐诗快》：本是幻境，却言之凿凿，奇绝（"魂来"句下）。

《而庵说唐诗》：子美作是诗，肠回九曲，丝丝见血。朋友至情，千载而下，使人心动。

《唐宋诗醇》：沉痛之音发于至情，情之至者文亦至，友谊如此，当与《出师》、《陈情》二表并读，非仅《招魂》、《大招》之遗韵也。"落月屋梁"，千秋绝调。

《唐诗归折衷》：唐云：通篇俱从"凛凛岁云暮"翻出，二语更见其化（"君今"二句下）。

《杜诗镜铨》：蒋云：起便阴风忽来，惨淡难名（"死别"三句下）。　　郝楚望云：读此段，千载之下，恍若梦中，真传神之笔（"故人"八句下）。　　（"魂来"）二句抵宋玉《招魂》一篇（"魂来"二句下）。

《读杜心解》：首章处处翻死。起四，反势也。说梦，先说离，此是定法。中八，正面也，却纯用疑阵。句句喜其见，句句疑其非。末四，觉后也。梦中人杳然矣，偏说其神犹在，偏与叮咛嘱咐，此皆景外出奇。

《网师园唐诗笺》："魂来"四句，全用《招魂》意，点缀愈惝恍，愈沉挚。

《岘佣说诗》："魂来枫林青"八句，本之《离骚》，而仍有厚气。不似长吉鬼诗，幽奇中有惨淡色也。

《唐宋诗举要》：吴曰：一字九转，沉郁顿挫（"死别"二句下）。　　"长相忆"下倒接"恐非平生魂"二句，疑真疑幻之情，千古如生。再以"魂来"、"魂返"写其迷离之状，然后入"君今"二句，缠绵切至，恻恻动人（"江南"六句下）。　　吴曰：此等奇变语，世所惊叹，然在杜公犹非其至者（"魂来"二句下）。　　悱恻沉至

（“君今”二句下）。　　　吴曰：撑起（“落月”句下）。　　　吴曰：亲切悲痛（“犹疑”句下）。　　　吴曰：再转（“水深”句下）。　　　吴曰：剀切沉郁（末句下）。

其二

浮云终日行，游子久不至。
三夜频梦君，情亲见君意。
告归常局促，苦道来不易。
江湖多风波，舟楫恐失坠。
出门搔白首，若负平生志。
冠盖满京华，斯人独憔悴。
孰云网恢恢，将老身反累。
千秋万岁名，寂寞身后事。

【汇评】

《唐诗归》：钟云：“明我常相忆”、“情亲见君意”，是一片何等精神往来（“三夜”二句下）！　　　钟云：述梦语，妙（“告归”二句下）。　　　钟云：悲怨在“满”字、“独”字（“冠盖”二句下）。

《唐诗选脉会通评林》：刘辰翁曰：起语，千言万恨。次二句，人情鬼语，偏极苦味。“告归”六句，梦中宾主语具是。“冠盖”二句，语出情痛自别。

《杜臆》：前篇止云“入我梦”，又云“恐非平生魂”，而此云“情亲见君意”，则魂真来矣，更进一步。……而“江湖多风波”，所以答前章“无使蛟龙得”之语也。　　　交情恳至，真有神魂往来。止云泣鬼神，犹浅。

《唐诗快》：“行”字妙（首句下）。　　　情至苦语，人不能道（“三夜”四句下）。　　　竟说到身后矣，今人岂敢开此口（末二句下）。

《杜诗镜铨》：刘须溪云：结极惨黯，情至语塞。

《秋窗随笔》：老杜《梦李白》云："冠盖满京华，斯人独憔悴。"昌黎《答孟郊》诗："人皆馀酒肉，子独不得饱。"同一慨然，而古人交情，于此可见。

《唐宋诗举要》：吴曰：先垫一句，以取逆势（"浮云"句下）。　　吴曰：再垫，再挺（"冠盖"句下）。　　吴曰：咏叹淫泆（"斯人"句下）。　　吴曰：此中删去几千百语，极沉郁悲痛之致（"孰云"二句下）。　　吴曰：逆接（"千秋"句下）。　　吴曰：致慨深远（末句下）。

【总评】

《唐诗广选》：王元美曰：余读刘越石"岂意百炼钢，化为绕指柔"二语，未尝不欷歔罢酒，至少陵此诗结语，辄黯然低徊久之。

《唐诗选脉会通评林》：蒋一梅曰：二诗情意亲切，千载而后，犹见李、杜石交之谊。

《兰丛诗话》：（宜田）又云：少陵《梦李白》诗，童而习之矣。及自作梦友诗，始益恍然于少陵语语是梦，非忆非怀。

《绂斋诗谈》：《梦李白》，惜其魂之往来，更历艰险，交道文心，备极曲折，此之谓"沉着"。

《读杜心解》：始于梦前之凄恻，卒于梦后之感慨，此以两篇为起讫也。"入梦"，明我忆；"频梦"，见君意。前写梦境迷离，后写梦语亲切，此以两篇为层次也。

《诗伦》：真朋友必无假性情。通性情者诗也，诗至《梦李白》二首，真极矣。非子美不能作，非太白亦不能当也。以诗品论，得《骚》之髓，不撮汉魏之皮。或曰"唐无古诗而有其古诗"，然乎哉？

有怀台州郑十八司户

天台隔三江，风浪无晨暮。

郑公纵得归，老病不识路。

昔如水上鸥，今如罝中兔。

性命由他人，悲辛但狂顾。

山鬼独一脚，蝮蛇长如树。

呼号傍孤城，岁月谁与度。

从来御魑魅，多为才名误。

夫子嵇阮流，更被时俗恶。

海隅微小吏，眼暗发垂素。

黄帽映青袍，非供折腰具。

平生一杯酒，见我故人遇。

相望无所成，乾坤莽回互。

【汇评】

《唐诗归》：钟云：写出声泪，纯是交情（“郑公”二句下）。钟云：高士要哭（“性命”句下）。　　谭云：真（“悲辛”句下）。　　谭云：阴气（“山鬼”句下）。

《杜臆》：想象郑公孤危之状，如亲见，亦如亲历，纯是一片交情。　　止恨其不得归耳，却云“纵得归”，“老病不识路”。又云“性命由他人，悲辛但狂顾”，一字一泪。

《杜诗镜铨》：蒋云：空中落笔，起势极警（“天台”二句下）。

《读杜心解》：此亦披腹见愫之诗。……结四，又悲惋深至。后无见期，而念及从前杯酒；我亦漂泊，而两为翘首乾坤。落句更欲括一篇《天问》矣。

《唐宋诗举要》：张上若曰：即归亦迷，况不归，惜之至（“郑公”二句下）。悲痛沉至（“从来”二句下）。　　张廉卿曰：此与《梦李白》二首，皆仿佛骚人之遗。

遣兴五首 (其二)

长陵锐头儿，出猎待明发。

骍弓金爪镝，白马蹴微雪。

未知所驰逐，但见暮光灭。

归来悬两狼，门户有旌节。

【汇评】

《唐诗解》：《遣兴》诗，章法简净，属词平直，不露才情，有建安风骨，《杂诗六首》之遗韵也。譬之宫室，"三吏"、"三别"、前后《出塞》，堂殿之壮者也；《遣兴》各五首，曲室之精者也。

《唐诗归》：钟云：前一诗（按指此诗）风生，后二诗（按指"猛虎凭其威"与"朝逢富家葬"）冰冷，闲眼看人，热心劝世，此老真是菩萨！　　　钟云：笔亦如电（"未知"二句下）。

《唐诗选脉会通评林》：董益曰：此篇讥时贵骄横，权宠太盛，而曾不知尊主、庇民之道，徒以游畋取恩败国也。

《杜诗详注》：此章叹少年射猎之事。上四，早猎之景；下四，夜归之兴。

《杜诗镜铨》：五章亦系古《杂诗》体，信手拈来，自觉可歌可泣。　　　李云：讽而不露（"归来"二句下）。

《读杜心解》：乱后武夫得志，见于诗者始此。

遣兴五首 (其五)

吾怜孟浩然，裋褐即长夜。

赋诗何必多，往往凌鲍谢。

清江空旧鱼，春雨馀甘蔗。

每望东南云，令人几悲吒。

【汇评】

《杜臆》：俱借古人以遣自己之兴，非尚论古人也。　浩然之穷，公亦似之，怜孟所以自怜也。

《杜诗详注》：高、岑、王、孟，并驰声天宝间。孟独布衣终身，早年谢世，乃处士之最可悲者。"清江"以下，望襄阳而感叹。"空"、"馀"二字，见物在人亡。

《杜诗镜铨》：诸诗皆从汉魏出，自成杜体。嗣宗《咏怀》、太冲《咏史》，延年《五君咏》，公盖兼而用之。　蒋弱六云：子美本襄阳人。诸葛、庞、孟皆以襄阳，故思之也。

前出塞九首

其一

戚戚去故里，悠悠赴交河。

公家有程期，亡命婴祸罗。

君已富土境，开边一何多！

弃绝父母恩，吞声行负戈。

【汇评】

《唐诗选脉会通评林》：周甸曰：此赋也，伤感时事，其词怨而不怒。　吴山民曰："有程期"三字，含多少无奈何意。五、六二语，感时黩武，自怨自言（"君已"二句下）。

《杜臆》："亡命婴祸罗"，乃其衷肠语。亡命则累及父母、六亲，故忍死吞声而去，一以为国，一以为亲，便见忠孝大节，且怨而不怒。……此风人之旨也。"已富"、"开边"，风刺语。

《杜诗详注》：首章，叙初发时辞别室家之情。

《载酒园诗话又编》：此应调之始，故但叙别离之恨，而"法重心骇,威尊命贱"之意,跃跃不禁自露。

《读杜心解》:"赴交河",点清出兵之路。"已富"而又"开边",乃九首寓讽本旨,在首章拈破。结语黯然,恋亲之情,赴国之义,俱见矣。

其二

出门日已远,不受徒旅欺。

骨肉恩岂断,男儿死无时。

走马脱辔头,手中挑青丝。

捷下万仞冈,俯身试搴旗。

【汇评】

《唐诗品汇》:刘云:如亲历甘苦,极征行孤往之意。人所不能自道,诗必如此序情。悯劳之际,其庶几乎!

《唐诗镜》:老杜长于造境。能造境,即情色种种毕著。

《唐诗归》:钟云:此句承"日已远",妙,实有此境("不受"句下)。 钟云:口硬心酸("骨肉"二句下)。

《唐诗选脉会通评林》:董养性曰:离家日久,谙习战伐,众不敢欺,便觉得勇气百倍。

《杜臆》:前章云"弃绝父母恩",而此又云"骨肉恩岂断",徘徊展转,曲尽情事。死既无时,而后作壮语,所谓"知其不可如何而安之若命"者也,愈壮愈悲。

《载酒园诗话又编》:"出门日已远,不受徒旅欺"二句,壮勇之气已隐然可掬。"骨肉恩岂断,男儿死无时",见其国而忘家,恩以义断。"走马脱辔头,手中挑青丝。捷下万仞冈,俯身试搴旗"四句,皆于忙中着闲。上写征行之苦,下写争先示勇之致。

《读杜心解》:下截摹写轻生喜事之状,跃跃欲飞。

《杜诗镜铨》:刘须溪云:赋至此,极可壮,可伤(末二句下)。

其三

磨刀鸣咽水，水赤刃伤手。

欲轻肠断声，心绪乱已久。

丈夫誓许国，愤惋复何有！

功名图麒麟，战骨当速朽。

【汇评】

《唐诗广选》：刘会孟曰：又缓而急。　　刘履曰：人谓子美古诗学建安，是矣；然未免有时亦离去，如此篇"水赤"二语，已微露痕迹，而未甚相远，读者详之。

《唐诗选脉会通评林》：周甸曰：此虽征人自誓之强，实诗人劝忠之义。前四句极凄婉，后四句极勇决。　　蒋一梅曰：章法由浅入深，一步高一步。　　吴山民曰：结岂人情？然正为宽解之辞。

《杜臆》：前四句化用《陇头歌》，极炉锤之妙。后四句发前未尽之意，作意外之想以自宽，正见其心绪之错也。"图麒麟"，岂易言哉！

《载酒园诗话又编》：此即《毛诗》"忧心孔疚，我行不来"意，忠义激烈，勃然如生。

《读杜心解》：途中感触，兴体也。……以下又捷转出一副血性语，心绪虽乱，终不以易吾誓死之志也。

《杜诗镜铨》：蒋云：借磨刀，撰出一首，自奇。　　重振起（"丈夫"句下）。　　末句反言见意。

其四

送徒既有长，远戍亦有身。

生死向前去，不劳吏怒嗔。

路逢相识人，附书与六亲。

哀哉两决绝，不复同苦辛。

【汇评】

《唐诗归》：钟云：三字妙，"亦"字悲甚，下二句从此生（"远戍"句下）。 钟云：真志，真勇（"生死"二句下）！ 谭云：亦复厚（"路逢"四句下）。

《唐诗选脉会通评林》：董养性曰：此篇见事亲孝，故忠可移于君。 杨慎曰：惨然语，不堪多读。 屠隆曰：使人不可读，不可不读。

《杜臆》：云"不劳怒嗔"，则驱迫之苦可知。

《杜诗详注》："远戍亦有身"，此被徒长呵斥，而作自怜语。……"哀哉"两语，即书中之意。孤身远戍，欲同苦辛而不可得，语更惨戚。

《载酒园诗话又编》：此句与首章末句意相似，但前是出门时言，犹感慨意多，此是因附书后再一决绝言之，直前不顾矣。且前止父母，此兼姻戚，文情之密，非复也。补出吏与相识人来，尤见周匝。"附书"下三句，亦暗与次章"骨肉恩岂断"二语相应，又微反《毛诗》"我戍未定，靡使归聘"意，妙于脱胎变化。

《读杜心解》："向前去"、"不劳嗔"，作索性语，愤所激也。

《岘佣说诗》："生死向前去，不劳吏怒嗔"，是决绝语。

其五

迢迢万馀里，领我赴三军。

军中异苦乐，主将宁尽闻？

隔河见胡骑，倏忽数百群。

我始为奴仆，几时树功勋？

【汇评】

《唐诗品汇》：刘云：眼前语，意中事，通透自别。亦极哀怨之体,所以可传(首四句下)。

《唐诗归》:钟云:此语出"主将"口,便是王师("军中"二句下)。　　谭云:真悲愤。钟云:热中("我始"二句下)。

《唐诗选脉会通评林》:单复曰:此殆不甘为人下而思欲自奋者(末二句下)。

《杜臆》:"军中异苦乐",又意外意,乐者不言,言者不乐。不曰"为军士",而曰"为奴仆",盖军人以强弱相役,此正其所苦,而无从赴诉于主将者。

《载酒园诗话又编》:上四章俱是途中事,此章始至军中而述所经历。末句不徒感慨,亦有鼓锐意。

《唐宋诗醇》:李因笃曰:结语有深味,想古之却聘者,与此同悲。

《读杜心解》:读"我始"二语,寒士泪下。　　此章乃九诗之适中,为前后过峡,如曲谱之有过赚。

《杜诗镜铨》:五章初到军中而叹,亦见功名难就意,就三首末二句翻转。

《岘佣说诗》:"军中异苦乐,主将宁尽闻?"是感伤语。

其六

挽弓当挽强,用箭当用长。
射人先射马,擒贼先擒王。
杀人亦有限,列国自有疆。
苟能制侵陵,岂在多杀伤?

【汇评】

《唐诗品汇》:刘云:此其自负经济者,军中常有此人。

《唐诗归》:钟云:此四句与下四句非两层,擒斩中正寓不欲多杀之意,所谓"歼其渠魁,胁从罔治"也(前四句下)。　　谭云:仁义节制之师(后四句下)。

《唐诗镜》：语语筋力。前四语不知何自？或是成语，或自己出，用得合拍，总为妙境。

《杜诗说》：前四语，似谣似谚，最是乐府妙境。

《杜诗详注》：为当时黩武而叹也。　张綖注：章意只在"擒王"一句，上三句皆引兴语，下四句申明不必滥杀之故。

《载酒园诗话又编》：此军中自励之言。上四句亦即《毛诗》"岂敢定居，岂不日戒"意，下四句更有"薄伐来威"之旨。

《唐宋诗醇》：黄生曰：明皇不恤其民而远慕秦汉，此诗托讽良深。

《唐诗别裁》：诸本"杀人亦有限"，惟文待诏作"无限"，以开合语出之，较有味。文云："古本皆然"。

《读杜心解》：上四如此飞腾，下四忽然掠转。兔起鹘落，如是如是。

《杜诗镜铨》：六章忽作闲评论一首，复提醒本意。　大识议，非诗人语(末四句下)。

其七

驱马天雨雪，军行入高山。

径危抱寒石，指落曾冰间。

已去汉月远，何时筑城还？

浮云暮南征，可望不可攀。

【汇评】

《唐诗广选》：刘会孟曰：作者缓急自合。

《唐诗选脉会通评林》：周珽曰：写出戍苦乡思，诵之惨然。

《杜臆》：前四句言军士之苦，如亲历之者。在途则生死向前，在军则无日不思归，此人情也。

《载酒园诗话又编》：此章言筑城事。叙景处不仅本"载途雨雪"，兼从"渐渐之石"章来；末语更有《扬水》之痛。

《读杜心解》：言戍守也。戍守则须城筑，城筑必依山险。三、四，写冲寒陟危之苦，设色黯惨，边庭之苦极矣。苦极故思家也，六亲之念，前已丢开，此又提起，有雪舞回风之致。……读《东山》之诗，知此为"变风"矣。

其八

单于寇我垒，百里风尘昏。

雄剑四五动，彼军为我奔。

虏其名王归，系颈授辕门。

潜身备行列，一胜何足论。

【汇评】

《唐诗品汇》：刘云：千载不死，坠泪未干。

《唐诗归》：钟云：挺动（"虏其"句下）。

《唐诗选脉会通评林》：董养性曰：此篇所以愧天下后世，为君子争功言也。　　陆时雍曰：善于自负。三、四语中有神（"雄剑"二句下）。

《杜臆》：虏名王，授辕门，不以一胜为功，盖其立志远大，必空漠南之庭而后快也。若以"不伐"看此诗，则浅矣。

《杜诗详注》：此写猛气雄心，跃跃欲动。

《载酒园诗话又编》：此方及战事。八句凡数层折，蹊回径转，各具奇观。

《唐诗别裁》：末二语有"大树将军"意度。

《读杜心解》：起二，彼势之盛。中四，我军之勇。剑才动而奔者已奔，系者已系，笔妙正在不费张皇。一结窅然以远，却为下章引脉。

其九

从军十年馀，能无分寸功？

众人贵苟得，欲语羞雷同。

中原有斗争，况在狄与戎。

丈夫四方志，安可辞固穷！

【汇评】

《唐诗品汇》：刘云：乃并与军中妒忌者之意得之，必不可少者（首四句下）。

《唐诗归》：钟云：豪杰志概，圣贤心肠（"众人"二句下）。

钟云：出门激烈，至此却敦厚。出门是士卒气象，至"杀人亦有限"、"一胜何足论"、"众人贵苟得"等语，便是大将军气象矣。

《杜臆》：公诗云："诸将已茅土，载驱谁与谋？"盖深悲之，而发之于此。

《载酒园诗话又编》："从军十年馀，能无分寸功？众人贵苟得，欲语羞雷同"，军中蒙蔽之形，不言而见。"中原有斗争，况在狄与戎。丈夫四方志，安可辞固穷"亦即"一胜何足论"意。但始犹一胜，此则十年之功，退让不言，志更不隳，更图后效，较之"欲言塞下事，天子不召见。东出咸阳门，哀哀泪如霰"度量相越多少。

《唐诗别裁》：合九章成一章法（"丈夫"二句下）。

《杜诗镜铨》："从军十年馀，能无分寸功？"隐见得不偿失，借军士口中逗出，总是绵里裹针之法。

《岘佣说诗》："众人贵苟得，欲语羞雷同"，是自占身分语。

【总评】

《后村诗话》：此十四篇（按指前后《出塞》）笔力与《古诗十九首》并驱。

《批点唐诗正声》：前后《出塞》，字字句句，皆宜圈点。神化之妙，言之不悉。

《唐风定》：诗有体有格：体贵，格高；体不贵，格卑。　　　此诗独具汉魏风骨，其体贵也。

《唐诗选脉会通评林》：周珽曰：前后《出塞》诸什，奴隶黄初诸子而出，如将百万军，宝之惜之，而又能风雨使之，真射潮之力，没羽之技。

《杜诗说》：六朝好拟古，类无其事，而假设其词。杜诗词不虚发，必因事而设，此即"修辞立诚"之旨，非诗人所及。

《杜臆》：《前出塞》云"赴交河"，……当是天宝间哥舒翰征吐蕃时事；而诗有"磨刀呜咽水"，陇头乃出征吐蕃所经繇者，诗亦当作于此时。注云"追作"，非也。……《出塞》九首，是公借以自抒其所蕴。

《杜诗详注》：张綖曰：李杜二公齐名，李集中多古乐府之作，而杜公绝无乐府，惟此前后《出塞》数首耳。然又别出一格，用古体写今事。大家机轴，不主故常，昔人称"诗史"者以此。

《载酒园诗话又编》：《毛诗》无处不佳，予尤爱《采薇》、《出车》、《杕杜》三篇，一气贯串，篇断意联，妙有次第。千载后，得其遗意者，惟老杜《出塞》数诗。此诗节节相生，真与《毛诗》表里，必不可删。

《唐宋诗醇》：九首皆代从军者之词，指事深切，以沉郁写其哀怨，有亲履行间所不能自道者，可使天雨粟，鬼夜哭矣。读《东山》、《江汉》诸诗，《风》《雅》既变，斯为极焉。以视王粲《从军》五首，真靡靡不足道。后五篇视此稍纵而格力如一，其所缘起者殊也。　　　吴昌祺曰：扫绝依傍，独有千古，无意不深，无笔不健。于鳞谓杜五古不合汉魏，乌知其尽脱窠臼而异轨齐驱耶！

《唐诗别裁》：九章多从军愁苦之词。

《读杜心解》：汉魏以来诗，一题数首，无甚诠次。少陵出而章法一线。如此九首，可作一大篇转韵诗读。

《杜诗镜铨》：借古题写时事，深悉人情，兼明大义，当与《东山》、《采薇》诸诗并读,视太白乐府更高一筹。

后出塞五首

其一

男儿生世间,及壮当封侯。

战伐有功业,焉能守旧丘?

召募赴蓟门,军动不可留。

千金买马鞭,百金装刀头。

闾里送我行,亲戚拥道周。

斑白居上列,酒酣进庶羞。

少年别有赠,含笑看吴钩。

【汇评】

《唐诗选脉会通评林》:吴山民曰:杜善自作古,而此章有拟古语,便见超拔。　　陆时雍曰:末语有色。

《杜臆》:其装饰之盛,饯送之勤,与《前出塞》大不同。少年之赠,尤使人增气。

《载酒园诗话又编》:较《前出塞》首篇更觉意气激昂。味其语气,前篇似征调之兵,故其言悲;此似应募之兵,故其言雄。前篇"走马脱辔头,手中挑青丝",贫态可掬;此却"千金买鞍,百金装刀",军容之盛如见。前篇"弃绝父母,吞声负戈",悲凉满眼;此则里戚相饯,殽醴错陈,"吴钩"一赠,尤助壮怀。妙在"含笑看"三字,说得少年须眉欲动。

《读杜心解》:"召募"四句,点事生色。"闾里"至末,以旁笔衬行色。就中又分出老、少两层,加意挑剔。结语肉飞眉舞,恰与"及壮封侯"对照。　　"赴蓟门",点眼。

《杜诗镜铨》:蒋云:波折隽逸("少年"二句下)。

其二

朝进东门营，暮上河阳桥。

落日照大旗，马鸣风萧萧。

平沙列万幕，部伍各见招。

中天悬明月，令严夜寂寥。

悲笳数声动，壮士惨不骄。

借问大将谁？恐是霍嫖姚。

【汇评】

《彦周诗话》：诗有力量，犹如弓之斗力：其未挽时，不知其难也；及其挽之，力不及处，分寸不可强。若《出塞曲》云："落日照大旗，马鸣风萧萧。……鸣笳三四发，壮士惨不骄。"……此等力量，不容他人到。

《唐诗品汇》：刘云：复欲一语似此，殆千古不可得（"落日"二句下）。　　刘云：此诗之妙，可以《招魂》复起。

《唐诗选脉会通评林》：陆时雍曰：写景一一入神，色象绝不足道。　　周启琦曰：言风发而思泉流，望其气不可复羁。　　陈继儒曰：劈空出想，乃是风骨雄奇。

《杜臆》：言号令之严，亦军中常事，而写得森肃。前篇唾手封侯，何等气魄！而至此"惨不骄"，节奏固应如是，而情景亦自如是也。诗云："萧萧马鸣"，"萧萧"原非马鸣声，……但得一"风"字，更觉爽豁耳。

《唐诗快》：少陵前后《出塞》共十四首，童时即诵此一首，颇喜其风调悲壮，及今反复点勘，仍不出此一首。李、钟两家并选之，岂为无见？

《载酒园诗话又编》："朝进东门营，暮上河阳桥。落日照大旗，马鸣风萧萧"，军前风景如画。"平沙列万幕，部伍各见招"，二语尤妙。凡勇士所之，无不欲收为己用者，此语直传其神。"中天悬明月,令严夜寂寥","寂寥"妙甚,深见军中纪律之肃。"悲笳数声动,壮士惨不骄。借问大将谁? 恐是霍嫖姚。"古来名将甚多,而独举霍氏。史称去病:士卒乏食,而后军馀粱肉。殊带怵惕意,却妙在一"恐"字,语意甚圆。

《唐诗归折衷》:钟云:"萧萧马鸣",经语也。加一"风"字,便有飒然边塞之气矣。　　吴敬夫云:"萧萧"自是说"风"。合十字看,想见边塞晚景惨凄,与经语形容马鸣自别。　　钟云:《出塞》前后,于鳞独取此首,孟浪之极。应为"落日照大旗"等句,与之相近耳。盖亦悦其声响,而风骨或未之知也。　　唐云:于鳞孟浪则有之。若论风骨,十三首中,原无此雄浑。　　吴敬夫云:于诸作中,气最高,调最响,固应入于鳞彀中。

《唐宋诗醇》:吴昌祺曰:诗如宝刀出匣,寒光逼人。

《读杜心解》:须看层次精密,又须看夹景夹叙,有声有采。

《杜诗镜铨》:五首只如一首,章法相衔而下。　　邵云:写出军中严肃,大好气势("中天"四句下)。

其三

> 古人重守边,今人重高勋。
> 岂知英雄主,出师亘长云。
> 六合已一家,四夷且孤军。
> 遂使貔虎士,奋身勇所闻。
> 拔剑击大荒,日收胡马群。
> 誓开玄冥北,持以奉吾君。

【汇评】

《唐诗品汇》:刘云:此义亦人所未及也(首二句下)。

《唐诗选脉会通评林》:吴山民曰:开边非美事,故起句有讽意,含蓄在两"重"字。通篇虽作奋勇语,亦多是寓讽。

《杜诗详注》：当时朝廷好大，以致边将邀功，曰"岂知"、曰"遂使"，正见上行下效也。

《载酒园诗话又编》："勇所闻"三字，妙得开边幸功人一辈心髓，俨然傅介子、陈汤、臧宫、马武等在目。

《读杜心解》：写到击敌之事，纯用虚机，而含讽之旨，即从此露出。其章法更屈曲出奇。以"重守"剔"重勋"，主意提破矣。"英主""出师"，本是直接。却下"岂知"二字，便无显斥之痕。"亘长云"下，宜接"遂使"句矣，却用"六合"两句，横鲠在中，又隐然见此举之多事。且"孤军"下，似宜用"重高勋"意作一转落，却又直接"遂使"一句，此中又有无限含蓄。此少陵之才，岂难作条畅文字，而断续如此？其吞吐妙用，但可与会心人道。

《杜诗镜铨》：三首全用空说，承上启下。

其四

献凯日继踵，两蕃静无虞。
渔阳豪侠地，击鼓吹笙竽。
云帆转辽海，粳稻来东吴。
越罗与楚练，照耀舆台躯。
主将位益崇，气骄凌上都。
边人不敢议，议者死路衢。

【汇评】

《唐诗归》：钟云：乱世将卒，实有此事，唐天宝以后尤甚（"越罗"二句下）。　谭云：隐痛（末四句下）。

《杜臆》："献凯继踵"，正顶上章"奉吾君"来。……"凌上都"，明有无君之心矣。

《载酒园诗话又编》：首章言应募，次章言入幕，三章言立功，至此极言边城之富，而边将之横，始有失身之惧矣。末二句尤含蓄无限。叛志已决,既非口舌可诤;君宠方隆,又不可以上变。观郭从谨语上曰:"亦有诣阙告其谋者,陛下往往诛之。"此诗真实录也。

《唐诗别裁》:连下章,禄山叛逆,隐跃言下。

《读杜心解》:结语尤妙。本是当时实事,而作者却以所言太露,借此缩住。观下章假词于逃军,知此处不得纵笔矣。

其五

我本良家子,出师亦多门。
将骄益愁思,身贵不足论。
跃马二十年,恐辜明主恩。
坐见幽州骑,长驱河洛昏。
中夜间道归,故里但空村。
恶名幸脱免,穷老无儿孙。

【汇评】

《东坡志林》:详味此诗,盖禄山反时,其将校有脱身归国,而禄山尽杀其妻子者。不知其姓名,可恨也。

《唐诗品汇》:刘云:写至退军人则无馀矣。

《唐诗归》:谭云:脱此入彼,愁苦命相,有不敢怨尤之意("中夜"四句下)。 钟云:不敢怨尤,穷苦人可怜,正在于此(同上)。

《唐诗选脉会通评林》:周明辅曰:"将骄"、"身贵"二语,好心肠,可将可相。

《杜臆》:正与第一章相为首尾。首章主进,志在立功;尾章主退,志在立节。

《载酒园诗话又编》:此诗有首尾,有照应,有变换。如"我本良家子",正与首篇"千金买鞍"等相应。"身贵不足论",与"及壮当封侯"似相反,然以"恐辜主恩"而念为之转,则意自不悖。"故里但空村",非复送行时"拥道周"景象,此正见盛衰之感,还家者无以为怀,意实相应也。

《唐诗别载》:此章显言。

《杜诗镜铨》:邵云:二句是《后出塞》诗旨("将骄"二句下)。　　此句亦带见中原凋敝("故里"句下)。

【总评】

《唐诗品汇》:范德机云:前后《出塞》皆杰作,有古乐府之声而理胜。

《唐诗选脉会通评林》:陈继儒曰:劈空出想,乃见风骨雄奇。

《杜臆》:五章一气转折到底,选者如何去取?

《杜诗话》:杜诗最入古者,无如前后《出塞》十四篇,所谓奴隶黄初诸子,自成一家,不受去取者也。公自云:"李陵苏武是吾师",实能得其真传,不必泛引《十九首》以等差其高下。

《唐诗援》:"天子好边功,一时多叛将",皆明皇时实录。公于《出塞》诗中描写略尽。

《钱注杜诗》:《前出塞》为征秦陇之兵赴交河而作,《后出塞》为征东都之兵赴蓟门而作。

《读杜心解》:总看五诗,文势一步紧一步,局势一着危一着。

《杜诗镜铨》:《前出塞》迫于官遣,其情蹙,故专就苦一边形容。此志在立功,其气豪,故转借乐一边翻出,境界迥然不同。

《岘傭说诗》:前后《出塞》诗皆当作乐府读。……竭情尽态,言人所不能言。

发秦州

原注:乾元二年,自秦州赴同谷县纪行。

我衰更懒拙,生事不自谋。
无食问乐土,无衣思南州。

汉源十月交，天气凉如秋。

草木未黄落，况闻山水幽。

栗亭名更佳，下有良田畴。

充肠多薯蓣，崖蜜亦易求。

密竹复冬笋，清池可方舟。

虽伤旅寓远，庶遂平生游。

此邦俯要冲，实恐人事稠。

应接非本性，登临未销忧。

溪谷无异石，塞田始微收。

岂复慰老夫，惘然难久留。

日色隐孤戍，乌啼满城头。

中宵驱车去，饮马寒塘流。

磊落星月高，苍茫云雾浮。

大哉乾坤内，吾道长悠悠。

【汇评】

《苕溪渔隐丛话》：《少陵诗总目》云：两纪行诗，发秦州至凤凰台，发同谷县至成都府，合二十四首，皆以经行为先后，无复差舛。昔韩子苍尝论此诗笔力变化，当与太史公诸赞方驾，学者宜常诵之。

《朱子语类》：杜诗初年甚精细，晚年横逆不可当，只意到处便押一个韵。如自秦州入蜀诸诗，分明如画，乃其少作也。

《杜臆》："无食问乐土，无衣思南州"，乃此公卜居本意，然无贤地主，衣食何从得之？……此诗结语难于下笔，"大哉乾坤内，吾道长悠悠"，亦近亦远，结得恰好。

《杜诗详注》：张綖曰：大抵此诗，变化精细，皆兼有之。但公时年四十八，故云"我衰更懒拙"，未可谓之少作。

《读杜心解》：自秦州抵同谷，又自同谷抵成都，前后纪行诗各十二首，……蹊径各各不同。 玩此诗纯从未发前落笔，明所以去此就彼之故。却用逆局，使文格不平直。起四句，提发秦州之由，实则提赴同州之由也。故先逗出"乐土"、"南州"。接下十二句，竟写同谷，此所谓逆入势也。……又以悬拟作描写，为能运实于虚。……末八句，写启行景色，又写临行胸襟，是皆所谓逆卷势也。

《杜诗镜铨》：似古乐府语（"乌啼"句下）。 结得空阔（末二句下）。 蒋弱六云：此诗亦用逆局，文格故不平直。自此看到《七歌》，分明欲往时，意中有多少好处，直谓可安身立命。及既到了，又一刻不自安，情景最真。

《十八家诗钞》：张云：极苍凉惨淡之境，写来却有无穷兴象，洵属奇绝（"日色"句下）。

赤 谷

天寒霜雪繁，游子有所之。
岂但岁月暮，重来未有期。
晨发赤谷亭，险艰方自兹。
乱石无改辙，我车已载脂。
山深苦多风，落日童稚饥。
悄然村墟迥，烟火何由追！
贫病转零落，故乡不可思。
常恐死道路，永为高人嗤。

【汇译】

《唐诗镜》：凡好高好奇，便与物情相远。人到历练既深，事理物情入手，知向高奇一无用处。

《唐诗选脉会通评林》：唐陈彝曰：起便苦，结语虽直，亦是实情。 唐孟庄曰：历叙途穷，过于恸哭。

《杜臆》：故乡之乱未息，故"不可思"言永无归期也。公弃官而去，意欲寻一隐居，如庞德公之鹿门以终其身，而竟不可得，恐死道路，为高人所嗤。"高人"，正指庞公辈也。

《唐诗评选》：韩子苍称此诗笔力变化似太史公诸赞，不知其为黄初正格也。

《杜诗详注》：梅鼎祚曰：首四语，凄婉具作。

《读杜心解》：此才是发足之始，故景少情多。……"岂但"二句，无限衷曲。情随事迁之悲、饥来驱我之苦俱见。中八，叙发赤谷以后情状，不粘赤谷说。"险艰自兹"一语，直将各首通盘提起。

《杜诗镜铨》：李子德云：古调铿然，有空山清磬之音。

铁堂峡

山风吹游子，缥缈乘险绝。
峡形藏堂隍，壁色立积铁。
径摩穹苍蟠，石与厚地裂。
修纤无垠竹，嵌空太始雪。
威迟哀壑底，徒旅惨不悦。
水寒长冰横，我马骨正折。
生涯抵弧矢，盗贼殊未灭。
飘蓬逾三年，回首肝肺热。

【汇评】

《杜臆》：公怀卜居之想，故"堂隍"、"积铁"以下六句，皆状其地之胜，既去而肝肺为之热也。"修纤"状山上之竹，甚妙。

《杜诗详注》：入蜀诸章，用仄韵居多，盖逢险峭之境，写愁苦之词，自不能为平缓之调也。

《杜诗镜铨》：邵云：起语亦尔缥缈。　　"铁堂"二字，有此刻划（"峡形"二句下）。

《杜诗说》：诸诗大抵写蜀道之艰难，及行役之辛苦，看每章结语，各有出场，无一相重处。

《瓯北诗话》：(杜诗)有题中未必有此义，而冥心刻骨，奇险至十二三分者，如……《铁堂峡》之"径摩苍穹蟠，石与厚地裂"。

《十八家诗钞》：张云：诸诗缒幽凿险，独辟异境。

寒　峡

行迈日悄悄，山谷势多端。
云门转绝岸，积阻霾天寒。
寒硖不可度，我实衣裳单。
况当仲冬交，溯沿增波澜。
野人寻烟语，行子傍水餐。
此生免荷殳，未敢辞路难。

【汇评】

《唐诗品汇》：刘云：怨伤忠厚，得诗人之忠厚（末二句下）。

《唐诗归》：钟云：唐人写山水妙远，往往用"无端倪"三字，此又曰"势多端"，又有其妙（"山谷"句下）。　　钟云："实"字苦，如闻其诉声（"我实"句下）。　　钟云：三字幻甚（"野人"句下）。　　钟云：苦中幽事（"行子"句下）。　　钟云：义命止足语（"此生"句下）。

《唐诗选脉会通评林》：崔德符曰：昔韩子苍尝论此诗笔力变化，当与太史公诸赞方驾，学者宜常讽诵之。　　陈继儒曰：此与《铁堂峡》、《青阳峡》篇，幽奥古远，多象外异想，悲风泣雨，入蜀人不堪读。　　周珽曰：首二句已括峡中行旅之苦，下数句正叙山谷多端苦势，"势"字可畏。

《杜诗话》：积阻之气，至于霾天，著此一句，寒峡方显（"积阻"
句下）。

《读杜心解》："行迈"四句，从"峡"字滚出"寒"字。接写四句，
本说峡寒，反将"衣单"、"冬半"翻转来说，涉笔便活。

《杜诗镜铨》：至极不堪处，忽又作自解语，翻转前篇"死道
路"、"肝肺热"等句意，笔极变幻（末二句下）。

青阳峡

塞外苦厌山，南行道弥恶。
冈峦相经亘，云水气参错。
林迥峡角来，天窄壁面削。
礛西五里石，奋怒向我落。
仰看日车侧，俯恐坤轴弱。
魑魅啸有风，霜霰浩漠漠。
昨忆逾陇坂，高秋视吴岳。
东笑莲华卑，北知崆峒薄。
超然侔壮观，已谓殷寥廓。
突兀犹趁人，及兹叹冥莫。

【汇评】

《唐诗品汇》：谓前险已尽，至此，依然相随来也（"突兀"
句下）。

《唐诗归》：钟云："来"字是峡中真景（"林迥"句下）。　　钟
云："弱"字形容危险，妙绝（"俯恐"句下）！　　钟云："趁人"二字
形其急也，身历始知（"突兀"句下）。

《杜臆》："林迥峡角来"、石"怒向我落"，一经公笔，顽石俱活。
"魑魅啸有风"，险语怕人。

《唐宋诗醇》：力凿险艰，彼地山川，非此不称。后人刻意摹之，过于险怪，非杜之过也。

《唐诗别裁》：借他山以形其突兀（"昨忆"二句下）。

《杜诗镜铨》：写景奇壮。

石　龛

熊罴哮我东，虎豹号我西。

我后鬼长啸，我前狨又啼。

天寒昏无日，山远道路迷。

驱车石龛下，仲冬见虹霓。

伐竹者谁子？悲歌上云梯。

为官采美箭，五岁供梁齐。

苦云直幹尽，无以充提携。

奈何渔阳骑，飒飒惊烝黎。

【汇评】

《唐诗选脉会通评林》：杨慎曰：起得奇壮突兀，末段深为时虑。　　赵彦材曰：此诗起句，连用四"我"字，乃公之新格。吴山民曰：首四句绝古。"天寒"二句，穷旅语。"驱车"二句，纪时变。"伐竹"句以下，插入所见，以寄慨世人之感，全与本题各别，而章法自整。　　陆时雍：此诗气局最宽，语致最简。

《杜臆》：起来数语，全是写其道途危苦颠沛之怀，非赋石龛也。

《杜诗详注》：（张）綖注：上叹行路之艰，是伤己。下叹征求之苦，是悯人。

《义门读书记》：起四语，四面皆石，画出"龛"字。天寒日淡，远道绝壑，怪石四合，皆如奇鬼猛兽，森然搏人。非公不能刻酷伐崄,写此难状之景。

《唐诗别裁》：起势突兀,若移在中间,只铺排常语。句法本魏武《北上行》。

《杜诗话》：《石龛诗》："熊罴咆我东,虎豹号我西,我后鬼长啸,我前狨又啼。"叠用四"我"字,本《诗》"有酒醑我"四句句法;叠用东、西、前、后,本《楚辞》"将升兮高山,上有兮猿猴,将入兮深谷,下有兮虺蛇,左见兮鸣鹍,右睹兮呼鸮"叠用上下左右也。

《读杜心解》：后又因龛边所值之人事,触手生出文情。

《网师园唐诗笺》："熊罴"四句,即入中幅铺排语。劈头写出,顿见突兀,可悟位置法。

《杜诗镜铨》：蒋云：万惨毕集,抵一篇《招魂》读。　　添出怕人("仲冬"句下)。

泥功山

朝行青泥上,暮在青泥中。
泥泞非一时,版筑劳人功。
不畏道途永,乃将汩没同。
白马为铁骊,小儿成老翁。
哀猿透却坠,死鹿力所穷,
寄语北来人,后来莫匆匆。

【汇评】

《岁寒堂诗话》：子美诗设词措意,与他人不可同年而语。……状泥功山之险,乃云："朝行青泥上,暮在青泥中……"此其用意处,皆他人所不到也。

《绳斋诗谈》：发秦州诸诗,道路之苦皆客情,莫作写景看。

《读杜心解》：前四,直起。……后八,都从泥泞上生发。"不畏"、"乃将",借景以泄其愤。而细玩作意,却因将次息足,特地志慨,以束全局。

《杜诗镜铨》:记地之作,朴老如《古乐府》。亦极刻划("哀猿"二句下)。只淡淡一语自足("寄语"二句下)。

凤凰台

原注:山峻不至高顶。

亭亭凤凰台,北对西康州。
西伯今寂寞,凤声亦悠悠。
山峻路绝踪,石林气高浮。
安得万丈梯,为君上上头。
恐有无母雏,饥寒日啾啾。
我能剖心出,饮啄慰孤愁。
心以当竹实,炯然无外求。
血以当醴泉,岂徒比清流。
所贵王者瑞,敢辞微命休。
坐看彩翮长,举意八极周。
自天衔瑞图,飞下十二楼。
图以奉至尊,凤以垂鸿猷。
再光中兴业,一洗苍生忧。
深衷正为此,群盗何淹留?

【汇评】

《唐诗品汇》:恳至不厌(末句下)。

《杜臆》:公因凤凰台之名,无中生有,虽凤雏无之,而所抒写者实心血也。

《义门读书记》:此诗极变。

《寒厅诗话》：俞犀月曰：少陵五言古诗，《发秦州》至《凤凰台》，《发同谷县》至《成都府》，各十二首，争奇竞秀，极沉郁顿挫之致。各首变化，绝无蹊径雷同，极得画家浓淡相间之法。

《读杜心解》：是诗想入非非，要只是凤台本地风光，亦只是老杜平生血性，不惜此身颠沛，但期国运中兴。剜心沥血，兴会淋漓，为十二诗意外之结局也。"山峻"四句，从人不至顶落想，以下奇情横溢，都从此蹶起。……要之，中、后两段，悉是空中楼阁，只用"恐有"二字领起。而"恐有"二字，却从"安得"、"上上头"引出，其根则从"凤声"，悠悠生出也。

《杜诗镜铨》：沈确士云：句法与前"心以当竹实"等句明犯，古乐府中有此（"图以"句下）。　　张上若云：此公欲舍命荐贤以致太平，因过凤凰台而有感也。　　心血又分出两项，奇幻（"心以"二句下）。　　蒋云：直入奇老之笔（"再光"二句下）。

《十八家诗钞》：张廉卿云：孤怀伟抱，忽尔喷溢，成此奇境。此自关真实本原，非寻常浮华浅薄之徒，所能袭取万一也。

乾元中寓居同谷县作歌七首

其一

有客有客字子美，白头乱发垂过耳。
岁拾橡栗随狙公，天寒日暮山谷里。
中原无书归不得，手脚冻皲皮肉死。
呜呼一歌兮歌已哀，悲风为我从天来。

【汇评】

《麓堂诗话》：诗有纯用平侧字而自相谐协者。……惟杜子美好用侧字，如"有客有客字子美"，七字皆侧；"中夜起坐万感集"，六字侧者尤多。……此等难学，亦不可不知也。

《唐诗选脉会通评林》：吴山民曰：自述形容衰飒，读之黯然。实境语可伤，末若有情。

《杜诗详注》：此章从自叙说起。……首二领意，中四叙事，末二感慨悲歌。七首同格。

《读杜心解》：一歌，诸歌之总萃也。首句，点清"客"字。"白头"、"肉死"，所谓通局宗旨，留在末章应之。……结独逗一"哀"字、"悲"字，则以后诸歌，不复言悲哀，而声声悲哀矣。

其二

长镵长镵白木柄，我生托子以为命。

黄独无苗山雪盛，短衣数挽不掩胫。

此时与子空归来，男呻女吟四壁静。

呜呼二歌兮歌始放，邻里为我色惆怅。

【汇评】

《唐诗品汇》：刘云：一歌唤子美，二歌唤长镵，岂不奇崛（首句下）。刘云：非必人为我惆怅而有其色（"邻里为我"句下）。

《唐诗选脉会通评林》：周敬曰：呼镵为"子"，与太白呼月为"君"俱新。吴山民曰：当是实事，故写得真切，"男呻女吟四壁静"，极难为情。

《唐诗快》："长镵"一章，尤出意想之外。

《杜臆》：第一章"有客有客"，而次章以"长镵长镵"继之，分明一宾一主相对；而"托子为命"，若将依为地主然者，见其无地主可依，而作客之穷也。

《杜诗详注》：上章自叹冻馁，此并痛及妻孥也。……前后章，以"有客"对弟妹，叙骨肉之情也。中间独将长镵配言，盖托此为命，不啻一家至亲。

《唐诗别裁》：杂入"长镵"一章，章法甚奇。

《读杜心解》：二歌，悲家计也，呻"拾橡栗"。一家倚仗，只靠"长镵"。仍复"空归"，"呻""吟"曷已！呻吟则盈耳嘈嘈矣，却下一"静"字，愈妙。

其三

有弟有弟在远方，三人各瘦何人强？

生别展转不相见，胡尘暗天道路长。

东飞驾鹅后鹙鸧，安得送我置汝旁？

呜呼三歌兮歌三发，汝归何处收兄骨？

【汇评】

《唐诗选脉会通评林》：杨慎曰：生别惨语。　　　吴山民曰：多少愁叹，逸动骨肉情。结句望得切。

《杜臆》：驾鹅雁属，以比兄弟；而恶鸟在后，安得送我在汝旁乎？……收骨而莫知何处，其痛极矣，此根"展转"来。

《杜诗详注》：此章叹兄弟各天也。……始念生离，终恐死别，故有"收骨"之语。

《读杜心解》：三歌，悲诸弟也，申"中原无书"之一。……鸟群逐而己孤飞，所以兴也。旧注好鸟、恶鸟之别，殊属多事。结语又翻进一层，……语更凄惋。

《杜诗镜铨》：亦乐府句（"前飞驾鹅"句下）。

其四

有妹有妹在钟离，良人早殁诸孤痴。

长淮浪高蛟龙怒，十年不见来何时？

扁舟欲往箭满眼，杳杳南国多旌旗。

呜呼四歌兮歌四奏，林猿为我啼清昼。

【汇评】

《唐诗选脉会通评林》：顾璘曰：风波丧乱之苦，数语殆尽。　　吴山民曰：开口凄绝。"长淮"句，险路；"箭满"二句，危时。末句关情。　　周珽曰：上章忆弟，此章思妹，骨肉情深，悲恸发于腑膈。悲笳耶？愁砧耶？哀猿耶？怨鸟耶？

《杜诗详注》：此章叹兄妹异地也。……猿啼清昼，不特天人感动，即物情亦若分忧矣。

《读杜心解》：四歌，悲寡妹也，申"中原无书"之二。"满眼"上着一"箭"字，隽绝。结语下一"啼"字，便映切儿女子态。自是忆妹，不得移之忆弟矣。

《杜诗镜铨》：李子德云：呜咽悱恻，如闻哀弦。　　淡至矣，而文采烂然；雄至矣，而声色俱化。

其五

四山多风溪水急，寒雨飒飒枯树湿。
黄蒿古城云不开，白狐跳梁黄狐立。
我生何为在穷谷，中夜起坐万感集。
呜呼五歌兮歌正长，魂招不来归故乡。

【汇评】

《唐诗品汇》：刘云：是旦景（"四山多风"二句下）。　　刘云：何其魂招不来耶？归故乡也（末句下）。

《唐诗选脉会通评林》：吴山民曰：起二句，景惨；次二句，难与居；又二句，心绪撩乱。

《杜臆》：忽然转调，如天阴云惨，风霰骤至，令魂惊胆碎，亦音节恰当如此。

《杜诗详注》：此章咏同谷冬景也。此歌忽然变调，写得山昏水恶，雨骤风狂，荒城昼冥，野狐群啸，顿觉空谷孤危，而万感交迫，招魂不来，魂惊欲散也。……招魂句，有两说：《杜臆》谓魂离形体，不能招来，使之同归故乡，此顺解也；胡夏客谓身在他乡而魂归故乡，反若招之不来者，此倒句也。依后说，翻古出新，语尤奇警。

《唐诗别裁》：乱世景象（"黄蒿古城"二句下）。

《读杜心解》：五歌，悲流寓也，申"天寒山谷"。……上四，确是谷里孤城，惨凄怕人。结语，恰好切合流寓。古曰招魂，今曰"魂招不来"，翻用更深。

其六

南有龙兮在山湫，古木岧岹枝相樛。

木叶黄落龙正蛰，蝮蛇东来水上游。

我行怪此安敢出？拔剑欲斩且复休。

呜呼六歌兮歌思迟，溪壑为我回春姿。

【汇评】

《唐诗品汇》：刘云：独此歌"回春姿"者，愿车驾反正之辞也。心所同然，千载如对（末句下）。

《唐诗选脉会通评林》：周甸曰：独此歌比体。　　吴山民曰："怪"字有惊愤意，"且"字有说，"迟"字有情（"我行怪此"三句下）。

《杜臆》：以前说苦已尽，此说开去；前说得急，此稍缓：体势自当如此。……末句刘谓愿"车驾反正"，于文理不协。盖哀痛之极，溪壑无情，犹将怜之而特回春姿。此属缓调，而愈见其悲。

《义门读书记》：龙之蛰也，时至则伸，自比也（首三句下）。

《杜诗详注》：此章咏同谷龙湫也。……溪壑回春，盖望阳长阴消，回造化于指日，其所慨于身世者大矣。

《读杜心解》：六歌，悲值乱也，申"归不得"。……各首结句多说悲，此独言"溪壑回春"，为厌乱故，指望太平也。

其七

男儿生不成名身已老，三年饥走荒山道。

长安卿相多少年，富贵应须致身早。

山中儒生旧相识，但话宿昔伤怀抱。

呜呼七歌兮悄终曲，仰视皇天白日速。

【汇评】

《岁寒堂诗话》：子美诗设词措意，与他人不可同年而语。……《七歌》云："山中儒生旧相识，但话宿昔伤怀抱"，……皆人心中事而口不能言者，而子美能言之，然词高雅，不若元、白之浅近也。

《唐诗品汇》：刘云：声气俱尽。

《林泉随笔》：唐杜子美之《寓居同谷七歌》，（朱）注谓其《风》《骚》之极致，不在屈原下"。予读之，信然。然而朱子不取之以续《骚》者，其病在"长安卿相多少年，富贵应须致身早"之言，有几于不知命者欤？

《唐诗选脉会通评林》：董益曰：一歌结句"悲风为我从天来"，七歌云："仰视皇天白日速"，其声慨然，其气浩然，殆又非宋玉、太白辈所及。

《杜臆》：收拾已前不尽之意，而提出"旧相识"，见新知之不如也。"仰视皇天白日速"，是七章总结，刘云"声气俱尽"，是也。赵云："末句又变新意，以终七歌之义。自一歌至七歌，歌声既穷而日晚暮矣。"

《杜诗详注》：此章仍以自叹作结，盖穷老流离之感深矣。……首尾两章，俱结到天，盖穷则呼天之意耳。

《读杜心解》：七歌，仍收到穷老作客之感，与首章"白头乱发"、"冻皴肉死"相呼应。是为收结之体。结语有汲汲顾影之意。

【总评】

《岁寒堂诗话》：若《乾元中寓居同谷七歌》，真所谓主文而谲谏，可以群，可以怨，迩之事父，远之事君者也。"气劘屈贾垒，目短曹刘墙"，诚哉是言！"乾元元年春，万姓始安宅"，故子美有"长安卿相多少年"之羡，且曰："我生胡为在穷谷，中夜起坐万感集。"盖自伤也。读者遗其言而求其所以言，三复玩味，则子美之情见矣。

《唐诗品汇》：李荐《师友记闻》：太白《远别离》、《蜀道难》，与子美《寓居同谷七歌》，《风》《骚》之极致，不在屈原之下也。　　孙季明《示儿篇》云：欧阳公伤五季之乱，作《五代史》序论，故尽以"呜呼"冠其首；杜子美伤唐室之乱，作诗史于歌行，间以"呜呼"结其末，《同谷歌》、《冬狩行》、《折槛行》、《白马诗》等篇是也。前此，诗人所稀有者，公独用之。其伤今思古之意欤？

《诗薮》：杜《七歌》并仿张衡《四愁》，然《七歌》奇崛雄深，《四愁》和平婉丽。汉、唐短歌，名为绝唱，所谓异曲同工。

《唐诗镜》：《同谷七歌》稍近《骚》意，第出语粗放，其粗放处正是自得也。

《唐诗援》：慷慨悲歌，淋漓呜咽，自子美创出，便似开辟以来，原有此调。

《四溟诗话》：杜子美《七歌》，本于《十八拍》。文天祥《六歌》，与杜异世同悲。

《唐诗选脉会通评林》：周敬曰：少陵《同谷七歌》，篇篇珠玉，语似乐府歌谣，而神情气骨备至，举唐名家莫及。　　郭濬曰：子美《七歌》哀响玲玲，已极《风》《骚》之致。

《杜臆》：《七歌》创作，原不仿《离骚》，而哀实过之。读《骚》未必堕泪，而读此不能终篇，则节短而声促也。　　七首脉理相通，音节俱协，要摘选不得。

《唐诗快》：《七歌》不绍古响，然唐人亦无及此者。

《唐诗评选》：《七歌》体创自少陵，后乃转相摹仿，然无如此之悲切。

《杜诗详注》：蔡琰《胡笳十八拍》结语曰："笳一会兮琴一拍，心愤怒兮无人知"……《七歌》结语，皆本《笳曲》。　　朱子曰：杜陵此歌七章，豪宕奇崛。至其卒章，叹老嗟卑，则志亦陋矣，人可以不闻道哉！　　申涵光曰：《同谷七歌》，顿挫淋漓，有一唱三叹之致，从《胡笳十八拍》及《四愁诗》得来，是集中得意之作。

《义门读书记》：《七歌》以拟《四愁》，其音节则《胡笳十八拍》，而奇健胜之。《七歌》以第一篇作领，下六篇乃分言之。

《唐宋诗醇》：慷慨悲歌，足以裂山石而立海水，殆所谓自铸《离骚》者。史迁云："人劳苦倦极，未尝不呼天也；疾痛惨怛，未尝不呼父母也。"甫之遇为何如哉？流离困顿，转徙山谷，仰天一呼，万感交集，而笔之奇、气之豪，又足以发其所感，淋漓顿挫，自成音节，自古及今，不可有二。宋祁云："莫肯念乱《小雅》怨，自然流涕袁安愁。"此之谓矣。歌中思及弟妹，字字至情，"南有龙"一感，感时悯乱，实有寓意。若谓为明皇而作，则不免牵合耳。

《唐诗别裁》：原本平子《四愁》、明远《行路难》诸篇，然能神明变化，不袭形貌，斯为大家。

《读杜心解》：亦是乐府遗音，兼取《九歌》、《四愁》、《十八拍》诸调，而变化出之，遂成杜氏创体。文文山尝拟之。　　各章结句亦贴定，语不浪下。

《岘佣说诗》：首章"有客有客"，次章"长镵长镵"，三章"有弟有弟"，四章"有妹有妹"，皆平列；五章"四山多风"，忽变调；六章"南有龙兮"，又变调；七章忽作长调起，以肮脏之词收足。有此五、六章之变，前四章皆灵；有七章长歌作收，前六章皆得归宿：章法可学。然二章"长镵长镵",与"弟"、"妹"不类,又不变之变。

《唐宋诗举要》：吴曰：此诗佳处全在神韵之哀壮激烈,足以震撼天地,跨跞古今。

发同谷县

原注：乾元二年十二月一日陇右赴剑南纪行。

> 贤有不黔突,圣有不暖席。
> 况我饥愚人,焉能尚安宅？
> 始来兹山中,休驾喜地僻。
> 奈何迫物累,一岁四行役。
> 忡忡去绝境,杳杳更远适。
> 停骖龙潭云,回首白崖石。
> 临岐别数子,握手泪再滴。
> 交情无旧深,穷老多惨戚。
> 平生懒拙意,偶值栖遁迹。
> 去住与愿违,仰惭林间翮。

【汇评】

《诗源辩体》：子美五言古,如自秦州入蜀诸诗,写景如画。

《杜诗话》：大山水诗须有大气概,方能俯仰八方,吐纳千古。少陵《发同谷县》十二首较《秦州》诗更为刻划精诣。

《读杜心解》：此为后十二首之开端。亦如《发秦州》诗,都叙未发、将发时情事。但彼则偷起所赴之区,逆探其景；此则只就别去之地,曲道其情。

《杜诗镜铨》：邵子湘云：《发同谷县》后十二首,较《秦州诗》更尔刻划精诣,奇绝千古。　　以议论起,又一法。

白沙渡

畏途随长江,渡口下绝岸。

差池上舟楫,杳窕入云汉。

天寒荒野外,日暮中流半。

我马向北嘶,山猿饮相唤。

水清石礧礧,沙白滩漫漫。

迥然洗愁辛,多病一疏散。

高壁抵嶔崟,洪涛越凌乱。

临风独回首,揽辔复三叹。

【汇评】

《杜诗详注》:此记舟中之景。鼓棹中流,日已暮矣。马鸣猿啸,此记所闻;水石沙滩,此记所见。对境爽心,故觉愁洗而病散。

《义门读书记》:层次无一字不工细。　　"洗愁辛"反对"畏途"("迥然"句下)。　　"揽辔"不漏我马,"复三叹"则前途仍可畏也。退之《示张籍诗》,乃规仿此篇,联为长篇,不露痕迹耳。

《读杜心解》:此写江景极可悦。而首言"畏途",末言"三叹",中以"洗愁辛"三字挑起两头,饶有别趣。　　"天寒荒野"六句入画。

《杜诗镜铨》:六句入画("畏途"六句下)。　　张上若云:一渡分作三层写,法密心细。　　此首是昼渡,下首(按指《水会渡》)是夜渡。

水会渡

山行有常程,中夜尚未安。

微月没已久，崖倾路何难。

大江动我前，汹若溟渤宽。

篙师暗理楫，歌笑轻波澜。

霜浓木石滑，风急手足寒。

入舟已千忧，陟巘仍万盘。

回眺积水外，始知众星干。

远游令人瘦，衰疾惭加餐。

【汇评】

《唐诗品汇》：刘云：穷而不涩（"回眺"二句下）。

《唐诗归》：钟云："动"字灵警（"大江"句下）。　　谭云：舟人性情。钟云："轻"字暇，"暗"字整，然相生（"篙师"二句下）。钟云：险，想却真（"回眺"二句下）！

《批点唐诗正声》：全诗中"没"、"倾"、"动"、"汹"、"暗"、"轻"俱活眼。

《唐诗选脉会通评林》：周明辅曰：少陵人蜀纪行，雄奇崛壮，盖其辛苦中得之益工耳。

《杜臆》："大江动我前，汹若溟渤宽"，妙在"动"字，夜景实历始知。插入"篙师"，便觉斐然，而夜渡之人，得此稍自宽怀。

《杜诗详注》：曹孟德《碣石观海》诗："星汉粲烂，若出其里。"此俯视水中之星。杜诗"回眺积水外，始知众星干。"此仰观水外之星。

《纡斋诗谈》："回眺积水外，始知众星干"。黑夜渡江，魂魄为水所移，心疑上下皆波澜，抵岸回望，始知星干。神理俱妙，他人那知此诀。

《剑溪说诗》：杜五言彻首尾一韵，韵皆平正。惟"回眺积水外，始知众星干"，"干"字险，馀皆浑浑无奇。

《唐诗别裁》：眺水外之星，下"干"字险（"始知"句下）。

《读杜心解》：前篇（按指《白沙渡》）写薄暮，此篇写向晓。前写江行之趣，此写江势之险。前用正笔写，此多旁笔写。如"篙师"二句，从反面显出风势；"回眺"二句，从过后剔出水势是也。

《杜诗镜铨》：张上若云：四句写黑夜险景甚真（"微月"四句下）。　此又从渡水说到登岸（"霜浓"二句下）。

飞仙阁

土门山行窄，微径缘秋毫。

栈云阑干峻，梯石结构牢。

万壑欹疏林，积阴带奔涛。

寒日外澹泊，长风中怒号。

歇鞍在地底，始觉所历高。

往来杂坐卧，人马同疲劳。

浮生有定分，饥饱岂可逃？

叹息谓妻子，我何随汝曹！

【汇评】

《唐诗归》：钟云：极细画手（首二句下）。　谭云："淡泊"安在"日"上，妙，妙！钟云："外"字尤妙（"寒日"句下）。　钟云：说得白昼欲晦（"长风"句下）。　钟云：游山记妙语（"歇鞍"二句下）。　谭云：五字真境真事。钟云：要知此五字言其险，非言其远也（"往来"句下）。　钟云："饥饱"二字并说妙（"饥饱"句下）。　钟云：埋怨得妙，诘问得妙，亦嘲亦愤（末二句下）。

《杜臆》："万壑欹疏林，积阴带奔涛"，搅作一块，妙极。日寒故"澹泊"，而疏林间之，故云"外"；奔涛在"积阴"之内，而长风鼓之，故云"中"。

《义门读书记》：虽知其牢，然势则危矣，曲折入神（"梯石"句下）。

《杜诗详注》：蜀道山水奇绝，若作寻常登临揽胜语，亦犹人耳。少陵搜奇挟奥，峭刻生新，各首自辟境界，后来天台方正学入蜀，对景搁笔，自叹无子美之才，何况他人乎？

《读杜心解》："奔涛"，即疏林之欹势。身度林壑之上，俯瞰阴林摆动，如涛奔也。"外澹泊"，内阴而光在远也。"中怒号"，度狭而声愈猛也。"外"、"中"二字，妙于体物。读者如行峻岭空弄间。"疲劳"反从"歇鞍"后托出，绝无呆相。

《杜诗镜铨》：栈之旁（"万壑"句下）。　　栈之下（"积阴"句下）。　　王阮亭云：倒醒"飞仙"，妙甚。叹息处正为地险添毫。

石柜阁

季冬日已长，山晚半天赤。
蜀道多早花，江间饶奇石。
石柜曾波上，临虚荡高壁。
清晖回群鸥，暝色带远客。
羇栖负幽意，感叹向绝迹。
信甘屏儒婴，不独冻馁迫。
优游谢康乐，放浪陶彭泽。
吾衰未自安，谢尔性所适。

【汇评】

《唐子西文录》：杜子美秦中纪行诗，如"江间饶奇石"，未为极胜；到"暝色带远客"，则不可及已。

《杜臆》："蜀道多草花"，以在季冬，故奇。"清晖回群鸥，暝色带远客"，风致奕奕动人。二句五平五仄作对，偶然得之亦奇。公之奔走亦多矣，……然公之游，自发秦州以来而始奇。

《义门读书记》：言山水幽异处，不能停息往探其奇，虽由行李催迫,亦因吾身屡懦,无济胜之具耳。所以深有愧于陶、谢也。

《唐宋诗醇》:"暝色带远客"造语入妙,《光禄坂行》云"暝色无人独归客",隽致减矣。

《读杜心解》:此亦临江之栈也,又言"幽",不言险,所谓相间成章者也。……"回鸥"、"带客",亦是画句。"羁栖"四句,转若深幸此来者;"优游"四句,仍以"不自由"为谢,则境虽幽,亦聊自遣耳。

《杜诗镜铨》:入画似小谢佳句。　　蒋曰:二句亦见"清晖犹在水,暝色已在山"意,写水间道上傍晚时景宛然。

《石洲诗话》:渔洋以五平、五仄体,近于游戏,此特指有心为之者言。若杜之"凌晨过骊山,御榻在嵽嵲"、……"清晖回群鸥,暝色带远客",至于"山形藏堂皇,壁色立积铁",于五平五仄之中,出以叠韵,并属天成,非关游戏也。

剑　门

惟天有设险,剑门天下壮。

连山抱西南,石角皆北向。

两崖崇墉倚,刻画城郭状。

一夫怒临关,百万未可傍。

珠玉走中原,岷峨气凄怆。

三皇五帝前,鸡犬各相放。

后王尚柔远,职贡道已丧。

至今英雄人,高视见霸王。

并吞与割据,极力不相让。

吾将罪真宰,意欲铲叠嶂。

恐此复偶然,临风默惆怅。

【汇评】

《岁寒堂诗话》:"一夫怒临关,百万未可傍",余尝闻之王大卿俣曰:"一夫怒"乃可,若不怒,虽临关何益也?

《唐诗品汇》:刘云:叹地险而恶负固者。　　又云:散文有所不能及也。

《杜诗详注》:首条形容剑门,题意已尽。下面又另开议论,自三皇至今,包举数千年治乱兴亡,真绝大经济文字。　　胡夏客曰:《剑门》诗,因《剑阁铭》而成。但《铭》词出以庄严,此诗尤加雄肆,用古而能胜于古人,方称作家。

《唐宋诗醇》:危时之虑,与《剑阁铭》固自有异,若李商隐《井络》一首,乃用铭意者。　　江盈科曰:少陵秦州以后诗,突兀宏肆,迥异昔作,非有意换格,蜀中山水自是挺特奇崛,独能象景传神,使人读之,山川历落,居然在眼,所谓春蚕结茧,随物肖形,乃为真诗人真手笔也。

《唐诗别裁》:自秦州至成都诸诗,奥险清削,雄奇荒幻,无所不备。山川、诗人,两相触发,所以独绝古今也。

《读杜心解》:孟阳之铭,是一篇喻蜀文,有德不在险意,故其词曰:"凭阻作昏,鲜不败绩。"为反侧子告也。子美之诗,是一篇筹边议,有怀远以德意,故其词曰:"后王尚柔远,职贡道已丧。"为当宁者告也。翻古而非用古,夏客误矣。

《杜诗镜铨》:邵云:大山水诗须得此气概。　　宋祁知成都至此,咏杜诗首四句,叹伏,以为实录(首四句下)。　　以上正义,以下发感("一夫"二句下)。　　蒋云:忽接入意中语,突兀("珠玉"二句下)。　　天纵笔势("三皇"二句下)。　　以议论为韵言,至少陵而极;少陵至此等诗而极。笔力雄肆,直欲驾《剑阁铭》而上之。

《唐宋诗举要》:吴曰:句句矜创(首四句下)。　　以上言剑阁形之险,及近日蜀人困于诛求之状("两崖"六句下)。　　吴曰:

挺起发大议论（"三皇"句下）。　　吴曰：句句有轩天地气象（"鸡犬"五句下）。　　吴曰：奇伟惊人（"并吞"四句下）。　　吴曰：再顿转，尤见神理（末二句下）。　　张廉卿曰：退之云："若使乘酣逞雄怪，造化何以当镌镵？"独于杜公见之耳。

《王闿运手批唐诗选》：此诗易笯山喜诵之，听之甚佳，阅之仍无奇也。　　从"珠玉"想到"三皇"，故是奇想（"珠玉"四句下）。　　又归到"设险"，而以"偶然"解之，亦是奇想（末四句下）。

成都府

> 翳翳桑榆日，照我征衣裳。
> 我行山川异，忽在天一方。
> 但逢新人民，未卜见故乡。
> 大江东流去，游子去日长。
> 曾城填华屋，季冬树木苍。
> 喧然名都会，吹箫间笙簧。
> 信美无与适，侧身望川梁。
> 鸟雀夜各归，中原杳茫茫。
> 初月出不高，众星尚争光。
> 自古有羁旅，我何苦哀伤？

【汇评】

《唐诗品汇》：刘云：有何深意，到处自然（首二句下）。　　刘云：愤怨悲感，天性切至，读之黯然（"鸟雀"二句下）。　　刘云：语次写景，注者屑屑附会，可厌（末句下）。

《批点唐诗正声》：萧散沉降备至。　　"层城"以下句雄丽。"鸟雀夜各归，中原杳茫茫"，羁旅之思可悲。"初月"二句比喻。末复自解,可谓神于变化者矣。

《唐诗选脉会通评林》:吴山民曰:丹青其言,然巧笔不能写,"但逢"、"未卜"二语,甚动情。"鸟雀"句有羡意。结自宽。　　陆时雍曰:"鸟雀夜各归"四句,气韵高雅,意象更入微茫。　　周珽曰:少陵入蜀诸篇,绝脂粉以坚其骨,贱丰神以实其髓,破绳格以活其肢,首首摛幽撷奥,出鬼入神,诗运之变,至此极盛矣。

《唐诗评选》:俗目或喜其"近情",毕竟杜陵落处,全不关"近情"与否。如此诗篇,只有一"雅"。

《义门读书记》:正用仲宣《七哀》之旨。落句故谬其词。

《杜诗详注》:杨德周曰:此诗寄意含情,悲壮激烈,政复有俯仰六合之想。　　朱鹤龄曰:此诗语意,多本阮公《咏怀》。……公云"熟精《文选》理",于此益信。　　李长祥曰:前后《出塞》、《石壕》、《新安》、《新婚》、《垂老》、《无家》等作,与山水诸作,少陵五言古诗之大者。《出塞》等作,犹有《三百篇》、汉魏之在其前;山水诸作,则前后当无复作者矣。　　又曰:少陵诗,得蜀山水吐气;蜀山水,得少陵诗吐气。

《唐宋诗醇》:语意多本古人,较途中诸作,虽气度少舒而忧思未尝忘也。"初月"两语,上承"中原"一句,王应麟以谓肃宗初立,盗贼未息,最为得解。盖至此身事少定,不觉念及朝廷,甫岂须臾忘君者哉!

《杜诗镜铨》:似《十九首》(首句下)。　　是二十四首总结语(末句下)。　　大处极大,细处极细,远处极远,近处极近,奥处极奥,易处极易,兼之化之,而不足以知之。　　李子德云:万里之行役,山川之夷险,岁月之暄凉,交游之违合,靡不曲尽,真诗史也。　　蒋弱六云:少陵入蜀诗,与柳州柳子厚诸记,剔险搜奇,幽深峭刻,自是千古天生位置配合,成此奇地奇文,令读者应接不暇。

石笋行

君不见益州城西门，陌上石笋双高蹲。

古来相传是海眼，苔藓蚀尽波涛痕。

雨多往往得瑟瑟，此事恍惚难明论。

恐是昔时卿相墓，立石为表今仍存。

惜哉俗态好蒙蔽，亦如小臣媚至尊。

政化错迕失大体，坐看倾危受厚恩。

嗟尔石笋擅虚名，后来未识犹骏奔。

安得壮士掷天外，使人不疑见本根！

【汇评】

《碧溪诗话》：《石笋行》云："惜哉俗态好蒙蔽，亦如小臣媚至尊。"小臣非小官也。凡事君不以道，虽官尊位崇，不害为小臣耳。下云："政化错迕失大体，坐看倾危受厚恩。"此非官小者所当也。但乍读者，则"小臣"之语，似不指公卿耳。末云："安得壮士掷天外，使人不疑见本根。"岂非欲取浑敦、穷奇，投诸四裔，使天下如一，同心戴舜者欤？

《杜臆》：此诗专为俗好蒙蔽小臣献媚有感，而借石笋以发之。

《杜诗详注》：《石笋行》，讽奸臣之蒙蔽也。　　赵彦材曰：上元元年，李辅国离间二宫，擅权蒙蔽，故赋《石笋》以讥之。

《读杜心解》：《石笋》、《石犀》，为蜀郡淫雨江泛而作也。……"古来"四句，一诗之眼。谓石笋"传是海眼"，宜能镇压水患矣。

石犀行

君不见秦时蜀太守，刻石立作三犀牛。

自古虽有厌胜法，天生江水向东流。

蜀人矜夸一千载,泛溢不近张仪楼。

今年灌口损户口,此事或恐为神羞。

终借堤防出众力,高拥木石当清秋。

先王作法皆正道,鬼怪何得参人谋。

嗟尔三犀不经济,缺讹只与长川逝。

但见元气常调和,自免洪涛恣凋瘵。

安得壮士提天纲,再平水土犀奔茫。

【汇评】

《杜诗解》:"当清秋"三字妙。言今日月照于上,人睹于旁,明明可见,不关犀牛之事。何得相传尔许神怪,诬民视听?真可痛恨也("终借堤防"四句下)!

《义门读书记》:就正道中,又有本末。……总收"天""人"二字(末二句下)。

《王文简古诗平仄论》:(翁)方纲按:此篇凡三换韵,前六韵十二句,中二韵四句,末二韵二句,似乎多寡参差矣;然合拍吟之,只是以四句收束十二句,以二句收束四句。此理易明,绝非参差也。

《唐宋诗醇》:斥不经之谈,归之正道,笔力杰奡,不落言筌,视《石笋行》尤为擅胜。

《读杜心解》:《石笋》以无实擅名立论,《石犀》以厌胜不正立论。……"石笋"、"石犀",亦复何罪?特文章家假象立言耳。

《杜诗镜铨》:此诗特咏古迹。旧注谓托讽时事,殊可不必。结处亦伤庙堂无燮理阴阳之人也。 一笑("自古虽有"二句下)。 探原之论,更进一层("但见元气"二句下)。

题壁画马歌

韦侯别我有所适,知我怜君画无敌。

戏拈秃笔扫骅骝,欻见麒麟出东壁。

一匹龁草一匹嘶,坐看千里当霜蹄。

时危安得真致此,与人同生亦同死。

【汇评】

《潜溪诗眼》:世俗所谓乐天《金针集》,殊鄙浅,然其中有可取者:"炼句不如炼字",非老于文学不能道此。……老杜《画马》诗:"戏拈秃笔扫骅骝",初无意于画,偶然天成,工在"拈"字。

《唐诗归》:钟云:闲细("一匹龁草"句下)。   钟云:下一"真"字,意便不在画,亦不在马("时危安得"句下)。

《唐宋诗醇》:屹然健笔,转出命意,乃诗人之旨。

《读杜心解》:上两联,逆入得势。"一匹"二句,简括如飞。结联,见公本色。

《杜诗镜铨》:李云:朴老绝伦。

戏题画山水图歌

十日画一水,五日画一石。

能事不受相促迫,王宰始肯留真迹。

壮哉昆仑方壶图,挂君高堂之素壁。

巴陵洞庭日本东,赤岸水与银河通,

中有云气随飞龙。

舟人渔子入浦溆,山木尽亚洪涛风。

尤工远势古莫比,咫尺应须论万里。

焉得并州快剪刀,剪取吴松半江水?

【汇评】

《苕溪渔隐丛话》:山谷……云:"尤工远势古莫比,咫尺应须论万里"之句,齐宗室萧贲于扇上图山水,咫尺万里,故杜于此用之，其引事精致如此。苕溪渔隐曰：予读《益州画记》云：王宰，大历中，家于蜀川，能画山水，意出象外。老杜与宰同时，此歌又居成都时作，其许与益知不妄发矣。

《唐诗归》：钟云：四句好事，鉴赏家极在行、极知趣语，高手死心矣。谭云：高士行径，自无画匠气（首四句下）。

《杜臆》：余谓王之画，只"咫尺""万里"尽之。题云"山水图"，而诗换以"昆仑方壶图"，……中举"巴陵洞庭"，而东极于日本之东，西极于赤水之西，而直与银河通，广远如此，正根"昆仑方壶"来；而后面收之以咫尺万里，尽之矣。中间"云"，"龙"、"风"、"木"、"舟人"、"渔子"、"浦溆"、"洪涛"，又变出许多花草来，笔端之画，妙已入神矣。……收语斩绝，妙极。

《唐诗快》：如此起，如此结，袁彦伯所谓"江山辽落，居然有万里之势。"

《杜诗解》：不惟写妙画，兼写出王宰妙士来。   "中有云气随飞龙"七字者，原来王宰此图，满幅纯画大水，却于中间连水亦不复画，只用烘染法，留取一片空白绢素。此是王宰异样心力画出来，是先生异样心力看出来，是圣叹异样心力解出来。……"随飞龙"三字妙，写此一片空白云气，是活云，不是死云。便是秦汉方士无数奇谈，一齐橐括，成此三字。

《绲斋诗谈》：用笔少，光景多。   "山木尽亚洪涛风"，风势、水势、树势，七字藏三层意，此谓活笔。

《唐诗别裁》：用一单句（"中有云气"句下）。

《读杜心解》：首六句出题，品高则画自高，故先推画品，次落图名，得争上流法。中五句，叙画正文，即上所谓"壮哉"，下所谓"远势"也。本写水势，兼带风势，笔墨生动。

《杜诗镜铨》：起便奇崛（首四句下）。   王右仲云：画中景象，一语尽之（"咫尺应须"句下）。   末带戏意（末二句下）。

《昭昧詹言》：突起奇妙，二句议，三句点。"壮哉"句点题。"巴陵"以下，叙。"尤工"以下，写。"尤"字从中段生出，再加一倍，句中有句，且层次得法。

《唐宋诗举要》：吴曰：公诗往往咫尺中具万里之势，此自造所得也（"尤工远势"二句下）。

戏为双松图歌

天下几人画古松，毕宏已老韦偃少。
绝笔长风起纤末，满堂动色嗟神妙。
两株惨裂苔藓皮，屈铁交错回高枝。
白摧朽骨龙虎死，黑入太阴雷雨垂。
松根胡僧憩寂寞，庞眉皓首无住著。
偏袒右肩露双脚，叶里松子僧前落。
韦侯韦侯数相见，我有一匹好东绢。
重之不减锦绣段，已令拂拭光凌乱，
请公放笔为直干。

【汇评】

《后村诗话》：韦、毕、李之画，今皆不存，赖诗以传。内"白摧朽骨龙蛇死，黑入太阴雷雨垂"，天造险语，尽古松奇怪之状。

《唐诗归》：钟云：朴得妙（首二句下）！ 谭云：幽事妙语（"松根胡僧"句下）。 钟云：忽忽通禅（"偏袒右肩"二句下）。 谭云：于幽寂后不妨入此一段老放，若全是此则粗硬矣（末二句下）。

《杜臆》：起来二句极宽静，而忽接以"绝笔长风起纤末"，何等笔力！至于描写双松止四句，而冥思玄构，幽事深情，更无剩语。后人"胡僧"，窅冥灵超，更有神气。 《通》云："白摧"一句，言画之枯淡处；"黑入"句，言画之浓润处：此联超迈奇古。

《诗筏》：少陵诗中如"白摧朽骨龙虎死"等语，似李长吉；又"叶里松子僧前落"，"天清木叶闻"等语，似摩诘。

《岘斋诗谈》："白摧朽骨龙蛇死"，说下面突出之根；"黑入太阴雷雨垂"，说上面直起之梢：谁有此雄健沉郁之力！声势色泽，谡谡惊人，题画作此等语，所谓不经人道也。

《唐诗别裁》：突兀起，不妨下接，如"堂上不合生枫树"，下接"闻君扫却赤县图"是也；平调起，必须用惊语接，如"天下几人画古松"，下接"绝笔长风起纤末"是也。学者于此求之，思过半矣。

《读杜心解》：首四句，总统赞之。次四句，细摹其状："裂皮"、"回枝"，写出体干；"白摧"，写枯梗拗折处；"黑入"写风针蓬松处。又次四句，点缀法："无住著"，神理都现；"僧前落"，空寂萧然。末五句，于诸题画诗，结法又出一奇，与"心乎爱矣，遐不谓矣"，同一意境，盖倾倒之极也。

《杜诗镜铨》：刘须溪云：冥思玄构，画者不及此。　　邵云：起法又别。　　蒋云：写入定僧宛然（"叶里松子"句下）。　　李子德云：老笔奇气，足排万人。

《瓯北诗话》：《韦偃画松》之"白摧朽骨龙蛇死，黑入太阴雷雨垂。"……皆题中本无此义，而竭意摹写，宁过无不及，遂成此意外奇险之句，所谓"十二三分"者也。

《昭昧詹言》："白摧"二语锻炼，奇句惊人。此诗每句有千钧之力，浅者岂能学之。

投简成华两县诸子

赤县官曹拥材杰，软裘快马当冰雪。
长安苦寒谁独悲？杜陵野老骨欲折。
南山豆苗早荒秽，青门瓜地新冻裂。

乡里儿童项领成，朝廷故旧礼数绝。

自然弃掷与时异，况乃疏顽临事拙。

饥卧动即向一旬，敝裘何啻联百结。

君不见空墙日色晚，此老无声泪垂血。

【汇评】

《杜诗详注》：卢世㴶曰：投简中，入"乡里儿童"数语，意觉不平，然是一片真气激出，不能隐忍，不宜隐忍者也。岂许暧暧昧昧，假敦厚辈，所敢望其边际？故曰："诗可以怨"。

《义门读书记》："快马"二字，暗对"饥卧"（"软裘快马"句下）。　　五字寒气阴凝（"空墙日色"句下）。

《初白庵诗评》：萧瑟中有傲兀气概。

《读杜心解》：说朝官得志，只一句，笔势凌厉。"项领成"、"礼数绝"，语太愤激矣，故以"疏顽"自任，而结复归之不敢声言。

《杜诗镜铨》：反对自家（"软裘快马"句下）。　　二语亦带刺时（"南山豆苗"二句下）。

病　橘

群橘少生意，虽多亦奚为？
惜哉结实小，酸涩如棠梨。
剖之尽蠹虫，采掇爽其宜。
纷然不适口，岂只存其皮。
萧萧半死叶，未忍别故枝。
玄冬霜雪积，况乃回风吹。
尝闻蓬莱殿，罗列满潇湘姿。
此物岁不稔，玉食失光辉。
寇盗尚凭陵，当君减膳时。

汝病是天意，吾谂罪有司。

忆昔南海使，奔腾献荔枝。

百马死山谷，到今耆旧悲。

【汇评】

《石林诗话》：杜子美《病柏》、《病橘》、《枯棕》、《枯楠》，皆兴当时事。……惟《病橘》始言"惜哉结实小，酸涩如棠梨"，末以比荔枝劳民，疑若指近幸之不得志者。自汉魏以来，诗人用意深远，不失古风，惟此公为然，不但语言之工也。

《后村诗话》：《病橘》之作，伤微物失所，至于困瘁。

《唐诗归》：钟云：又生一意，妙。谭云：念头非为"有司"也，恐"有司"又罪及百姓耳（"吾谂"句下）。　　谭云：入荔枝，绝妙。正"吾愁罪有司"之意（"忆昔"二句下）。　　钟云：末语似又以橘病为幸，其感愈深矣（末二句下）。

《杜臆》："萧萧半死叶，未忍别故枝"，偏于无知之物，写出一段性情来，妙。

《杜诗详注》：此借橘以慨时事。病橘不供，适当减膳之时，疑是天意使然。但恐责有司而疲民力，故引献荔事为证。节节推开，意多曲折。

《唐宋诗醇》：因病橘而回忆荔枝，婉转言之，多少慨叹。

《读杜心解》："忆昔"以下，因前文于贡献之事，究未显言，特以往事借影，含吐入妙。

《杜诗镜铨》：上正写"病橘"，以下发论（"玄冬"四句下）。　　小题说得尔许关系。　　二句，一诗之主（"汝病"二句下）。

枯　棕

蜀门多棕榈，高者十八九。

其皮割剥甚，虽众亦易朽。

徒布如云叶，青黄岁寒后。

交横集斧斤，凋丧先蒲柳。

伤时苦军乏，一物官尽收。

嗟尔江汉人，生成复何有？

有同枯棕木，使我沉叹久。

死者即已休，生者何自守？

啾啾黄雀啭，侧见寒蓬走。

念尔形影干，摧残没藜莠。

【汇评】

《后村诗话》：注云：蜀人取棕皮以充用，如边吏诛求江汉民力以供军，必至于剥尽而后已。

《杜臆》：因军而剥棕，既悲棕之枯；因枯棕而念剥民同之，因悲民之困。盖朝廷取民，大类剥棕，取之有节则生，既剥且割，则枯死矣。况割剥之后，又集"斧斤"，棕有后凋之姿，而"丧先蒲柳"，悲哉！"死者"、"生者"，言棕而暗影小民。

《杜诗详注》：卢元昌曰：公《为王阆州进论》一表，其中云："勅天下征收赦文，减省军用外诸色杂赋名目，损之又损，剑南诸州，困而复振矣。"《枯棕》一章，即是此意。　　诗中咏物之作，有就本题作结者，如此章是也；有借客意作结者，如《病橘》、《枯楠》是也。可悟诗家擒纵之法。

《读杜心解》："伤时苦军乏，一物官尽取。"一诗之眼。……"皮剥"、"易朽"，与"少生意"同旨，亦比民穷也。"布叶"，宽一笔；"集斤"，紧一笔。"伤时"以下，显入穷民。……"啾啾"以下，收还本题。"雀啄"（"啭"一作"啄"）、"寒蓬"，再用一兴，活甚。

丈人山

自为青城客，不唾青城地。
为爱丈人山，丹梯近幽意。
丈人祠西佳气浓，缘云拟住最高峰。
扫除白发黄精在，君看他时冰雪容。

【汇评】

《杜诗详注》：远注：山属仙境，故以游仙之意作结。

《读杜心解》：因登览而期栖托也。起笔尚在题前，先著"不唾"字，神已注入仙乡。结作游仙语，而以诙谐出之，趣甚。

《杜诗镜铨》：张云：似古语（"自为"二句下）。

百忧集行

忆年十五心尚孩，健如黄犊走复来。
庭前八月梨枣熟，一日上树能千回。
即今倏忽已五十，坐卧只多少行立。
强将笑语供主人，悲见生涯百忧集。
入门依旧四壁空，老妻睹我颜色同。
痴儿未知父子礼，叫怒索饭啼门东。

【汇评】

《漫叟诗话》："叫怒索饭啼门东"，说者谓庖厨之门在东，……非偶然就韵也。可谓至论。

《唐诗归》：钟云：三字写得真说不出（"老妻睹我"句下）。

《杜臆》："强将笑语供主人"，写作客之苦刻骨，身历始知。四壁依旧空，老妻颜色同，痴儿索饭啼，不亲历，写不出。写得情真自然,妙绝。

《杜诗详注》:"笑语供主人",说穷途作客之态最苦。……"索饭啼门东",说饥不择食之情最惨。

《读杜心解》:"强笑语"、"悲生涯",一篇之主。起四奇,追忆少时,若将索食于庭树者。结四趣,偏值缺饭,偏群然向索。

《杜诗镜铨》:形容绝倒,正为衬出下文("健如黄犊"句下)。　写憔悴,言少意多("坐卧只多"句下)。　亦带诙谐("痴儿不知"句下)。　聊以泄愤,不嫌径直。

《义门读书记》:方云:公之来成都,以裴冕为地主。……冕去,而为崔光远之客。光远骄纵特甚,公不得已折节事之,故曰"强将笑语供主人",而光远绝无周恤之意,故四壁萧条,妻子冻馁如此,又不敢明言,故以少健、衰老起兴,而中间微露其意,亦可悲矣。

戏作花卿歌

> 成都猛将有花卿,学语小儿知姓名。
> 用如快鹘风火生,见贼唯多身始轻。
> 绵州副使著柘黄,我卿扫除即日平。
> 子璋髑髅血模糊,手提掷还崔大夫。
> 李侯重有此节度,人道我卿绝世无。
> 既称绝世无,天子何不唤取守京都?

【汇评】

《古今诗话》:杜少陵因见病疟者,谓之曰:"诵呈诗可疗。"病者曰:"何?"杜曰:"夜阑更秉烛,相对如梦寐",其人诵之,疟犹是也。又曰:"更诵吾'手提髑髅血模糊'",其人如其言诵之,果愈。

《苕溪渔隐丛话》:细考此歌,想花卿当时在蜀中,虽有一时平贼之功,然骄恣不法,人甚苦之。故子美不欲显言之,但云:"人道我卿绝世无,既云绝世无,天子何不唤取守京都?"语句含蓄,盖可知矣。

《艺苑雌黄》:世传杜诗能除疟,此未必然。盖其辞意典雅,读之者脱然不觉沉疴之去体也。

《鹤林玉露》:杜陵《花卿歌》末云:"人道我卿绝世无,既云绝世无,天子何不唤取守京都?"此诗全篇形容其勇锐有馀,而忠义不足,……语意涵蓄不迫切,使人咀嚼而自得之,可以亚《国风》矣。

《载酒园诗话》:(苕溪渔隐所评)余意则殊不然。此歌上言其勇,中叙其功,下则惜其不见用。其时,禄山虽死,庆绪未灭,思明复叛;良将如卿,远弃于蜀,此少陵所致叹也。

《读杜心解》:前韵叙述,后韵赏叹,本皆赞词也。然前叙平乱,自有一种剽悍之气,跃将出来。后言"髑髅""掷还","重有节度",功已烈矣,而气则傲睨,誉亦假托。结语亦于言外见非重用之器,即赞为贬。使笔如骇鸡之犀。 通体粗辣,"髑髅"二句精采。

《杜诗镜铨》:张云:玉理奇情,他人说不出,久在行间方知("用如快鹘"二句下)。 邵子湘云:"子璋"二语,至今读之凛凛有生气,当时愈疟不虚耳。王西樵云:花卿功罪不相掩,少陵笔亦双管齐下。

楠树为风雨所拔叹

倚江楠树草堂前,故老相传二百年。
诛茅卜居总为此,五月仿佛闻寒蝉。
东南飘风动地至,江翻石走流云气。
干排雷雨犹力争,根断泉源岂天意?
沧波老树性所爱,浦上童童一青盖。

野客频留惧雪霜，行人不过听竽籁。

虎倒龙颠委榛棘，泪痕血点垂胸臆。

我有新诗何处吟，草堂自此无颜色。

【汇评】

《后村诗话》：溪楠、茅屋为风所拔，不以草堂茅屋飘飘为忧，方有惜古木，庇寒士之意，其迂阔如此！

《杜臆》："沧波老树"，又重说起，以钟爱故，却异常调。

《杜诗详注》：申涵光曰：首二，似七律起语。

《诗辩坻》：子美《楠树叹》亦近粗直，然至"天意"处一断，"沧波老树"复起，作两层叙，便复有致。

《唐宋诗醇》：势取矫厉，意主朴实。

《读杜心解》：末四，深痛摧埋失色，配次段。"虎倒龙颠"，英雄失路；"泪痕血点"，人树兼悲。"无颜色"，收应老辣。叹楠耶？自叹耶？殷仲文有言："树犹如此，人何以堪！"

《杜诗镜铨》：蒋云：写楠树耳，不觉写出一篇《离骚》、两道《出师表》。　　　张云：二句尽风木相激之状（"干排雷雨"二句下）。

又追叙未拔之先（"沧波老树"二句下）。　　　语亦奇（"虎倒龙颠"句下）。

茅屋为秋风所破歌

八月秋高风怒号，卷我屋上三重茅，
茅飞渡江洒江郊。
高者挂罥长林梢，下者飘转沉塘坳。
南村群童欺我老无力，忍能对面为盗贼。
公然抱茅入竹去，唇焦口燥呼不得，
归来倚杖自叹息。

俄顷风定云墨色，秋天漠漠向昏黑。

布衾多年冷似铁，骄儿恶卧踏里裂。

床头屋漏无干处，雨脚如麻未断绝。

自经丧乱少睡眠，长夜沾湿何由彻？

安得广厦千万间，大庇天下寒士俱欢颜，

风雨不动安如山！

呜呼！何时眼前突兀见此屋，吾庐独破受冻死亦足！

【汇评】

《唐诗援》："'安得广厦千万间'，发此大愿力，便是措大想头。"申凫盟此语最妙。他人定谓是老杜比稷、契处矣。

《唐诗镜》：子美七言古诗气大力厚，故多局面可观。力厚，澄之使清；气大，束之使峻：斯尽善矣。

《诗源辩体》：《茅屋为秋风所破》，亦为宋人滥觞，皆变体也。

《唐诗归》：钟云：好笑，好哭（"南村群童"二句下）。　　钟云："入竹"妙，妙（"公然抱茅"句下）！　　谭云："恶卧"，尽小儿睡性（"娇儿恶卧"句下）。

《杜臆》："广厦万间"，"大庇寒士"，创见故奇，袭之便觉可厌。……"呜呼"一转，固是曲终馀意，亦是通篇大结。

《义门读书记》：元气淋漓，自抒胸臆，非出外袭也。　　"自叹息"三字，直贯注结处（"归来倚杖"句下）。　　"风"字带收前半（"风雨不动"句下）。

《唐宋诗醇》：极无聊事，以直写见笔力，入后大波轩然而起，叠笔作收，如龙掉尾，非仅见此老胸怀。若无此意，则诗亦可不作。　　朱鹤龄曰：白乐天云："安得布裘长万丈，与君都盖洛阳城。"同此意。

《读杜心解》：起五句完题，笔亦如飘风之来，疾卷了当。"南村"五句，述初破不可耐之状，笔力恣横。单句缩住，黯然。"俄顷"

八句,述破后拉杂事,停"风"接"雨",忽变一境;满眼"黑"、"湿",笔笔写生。"自经丧乱",又带入平时苦趣,令此夜彻晓,加倍烦难。末五句,翻出奇情,作矫尾厉角之势。……结仍一笔兜转,又复飘忽如风。《楠树篇》峻整,《茅屋篇》奇矞。

《杜诗镜铨》:邵子湘云:此老襟抱自阔,与蝼蚁辈迥异。诗亦以朴胜,遂开宋派。　　蒋弱六云:此处若再加叹息,不成文矣。妙竟推开自家,向大处作结,于极潦倒中正有兴会("安得广厦"句下)。　　还说穷话,妙("风雨不动"句下)。

《网师园唐诗笺》:"安得"三句,固屋破而思广厦之庇,转说到独破不妨,想见"胞与"意量。　　末二句,有意必尽,惟老杜用笔喜如此。

《岘佣说诗》:后段胸襟极阔,然前半太觉村朴,如"南村群童欺我老无力,忍能对面为盗贼"四语,及"骄儿恶卧踏里裂"语,殊不可学。

《十八家诗钞》:张曰:沉雄壮阔,奇繁变化,此老独擅。

遭田父泥饮美严中丞

步屧随春风,村村自花柳。
田翁逼社日,邀我尝春酒。
酒酣夸新尹,畜眼未见有。
回头指大男,渠是弓弩手。
名在飞骑籍,长番岁时久。
前日放营农,辛苦救衰朽。
差科死则已,誓不举家走。
今年大作社,拾遗能住否?
叫妇开大瓶,盆中为吾取。

感此气扬扬，须知风化首。

语多虽杂乱，说尹终在口。

朝来偶然出，自卯将及酉。

久客惜人情，如何拒邻叟？

高声索果栗，欲起时被肘。

指挥过无礼，未觉村野丑。

月出遮我留，仍嗔问升斗。

【汇评】

《岁寒堂诗话》：《遭田父泥饮》云："久客惜人情，如何拒邻叟"，……皆人心中事而口不能言者，而子美能言之，然词高雅，不若元、白之浅近也。

《韵语阳秋》：老杜寄身于兵戈骚屑之中，感时对物，则悲伤系之。……《田父泥饮》诗云："步屧随春风，村村自花柳。"……言人情对境，自有悲喜，而初不能累无情之物也。

《唐诗归》：钟云：内藏一淳朴富足气象，便是美严中丞矣。不专指"说尹终在口"一句。　　钟云：如见其头面口颊（"回头"二句下）。　　谭云：形容村郎请客，粗鄙真率，无一不有（"高声"六句下）。

《杜臆》：妙在写出村人口角，朴野气象如画。

《杜诗详注》：刘会孟曰：杜诗"问事竞挽须，谁能即嗔喝"、"欲起时被肘"、"仍嗔问升斗"，此等语，并声音笑貌，仿佛尽之。郝敬仲舆曰：此诗情景意象，妙解人神。口所不能传者，宛转笔端，如虚谷答响，字字停匀。野老留客，与田家朴直之致，无不生活。昔人称其为诗史，正使班、马记事，未必如此亲切。

《唐诗快》：真可谓诗中有画。　　此田父不知何许人，泥饮情况，当自不恶。少陵有此一诗，足以答其席矣。彼中丞者，亦何足道？　　如闻其声（"拾遗"句下）。

《义门读书记》：一束作前后眼目（"感此"二句下）。　　萦拂酒醅（"语多"句下）。

《诗筏》：遭田父泥饮，与严中丞何干？发题便妙。……篇中政简俗庞、家给户饶景象，尽从田父口中写出，却将"大男放营"一事，点缀生动。前后形容，只一"真"字，别无奇特铺张，而颂声已溢如矣。既自占地步，又为中丞占地步，又为田父占地步。

《读杜心解》：笔笔泥饮，却字字美严，此以田家乐为德政歌也。……起四句，双关，是村景，是政化，其妙可思。次十句，以"酒醅夸尹"作提，点眼简括。以下节述"放番"一事，而弊政顿除可知。……又次八句，以"大作社"笼起。见泥饮者在一家，而欢乐者遍境内矣。"叫妇"二字一读，如闻其声。此下叙"泥饮"，仍拍合政化，以"说尹在口"作束。前后醒眼。

《杜诗镜铨》：刘须溪云：语有天趣，正尔苦索不能到（首四句下）。　　妙写春光，亦便见政成民和意（首四句下）。　　情事最真，只如白话（"久客"二句下）。　　夹叙夹述，情状声吻，色色描画入神。正使班、马记事，未必如此亲切，千载下读者无不绝倒。

邵子湘云：朴老真率，开张、王乐府派。

喜　雨

春旱天地昏，日色赤如血。
农事都已休，兵戈况骚屑。
巴人困军须，恸哭厚土热。
沧江夜来雨，真宰罪一雪。
谷根小苏息，沴气终不灭。
何由见宁岁，解我忧思结。
峥嵘群山云，交会未断绝。

安得鞭雷公,滂沱洗吴越!

【汇评】

《杜诗详注》:孙季昭曰:杜诗结语,每用"安得"二字,皆切望之词:"安得广厦千万间,大庇天下寒士俱欢颜","安得壮士挽天河,净洗甲兵长不用",此云:"安得鞭雷公,滂沱洗吴越",皆是一片济世苦心。

《义门读书记》:顾上"农事"("谷根"句下)。　　顾上"兵戈"("沴气"句下)。

《读杜心解》:诗兼"农事"、"兵事"两意,然"农事"意轻,"兵事"意重。语势俱侧下。……"赤如血"三字夺目,但形容亢阳而全旨都显。

《杜诗镜铨》:久旱惨景,亦即映起兵戈意("日色"句下)。

大麦行

大麦干枯小麦黄,妇女行泣夫走藏。
东至集壁西梁洋,问谁腰镰胡与羌。
岂无蜀兵三千人,部领辛苦江山长。
安得如鸟有羽翅,托身白云还故乡?

【汇评】

《诗薮》:"小麦青青大麦枯,谁当获者妇与姑,丈夫何在西击胡",三语奇绝,即两汉不易得。子美"大麦干枯小麦黄,妇女行泣夫走藏"、"问谁腰镰胡与羌",才易数字,便有汉唐之别。

《带经堂诗话》:汉桓帝时童谣云:"小麦青青大麦枯,谁当获者妇与姑,丈夫何在西击胡。吏买马,君具车,请为诸君鼓咙胡。"杜《大麦行》全袭其语,《兵车行》句调亦本此。

《杜诗详注》:《大麦行》,忧边寇而作也。腰镰刈麦,出自胡羌,徒赍盗粮耳。蜀兵三千,鞭长不及,故思东归以避之。　　蔡曰:《汉书》:桓帝时童谣曰:"小麦青青大麦枯,谁当获者妇与姑,丈夫何在西击胡。"每句中函问答之辞,公诗句法盖原于此。

《读杜心解》:《大麦行》,大麦谣也。曷言乎谣也?代为遣调者之言也。……今借蜀兵之口,反其意而歌之。谓梁州之民,被寇流亡,诸羌因粮于野,客兵难与争锋,思去而归耳。刺寇横,伤兵疲,言外无穷恺切。

观打鱼歌

绵洲江水之东津,鲂鱼鲅鲅色胜银。
渔人漾舟沉大网,截江一拥数百鳞。
众鱼常才尽却弃,赤鲤腾出如有神。
潜龙无声老蛟怒,回风飒飒吹沙尘。
饔子左右挥双刀,脍飞金盘白雪高。
徐州秃尾不足忆,汉阴槎头远遁逃。
鲂鱼肥美知第一,既饱欢娱亦萧瑟。
君不见朝来割素鬐,咫尺波涛永相失。

【汇评】

《嬾真子》:土人集船数百艘,以竹竿搅潭中,以金鼓振动之,候鱼惊出,即入大网中,多不能脱。惟大赤鲤鱼,最能跃出。至高丈馀,后入他网中,则不能复跃矣……杜子美《观打鱼歌》云:"绵州江水之东津……赤鲤腾出如有神。"仆亲见捕鱼,故知此诗之工。

《后村诗话》:前《打鱼》篇,于众鱼中独云"赤鲤腾出如有神",又云"鲂鱼肥美知第一",而徐州秃尾、汉阴槎头皆不足数。又云"既饱欢娱亦萧瑟",末云"君不见朝来割素鬐,咫尺波涛永相失。"后《打鱼》云……两篇末句皆不忍暴殄之意,公诗深得风人之旨。

《唐诗归》:谭云:鱼何才之有?"常才""弃却"令人笑绝("众鱼常才"句下)。 钟云:是何胸中("赤鲤腾出"句下)! 钟云:七字说得口腹人败兴,抵得一篇戒杀文("既饱欢娱"句下)。

《杜臆》:"众鱼"用"常才"字新。"赤鲤腾出"、"龙潜蛟怒",如何想头!他人观打鱼,赋不到此。

《初白庵诗评》:题外着想,气势百倍豪雄。

《纫斋诗谈》:本是捉得鲂鱼,偏说走却鲤鱼,不惟周旋时禁(唐李姓,禁人食鲤鱼),亦且灵蠢相形,妙有烟波。此是衬法。

《读杜心解》:前八句,叙打鱼事。"鲅鲅""数百",皆"众鱼常才"耳;"赤鲤腾出",特笔以表之,乃是主句。……鲤为人得,蛟龙恶之,故怒而鼓风,二句为"赤鲤"分外增势。后八句,志唉脍事。

《杜诗镜铨》:二诗(此及《又观打鱼》)体物既精,命意复远,一饱之后,仍归萧瑟,数语可当一篇戒杀文。

《昭昧詹言》:前段打鱼,后段食鱼。每段有汁棱,托想雄阔远大。"潜龙"句汁浆。"既饱"句接上起下。功名富贵,何独不然?

光禄坂行

山行落日下绝壁,西望千山万山赤。
树枝有鸟乱鸣时,暝色无人独归客。
马惊不忧深谷坠,草动只怕长弓射。
安得更似开元中,道路即今多拥隔。

【汇评】

《唐诗归》:钟云:"暝色无人独归客",妙在"暝色无人"下,径接"独归客"三字;"老身古寺风泠泠",妙在"老身"下,径接"古寺风泠泠"五字：奥甚，幻甚，笔力所至。

《杜臆》："暝色无人独归客"，读之凛然。……笔力所至，只忧贼，不暇忧坠，巧于形容。

《义门读书记》："日下壁"，则晦暝矣。却接云"西望千山万山赤"，抑何亦化而闲暇也。回思开元之治，如日之方中，并末二句亦笼罩于凝眸注望中矣（"山行落日"二句下）。

《杜诗镜铨》：四句亦近画景（"山行落日"四句下）。

陈拾遗故宅

拾遗平昔居，大屋尚修椽。
悠扬荒山日，惨淡故园烟。
位下曷足伤？所贵者圣贤。
有才继骚雅，哲匠不比肩。
公生扬马后，名与日月悬。
同游英俊人，多秉辅佐权。
彦昭超玉价，郭振起通泉。
到今素壁滑，洒翰银钩连。
盛事会一时，此堂岂千年？
终古立忠义，感遇有遗编。

【汇评】

《岁寒堂诗话》：此宅盖拾遗与赵彦昭、郭元振辈尝题字于壁间。

《后村诗话》：《陈拾遗故宅》诗，至比之郭元振，唐人敬重拾遗如此。

《杜臆》：会止一时，堂不千年，独《感遇》之遗篇尚存，此立言而不朽者也。称文章而归之"忠义"，才是真本领，亦公自道。"位下曷足伤"二语,亦自道。

《读杜心解》:"位下"二句,泛提,故着"圣贤"字;然正以抬起才高,见"有才"则位虽下,而"同游"者尽当代宗工矣。

《杜诗镜铨》:李云:悲壮之篇,足为陈公吐气。　　蒋云:用"圣贤"二字,抬起才高,即含下"忠义"意。　　举大,亦见仰止微情(末句下)。

《石洲诗话》:伯玉《岘山怀古》云:"丘陵徒自出,贤圣几凋枯。"《感遇》诸作,亦多慨慕古圣贤语。杜公《陈拾遗故宅》云:"位下何足伤,所贵者圣贤。"正谓此也。

过郭代公故宅

豪俊初未遇,其迹或脱略。
代公尉通泉,放意何自苦。
及夫登衮冕,直气森喷薄。
磊落见异人,岂伊常情度?
定策神龙后,宫中翕清廓。
俄顷辨尊亲,指挥存顾托。
群公有惭色,王室无削弱。
迥出名臣上,丹青照台阁。
我行得遗迹,池馆皆疏凿。
壮公临事断,顾步涕横落。
高咏宝剑篇,神交付冥漠。

【汇评】

《杜臆》:"俄顷辨尊亲",旧注已明。所难在"俄顷",故申说云:"壮公临事断。"以大节取人,不浮不蔓。

《杜诗详注》:"俄顷辨尊亲",推其决几之明;"壮公临事断",服其应变之敏：二语能写出英雄手段。……杜诗论人,必具特识,推此可见。

《义门读书记》：结句以郭诗"沉埋无用"自况也。

《读杜心解》：纯是论断体,笔笔坚卓。

《杜诗镜铨》：邵云：语有斤两("俄顷"二句下)。　　　过故宅只一点("我行"二句下)。

观薛稷少保书画壁

少保有古风,得之陕郊篇。
惜哉功名忤,但见书画传。
我游梓州东,遗迹涪江边。
画藏青莲界,书入金榜悬。
仰看垂露姿,不崩亦不骞。
郁郁三大字,蛟龙岌相缠。
又挥西方变,发地扶屋椽。
惨淡壁飞动,到今色未填。
此行叠壮观,郭薛俱才贤。
不知百载后,谁复来通泉?

【汇评】

《杜臆》："壁飞动"语奇。想到千载后来通泉者,自负不小而语意含蓄。

《杜诗详注》：从题外推开作结。郭、薛题留,皆成壮观矣,将来谁复到此,而继其韵事乎? 语含自负意。

《读杜心解》：起四,以诗才引书画,而又以功名作翻剔,亦见直笔。中十二句,将"书"、"画"并提分写,纪法整齐。末四,萦带郭公,波澜轻便。

《杜诗镜铨》：李云：高古绝伦，驰骋左、马。　　状得出（"郁郁"二句下）。　　带说郭，是史公合传体（"郭薛"句下）。

陪王侍御同登东山最高顶宴
姚通泉晚携酒泛江

姚公美政谁与俦，不减昔时陈太丘。
邑中上客有柱史，多暇日陪骢马游。
东山高顶罗珍羞，下顾城郭销我忧。
清江白日落欲尽，复携美人登彩舟。
笛声愤怨哀中流，妙舞逶迤夜未休。
灯前往往大鱼出，听曲低昂如有求。
三更风起寒浪涌，取乐喧呼觉船重。
满空星河光破碎，四座宾客色不动。
请公临深莫相违，回船罢酒上马归。
人生欢会岂有极？无使霜过沾人衣。

【汇评】

《唐诗解》：娱游未已，而忽有劝戒之意焉，其《唐风》遗韵乎？

《唐诗选脉会通评林》：刘辰翁曰：景险语奇，惝恍自失，与渼陂之游，如画如记。　　梅鼎祚曰：欢乐之极，哀情孔多，此亦人情乎？大都从汉武《秋风词》来，而良士瞿瞿，足为名训。此篇与《乐游园歌》、《渼陂行》互看。

《杜臆》：笛声用"愤怨"，特异。"三更风起"四句，情景奇绝，已有乐极悲来之意；故转语云："临深莫相违"，盖临深渊者怀兢也，寓意甚远，《唐风·蟋蟀》同旨。

《而庵说唐诗》：诗中语多冷刺。　　"姚公美政谁与俦，不减昔时陈太丘"，"谁与俦"、"不减"，极有斟酌，字字阳秋。

《诗辩坻》：其诗起四句先将二人叙完，次叙登山只二句，次将泛江衍为长篇。登山、泛江，自是俳势，一略一详乃尔，章法已奇。至主客是两长官，二十句中以四句了却，意在有无间耳。他人于此恋恋怅怅，岂能自已。

《杜诗详注》：一韵分为两段，故一句五句，连拈韵脚（"东山高顶"八句下）。

《声调谱拾遗》：此古诗歌行极则也。其用韵转换、声调高下疾徐处，皆当细意会之。

《纫斋诗谈》：倒运题目，其中山短水长，错成章法。

《唐诗别裁》：结出好乐毋荒意，而措语含蓄，耐人咀吟。

《读杜心解》：起四句，总领大意。次八句，先叙东山顶宴，次叙携酒泛江，蝉联而下。"三更"两句，借风势蹴起一波。末四句，趁风势就作收局。

《杜诗镜铨》：善写虚景（"灯前往往"句下）。　　蒋云：妙是"色不动"，若云"色动"，便是醉意。忘反意俱借三字轻轻逗出。

短歌行赠王郎司直

王郎酒酣拔剑斫地歌莫哀，我能拔尔抑塞磊落之奇才。
豫章翻风白日动，鲸鱼跋浪沧溟开，
且脱佩剑休裴回。
西得诸侯棹锦水，欲向何门趿珠履？
仲宣楼头春色深，青眼高歌望吾子，
眼中之人吾老矣。

【汇评】

《唐诗品汇》：刘云："西行诸侯"以下，谓王司直知我，我复舍此何向？　　刘云：豪气激人，堂堂复堂堂（末句下）。

《唐诗广选》：通篇飞舞豪爽，末收住有力。　　范德机曰：结句七字而含无限之意，势力如截奔马。

《唐诗选脉会通评林》：蒋一葵曰：起棹弄有笔意，通篇飞舞豪爽，末收住有力。　　顾璘曰：尾语深而劲。　　陆时雍曰：短掉处，人所难能。"豫章"二语，谓时方多难，所以下有"且脱佩剑休徘徊"之句。　　周珽曰：前述司直告己之词，玩"莫哀"、"我能拔尔"、"且脱佩剑"、"欲问何门"俱王酣歌内意。故后答言：承君青眼相盼，然眼中之人，惟我最老，恐不能副"翻风""跋浪"之望也。"仲宣楼"借粲依刘以自况，盖致望于王者深也。结大悲壮，真有截珊瑚手段。

《杜臆》："诸侯"即谓王郎，而下文数语，词短而情长，不容再着一语。此篇乃老杜歌行之奇绝者。

《唐诗快》：起句如太华五千仞，劈地插天，安得不惊其奇崛。

《初白庵诗评》：十一字长句，太白所未有。通篇磊落英奇，集中别调也。

《而庵说唐诗》：子美歌行，此首为短，其层折最多，有万字收不尽之势，一芥子内藏一须弥山，奇绝之作。

《义门读书记》：世情多猜，不敢竟其词焉，故命之曰"短歌行"。

《唐宋诗醇》：卢世㴶曰：突兀横绝，跌宕悲凉。

《唐诗别裁》：二句形奇才（"豫章翻风"二句下）。　　上下各五句，复用单句相间，此亦独创之格。

《读杜心解》："仲宣"句，点地点时。在王则劝之"莫哀"，在我则"高歌"以"望"，照耀生动。结又以单词鼓励之，……言下跃然。如此歌，才配副得英年人。

《杜诗镜铨》：李云：如此可称悲壮。　　竟住"老"，不惟含蓄馀情，亦且掉动上意（"眼中之人"句下）。

《岘傭说诗》：前半是王郎语杜，后半是杜答王郎，一问一答，截然两段章法，大奇。

桃竹杖引赠章留后

江心蟠石生桃竹，苍波喷浸尺度足。
斩根削皮如紫玉，江妃水仙惜不得。
梓潼使君开一束，满堂宾客皆叹息。
怜我老病赠两茎，出入爪甲铿有声。
老夫复欲东南征，乘涛鼓枻白帝城。
路幽必为鬼神夺，拔剑或与蛟龙争。
重为告曰：杖兮杖兮，尔之生也甚正直，
慎勿见水踊跃学变化为龙，
使我不得尔之扶持，灭迹于君山湖上之青峰。
噫！风尘澒洞兮豺虎咬人，忽失双杖兮吾将曷从？

【汇评】

《唐诗归》：钟惺曰：调奇，法奇，语奇。而无泼撒之病，由其气奥故也。

《杜臆》：珍爱之极，遂想到鬼夺、龙争，真是奇怪。至"重为告"以下，又换一意，变幻恍惚，不可端倪。……起来六句，用韵参错，不可拘束。只"江妃水仙"句便奇，后来俱从此脱化。 余谓："老去诗篇浑漫与"是实话。广德以来之作，俱是漫兴。而得失相半，失之则浅率无味，得之则出神入鬼。如此等诗，俱非苦心极力所能至也。

《杜诗说》：一竹杖耳，说得如此珍贵，便增其诗多少斤两。一转用"重为告曰"，盖诗之变调，而其源出于骚赋者也。

《义门读书记》：此篇以平、入通押，皆入鼻音也。

《杜诗详注》：宋之问骚体诗有《嵩山天门歌》，……此杜诗《桃竹杖引》所自出。然杜之灵奇，却胜于宋之隽丽矣。　　朱鹤龄曰：此诗盖借竹杖，规讽章留后也。既以"踊跃为龙"戒之，又以"忽失双杖"危之，其微旨可见。

《唐宋诗醇》：奇变酷似太白，老杜真乃无所不有。

《唐诗别裁》：犹楚词之"乱曰"（"重为告曰"句下）。　　字字腾掷跳跃（"慎勿见水"句下）。　　凌空超忽，横绝一时。

《杜诗心解》：人知后段之奇，而不知其根已伏于"江妃水仙"之句，其绪再引于"鬼神夺"而"蛟龙争"之句。……"尔生正直"，应"江妃水仙"以上等语。"见水"、"灭迹"，应"鬼神"、"蛟龙"以上等语。合前后观之，可知文欲出奇，先着呆语不得。而出奇之处，又离宗不得。

《杜诗镜铨》：长短句公集中仅见，字字腾掷跳跃，亦是有意出奇。

《岘傭说诗》：《桃竹杖引》戒章留后之不臣，词意危迫，然章法离奇，似《离骚》之辞，初学不可轻效。

送韦讽上阆州录事参军

国步犹艰难，兵革未衰息。
万方哀嗷嗷，十载供军食。
庶官务割剥，不暇忧反侧。
诛求何多门，贤者贵为德。
韦生富春秋，洞彻有清识。
操持纪纲地，喜见朱丝直。
当令豪夺吏，自此无颜色。
必若救疮痍，先应去蟊贼。

挥泪临大江，高天意凄恻。

　　行行树佳政，慰我深相忆。

【汇评】

　　《杜臆》："必若救疮痍，先应去蟊贼"，俱吃紧语，可谓公"论天下大事高而不切"哉？……"挥泪临大江，高天意凄恻"，非恤民之极，必无此言。

　　《杜诗详注》：张溍曰：此诗可当一则致治宝训。

　　《杜诗心解》：不独为当时药石，直说破千古病痛。

　　《杜诗镜铨》：是救时切务，语无文饰。　　　至言（"必若"二句下）。

丹青引赠曹将军霸

　　将军魏武之子孙，于今为庶为清门。

　　英雄割据虽已矣，文彩风流犹尚存。

　　学书初学卫夫人，但恨无过王右军。

　　丹青不知老将至，富贵于我如浮云。

　　开元之中常引见，承恩数上南熏殿。

　　凌烟功臣少颜色，将军下笔开生面。

　　良相头上进贤冠，猛将腰间大羽箭。

　　褒公鄂公毛发动，英姿飒爽来酣战。

　　先帝天马玉花骢，画工如山貌不同。

　　是日牵来赤墀下，迥立阊阖生长风。

　　诏谓将军拂绢素，意匠惨淡经营中。

　　斯须九重真龙出，一洗万古凡马空。

　　玉花却在御榻上，榻上庭前屹相向。

　　至尊含笑催赐金，圉人太仆皆惆怅。

弟子韩干早入室，亦能画马穷殊相。

干惟画肉不画骨，忍使骅骝气凋丧。

将军画善盖有神，必逢佳士亦写真。

即今飘泊干戈际，屡貌寻常行路人。

途穷反遭俗眼白，世上未有如公贫。

但看古来盛名下，终日坎壈缠其身。

【汇评】

《彦周诗话》：老杜作《曹将军丹青引》云："一洗万古凡马空。"东坡《观吴道子画壁诗》云："笔所未到气已吞。"吾不得见其画矣，此二句，二公之诗各可以当之。　　东坡作《妙善师写御容诗》，美则美矣，然不若《丹青引》云"将军下笔开生面"，又云"褒公鄂公毛发动，英姿飒爽来酣战"。后说画玉花骢马，而曰："至尊含笑催赐金，圉人太仆皆惆怅。"此诗微而显，《春秋》法也。

《诚斋诗话》：七言长韵古诗，如杜少陵《丹青引曹将军画马》《奉先县刘少府山水障歌》等篇，皆雄伟宏放，不可捕捉。学诗者于李、杜、苏、黄诗中，求此等类，诵读沉酣，深得其意味，则落笔自绝矣。

《苕溪诗话》：老杜"涂穷反遭俗眼白"，本用阮籍事，意谓我辈本宜以白眼视俗人，至小人得志，嫉视君子，是反遭其眼白，故倒用之。

《韵语阳秋》：杜子美《曹将军丹青引》云："将军魏武之子孙，于今为庶为清门。"元微之《去杭州》诗亦云："房杜王魏之子孙，虽及百代为清门。"则知老杜于当时已为诗人所钦服如此。残膏剩馥，沾丐后代，宜哉！

《吴礼部诗话》：又凡作诗，难用经句，老杜则不然，"丹青不知老将至，富贵于我如浮云"，若自己出。

《唐诗品汇》：刘云：起语激昂慷慨，少有及此。　　刘云：

突兀四语,能事志意,毕竟往复浩荡,只在里许。又云:自是笔意至此,非思致所及("学书初学"四句下)。　　谢无勉云:此自然不做底语到及至处者也("富贵于我"句下)。　　刘云:"迥立",意从容("迥立阊阖"句下)。　　刘云:首尾悲壮动荡,皆名言。

《唐诗援》:申凫盟谓此首:首尾振荡,句句作意。

《唐诗归》:钟云:此语非负真癖人不知("丹青不知"句下)。　　钟云:"意匠惨淡经营中",此入想光景,无处告诉,只"颠狂此技成光景"上句侪众中有之,下句幽独中有之,苦心作诗文人知此二语之妙("意匠惨淡"句下)。　　钟云:五字说出帝王鉴赏风趣在目("至尊含笑"句下)。　　钟云:骂尽凡手("幹惟画肉"句下)。　　谭云:骨气挺然语,古今豪杰停读。　　钟云:韩幹名手,老杜说得如此,是何等胆识!然今人犹知有韩幹马而不闻曹霸,安知负千古盛名,非以画肉之故乎("忍使骅骝"句下)。　　钟云:写即有品("必逢佳士"句下)。　　钟云:可怜("即今漂泊"二句下)。

《唐诗选脉会通评林》:顾璘曰:直语,亦是有生动处。　　陆时雍曰:"斯须九重"二语是杰句,"幹惟画肉"二语,此便是画家妙诀,不类泛常题诗。　　周珽曰:选语妙合处如龙行空中,鳞爪皆化为烟云。

《唐风定》:沉雄顿挫,妙境别开,气骨过王、李,风韵亦逊之,谓诗歌之变体,自非虚语。

《唐风怀》:南村曰:叙事历落,如生龙活虎,真诗中马迁,而"画肉"、"画骨"一语,尤感慨深长。

《唐诗快》:此又是一起法,笔力俱足千钧(首二句下)。笔趣横流("丹青不知"二句下)。　　闪烁怕人,"子璋髑髅"之句可以辟疟,何不用此句乎("英姿飒爽"句下)?　　使观者亦复惨淡（"意匠惨淡"句下）。　　　忽然眼张心动（"斯须九重"二句下）。　　　骅骝丧气乎？英雄丧气乎（"忍使骅骝"句下）？　　　俗眼青且不可，何况于白！然不白不成其俗（"途穷反遭"句下）。

《杜诗说》：就家势起，起法从容；不即入画，先赞其书，更从容。"弟子"四句，乃抑彼扬此法，插此四句，更觉气局排荡。

《而庵说唐诗》：此歌起处，写将军之当时，极其宠炗；结处写将军之今日，极其慷慨；中间叙其丹青之恩遇，以画马为主；马之前后，又将功臣、佳士来衬，起头之上，更有起头，结尾之下，又有结尾。气厚力大，沉酣夭矫。看其局势，如百万雄兵团团围住，独马单枪杀进去又杀出来，非同小可。子美，歌行中大将，此首尤为旗鼓。可见行兵、行文、作诗、作画，无异法也。

《杜诗解》：波澜叠出，分外争奇，却一气混成，真乃匠心独运之笔。

《原诗》：杜甫七言长篇，变化神妙，极惨淡经营之奇。就《赠曹将军丹青引》一篇论之：起手"将军魏武之子孙"四句，如天半奇峰，拔地陡起，他人于此下便欲接丹青等语，用转韵矣。忽接"学书"二句，又接"老至"、"浮云"二句，却不转韵，诵之殊觉缓而无谓；然一起奇峰高插，使又连一峰，将来如何撒手？故即跌下陂陀，沙泼石确，使人蹇裳委步，无可盘桓，故作画蛇添足，拖沓迤逦，是遥望中峰地步。接"开元引见"二句，方转入曹将军正面。……接"凌烟""下笔"二句，盖将军丹青是主，先以学书作宾；转韵画马是主，又先以画功臣作宾，章法经营，极奇而整。……按"良相"、"猛士"四句，宾中之宾，益觉无谓；不知其层次养局，故纡折其途，以渐升极高极峻处，令人目前忽划然天开也。至此方入画马正面，一韵八句，连峰互映，万笏凌霄，是中峰绝顶处。转韵接"玉花""御榻"四句，峰势稍平，蜿蟺游衍出之。忽接"弟子韩幹"四句，他人于此必转韵，更将韩幹作排场，仍不转韵，以韩幹作找足语，盖此处不当更以宾作排场，重复掩主，便失体段；然后咏叹将军画，包罗收拾，以感慨系之篇终焉。章法如此，极森严，极整暇。

《义门读书记》：《类本》云：此等，太史公《列传》也。多少事，多少议论，多少气魄！

《纨斋诗谈》：《丹青引》与《画马图》一样做法，细按之，彼如神龙在天，此如狮子跳踯，有平涉、飞腾之分；此在手法上论。所以古人文章贵于超忽变化也。"褒公鄂公毛发动，英姿飒爽来酣战"，人是活的、马是活的可想。映衬双透，只用"玉花宛在御榻上"二句已足，此是何等手法！

《唐宋诗醇》：起笔老横，"开元之中"以下，叙昔日之遇，正为末段反照；丹青之妙，见赠言之义明矣。通篇浏漓顿挫，节奏之妙于斯为极。

《唐诗别裁》：不以正统与之，诗中史笔（"英雄割据"二句下）。　神来纸上，如堆阜突出（"一洗万古"句下）。　反衬霸之尽善，非必贬幹也（"幹惟画肉"二句下）。　推开作结（"但看古来"二句下）。　画人画马，宾主相形，纵横跌宕，此得之于心，应之于手，有化工而无人力，观止矣。

《读杜心解》："佳士"句，补笔引下。须知将军画不止前二项，故以写佳士补之。其前只铺排奉诏所作者，正与此处"屡貌寻常"相照耀，见今昔异时，喧寂顿判：此则赠曹感遇本旨也。结联又推开作解譬语，而寄慨转深。

《杜诗镜铨》：神来之笔。申曰：与"堂上不合生枫树"同一落想，而出语更奇（"斯须九重"二句下）。　张惕庵曰：此太史公列传也。多少事实，多少议论，多少顿挫，俱在尺幅中。章法跌宕纵横，如神龙在霄，变化不可方物。

《岘傭说诗》：《丹青引》画人是宾，画马是主。却从善书引起善画，从画人引起画马，又用韩幹之画肉，垫将军之画骨，末后搭到画人,章法错综绝妙。……唯收处悲飒,不可学。

《昭昧詹言》:起势飘忽,似从天外来。第三句宕势,此是加倍色法。四句合,乃不直率。"学书"一衬,就势一放,不致短促。……"开元"句笔势纵横。"凌烟"句,又衬。"褒公"二句与下"斯须"句、"至尊"句,皆是起棱,皆是汁浆。于他人极忙之处,却偏能闲雅从容,真大手笔也。古今惟此老一人而已。所谓放之中,要句字留住,不尔便伤直率。"先帝"句又衬,又出波澜。叙事未了,忽入议论,牵扯之妙,太史公文法。"迥立"句夹写夹叙。"诏谓"以下,磊落跌宕,有文外远致。……此诗处处皆有开合,通身用衬,一大法门。

《唐宋诗举要》:前人有谓作诗戒用经语,恐其陈腐也。此二句令人忘其为经者,全在笔妙("丹青不知"二句下)。　　二句真马、画马合写,何等精灵("榻上庭前"句下)。　　方曰:此与《曹将军画马图》有起有讫,波澜明画,轨度可寻,而其妙处在神来气来,纸上起棱。凡诗文之妙者无不起棱,有浆汁,有兴象。不然,非神品也。

发阆中

前有毒蛇后猛虎,溪行尽日无村坞。
江风萧萧云拂地,山木惨惨天欲雨。
女病妻忧归意速,秋花锦石谁复数。
别家三月一得书,避地何时免愁苦?

【汇评】

《杜诗详注》:上四阆中景,下四发阆情事。蛇虎为患,无村可避,且当此云迷雨暗,愈增中途凄怆矣。

《杜诗镜铨》:蒋云:《发阆中》为女病,知女病缘得书,节节

《唐诗别裁》：沉痛语，使人读不得（"伤心不忍"二句下）。

《读杜心解》：述开元之民风、国势，津津不容于口，全为后幅想望中兴样子也。……"岂闻"四句，直说目下。中间隔一大段时光，故用"伤心"二句搭连之，……但远追盛事，以冀今之克还其旧耳。

《杜诗镜铨》：妙语（"远行不劳"句下）。　　转笔健疾（"岂闻一绢"句下）。

冬狩行

原注：时梓州刺史章彝兼侍御史留后东川。

君不见东川节度兵马雄，校猎亦似观成功。
夜发猛士三千人，清晨合围步骤同。
禽兽已毙十七八，杀声落日回苍穹。
幕前生致九青兕，骆驼䗉峰垂玄熊。
东西南北百里间，仿佛蹴踏寒山空。
有鸟名鸲鹆，力不能高飞逐走蓬。
肉味不足登鼎俎，何为见羁虞罗中？
春蒐冬狩候得同，使君五马一马骢。
况今摄行大将权，号令颇有前贤风。
飘然时危一老翁，十年厌见旌旗红。
喜君士卒甚整肃，为我回辔擒西戎。
草中狐兔尽何益？天子不在咸阳宫。
朝廷虽无幽王祸，得不哀痛尘再蒙。
呜呼！得不哀痛尘再蒙！

【汇评】

《杜臆》：禽兽毙尽，百里山空，已无剩语，而忽入"鸲鹆"，法奇而意足。

《杜诗详注》：胡夏客曰：《冬狩行》因校猎之盛，思外清西戎，内匡王室，视他题他篇之忧国者，尤为切贴矣。

《唐宋诗醇》：大义凛然，及今诵之，如见其壮颜异色。　申涵光曰："草中狐兔尽何益"二句，即贾生不猎猛敌而猎禽兽意。

《读杜心解》：讽章之旨，最为深切。起四句，明提出猎，暗击勤王。次十句，详校猎之事，是题面。……后九句，借军容以讽勤王，是本旨。"老翁""厌见"，插入自己，生动。……"草中"句，撇开前幅。"不在咸阳"，点醒主题。

《杜诗镜铨》：王阮亭云：一题便是《春秋》书法。　三字便含末意（"观成功"）。　接入突兀（"飘然时危"句下）。　张上若云：以流寓一老，正词督强镇为敌忾勤王之举，真过人胆力，真有用文章。

《昭昧詹言》：前段叙猎，且叙且写，有起棱，有闲情。"飘然"以下一段，转笔如虎，入自己作议，托谕讽谏高远，此作诗归宿。元遗山《赤壁图》，蓝本于此。

《诗法易简录》：（结语）叠一句大声疾呼，沉痛迫切，响彻云霄，必如此方与起笔奔放之势相称。

《十八家诗钞》：微旨以文外曲致出之，故尔妙远。

《唐宋诗举要》：吴曰：文外曲致，以寓微意（"肉味不足"二句下）。

《王闿运手批唐诗选》：观此是"见羁"而诔之耳（"何为见羁"句下）。　使君见此，喜耶？怒耶？必不敢以示之，便不必作（"为我回䎙"等句下）。

释　闷

四海十年不解兵，犬戎也复临咸京。

失道非关出襄野，扬鞭忽是过胡城。

豺狼塞路人断绝，烽火照夜尸纵横。

天子亦应厌奔走，群公固合思升平。

但恐诛求不改辙，闻道嬖孽能全生。

江边老翁错料事，眼暗不见风尘清。

【汇评】

《瀛奎律髓》：此亦所谓"吴体"拗字。天宝十四年乙未，禄山反。至永泰元年乙巳，恰十一年。"犬戎亦复临咸京"，谓前年癸卯吐蕃入长安代宗出奔也。诗意曲折，"诛求不改"，"嬖孽全生"。此祸乱未已之兆。

《杜臆》：此排律体，……然语排而气势流走，意不排也。天子出奔，而用黄帝、晋明隐语，用意忠厚。"天子"、"群公"二语何等恳至！

《瀛奎律髓汇评》：查慎行：此老意中原望升平，故末句分外沉痛。　　何义门：以"眼暗不见"自释，此闷何时可释耶？到不更言处忽谬其词，愈婉愈痛，亦借用世道平，眼更明。　　风人谲谏，结语妙活。　　纪昀：后六句未免太直。　　许印芳：凡作拗体七律，每联下句第五字用平声，音韵方谐。此联合格，故晓岚密点之。通体似老而实颓唐，后六句又嫌浅露，故不取也。

《杜诗详注》：通篇一气转下，皆作怪叹之词。

《读杜心解》：此篇可古可排，为乱极思治之诗。……论事切中，语气含蓄。当与《伤春》五首参读。

阆山歌

阆州城东灵山白，阆州城北玉台碧。

松浮欲尽不尽云，江动将崩未崩石。

那知根无鬼神会,已觉气与嵩华敌。

中原格斗且未归,应结茅斋看青壁。

【汇评】

《唐诗归》:钟云:绝妙危语,为蜀山传神("松浮欲尽"二句下)。　　钟云:以幽澹终,妙(末句下)!

《杜臆》:三、四写景不着色相……"根无鬼神会"句必有所出,然不佳。

《义门读书记》:景色无穷,缩作二句,奇绝("松浮欲尽"二句下)。"气"字虚活,作"势"即死,亦不复与上句相应矣("已觉气与"句下)。

《杜诗评注》:胡夏客曰:此歌似拗体律诗。

《读杜心解》:"松云"写得缥缈,"江石"写得玲珑。"那知"其"无",正见其有。举"嵩华"相形,恰与"中原未归"合缝。

《杜诗镜铨》:邵子湘云:奇句("松浮欲尽"二句下)。

阆水歌

嘉陵江色何所似? 石黛碧玉相因依。

正怜日破浪花出,更复春从沙际归。

巴童荡桨敧侧过,水鸡衔鱼来去飞。

阆中胜事可肠断,阆州城南天下稀。

【汇评】

《唐诗归》:谭云:选杜诗,最要存此等轻清淡泊之派,使人知老杜无所不有也。

《杜臆》:江阔见日从江中起,故云:"日破浪花出"。

《唐诗评选》:恬雅自不与夔州他作为类。

《义门读书记》:咏叹一句,无穷曲折("阆州城南"句下)。

落句山谷酷摹而去之转远。　　湘灵云:落语竹枝体。末二句与《阆山歌》同意,可悟虚实变换之法。

《杜诗详注》:张綖注:公当远离之时,而不失山水之乐,亦足见其处困而亨矣。

《唐宋诗醇》:二诗(按指此首与《阆山歌》)著语奇秀,觉空翠扑人,冲襟相照。

《读杜心解》:"日出"、"春归",从生色处写;"巴童"、"水鸡",又从点缀处写:都是烘染法。……苦爱"阆中"二句,似旧歌谣。

《杜诗镜铨》:邵云:句秀("正怜日破"二句下)。　　刘须溪云:景少语长("巴童荡桨"二句下)。　　结句咏叹,无限曲折。　　陈后山谓:二诗(按指《阆山》、《阆水》)词致峭丽,语脉新奇,句清而体好,在集中似又另为一格。

草　堂

昔我去草堂,蛮夷塞成都。

今我归草堂,成都适无虞。

请陈初乱时,反复乃须臾。

大将赴朝廷,群小起异图。

中宵斩白马,盟歃气已粗。

西取邛南兵,北断剑阁隅。

布衣数十人,亦拥专城居。

其势不两大,始闻蕃汉殊。

西卒却倒戈,贼臣互相诛。

焉知肘腋祸,自及枭獍徒。

义士皆痛愤,纪纲乱相逾。

一国实三公,万人欲为鱼。

唱和作威福,孰肯辨无辜!

眼前列杻械，背后吹笙竽。

谈笑行杀戮，溅血满长衢。

到今用钺地，风雨闻号呼。

鬼妾与鬼马，色悲充尔娱。

国家法令在，此又足惊吁。

贱子且奔走，三年望东吴。

弧矢暗江海，难为游五湖。

不忍竟舍此，复来薙榛芜。

入门四松在，步屟万竹疏。

旧犬喜我归，低徊入衣裾。

邻舍喜我归，酤酒携胡芦。

大官喜我来，遣骑问所须。

城郭喜我来，宾客隘村墟。

天下尚未宁，健儿胜腐儒。

飘飘风尘际，何地置老夫？

于时见疣赘，骨髓幸未枯。

饮啄愧残生，食薇不敢馀。

【汇评】

《后村诗话》：《草堂》云："弧矢暗江海，难为游五湖。不忍竟舍此，复来薙榛芜。""天下尚未宁，健儿胜腐儒。"此篇叹还吴未可，重值浣花榛芜，四松万竹无恙，邻里大官宾客喜归，可见随寓而安之意。于时天下未宁，固有"健儿胜腐儒"之句。卒章云："飘飘风尘际，何地置老夫？""饮啄愧残生，食薇不敢馀。"其语意雍容闲雅，有雅人深致。

《唐诗归》：钟云：写出草贼（"盟酥"句下）。　钟云："唱和"二字，用得无理，妙甚（"唱和"句下）。　谭云：自然要伤心。

　钟云：此句兼"马"在内，妙（"鬼妾"二句下）！　谭云：转身妙，难形容（“不忍”二句下）。　　钟云：情深（“入门”句下）。

钟云：先说“犬”，妙（“旧犬”二句下）。　　谭云：参入虚境，妙（“城郭”句下）。　　钟云：喜我归，喜我来，皆连用。从古乐府语法来（“宾客”句下）。　　谭云：自已嘲笑，妙绝（“于时”句下）。

《杜臆》："鬼妾"连"马"言之，则色悲者不独鬼妾矣。……"色悲充尔娱"，如目见之，读之酸心。"国家法令在"，提出诛乱一个大题目，亦见此老作用。

《诗筏》：又如老杜"杖藜还客拜"、"旧犬喜我归"，王摩诘"野老与人争席罢"，高达夫"庭鸭喜多雨"，皆现成琐俗事，无人道得，道得即成妙诗，何尝炼"还"字、"喜"字、"罢"字以为奇耶？诗家固不能废炼，但以炼骨炼气为上，炼句次之，炼字斯下矣。

《读杜心解》：徐知道（作乱）事，史俱不载，此诗可作史补，而古质之趣，流衍洋溢。

《杜诗镜铨》：以草堂去来为主，而叙西川一时寇乱情形，并带入天下，铺陈终始，畅极淋漓，岂非"诗史"！　　蒋云：拉杂写来，乱离之戚，故旧之感，依依之情，慰劳之意，一一俱见，自是古乐府神境，非止袭其调而已。又云：一片悲悯牢骚，化作和平温厚之言，大家合掌。

四　松

四松初移时，大抵三尺强。
别来忽三载，离立如人长。
会看根不拔，莫计枝凋伤。
幽色幸秀发，疏柯亦昂藏。
所插小藩篱，本亦有堤防。
终然掁拨损，得愧千叶黄？

敢为故林主，黎庶犹未康。

避贼今始归，春草满空堂。

览物叹衰谢，及兹慰凄凉。

清风为我起，洒面若微霜。

足以送老姿，聊待偃盖张。

我生无根带，配尔亦茫茫。

有情且赋诗，事迹可两忘。

勿矜千载后，惨淡蟠穹苍。

【汇评】

《唐诗归》：钟云：往往不忘四松，屡见于诗。情之所钟，俗人不知。待此四松竟是一相厚老友。

《杜臆》：公于草堂，往来不异传舍，而钟情四松，盖以后凋之节自厉，而记物以见志也。"会看根不拔"、"得愧千叶黄"，此皆吃紧语。

《杜诗详注》：谭元春：前云："会看根不拔，莫计枝凋伤"，后云："我生无根柢，配尔亦茫茫"，映带处，有无限深情。中云："敢为故林主，黎庶犹未康"，此等蕴藉，定是杜公独步。

《义门读书记》：曲折多情味。

《读杜心解》：后段因松寄慨，"故林主"三字，借松入己，便甚。此四句叙身之去来。"览物叹"者，览"秀发"、"昂藏"而自叹。"及兹慰"者，及"故林"、"始归"而自慰。二句钩上搭下，又是提掇。自此以下，松与身胶粘融化而出，而以"我生无根"，与前"会看不拔"作照应。末四句，付之不可知之"千载"，识解尤为超旷。

《杜诗镜铨》：刘须溪云：语极悲痛（"我生"二句下）。　　结处寄托深远（"有情"四句下）。

太子张舍人遗织成褥段

客从西北来，遗我翠织成。
开缄风涛涌，中有掉尾鲸。
逶迤罗水族，琐细不足名。
客云充君褥，承君终宴荣。
空堂魑魅走，高枕形神清。
领客珍重意，顾我非公卿。
留之惧不祥，施之混柴荆。
服饰定尊卑，大哉万古程。
今我一贱老，衵祸更无营。
煌煌珠宫物，寝处祸所婴。
叹息当路子，干戈尚纵横。
掌握有权柄，衣马自肥轻。
李鼎死岐阳，实以骄贵盈。
来瑱赐自尽，气豪直阻兵。
皆闻黄金多，坐见悔吝生。
奈何田舍翁，受此厚贶情？
锦鲸卷还客，始觉心和平。
振我粗席尘，愧客茹藜羹。

【汇评】

《苕溪诗话》：《张舍人遗织成褥段》云："服饰定尊卑，大哉万古程"、"煌煌珠宫物，寝处祸所婴"、"锦鲸卷还客，始觉心和平"，其意在明分守，警贪饕，屏斥玩物，严道义之大节，岂直专为诗哉？就中"和平"之语，尤可人意。世有豪横凶人，强委馈于善士，而不能骤绝之，其心愧耻，虽欲"和平"，不可得也。

《后村诗话》：《张舍人遗褐段》云："昔闻黄金多，坐见悔吝生。奈何田舍翁，受此厚贶情。锦鲸卷还客，始觉心和平。"可见子美一介不取之意。

《唐诗归》：钟云：小小题，许多感慨，许大关系。诗不关理，杜诗入理独妙。　　谭云：真心不敢，真心不愿，矫廉人不能伪作此话。　　钟云：已不受此物矣，亏他仍如此细心看，不没其好处（"开缄"四句下）。　　钟云："浑"字妙（"施之"句下）！　　钟云：天道、王制，小物中轻轻数语发尽，说得奢侈人梦中魂惊，不必看下一段矣（"煌煌"二句下）。

《杜臆》："服饰定尊卑"，人能言之，而继以"大哉万古程"，何等郑重，此孔子惜繁缨意，俗儒岂能知之？此根"混柴荆"来。"寝处祸所婴"，此根"惧不祥"来。此一小物，而天道、王制，发出许大议论。

《钱注杜诗》：史称武累年在蜀，肆志逞欲，恣行猛政，穷极奢靡，赏赐无度，公在武幕下，作此讽谕，朋友责善之道也。

《唐宋诗醇》：因小见大，殊有关于典制，足以正人心而厚风俗。

《杜诗镜铨》：此诗于小中见大，全是乐府意。　　点染处已令人目眩（"开缄"二句下）。　　结二句亦与"承君"句应（"振我"二句下）。

莫相疑行

男儿生无所成头皓白，牙齿欲落真可惜。
忆献三赋蓬莱宫，自怪一日声辉赫。
集贤学士如堵墙，观我落笔中书堂。
往时文彩动人主，此日饥寒趋路旁。
晚将末契托年少，当面输心背面笑。

　　　　寄谢悠悠世上儿,不争好恶莫相疑。

【汇评】

　　《岁寒堂诗话》:"当面输心背面笑",乃俗子常态,古今一也。夫子美名垂万年,岂与世上儿争好恶哉!而或者疑之,故有"寄谢"之句,且题曰:《莫相疑行》。

　　《后村诗话》:他人于"当面输心背面笑"之下文必有馀怨,公卒章优游闲暇,了无忿怼。

　　《唐诗品汇》:刘须溪云:写得彻至,怀抱如洗。

　　《唐诗选脉会通评林》:徐中行曰:人情纸薄。果如此,掩袂老妓《琵琶行》未可与白发宫娃道也。

　　《杜诗详注》:胡夏客云:"往时文采动人主,此日饥寒趋路旁",虽怀抱如斯,亦品地有失。凡诗,必说忧君忧国,太迂;但言愁饥愁寒,太卑。杜公不免有此二病。　今按:公之忧君国,根于至性;愁饥寒,出于真情。若欲避此而泛言景物,反非本来面目。宣子之说,未为少陵知音。　追昔抚今,无限悲慨,于结尾露意。　自怪妙("自怪一日"句下)。

　　《读杜心解》:此诗追昔抚今,不胜悲慨,于篇尾流露其意。

　　《杜诗镜铨》:一句写尽世情("当面输心"句下)。

杜　鹃

　　　　西川有杜鹃,东川无杜鹃。

　　　　涪万无杜鹃,云安有杜鹃。

　　　　我昔游锦城,结庐锦水边。

　　　　有竹一顷馀,乔木上参天。

　　　　杜鹃暮春至,哀哀叫其间。

　　　　我见常再拜,重是古帝魂。

生子百鸟巢，百鸟不敢嗔。
仍为馁其子，礼若奉至尊。
鸿雁及羔羊，有礼太古前。
行飞与跪乳，识序如知恩。
圣贤古法则，付与后世传。
君看禽鸟情，犹解事杜鹃。
今忽暮春间，值我病经年。
身病不能拜，泪下如迸泉。

【汇评】

《王直方诗话》：识者谓前四句非诗也，乃题下自注，而后人写之误耳。余以为不然，此正与古谣语无以异，岂复以音韵为限也。

《苕溪渔隐丛话》：东坡云：……（王）谊伯谓："西川有杜鹃，东川无杜鹃。涪万无杜鹃，云安有杜鹃"盖是题下注。……谊伯误矣。且子美诗备诸家体，非必率合程度偘偘者然也。是篇句处凡五杜鹃，岂可以文害辞，辞害意邪？原子美之诗，类有所感，托物以发者也。亦六艺之比兴，《离骚》之法与？　苕溪渔隐曰：《杜鹃》诗……或云：明皇幸蜀还，肃宗用李辅国谋，迁之西内，悒悒而崩，此诗感是而作。

《鹤林玉露》：洪容斋曰：文贵于达而已，繁与简各有当也。……古《采莲曲》云："鱼戏荷叶东，鱼戏荷叶西。"杜子美《杜鹃行》："西川有杜鹃，东川无杜鹃；涪南无杜鹃，云安有杜鹃"。若以省文之法论之，似可裁减，然只如此说，亦为朴赡有古意。

《蔡宽夫诗话》："愁思忽而至，……中心恻怆不能言。"此鲍明远诗也，与子美《杜鹃行》语意极相类。或云：此诗子美为明皇作，理宜当然。

《杜臆》：起来四句"杜鹃有无"，皆实就身之所历，自纪其所闻。盖公卜宅西川，及成都乱，去之东川梓、阆间，及严武卒，将出峡，乃道涪、万而至云安。杜鹃之鸣有时，西川云安，当其鸣，则闻之而谓之有；东川涪万，当其不鸣，则不闻而谓之无。故初拜于锦城，而云安则身病而不能拜。通篇起结照应如此。……盖杜诗变体甚多，如《三绝句》叠用两刺史，岂旧有此体乎？

《唐诗快》：首四句观者或连圈子，或大抹之，而胡氏《诗通》从王洙之说，以为是题下甫自注，误入诗中，竟行删去。然详味此四句，终似诗不似注，且饶有奇致，毋宁过而存之。　　诗亦有关于人伦世道，读之大有可感。

《放胆诗》：此诗起四句，从古诗"郭东亦有樵，郭西亦有樵"、"鱼戏莲叶东，鱼戏莲叶西"等篇来。俗以为四句是题注，误入篇首，何其陋也。以上四诗（《杜鹃》等）皆少陵自创新格，诗人之所未有。标此数章，以见诗格之宏肆奇变，非詹詹小言、拘束格律声调者所得窥其涯涘也。

《杜诗详注》：申涵光曰：开首四语，起得奇朴。其云拜杜鹃，奇。不能拜而泣，更奇。

《唐宋诗醇》：古调微辞，集中题凡再见，知其寄慨者深矣。……至于发端四语，不关诗之工拙，谓必如是乃合乐府，亦固哉之论。

王士禄曰：兴观群怨，读此慨然有得。

《杜诗话》：《杜鹃诗》："西川有杜鹃，东川无杜鹃，涪万无杜鹃，云安有杜鹃"，吴曾《漫录》引乐府古词"鱼戏莲叶东"四句，谓杜正用此格，不必叶韵。夏竦指前四为序，本题下公自注，误矣。

《杜诗镜铨》：邵云：起句古拙。乐府有此法，不害其为大家。　　本将西川杜鹃陪起云安杜鹃，却用两无杜鹃处搭说，便离奇不可捉摸。　　本义先在客段中说透，入正文只一找足，此亦虚实互用之法。在拙手必多写云安杜鹃矣。

《秋窗随笔》：杜诗"西川有杜鹃，……云安有杜鹃"，是古辞"江南可采莲"调；昌黎《庭揪》诗："朝日出我东，我常坐西偏。夕阳在其西，我常坐东边。当昼日在上，我在中央焉。"亦类此。古人拙处正自不可及。

三韵三篇（选二首）

其一

高马勿唾面，长鱼无损鳞。

辱马马毛焦，困鱼鱼有神。

君看磊落士，不肯易其身。

【汇评】

《唐诗归》：钟云：满肚不平，英雄之人，久处下流，乃有此语。

《杜诗详注》：此见士有不可夺之态，比而兼赋。

《义门读书记》：一、二短章，却有千钧笔力。

《读杜心解》：比也。"唾"之、"损"之者不足责，要在"高马"、"长鱼"之能不受"困""辱"也。结二语矫然。

其二

荡荡万斛船，影若扬白虹。

起樯必椎牛，挂席集众功。

自非风动天，莫置大水中。

【汇评】

《杜臆》：此三篇各自为意：……次篇乃大受不可小知者，大抵为己而发。

《读杜心解》：比也。志大言大，不知此公自命何等？

【总评】

《初白庵诗评》：危言不足，继以谐语，警欲之意，不恶不严。

《杜诗详注》：申涵光曰：《三韵》三篇，甚古悍。

《杜诗镜铨》：张上若云：此公自喻一生立身行己不苟处，而古今君子自待之道，不能越此。

《读杜心解》：三篇乃古杂诗体，不得定为何时所作，亦不必强求其何所指切。左太冲诗云："振衣千仞冈，濯足万里流。"可仿佛其命意之高。

蚕谷行

天下郡国向万城，无有一城无甲兵。
焉得铸甲作农器，一寸荒田牛得耕？
牛尽耕，蚕亦成，
不劳烈士泪滂沱，男谷女丝行复歌。

【汇评】

《唐诗归》：钟云：平调不浮。　谭云：农桑相成，至理格言（"牛尽耕"句下）。　钟云：一双眼只望天下太平（末句下）。

《唐宋诗醇》：有慨乎其言之。

古柏行

孔明庙前有老柏，柯如青铜根如石。
霜皮溜雨四十围，黛色参天二千尺。
君臣已与时际会，树木犹为人爱惜。
云来气接巫峡长，月出寒通雪山白。
忆昨路绕锦亭东，先主武侯同閟宫。
崔嵬枝干郊原古，窈窕丹青户牖空。
落落盘踞虽得地，冥冥孤高多烈风。
扶持自是神明力，正直原因造化功。

大厦如倾要梁栋，万牛回首丘山重。

不露文章世已惊，未辞剪伐谁能送？

苦心岂免容蝼蚁，香叶终经宿鸾凤。

志士幽人莫怨嗟，古来材大难为用。

【汇评】

《潜溪诗眼》：形似之语，盖出于诗人之赋；……激昂之语，盖出于诗人之兴。……余游武侯庙，然后知《古柏诗》所谓"柯如青铜根如石"，信然，决不可改，此乃形似之语。"霜皮溜雨四十围，……月出寒通雪山白"，此激昂之语，不如此，则不见柏之大也。文章固多端，警策往往在此两体耳。

《苕溪渔隐丛话》：《学林新编》云：《古柏行》曰："霜皮溜雨四十围，黛色参天二千尺"，沈存中《笔谈》云："无乃太细长？"某案：子美《潼关吏》诗曰："大城铁不如，小城万丈馀"岂有万丈城耶？姑言其高。"四十围"、"二千尺"者，亦姑言其高且大也。诗人之言当如此。

《唐诗镜》：稍带俚趣，力大可观。

《杜臆》：成都、夔府各有孔明祠，祠前各有古柏……公平生极赞孔明，盖有窃比之思。孔明材大而不尽其用，公尝自比稷、契，材似孔明而人莫用之；故篇终而结以"材大难为用"，此作诗本意，而发兴于柏耳。……雪山在成都，因"寒通雪山"遂想到锦城，其落脉如此。而"先主"、"武侯"又根"君臣际会"来。……成都之柏在郊原，故云"盘踞得地"；然以"孤高"而多"烈风"，则与夔同也。故"扶持"二句，合言两处之柏，而实借以赞孔明之材与"神明通"、与"造化合"也。

《诗辩坻》：《古柏行》，起六句莽莽疏直，故以"云来气接巫峡长"二语承之。

《唐宋诗醇》：情深文明，眼空笔老，千载而下，如闻太息之声。

《唐诗别裁》：中间时有整句，与《洗兵马》篇同格。大木寓栋梁意，人人有之。从君臣际会着笔，方见精采。

《读杜心解》：首段用直起法，是夔柏正文。四实拈，四咏叹。……中段，追昔忆今，以彼形此，文势摇摆。……末段，因咏古柏，显出自负气概，暗与"君臣际会"反对。"不露文章"，写得身分高；"未辞剪伐"写得意思曲。……"容蝼蚁"，媒孽何伤；"宿鸾凤"，德辉交映：俱为"志士幽人"写照。结语一吐本旨，而"材大"两字，仍与"古柏"双关。

《杜诗镜铨》：恰是孔明庙柏，增多少斤两（"扶持自是"二句下）。　　入后寄托遥深，极沉郁顿挫之致（"不露文章"二句下）。

《昭昧詹言》：起四句以叙为写……"君臣"四句，夹议夹写，他人必将"云来"二句接在"二千尺"下；看他一倒，便令人迷，与《骢马》《卿家》二句同。……"忆昨"句是宕笔，一开拓势，礼己之所见。"扶持"二句顿挫住。"大厦"句换气，突峰起棱，忽借人双写。"志士"二句另一意，推开作收，凄凉沈痛，此似左氏、公羊、太史公文法。

《十八家诗钞》：张云：淋漓变动，开阖排奡，而其气尤为雄劲。

缚鸡行

小奴缚鸡向市卖，鸡被缚急相喧争。
家中厌鸡食虫蚁，不知鸡卖还遭烹。
虫鸡于人何厚薄？吾叱奴人解其缚。
鸡虫得失无了时，注目寒江倚山阁。

【汇评】

《过庭录》：小宋旧有一帖论诗云：杜子美诗云云，至于实下虚成，亦何可少也。……此盖为《缚鸡行》之类，如"小奴缚鸡向市卖"

云云,是"实下"也;末云:"鸡虫得失无了时,注目寒江倚山阁",是"虚成"也。盖尧民亲闻于小宋焉。

《容斋随笔》:此诗自是一段好议论。至结句之妙,非他人所能跂及也。

《唐诗归》:钟云:读此数语,觉放生多事(首五句下)。钟云:达甚("鸡虫得失"句下)。　谭云:慈悲中生出寂悟(末句下)。

《杜诗解》:此首全是先生借鸡说法。前四句借《孟子·牵牛章》"牛羊何择"演成妙义。

《义门读书记》:句句转,张、王、元、白具体而微。

《唐宋诗醇》:齐物之旨。　蔡正孙曰:《步里客谈》云:古人作诗,断句辄旁入他意,最为警策。如老杜云"鸡虫得失无了时,注目寒江倚山阁"是也。黄鲁直作水仙花诗"坐对真成被花恼,出门一笑大江横",亦是此意。

《唐诗别裁》:宕开作结,妙不说尽。

《读杜心解》:张远云:大有"蝼蚁何亲,鱼鳖何仇"意。愚按:结语更超旷,盖物自不齐,功无兼济,但所存无间,便大造同流,其得其失,本来无了。"注江倚阁",海阔天空,惟公天机高妙,领会及此。

《杜诗镜铨》:张、王、元、白皆学此而不能到。　俞云:结语有举头天外之致(末二句下)。

负薪行

夔州处女发半华,四十五十无夫家。
更遭丧乱嫁不售,一生抱恨堪咨嗟。
土风坐男使女立,应当门户女出入。
十犹八九负薪归,卖薪得钱应供给。

至老双鬟只垂颈，野花山叶银钗并。

筋力登危集市门，死生射利兼盐井。

面妆首饰杂啼痕，地褊衣寒困石根。

若道巫山女粗丑，何得此有昭君村！

【汇评】

《后村诗话》：《负薪行》言夔州俗，坐男而立女，有四十、五十无夫家者。末云："若道巫山女粗丑，何得此有昭君村！"

《杜臆》：与下《最能行》俱因夔州风俗薄恶而发。……又以"射利"忘其"死生"，而兼"盐井"，形容妇人之苦极矣！然以"野花山叶"比于金钗，则当之者以为固然，不知其苦也。尤可悲也！

《义门读书记》：带"负薪"（"野花山叶"句下）。　　顾"抱恨"（"面妆首饰"句下）。

《杜诗镜铨》：邵云：风土诗，须如此朴老。

最能行

峡中丈夫绝轻死，少在公门多在水。

富豪有钱驾大舸，贫穷取给行艓子。

小儿学问止论语，大儿结束随商旅。

欹帆侧柁入波涛，撇漩捎濆无险阻。

朝发白帝暮江陵，顷来目击信有征。

瞿塘漫天虎须怒，归州长年行最能。

此乡之人气量窄，误竞南风疏北客。

若道土无英俊才，何得山有屈原宅！

【汇评】

《后村诗话》：始言夔、峡二邦之陋，末以昭君、屈原勉励其土俗，公诗篇篇忠厚如此。

《杜臆》:"最能"当是峡中"长年"之称。……"瞿塘"、"虎须",此峡中最险者,则归州长年,必让最能矣。

《义门读书记》:二诗(按指《最能行》、《负薪行》)在夔州偶有所触,信笔而书,自是大家数。此诗尤近汉、魏乐府。

《读杜心解》:"竞南疏北"者,竞为南中轻生逐利之风,而疏于北方文物冠裳之客也。

《杜诗镜铨》:张云:写出楚人习惯操舟之态("欹帆侧舵"二句下)。

驱竖子摘苍耳

江上秋已分,林中瘴犹剧。
畦丁告劳苦,无以供日夕。
蓬莠独不焦,野蔬暗泉石。
卷耳况疗风,童儿且时摘。
侵星驱之去,烂熳任远适。
放筐亭午际,洗剥相蒙幂。
登床半生熟,下箸还小益。
加点瓜薤间,依稀橘奴迹。
乱世诛求急,黎民糠籺窄。
饱食复何心,荒哉膏粱客。
富家厨肉臭,战地骸骨白。
寄语恶少年,黄金且休掷。

【汇评】

《后村诗话》:《摘苍耳》篇,……公虽羁旅奔窜,一饮啄间,不忍自求温饱,侵星驱出摘采者,不知是畦丁或苍头,诗但云"童儿",往往是宗文兄弟尔。

《杜臆》：说到"黎民糠籺"，知公寄意更远，虽食卷耳，甘之如饴矣。……"加点瓜薤间，依稀橘奴迹"，盖古人用橘以调和。

《读杜心解》：此诗前都从岁旱畦荒发意。只中八句，详制食之法。然曰"小益"，曰"依稀"，亦不得已而供之耳，非真美苍耳之功也。故后段推开寄慨，其曰："乱世"、"骸骨"，从岁旱推出一层；其曰："诛求"、"糠籺"，从畦荒推出一层。

《杜诗镜铨》：邵云：亦是髯苏、山谷滥觞。　　写顽童如画，亦见难摘（"侵星"二句下）。　　又开出大议论（"乱世"四句下）。

《十八家诗钞》：张云：峡中诸五言诗萧瑟暗淡，兼往往有入道语，大抵子美所至之地，精神意思能与其山川元气冥合，所以造极渊微，诸诗乃适与夔、巫萧森之境相副耳。

暇日小园散病将种秋菜督勒耕牛兼书触目

不爱入州府，畏人嫌我真。

及乎归茅宇，旁舍未曾嗔。

老病忌拘束，应接丧精神。

江村意自放，林木心所欣。

秋耕属地湿，山雨近甚匀。

冬菁饭之半，牛力晚来新。

深耕种数亩，未甚后四邻。

嘉蔬既不一，名数颇具陈。

荆巫非苦寒，采撷接青春。

飞来两白鹤，暮啄泥中芹。

雄者左翮垂，损伤已露筋。

一步再流血，尚经矰缴勤。

三步六号叫,志屈悲哀频。

鸾皇不相待,侧颈诉高旻。

杖藜俯沙渚,为汝鼻酸辛。

【汇评】

《唐诗归》:钟云:世道至此可虑(首二句下)。　　谭云:实境,不独老病为然("老病"二句下)。　　谭云:穷家实历("冬菁"句下)。　　谭云:"未甚后"亦几于后矣,因想贫农之苦。　　钟云:语细而厚("未甚"句下)。钟云:"接"字妙,即用今俗语"青黄不相接""接"字("采撷"句下)。　　钟云:"两白鹤"以下,所谓兼书触目也,仁人之心,高士之言(末句下)。

《杜臆》:起来四十字,真景实情。老夫归田来,十年不入郡城矣,读之会心,却服此老写得出。"冬菁饭之半",实历始知,非腐儒能道。"兼书触目",此公创格,然亦借以自写苦衷,非与上文全不相蒙也。此东坡《后赤壁赋》之祖。

《杜诗解》:古人有一题展作数诗者,有数题合作一诗者。一题数诗,贵在意绪各清;数题一诗,贵在联络无痕。如《何氏山林》、《秦州杂诗》,此一题数诗也;如《临邑舍弟书至》、《暇日小园散病》,此数题一诗也。于此可悟作法。

《杜诗详注》:蔡梦弼曰:古乐府《艳歌何尝行》一名《飞鹄行》云云,此诗全用《艳歌行》四解之意。

《读杜心解》:后段,仇云:"兼书触目",隐以自况。愚按:此段之情,不知飘向何处,其实只是经乱挈家颠沛不能为生影子,正以收缴种菜济饥之故。妙绝,妙绝。　　古乐府《飞鹄行》云:"飞来双白鹄,乃从西北来,十十五五,罗列成行。妻卒被病,行不能相随,五里一反顾,六里一徘徊,我欲衔汝去,口噤不能开。我欲负汝去,毛羽何摧颓。"蔡注引此为少陵所本,良是。少陵绝不作拟古诗,观此知间一为之,必臻妙境。

《杜诗镜铨》：逼似陶语，入后又近古府。下皆是兴序所谓"兼书触目"也（"飞来"四句下）。　　　法出奇（"三步"句下）。

八哀诗 并序（选二首）

伤时盗贼未息，兴起王公、李公，叹旧怀贤，终于张相国。八公前后存殁，遂不诠次焉。

赠左仆射郑国公严公武

郑公瑚琏器，华岳金天晶。
昔在童子日，已闻老成名。
嶷然大贤后，复见秀骨清。
开口取将相，小心事友生。
阅书百纸尽，落笔四座惊。
历职匪父任，嫉邪常力争。
汉仪尚整肃，胡骑忽纵横。
飞传自河陇，逢人问公卿。
不知万乘出，雪涕风悲鸣。
受词剑阁道，谒帝萧关城。
寂寞云台仗，飘飖沙塞旌。
江山少使者，笳鼓凝皇情。
壮士血相视，忠臣气不平。
密论贞观体，挥发岐阳征。
感激动四极，联翩收二京。
西郊牛酒再，原庙丹青明。
匡汲俄宠辱，卫霍竟哀荣。
四登会府地，三掌华阳兵。

京兆空柳色，尚书无履声。

群乌自朝夕，白马休横行。

诸葛蜀人爱，文翁儒化成。

公来雪山重，公去雪山轻。

记室得何逊，韬钤延子荆。

四郊失壁垒，虚馆开逢迎。

堂上指图画，军中吹玉笙。

岂无成都酒？忧国只细倾。

时观锦水钓，问俗终相并。

意待犬戎灭，人藏红粟盈。

以兹报主愿，庶或裨世程。

炯炯一心在，沈沈二竖婴。

颜回竟短折，贾谊徒忠贞。

飞旐出江汉，孤舟转荆衡。

虚无马融笛，怅望龙骧莹。

空馀老宾客，身上愧簪缨。

【汇评】

《杜臆》："无柳色"、"空履声"，谓武之死也。……"公来雪山重，公去雪山轻"，最善形容。

《杜诗详注》：考严武生平，所为多不法。其在蜀中，用度无艺，峻掊亟敛，闾里为之一空。唯破吐蕃、收盐川为当时第一功。诗云："公来雪山重，公去雪山轻"，诚实录也。至比之为"诸葛"、"文翁"，不免誉浮其实。

《唐宋诗醇》：武于甫最为知己，故极写其忠勤大略。《诸将》诗云："军令分明数举杯"，亦同此意。

《读杜心解》：严公一生事业，惟镇蜀为大。诗先举履历始终，撮叙梗概，然后用追叙法，详写在蜀之事及相知哀感之情，制局又变化有法。……末六语，以哀意作结，语极凄怆。严系知己中第一人，自尔情至。

《石洲诗话·渔洋评杜摘记》："不知万乘出"四句密圈，"终相并"三字抹，"多冗长句"。……（按）其所摘累句，则渔洋于诗，以妙语超逸为至，与杜阴阳雪帅、利钝并用者，本不可同语也。

《杜诗镜铨》：首叙其家世才品，次段及末段专检大处详叙，至严生平履历，但用数语总叙中间，又一章法。　　蒋云：奇造亦从《生民》、《崧高》等诗脱出（"华岳"句下）。　　二句转接无痕（"汉仪"二句下）。　　开写处俱极淋漓（"江山"二句下）。

故著作郎贬台州司户荥阳郑公虔

鹦鹉至鲁门，不识钟鼓飨。

孔翠望赤霄，愁思雕笼养。

荥阳冠众儒，早闻名公赏。

地崇士大夫，况乃气精爽。

天然生知姿，学立游夏上。

神农极阙漏，黄石愧师长。

药纂西极名，兵流指诸掌。

贯穿无遗恨，荟蕞何技痒。

圭臬星经奥，虫篆丹青广。

子云窥未遍，方朔谐太枉。

神翰顾不一，体变钟兼两。

文传天下口，大字犹在榜。

昔献书画图，新诗亦俱往。

沧州动玉陛，宣鹤误一响。

三绝自御题，四方尤所仰。

嗜酒益疏放，弹琴视天壤。

形骸实土木，亲近唯几杖。

未曾寄官曹，突兀倚书幌。

晚就芸香阁，胡尘昏坱莽。

反覆归圣朝，点染无涤荡。

老蒙台州掾，泛泛浙江桨。

覆穿四明雪，饥拾橡溪橡。

空闻紫芝歌，不见杏坛丈。

天长眺东南，秋色馀魍魉。

别离惨至今，斑白徒怀曩。

春深秦山秀，叶坠清渭朗。

剧谈王侯门，野税林下鞅。

操纸终夕酣，时物集遐想。

词场竟疏阔，平昔滥吹奖。

百年见存殁，牢落吾安放。

萧条阮咸在，出处同世网。

他日访江楼，含凄述飘荡。①

【原注】

①著作与今秘书监郑君审篇翰齐价，谪江陵，故有"阮咸"、"江楼"之句。

【汇评】

《杜臆》："弹琴视天壤"，写疏放有神。"倚书幌"而加"突兀"字，亦奇。"天长眺东南，秋色馀魍魉"，苦语入神。

《杜诗详注》：卢德水云：《八哀诗》，未免伤烦伤泛。中有数十光洁语，堪与日月并垂者，自不为浮云所掩，大概诗家之元气在焉，杜诗之体统存焉，不可遗，亦不容选也。

《读杜心解》：比体起，作法又变。比意一宾一主，"鹡鸰"比俗眼，"孔翠"比荥阳。"气精爽"三字，一篇之冠。"天然"一段，叙著述之富，才艺之博，邀主知而倾时望，此言其盛也，正是精爽处。……"反覆"、"点染"二句，了不掩覆，了无痕迹，何等笔妙。……结处又生别致，于郑则借犹子作波，于己则露下峡素志，自尔情文凑泊。

《石洲诗话·渔洋评杜摘记》："气精爽"三字抹，"太枉"二字抹，"寡鹤"句抹，"未阙"句抹。……（按）所以就学杜言之，人皆知其高古雄浑，而其用钝笔处，不如其用利笔之适于讽诵也。

《杜诗镜铨》：先用设喻，又一起法（首二句下）。　　尚无过誉（"天然"句下）。　　叙陷贼事只二语，回护浑然（"反覆"二句下）。　　王阮亭云：十字悲甚（"百年"二句下）。　　郝楚望云：李江夏之文藻，郑司户之博综，必有少陵隽笔，乃能曲尽其妙。

【总评】

《韵语阳秋》：《七哀诗》起曹子建，其次则王仲宣，张孟阳也。释诗者谓病而哀、义而哀、感而哀、悲而哀、耳目闻见而哀、口叹而哀、鼻酸而哀：谓一事而七哀具也。……老杜之《八哀》，则所哀者八人也。王思礼、李光弼之武功，苏源明、李邕之文翰，汝阳、郑虔之多能，张九龄、严武之政事，皆不复见矣。盖当时盗贼未息，叹旧怀贤而作者也。

《石林诗话》：《八哀》八篇，本非集中高作，而世多尊称之不敢议，此乃揣骨听声耳，其病盖伤于多也。如《李邕》、《苏源明》诗中极多累句，余尝痛刊去，仅各取其半，方为尽善，然此语不可为不知者言也。

《后村诗话》：杜《八哀诗》，崔德符谓可以表里《雅》《颂》，中古作者莫及。韩子苍谓其笔力变化，当与太史公诸赞方驾。

《杜臆》：此八公传也，而以韵语纪之，乃老杜创格，盖法《诗》

之《颂》,而称为诗史,不虚耳!

《龙性堂诗话初集》:子美《八哀》,荟蔚苍郁,略无凡气,洋洋洒洒,直百馀言,真杰作也。

《唐宋诗醇》:子美《八哀》自是巨篇,然以韵语作叙述,情绪既繁,笔墨不无利纯。大家之文正如黄河之水,滔滔莽莽,鱼龙砂石,与流俱下,非沼沚之观,清泠可喜而已。论此诗者,誉之或过其实,毁之或损其真,惟卢世㴶曰:《八哀诗》未免伤烦伤泛,然诗家之元气在焉,杜诗之体统存焉,不可遗亦不容选。斯言得之。

《石洲诗话·渔洋评杜摘记》:《八哀诗》自是巨篇,顾多钝拙不可晓。何也?

《岘傭说诗》:《八哀诗》洋洋大篇,然中多拙滞之语,盖极意经营而失之者也。

写怀二首（其一）

劳生共乾坤,何处异风俗?
冉冉自趋竞,行行见羁束。
无贵贱不悲,无富贫亦足。
万古一骸骨,邻家递歌哭。
鄙夫到巫峡,三岁如转烛。
全命甘留滞,忘情任荣辱。
朝班及暮齿,日给还脱粟。
编蓬石城东,采药山北谷。
用心霜雪间,不必条蔓绿。
非关故安排,曾是顺幽独。
达士如弦直,小人似钩曲。
曲直我不知,负暄候樵牧。

【汇评】

《增定详注唐诗正声》：周云：闲雅真率，说得富贵人冷淡。

《唐诗选脉会通评林》：刘辰翁曰：写得甚恨。　　吴山民曰："共"字、"异"字当玩，下"自"、"见"字跟"异"字来。"无贵"二语，老氏馀旨；"万古"二语，幻境可想；"日给脱粟"亦可慰；"非关"二句力在，故"顺"字结意豁。

《杜臆》："无贵贱不悲"四句，可谓达人大观；"用心霜雪间"二句，所谓达人知几。皆名言。

《义门读书记》：二诗阮公风调，庄蒙寓言。

《杜诗详注》：张𬤊曰：处困而亨，是圣贤大道；……说得平实，是身历之词。

《读杜心解》：薄有"脱粟"之"给"，惟"编蓬""采药"，以全其天而已，此正"任荣辱"处。"用心"二句，蒙"采药"。"非关"二句，总束"全命""忘情"。末四，收全篇，……至曲直并付之不知，何其洒脱！

《唐宋诗醇》：貌古心远，见道之言，非关矫语。

《杜诗镜铨》：香山之祖（"无贵"四句下）。　　邵云：达人之言。

《诗比兴笺》：杜诗多言事而罕及理。独此二篇，俯仰之深，语多见道，有步兵、射洪之遗，可以占其学焉。

观公孙大娘弟子舞剑器行 并序

大历二年十月十九日，夔府别驾元持宅见临颍李十二娘舞剑器，壮其蔚跂。问其所师，曰："余公孙大娘弟子也。"开元三载，余尚童稚，记于郾城观公孙氏舞剑器浑脱，浏漓顿挫，独出冠时。自高头宜春、梨园二伎坊内人泊外供奉，晓是舞者，圣文神武皇帝初，公孙一人而已。玉貌锦衣，况余白首；今兹弟子，亦匪盛颜。既辨其由来，知波澜莫二。抚事慷慨，聊为《剑器行》。往者吴人张旭善草书帖，数常于邺县见公孙大娘舞西河剑器，自此草书长进，豪荡感激，即公孙可知矣。

> 昔有佳人公孙氏，一舞剑气动四方。
> 观者如山色沮丧，天地为之久低昂。
> 㸌如羿射九日落，矫如群帝骖龙翔。
> 来如雷霆收震怒，罢如江海凝清光。
> 绛唇珠袖两寂寞，况有弟子传芬芳。
> 临颍美人在白帝，妙舞此曲神扬扬。
> 与余问答既有以，感时抚事增惋伤。
> 先帝侍女八千人，公孙剑器初第一。
> 五十年间似反掌，风尘倾动昏王室。
> 梨园子弟散如烟，女乐馀姿映寒日。
> 金粟堆南木已拱，瞿唐石城草萧瑟。
> 玳筵急管曲复终，乐极哀来月东出。
> 老夫不知其所往，足茧荒山转愁疾。

【汇评】

《后村诗话》：《舞剑器行》，世所脍炙，绝妙好词也。内云："先帝侍女八千人，……乐极哀来月东出。"余谓"壮士轩昂赴敌场"，一如"儿女恩怨相尔汝"。杜有建安黄初气骨，白未脱长庆体耳。

《唐诗品汇》：刘云：浓至惨黯，如野笛中断，闻者自不堪也。

《唐诗归》：钟云：题是公孙大娘弟子，而序与诗，情事俱属公孙氏，便自穆然深思。　　钟云：此一语独妙（"罢如江海"句下）。

《唐诗选脉会通评林》：刘辰翁曰："耀如"四句，名状得意，

"收"字谓其犹隐隐有声也。但舞一剑，若谓其如雷如霆则非也。

周启琦曰："罢如江海凝清光"，妙。连上三句，觉有精采。

《杜臆》："来如雷霆收震怒"，凡雷霆震怒，轰然之后，累累远驰，赫有馀怒，故"收"字之妙，若轰然一声，阒然而止，虽震怒不为奇也。诗云"感时抚事增惋伤"，则"五十馀年似反掌"数句，乃其赋诗本旨；"足茧荒山"，从此而来，尤使人穆然深思也。

《批点唐诗正声》：沉着痛黯，读者无不感慨。

《唐诗快》：乐极哀来，何以即接"月东出"？倒句自奇。（"玳筵急管"句下） 一起有排山倒海之势，后却平平。

《义门读书记》：曲折三致。

《纫斋诗谈》：只"传芬芳"、"神洋洋"六字，已将前叙舞意勾起，不用再说，此烦简相生之妙。

《古欢堂集杂著》：余尝谓白香山《琵琶行》一篇，从杜子美《观公孙大娘弟子舞剑器行》诗得来。"临颍美人在白帝，……感时抚事增惋伤"。杜以四语，白成数行，所谓演法也。凫胫何短，鹤胫何长，续之不能，截之不可，各有天然之致，不惟诗也，文亦然。

《唐宋诗醇》：前如山之嶙峋，后如海之波澜，前半极其浓至，后半感叹，"音响一何悲，弦急知柱促"也。

《读杜心解》："绛唇"六句，落到李娘，为篇中叙事处。舞之妙，已就公孙详写，此只以"神扬扬"三字括之，可识虚实互用之法。"感时抚事"句，逗出作诗本旨。"先帝"六句，往事之憾，此本旨也。言公孙而统及女乐，言女乐即是感深先帝，故下段竟以"金粟堆"作转接，此下正写惋伤之情。一句着先帝，一句收归本身。……结二句，所谓对此茫茫，百端交集。行失其所往，止失其所居，作者读者，俱欲欻然一哭。

《杜诗镜铨》：蒋云：《序》中"浏漓顿挫"，"豪荡感激"，便是此诗妙境。　　形容尽致（“爧如羿射”句下）。　　省得妙（“与予问答”句下）。　　邵云：忽然收转，真是笔有神助（“梨园弟子”四句下）。

《昭昧詹言》：“感时”句是一篇前后脉络章法也，却入于出题中藏之。“金粟堆”又从先帝意中起棱，但觉身世之戚，兴亡之感，交赴腕下。此诗亦“豪宕感激，浏亮顿挫，独出冠时”。自大历至今，先生一人而已。

《岘傭说诗》：读《公孙大娘弟子舞剑器》诗，叙天宝事只数语而无限凄凉，可悟《长恨歌》之繁冗。

《十八家诗钞》：张云：“瞿塘”句一语收入，笔力超绝，而著语不即不离，尤极浑妙。它手为之，便不免钝滞矣。

昔　游

昔者与高李，晚登单父台。
寒芜际碣石，万里风云来。
桑柘叶如雨，飞藿去裴回。
清霜大泽冻，禽兽有馀哀。
是时仓廪实，洞达寰区开。
猛士思灭胡，将帅望三台。
君王无所惜，驾驭英雄材。
幽燕盛用武，供给亦劳哉！
吴门转粟帛，泛海陵蓬莱。
肉食三十万，猎射起黄埃。
隔河忆长眺，青岁已摧颓。
不及少年日，无复故人杯。
赋诗独流涕，乱世想贤才。

有能市骏骨，莫恨少龙媒。

商山议得失，蜀主脱嫌猜。

吕尚封国邑，傅说已盐梅。

景晏楚山深，水鹤去低回。

庞公任本性，携子卧苍苔。

【汇评】

《杜诗详注》：公夔州后诗，间有伤于繁絮者，此则长短适中，浓淡合节，整散兼行，而摹情写景，已觉兴会淋漓，此五古之最可法者。

《读杜心解》：专忆东游宋、齐时事，以致今昔之感。在昔朋游寄兴，正值国运丰盈之时；今观乱后登庸，独成羁孤远引之迹，能无慨然？……末段，落到目前，"隔河长眺"，正忆登台望碣石时也。

《杜诗镜铨》：邵云：起手便似高、李，岂非化工（"昔者"二句下）。 便伏第二段意（"寒芜"二句下）。 开、宝间酿成禄山之乱只数语，至今有馀痛（"君王"四句下）。 "携子"亦暗应"故人"不见（"庞公"二句下）。

壮　游

往昔十四五，出游翰墨场。

斯文崔魏徒，以我似班扬。

七龄思即壮，开口咏凤凰。

九龄书大字，有作成一囊。

性豪业嗜酒，嫉恶怀刚肠。

脱略小时辈，结交皆老苍。

饮酣视八极，俗物都茫茫。

东下姑苏台，已具浮海航。

到今有遗恨，不得穷扶桑。
王谢风流远，阖庐丘墓荒。
剑池石壁仄，长洲荷芰香。
嵯峨阊门北，清庙映回塘。
每趋吴太伯，抚事泪浪浪。
枕戈忆句践，渡浙想秦皇。
蒸鱼闻匕首，除道哂要章。
越女天下白，鉴湖五月凉。
剡溪蕴秀异，欲罢不能忘。
归帆拂天姥，中岁贡旧乡。
气劘屈贾垒，目短曹刘墙。
忤下考功第，独辞京尹堂。
放荡齐赵间，裘马颇清狂。
春歌丛台上，冬猎青丘旁。
呼鹰皂枥林，逐兽云雪冈。
射飞曾纵鞚，引臂落鹙鸧。
苏侯据鞍喜，忽如携葛强。
快意八九年，西归到咸阳。
许与必词伯，赏游实贤王。
曳裾置醴地，奏赋入明光。
天子废食召，群公会轩裳。
脱身无所爱，痛饮信行藏。
黑貂不免敝，斑鬓兀称觞。
杜曲晚耆旧，四郊多白杨。
坐深乡党敬，日觉死生忙。
朱门任倾夺，赤族迭雁殃。
国马竭粟豆，官鸡输稻粱。

举隅见烦费，引古惜兴亡。

河朔风尘起，岷山行幸长。

两宫各警跸，万里遥相望。

崆峒杀气黑，少海旌旗黄。

禹功亦命子，涿鹿亲戎行。

翠华拥英岳，螭虎啖豺狼。

爪牙一不中，胡兵更陆梁。

大军载草草，凋瘵满膏肓。

备员窃补衮，忧愤心飞扬。

上感九庙焚，下悯万民疮。

斯时伏青蒲，廷争守御床。

君辱敢爱死？赫怒幸无伤。

圣哲体仁恕，宇县复小康。

哭庙灰烬中，鼻酸朝未央。

小臣议论绝，老病客殊方。

郁郁苦不展，羽翮困低昂。

秋风动哀壑，碧蕙捐微芳。

之推避赏从，渔父濯沧浪。

荣华敌勋业，岁暮有严霜。

吾观鸱夷子，才格出寻常。

群凶逆未定，侧伫英俊翔。

【汇评】

《碧溪诗话》：书史蓄胸中，而气味入于冠裾；山川历眼前，而英灵助于文字。太史公南游北涉，信非徒然。观老杜《壮游》云："东下姑苏台，……西归到咸阳"。其豪气逸韵，可以想见。

《后村诗话》：《壮游》诗押五十六韵，在五言古风中，尤多悲壮语，如云："往者（"昔"一作"者"）十四五，……以我似班扬"……"小臣议论绝,老病客殊方"。虽荆卿之歌,雍门之琴,高渐离之筑,音调节奏,不如是之跃宕豪放也。

《杜臆》:此乃公自为传,其行径大都与李白相似,然李一味豪放,而杜却豪中有细。观公吴、越、齐、赵之游,知其壮岁诗文遗逸多矣,岂后来诗律转细,自弃前鱼耶?

《杜诗详注》:此篇短长夹行,起十四句,即以十二句间之;次十六句,即以二十二句间之;后二十六句,又以十四句收之:参错之中,自成部署。　杜集中,叙天宝乱离事,凡十数见,而语无重复,其才思能善于变化。

《纫斋诗谈》:每叙一处,提笔径下。若停手细描,有浓淡相间,便令章法不匀,气概不壮。

《杜诗话》:少陵《壮游》诗乃晚年自作小传,"往者十四五"一段,叙少年之游;"东下姑苏台"一段,叙吴越之游;"中岁贡旧乡"一段,叙齐赵之游;"西归到咸阳"一段,叙长安之游;"河朔风尘起"一段,叙奔凤翔及扈从还京事;"老病客殊方"一段,叙贬官后久客巴蜀之故。通首悲凉慷慨,荆卿歌耶? 雍门琴耶? 高渐离之筑耶?

《读杜心解》:此诗可续《八哀》,是自为列传也。……第六段,"小臣"二句,隐括拾遗被黜,数年迁播之事,笔力过人。"荣华"二句,通篇结穴。……"吾观"四句,又作掉尾势,谚所谓"家贫望邻富"也,有无限期待。一气读去,莽莽苍苍,宕往豪迈。

《杜诗镜铨》:先作一波,平叙中有跌宕("已具"四句下)。暗对玄、肃父子之间作慨("每趋"二句下)。　江山人物,拉杂铺写,自然宕逸多恣("枕戈"四句下)　妙不在意("忤下"二句下)。　又是一幅游侠少年图。写"壮"字,一字欲浮一大白("春歌"四句下)。　逗出苦语("黑貂"句下)。　应前"结交多老苍"句,旧游如梦,可胜怅然("杜曲"四句下)。　写出一种忠爱,更极淋漓("哭庙"二句下)。　入蜀事用浑叙("小臣"二句下）。　　　挽转前段，收结有力（"群凶"二句下）。　　　蒋弱六云：后文说到极凄凉处，未免衰飒，却正是"烈士暮年，壮心不已"之意。想见酒酣耳热，击碎唾壶时。题目妙，只说到上半截。或谓前半不免有意夸张，是文人大言，要须看其反面，有血泪十斗也。

遣　怀

昔我游宋中，惟梁孝王都。

名今陈留亚，剧则贝魏俱。

邑中九万家，高栋照通衢。

舟车半天下，主客多欢娱。

白刃仇不义，黄金倾有无。

杀人红尘里，报答在斯须。

忆与高李辈，论交入酒垆。

两公壮藻思，得我色敷腴。

气酣登吹台，怀古视平芜。

芒砀云一去，雁鹜空相呼。

先帝正好武，寰海未凋枯。

猛将收西域，长戟破林胡。

百万攻一城，献捷不云输。

组练弃如泥，尺土负百夫。

拓境功未已，元和辞大炉。

乱离朋友尽，合沓岁月徂。

吾衰将焉托？存殁再鸣呼。

萧条益堪愧，独在天一隅。

乘黄已去矣，凡马徒区区。

不复见颜鲍，系舟卧荆巫。

临餐吐更食，常恐违抚孤。

【汇评】

《杜臆》："唯梁王名都"，句法新异，盖连下二句读；而"名"与"剧"对，犹云名邦、名郡。……"芒砀"二语，具见旷怀。"先帝"以下，语似称扬，实含风刺。"百万攻一城，献捷不云输"，可笑可痛。而结以"元和辞大炉"，盖不忍明言，而只此五字，该括无限。

《义门读书记》：自此"凋枯"用一"未"字，妙（"寰海"句下）。

《纫斋诗谈》：叙豪华、衰飒，不令偏重，所谓手法也。

《读杜心解》：大意与《昔游》同旨，但《昔游》专慨本身，兹篇系怀故友。……首段从宋中形胜风俗说起，雄姿侠气，足以助发豪情。……"拓境"四句，综括乱端离绪，十馀年事，一笔凌驾。以下客怀交谊，一往情深，此老生平肝膈，于斯见焉。

《杜诗镜铨》：邵云：知己胜游，终身怀抱，故屡形之篇什，不厌其烦。　　李子德云：宋中名地，高、李伟人，配公此篇，俱堪千古。　　意格俱与前篇（按指《昔游》）相似，盖言之不足，又长言之。

同元使君舂陵行并序

览道州元使君结《舂陵行》兼《贼退后示官吏作》二首，志之曰：当天子分忧之地，效汉官良吏之目，今盗贼未息，知民疾苦，得结辈十数公，落落然参错天下为邦伯，万物吐气，天下少安，可得矣。不意复见比兴体制、微婉顿挫之词，感而有诗，增诸卷轴，简知我者，不必寄元。

遭乱发尽白，转衰病相婴。

沈绵盗贼际，狼狈江汉行。

叹时药力薄，为客羸瘵成。

吾人诗家秀，博采世上名。

粲粲元道州，前圣畏后生。

观乎舂陵作，歘见俊哲情。

复览贼退篇，结也实国桢。

贾谊昔流恸，匡衡常引经。

道州忧黎庶，词气浩纵横。

两章对秋月，一字偕华星。

致君唐虞际，纯朴忆大庭。

何时降玺书，用尔为丹青？

狱讼永衰息，岂唯偃甲兵。

凄恻念诛求，薄敛近休明。

乃知正人意，不苟飞长缨。

凉飙振南岳，之子宠若惊。

色阻金印大，兴含沧浪清。

我多长卿病，日夕思朝廷。

肺枯渴太甚，漂泊公孙城。

呼儿具纸笔，隐几临轩楹。

作诗呻吟内，墨淡字欹倾。

感彼危苦词，庶几知者听。

【汇评】

《唐诗归》：钟云："简知我者，不必寄元"，达甚！古人酬唱，往往如此。今人泛泛作人交诗者，又不得借口于此。　　谭云：老杜第一诗人，又是第一高人；人不第一，恐诗亦不能第一也（按：二段为序文之评）。　　钟云：是何等忧世惜才念头（"复览"二句下）！　　钟云："不苟"二字可味，作忠臣廉吏，只为胸中有此二字（"不苟"句下）。

《碧溪诗话》：杜云："乃知正人意，不苟飞长缨"，可为深相知矣。

《杜臆》：诗题亦异。公作此诗，盖同声之应也。《诗序》云："今盗贼未息，知民疾苦云云，天下少安，可待矣！"肝膈之言，一字一泪。……"乃知正人意，不苟飞长缨"，此篇中吃紧语，公与元之相契在此。

《杜诗说》：此诗前后皆自叙，自叙多言病，其筋节在"叹时药力薄"句，知作者全是借酒杯浇块磊也。

《读杜心解》：前以"叹时"二句领起，作身世双关语，隐然见民俗羸瘵日甚，无有能以救时药石，一起此沉痼者。"吾人"一段，……只用"忧黎庶"三字，括尽（元结）两篇，而"秋月""华星"，仍能兼表诗品也。"致君"一段，纯以虚运，言若结辈大用，何患古治不复。……故末段仍归到己心之思朝廷，因而作诗以达其苦情焉。

《杜诗镜铨》：《序》亦古劲。　　首末俱说自家，脱尽应酬套数。　　婉词令人汗下（"乃知"二句下）。

李潮八分小篆歌

苍颉鸟迹既茫昧，字体变化如浮云。
陈仓石鼓又已讹，大小二篆生八分。
秦有李斯汉蔡邕，中间作者寂不闻。
峄山之碑野火焚，枣木传刻肥失真。
苦县光和尚骨立，书贵瘦硬方通神。
惜哉李蔡不复得，吾甥李潮下笔亲。
尚书韩择木，骑曹蔡有邻。
开元已来数八分，潮也奄有二子成三人。
况潮小篆逼秦相，快剑长戟森相向。
八分一字直百金，蛟龙盘拏肉屈强。
吴郡张颠夸草书，草书非古空雄壮。

岂如吾甥不流宕，丞相中郎丈人行。

巴东逢李潮，逾月求我歌。

我今衰老才力薄，潮乎潮乎奈汝何！

【汇评】

《苕溪渔隐丛话》：《李潮八分小篆歌》云："苍颉鸟迹既茫昧，……书贵瘦硬方通神。"此诗叙书之颠末，可谓详尽，后人笔力岂能到此！而《峄山碑》"枣木传刻"之语，尤为人所取信，往往引以为证。……东坡《墨妙亭》诗云："杜陵评书贵瘦硬，此论未公吾不凭。"盖东坡学徐浩书，浩书多肉，用笔圆熟，故不取此语。殊不知唐初欧、虞、褚、薛，字皆瘦劲，故子美有"书贵瘦硬"之语，此非独言篆字，盖真字亦皆然也。

《宣和书谱》：至唐则八分书始盛，其典型盖类隶而变方，广作波势，不古不严，岂在唐始有之耶？杜甫作《八分歌》，盛称李潮、韩择木、蔡有邻，是皆唐之诸子，而今所存者又皆唐字，则（蔡）希综、蔡琰之论安在哉？

《杜臆》："字体变化如浮云"，一语便括全篇。鸟迹变而大小篆，又变而八分，至变而草书，极矣。大小二篆与八分犹未失古意，若草书则非古矣，雄壮何足取！……瘦硬之书，未易形容，故自恨才力之薄，暗相照应，如此作结亦新。

《义门读书记》：此句中并贯注草书（"字体变化"句下）。结句美潮愈淡愈至，亦变化超脱。

《唐宋诗醇》：论书皆中肯綮，坡老云："杜陵评书贵瘦硬，此论未公吾不凭。"特借作跌宕耳，非遂不许其论也。结亦瘦硬无比。

《昭昧詹言》：分合变化，随手灵机，不似韩欧以下，尺寸可寻。……此与《公孙大娘弟子舞剑》首，皆须熟读，盖其章法之妙，直与史迁之文相抗矣。

《读杜心解》：篇中述书学源流，最委悉矣。……斯、邕小篆八分为李潮本派，此属正陪，乃宾中主也。择木、有邻，时代与潮为近，贴身又入一陪，主中又请宾也。然则潮为主中主矣，而着笔反不多，惟以奄有韩、蔡，辈行斯、邕为称许：则仍用借宾定主法。至其评书之旨，则以"肥"为宾，以"瘦硬为主"。……结以作歌"力薄"自谦，亦是"瘦硬"反面话头，……又是一样借宾定主法。　　韩、苏之祖。

《杜诗镜铨》：复用草书作衬，极五花八门之致（"吴郡张颠"二句下）。　　尾声如歌之有乱，极尽赏叹（"我今衰老"二句下）。

《十八家诗钞》：张云：酣恣淋漓，跌宕变化，而周规折矩，动合自然。此所以为诗圣。又云：神光离合，真乃挥霍纷纭争变化也。

王兵马使二角鹰

悲台萧飒石岌岽，哀壑杈枒浩呼汹。
中有万里之长江，回风滔日孤光动。
角鹰翻倒壮士臂，将军玉帐轩翠气。
二鹰猛脑徐侯穟，目如愁胡视天地。
杉鸡竹兔不自惜，溪虎野羊俱辟易。
韝上锋棱十二翮，将军勇锐与之敌。
将军树勋起安西，昆仑虞泉入马蹄。
白羽曾肉三狻猊，敢决岂不与之齐？
荆南芮公得将军，亦如角鹰下翔云。
恶鸟飞飞啄金屋，安得尔辈开其群，
驱出六合枭鸾分！

【汇评】

《唐诗归》：钟云："陷日"险绝、真绝。　　又云：四语与角鹰何关？然已有角鹰竦峙飞击其前矣，觉少一语不得，移动一语不得

（首四句下）。　　　钟云：此"天地"字，用得英爽（"目如愁胡"句下）。　　　钟云："不自惜"三字横甚（"杉鸡竹兔"句下）。　　　钟云：此语从《考工记》讨出（"敢决岂不"句下）。钟云："开"字妙甚，可想（"安得尔辈"句下）。　　　钟云：一"分"字便是仁者之勇。

又云：往往胸中说不出，眼中看不过，从一虫鸟中发之，快然（末句下）。

《杜臆》：此诗突然从空而下，如轰雷闪电，风雨骤至，令人骇愕。……公时在夔，因角鹰而触目发兴，奇崛森耸不待言；而尤得力在"角鹰翻倒"句，随插入"将军勇气"二句，承接得住。盖通篇将王兵马配角鹰发挥，而穿插巧妙，忽出忽入，莫知端倪，而各极形容。……他人起语雄伟，后多不称；而此诗到底无一字懒散，如何不雄视千古！

《杜诗说》：首四句，赋角鹰，如此起兴，是何等笔力！言外见飞走之类，皆匿无形迹。见日色凄惨，江山黯淡，皆助其肃杀之气，貌人物贵得其神，此真貌角鹰之神者也。

《龙性堂诗话初集》：刘须溪评《角鹰》诗云"此诗不得以逐句逐字、某地某事意之"，甚得解。

《绠斋诗谈》：开口无一"鹰"字，而鹰之神理已跃跃纸上。如晕梅花，四旁皆染淡墨。

《唐宋诗醇》：以赋鹰者赋人，宾主离合，几于鱼龙百变，眩人心目，此与前篇（按指《荆南兵马使太常卿赵公大食刀歌》）皆摆脱恒蹊，体格音节，苍然入古。

《唐诗别裁》：起四句不着"鹰"一字，然如有角鹰起于吾前，入手须如此落笔。

《读杜心解》：此篇运法更奇，《大食刀》宾主划分，此则宾主熔化，几于莫可窥寻。起四句，突如其来，如台形壑势，江光动摇，令读者移时目眩。而凝神求之，乃即写峡间气象，为王兵马驻军处也。其语势则人鹰双攫矣，故斗然落出"角鹰翻倒"句，又紧接"将军玉帐"句。二句，一篇筋节处。

《杜诗镜铨》：起得奇崛森耸，先一层形容，手法最高。语出意外，若有神助。　　邵云："滔"字奇（"回风滔日"句下）。　　落角鹰，随插入将军，节拍甚紧（"角鹰翻倒"二句下）。　　杜诗多有韵转而意不转，意转而韵不转者，如此种是也。　　以鹰比王，又以王比鹰，笔意极其变幻（"荆南芮公"五句下）。

《岘傭说诗》：写鹰即写人。以"将军勇锐与之敌"及"荆南芮公得将军，亦如角鹰下朔（"翔"一作"朔"）云"为点题眼，乃不是寻常咏物，且移不去别处。咏鹰起笔收笔，皆出题外用力；起四语空作写景，而角鹰已呼之欲出，尤宜效法。

《唐宋诗举要》：吴曰：先写题之神理，凌空摄影之笔（"悲台萧飒"四句下）。

秋风二首（其一）

> 秋风淅淅吹我衣，东流之外西日微。
> 天清小城捣练急，石古细路行人稀。
> 不知明月为谁好，早晚孤帆他夜归。
> 会将白发倚庭树，故园池台今是非？

【汇评】

《唐诗品汇》：赵次公曰：此写眼前之景，宛转含蓄，道不尽凄感之意。　　刘云：如《竹枝》乐府，矫矫长句，不必亲切为已。

《唐诗归》：钟云：高寂，却是真悲真壮。　　钟云：幽细有骨（"天清小城"二句下）。

《唐诗选脉会通评林》：陆时雍曰：有《竹枝》馀音，次二语骚意。

《杜臆》：《秋风》二章，盖仿汉武《秋风辞》也。……水东流，日西坠，固是即景，亦叹年华逝波而桑榆景迫也。……意极情悲，令人凄绝。

《杜诗详注》：胡夏客曰：《秋风》第二首，似拗体律诗。

《诗辩坻》：杜"秋风淅淅"八句耳，然变态至今，莫能逾此等章法。

《唐宋诗醇》：洗马言愁，凄然可听。

《读杜心解》：动乡思也。砧急路梗，状景波峭，即蒙上章羌、蛮扰乱来。……结语又令读者眼光一闪。盖归乡倚树，意欣然矣。又恐故园残毁，此志仍灰。读至此，忽觉烟波淼淼。

《杜诗镜铨》：邵云：作律诗读，转觉高老。　　此首全是虚写，笔端变化，不可捉搦，最属老杜胜场。　　四句三层转折，见心口萦回之妙（"不知明月"四句下）。

《昭昧詹言》：《秋风》只是思深语曲，非粗才可浮袭。　　惜词法，读此可悟愈简愈妙。　　"不知明月"句，妒而思归，妙情。收句忽又作酸语，痛极，仍不敢归耳。此与《王郎》皆深曲，删语转层，多不测如虎。

夜　归

夜半归来冲虎过，山黑家中已眠卧。
傍见北斗向江低，仰看明星当空大。
庭前把烛嗔两炬，峡口惊猿闻一个。
白头老罢舞复歌，杖藜不睡谁能那！

【汇评】

《唐诗归》：钟云：幽甚（首句下）。　　钟云："一个"妙（"峡口惊猿"句下）。　　钟云：字字是夜归，只似暗中人声，寂寞竦然。

《杜臆》：黑夜归山，有何奇特？而身之所经，心之所想，耳目所闻见，皆人所不屑写；而写之于诗，字字灵活，语语清亮，觉夜色凄然，夜景寂然，又是人所不能写者。……一炬足矣，两则多费，故嗔之，此穷儒之态也，情真，故妙。

《杜诗说》：杜诗多用叠字以助句法，如：足可、徒空、始初、愁畏、晨朝、凉冷，车舆、眠卧之类，并是一意。唐人诗中亦多有之（"山黑家中"句下）。

《读杜心解》：即景成诗，极有孤兴，别无寓言。

《杜诗镜铨》：蒋云：此亦近俳谐体，意在自夸老壮，反面一看，正不觉怆然。　　确是夜半无月景象（"傍见北斗"二句下）。

醉为马坠诸公携酒相看

甫也诸侯老宾客，罢酒酣歌拓金戟。
骑马忽忆少年时，散蹄迸落瞿塘石。
白帝城门水云外，低身直下八千尺。
粉堞电转紫游缰，东得平冈出天壁。
江村野堂争入眼，垂鞭亸鞚凌紫陌。
向来皓首惊万人，自倚红颜能骑射。
安知决臆追风足，朱汗骖驔犹喷玉。
不虞一蹶终损伤，人生快意多所辱。
职当忧戚伏衾枕，况乃迟暮加烦促。
朋知来问腆我颜，杖藜强起依僮仆。
语尽还成开口笑，提携别扫清溪曲。
酒肉如山又一时，初筵哀丝动豪竹。
共指西日不相贷，喧呼且覆杯中渌。
何必走马来为问，君不见嵇康养生遭杀戮。

【汇评】

《后村诗话》：此篇可见壮老健衰之异。

《木天禁语》：（七言长古）送尾则生一段馀意结末，或反用，或比喻，如《坠马歌》曰："君不见嵇康养生被杀戮。"又曰："如何不饮令人哀。"长篇有此便不迫促，甚有从容意思。

《杜臆》：此诗语多诙谐，安有山城之上，坠下八千尺而犹生者？携酒来看者酒食如山，其交游之盛如此。末引嵇康，到底谐谑。

《杜诗详注》：郝敬曰：题有景致，诗写得沾足，辞藻风流，情兴感慨无不佳。

《唐宋诗醇》：前有声色，后饶情致，一叙一解，老气无比。

《读杜心解》：前半在题前，极言醉后忘险，乘兴驰马之状。以蹙地作点染，以"老""少"字作眼目。……"安知"四句，叙马坠，至此入题。后半叙诸公携酒情事，……结语忽复飏开，……彼祸患之来，亦有以安居无意而得者。

《杜诗镜铨》：见道语（"人生快意"句下）。　　诙谐潇洒，名士风流（"语尽还成"二句下）。

《昭昧詹言》：以写议为叙。三句章法。"向来"句承束入题。

君不见简苏徯

君不见道边废弃池，君不见前者摧折桐。
百年死树中琴瑟，一斛旧水藏蛟龙。
丈夫盖棺事始定，君今幸未成老翁，
何恨憔悴在山中？
深山穷谷不可处，霹雳魍魉兼狂风。

【汇评】

《杜臆》：格调凄紧，语短情长。他人如此起兴，岂肯数言而毕。

《杜诗详注》：先用比兴引端（"君不见道边"四句下）。

《义门读书记》：奇伟（"百年死树"二句下）。

《载酒园诗话》：作诗宜首尾贯彻，老杜《简苏徯》曰："君不见道边废弃池，……何恨憔悴在山中？"颇有高致，但结句曰："深山穷谷不可处，霹雳魍魉兼狂风"，忽如此转，不惟与上意相反，味亦索然，纵竿头进步，不宜尔。

《读杜心解》：此是劝年少人语，结暗用《招魂》意。

《杜诗镜铨》：李云：古意。

《唐宋诗举要》：吴曰：单一句劲厉，以下再掉转（"何恨憔悴"句下）　　查曰：奇崛。　　吴曰：首尾横绝，来去无端，所谓"人不言兮出不辞"者也。又曰：此等诗直如神龙掉尾，夭矫太空，非人间所有。

魏将军歌

将军昔著从事衫，铁马驰突重两鞬。
披坚执锐略西极，昆仑月窟东崭岩。
君门羽林万猛士，恶若哮虎子所监。
五年起家列霜戟，一日过海收风帆。
平生流辈徒蠢蠢，长安少年气欲尽。
魏侯骨耸精爽紧，华岳峰尖见秋隼。
星缠宝校金盘陀，夜骑天驷超天河。
櫜枪荧惑不敢动，翠蕤云旓相荡摩。
吾为子起歌都护，酒阑插剑肝胆露。
钩陈苍苍风玄武，万岁千秋奉明主，
临江节士安足数。

【汇评】

《唐诗镜》："星缠宝校金盘陀，夜骑天驷超天河，欃枪荧惑不敢动，翠蕤云旃相荡摩"此等语致在意似仿佛之间，后韩愈可沿之而为放，李贺可遁之而为鬼。

《唐诗选脉会通评林》：刘辰翁曰：起伏音节，壮丽甚伟，开口一语便奇；次，好句法。　　梅鼎祚曰：余极爱结后数语，莽苍跌宕。　　周珽曰：雄悍似马伏波，轻迅似霍去病，亦两擅其奇，魏闻此歌，自应绝倒。

《诗源辩体》：子美众作虽与诸家不同，然未可称变。至五言古，如《柴门》、《杜鹃》、《义鹘》、《彭衙》用韵错杂，出语豪纵；七言古如《魏将军歌》、《忆昔行》，用韵险绝，造语奇特，皆有类退之矣。

《初白庵诗评》：语语精爽雄健。

《杜诗详注》：此歌前用八句转韵，中间各四句转，末则三句二句叠韵。盖歌中音调，取其繁音促节也。

《义门读书记》：此诗亦开长吉。　　《类本》云：用韵可学。

《纫斋诗谈》："星缠宝校金盘陀……翠蕤云旃相荡摩。"质言之，只是匹马纵横，削平僭乱，如入无人之境耳，却作浓语括之。此设色所以可贵，然须有力量锤炼得有火色。

《唐宋诗醇》：精紧廉悍，自是子美盛年之作。

《读杜心解》：此歌盖仿乐府《丁都护歌》之体，以颂魏将军者，故有"为子歌《都护》"之句。观其命题，明欲与古人各自成一乐府也。

《杜诗镜铨》：此等诗以炼词炼句胜，亦所谓光焰万丈者，其气魄沉雄，却非长吉辈所及。　　险句（"昆仑月窟"句下）。　　光怪陆离，令人目眩，是相如、子云赋手（"夜骑天驷"二句下）。

《昭昧詹言》：此与《寄韩谏议》，皆开昌黎路派。

客　从

客从南溟来，遗我泉客珠。
珠中有隐字，欲辨不成书。
缄之箧笥久，以俟公家须。
开视化为血，哀今征敛无。

【汇评】

《杜臆》：此为急于征敛而发。上之所敛，皆小民之血，今并血而无之矣。"珠中隐字"，喻民之隐情，欲辨而不得也。

《杜诗详注》：卢世㴶曰：《留花门》、《塞芦子》、"三吏"、"三别"、"二叹"，暨"客从南溟来"、"白马东北来"，纡虑老谋，补偏救弊，其情酸味厚，歌短泣长，而一唱三叹，蕴藉优柔，《三百篇》、《十九首》、苏、李、曹植、陶潜，上下同流，先后一揆矣。

《读杜心解》：从"珠"上想出有"隐"字，从"泉客珠"上想出"化为血"。

朱凤行

君不见潇湘之山衡山高，山巅朱凤声嗷嗷。
侧身长顾求其群，翅垂口噤心甚劳。
下愍百鸟在罗网，黄雀最小犹难逃。
愿分竹实及蝼蚁，尽使鸱枭相怒号。

【汇评】

《后村诗话》：此篇言朱鸟孤立无助，栖托虽高，不忍自求饱，必欲百鸟如黄雀之类在罗网者分竹实以及之，不暇计鸱辈怒号矣。

《杜臆》：衡山颠之朱凤，似比衡州刺史。……诗意谓其仁心仁政,施及鳏寡,而为贪暴小人所诋毁,故借朱凤以发其苦心,而辨其谤也。凤之竹实不自食,而愿分及蝼蚁,妙于形容。

《读杜心解》:《朱凤行》,悯穷黎也。……"侧身"、"垂翅",文势得此一曲。

《杜诗镜铨》:蒋弱六云;《白凫》言其节操之苦,《朱凤》言其胸襟之阔。此老岂徒为大言而已,此中实有学问、有性情,不如是,不足为千古第一诗人也。　　李云:悲天悯人,托物起兴。

夜闻觱篥

夜闻觱篥沧江上,衰年侧耳情所向。
邻舟一听多感伤,塞曲三更欻悲壮。
积雪飞霜此夜寒,孤灯急管复风湍。
君知天地干戈满,不见江湖行路难。

【汇评】

《唐诗品汇》:刘云:君知干戈如此,则不复恨行路矣。　　实历喟然。

《杜臆》:此诗当是舟中作。……五、六正写其悲,可谓凄惨之极。所以然者,以世之乱也。

《杜诗详注》:"情所向",谓旅情顿起。"邻舟"句,即承此起下。

《唐诗别裁》:本言行路之难,而以干戈之满形之,则不见其难矣,透过一层。"家乡既荡尽,远近理亦齐。"用意亦复尔尔。

《杜诗镜铨》:李云:结处忽转忽宕,如泣如诉。

《昭昧詹言》:起句叙,三句写。收二句议,忽然脱开,加倍哀痛,棱。思深意曲,极鸣悲慨,见"行路难"也。忽然脱开,纯以精神传挽。

发刘郎浦

挂帆早发刘郎浦,疾风飒飒昏亭午。
舟中无日不沙尘,岸上空村尽豺虎。
十日北风风未回,客行岁晚晚相催。
白头厌伴渔人宿,黄帽青鞋归去来。

【汇评】

《杜诗详注》：上四写景,见浦中不可复留,下四叙怀,叹飘流未有归计。空村人少,故豺虎纵横。北风则南行便,岁晚则舟不停。黄帽青鞋,野人之服。

《读杜心解》：此连日舟行所感。拂意南行,风催不转,聊以归怀矫之,然亦托之悬想而已。

《昭昧詹言》：短章远势在用意及接顿起伏,欧、王、山谷无此雄壮。四句棱远,五句接势阔。

送重表侄王砅评事使南海

我之曾祖姑,尔之高祖母。
尔祖未显时,归为尚书妇。
隋朝大业末,房杜俱交友。
长者来在门,荒年自糊口。
家贫无供给,客位但箕帚。
俄顷羞颜珍,寂寥人散后。
入怪鬓发空,吁嗟为之久。
自陈剪髻鬟,鬻市充杯酒。
上云天下乱,宜与英俊厚。

向窈窕数公，经纶亦俱有。
次问最少年，虬髯十八九。
子等成大名，皆因此人手。
下云风云合，龙虎一吟吼。
愿展丈夫雄，得辞儿女丑。
秦王时在坐，真气惊户牖。
及乎贞观初，尚书践台斗。
夫人常肩舆，上殿称万寿。
六宫师柔顺，法则化妃后。
至尊均嫂叔，盛事垂不朽。
凤雏无凡毛，五色非尔曹。
往者胡作逆，乾坤沸嗷嗷。
吾客左冯翊，尔家同遁逃。
争夺至徒步，块独委蓬蒿。
逗留热尔肠，十里却呼号。
自下所骑马，右持腰间刀。
左牵紫游缰，飞走使我高。
苟活到今日，寸心铭佩牢。
乱离又聚散，宿昔恨滔滔。
水花笑白首，春草随青袍。
廷评近要津，节制收英髦。
北驱汉阳传，南泛上泷舠。
家声肯坠地？利器当秋毫。
番禺亲贤领，筹运神功操。
大夫出卢宋，宝贝休脂膏。
洞主降接武，海胡舶千艘。
我欲就丹砂，跋涉觉身劳。

安能陷粪土？有志乘鲸鳌。

或骖鸾腾天，聊作鹤鸣皋。

【汇评】

《王直方诗话》：叙事如老杜《送表侄评事》云："我之曾祖姑，尔之高祖母"，从头如此叙说，都无遗。其后忽云："秦王时在坐，真气照户牖。"再论其事，他人不敢更如此道也。

《唐诗归》：钟云：前段不过叙中表戚耳，忽具一部开国大掌故，无头重之患。自"往者胡作逆"以下，只是乱离相依，饮食仆马细故，无端无委，无转无接，首尾不应，细大不论，胸中潦倒，笔下淋漓，非独诗，即看作一篇极奇文字亦可。　钟云：自传叙事体，入诗奇，作起语尤奇（首四句下）。　谭云："真气到林薮"，"真气惊户牖"，一幽一爽。　钟云：千载如生，是太史公传荆轲、鲁连笔意（"秦王"二句下）。

《杜臆》：前半篇叙述往事，曲折矫健，有太史公笔力。……"凤雏无凡毛"，转语得力。"飞走使我高"，语亦可笑，然上云"委蓬蒿"，"高"与"美"反相照。"右持腰间刀，左牵紫游缰"，左右隔联作对，句法新异。

《杜诗详注》：申涵光曰：此诗似传似记，声律中有此奇观，更足空人眼界。此夔州以后之诗，挥洒任意而出之者，如"寂寥人散后，入怪鬓发空"，乃隔句呼应；"右持腰间刀，左牵紫游缰"，乃隔联斜对，与秦蜀诸诗，谨严融洽者，固不同也。

《放胆诗》：《新唐书》载王珪母李氏语，与此诗不合，亦无陶母剪发事。而公诗云云，不应不实，始知国史或有缺讹，而诗史信为可据也。至其起句老气横九州，真诗中巨灵手。

《唐诗别裁》：传志体作诗，真大手笔。　倒补"秦王"二句，史公能有此笔法（"秦王"二句下）。　"凤雏句"，接入评事（"凤雏"句下）。　"左""右"字，参差变化。（"右持"二句下）。

因交趾有丹砂，故以游仙意作结，亦送人一体（"我欲"六句下）。

《读杜心解》：是诗滔滔莽莽，如云海蜃气，不得以寻常绳尺束量之。

《杜诗镜铨》：李云：前半太史公得意之文，后半亦直叙，如长江出蜀，当看其一往浩瀚。　　李云：真如钜鹿之战，读之神王（"子等"八句下）。　　通首两韵倒底，与《大食刀歌》同。

岁晏行

岁云暮矣多北风，潇湘洞庭白雪中。

渔父天寒网罟冻，莫徭射雁鸣桑弓。

去年米贵阙军食，今年米贱大伤农。

高马达官厌酒肉，此辈杼轴茅茨空。

楚人重鱼不重鸟，汝休枉杀南飞鸿。

况闻处处鬻男女，割慈忍爱还租庸。

往日用钱捉私铸，今许铅锡和青铜。

刻泥为之最易得，好恶不合长相蒙。

万国城头吹画角，此曲哀怨何时终？

【汇评】

《唐诗镜》：杂沓郑重，是老人语致。

《杜臆》：此亦不绳削，想到即书。盖偶一为之，以极诗之变。似亦嫌于伤时，故为颠倒其语，非老人语皆然也，学之便误。

《唐宋诗醇》：声哀厉而弥长，其气之老，正在参错中。

《读杜心解》：起势飘然，"网冻"、"弓鸣"，书所见也，已引动民穷意。中段俱属议论，以"军食"、"伤农"作提笔。

《杜诗镜铨》：邵云：似杂似复，正得歌谣之遗。　　渔、徭、农三项，叙得错落变化（"渔父天寒"六句下）。

追酬故高蜀州人日见寄并序

开文书帙中，检所遗忘，因得故高常侍适。往居在成都时，高任蜀州刺史，人日相忆，见寄诗。泪洒行间，读终篇末。自柱诗已十馀年，莫记存殁又六七年矣。老病怀旧，生意可知。今海内忘形故人，独汉中王瑀及昭州敬使君超先在。爱而不见，情见乎辞。大历五年正月二十一日，却追酬高公此作，因寄王与敬弟。

自蒙蜀州人日作，不意清诗久零落。
今晨散帙眼忽开，迸泪幽吟事如昨。
呜呼壮士多慷慨，合沓高名动寥廓。
叹我凄凄求友篇，感时郁郁匡君略。
锦里春光空烂熳，瑶墀侍臣已冥莫。
潇湘水国傍鼋鼍，鄂杜秋天失雕鹗。
东西南北更谁论？白首扁舟病独存。
遥拱北辰缠寇盗，欲倾东海洗乾坤。
边塞西蕃最充斥，衣冠南渡多崩奔。
鼓瑟至今悲帝子，曳裾何处觅王门！
文章曹植波澜阔，服食刘安德业尊。
长笛谁能乱愁思？昭州词翰与招魂。

【汇评】

《容斋随笔》：古人酬和诗，必答其来意，非若今人为次韵所局也。观《文选》所编何劭、张华、卢谌、刘琨、二陆、三谢诸人赠答可知已。唐人尤多，……高适寄杜公云："愧尔东西南北人"，杜则云："东西南北更堪论"，适又有诗云："草《玄》今已毕，此外更何言？"杜则云："草《玄》吾岂敢，赋或似相如"，……皆如钟磬在虡，扣之则应，往来反复，于是乎有馀味矣。

《杜臆》：高乃忘形故人，已死而遂及生者，将汉中、昭州并入篇中，此公触想成诗，无成心亦无定体，如太空浮云，卷舒自如。

《唐诗别裁》：分说东西南北，本楚词之《招魂》（"遥拱北辰"四句下）。　答蜀州"愧尔东西"句，故将东、西、南、北分点，古人酬赠体也。

《读杜心解》：上下六韵截，各四句转意。……"锦里"四句，伤高殁也。"锦里空"而身"傍鼋鼍"，惠诗之处，不堪回首矣；"瑶墀冥"而入"失雕鹗"，作诗之人，杳然长逝矣：彼此互叹，文情摇曳。

《杜诗镜铨》：起汉中（"曳裾何处"句下）。　结言昭州，仍缩到高上（"长笛邻家"二句下）。

《唐宋诗举要》：次叙蜀州寄诗前后情事。　吴曰：以下发慨（"潇湘水国"二句下）。　吴曰：句势轩天拔地，杜公长技（"东西南北"四句下）。　吴曰：感念盛衰，淋漓悲壮（"昭州词翰"句下）。

冬日洛城北谒玄元皇帝庙

原注：庙有吴道子画五圣图。

配极玄都闷，凭虚禁御长。

守祧严具礼，掌节镇非常。

碧瓦初寒外，金茎一气旁。

山河扶绣户，日月近雕梁。

仙李盘根大，猗兰奕叶光。

世家遗旧史，道德付今王。

画手看前辈，吴生远擅场。

森罗移地轴，妙绝动宫墙。

五圣联龙衮，千官列雁行。

冕旒俱秀发，旌斾尽飞扬。

翠柏深留景，红梨迥得霜。

风筝吹玉柱，露井冻银床。

身退卑周室，经传拱汉皇。

谷神如不死，养拙更何乡？

【汇评】

《后村诗话》：《谒玄元庙》、《次昭陵》二诗，钜丽骏壮，为千古五言律诗典则。

《唐诗援》：结处讽刺妙绝。

《诗薮》：杜《谒玄元皇帝庙》十四韵，雄丽奇伟，势欲飞动，可与吴生画手，并绝古今。

《唐诗选脉会通评林》：陈继儒曰：褒功颂德诗，最要典雅庄重，况长律必得斤两数语，篇法斯振。如老杜"碧瓦初寒外"四句，真诗中转法轮手。　　陆时雍曰：精浑。　　唐汝询曰：首四语，切玄元，觉一字不可移动。"山河"二语与"日月低秦树"一联并峻。"仙李"二句，说得真是唐室始祖。"世家"二句，不刺之刺。"旌斾尽飞扬"已上四联，得道子画笔法。"翠柏"以下四语，庙中景冷落。"卑""拱"二字有妙想。

《杜诗解》："碧瓦"、"金茎"、"绣户"、"雕梁"，是庙；"初寒外"、"一气旁"、"山河扶"、"日月近"，是庙之壮丽。四语总成一样句法，只以倒转为异耳。……（"画手看前辈"四句）本欲便写壁画五圣，却恐太促，便嫌板实，因先叹吴生妙画，略作虚衍。……通篇只此一解，四语为衬句。

《杜诗话》：以"碧乱初寒外，金茎一气旁，山河扶绣户，日月近雕梁"写庙制之宏壮；以"五圣联龙衮，干官列雁行，冕旒俱秀发，旌斾尽飞扬"写庙貌之尊严；末收到老子传经，致疑于谷神不死，盖是时追祖老子，见象降符者不一。玄宗注《道德经》，置崇元学，事事矫诬，又于太清像设东刻石为李林甫、陈希烈之形，后又瘗林甫而制杨国忠像，直是儿戏，公故作此诗极意讽谏，不专是铺陈瑰丽。

《围炉诗话》：卢德水云：唐自高祖追崇老子为祖，天宝中，现象降符，不一而足，人主崇信极矣，此诗直纪其事以讽也。"配极"四句，讽其用宗庙之礼。"碧瓦"四句，讥其宫殿逾制。"世家遗旧史"，谓开元中敕升《老》、《庄》为列传之首，而不能改易子长旧史。"《道德》付今王"，谓玄宗亲注《道德经》，直崇玄学。"画手"以下，谓世代寥廓而画图亲切，"冕旒"、"旌旆"同儿戏也。"身退"以下，谓老子之要在清净无为，即今不死，亦当藏名养拙，岂肯凭人降形以博人主之崇奉乎？此诗极意讽谏而词语浑然，德水读书，眼光透过纸背者也。余谓"谷神"二句，谓老子若有神，舍此庙尊崇之地，更居何方乎？前极严重，故以谑语为结。

《唐宋诗醇》：巨丽冠冕，得颂扬之体，拟诸《清庙》、《明堂》，其气象似之。唐人崇祀老子，事属不经，贻讥千古。甫为当时之臣，推崇固应如此。其典重中带飘逸，精工中有排宕，则大手异人处也。　　陈师道曰：叙述功德，反复申意，事核而理长。　　李因笃曰：此篇乃公开手长律，凤羽初舒，九苞焕采，宜其雄视一代也。

《唐诗别裁》：通体含讽，末尤婉曲，见老子之学，以"谷神不死"为主，如其果然，方养拙藏名于无何有之乡，而岂以帝王崇祀为荣耶？微而显矣。

《读杜心解》：字字典重，句句高华。据事直书，不参议论，纯是颂体。而细绎之，"配极"四句，亦似巨典，亦似悖礼。"碧瓦"四句，亦似壮观，亦似逾制。"蟠根"、"奕叶"，亦似绵远，亦似矫诬。"遗旧史"，亦似反挑，亦似实刺。"付今王"，亦似同揆，亦似假托。纪画处，亦似尊崇，亦似涉戏。"谷神"、"何乡"，亦似呼吸可接，亦似神灵不依。而读去毫无圭角，所以为佳。

《杜诗镜铨》：补写冬日景，亦足与上"画手"相映发（"翠柏"四句下）。　　　邵子湘云：接得高妙（"身退"二句下）。　　　仍就玄元咏叹作收。结语略含讽意，却只以吞吐出之，浑然不觉（末四句下）。　　　张惕庵曰：遥遥华胄，本属荒唐，却说得极缠绵巨丽，文人彩笔，炳于龙鸾。

《今体诗钞》：世以此诗为不应入画一段，非也。此是老子庙，岂比真唐之宗庙以严重为得体耶？必有此段，既深讽刺，而文外曲致，闲情具足，正为佳耳。

《唐诗观澜集》：此与昭陵诸作皆工部极严重典丽之作。须玩其精采外敷，逸气内运，故炼而不伤格，婉而多讽。

投赠哥舒开府二十韵

今代麒麟阁，何人第一功？
君王自神武，驾驭必英雄。
开府当朝杰，论兵迈古风。
先锋百胜在，略地两隅空。
青海无传箭，天山早挂弓。
廉颇仍走敌，魏绛已和戎。
每惜河湟弃，新兼节制通。
智谋垂睿想，出入冠诸公。
日月低秦树，乾坤绕汉宫。
胡人愁逐北，宛马又从东。
受命边沙远，归来御席同。
轩墀曾宠鹤，畋猎旧非熊。
茅土加名数，山河誓始终。
策行遗战伐，契合动昭融。
勋业青冥上，交亲气概中。

未为珠履客，已见白头翁。

壮节初题柱，生涯独转蓬。

几年春草歇，今日暮途穷。

军事留孙楚，行间识吕蒙。

防身一长剑，将欲倚崆峒。

【汇评】

《唐诗品汇》：刘云：颂赞有体，得故事外意（起四句下）。刘云：此语在投赠中有气，若铺写宫阙则俗矣。作者自知之（"日月"两句下）。　　刘云："宠鹤"，卫懿公事。此语甚愧士大夫（"轩墀"句下）。

《诗薮》：杜排律五十百韵者，极意铺陈，颇伤芜碎。盖大篇冗长，不得不尔。惟赠李白、汝阳、哥舒、见素诸作，格调精严，体骨匀称，每读一篇，无论其人履历，咸若指掌，且形神意气，踊跃毫楮。如周昉写生，太史序传，逼夺化工。而杜从容声律间，尤为难事，古今绝诣也。

《归田诗话》：《上哥舒开府》及《韦左相》长篇，虽极称赞翰与见素，然必曰"君王自神武，驾驭必英雄"……可谓知大体矣。

《唐诗选脉会通评林》：刘辰翁曰："畋猎"句，谓得之微贱中，诗中开合无限，此略举其似。结句归"倚"，语不俭相。　　徐中行曰：转折之妙，非复人工可参。　　蒋一梅曰：来得陡然有势，转换承接，浅衷之士未易能及。　　郭濬曰："淹"韵不难畅达，妙在开合转换，此老实有力量。　　陆时雍曰：一起掀揭，"轩墀宠鹤"，语宛而刺。　　周珽曰：诗话谓以子美之忠厚，疑若无愧于论交。其《投赠哥舒翰》云："开府当朝杰，论兵迈古风。先锋百胜在，略地两隅空"，其美之可谓至矣。及《潼关吏》诗，则曰："哀哉桃林战，百万化为鱼。请嘱防关将，谨勿学哥舒。"何其先后之相戾若是哉！概以纯全之道，亦未能无疵也。余谓此论，未知作者无私之旨也。舒翰以功拔吐蕃，功进开府，此时但据勋宠，而有所投赠，焉知多日后之败？及潼关失守，因借兴关吏致戒，子美乃作于归京之后，宁肯护短旧交耶！褒贬前后核实，正所谓诗史也，何庇之足云！

《杜臆》：此篇乃投赠之最工致者。杜冀为记室参军，故称之不无过当。……至伐吐蕃，明是逢君，明是邀功，乃王忠嗣所不肯为者，《兵车行》所为作也。此极称之，岂由衷语哉？他日有诗云："慎勿学哥舒！"才是正论，不必以此诗为碍也。

《读杜心解》："开府"八句，看其提法，及总叙勋伐之法。"每惜"八句，先看转接法，再看夹写勋爵、饰色赞颂之法。"受命"八句，看其摇曳开摆及咏叹收束之法。其"策行"一联，流水下，言帝心默契，不在迹而在神也，又恰好绾合篇首。以上颂哥舒凡作三层写，无挨叙，无复笔，是为龙门史法。"勋业"以下，蒙上转落自己，亦健亦圆。其自叙，至"今日途穷"一顿，逐句用曲折递卸之法。至结四句，才是望其引拔。何等豪迈，却能仍切军府，再切陇右，一丝不走。

《杜诗镜铨》：李云：英词壮采，可勒鼎钟。邵云：起得高亮，又得体（"今代"四句下）。以上括翰大概（"魏绛"句下）。另提出大事说（"每惜"句下）。又得此壮句作衬（"日月"二句下）。张云：寓讽妙于不觉（"轩墀"句下）。二句牵上搭下，转接有力（"勋业"二句下）。王阮亭云：入自叙，一句一转，脱手如弹丸（"勋业"二句下）。结句气岸不凡，首尾方工力悉敌（"防身"二句下）。

《网师园唐诗笺》：结上起下，转捩圆健（"勋业"二句下）。结有身份。

《唐宋诗举要》：吴曰：凌空而起，壮丽非常（"今代"二句下）。吴曰：折落如神龙掉尾（"勋业"二句下）。

《唐诗别裁》：有气象，有神力，开合变化，自中规矩。长律以少陵为至，元、白动成百韵，颓然自放矣。

题张氏隐居二首（其一）

春山无伴独相求，伐木丁丁山更幽。
涧道馀寒历冰雪，石门斜日到林丘。
不贪夜识金银气，远害朝看麋鹿游。
乘兴杳然迷出处，对君疑是泛虚舟。

【汇评】

《唐诗广选》：郭明龙曰：结句弱。

《唐诗选》：杜每于天时地势，妙得景语，"石门斜日到林丘"是也。"不贪"句奇创。

《唐诗归》：钟云：幽鲜有骨，口齿森然（"涧道馀寒"二句下）。　　钟云："金银气"贪者自不识也，此有至理，不必与俗人注明（"不贪夜识"句下）。

《杜诗解》："更幽"字妙。有只是一身而亦喧者，春山所以畏俗子也；有多添一人而愈静者，春山所以爱幽人也。看其自待之高如此（"伐木丁丁"句下）。

《唐诗直解》："不贪"二语闻道之言，人不能释。

《唐诗镜》：三、四景色自然，风格最老。

《唐诗选脉会通评林》：蒋一葵曰：五、六，上二字成句，下五字即解上二字，是折腰体（"不贪夜识"二句下）。

《杜臆》："不贪"、"远害"语近道，说得隐士有身份。……及味"虚舟"语，知其在泉石而非膏肓，卧烟霞而无痼疾，忘机达生，无意无必，高于他隐士数倍。

《带经堂诗话》：山（按指曲阜县石门山）南有两小阜，俗称金耙齿，银耙齿者，子美诗"不贪夜识金银气"之句，盖偶然即目耳，非身历其处，固不知也。

《义门读书记》：春犹冰雪，幽深可知，此二句"独相求"也（"涧道馀寒"二句下）。

《唐诗别裁》："不贪"句，言其识之清；"远害"句，言其识之旷。

《读杜心解》：盖诗成于既宿之后，系题壁诗，非访隐诗也。访隐则须由我及人，题壁定是因人感己。若认作初到，则"夜识"、"朝看"如何下？

《杜诗镜铨》：蒋弱六云：写其居其人，皆迥绝尘凡，杳不可即。　　王阮亭云：情景俱佳（"涧道馀寒"二句下）。　　邵子湘云：中有至理（"不贪夜识"二句下）。

《唐诗近体》：善写幽居之致，旨趣俱远。不得以涉理路、落言诠议之。

《唐诗归折衷》：吴敬夫云：上句言时值初春，下句言日正傍晚，然语特动荡流美，为全首警句（"涧道馀寒"二句下）。

《闻鹤轩初盛唐近体读本》：陈德公曰：三、四写行，景色历落老成，出色在着"馀"、"斜"二字。五、六质语，用婉笔，此等大故是初年声节。

赠李白

秋来相顾尚飘蓬，未就丹沙愧葛洪。

痛饮狂歌空度日，飞扬跋扈为谁雄？

【汇评】

《杜诗解》：此岂"脱身幽讨"犹未遂耶？读"飞扬跋扈"之句，辜负"入门高兴"、"侍立小童"二语不少。先生不惜苦口，再三教戒，见前辈交道如此之厚也。　　言不如葛洪求为勾漏令而得遂也。看他用"相顾"字，每每舍身陪人，真是盛德前辈。此用"丹砂",与前用"青精"、"瑶草"同意（首二句下）。去又不遂,住又极难,痛饮狂歌,聊作消遣。飞扬跋扈,谁当耐之？一片全是忧李侯将不免（"痛饮狂歌"句下）。

《诗笺》：少陵称太白诗云"飞扬跋扈",老泉称退之文云"猖狂恣睢"。若以此八字评今人诗文,必艴然而怒,不知此八字乃诗文神化处,惟太白、退之乃有此境。王、孟之诗洁矣,然"飞扬跋扈"不如太白；子厚之文奇矣,然"猖狂恣睢"不如退之。

《杜诗详注》：此章乃截律诗首尾,盖上下皆用散体也。下截似对而非对："痛饮"对"狂歌","飞扬"对"跋扈",此句中自对法也。"空度日"对"为谁雄",此二句又互相对也。语平意侧,方见流动之致。　　敖英曰：少陵绝句,古意黯然,风格矫然,其用事奇崛朴健,亦与盛唐诸家不同。

《读杜心解》：白为人,喜任侠击剑。夫士不见则潜,失职不平,祸之招也。下二,写出狂豪失路之态,既伤之,复警之。

《杜诗镜铨》：蒋云：是白一生小像。公赠白诗最多,此首最简,而足以尽之。

登兖州城楼

东郡趋庭日,南楼纵目初。
浮云连海岱,平野入青徐。
孤嶂秦碑在,荒城鲁殿馀。
从来多古意,临眺独踌躇。

【汇评】

《瀛奎律髓》：此诗中两联似皆言景,然后联感慨,言秦、鲁俱亡,以"古意"二字结之,即东坡用《兰亭》意也。

《唐诗品汇》：刘云：俯仰感慨语,何地无之（"浮云"二句下）？

《唐诗广选》：赵子常曰：曰"从来"则平昔抱怀可见，曰"独"则同登楼者未必知之。

《批点唐诗正声》：三、四气象宏阔，俯仰千里；五、六凄婉，上下千年，良为慨叹。秦王好大喜功，鲁恭好宫室，言之以讽，可谓哀而不伤矣。公诗实出其祖审言《登襄阳城》，气魄相似。

《杜工部诗说》：前半，登楼之景；后半，怀古之情。共驱使名胜古迹，能作第一种语。此与《岳阳楼》诗，并足凌轹千古。

《唐诗选脉会通评林》：赵汸曰："孤嶂"、"荒城"一联感慨深矣。时方承平，故虽哀而不伤。

《唐诗摘钞》：凡起调高则收处宜平落以遗其声；起调平则收处宜振起以激其响。七句"从来"二字是振起之法也。碑已不在，殿已无馀，此临眺时所以怀古情深也。本不在，言"在"；本无馀，而说有"馀"：此诗家之妙旨。言"在"，而实不在；言"馀"，而实无馀：此读者之善会。

《杜诗详注》：赵汸云：三、四宏阔，俯仰千里；五、六微婉，上下千年。　　张綖注：凡诗体欲其宏，而思欲其密。广大精微，此诗兼之矣。

《瀛奎律髓汇评》：冯班：不让乃祖。　　陆贻典：此与审言《登襄城》一律。　　查慎行：此杜陵少作也，深稳已若此。五、六每句首尾下字极工密，所谓"诗律细"也。　　纪昀：此工部少年之作，句句谨严。中年以后，神明变化，不可方物矣。以"纵目"领起中四句，即从"秦碑"、"鲁殿"脱卸出"'古意'作结，运法细而无迹。　　又云：晚唐诗多以中四句言景，而首尾言情。虚谷欲力破此习，故屡提倡此说。冯氏讥之，未尝不是，但未悉其矫枉之苦心，而徒与庄论耳。　　无名氏（乙）：盛唐精壮，妙含馀韵则初唐矣。

《纫斋诗谈》：此等诗在集中不多得。其胸中尚无隐忧，身处俱是乐境,故天趣足而象气佳,此后则不能如此已。三、四用力字在腰,五、六用力字在尾,此便是句法变换处,不然便是骈砌手。

《唐宋诗醇》:安雅妥贴,杜律中最近人者,故后人多摹此派。

《杜诗话》:《登兖州城楼诗》,公十五岁时作,时公父闲为兖州司马,故有"东郡趋庭"句,《壮游》诗所谓"往岁十四五,出游翰墨场,"要是公当家运世风正盛之际云尔。诗之雄杰,与《登岳阳楼》并堪千古。然是时郭子仪将兵五万屯奉天备吐蕃,白元光、李抱玉各出兵击贼,故"戎马关山北"一语,不胜只身飘泊之感,盖《兖》无事而吊古,《岳》即景以伤今,情绪殊判然也。

《读杜心解》:三、四,横说,紧承"纵目";五、六,竖说,转出"古意"。末句仍缴还"登"字,与"纵目"应。局势开拓。结构谨严。

《杜诗镜铨》:此集中第一首律诗,气象宏阔,感慨遥深,公少作已不同如此。三、四承上"纵目"字写景;五、六起下"古意"字感怀,章法方不呆板。

《此木轩唐五言律诗读本》:此诗每句第一字皆平,可知昔贤亦不堪检点到此等处。

《唐宋诗举要》:吴北江曰:此公少作,固已蹴踏初唐诸公。

房兵曹胡马诗

胡马大宛名,锋棱瘦骨成。
竹批双耳峻,风入四蹄轻。
所向无空阔,真堪托死生。
骁腾有如此,万里可横行。

【汇评】

《瀛奎律髓》:自汉《天马歌》以来,至李、杜集中诸马诗始皆超绝,苏、黄及张文潜画马诗亦然,他人集所无也。学者宜自检观。

《唐诗品汇》：刘曰：仿佛老成，亦无玄黄，亦无牝牡（“所向”二句下）。

《汇编唐诗十集》：唐云：咏物诗最雄浑者。

《唐风怀》：赵子常曰：此诗词气落落，飞行万里之势，如在目中。区区模写体贴以为咏物者，何足语此。

《杜诗说》：“有如此”三字，挽得有力（“骁腾”句下）。　期房立功万里之外。结处必见主人，此唐贤一定之法（末句下）。

《唐诗归》：钟云：读此知世无痴肥俊物（首二句下）。　谭云：赠侠士诗。　钟云：世人疑“与人一心成大功”句，请从此五字思之（“所向”二句下）。

《杜臆》：“风入四蹄轻”，语俊。“真堪托死生”，咏马德极矣。……“万里横行”则并及兵曹。

《唐诗选脉会通评林》：赵云龙曰：以雄骏之语发雄骏之思，子昂画马恐不能如此之工到。

《瀛奎律髓汇评》：冯舒：落句似复。　冯班：力能扛鼎，势可拔山。　何义门：第五，马之力；第六，马之德。　纪昀：后四句撇手游行，不蹋于题，妙。仍是题所应有，如此乃可以咏物。

无名氏（甲）：凡经少陵刻画，便成典故，堪与《史》、《汉》并称。

《杜诗详注》：张綖曰：此四十字中，其种其相，其才其德，无所不备，而形容痛快，凡笔望一字不可得。　赵汸曰：前辈言咏物诗，戒粘皮着骨。公此诗，前言胡马骨相之异，后言其骁腾无比，而词语矫健豪纵，飞行万里之势，如在目中。所谓索之骊黄牝牡之外者。区区模写体贴，以为咏物者，何足语此！

《初白庵诗话》：“竹批”句小巧，对得飘忽，五、六，便觉神旺气高。

《而庵说唐诗》：子美诗神化乃尔。

《龙性堂诗话初集》：少陵咏马及题画马诸诗，写生神妙，直空千古，使后人无复着手处。

《唐宋诗醇》：孤情迥出，健思潜搜，相其气骨亦可横行万里，此与《画鹰》二篇，真文家所谓沉著痛快者。　　李因笃曰：五、六如咏良友大将，此所谓沉雄。

《唐诗别裁》：句束住（"骁腾"句下）。　　前半论骨相，后半并及性情。"万里横行"指房兵曹，方不粘著题面。

《岘傭说诗》：五言律亦可施议论断制，如少陵"胡马大宛名"一首，前四句写马之形状，是叙事也；"所向"二句，写出性情，是议论也；"骁腾"一句勒，"万里"一句断。此真大手笔。虽不易学，然须知有此境界。

《唐诗成法》：结"万里"句与"所向"句稍复，虽云五着马，八着人，细看终有复意。前半先写骨格神俊，后半能写出血性。　　王渔洋云："批"、"峻"字令人以为怪矣。　　西樵云：落笔有一瞬千里之势。

《读杜心解》：此与《画鹰》诗，自是年少气盛之作，都为自己写照。……字字凌厉。　　其炼局之奇峭，一气飞舞而下，所谓啮蚀不断者也。

《唐诗观澜集》：行神如空，行气如虹，与歌行名篇一副笔墨。

《闻鹤轩初盛唐评选读本》：三、四工警，人尽知赏。五、六作白话，用旺气出之，质而能壮，雄而不枵。此关气魄，跃跃然都无笔墨，不知者将无目之学究语？结亦乃称。

画　鹰

素练风霜起，苍鹰画作殊。
㧐身思狡兔，侧目似愁胡。
绦旋光堪擿，轩楹势可呼。

何当击凡鸟，毛血洒平芜？

【汇评】

《瀛奎律髓》：此咏画鹰，极其飞动。"㧐身"、"侧目"一联已曲尽其妙。"堪擿"、"可呼"一联，又足见为画而非真。王介甫《虎图行》亦出于此耳："目光夹镜当坐隅"，即（此诗）第五句也；"此物安可来庭除"，即第六句也。"何当击凡鸟，毛血洒平芜"，子美胸中愤世嫉邪，又以寓见深意，谓焉得烈士有如真鹰，能搏扫庸谬之流也。盖亦以讥夫貌之似而无能为者也。诗至此神矣。

《杜臆》："画作殊"，语拙，然"绦旋"句亦见其画作之殊也。

《绁斋诗谈》：首句未画先衬，言下便有活鹰欲出；次点"画"字以存题，以下俱就生鹰摹写，其画之妙可知。运题入神，此百代之法也。　　　一结有千筋力，须学此种笔势。

《杜诗解》：句句是鹰，句句是画，犹是常家所讲。至于起句之未是画已先是鹰，此真庄生所云"鬼工"矣。"绦旋"、"轩楹"是画鹰者所补画，则亦咏画鹰者所必补咏也。看"堪擿"、"可呼"语势，亦全为起下"何当"字，故知后人中四句，实填之丑。"击凡鸟"妙，不击恶鸟而击凡鸟，甚矣凡鸟之为祸，有百倍于恶鸟也，有家国者，不日诵斯言乎！"毛血"五字，击得恁快畅。盖亲睹凡鸟坏事，理合如此。

《瀛奎律髓汇评》：纪昀：虚谷云："盖亦以讥夫貌之似而无能为者也。"无此意。　　　起笔有神，所谓顶上圆光。五、六请出是画，"何当"二字乃有根。　　　冯班：如此咏物，后人何处效颦？山谷琐碎作新语，去之千里。唐人只赋意，所以生动；宋人粘滞，所以不及。　　　陆贻典：咏物只赋大意，自然生动，晚唐更伤于纤巧。

查慎行：全篇多用虚字写出画意。　　　何义门：落句反醒画字，兜裹超脱。　　　无名氏（乙）：极动荡之致，到底不离"画"字。

许印芳：凡写画景，以真景伴说乃佳。此诗首联说画，次联说真，三联承首联，尾联承次联，其归宿在真景上，可悟题画之法。惟第七句"凡鸟"当作"妖鸟"，老杜下字尚有未稳处。诗盖作于中年，若老年则所谓"晚节渐于诗律细"，无此疵颣矣。

《杜诗详注》：曰"㧐"、曰"侧"，摹鹰之状；曰"摘"、曰"呼"，绘鹰之神。末又从画鹰想出真鹰，几于写生欲活。每咏一物，必以全副精神入之。老笔苍劲中，时见灵气飞舞。　　律诗八句，须分起承转合。若中间平铺四语，则堆垛而不灵。此诗三、四承上，固也；五、六仍是转下语，欲摘去绦旋，而呼之使击，语气却紧注末联。知此，可以类推矣。

《莲坡诗话》：（邵）青门又云：《画鹰》一首，句句是画鹰，杜之佳处不在此，所谓诗不必太贴切也。余于此下一转语：当在切与不切之间。

《唐诗成法》：起即"堂上不合生枫树"句意，此较精警。

《唐宋诗醇》：王士禄曰：命意精警，句句不脱"画"字。　　朱鹤龄曰：起句与"缟素漠漠开风沙"义同，末因画鹰而思真者之搏击，则《进雕赋》意也。

《唐诗别裁》：怀抱俱见（"何当"二句下）。

《读杜心解》：与《胡马》篇竞爽。入手突兀，收局精悍。

《杜诗镜铨》：王阮亭云：五字已摄画鹰之神（"素练"句下）。

《诗法易简录》："风霜起"三字，真写出秋高欲击之神，已贯至结二句矣。"素练"本无"风霜"，而忽若风霜起子素练者，以所画之鹰殊也。如此用笔，方有突兀凌空之势。若一倒转，便平衍无力。

《唐诗矩》：尾联寓意格。未说苍鹰，突从素练上说一句"起"，使人陡然一惊。然后接入次句，定睛细看，方知是画工神妙所至，笔法稍一倒置，便失其神理矣。

《唐宋诗举要》：范曰：五言其设色之鲜，六言其飞动如生，呼之欲下（"绦旋"二句下）。　　吴曰：咏鹰、咏马皆杜公独擅，此二诗以寥寥律句，见古风捭阖之势为尤难。

与李十二白同寻范十隐居

李侯有佳句，往往似阴铿。
余亦东蒙客，怜君如弟兄。
醉眠秋共被，携手日同行。
更想幽期处，还寻北郭生。
入门高兴发，侍立小童清。
落景闻寒杵，屯云对古城。
向来吟橘颂，谁欲讨莼羹？
不愿论簪笏，悠悠沧海情。

【汇评】

《杜臆》：范十隐士住鲁北郭。白亦有诗云："闲园养幽姿"，可知其人，故入门而"高兴发"。赞小童而用一"清"字，妙。因小童之清，便可知主人不俗。

《杜诗解》："谁"字妙。言当时我若不来，则今日何人要去？自笑自怨，戏谑如画（"谁欲"句下）。

《读杜心解》：诗总在"同寻"上生情。……《橘颂》、"莼羹"，吴楚故实。公向尝游此，而白今亦即有南中之行，故一触于范之隐趣，再触于李之行踪，而远引之志，悠悠一往焉。

《杜诗镜铨》：李云：古意亦超超元箸，同太白便类太白诗。　　想见此中"细论文"之乐（"醉眠"二句下）。　　"入门"句从对面写，"侍立"句从侧面写，偶然事只拈出便妙。（"入门"二句下）　　张云：幽居秋景写得出（"落景"二句下）。

夜宴左氏庄

风林纤月落，衣露净琴张。
暗水流花径，春星带草堂。
检书烧烛短，看剑引杯长。
诗罢闻吴咏，扁舟意不忘。

【汇评】

《苕溪诗话》："检书烧烛短"，烛正不宜观书，检阅时暂可也。

《唐诗品汇》：刘云：是起兴（"风林"句下）。　刘云：景语闲旷（"春星"句下）。　刘云：豪纵自然，结语萧散（"扁舟"句下）。

《诗薮》：仄起高古者，"故乡杳无际，日暮且孤征"、"士有不得志，栖栖吴楚间"，……苦不多得。盖初盛多用工偶起，中晚卑弱无足观，觉杜陵为胜。"严警当寒夜，前军落大星"、"不识南塘路，今知第五桥"、"今夜鄜州月，闺中只独看"、"带甲满天地，胡为君远行"、"吾宗老孙子，质朴古人风"、"韦曲花无赖，家家恼杀人"，皆雄深浑朴，意味无穷。然律以盛唐，则气骨有馀，风韵少乏，唯"风林纤月落"、"花隐掖垣暮"绝工，亦盛唐所无也。

《唐诗镜》：中联精卓，是大作手。

《杜臆》："风林"应作"林风"，才与"衣露"相偶，丽夜景殊胜。……衣已沾露，净琴犹张，见主人高兴。琴未弢衣，故用"净"字，新而妙。……束语触耳生情，豪纵萧散。

《唐诗选脉会通评林》：赵汸曰：寄兴闲逸，状景纤悉，写景浓至，而开阖参错不见其冗，乃此诗妙处。又五、六句法，不因乎上。　周珽曰：风流跌宕，玉媚花明，置之七宝台中，恐随风飞去。

《唐诗摘钞》：三、四就无月时写景，语更精切。诗中写景则有风、露、星、月，叙事则有琴、剑、诗、书、酒，而不见堆塞，其运用之妙如此。

《杜诗详注》：顾宸曰：一章之中，鼓琴，看剑、检书、赋诗，乐事皆具。而林风动月，夜露春星，及暗水花径，草堂扁舟，时地景物，重叠铺叙，却浑然不见痕迹，而其逐联递接，八句总为一句，俱从"夜宴"二字，摹写尽情。

《初白庵诗评》：好景只在眼前，写得远近离合，不可端倪。

《载酒园诗话》："检书烧烛短，看剑引杯长"，一作"说剑"，"说"字不如"看"字之深。

《围炉诗话》："检书烧烛短，看剑引杯长"，村夫子语。昔人谓此诗非子美作，余以此联定之。

《增订唐诗摘钞》：三，妙在"暗"字，乃闻声而知之。四，妙在"带"字，与"江满带维舟"，一则形容维舟之孤，一则形容春星之密。

《读杜心解》：此诗意象都从"纤月落"三字涵咏出来，乃春月初三、四间，天清夜黑时作也。……三、四中有诗魂，"烛短""杯长"，已到半酣时节，知前半皆宴时景也。……自然流出，静细幽长。

《杜诗镜铨》：结有远神（"诗罢"二句下）。

《唐诗近体》：写景浓至，结意亦远。杜律如此种，气骨有馀，不乏风韵，虽雅近王、孟，实为盛唐独步。

送蔡希曾都尉还陇右因寄高三十五书记

原注：时哥舒入奏，勒蔡子先归。

蔡子勇成癖，弯弓西射胡。
健儿宁斗死，壮士耻为儒。
官是先锋得，材缘挑战须。

身轻一鸟过，枪急万人呼。

云幕随开府，春城赴上都。

马头金狎恰，驼背锦模糊。

咫尺云山路，归飞青海隅。

上公犹宠锡，突将且前驱。

汉使黄河远，凉州白麦枯。

因君问消息，好在阮元瑜。

【汇评】

《六一诗话》：陈公（从易）时偶得杜集旧本，文多脱误，至《送蔡都尉诗》云："身轻一鸟"其下脱一字。陈公因与数客，各用一字补之。或云"疾"，或云"落"，或云"下"，莫能定。其后得一善本，乃是"身轻一鸟过"。陈公叹服，以为虽一字，诸君亦不能到也。

《杜臆》：起来八句，颂蔡之才略，无一字不奇。老杜自以儒冠误身，故有"壮士耻为儒"之语，非真抑儒也。

《唐宋诗醇》：杜牧诗："射雕都尉万人敌，黑矟将军一鸟轻"，虽本此诗，然语意天然逊子美远矣。

《读杜心解》：前八句，表蔡子气概。……中八句，四叙入朝，四叙归陇，瞥然而来，瞥然而去，而若主帅，若时序，若行色，若地界，及一留一行，无笔不到。后四句，因蔡以寄高。先致遥想之概，次见通候之意，逸趣翩然。

《杜诗镜铨》：全首警拔。先形容志气。　　蒋云：代说二句，如闻其声（"健儿"二句下）。　　次形容才技（"身轻"二句下）。

末带寄高（"因君"二句下）。

春日忆李白

白也诗无敌，飘然思不群。

清新庾开府，俊逸鲍参军。

渭北春天树，江东日暮云。

何时一尊酒，重与细论文？

【汇评】

《升庵诗话》：杜工部称庾开府曰"清新"。清者，流丽而不浊滞；新者，创见而不陈腐也。

《唐诗选脉会通评林》：唐陈彝曰："飘然思不群"五字，得白之神。

《杜诗解》："白也"对"飘然"，妙绝，只如戏笔。"白也"字出《檀弓》。

《唐诗摘钞》：两句对起，却一意直下，杜多用此法。怀人诗必见其所在之地，送人诗必见其所往之地，诗中方有实境移不动。一结绾尽一篇之意。

《而庵说唐诗》：此作前后解，截然分开，其明秀之气，使人爽目。……"渭北春天树，江东日暮云"，"渭北"下装"春天树"，"江东"下装"日暮云"，三字奇丽，不灭天半朱霞也。前后六句赞他者是诗，与他细论者也是诗，而此二句忽从两边境界写来，凭空横截，眼中直无人在。

《唐诗从绳》：此前后二切格。起二句虽对，却一气直下，唯其"思不群"，所以诗"无敌"，又是倒因起法。"清新"似"庾开府"，"俊逸"似"鲍参军"，径作五字，名"硬装句"。对"渭北树"，望"江东云"，头上藏二字，名"藏头句"。五己地，六彼地，怀人诗必其见所在之地，方有实境。七、八何时重与"尊酒"，相对细酌"论文"，分装成句。

《纲斋诗谈》："渭北春天树，江东日暮云。"景化为情，造句三昧也。似不用力，十分沉着。

《剑溪说诗》：杜诗"俊逸鲍参军"，"逸"字作奔逸之逸，才托出明远精神，即是太白精神，今人多作闲逸矣。

《唐宋诗醇》：颈联遂为怀人粉本，情景双关，一何蕴藉！

《唐诗别裁》：少陵在渭北，太白在江东，写景而离情自见（"渭北"二句下）。

《读杜心解》：此篇纯于诗学结契上立意。方其聚首称诗，如逢庾、鲍，何其快也；一旦春云迢递，"细论"无期，有黯然神伤者矣。四十字一气贯注，神骏无匹。

《杜诗镜铨》：蒋云："细"字对三、四句看，自有微意（"重与"句下）。　　首句自是阅尽甘苦，上下古今，甘心让一头地语。窃谓古今诗人，举不能出杜之范围，惟太白天才超逸绝尘，杜所不能压倒，故尤心服，往往形之篇什也。

《雨村诗话》："白也诗无敌，飘然思不群。清新庾开府，俊逸鲍参军。"又不似称白诗，亦直公自写照也。

城西陂泛舟

青蛾皓齿在楼船，横笛短箫悲远天。
春风自信牙樯动，迟日徐看锦缆牵。
鱼吹细浪摇歌扇，燕蹴飞花落舞筵。
不有小舟能荡桨，百壶那送酒如泉？

【汇评】

《四溟诗话》："鱼吹细浪摇歌扇，燕蹴飞花落舞筵"，诸联绮丽，颇宗陈隋，然句工气浑，不失为大家。譬如上官公服，而有黼黻绨绣，其文采照人，乃朝端之伟观也。晚唐此类犹多。

《唐诗评选》：夔州以后诗自可引人漫烂，思有闲则韵得回翔，必推早岁绝论。

《杜臆》：有"青蛾皓齿"，故有"横笛短箫"。楼船高敞，故声达天际，而用一"悲"字，妙。……楼船甚安，不见其动，但有风有樯，自信其船之行,用"自信"字极妙。……"鱼吹细浪",妙在"吹"字,此联顶"青娥"来。船大则送酒必用小舟,故倒其语而簸弄风致。

《杜诗详注》:朱瀚曰:中二联,写得工丽绝伦。　　张性《演义》:"动"曰"自信","牵"曰"徐看",见中流容与之象。　　顾宸曰:天宝间,景物盛丽,士女游观,极尽饮燕歌舞之乐,此咏泛舟实事,不是讥刺明皇,亦非空为艳曲。盛唐七律,尚有宽而未严处。此诗"横笛短箫悲远天",次联宜用仄承;下云:"春风自信牙樯动",仍用平接矣。如太白《登凤凰台》诗,上四句亦平仄未谐,此才人之不缚于律者。在中晚则声调谨严,无此疏放处,但气体稍平,却不能如此雄壮典丽耳。

《杜诗镜铨》:浓丽犹近初唐。

《闻鹤轩初盛唐评选读本》:陈德公曰:起便作致。三、四"自信"、"徐看"字法高,"迟"故云"徐",更有情。五、六是唐通调,结更取实事入咏,亦增致不寂寞。　　评:"悲远天","悲"字含有讽在,落句因"荡桨"字遂压"如泉",亦是琢句联属法。

杜位宅守岁

守岁阿戎家,椒盘已颂花。
盍簪喧栎马,列炬散林鸦。
四十明朝过,飞腾暮景斜。
谁能更拘束?烂醉是生涯。

【汇评】

《瀛奎律髓》:以"四十"对"飞腾"字,谓"四"与"十"对,"飞"与"腾"对,诗家通例也。唐子西诗"四十缁成素,清明绿胜红"祖此。

《杜臆》:"谁能更拘束",感愤横放。《醉时歌》云:"儒术于我何有哉?孔丘盗跖俱尘埃。"极豪放矣,不能敌此五字。

《杜诗详注》：赵汸云：公年四十，进《三大礼赋》，明皇命待制集贤院，而未尝授官。此诗除夕所赋，后四句感慨豪纵，读之可想公之为人。

《瀛奎律髓汇评》：纪昀：此自流水写下，不甚拘对偶，非就句对之谓。"四十"二字相连为义，不得拆开平对也。况双字就句对，自古有之，单字就句对则虚谷凿出，千古未闻。"四十"、"清明"皆是双字，与此不同。　　此杜诗之极不佳者。

《唐宋诗举要》：吴曰：杜公研炼句法处（"盍簪"二句下）。

顾曰：公目击附势之徒，见位而伛偻俯仰，不胜拘束，故有末二句。　　吴曰：后半神气骤变，能以古诗愤郁之气纳入四十字中（"四十"四句下）。

官定后戏赠

原注：时免河西尉，为右卫率府兵曹。

不作河西尉，凄凉为折腰。
老夫怕趋走，率府且逍遥。
耽酒须微禄，狂歌托圣朝。
故山归兴尽，回首向风飙。

【汇评】

《唐诗归》：钟云：可怜，然亦傲（"老夫"句下）。　　谭云：二语是穷人、狂人至言，"托"字尤深（"耽酒"二句下）。

《杜臆》：若论得钱，则为尉颇不凄凉，其云"凄凉"者，为折腰且怕趋走，不如率府兵曹且得逍遥；"逍遥"与"凄凉"反。……曰"向风飙"，知率府亦非所欲，为贫而仕，不得已也。不平之意，具有言外。"赠"字有误，当是"戏题"。

《围炉诗话》：子美之《官定后戏赠》诗，略不见有介意处，胸次如何？

《读杜心解》：此解嘲之什也。……上四，明辞就之故，五、六，自赠语也，可作一生总赞。

《杜诗镜铨》：傲岸（"不作"句下）。　　张云："耽酒"句是就率府之故；"狂歌"句又幸时无忌讳，可以纵吟：寓讽而浑。

九日蓝田崔氏庄

老去悲秋强自宽，兴来今日尽君欢。

羞将短发还吹帽，笑倩旁人为正冠。

蓝水远从千涧落，玉山高并两峰寒。

明年此会知谁健？醉把茱萸仔细看。

【汇评】

《后山诗话》：孟嘉落帽，前世以为胜绝。杜子美《九日诗》云："羞将短发还吹帽，笑倩旁人为正冠。"其文雅旷达，不减昔人。故谓诗非力学可致，正须胸肚中泄耳。

《诚斋诗话》：唐律七言八句，一篇之中，句句皆奇；一句之中，字字皆奇。古今作者皆难之。……如老杜《九日》诗云："老去悲秋强自宽，兴来今日尽君欢。"不徒人句便字字对属，又第一句顷刻变化，才说悲秋，忽又自宽，以"自"对"君"甚切。……"羞将短发还吹帽，笑倩旁人为正冠。"将一事翻腾作一联，又孟嘉以落帽为风流，少陵以不落为风流，翻尽古人公案，最为妙法。"蓝水远从千涧落，玉山高并两峰寒。"诗人至此，笔力多衰，今方且雄杰挺拔，唤起一篇精神，自非笔力拔山，不至于此。"明年此会知谁健，醉把茱萸仔细看。"则意味深长，悠然无穷矣。

《容斋随笔》：刘梦得云：诗中用"茱萸"字者凡三人。杜甫云"醉把茱萸仔细看"，王维云"遍插茱萸少一人"，朱放云"学他年少插茱萸”，三君所用，杜公为优。

《对床夜语》：高适《九日》诗云：“纵使登高只断肠，不如独坐空搔首。”老杜有“羞将短发还吹帽，笑倩旁人为整冠”，亦反其事也。结句云：“明年此会知谁健？醉把茱萸仔细看。”与刘希夷“今年花落颜色改，明年花开复谁在”之意同，气长句雅，俱不及杜。

《苕溪渔隐丛话》：苕溪渔隐曰：此三人（按指杜甫、王维、朱放）类各有所感而作，用事则一，命意不同。

《瀛奎律髓》：杨诚斋大爱此诗。以予观之，诗必有顿挫起伏。又谓起句以“自”对“君”，亦是对句。殊不知“强自”二字与“尽君”二字，正是着力下此，以为诗句之骨之眼也。但低声抑之读五字，却高声扬之读二字，则见意矣。三、四融化落帽事，甚新。末句“仔细看茱萸”，超绝千古。

《唐诗广选》：郭明龙曰：帽冠既重，落帽有致，正冠何为？翻案之说不然。

《四溟诗话》：七言近体，起自初唐应制，句法严整，或实字叠用，虚字单使，自无敷演之病。……《九日蓝田崔氏庄》：“蓝水远从千涧落，玉山高并两峰寒。”此中二字亦虚，工而有力。中唐诗虚字愈多，则异乎少陵气象。

《艺苑卮言》：“老去悲秋”首尾匀称，而斤两不足。

《诗薮》：盛唐句法浑涵，如两汉之诗，不可以一字求。至老杜而后，句中有奇字为眼，才有此，句法便不浑涵。……如“返照入江翻石壁，归云拥树失山村”，故不如“蓝水远从千涧落，玉山高并两峰寒”也。此最诗家三昧，具眼自能辨之。老杜七言律全篇可法者，……《九日》、《登高》……气象雄盖宇宙，法律细入毫芒，自是千秋鼻祖。

《唐音癸签》：“老去悲秋”篇，本一落帽事，又生“冠”字为对，无此用事法。“蓝水”一联尤乏生韵，类许用诲白语，仅一结思深耳，可因之便浪推耶？

《诗源辩体》："羞将短发还吹帽，笑倩旁人为正冠"，似巧实拙。

《唐诗镜》：一起二语，意凡几折。三、四不胜伤感，与时俯仰之情。杨诚斋谓翻案为奇，非也。孟嘉何尝以落帽为风流，子美又何尝以不落为风流耶？五、六雄高，气与寒山相敌。结语伤慨留连，味之不尽。

《唐诗归》：钟云：凡雄者贵沉。此诗及"昆明池水"胜于"玉露凋伤"、"风急天高"盖以此，王元美谓七律虚响易工，沉实难至，似亦笃论，而专取四诗为唐七言压卷，无论老杜至处不在此，即就四诗中已有虚响、沉实之不同矣，不知彼以何者而分虚响，沉实也？特录此黜彼，以存真诗。　　钟云：二语虽一气，然上语悲，下语谑，微吟自知，不得随口念过（"羞将短发"二句下）。　　钟云："健"字妙于立言（"明年此会"句下）。　　钟云："仔细看"三字悲甚，无限情事，妙在不曾说出（末句下）。

《唐诗归折衷》：敬夫云：词旨凄壮，其佳处又不当于用旧不用旧、翻案不翻案求之。

《唐诗选脉会通评林》：蒋一葵曰：次，流水联，在七言尤难。五、六，以"落"字映起"寒"字。结，达者之言，"仔细"方言而雅。

陆深曰：尾联悲，感中顿悟。　　刘辰翁曰：此诗经诚斋说尽，旧曾手写，误作"好把"，便觉情性甚远，因赞其妙。　　董益曰：欲悲而喜，才喜而悲，曲尽怀抱。　　郭正域曰："明年"句浅而真。　　周珽曰：胸中元化，笔底造工。一句一字，幽妍爽豁。

陈继儒曰：出世心眼，动人旷怀，古今绝调。

《唐诗评选》：宽于用意，则尺幅万里矣。谁能吟此而不悲，故曰可以怨。

《瀛奎律髓汇评》：纪昀："冠"、"帽"字复，前人已议之。一说"看"谓蓝水、玉山，非看茱萸也，亦自有理，不同穿凿。　　许印芳：老杜五、七律常有对起对结者，此诗但对起耳。三、四语，一事化用两句，此律诗用事之一法。……五、六写现景，造句警拔，通篇俱振得起，此最宜学。结句收拾全题，词气和缓有力，而且有味。　　何义门云：前半跌宕曲折，体势最佳。此贼中作，故尤悲凉，非独叹老而已。

《杜诗详注》：朱瀚曰：通篇伤离、悲秋、叹老，尽欢至醉，特寄托耳。公曾授率府参军，用孟嘉事恰好。

《唐诗成法》：三、四，宋人极赞，然犹是明白说话。五、六，蓝田庄之壮观，方是佳句。

《诗辩坻》："羞将短发还吹帽"一句，翻案意足，"笑倩旁人为正冠"，赘景乏味，或当时即事语耶？

《杜诗集评》：陆嘉淑云：此真宋人学而不能到者。　　吴祥农云：此诗毕竟杜律第一，杨诚斋诸公所评不错也。

《唐诗笺注》："仔细看"三字，读之黯然。

《纫斋诗谈》："羞将短发还吹帽，笑倩旁人为正冠。"二句翻用孟事。孟落帽犹不知，此则防其落而倩人正之，不拘本事。

《唐宋诗醇》：意颇颓唐，笔则老健。颈联撑柱，自是截断众流之句。

《增订唐诗摘钞》：首四句一气，项联用自嘲语，正悲世也。结应转，字字刻挚，字字脱化。五、六写景悲壮称情。　　用九日事俱用得翻新。

《唐七律选》：张南士云：此诗八句皆就题赋事，不溢一字。起以"悲秋"，"今日"暗指"九日"二字，然对如不对，奇绝。若"蓝水"二句，世多以写境忽之，此与崔曙"三晋云山"二语正同，正登高也。……至落句之妙，当与万楚《五日观伎》比看。一见续命缕而翻欲死，一见茱萸囊而唯恐不生，本地风光，何其神也？前人亦以此拟三唐第一，要与《黄鹤楼》《卢家少妇》同妙，神品无优劣也。

《读杜心解》："老去""兴来"，一篇纲领，……字字亮，笔笔高。三、四，宋人极口，然犹是"随波逐浪"句。五、六，乃所谓"截断众流"也。

《杜诗镜铨》：二句直下，中具几许曲折（"老去悲秋"二句下）！　　结处仍与"老去悲秋"相应。　　"看"字即指茱萸，意更微妙。　　异乡佳节，写得十分慷慨缠绵。

《闻鹤轩初盛唐评选读本》：陈德公曰：三、四跳脱有笔致，第六高凉名句，结更不为衰寂，故是警篇。　　评：三、四一事作两笔写，而意自相承，古人往往有此。末句著"醉把"作趣，然亦从第二"尽君欢"生出，"尽欢"则醉矣，且三、四一联，更是描摹醉态。

《网师园唐诗笺》：借山水无恙，以衬人事难知（"蓝水"二句下）。

《唐宋诗举要》：此等诗皆生气淋漓，不当专以字句求之。

崔氏东山草堂

> 爱汝玉山草堂静，高秋爽气相鲜新。
> 有时自发钟磬响，落日更见渔樵人。
> 盘剥白鸦谷口栗，饭煮青泥坊底芹。
> 何为西庄王给事，柴门空闭锁松筠？

【汇评】

《唐诗归》：谭云：宕甚。钟云：拗矣，然生成律诗，入歌行不得（"有时自发"二句下）。

《唐风定》：轻清袅娜，吴体中变调也。

《杜臆》："有时"、"落日"，假对。落句忽及王给事，横出一枝，又是一格。

《杜诗详注》：朱瀚曰：草堂之静，延秋气之爽，故曰"相鲜新"。

《义门读书记》：此篇自是一体。　　从动处形容出静来，犹云"鸟鸣山更幽"也（"有时自发"一联下）。

《唐宋诗醇》：甫集特多拗律，然其声调自有一定之法，如此诗及"西岳崚嶒竦处尊"、"锦官城西生事微"、"掖垣竹埤梧十寻"、"城尖径仄旌旆愁"诸篇，以古调入律，所谓苍莽历落中自成音节者。然此及"西岳"篇收入律调为正法，后二篇八句全拗，又拗体之变格，不易学也。若并不识七古声调而以语拗，难矣。他如"涧道馀寒历冰雪"、"传语风光共流转"及"映阶碧草自春色"、"九江日落醒何处"诸联乃单拗、双拗正法。宋人胡仔谓平仄固有定体，众共守之，然不若时用变体，如兵之出奇，变化无穷以惊世骇目。王世懋则疑为变风变雅，皆恍惚之语耳。

《唐诗别裁》：此以古为律，谓之拗体，可偶一为之。

《读杜心解》：借崔堂以呼"给事"，是公招隐诗也。……按：崔堂之野趣，即是"西庄"之野趣，手写此而神注彼。有此乐土，云胡不归？故结语怪之。

《杜诗镜铨》：邵子湘云：格老而秀。　　王阮亭云：颔联正承"静"字。

对　雪

战哭多新鬼，愁吟独老翁。

乱云低薄暮，急雪舞回风。

瓢弃樽无绿，炉存火似红。

数州消息断，愁坐正书空。

【汇评】

《瀛奎律髓》：他人对雪必豪饮低唱，极其乐。唯老杜不然，每极天下之忧。

《唐诗归》：钟云：一"似"字写得荒凉在目，此老真精于穷者（"炉存"句下）。

《杜臆》："乱云"一联，写雪景甚肖，而自愁肠出之，便觉凄然。……此诗起兴于雪，则"乱云"二句，兴也，而首尾皆赋也，别是一格。　　此闻房琯陈陶之败而作。曰"愁吟"，曰"愁坐"，正以愁思之极，不觉其复也。

《瀛奎律髓汇评》：查慎行：此老杜陷贼中作，非豪饮低唱时也，观起结自见。　　何义门：樽无酒，炉无火，变换得妙。纪昀："尊无绿"三字乃凑对下句，实不大方。此亦系于所遇。

《杜诗详注》：此诗中间咏雪，前后俱叹时事，正是有感而赋雪耳。……前曰"愁吟"，伤官军之新败；末云"愁坐"，伤贼势之方张。

《增订唐诗摘钞》：他诗多前写景，后写情，此独外虚中实，亦变格也。

《读杜心解》：上提伤时之意，递到雪景；下借对雪之景，兜回时事。虽似中间咏雪，隔断两头，实则中皆苦况，正是绾摄两头也。

《杜诗镜铨》：李子德云：苦语写来不枯寂，此盛唐所以擅长。正如善画者，枯木寒鸦，一倍有致。　　邵云：沉着凄婉（"战哭"四句）。　　写意中妙（"炉存"句）。

月　夜

今夜鄜州月，闺中只独看。
遥怜小儿女，未解忆长安。
香雾云鬟湿，清辉玉臂寒。
何时倚虚幌，双照泪痕干？

《瀛奎律髓》：八句皆思家之言，三、四及儿女，六句全是忆内，与乃祖诗骨格声音相似。

《唐诗品汇》：刘云：愈缓愈悲，俯仰俱足（"未解"句下）。

《唐诗归》：谭云："遍插茱萸少一人"、"霜鬓明朝又一年"，皆客中人遥想家中相忆之词，已难堪矣。此又想其"未解忆"，又是客中一种愁苦，然看得前二绝意明，方知"遥怜"、"未解"之趣（"遥怜"二句下）。　　钟云："泪痕干"，苦境也，但以"双照"为望，即"庶往共饥渴"意（末句下）。

《杜臆》："云鬟"、"玉臂"，语丽而情更悲。

《义门读书记》：衬拓"独"字，逼起落句，精神百倍，转变更奇（"香雾"二句下）。

《瀛奎律髓汇评》：纪昀：言儿女不解忆，正言闺人相忆耳，故下文直接"香雾云鬟湿"一联。虚谷以为未及儿女，殊失诗意。入手便摆落现境，纯从对面着笔，蹊径甚别。后四句又纯为预拟之词，通首无一笔着正面，机轴奇绝。　　冯舒：只起二句，已见家在鄜州矣。第四句说身在长安，说得浑合无迹。五、六紧应"闺中"，落句紧接鄜州、长安。如此诗是天生成，非人工碾就，如此方称"诗圣"。　　许印芳：《三百篇》为诗祖，少陵此等诗从《陟岵》篇化出。对面着笔，不言我思家人，却言家人思我。又不直言思我，反言小儿女不解思我，而思我者之苦衷已在言外。……写闺中人，语要情悲。结语"何时"与起句"今夜"相应，"双照"与起句"独看"相应，首尾一气贯注，用笔精而运法密，宜细玩之。

《雨村诗话》：诗有借叶衬花之法。如杜诗"今夜鄜州月，闺中只独看，"自应说闺中之忆长安，却接"遥怜小儿女，未解忆长安"，此借叶衬花也。总之古人善用反笔，善用傍笔，故有伏笔，有起笔，有淡笔,有浓笔,今人曾梦见否?

《唐音审体》:映出上"独看"也。意虽直下,字句未尝不对("未解"句下)。

《唐宋诗醇》:王士正曰:不言思儿女,情在言外。

《唐诗别裁》:"只独看"正忆长安,儿女无知,未解忆长安者苦衷也。反复曲折,寻味不尽。　　　五、六语丽情悲,非寻常秾艳。

《读杜心解》:心已驰神到彼,诗从对面飞来,悲婉微至,精丽绝伦,又妙在无一字不从月色照出也。

《杜诗镜铨》:邵云:一气如话。

《闻鹤轩初盛唐近体读本》:此杜老初年始解言情之作。三、四正用形闺中独看人可念耳,五、六仍极写之。结笔更无聊作兴语。

《唐诗矩》:尾联见意格。结云云,则今夕天各一方,泪无干痕可知,此加一层用笔法。题是《月夜》,诗是思家,看他只用"双照"二字,轻轻绾合,笔有神力。

《岘佣说诗》:诗犹文也,忌直贵曲。少陵"今夜鄜州月,闺中只独看",是身在长安,忆其妻在鄜州看月也。下云:"遥怜小儿女,未解忆安长,"用旁衬之笔,儿女不解忆,则解忆者独其妻矣。"香雾云鬟"、"清辉玉臂",又从对面写,由长安遥想其妻在鄜州看月光景。收处作期望之词,恰好去路,"双照"紧对"独看",可谓无笔不曲。

《唐宋诗举要》:吴汝纶曰:专从对面着想,笔情敏妙。

遣　兴

骥子好男儿,前年学语时。
问知人客姓,诵得老夫诗。

世乱怜渠小，家贫仰母慈。

鹿门携不遂，雁足系难期。

天地军麾满，山河战角悲。

傥归免相失，见日敢辞迟。

【汇评】

《唐诗归》：钟云：极婉极细只是一真。

《杜臆》："世乱怜渠小，家贫仰母慈"，爱隔情深。"傥归免相失，见日敢辞迟"，语宽心急。"战角"语新。

《围炉诗话》：《遣兴》诗，前二联叙骥子，"世乱"下三句叙其依母在家中，"鸟道"句（按"雁足系难期"一作"鸟道去无期"）转出已不得见，"天地"联叙隔绝，结言得见为幸为难。

《读杜心解》：四述骥子，四伤乱离，四期终聚。"雁足"句，自况陷贼。

《杜诗镜铨》：张云：二句情事百种（"世乱"二句下）。　　真情苦语（"傥归"二句下）。

春　望

国破山河在，城春草木深。

感时花溅泪，恨别鸟惊心。

烽火连三月，家书抵万金。

白头搔更短，浑欲不胜簪。

【汇评】

《温公续诗话》：古人为诗，贵于意在言外，使人思而得之，故言之者无罪，闻之者足以戒也。近世诗人唯子美最得诗人之体，如"国破山河在，……恨别鸟惊心。""山河在"，明无馀物矣；"草木深"，明无人矣；花鸟，平时可娱之物，见之而泣，闻之而悲，则时可知矣。他皆类比,不可遍举。

《瀛奎律髓》:此第一等好诗,想天宝、至德以至大历之乱,不忍读也。

《唐诗归》:钟云:所谓"愁思看春不当春"也("感时"二句下)。　　钟云:此句烂熟,入口不厌,于此见身份("烽火"二句下)。

《李杜二家诗钞评林》:刘云:更深更长,乃不及此。

《唐宋诗举要》:吴曰:字字沉着,意境直似《离骚》。

《唐诗选脉会通评林》:周珽曰:气浑语楚。

《唐诗分类绳尺》:子美此诗,幽情邃思,感时伤事,意在言外。

《瀛奎律髓汇评》:何义门:起联笔力千钧。　　纪昀:语语沉着,无一毫做作,而自然深至。

《绂斋诗谈》:《春望》:"烽火连三月,家书抵万金。"侧串乃见其妙。

《围炉诗话》:"烽火连三月,家书抵万金。"极平常语,以境苦情真,遂同于《六经》中语之不可动摇。

《唐诗别裁》:"溅泪"、"惊心"转因花、鸟,乐处皆可悲也("感时"二句下)。　　五、六,直下("烽火"二句下)。

《读杜心解》:温公说是诗有人物散亡,意在言外之叹。赵汸说是诗明照应相生、引伸作法之端。其实词旨浅显,不须疏解。

一百五日夜对月

无家对寒食,有泪如金波。
斫却月中桂,清光应更多。
仳离放红蕊,想像嚬青蛾。
牛女漫愁思,秋期犹渡河。

【汇评】

《鹤林玉露》：李太白云："铲却君山好，平铺湘水流"，杜子美云："斫却月中桂，清光应更多"，二公所以为诗人冠冕者，胸襟阔大故也。此皆自然流出，不假安排。

《诚斋诗话》：诗有惊人句。杜《山水障》："堂上不合生枫树，怪底江山起烟雾。"又："斫却月中桂，清光应更多。"

《李杜诗选》：刘曰：语贵不犯。又曰：怨而不伤。　　杨曰：少陵月诗几三十首，余取此为魁，以其律而有古意，奇崛清丽，无不兼之。

《杜臆》：此诗须溪评不中窾，……余谓"无家"二字，乃一篇之骨，故先提出。唯无家而对寒食之月，月如金波而泪亦如之。此时直欲斫却月中之桂，令清光更多，何也？吾妇孤居，是谓"有女化离"，而桂放红蕊，想像此际，能无颦眉？所以欲斫月中之桂也。……金波、斫桂，不必符其本来；而牛、女渡河，不必目前所有也。起语十字作一句读，才是对月，不然是对寒食，不合诗题矣。

《杜诗详注》：此诗一、二对起，三、四散承，用"偷春格"也，初唐人常有之。

《读杜心解》："寒食"字只一借径，通首不粘，意只趋向对月去也。"如金波"，本说泪，却便搭上月光。愁眼对月，纤翳尽属可憎，故有"斫桂"、"光多"之想；实则此二句正为五、六生根。盖不斫则"红蕊"撩人，在"化离"之嫦娥，厌看久矣。……总由离愁所激耳，故末又借有离必合之"牛女"托醒，曰"漫愁"，曰"犹渡"，若羡之，若妒之，妙不可言。　　此首咏月，从月中黑翳落想。

《杜诗镜铨》：全诗从此生出（"无家"二句下）。　　邵云：无赖语，自豪（"斫却"句下）。　　李云：如节制之师，偶用一奇。末正借牛、女以自宽也。

喜达行在所三首

原注：自京窜至凤翔。

其一

西忆岐阳信，无人遂却回。

眼穿当落日，心死著寒灰。

雾树行相引，莲峰望忽开。

所亲惊老瘦，辛苦贼中来。

【汇评】

《李杜诗选》：刘须溪云：荒村歧路之间，望树而往；并山曲折，或是其背，或见其面，非身历颠沛，不知其言之工也（"雾树"二句下）。

《唐诗归》：钟云：看他"当"字、"著"字，用虚字落泊处（"眼穿"二句下）。

《杜臆》："眼穿当落日"，望之切也，应"西"字；"心死着（"著"同"着"）寒灰"，则绝望矣，应"忆"字。于是拚死向前，望树而往，指山而行，见"莲峰"或开或合，俱实历语。

《义门读书记》："眼穿"起下联"望"字，"心死"终上联"忆"字，为"喜达"作远势（"眼穿"一联下）。　　　　"辛苦"二字，上包"眼穿"、"心死"，下含（次首）"愁思"、"凄凉"（"辛苦"句下）。

《唐宋诗醇》：李因笃曰：抗贼高节而以"老瘦辛苦"四字隐括之，所谓蕴藉也。

《读杜心解》：起倒提凤翔，暗藏在京，四句一气下，是未达前一层也。五为窜去之路径，六为将至之情形，七、八，就已至倒点自京。着"西忆"、"眼穿"、"心死"等字，精神已全注欲达矣。又妙在结联说至凤翔处，用贴身写，令"喜"字反进而出，而自身"老瘦"，又从旁眼看出,笔尤跳脱也。

《唐诗矩》:树为雾所漫,初时不见,故曰"行相引",他人此等情岂暇如此写景,纵写景岂能写得如此精细!

《杜诗镜铨》:四句追叙,二句途中景("眼穿"四句下)。

《唐宋诗举要》:张上若曰:四句追述陷贼中驰想("西忆"四句下)。　　吴曰:字字血性中语("所亲"二句下)。

其二

愁思胡笳夕,凄凉汉苑春。

生还今日事,间道暂时人。

司隶章初睹,南阳气已新。

喜心翻倒极,呜咽泪沾巾。

【汇评】

《唐诗品汇》:刘云:五字可伤,即"旦暮人"耳。"暂时",更警。("间道"句下)　　刘云:此岂随时忧乐语("司隶"四句下)。

《唐诗归》:钟云:此意他人十字说不出("生还"二句下)。

钟云:喜极而泣,非实历不知(末二句下)。

《唐诗选脉会通评林》:赵汸曰:先言"生还",亦倒装法。以光武中兴比肃宗兴复,盖其所喜在此。

《杜臆》:"胡笳"、"汉苑",追言贼中愁悴之感。直到今日,才是生还;向在"间道",不过"暂时人"耳:说得可伤。"司隶"二句,以光武比肃宗之中兴。喜极而呜咽者,追思道途之苦,从死得生也。

《义门读书记》:接上"贼中来"。忽"贼中",忽"行在",笔势出没无端("愁思"句下)。

《读杜心解》:前首本从未达时起也,却预忆行在;此则写初达之情矣,起反转忆贼中,笔情往复入妙。……五、六,明写"达",暗写"喜"。七、八,明言"喜",反说"悲",而喜弥深,笔弥幻矣。

此为"喜"字点睛处,看翻点法。

《杜诗镜铨》:沈著语有深痛("生还"二句下)。 邵云:接得气色("司隶"二句下)。

《唐宋诗举要》:吴曰:五字惊创独绝("间道"句下)。

其三

死去凭谁报? 归来始自怜。

犹瞻太白雪,喜遇武功天。

影静千官里,心苏七校前。

今朝汉社稷,新数中兴年。

【汇评】

《汇编唐诗十集》:此主情,《诸将》主议论,自有分别。

《唐诗归》:谭云:佳句。 钟云:"影静"二字深妙可思("影静"句下)。

《杜臆》:"死凭谁报","归来自怜",须溪云:"他人累千百言不自诉者,一见垂泪。""影静",见乍归无倅,"心苏",见从死得生,意苦语工。

《唐诗评选》:"影静千官里",写出避难仓皇之馀,收拾仍入衣冠队里,一般生涩情景,妙甚。

《姜斋诗话》:情景名为二,而实不可离,神于诗者,妙合无垠。巧者则有情中景,景中情。景中情者,如"长安一片日",自然是孤栖忆远之情;"影静千官里",自然是喜达行在之情。

《义门读书记》:接"生还今日事"来。前此忆信不得,何意竟生达耶! 间道辛苦,忽睹中兴,宜乎其喜倍也("死去"二句下)。

"喜"字足。反复顿挫,"喜"字在中篇点出,却仍不即正落,留在第三篇作结("今朝"二句下)。

《读杜心解》:"犹瞻",从死去说来,死则不得瞻,今犹得瞻矣;

来归而遇尧天，"喜"而知矣。五、六，才是面君，而以"心苏"对"影静"，仍不脱窜至神理也。七、八，结出本愿，乃为"喜"字真命脉。

《杜诗镜铨》：两首起句俱承前首末说下（"死去"二句下）。

张云：脱险回思，情景逼真。只"影静"、"心苏"字，以前种种奔窜惊危之状，俱可想见。

【总评】

《唐诗广选》：赵子常曰：题曰《喜达行在所》，而诗多追说脱身归顺、间关跋涉之情状，所谓"痛定思痛"，逾于在痛时也。　　又曰：曲折开合，非亲历间关，不能道。

《唐诗镜》：三首中肝肠踪迹，描写如画。化作记事，便入司马子长之笔矣。

《唐诗归》：谭云：《诸将》诗肯如此做即妙绝，岂七言难于五言，子美亦尔耶？

《唐诗选脉会通评林》：周珽曰：少陵心存王室，出自天性，故身陷贼中，奋不顾死。间关归朝，虽悲喜交集，人情固然，而一腔忠爱无已。如此三诗，神骨意调俱备，孙月峰欲于中取一为唐律压卷，以此。

《杜诗详注》：首章曰："心死"，次章曰"喜心"，末章曰"必苏"，脉络自相照应。首章见亲知，次章至行在，末章对朝官，次第又有浅深。

《载酒园诗话》：谭又评《喜达行在所》曰："《诸将》诗肯如此做即妙绝，岂七言难于五言，子美亦尔耶？"余谓此言尤妄。按《达行在》诗……此是子美身陷贼中，艰难窜徙，得赴行在，痛定思痛，不觉悲喜交集。《诸将》诗乃流落剑南，风闻时事，不胜亡羊补牢之虑。局中、事外，如何可同？率尔妄言若此。

《唐宋诗醇》：肺腑流露，不假雕饰。论甫者谓其一饭不忘君，况斯时情境乎？所以写欣喜处，语极悲痛，性情所至，妙不自寻，观其真挚如此,其生平大节可知矣。

《唐诗别裁》:前章喜脱贼中,次章喜见人主,三章喜睹中兴之业,章法井然不乱。　　《喜达行在》三首、《收京》三首,《有感》五首,皆根本节目之大者,不宜去取。

《读杜心解》:文章有对面敲击之法,如此三诗写"喜"字,反详言危苦情状是也。　　言言着痛,笔笔能飞,此方是欲歌欲哭之文。

《杜诗镜铨》:张上若云:三首艰难之情,忠爱之念,一一写出,读之恻恻动人。　　李子德云:三诗于仓皇情事,写得到,推得开,老气横披,真绝调也。

重经昭陵

草昧英雄起,讴歌历数归。
风尘三尺剑,社稷一戎衣。
翼亮贞文德,丕承戢武威。
圣图天广大,宗祀日光辉。
陵寝盘空曲,能罴守翠微。
再窥松柏路,还见五云飞。

【汇评】

《瀛奎律髓》:此篇前八句字字佳。

《唐诗广选》:蒋春甫曰:用经语入诗,拙者便腐。

《唐诗归》:谭云:经术诗。　　钟云:陵庙之作,典古悲凉,说功业无竹帛气,说神鬼无松杉气。　　钟云:"守"字说出神来("熊罴"句下)。

《唐诗选脉会通评林》:何景明曰:用经语入诗,他人蹈此便拙滞,惟此老不见斧凿痕。　　周珽曰:极寂寞时地,发出凤池、龙阁气象,觉陵寝间五色峥嵘。

《唐诗评选》:壮丽生色。壮丽不生色,则官舍门神,聊堪骇鬼耳。"翼亮"一联,自潘尼、陆云语。

《瀛奎律髓汇评》:何义门:反复慨叹,荡平之功,不能速奏,无太宗之善继也。　　纪昀:"翼亮"四句终不精彩。　　结出"重过"。　　许印芳:此诗简严典硕,通体精彩。纪批亦是苛论。

《围炉诗话》:《重经昭陵》诗前四联叙太宗功德,繁简得中,后二联以昭陵作结。此诗极其典重,钟伯敬以为悲凉,非也。

《唐宋诗醇》:浑举赞颂,义无不包,与前篇(《行次昭陵》)皆可直追三《颂》。　　张远曰:末句即"五陵佳气无时无"之意。

《杜诗镜铨》:蒋云:首二句见神器有定,不可以智力争也,与班彪《王命论》同旨。　　结得有体有力("再窥"二句下)。　　李子德云:典重高华,直追三《颂》,此收京之后,绝是喜词,与前首各别。

《读杜心解》:旅农云:前篇(《经昭陵》)伤乱,此篇望治,故以"五云"为结。愚按:……其言"圣图"、"宗祀",神注今日之光复旧物矣,故曰"图"、曰"祀"言灵长也。旧以此四句亦粘定太宗,殊未得神。后四,点"陵",点"重经"。前篇曰"寂寞流恨",此曰"松柏"、"云飞",一悲一喜,今曩改观。

《闻鹤轩初盛唐评选读本》:三、四工警。五、六俨然《三颂》声节。七、八莽旺,唯雄才有之,骨峭故不枵也。结笔飞舞。

喜闻官军已临贼境二十韵

胡虏潜京县,官军拥贼壕。
鼎鱼犹假息,穴蚁欲何逃?
帐殿罗玄冕,辕门照白袍。

秦山当警跸，汉苑入旌旄。

路失羊肠险，云横雉尾高。

五原空壁垒，八水散风涛。

今日看天意，游魂贷尔曹。

乞降那更得，尚诈莫徒劳。

元帅归龙种，司空握豹韬。

前军苏武节，左将吕虔刀。

兵气回飞鸟，威声没巨鳌。

戈鋋开雪色，弓矢尚秋毫。

天步艰方尽，时和运更遭。

谁云遗毒螫，已是沃腥臊。

睿想丹墀近，神行羽卫牢。

花门腾绝漠，拓羯渡临洮。

此辈感恩至，羸俘何足操？

锋先衣染血，骑突剑吹毛。

喜觉都城动，悲怜子女号。

家家卖钗钏，只待献春醪。

【汇评】

《后村诗话》：《闻官军临贼》篇二十韵，多佳句，如云"秦山当警跸，……云横雉尾高。"可见崎岖巴蜀，播迁梁、益，乘舆危迫之状。"元帅归龙种，司空握豹韬。"注云："广平王为元帅，郭汾阳副之。""前军苏武节，左将吕虔刀。"其叙时事，甚悲壮老健。末云："家家卖钗钏，只待献香醪。"宁卖钗钏以易香醪，可见时人厌乱之极。

《唐诗品汇》：范德机云：形容人心望治之极，只有此笔力有馀。故虽极处，语辄从容耳。

《杜臆》：此诗四十句二百字，字字犀利，句句雄壮，真是笔能扛鼎。中间如"今日看天意"与"此辈感恩至",不用偶语,更觉顿起精神。"锋先"、"骑突",倒用更觉铦锐。至末"悲"、"喜"兼用,却是真景,然人不及此。

《全唐风雅》:此篇铺叙斡旋,笔力有馀,意有难接,即有故事点缀,如鸾胶续弦,不费纤力,此所以为难能也。

《义门读书记》:官军初至清渠失利,士女为之悲愤而夺气,已而回鹘空国助顺,贼欲奔亡,人皆歌舞。悲、喜二字,一宾一主,包括前后("喜觉"一联)。

《唐宋诗醇》:壮浪豪迈,写得"喜"字意出,可作讨贼檄文,亦可作报捷露布。

《读杜心解》:题眼在"已临"二字,看他四十句诗,笔笔是"已"字,无一语放松。又且笔笔含着喜气,不作两层写,真正神技。……说"远人",不入前段队伍正文,但借作衬托,措词又能不予不夺,何工于布置若此!结处借点"喜"字,要之,喜意已灌满通篇也。

《杜诗镜铨》:字字精彩,句句雄壮,全是喜极涕零语。逐色铺张,觉一片快情,飞动纸上。 俞犀月云:可作军中露布读。四句就题直起,先作一顿。("胡虏"四句下)。 次预言群臣奉车驾还京,是意中极紧要语,故先揭于此。("帐殿"四句下) 写得气色("路失"四句下)。 "今日"四句直接首四句便少味,于插入八句下,又作一提倡顿宕,方见章法之妙。上半幅先在空中极力写一番,以下再用实叙。 蒋云:十分痛恨,亦十分悲悯("今日"二句下)。 又用空句排宕,与"今日"四句相应("兵气"四句下)。 倒装句法,更警("锋先"句下)。

收京三首（其三）

汗马收宫阙,春城铲贼壕。

赏应歌杕杜，归及荐樱桃。

杂虏横戈数，功臣甲第高。

万方频送喜，无乃圣躬劳！

【汇评】

《蔡宽夫诗话》：然则人亦有事非当用，而炉锤驱驾，若出自然者。杜子美《收京》诗，以"樱桃"对"杕杜"。"荐樱桃"事，初若不类，及其云："赏因歌杕杜，归及荐樱桃"，则浑然天成，略不见牵强之迹。如此乃为工耳。

《诗薮》：盖诗富硕则格调易高，清空则体气易弱。至于终篇洗削，尤不易言。惟杜《登梓州城楼》、《上汉中王》、《寄贺兰二》、《收京》……等作，通篇一字不粘带景物，而雄峭沈著，句律天然。古今能为诗者，仅见此老。世人率以雄丽掩之，余故特为拈出。第肉少骨多，意深韵浅，故与盛唐稍别，而黄、陈一代尸祝矣。

《唐诗归》：钟云：典致（"赏应"二句下）。

《唐诗镜》：《收京》数首多血诚语，忧喜所至，如写家事。

《杜臆》："归及荐樱桃"，须溪云："不言宗庙，而颠覆之感，收京之事俱见，非虚点缀者。""杂虏横戈"，谓回纥、吐蕃以兵相助。

《唐宋诗醇》：一喜一痛，忠爱之诚蔼然而见。

《唐诗别裁》：此还师之诗（"赏应"句下）。　　此收京而为事后之虑也。恐虏横、臣骄，复成蹂躏跋扈之势。反词致讽，言外可思（末句下）。

《杜诗镜铨》：此首预拟。是时王师复二京，围安庆绪于邺城未下，故言方春必可平贼，正值樱桃荐庙之时，盖预期之也。末后一转，尤见挚情切虑。

《闻鹤轩初盛唐近体读本》：是时九月收京，今云"春"，云"归及荐樱桃"，不知何也？二句着"春"字增情，又用生出第四意，"归及"句最婉情。　　张乾一曰：结是空际语，意旨飞动。

《唐宋诗举要》：吴曰：英壮（"杂虏"句下）。　　吴曰：杜公诗无论言忧言喜，皆有至情流露，感切心脾，此至性也。

紫宸殿退朝口号

户外昭容紫袖垂，双瞻御座引朝仪。

香飘合殿春风转，花覆千官淑景移。

昼漏希闻高阁报，天颜有喜近臣知。

宫中每出归东省，会送夔龙集凤池。

【汇评】

《唐诗品汇》：刘云：从容富丽（"香飘合殿"二句下）。　　刘云：意外意（"昼漏稀闻"二句下）。

《唐诗镜》："天颜有喜近臣知"，无限恩幸，有味外味。

《唐诗选脉会通评林》：蒋一梅曰：早朝诗浑雄大雅，有《紫宸殿》、《宣政殿退朝》二诗，固不用和贾至诗矣。　　周珽曰：李义山《咏淮西碑》云："言论屡颔天子颐"，虽务奇崛，人臣有不当如此。乘舆轩陛，自不敢正斥。如老杜"天颜有喜近臣知"，可谓知体矣。

《唐风定》：春容瑰丽，却与右丞迥异，自是杜一家语。

《唐诗评选》：于扬翊中取景，极其幽细。潜贴冥探，以为鬼斧。不必"阴房鬼火青，坏道哀湍泻"也。

《义门读书记》：如画。宣政是正衙，紫宸是便殿，故二诗不同。

《瀛奎律髓汇评》：陆贻典：五、六有讽刺。　　何义门：首联如画。　　纪昀：情景宛然，似此写皇家富贵，乃是真从气象上写出。　　无名氏（甲）：流丽端庄，两居其胜。　　无名氏（乙）：浓丽如许，格律不卑，何减《雅》、《颂》？

《唐宋诗醇》：可备唐朝典故，诗亦委蛇有风度。

《读杜心解》：气象似逊和贾，而委蛇丰度过之。

《杜诗镜铨》：邵云：唐时朝仪，尚可想见（"户外昭容"二句下）。

《唐诗观澜集》：春容大雅，何减右丞。此岂可以"村夫子"目之。

《闻鹤轩初盛唐近体读本》：三、四，写向空际，天际氤氲。第六，婉而隽。

曲江二首

其一

一片花飞减却春，风飘万点正愁人。

且看欲尽花经眼，莫厌伤多酒入唇。

江上小堂巢翡翠，花边高冢卧麒麟。

细推物理须行乐，何用浮名绊此身。

【汇评】

《潜溪诗眼》：或问余："东坡有言：'诗至于杜子美，天下之能事毕矣。'老杜之前人，人固未有知老杜，后世安知无过老杜者？"余曰：如"一片花飞减却春"，若咏落花，则语意皆尽，所以古人既未到，次知后人更无好语。……至其他吟咏人情，模写景物，皆如是也。

《诚斋诗话》：初学诗者，须学古人好语，或两字，或三字。……春风春雨，江北江南，诗家常用。杜云："且看欲尽花经眼"，……此以四字合三字，入口便成诗句，不至生硬。

《瀛奎律髓》：第一句、第二句绝妙。"一片花飞"且不可，况于"万点"乎？"小堂巢翡翠"，足见已更离乱；"高冢卧麒麟"，悲死者也。但诗三用"花"字，在老杜则可，在他人则不可。

《唐诗品汇》：刘云：小纵绳墨，最是倾倒，律诗不甚缚律者（"且看欲尽"二句下）。　　警策之至，可以动悟，不特丽句而已（"江上小堂"二句下）。

《唐诗归》：钟云：妙语（首句下）。　　钟云：看他用虚字之妙（"且看欲尽"二句下）。　　谭云：结语肤甚（末句下）！

《唐诗选脉会通评林》：郭正域曰：清空，一气如话，结语似宋人。　　周珽曰：冷心旷眼，非境定者不能道出。

《杜臆》："且看欲尽花"、"莫厌伤多酒"，五字为句，而下缀以"经眼"、"入唇"二字，此句法之奇；"永夜角声"一联亦然，乃老杜创格。

《而庵说唐诗》："一片花飞减却春"，妙绝语，然有所本：古诗有"飞此一片花，减却青春色"之句。　　此不是公旷达，是极伤怀处。大率看公诗，另要一副心肝、一双眼睛待他才是（"细推物理"句下）。

《瀛奎律髓汇评》：冯舒：落句开宋。　　查慎行：三句连用三"花"字，一句深一句，律诗至此，神化不测，千古那有第二人？

纪昀：西子捧心，不得谓之非病。"老杜则可"之说，犹是压于盛名。　　又云：一结竟是后来邵尧夫体。

《西河诗话》：唐人七字诗，每句必四字一住，此不易之法。……唐人造七字律，并同此法。……即虚字转合，如王维"才是寝园"、"非关御苑"，句纽连属。如杜甫"且看欲尽"、"莫厌伤多"，虽直下不断，而仍亦可断。

《载酒园诗话又编》：（老杜）惟七言律，则失官流徙之后，日益精工，反不似拾遗时曲江诸作有老人衰飒之气。

《围炉诗话》：律体有二体，如沈佺期《古意》……八句如钩锁连环，不用起承转合一定之法者也。子美《曲江》诗亦然，其云"一片花飞减却春"，言花初落也；……"高冢卧麒麟"，言富贵终有尽头时,落花起兴至此意已完。"细推物理须行乐",因落花而知万物有必尽之理。"细推"者,自一片、万点、落尽、饮酒、冢墓,皆在其中,以引末句失官不足介怀之意。此体子美最多。

《读杜心解》:此章言物理推迁,且须遣之于酒。五、六整炼,极振得起,要即是"经眼"、"愁人"之意。"推物理"、"花飞"、"巢"、"卧",俱该。

《杜诗镜铨》:蒋云:只一落花,连写三句,极反复层折之妙,接入第四句,魂消欲绝("一片花飞"四句下)。

《历代诗发》:起得好。

《闻鹤轩初盛唐近体读本》:起,倩逸,最作姿致。三、四,趣在每句末二字。五、六接。结,虽腐实趣,且亦有婉韵。

《唐宋诗举要》:吴曰:起用跌笔出奇,"且看"句再兜转一句。　　吴曰:衬笔更发奇想惊人,盛衰兴亡之感,故应尔尔("江上小堂"二句下)。

其二

朝回日日典春衣,每日江头尽醉归。
酒债寻常行处有,人生七十古来稀。
穿花蛱蝶深深见,点水蜻蜓款款飞。
传语风光共流转,暂时相赏莫相违。

【汇评】

《藏海诗话》:世传"酒债寻常行处有,人生七十古来稀",以为"寻常"是数,所以对"七十"。老杜诗亦不拘此说,如"四十明朝过,飞腾暮景斜"……乃是以连绵字对连绵数目也。以此可见工部立意对偶处。

《石林诗话》:诗语固忌用巧太过,然缘情体物,自有天然工妙,虽巧而不见刻削之痕。……至"穿花蛱蝶深深见,点水蜻蜓款款飞"，"深深"字若无"穿"字，"款款"字若无"点"字，皆无以见其精微如此。然读之浑然，全似未尝用力，此所以不碍其气格超胜。使晚唐诸子为之，便当如"鱼跃练波抛玉尺，莺穿丝柳织金梭"体矣。

《瀛奎律髓》："七十者稀"，古来语也。乾元元年春为拾遗时诗，少陵年四十七矣，六月补外，岂谏有不听，日惟以醉为事乎？

《唐诗归》：钟云：真朴（"人生七十"句下）。　　钟云："见"字有景（"穿花蛱蝶"句下）。

《杜臆》：次章皆行乐事，承上"细推物理"来，而"蛱蝶"、"蜻蜓"，尤见物理。吃紧在"暂时"二字，与前章"欲尽花"相照，知所云"行乐"，亦无可奈何之词，非实语也。

《义门读书记》：蛱蝶恋花，蜻蜓贴水，我于风光亦复然也；却反"传语风光"，劝其共我"流转"。杜语妙多如此。

《瀛奎律髓汇评》：查慎行：三、四句，游行自在。　　纪昀：三、四不佳，前人已议之。五、六《石林诗话》所称，然殊非少陵佳处。

《唐宋诗醇》：张绽曰：二诗以仕不得志，有感于暮春而作。

王士正曰：《宣政》等作何其春容华藻，游赏诗乃又跌宕不羁如此，盖各有体也。

《读杜心解》：言典衣尽醉，正因光景易流耳，与前章作往复罗文势。

《杜诗镜铨》：对句活变，开后人无限法门（"酒债寻常"二句下）。　　邵云：已逗宋派。

《唐宋诗举要》：吴曰：对法变化，全以感慨出之，故佳（"酒债寻常"二句下）。　　吴曰：末二句用意，仍从第四句脱卸而下，神理自然凑泊（"传语风光"二句下）。

【总评】

《杜臆》：余初不满此诗。国方多事，身为谏官，岂行乐之时？

后读其"沉饮聊自遣,放歌颇愁绝"二语,自状最真,而恍然悟此二诗,乃以赋而兼比兴,以忧愤而托之行乐者也。二首一意联贯,前言"万点愁人",后言"暂时相赏",二语便堪痛哭。……时已暮春,至六月遂黜为华州掾。其诗云:"移官岂至尊?"则此时已有潜之者,而二诗乃忧谗畏讥之作也。

《瀛奎律髓汇评》:淡语而自然老健。

《杜诗详注》:春花欲谢,急须行乐,而行乐须寻醉乡,但恐现在风光瞥眼易过,故又作留春之词。此两首中相承相应之意也。即就演义,作寄语于风光,从无情中看出有情,自见生趣。 公祖必简诗:……"寄语洛城风日道,明年春色倍还人",此即"传语风光"二句所自出也。公尝云:"诗自吾家事",信乎祖孙继起,诗学乃其家学也。

《而庵说唐诗》:诗作流连光景语,其意甚于痛哭也。

《杜诗镜铨》:刘须溪云:二诗落落酣畅,如不经意而首尾圆活,生意自然,有不可名言之妙。 二诗以送春起,以留春住。

曲江对酒

　　　　苑外江头坐不归,水精春殿转霏微。
　　　　桃花细逐杨花落,黄鸟时兼白鸟飞。
　　　　纵饮久判人共弃,懒朝真与世相违。
　　　　吏情更觉沧洲远,老大悲伤未拂衣。

【汇评】

《漫叟诗话》:"桃花细逐杨花落,黄鸟时兼白鸟飞",李商老云:"尝见徐师川说:一士大夫家,有老杜墨迹,其初云:'桃花欲共杨花语',自以淡墨改三字,乃知古人不厌改也。不然,何以有日锻月炼之语?"

《瀛奎律髓》:三、四,诗家一格,出于偶然。徐师川诗无变化,篇篇犯此。少陵为谏官而纵饮懒朝如此,殆以道不行也。

《唐诗品汇》:刘云:四句亦自恣肆("苑外江头"四句下)。

《唐诗选脉会通评林》:蔡梦弼曰:"杨"自对"桃"、"白"自对"黄",谓之"自对格"。　　周敬曰:次联语入漫兴,而含意深,尾句气饱。　　黄家鼎曰:磊磊落落,自成一调。小纵绳墨而首尾圆活,生意自然,是能倾倒。律诗不受律缚。　　周珽曰:对酒幽怀,排遣在"久判"、"真与"四字,由识得透,故放得下,通篇机神淋快。

《杜诗详注》:《丹铅录》:梅圣俞"南陇鸟过北陇叫,高田水入低田流",黄山谷"野水自添田水满,晴鸠却唤雨鸠来",李若水"近村得雨远村同,上川波流下川通",其句法皆自杜来。

《唐诗选评》:首句即末句,只是一意。如春云萦回,人漫疑其首尾。

《唐宋诗醇》:颔联写一时偶然之景,遂为后贤粉本。

《杜诗镜铨》:观数诗,公在谏垣必有不得其志者,所以不久即出。　　张上若云:此与《曲江》二首,流便真率,已开《长庆集》一派,但其中仍有变化曲折,视元白务取平易者不同耳。　　苑外、江头合写,亦是霏微之景("桃花细逐"二句下)。

《闻鹤轩初盛唐近体读本》:陈德公曰:三、四作态耳,仍是婉隽之笔。五、六质语,亦用婉笔,不失雅韵。初年去王、岑不远,居然可见。　　评:三、四是各自为对法。五、六质而能婉,迥异宋人。结即承此说下意。

曲江对雨

城上春云覆苑墙,江亭晚色静年芳。
林花著雨燕脂落,水荇牵风翠带长。

龙武新军深驻辇，芙蓉别殿谩焚香。

何时诏此金钱会，暂醉佳人锦瑟旁。

【汇评】

《苕溪渔隐丛话》：《麈史》曰：杜审言，子美之祖也。则天时，以诗擅名，与宋之问唱和。其诗有"绾雾青条弱，牵风紫蔓长"，……若子美"林花着雨胭脂落，水荇牵风翠带长"，……虽不袭其意，而语句、体格、脉络，盖可谓入宗而取法矣。

《唐诗选脉会通评林》：唐陈彝曰：三、四，杜诗中娇艳者。结说"暂醉"，见此老宦情之薄。　　周珽曰：深情婉韵，娓娓缱绻，令人可思。

《唐诗评选》：托意自静，故盲人多所附会。

《杜诗说》：一"静"字，见出风景寂寥。然景则寂寥，诗语偏极浓艳。

《杜诗详注》：王彦辅曰：此诗题于院壁，"湿"字（"落"一作"湿"）为蜗蜒所蚀，苏长公、黄山谷、秦少游偕僧佛印，因见缺字，各拈一字补之。苏云"润"，黄云"老"，秦云"嫩"，佛印云"落"，觅集验之，乃"湿"字也。出于自然。

《唐宋诗醇》：离乱初复，追思极盛，悄然悲慨，无限深情。后四句一气滚出，仍望有承平之乐，语偏浓至，气自空苍，此中晚所望而不及者也。

《读杜心解》：是诗不与诸篇一例，神远思深，忆上皇也。对"雨"则景益寂寥，故回首繁华，不堪俯仰，只一"静"字笼通首。

《杜诗镜铨》：全祖望云：肃宗惑于悍妇，承欢缺如，诗有感于此，而含毫渺然，真温柔敦厚之遗。　　以丽句写其哀思，尤玉溪所心摹手追者。金钗歌舞，旧地宛然（"林花著雨"四句下）。结语无限低徊。

《网师园唐诗笺》："江亭"句，雨景如画。"龙武"句，写南内凄凉,深情无限。

奉和贾至舍人早朝大明宫

五夜漏声催晓箭,九重春色醉仙桃。

旌旗日暖龙蛇动,宫殿风微燕雀高。

朝罢香烟携满袖,诗成珠玉在挥毫。

欲知世掌丝纶美,①池上于今有凤毛。

【原注】

　　① 舍人先世尝掌丝纶。

【汇评】

　　《东坡志林》:七言之伟丽者,杜子美云"旌旗日暖龙蛇动,宫殿风微燕雀高"、"五更鼓角声悲壮,三峡星河影动摇",尔后寂寥无闻焉。

　　《文昌杂录》:礼部王员外因言和诗最为难,唯唐贤尤工于此。……三篇(按指贾至《早朝大明宫》及王维、杜甫和诗)皆用凤池事,唯工部尤出于二公,昨建三省待漏院,书此诗为屏风焉。

　　《诚斋诗话》:七言襃颂功德,如少陵、贾至诸人倡和《早朝大明宫》,乃为典雅重大。

　　《瀛奎律髓》:四人早朝之作,俱伟丽可喜。不但东坡所赏子美"龙蛇"、"燕雀"一联也。然京师喋血之后,疮痍未复,四人虽夸美朝仪,不已泰乎!

　　《唐诗品汇》:刘云:壮丽自是,若非"微"字清洒,不免痴肥矣。漫发此议。("宫殿风微"句下)。

　　《诗薮》:《早朝》四诗,妙绝今古。……工部诗全首轻扬,较他篇沉著浑雄,如出二手。

　　《杜诗说》:王元美嫌此诗后半意竭,不知自作诗,与和人诗,体固不同。唐贤和诗，必见出和意。王、岑二首，结并归美于贾；少陵后半，特全注之，此正公律格深老处，可反以此为病哉？且王结美掌纶，岑结美倡咏，惟杜兼收之，又显其世职，写意周到，更非二子所及。　　合观四作，贾首倡，殊平平，三和俱有夺席之意。就三诗论之，杜老气无前，王、岑秀色可揽，一则三春秾李，一则千尺乔松。结语用事，天然凑泊，故当推为擅场。

《唐诗镜》："九重春色醉仙桃"，此一语意，诸家少及。三、四意气高远，景见言外。"诗成珠玉在挥毫"一语三折笔，气格最老。"旌旗日暖龙蛇动，宫殿风微燕雀高"景色融和，"宫"字肃穆于此照出，非为"旌旗"、"燕雀"咏也。结语"欲知"、"于今"一转折间，便觉语气深厚。

《唐诗选脉会通评林》：周启陛曰：次句用事牵合，所取一结妥耳。　　吴山民曰："燕雀高"三字，以实对虚。五、六颇拙，结是赠答佳句。

《姜斋诗话》：情、景名为二，而实不可离。神于诗者，妙合无垠。……情中景尤难曲写，如"诗成珠玉在挥毫"，写出才人翰墨淋漓、自心欣赏之景。凡此类，知者遇之，非然，亦鹘突看过，作等闲语耳。

《瀛奎律髓汇评》：冯班：颔联壮气，直掩王、岑。此首当居第二。　　何义门：前四句将早朝打叠，后半详叙和贾，较之王、岑，绰有馀裕，此笔力之高。他人但切舍人，此更切贾。　　纪昀：西河诋此诗太甚，然要非杜之佳处。　　无名氏（甲）：老健独出。

许印芳：西河才高学博，不愧名家，而好诋毁前贤，朱子一代大儒，且遭其龂龁，况子美哉！此诗东坡极赏"旌旗"一联，称为伟丽，而晓岚不取，亦因西河之说有以中之耳。　　无名氏（乙）：或谓此诗脱尽窠臼，为公用意处，未免好奇之病。众不谓然。或问予，予曰：吾从众。

《杜诗详注》：前人评此诗，谓其起语高华，三壮丽，四悠扬，无可议矣。颇嫌五、六气弱而语俗，得结尾振救，便觉全体生动也。　　顾曰：贾诗言"凤池"，公即用"凤毛"，贴贾氏父子，不可移赠他人，结语独胜。

《兰丛诗说》：偶宿春暖花开，思及宋子京得名词句"红杏枝头春意闹"，"闹"字亦佳，但词则可用，字太尖。若诗，如老杜"九重春色醉仙桃"，略迹而会神，又追琢，又混成。"醉仙桃"不可解，亦正不必求解。　　施诸廊庙之诗，尤宜平易。如《早朝大明宫》，杜之"九重春色醉仙桃"，仙语也，却不如贾至、王维之稳。

《杜诗镜铨》：声采壮丽，妙复生动（"旌旗日暖"二句下）。

《唐诗合选详解》：李元生曰：此作律法工整，用意甚高。从题前"五夜"入手，用"醉仙桃"衬朝仪，"日暖"、"风微"赞气象，"炉烟"拟宠幸，"珠玉"比才华，"世掌"作结，写来出色入妙。

《闻鹤轩初盛唐近体读本》：评：陈德公谓此诗或以熟见不鲜。其实三、四旺丽生动，殆胜王、岑。……结切实，末句使事巧合，尤胜诸家。

题省中院壁

披垣竹埤梧十寻，洞门对雷常阴阴。
落花游丝白日静，鸣鸠乳燕青春深。
腐儒衰晚谬通籍，退食迟回违寸心。
衮职曾无一字补，许身愧比双南金。

【汇评】

《石林诗话》：禅宗论世间有三种语：其一为随波逐浪句，谓随物应机，不主故常。……余尝戏谓学子言，老杜诗亦有此三种语，但先后不同："波漂菰米沉云黑，露冷莲房坠粉红"为涵盖乾坤句，

"落花游丝白日静,鸣鸠乳燕春青深"为随波逐浪句。

《瀛奎律髓》:此篇八句俱拗,而律吕铿锵。试以微吟,或以长歌,其实文从字顺也。以下吴体皆然。"落花游丝白日静,鸣鸠乳燕青春深",此等句法惟老杜多,亦惟山谷、后山多,而简斋亦然。乃知"江西诗派"非江西,实皆学老杜耳。……皆两句中各自为对,或以壮丽,或以沉郁,或以劲健,或以闲雅。

《唐诗镜》:三、四笔老而高,且清映绝色,是金马玉堂人语。

《唐诗选脉会通评林》:刘辰翁曰:次联老健有情,此非"旌旗日暖"、"宫殿风微"两句比。　　虞集曰:唐宫中种花柳,故有次联之景,两句富丽混成。　　晏元献曰:乐天"笙歌归院落,灯火下楼台",善言富贵者,然不如子美"落花游丝"二语。　　胡应麟曰:次联浓丽隽永,顿自不侔。

《唐诗评选》:亦自谢朓来。

《杜臆》:"落花"一联,写省院中景象,可想见于笔墨之外,与"旌旗日暖"一联,各有其妙。

《义门读书记》:腹联的是禁署。

《瀛奎律髓汇评》:冯舒:其以句中各自对为法,总非诗之妙处。　　冯班:老杜偶为之耳。黄、陈偏学此等处,而此老遂谓格高,冤哉!　　查慎行:三、四"静"字,"深"字,起妙亲切。刘须溪以此联为"笼罩乾坤"句。　　纪昀:"吴体"与拗法不同。其诀在每对句第五字,以平声救转。故虽拗而音节仍谐。　　以此种句法为学老杜,杜果以此种为宗旨乎?　　又云:三、四天然深妙。

《杜诗详注》:张𬘭曰:"白日静",慨素餐也;"青春深",惜时迈也。二句景中有情,故下接云:"谬通籍"、"违寸心"。　　杜公夔州七律,有间用拗体者,王右仲谓皆失意遣怀之作,今观《题壁》一章,亦用此体,在将去谏院之前,知王说良是。王世懋云:七律之有拗体，即《诗》中之变《风》、变《雅》也，说正相合。

《读杜心解》："常阴阴"，从"梧十寻"见出。"静"字、"深"字，都从"常阴阴"见出。生意、乐意、恬适意，毫端流露，而省院之清邃，悠然可想也。

《杜诗镜铨》：杜好作拗体七律，自觉意致悠然。

送翰林张司马南海勒碑

冠冕通南极，文章落上台。
诏从三殿去，碑到百蛮开。
野馆浓花发，春帆细雨来。
不知沧海上，天遣几时回？

【汇评】

《唐诗广选》：刘会孟曰：起语壮而险。五、六驿程旅馆，又喜又悲。

《汇编唐诗十集》：吴逸之云：事物之变，凄怆之怀，尽于四十字中。而宛转开阖，笔为之妙，非他人所能，此老杜所以为圣于诗也。

《唐诗成法》：一、二原题，三、四奉使，五、六张去，七、八祝词。结暗用张骞事，既同姓，又出使，又海上，用事精切。　　颔联冠冕，颈联纤浓，用笔之妙与乃祖"梅花落处疑残雪，柳叶开时待好风"同法。

《杜臆》："野馆秾花"，极堪玩赏；"春帆细雨"，又觉凄凉。长途情景在处有之，妙在描写深细。

《读杜心解》：堂皇而绵邈，自是杰作。

《杜诗镜铨》：李空同曰："叠景者意必二，阔大者半必细"，此最律诗三昧。如《登兖州城楼》中四句，前景寓目，后景感怀也；如此诗中四句,前半阔大,后半工细也。唐法律甚严惟杜,变化莫测亦惟杜。

晚出左掖

昼刻传呼浅,春旗簇仗齐。
退朝花底散,归院柳边迷。
楼雪融城湿,宫云去殿低。
避人焚谏草,骑马欲鸡栖。

【汇评】

《苕溪诗话》:"避人焚谏草,骑马欲鸡栖",所谓嘉谋嘉猷,入告尔后于内,乃顺之于外曰:斯谋斯猷,惟我后之德也。

《唐诗品汇》:刘云:浓丽可想("退朝"二句下)。　　刘云:焚谏草者,不欲人知也,此事君当然之体。结语读之数过,款款忠实。

《增定评注唐诗正声》:郭云:不难其浓丽,妙在幽雅,使人不见着力处。

《唐诗归》:朝堂诗潇洒幽如。

《唐诗从绳》:此虚实相间法。凡诗写景为实,叙事述意为虚,此作四联虚实相间。三、四景中有事有意,名半景。五、六即城楼、宫殿字拆开,名联字拆用法。五见途淖,六见夕阴,然语工意稳,故称精绝。

《唐诗观澜集》:凡诗必有天然次第。如此题首二句,传呼未歇,立仗方齐,是晚出前层事;退朝则呼早毕而仗已散矣,然犹未归院也。至于融城之雪,去殿之云,退朝以后,归院以前,回首徘徊,情景如画。此四句是实写正面,仍有次第。末二句乃归院后一层事,写得恳至如许,"晚出"二字乃十分酣足。信手写来,如眉目之不可易,所谓诗律细也。设令再作一首,自必另出机杼,然浅深叙次无之可易,稍一凌乱,即是凑泊而不可读也。

《杜臆》:杜诗妙在气象,此于退食时,能写出委蛇气象。

《瀛奎律髓汇评》:查慎行:中二联全是写景,杜集中修整诗也。　　何义门:自午朝叙起,便伏"晚出"之根,末句足"晚"字。　　又:避人焚草,所以"晚出"之故,是一篇之眼。　　李天生:通前首皆赋省掖之景,谏官意只结语及之。　　无名氏(乙):写景直超象外,次句尤峻绝不可攀结。敦厚。

春宿左省

花隐掖垣暮,啾啾栖鸟过。
星临万户动,月傍九霄多。
不寝听金钥,因风想玉珂。
明朝有封事,数问夜如何?

【汇评】

《韵语阳秋》:"明朝有封事,数问夜如何?"盖忧君谏政之心切,则通夕为之不寐。想其犯颜逆耳,必不为身谋也。

《唐诗广选》:赵子常曰:凡为五言,工在一字,谓之句眼。如此诗三、四"动"字、"多"字……之类是也。山谷云:"拾遗句中有眼",推此可见。　　刘会孟曰:"星临"句与"风连西极动"相近,"星临"较奇。

《诗薮》:"九衢寒雾敛,万井曙钟多",右丞壮语也,杜"星临万户动,月傍九霄多",精彩过之。

《杜诗说》:五、六是腹中有事,枕上猜疑,写得逼真。

《唐诗选脉会通评林》:周敬曰:正大冠冕,近臣规度。　　赵云龙曰:情思宛然,故自可想。

《唐诗评选》：前四句皆不寝之景，一字不妄。杜陵早岁诗，固有典型。

《唐诗摘钞》："宫云去殿低"、"月傍九霄多"，皆形容宫殿之高耳。五恐宫门已开，六恐朝士已集，及数问夜漏如何，极尽胸中有事，竞夜无眠光景。　　又云：五、六本一意，看他句法不合掌。不寝即不寐，用寐字便不老。

《杜诗解》：此诗之妙，妙于将题劈头写尽，却出己意，得大宽转。

《唐诗归折衷》：唐云："花"见"春"，"暮"见"宿"，五字写尽题目（"花隐"句下）。　　钟云："动"字之景，在"万户"上看出。敬夫云："动"字有神气（"星临"句下）。　　敬夫云：山野之言易工，仕宦之诗每俗。如"避人焚谏草"、"明朝有封事"，仕宦事也，觉冠冕之中，风神掩映矣。二诗神韵悉敌，以法律论之，稍逊"昼刻传呼"之作。

《瀛奎律髓汇评》：陆贻典：尽忠补过之意，溢于言表。　　查慎行：灵武即位以后，缺事多矣。岑嘉州云："圣朝无缺事。"不如老杜"明朝有封事"为纪实也。　　何义门："金钥"自内出，"玉珂"外入。　　纪昀：平正妥帖，但无深味。三、四赋现景，诗话穿凿无理。结二句是五、六注脚。　　无名氏（甲）：因星月而抚民之爱，事主之忠，具见于此，所谓"文章有神"也。　　无名氏（乙）：神采贯古，五、六展拓虚空。

《原诗》：又《宿左省》作"月傍九霄多"句。从来言月者，只有言圆缺，言明暗，言升沉，言高下，未有言多少者。若俗儒不曰"月傍九霄明"，则曰："月傍九霄高"，以为景象真而使字切矣。……试想当时之情景，非言明、言高、言升可得，而惟此"多"字可以尽括此夜宫殿当前之景象。

《载酒园诗话又编》：老杜五言律，善写幽细之景，余尤喜其正大者,如"避人焚谏草,骑马欲鸡栖"、"明朝有封事,数问夜如何",……真堪羽翼《风》《雅》。

《读杜心解》:按三、四,只是写景,而帝居高迥,全已画出。后四,本贴"宿"字,反用"不寝"二字,翻出远神,都无滞相。

《唐诗近体》:"动"字警,"多"字有义味,他人不敢下。

《闻鹤轩初盛唐近体读本》:起有秀致,三、四雄亮名句,然一险一爽。在五、六自趋问结耳。

《岘佣说诗》:"星临万户动,月傍九霄多",是华贵语。

曲江陪郑八丈南史饮

> 雀啄江头黄柳花,鸂鶒鸂鶒满晴沙。
> 自知白发非春事,且尽芳尊恋物华。
> 近侍即今难浪迹,此身那得更无家。
> 丈人才力犹强健,岂傍青门学种瓜。

【汇评】

《瀛奎律髓》:此诗中四句不言景,皆止言乎情。后山得其法,故多瘦健者,此也。

《唐诗镜》:佳在谈笑而成,第六句畅情极倒,结有隐隐自处意在。

《杜诗说》:一气转下,势若连环,格法甚别("自知白发"句下)。

《杜臆》:"雀啄柳花",已奇,而"黄柳花",更异,首二句正物华之可恋者也。……此诗起最有力,若他人必用为实联矣。一气转下,势若连环,妙甚。

《唐诗评选》:《曲江》五律,兴致酣适,非此则杜无天分矣。

《义门读书记》:与《九日蓝田》诗意同,而彼作首联更有力。

《瀛奎律髓汇评》：冯班："两情两景"，乃蒙训法耳，大家老手，岂可拘此？　　纪昀：一气旋转，清而不薄，此种最难学。晚唐诗但知点缀景物，故宋人矫之，以本色为工。然此非有真气力，则才薄者浅弱，才大者粗野，初学易成油滑，老手亦致颓唐，不可不慎也。

《杜诗镜铨》：邵云：亦是写景耳，作起语妙绝，若写入中联，便觉平平（"雀啄江头"二句）。　　黄白山云：一气转下，势若连环，格法甚别（"自知白发"二句下）。

《昭昧詹言》：起二句先写景，分外清新。三、四，入情，用笔盘旋曲注，与《九日崔氏庄》同。五、六，平叙。结句拓转作收。是时公官拾遗，却有去官之志，故五、六云然。郑盖亦有归隐语，故收句勉之。

送郑十八虔贬台州司户伤其临
老陷贼之故阙为面别情见于诗

郑公樗散鬓成丝，酒后常称老画师。
万里伤心严谴日，百年垂死中兴时。
苍惶已就长途往，邂逅无端出饯迟。
便与先生应永诀，九重泉路尽交期。

【汇评】

《瀛奎律髓》：老杜度其终无量移之命，故诗云云。

《唐诗评选》：云"樗散"、云"酒"、云"老"、云"画师"，乃先生之微词。"中兴时"三字有代之悔意。所以贵有诗者，以此。后半走笔以极悲态，杜有"剑外忽传收蓟北"诸篇，大要此一法门，声容酷肖，哀乐取佽口耳，《大雅》之衰也。

《瀛奎律髓汇评》：纪昀：一气盘旋，清而不弱，非具大神力不能。然此只是诗家一体，陈后山始专以此见长，而"江西诗派"源出老杜之说亦从此而兴,杜实不以此为宗旨也。　　　冯班:首四句微妙。　　　许印芳:此章虽与前二诗(按指《题郑十八著作主人》等)同是一气,而较有沉郁顿挫之致。盖题本沉痛,诗亦随之而变也。

《杜诗详注》:《杜臆》:首记其状,次记其言。两句已为虔撰一个影。　　　卢世㴶曰:虔之贬,既伤其垂老陷贼,又阙于临行面别,故篇中傍徨特至。如中二联,清空一气,万转千回,纯是泪点,都无墨痕。诗至此直可使暑日霜飞,午时鬼泣,在七言律中尤难。末经作永诀之词,诗到真处,不嫌其直,不妨于尽也。

《唐诗别裁》:屈曲赴题,清空一气,与《闻官军收河南河北》同是一格。

《读杜心解》:诗从肺腑中流出,四联两飘洒,两沉痛,相间成章。……三、四,还题中临老贬台,妙着"中兴时"三字,人沐更新雨露,郑偏自外栽培也。

《杜诗镜铨》:起便肮脏("郑公樗散"句下)。　　　张云:虔之受知,特因善画。第二句正是牢骚,正是"樗散"。　　　想见当日情事("仓皇已就"句下)。

《闻鹤轩初盛唐近体读本》:三、四沉炼工敬,最有工力。五、六叙眼前情绪,老苍历落,觉见生峭,不沦率弱。一结白话耳,然是尽情放笔,无限淋漓,文进乎情,诗家至处也。

《昭昧詹言》:此是白描如话,清空一气,不著气象,不用典故一格。而风流骀荡,真意弥满,沉痛不忍读;而衔接承递一串,不伤直率,以笔笔顿挫也。顿挫者句断,不将两句合一意,使中相连,中无罅隙,含蓄成叶子金。如杜此诗,虽似文体一气而沉重,成锭子金也。收亦出场换意。清空如话之体,东坡所本,然沉著不及矣。

《唐宋诗举要》:吴星叟曰:一片血泪,更不辨是诗是情。此等真境,非至性者,即文采陆离,不能造也。

《唐诗选》:绝不着色,字字至情。

《王闿运手批唐诗选》:沉痛以气胜。

因许八奉寄江宁旻上人

不见旻公三十年,封书寄与泪潺湲。

旧来好事今能否?老去新诗谁与传?

棋局动随寻涧竹,袈裟忆上泛湖船。

闻君话我为官在,头白昏昏只醉眠。

【汇评】

《瀛奎律髓》:看前辈诗,不专于景上观,当于无景言情处观。老杜此三诗(按指本诗与《涪城县香积寺官阁》、《留别公安太易沙门》)三样,然骨格则一也。

《唐诗镜》:语极真素,如觌面寒温,结入调笑见情。

《闻鹤轩初盛唐近体读本》:评:只五、六作景联,前后直是白话,而情致流溢、神韵绝尘,盖缘中有生气,又复运以婉笔,令读者低徊不忍捨去。

《瀛奎律髓汇评》:纪昀:一气单行,清而不弱。此后山诸人之衣钵,为少陵嫡派者也。然少陵无所不有,此其一体耳。

《杜诗镜铨》:王阮亭云:清空如话,东坡、半山七律多祖此。

至德二载甫自京金光门出问道归凤翔乾元初从左拾遗移华州掾与亲故别因出此门有悲往事

此道昔归顺,西郊胡正繁。

至今残破胆,应有未招魂。

近得归京邑，移官岂至尊？

无才日衰老，驻马望千门。

【汇评】

《唐诗归》：钟云：此诗不无怨，然不怨不厚。

《义门读书记》：不无少望，然淡淡直叙，怨而不怒，讽刺体之圣也。

《杜诗详注》：顾宸曰："移官岂至尊？"不敢归怨于君也。当时谗毁，不言自见。又以"无才"自解，更见深厚。王维诗云："执政方持法，明君无此心。"与此诗同意，而老杜尤为浑成。

《唐宋诗醇》：词意婉曲，昔之忠款，今之眷恋皆见。怨而不怒，忠厚之道。

《杜诗镜铨》：首四句明述己忠心苦节，妙在不露。　　五字怨而不怒（"移官"句下）。　　赵汸曰：结句言虽遭贬黜，不忘朝廷也。

《读杜心解》：题曰"有悲往事"，而诗之下截并悲今事矣。妙在三、四说往事，却以"至今"为言，下便可直接移掾。

题郑县亭子

郑县亭子涧之滨，户牖凭高发兴新。

云断岳莲临大路，天晴宫柳暗长春。

巢边野雀群欺燕，花底山蜂远趁人。

更欲题诗满青竹，晚来幽独恐伤神。

【汇评】

《杜诗说》：上半，登亭发兴，乃叙景；下半，临去伤神，乃感怀。三、四承上，五、六起下。"郑县亭子"，入律颇拗，得次句，方见生动。中四言景，先远后近，先赋后比。"云断"、"天晴"，二字一读。

"雀欺"、"蜂趁",喻众谤交侵,而一身孤立,故自伤幽独耳。

《唐诗归》:钟云:亮("天晴宫柳"句下)。　　钟云:结得深细,七言律更难(末二句下)。

《杜臆》:"野雀"、"游蜂"一联,乃《诗》之比,正发"移官岂至尊"之旨。

《义门读书记》:点题字,别转一层凭高,愈收得足("更欲题诗"二句下)。

《唐诗成法》:即自发兴起,中四景,有比兴。结"伤神",应"发兴"。　　律中能比兴兼陈,固是上乘。三、四雄浑壮丽,又含意无限。忽而"发兴",忽而"伤神",公之出为功曹,所谓"移官岂至尊"耶?

《杜诗镜铨》:张云:二句跟"凭高"来,一明一暗,景各入妙("郑县亭子"二句下)。　　远景承上("云断岳莲"句下)。　　近景起下("巢边野雀"句下)。　　如画("花底山蜂"句下)。

早秋苦热堆案相仍

原注:时任华州司功。

七月六日苦炎热,对食暂餐还不能。
每愁夜中自足蝎,况乃秋后转多蝇。
束带发狂欲大叫,簿书何急来相仍。
南望青松架短壑,安得赤脚踏层冰!

【汇评】

《瀛奎律髓》:老杜诗岂人所敢选?当昼夜著几间读之。今欲示后生以体格,乃取(《早秋苦热堆案相仍》等)"吴体"五首如此。

《杜臆》:公以天子侍臣,因直言左迁州掾,长官自宜破格相待。公以六月到州,至七月六日,而急以簿书,是以常掾畜之,其何以堪？故借早秋之热,蝇蝎之苦,以发其郁蒸愤闷之怀,于"簿书何急",微露意焉。……"自足蝎",谓蝎已自足,又加以"转多蝇",上下呼应,极状其苦。

《瀛奎律髓汇评》：许印芳：虚谷原选拗字类。此诗之前有拗体四首,其佳者已抄入第三卷中,劣者抄此一首。　　何义门：此篇在"古诗"中,非"吴体"也。　　纪昀：此杜极粗鄙之作。

《读杜心解》：惜苦热泄傲吏之愤,即嵇叔夜"七不堪"意。老杜每有此粗糙语。

《杜诗镜铨》：邵云：作律诗读尤老。　　张上若云：公以近侍出为外掾,簿书琐悉,非所能堪,故因苦热欲弃官南游以避之也。

望　岳

西岳崚嶒竦处尊,诸峰罗立如儿孙。
安得仙人九节杖,拄到玉女洗头盆？
车箱入谷无归路,箭栝通天有一门。
稍待西风凉冷后,高寻白帝问真源。

【汇评】

《杜诗说》："玉女洗头盆",五字本俗,先用"仙人九节杖"引起,能化俗为妍,而句法更觉森挺。

《唐诗归》：钟云：真雄、真浑、真朴,不得不说他好！　　谭云：无一句不是望岳。　　钟云：似歌行（"安得仙人"二句下）。　　谭云：不必至其处,自知为写景真话（"车箱入谷"二句下）。　　钟云：厚力（末句下）。

《唐诗快》：自是奇句（"诸峰罗列"句下）。　　同一望岳也,"齐鲁青未了",何其雄浑；"诸峰罗列似儿孙",何其奇峭！此老方寸间,固隐然有五岳。

《而庵说唐诗》：乾元戊戌，公为房琯事，出为华州司功。作是诗，应在是时。薄宦不得遂意，托于遐举，其殆有去志乎？明年去官入蜀。

《义门读书记》：方云：无一句移得岱宗、嵩、衡。　　"无归路"、"有一门"，一重一掩，或暗或明，方是处下窥高真景。上承"到"字，下起"寻"字，亦非常生动（"车箱入谷"一联下）。

《纽斋诗谈》：《望岳》此拗格第一。"西岳崚嶒竦处尊，诸峰罗列似儿孙"，笔势自上压下。"安得仙人九节杖，拄到玉女洗头盆"，自下腾上，才敌得住；不对，所以有力。若移五、六在此，便软。　　此是格拗，不是句拗，唐人多有之。　　望岱、华、衡，笔势皆与之配，此是他气魄大，非才华学力所能到。

《唐宋诗醇》：遂无一字忧人，苍老浑劲，行神如空，行气如虹。昔元好问记秦观《春雨》诗曰："拈出退之《山石》句，始知渠是女郎诗。"诗人不识大家气象，争柔斗葩，气萎体瘵，诵此宁不变色。

《读杜心解》：从贬斥失意，写"望岳"之神，兼有两意：一以华顶比帝居，见远不可到；一以华顶作仙府，将邈焉相从。盖寄慨而兼托隐之词也。笔力朴老。

《杜诗镜铨》：奇（"诸峰罗立"句下）。　　邵子湘云：语语是望岳，笔力苍老浑劲，此种气候极难到。

至日遣兴奉寄北省旧阁老两院故人二首（其二）

忆昨逍遥供奉班，去年今日侍龙颜。
麒麟不动炉烟上，孔雀徐开扇影还。
玉几由来天北极，朱衣只在殿中间。
孤城此日堪肠断，愁对寒云雪满山。

【汇评】

《瀛奎律髓》：此二诗乾元元年戊戌作于华州为司功时。……凡老杜七言律诗，无有能及之者；而冬至四诗，检唐宋他集殆遍，亦无复有加于此矣。

《唐诗镜》：结极跌宕之妙。

《杜臆》："麒麟"联写天子御朝光景甚妙。乘舆曾经播越，故"玉几"著"由来"字，有欣幸意。"朱衣"谓院中故人，着"只在"字，若妒之，实谑之也。

《瀛奎律髓汇评》：纪昀：此种皆有意推崇，不为定论。 何义门："去年今日"重言之，用《三百篇》体于律诗中。

《西河诗话》：少陵《至日遣兴奉寄北省旧阁老》诗，通体用追忆语，故虽"麒麟不动"、"孔雀徐开"，极其铺排，而前后点清，纯以蹠实为蹈虚之法。起句所云"忆昨逍遥"、"去年今日"皆是也。特少陵生平最不善作殿阁诗，凡退朝诸作，如"户外昭容"、"天门日射"等，皆以偏侧拈起，失浑破之法。盖唐人应制多用七律，一如应试六韵，极重起句，必如题而起，名为破题。而少陵不耐，遂致轶步。故其和贾至《早朝》一诗，世谓远逊于王、岑二作。虽少陵身份从不以此定优劣，然其说则不可不晓耳。

《读杜心解》：此首清响坚光，凿与前首迥别。上四，追写贺节朝仪，只用"忆昨"提起，终不夹入伤心软语。五、六，承上启下，笔法带侧。谓"龙颜"俨居天上，本难近瞻；而官班故在殿中，向曾接武，兹也顿成今昔矣。赵大纲平看，便不活。

《杜诗镜铨》："由来""只在"四字，含许多怅望意，不胜君门万里之感。 蒋弱六云：两作俱首尾呼应，另为一格。 前首怅怀，次首追溯；前首全用虚笔，次首全用实笔。结处一愁将来，一愁当下，亦相表里。

《闻鹤轩初盛唐近体读本》：陈德公曰：中联纯用坚致笔写事。

三、四苍亮,五、六弥峭,全以骨行,便入"诸将"、"咏怀"笔节。

评:前六皆从"忆昨"字内,淋漓极写,一往情深。只末二着"此日",掉转法,最开拓。盖时当寂寥,追溯盛隆,无限黯然,不言以表。

《唐七律选》:追忆告语如诉,且于叙事摅意中不废壮浪跳掷之气。

《昭昧詹言》:追忆伤感。此诗以"忆昨"二字为章法骨子。先君云:"仪物如故,欲见无由,'由来'、'只在',想之之词。"收大断,又结穴,与《秋兴·蓬莱》篇同。

《唐宋诗举要》:吴曰:全是想像之词,故特见敏妙("忆昨逍遥"六句下)。　张曰:末句言其在华州之寂寞也。　吴曰:折笔峭劲,绝大神力。《秋兴》八首全用此法。

得弟消息二首(其一)

近有平阴信,遥怜舍弟存。

侧身千里道,寄食一家村。

烽举新酣战,啼垂旧血痕。

不知临老日,招得几人魂?

【汇评】

《唐诗选脉会通评林》:周珽曰:他如"未息豺狼斗,空催犬马年"……等语及《得舍弟消息》篇,俱以手足钟情志感,一字一泪。

《杜臆》:"遥怜舍弟存",痛甚。与"惊定拭泪"相似。"酣战"曰"新",见兵戈未休;"血痕"曰"旧",见乱离已久。

《读杜心解》:"侧身"、"寄食",申"舍弟存";"千里"、"一家",申"平阴信"。此与《春望》之次联,皆横劈承顶之法。第五拓开,第六收拢。一"新"一"旧",见乱方殷而悲已久也。曰"几人魂",

则彼此存亡难卜，不知兄招弟，弟招兄，语极深痛。比"几时"神味较长。

《杜诗镜铨》：邵子湘云：忆弟诸作，全是一片真气流注，便尔妙绝，不能摘句称佳。

《闻鹤轩初盛唐近体读本》：评：五、六不假，二对正乃沉痛。

《唐宋诗举要》：王西樵曰："怜存"，语更悲（"遥怜"句下）。

秦州杂诗二十首（选九首）

其一

满目悲生事，因人作远游。
迟回度陇怯，浩荡及关愁。
水落鱼龙夜，山空鸟鼠秋。
西征问烽火，心折此淹留。

【汇评】

《韵语阳秋》：近时论诗者，皆谓偶对不切，则失之粗；太切，则失之俗。如江西诗社所作，虑失之俗也，则往往不甚对，是亦一偏之见尔。老杜《江陵》诗："地利西通蜀，天文北照秦。"《秦州》诗云："水落鱼龙夜，山空鸟鼠秋"……如此之类，可谓对偶太切矣，又何俗乎？

《唐诗归》：钟云：清壮丽幻（"水落"二句下）。

《杜臆》：游须因人，而亦无专主之人，故有"迟回"、"浩荡"之语；所以怯且愁者，因吐蕃未靖，西征之烽火未息也，首尾相应。……"鱼龙"、"鸟鼠"固属地名，而借为景物之用，不即不离，妙不容言，真化工笔也。

《义门读书记》：茫茫奔窜，如鱼龙之失所；碌碌因人，等鸟鼠之同穴：借山川点化。……变文属对，见满目无非兵象。起下"烽火"句,言秦州仍不可久留耳("水落"二句下)。

《柳南随笔》:李安溪云:凡诗以虚涵两意为妙。如杜《秦州杂诗》:"水落鱼龙夜,山空鸟鼠秋"两句,夜则水落鱼龙,秋则山空鸟鼠,一说也;鱼龙之夜,故闻水落;鸟鼠之秋,故见山空,又一说也。……盖两意归于一意,而著语以虚涵取巧,诗家法也。

《唐诗别裁》:鱼龙川,鸟鼠谷,皆秦地。

《读杜心解》:起联字字清彻。"生事"而曰:"满目悲",为世乱可知。……三、四,萦前透后,开摆非常,不独来路艰难,而"问路"之神已摄。五、六,乃贴秦州。……(结句)着一"问"字,觉一路惊惶,姑就此栖托矣。

《唐诗近体》:意极哀顿,气则浑涵,自是诸篇缘起。盖少陵弃官游秦,情非得已,身世之感,一寓于诗。此首顿结,自见本意。

其二

秦州山北寺,胜迹隗嚣宫。

苔藓山门古,丹青野殿空。

月明垂叶露,云逐渡溪风。

清渭无情极,愁时独向东。

【汇评】

《瀛奎律髓》:此诗晚唐人声调一同。五、六极天下之工,第七句天生此语。

《唐诗品汇》:范德机云:渭水无情而知东向,为臣子有人性而不知尊王之义,此子美愁时便有取于水也。

《唐诗选脉会通评林》:赵云龙曰:中联不推敲而自工致("苔藓"四句下)。　　蒋一梅曰:炼来语遒劲。　　　周珽曰:少陵又有《秦州杂诗》一章,与此同体。此以"城北寺"起兴,通篇咏寺以见志;彼以鼓角起兴,通篇咏鼓角以寓情。丰神警语,各有深致。

《义门读书记》：言一身不能随渭水而东，故反怨其无情也（"清渭"句下）。

《瀛奎律髓汇评》：纪昀：晚唐人那得此神骨？　　冯班：落句秦州结。　　李光垣："山"字复。

《绒斋诗谈》：《秦州杂诗》："月明垂叶露"，学其深细。"云逐渡溪风"，学其圆活。"清渭无情极，愁时独向东"，是推结法。

其三

州图领同谷，驿道出流沙。
降虏兼千帐，居人有万家。
马骄珠汗落，胡舞白蹄斜。
年少临洮子，西来亦自夸。

【汇评】

《杜臆》："降虏兼千帐"，而居人止万家，则帐多而民少矣，故"马骄"、"胡舞"，气势强盛。

《唐宋诗醇》：五、六入喻，笔意幽细，结极悲凉。

《读杜心解》：此志地界、土俗。"同谷"领于本州，故曰"领"。……盖言地当冲要，所以羌民杂处也。而俗近蕃风，但见骄悍成习，亦重地矣。

《杜诗镜铨》：三章总写秦州形势。

其四

鼓角缘边郡，川原欲夜时。
秋听殷地发，风散入云悲。
抱叶寒蝉静，归来独鸟迟。
万方声一概，吾道竟何之？

【汇评】

《后村诗话》：《听角》篇云："万方声一概，吾道竟何之？"听角者多矣，孰知此言之悲哉！

《杜臆》：鼓角声悲，故蝉为之静，鸟为之迟，亦以自寓。

《义门读书记》："寒蝉静"，不敢言也；"独鸟迟"，不敢息也。故下有"何之"句（"抱叶"二句下）。

《杜诗详注》："殷地"、"入云"，承"鼓角"；"蝉静"、"鸟迟"、承"夜时"。末因边郡而及万方，则所慨于身世者深矣。

《唐诗近体》：五、六入喻，笔意幽细。结极悲凉，言时急武事，吾道将何施耶！

《读杜心解》：曰"夜"，曰"秋"，曰"风"，都为边声托出凄苦。五、六，兴起"何之"，结意更悲。本因避乱而来，到此仍无宁宇，直是无处安身。

《杜诗镜铨》：上句见声之深入，此句见声之高举（"秋听"二句下）。

其五

南使宜天马，由来万匹强。
浮云连阵没，秋草偏山长。
闻说真龙种，仍残老骕骦。
哀鸣思战斗，迥立向苍苍。

【汇评】

《义门读书记》：此叹时危市骏，独在所遗，老弃遐荒也（"闻说"二句下）。

《杜诗详注》：借天马以喻意。良马阵没，秋草徒长，伤邺城军溃。

《唐诗别裁》：伏枥长鸣，隐然自寓。

《读杜心解》：七、八，乃因神马而思建功。只就马说，壮心自露。

《杜诗镜铨》：借伤马致慨。

其七

莽莽万重山，孤城山谷间。

无风云出塞，不夜月临关。

属国归何晚？楼兰斩未还。

烟尘独长望，衰飒正摧颜。

【汇评】

《唐诗选脉会通评林》：赵云龙曰：寄意深远。

《杜臆》：时吐蕃作乱，征西士卒，络绎出塞，出则虽无风而烟尘随以去，故云"无风云出塞"。边关入夜，人烟阒寂，白沙如雪，兼之秋冬草枯木脱，虽夜不黑，常如有月，故云"不夜月临关"。非目见不能描写如此。

《义门读书记》：含"独长望"（"莽莽"句下）。

《诗辩坻》：昔人称老杜字法如"碧知湖外草，红见海东云"，句法如"无风云出塞，不夜月临关。"余谓此等皆杜句字之露巧者，浑读不妨大雅，拈出示人，将开恶道。

《杜诗详注》：山多，故无风而云常出塞；城迥，故不夜而月先临关。二句写出阴云惨淡，月色凄凉景象。

《纫斋诗谈》："无风云出塞，不夜月临关"，二字一逗，三字一逗，下申上法。

《唐宋诗醇》：气调苍深。

《唐诗别裁》：起手壁立万仞（"莽莽"二句下）。　　奇景偶然写出。或以"无风"、"不夜"为地名，不但穿凿，亦令杜诗无味。

《读杜心解》：忧吐蕃之不庭也。一、二，身所处。三、四，警绝。一片忧边心事,随风飘去,随月照著矣。……"长望"、"摧颜",忧何时解!

《说诗晬语》:起手贵突兀。王右丞"风劲角弓鸣",杜工部"莽莽万重山"、"带甲满天地",岑嘉州"送客飞鸟外"等篇,直疑高山坠石,不知其来,令人惊绝。

《杜诗镜铨》:吴昌祺云:如雕鹗盘空,雄健自喜。

《闻鹤轩初盛唐近体读本》:陈德公曰:苍莽之笔,前四尤厉,足征雄分。　　评:三、四,独辟之句,正以无所缘籍,乃成奇迥。

其十二

山头南郭寺,水号北流泉。
老树空庭得,清渠一邑传。
秋花危石底,晚景卧钟边。
俯仰悲身世,溪风为飒然。

【汇评】

《杜臆》:"秋花"、"晚景"一联,自况身世之穷,故承以"俯仰悲身世"。

《义门读书记》:予尝入泉林寿圣寺亲见此景,乃叹为工("秋花"一联下)。

《杜诗详注》:邑藉清渠之传注,承水。花掩危石,影落卧钟,以况己之穷巷,故下有俯仰身世之感。

《唐诗近体》:《秦州》诗忧愤悱恻,都非文人伎俩。即"归山独鸟迟"、"老树空庭得"二语,亦令人搁笔。

《杜诗镜铨》:写废寺如画("秋花"二句下)。

《闻鹤轩初盛唐近体读本》:三、四分承首二,可谓整密。五、六亦是老作意,语不同直置。结笔有生势,不肯衰细,"卧钟边"取映第一句。

其十八

地僻秋将尽，山高客未归。

寒云多断续，边日少光辉。

警急烽常报，传闻檄屡飞。

西戎外甥国，何得近天威！

【汇评】

《杜臆》："西戎外甥国，何得近（"连"一作"近"）天威"，戎本无亲，时方内寇，而下语浑含得体。

《义门读书记》：贴"秋"，又形容得"高"字出（"塞云"一联下）。

《杜诗详注》：客秦而忧吐蕃也。上四，记边秋苦景；下四，言边警可危。

《读杜心解》：一、二，就谷中写；三、四，引到边塞；五、六，落出烽檄；七、八，点明吐蕃。妙在逐层拓出。……须知此处渐近收局，故就寓中再将世事兜裹，所谓规重矩叠者也。

其二十

唐尧真自圣，野老复何知！

晒药能无妇？应门幸有儿。

藏书闻禹穴，读记忆仇池。

为报鸳行旧，鹓鸿在一枝。

【汇评】

《杜臆》："野老复何知"，有决绝长往之意矣。时携子，故有颔联。……因"鹓鸿"故用"鸳行"，用字之巧。

《义门读书记》：应发端"悲生事"（"晒药"二句下）。　　应"此淹留"，叹当时同在两省者，竟任一老之播弃也（"为报"二句下）。

《读杜心解》：其二十，为通局总结。首联言圣主自宁国步，野人何用杞忧，结完悲世等篇。中四，言偕隐亦既有人，探奇聊可遂志，结完藏身等篇。末正与首篇"心折淹留"相应。

《杜诗镜铨》：末章慨世不见用，而羁栖异地也。为二十首总结。

【总评】

《后村诗话》：《秦州》五言二十首，……唐人游边之作，数十篇中间有三数篇，一篇中间有一、二联可采；若此二十篇，山川、城郭之异，土地风气所宜，开卷一览，尽在是矣。网山《送蕲帅》云："杜陵诗卷是图经"，岂不信然！

《杜臆》：此二十首皆秦州地方，故总云《秦州杂诗》。……首作云"因人"，"鸳行侣"正与相照。

《唐宋诗醇》：题曰《杂诗》，所感非一事，其作非一时，盖甫弃官游秦，情非得已，身世之感，一寓于诗，即事命意，触景成文，或系于国，或系于己，要以达其性情则一。然其遇弥困，而思则弥深；其心益苦，而言则益工；纵出横飞，涵今茹古。昔人谓其秦州以后，律法尤精，盖所遇有以激发之也。学者求其本源之所在而参时世以观之，庶有以窥其藩篱耳。

《读杜心解》：详结联，知此二十首故是入秦以来，详揭行踪心事，投寄中朝朋旧者。通盘布置，用代书笺，体裁自宜浑成。若云杂诗无伦次，则以后《天河》、《初月》等篇，皆杂诗也，何不统入于此？

《说诗晬语》：（诗）又有随所兴触，一章一意，分观错杂，总述累累。射洪《感遇》、太白《古风》、子美《秦州杂诗》之类是也。

《杜诗镜铨》：张上若云：是诗二十首，首章叙来秦之由，其馀皆至秦所见所闻也：或游览，或感怀，或即事，间有带慨河北处，亦由本地触发。大约在西言西，反复于吐蕃之骄横，使节之络绎，无能为朝廷效一筹者。结以唐尧自圣，无须野人，惟有以家事付之妇与儿，此身访道探奇，穷愁卒岁，寄语诸友，无复有立朝之望矣。公之志可知也。

月夜忆舍弟

戍鼓断人行，秋边一雁声。

露从今夜白，月是故乡明。

有弟皆分散，无家问死生。

寄书长不达，况乃未休兵。

【汇评】

《诗人玉屑》：杜子美善于用故事及常语，多离析或颠倒其句而用之，盖如此则语峻而体健，意亦深稳矣（《麈史》）。如"露从今夜白，月是故乡明"之类是也。

《李杜诗选》：此二句妙绝古今矣，原其始从江淹《别赋》"明月白露"一句四字翻作十字，而精神如此，《文选》真母头哉（"露从"二句下）。

《唐诗归》：钟云：只说境，含情往复不可言（"露从"二句下）。

《唐诗选脉会通评林》：刘辰翁曰：浅浅语使人愁。　　　周珽曰：结联所谓"人稀书不到，兵在见何由"也。征战不已，道路阻隔，音书杳漠，存亡难保，伤心断肠之语，令人读不能终篇。

《杜臆》：只"一雁声"便是忆弟。对明月而忆弟，觉露增其白，但月不如故乡之明，忆在故乡兄弟故也，盖情异而景为之变也。

《瀛奎律髓汇评》：何义门："戍鼓"兴"未休兵"；"一雁"兴"寄书"。五、六，正拈忆弟。　　　纪昀：平正之中，自饶情致。　　　无名氏（乙）：句句转。"戍鼓"是领句，突接"雁声"妙。

《纲斋诗谈》："戍鼓断人行，秋边一雁声。"若作"雁一声"，便浅俗；"一雁声"，便沉雄。诗之贵炼，只在字法颠倒间便定。

《读杜心解》：上四，突然而来，若不为弟者，精神乃字字忆弟，句里有魂也。……不曰"月傍",而曰"月是",便使两地皆悬。

《杜诗镜铨》:凄楚不堪多读。　　起突兀("戍鼓"二句下)。

东　楼

> 万里流沙道,西征过北门。
>
> 但添新战骨,不返旧征魂。
>
> 楼角临风迥,城阴带水昏。
>
> 传声看驿使,送节向河源。

【汇评】

《杜臆》:乃秦州城楼也。……征西无功,故有下句。……"节"而云"送",有刺。

《杜诗详注》:"楼角"、"城阴"写出高寒阴惨景色。

《唐宋诗醇》:亦目前语耳,征战之苦,言之何其惨也!

《读杜心解》:通首先远而近,故有阔势。先往事而后今事,益见可悲。盖言昔之去者无还矣,今去者又去,其谓之何!

《杜诗镜铨》:蒋云:括尽唐人征戍佳话("但添"二句下)。

又添衬惨句("城阴"句下)。

《闻鹤轩初盛唐近体读本》:评:前四述往事,是空际语,后半方书所见。五、六仍是景联。人事止一结耳,而伤时意旨已足,乃知前四章法之工。

寓　目

> 一县葡萄熟,秋山苜蓿多。
>
> 关云常带雨,塞水不成河。
>
> 羌女轻烽燧,胡儿制骆驼。

自伤迟暮眼，丧乱饱经过。

【汇评】

《杜臆》：前六句，皆其目之所寓，而末伤丧乱之未已也。……羌女喜乱，胡儿贾勇，皆乱象也，故触目而伤心。

《杜诗详注》：首联，物产之异；次联，地气之殊；三联，人性之悍；渐说到边塞可忧处，故有"丧乱经过"之慨，谓之不堪再逢伤乱也。　　杨德周曰："关云常带雨，塞水不成河"、"谷暗非关雨，枫丹不为霜"，皆字字可思。

《唐宋诗醇》：朱鹤龄曰：当与"州图领同谷"一首参看。关塞无阻，羌胡杂居，乃世变之深可虑者，公故感而叹之。

山　寺

野寺残僧少，山园细路高。

麝香眠石竹，鹦鹉啄金桃。

乱石通人过，悬崖置屋牢。

上方重阁晚，百里见秋毫。

【汇评】

《瀛奎律髓》：五、六新异，末句开阔。

《唐诗镜》：三、四丽，五、六亦随意细写。

《唐诗矩》：全篇直叙格。六句本形容置屋之险，却以"牢"字反挑之。

《初白菴诗话》：琢炼极工，而出之若无意，前人难道（"乱石通人"二句下）。

《瀛奎律髓汇评》：纪昀：对起而势极耸拔，乃有单人之势；三、四稍丽而不缛；五、六势须作散笔，再一装点便冗；七、八除却拓开，再无结法。

《闻鹤轩初盛唐近体读本》：评：三、四绮，便成隽。五、六老琢，"牢"字尤警。结亦不衰。

《李杜诗选》：杨曰："乱水"对"悬崖"，极工而人不觉。

《杜诗镜铨》：何义门云：麝以香焚，逃窜无所；鹦以言累，囚闭不放。非此山高峻，人迹不至，安得适性如此！三、四以奇丽写幽寂，真开府之嗣音。

即　事

闻道花门破，和亲事却非。

人怜汉公主，生得渡河归。

秋思抛云髻，腰支剩宝衣。

群凶犹索战，回首意多违。

【汇评】

《杜臆》：和亲作俑于汉，而历代遵为御戎之策，公却非之，盖验诸已事也。结语正发其意。

《义门读书记》：和亲本冀以纾国难，岂知公主复归，群凶犹炽，至是始悟其非，不已，徒贻社稷之耻乎（"和亲"句下）！

《杜诗详注》：鹤注：诗云"人怜汉公主，生得渡河归"，谓宁国公主乾元二年八月丙辰自回纥归。当是其年作。

《读杜心解》：《留花门》诗云："公主歌黄鹄"，方出降之始，不敢斥言其非也。至是卒归恩断，失策见矣，故叹之。

《杜诗镜铨》：三、四系直下格。又，公诗每不拘对偶。

遣　怀

愁眼看霜露，寒城菊自花。

天风随断柳,客泪坠清笳。

水净楼阴直,山昏塞日斜。

夜来归鸟尽,啼杀后栖鸦。

【汇评】

《韵语阳秋》:老杜寄身于兵戈骚屑之中,感时对物,则悲伤系之。……故作诗多用一"自"字。……《遣怀》诗云:"愁眼看霜露,寒城菊自花。"……言人情对景,自有悲喜,而初不能累无情之物也。

《杜臆》:此诗因时事伤怀,而强为排遣,故兴起于寒城之菊。……"客泪"、"山昏"二句,根"霜露"来,正其苦怀;而"天风"、"水净"二句;根菊花来,正其借以自遣者。……忠爱结自衷曲,景物取之目前,触景伤心,情生景会,沉着痛快,列之《三百》而无愧者。

《义门读书记》:历乱无端,全似《风》《骚》,岂得以起承转合求之?

《杜诗详注》:此边塞凄凉,触景伤怀,而借诗以遣之。句句是咏景,句句是言情,说到酸心渗骨处,读之令人欲涕。　　顾注:结联即"上林无限树,不借一枝栖"之意,盖叹卜居无地也。

《唐宋诗醇》:风景不殊,举目有山河之异,结以比语豁出,不嫌于尽。

《读杜心解》:只"愁眼"二字,提出"怀"字,以下皆欲即景遣之也。　　顾云:却句句不能遣。

天　河

常时任显晦,秋至辄分明。

纵被微云掩,终能永夜清。

含星动双阙,伴月照边城。

牛女年年渡，何曾风浪生。

【汇评】

《增定评注唐诗正声》：郭云：托兴清真，末句弄巧。

《唐诗摘钞》：全篇直叙，赋而比也。杜善写难写之景，全以旁见侧出取之。

《唐诗成法》：一、二虚笼天河，三、四折笔妙，五、六实写，七、八承五、六。通首寄托深远，不知何指。结句以天上无风浪，见人世之有风浪也。

《杜诗镜铨》：洪仲曰：《天河》、《初月》二诗，皆暗写题意，不露题字。　　浦二田云：只写天河而恋阙之诚，一游之感，与谗口中伤之不足相累，言外都隐隐见之，粘着则成钝汉矣。

捣　衣

亦知戍不返，秋至拭清砧。
已近苦寒月，况经长别心。
宁辞捣熨倦，一寄塞垣深。
用尽闺中力，君听空外音。

【汇评】

《唐诗解》：赵子常曰：用"音"字会一诗之意。

《唐风定》：瘦硬沉深，风味与诸家复别。

《唐诗选脉会通评林》：周珽曰：此诗因闻砧而托捣衣成妇之辞，曰"亦知"，曰"已近"、"况经"，曰"宁辞"、"一寄"，通篇俱用虚字播弄描写，何等宛转呜咽！

《唐诗归》：钟云：二语一字不及捣衣，掩题思之，却字字是捣衣，以情与景映出事来，笔端深妙！"久客得无泪？故妻难及晨"，亦是此法（"已近"二句下）。　　谭云：余尝爱此二语，与右丞"别后同明月，君应听子规"，皆以其涵蓄渊永意出纸外，而王语之渊永以清，此语之渊永以厚，不可不察（末二句下）。

《杜臆》：起句代作戍妇之辞，悲甚。"苦寒"、"长别"，起下"捣衣"有力。

《而庵说唐诗》：以"捣衣"名篇，此首前解写捣衣人之苦心，后解做捣衣，却又用虚逆法，绝不粘"捣衣"二字，妙作也。　　此首妙在下"戍不返"三字，使人读去，眼泪迸出也。通首精神结聚在"亦知"二字上，起用虚字，却如此有力，真大家数作也。

《义门读书记》：如泣如诉，前四语俱在题前落脉。　　"深"字能与"不返"二字呼应（"一寄"句下）。

《杜诗详注》：三、四承首句，五、六承次句。七承五、六，仍应"拭清砧"；八承三、四，仍应"戍不返"。分之，则各有条绪，合之则一气贯通，此杜律所以独至也。

《缥斋诗谈》：前六句只说心事，而景自在；末用闻者评论，精神加一倍。　　写捣衣之心，字字成血，此方是沉著。　　"已近苦寒月"四句，挑剔法，一气如话。

《唐诗归折衷》：敬夫云：中有砧声，凄然人耳（"已近"句下）。

《唐诗笺注》：通首妙在数虚字一气团结，曲而弥挚。

《唐宋诗醇》：铿然清响。亭皋叶下，陇首云飞，故当逊其真至。　　张远曰：王湾诗："风响传声不到君"，即此末句意，但蕴藉不如耳。

《唐诗别裁》：通首代戍妇之辞，一气旋折，全以神行。

《读杜心解》：上四，俱在题前领意；赶至五、六，才以落题为点题，却仍是凌架过去。虽两字明点，实不曾着纸也。结联乃咏叹法。

《杜诗镜铨》：邵云：起语悲甚（"亦知"二句下）。　　刘须溪曰：此晚唐所竭力彷佛之者。

《唐诗观澜集》：玲珑蕴藉，两擅其长。孰谓少陵不足于妙悟耶？

《唐诗绳尺》：前二篇犹可入手，此见公之独步。

《唐宋诗举要》：此句已截去无数语而出之，故觉开口便凄至动人（"亦知"句下）。　　吴曰：四十字，一字百转。

促　织

促织甚微细，哀音何动人？

草根吟不稳，床下夜相亲。

久客得无泪？故妻难及晨。

悲丝与急管，感激异天真。

【汇评】

《唐诗品汇》：刘云：结得洒落，更自可悲。

《唐诗归》：钟云：不似咏物，只如写情，却移用作写情诗不得，可为用虚之法（"久客"二句下）。

《杜臆》："促织甚微细，哀音何动人？"问词也。"草根"、"床下"，见其微细，客泪妻悲，见其动人；此应"何"字，正答词也。公诗所以感激人者，正在于此，而借微物以发之；推而大之，虽《咸英》、《韶濩》所以异于俗乐者，亦在于此。

《义门读书记》："草根吟不稳"，顶"哀音"，兼"微细"。

《杜诗详注》：诗到结尾，借物相形。抑彼而扬此，谓之"尊题格"，如咏促织而末引丝管，咏孤雁而末引野鸦是也。

《纽斋诗谈》：《促织》咏物诸诗，妙在俱以人理待之，或爱惜，或怜之劝之，或戒之壮之。全付造化，一片婆心，绝作绝作！咏物诸作，皆以自己意思，体贴出物理情态，故题小而神全，局大而味长，此之谓作手。　　"久客得无泪"，初闻之下泪可知，此一面两照之法。写得虫声哀怨，不可使愁人暂听，妙绝文心。

《唐宋诗醇》：以下六诗（按指《萤火》、《蒹葭》、《苦竹》、《除架》、《废畦》、《夕烽》）全用比兴，《风》诗之草木昆虫，《离骚》之美人香草，此物此志尔。

《读杜心解》："哀音"为一诗之主，而曰"不稳"，曰"相亲"，又表出不忍远离、常期相傍意。为"哀音"加意推原，则闻之而悲，在作客被废之人为尤甚。……识得根苗在三、四，则落句不离。　　音在促织，哀在衷肠；以哀心听之，便派与促织去。《离骚》同旨。

萤　火

　　幸因腐草出，敢近太阳飞？
　　未足临书卷，时能点客衣。
　　随风隔幔小，带雨傍林微。
　　十月清霜重，飘零何处归！

【汇评】

《对床夜语》：老杜《萤火》诗："幸因腐草出，……飘零何处归？"韩退之云："朝蝇不须驱，暮蚊不可拍。蝇蚊满八区，可尽与相格。……凉风九月到，扫不见踪迹。"疾恶之意一也。然杜微婉而韩急迫，岂亦目击伾、文辈专恣而恶之耶？

《瀛奎律髓》：老杜诗集大成，于着题诗无不警策。说者谓此诗"腐草"、"太阳"之句以讥李辅国。凡评诗，政不当如此刻切拘泥。

《唐诗归》：钟云：安卑之语，代他谦得妙，不啻口出（"未足"二句下）。

《杜臆》：公因不得君，借萤为喻。……细写苦情，一字一泪，此诗可与咏《麂》参看。

《义门读书记》：刺诗仍带悯惜，故味长。起四句四折。实事翻用（"未足"句下）。　　先写出一层飘零（"随风"二句下）。

结更转得有力。"何处归？"与上层"点衣"、"隔幔"、"傍林"，层层呼应（"十月"二句下。）

《瀛奎律髓汇评》：纪昀：此真通人之论。萤不昼飞，"敢"者岂敢也。末句似自寓飘零之意。　　许印芳：末二语指小人积恶灭身言。措词和婉，有哀怜意，有警醒意，是真诗人之笔。晓岚解为"自寓飘零之感"，与全诗语意不合，未可从也。　　《萤火》、《房兵曹胡马》、《画鹰》、《孤雁》四诗，学者当于传神写意处细心体会，又当观其笔法变化，各出机杼之妙。

《唐诗绳尺》：大家出来，口语亦自得体。

《筱园诗话》：少陵《画鹰》、《宛马》之篇，《孤雁》、《萤火》之什，《蕃剑》、《捣衣》之作，皆小题咏物诗也。而不废议论，不废体贴，形容仍超超玄著，刻划亦落落大方，神理俱足，情韵遥深，视晚唐、南宋诗人体物，迨如草根虫吟耳。是以知具大手笔，并小诗亦妙绝时人，学者可知所取法矣。

送　远

带甲满天地，胡为君远行？
亲朋尽一哭，鞍马去孤城。
草木岁月晚，关河霜雪清。
别离已昨日，因见古人情。

【汇评】

《瀛奎律髓》：前四句悲壮，乱世之别也。

《唐诗品汇》：刘云：如画出塞图矣（"鞍马"句下）。　　刘云：两语两意。"别离"则"昨日"矣，往往"古人"也如我也，自怪其"情"

之悲也（"别离"二句下）。

《杜诗说》：平时别离，已足悲伤，况逢乱世，倍增惨怆。起二语，写得万难分手；接联，更作一幅《关河送别图》。顿觉斑马悲鸣，风云变色，使人设身其地，亦自惨然销魂矣。

《诗源辩体》：子美五言律，沉雄浑厚者是其本体，而高亮者次之。他如"胡马大宛名"、"致此自僻远"、"带甲满天地"、"岁暮远为客"、"何年顾虎头"、"光细弦欲上"、"亦知戍不返"等篇，气格遒紧而语复矫健，虽若小变，然自非大手不能。其他琐细者非其本相，晦僻者抑又变中之大弊也。

《唐诗归》：谭云：响奥气浑。　　钟云：情至（首二句下）。　　钟云：深甚。不在不可解，而在使人思。若以不可解求深，则浅矣（末二句下）。

《唐诗直解》：妙在八句佳处，寻不出，说不破。

《杜臆》："别离已昨日"，难解。……余谓送行在今日，而别离已在昨日，因古人用情，非临别而后悲也。

《瀛奎律髓汇评》：冯舒：妙在落句。　　何义门：末二句已别而复送，又以时艰行远，情不能已也。　　纪昀："已"字必"如"字之误，此用江淹《古别离》语。　　无名氏（乙）：起得矫健。

《杜诗详注》：一片真气团结，流出真诗，不使人得指其句字佳处。又云：方当别离，又成昨日，古人于此，每难为情，我何为独不然乎？十字之中，凄折无限。五、六，写出既去后，中途憔悴之苦，因思《古别离》有"送君如昨日"者，知古今有同悲也。　　单复《杜律》刻本，末句刊作"因见故人情"，亦有意义。盖因此诗上四已尽送远之意，下则代远行者作回答之词，……因想见故人哭别之情也。

《诗辩坻》：子美诗："别离已昨日，因见故人情。"是因我而获古人之心，自《绿衣》篇末句化出，而稍变其意，意味便长。

《唐诗别裁》：何等起手！读杜诗要从此等着眼（"带甲"四句下）。　　此既别后作诗赠之。

《读杜心解》：不言所送，盖自送也，知公已发秦州。玩下四，当是就道后作也。……结联尤有味。……不曰故人情，而曰"古人情"，不独聚散之悲，兼见炎凉之态；又知公在秦州，人情冷落也。

《杜诗镜铨》：起突兀（"带甲"句下）。　　王西樵云：感慨悲壮，不减"萧萧易水"之句。

《闻鹤轩初盛唐近体读本》：纯用浑笔，前四气爽声沉，不关字句。"已昨日"犹云已尔便成昨日，是预道之辞。

天末怀李白

凉风起天末，君子意如何？
鸿雁几时到？江湖秋水多。
文章憎命达，魑魅喜人过。
应共冤魂语，投诗赠汨罗。

【汇评】

《汇编唐诗十集》：唐云：此首才堪入选，是一片真情写成。

《杜诗说》：三联，文与命仇意，而"憎"字惊极。不言远贬，而曰："魑魅喜人过"，将欲伺人而食之也，语险更惊。　　不曰"吊"而曰"赠"，说得冤魂活现（"投诗"句下）。

《唐诗归》：钟云：真元气（首四句下）。　　钟云：大发愤，却是实历语。　　谭云：十字读不得，然深思正耐多读（"文章"二句下）。　　钟云："赠"字说得精神与古人相关，若用"吊"字则浅矣（末二句下）。

《杜臆》：陆士衡诗："借问欲何为？凉风起天末。"全用起语而倒转之，此用古之一法。"江湖水多"，鲤不易得，使事脱化。

《杜诗详注》：盖文章不遇，魑魅见侵，夜郎一窜，几与汨罗同冤，说到流离生死，千里关情，真堪声泪交下，此怀人之最惨怛者。

《义门读书记》：嵇叔夜耻与魑魅争光。此句指与白争进者言之。鬼神忌才，喜伺过失（"魑魅"句下）。

《拜经楼诗话》：少陵"水流心不竞，云在意俱迟"一联，古今以为名句。明人云："鸿雁几时到？江湖秋水多"，却有自然之妙。

《唐诗成法》：文章知己，一字一泪，而味在字句之外，所谓"羚羊挂角，无迹可寻"也。　　七、八从三、四来，法密。

《唐诗归折衷》：吴敬夫云：六句，刘须溪谓：魑魅犹知此人之来以为喜，则朝廷之上，不如魑魅多矣。如此解，于接下二语较有情。

《唐宋诗醇》：悲歌慷慨，一气卷舒，李杜交好，其诗特地精神。

《唐诗别裁》：沉郁（"文章"二句下）。

《读杜心解》：太白仙才，公诗起四语，亦便有仙气，竟似太白语。五、六，直隐括《天问》、《招魂》两篇。

《杜诗镜铨》：蒋云：向空摇望，喃喃作声，此等诗真得《风》、《骚》之意。

《精选五七言律耐吟集》：胸中有千万言说不出，忽有此起十字来。

《网师园唐诗笺》："鸿雁"四句，《骚》经之遗。

《唐宋诗举要》：邵曰：一"憎"一"喜"，遂令文人无置身地（"文章"二句下）。　　吴曰：深至语自然沉痛，非太白不能当（末二句下）。

空　囊

翠柏苦犹食，晨霞高可餐。

世人共卤莽，吾道属艰难。

不爨井晨冻，无衣床夜寒。

囊空恐羞涩，留得一钱看。

【汇评】

《杜臆》："卤莽"二字，说尽世态，而"共"字更悲，乃知乱世情事，古今一律。……落句虽用成语，却有萧然自得之意，故不可及。

《杜诗详注》：末作诙谐语以自解。

《纫斋诗谈》：《空囊》，布笔凡四层，写一"空"字，最为有法。凡看题无层次，便是思路不开。　一、二不厌其空，三、四乃所以空，五、六是空后实境，七与八则拗结扛题法。　"不爨井晨冻，无衣床夜寒"，写"空"字只用映衬，却又切挚。

《读杜心解》：拈结联为题，总皆自嘲自解之词。俗语嘲不食者为升仙，起即此意。三、四原其故，却以庄语见清操。

《杜诗镜铨》：写穷况妙在诙谐潇洒。

病　马

乘尔亦已久，天寒关塞深。

尘中老尽力，岁晚病伤心。

毛骨岂殊众，驯良犹至今。

物微意不浅，感动一沉吟。

【汇评】

《唐诗归》：谭云：真深情，真厚道。　钟云：同一爱马，买死马者，英雄牢络之微权；赎老马、怜病马者，圣贤悲悯之深心。

钟云：情在五字内，是知己之言（"驯良"句下）。

《杜诗详注》："毛骨"不殊，物亦微矣；"驯良"犹在，意不浅也。"感动沉吟"，结下截而并结通章。　申涵光曰：杜公每遇废弃之物，便说得性情相关。如《病马》、《除架》是也。

《唐宋诗醇》：直书见意，无复营构，此为老境。

《读杜心解》：此所云"病"，多从劳苦困顿中来。感不在病，而在致病之先。其力尽，故其心伤也。五、六莫浅看，……言此岂独堪磨折，而竟能不改贞操。所谓"意不浅"者，正谓此。

《杜诗镜铨》：蒋弱六云：贫贱患难中，只不我弃者，便生感激，写得真挚。

野　　望

清秋望不极，迢递起曾阴。
远水兼天净，孤城隐雾深。
叶稀风更落，山迥日初沉。
独鹤归何晚？昏鸦已满林。

【汇评】

《鹤林玉露》："独鹤归何晚？昏鸦已满林。"以兴君子寡而小人多，君子凄凉零落，小人噂沓喧竞，其形容精矣。

《瀛奎律髓》：结末四句有叹时感事，勖贤恶不肖之意焉。

《汇编唐诗十集》：唐云：老杜下字，善于用虚，前篇（按：指《晚出左掖》）"融"、"湿"、"去"、"低"，此篇"兼"、"净"、"隐"、"深"，俱沉细可想。

《唐诗援》：结语倒插好，若顺说便无味。

《唐诗解》：此赋野望之景以成篇，无他托意而兴味自佳。

《唐诗直解》：涕泪多端，更有不能忘情者。

《唐诗归》：钟云：感深（末句下）。

《杜臆》：此诗结语见意。……而"昏鸦满林"，归亦无容足之地矣，因知其望中寓意不浅。

《唐诗选脉会通评林》：刘辰翁曰：此画可以百里，结不必有来处，自是好。　　陆士钪曰：起语远逸，中堪入画。　　吴山民曰："秋"、"阴"二字，是一诗骨子。　　周珽曰：结是偶然得之，因以成章。不必有所指，兴味自佳。

《唐诗评选》：气骨自高，以较《西山白雪》一首府悲神旷。

《义门读书记》：叶已稀而风更劲，则望中弥旷；日沉而山势加长，则层层阴晦。中四句皆承发端二句，而又次第相生，自远而近也。

《瀛奎律髓汇评》：纪昀：述丧乱则明言，刺宵小则托喻，诗人立言之法。　　查慎行：中二联用力多在虚字，结意尤深。

《读杜心解》：中四，皆所谓"迢递起"者。结亦"望"中事，然带比意。

《闻鹤轩初盛唐近体读本》：对起字字琢叠，警拔非常。中四沉雄。结缴四起二，补写"望"字，法密。

寄彭州高三十五使君适虢
州岑二十七长史参三十韵

故人何寂寞，今我独凄凉。
老去才难尽，秋来兴甚长。
物情尤可见，辞客未能忘。
海内知名士，云端各异方。
高岑殊缓步，沈鲍得同行。
意惬关飞动，篇终接混茫。
举天悲富骆，近代惜卢王。
似尔官仍贵，前贤命可伤。
诸侯非弃掷，半刺已翱翔。
诗好几时见？书成无使将。

男儿行处是，客子斗身强。

羁旅推贤圣，沉绵抵咎殃。

三年犹疟疾，^①一鬼不销亡。

隔日搜脂髓，增寒抱雪霜。

徒然潜隙地，有觊屡鲜妆。

何太龙钟极，于今出处妨。

无钱居帝里，尽室在边疆。

刘表虽遗恨，庞公至死藏。

心微傍鱼鸟，肉瘦怯豺狼。

陇草萧萧白，洮云片片黄。

彭门剑阁外，虢略鼎湖旁。

荆玉簪头冷，巴笺染翰光。

乌麻蒸续晒，丹橘露应尝。

岂异神仙宅？俱兼山水乡。

竹斋烧药灶，花屿读书床。

更得清新否？遥知对属忙。

旧官宁改汉？淳俗本归唐。

济世宜公等，安贫亦士常。

蚩尤终戮辱，胡羯漫猖狂。

会待妖氛静，论文暂裹粮。

【原注】

　　① 时患疟疾。

【汇评】

　　《韵语阳秋》：诗人赞美同志诗篇之善，多比珠玑、碧玉、锦绣、花草之类；至杜子美则岂肯作此陈腐语邪？《寄岑参诗》云："意惬关飞动，篇终接混茫"。……皆惊人语也。视馀子其神芝之与腐菌哉！

《唐诗品汇》：刘云：物情往往见弃，惟词客未忘耳（"物情"二句下）。　　刘云：即子美自道，可为悟人（"意惬"二句下）。

《诗薮》：杜用事门目甚多，姑举人名一类：……"举天悲富骆，近代惜卢王"，并用者也；"高岑殊缓步，沈鲍得同行"，单用者也。……锻炼精奇，含蓄深远，迥出前代矣。

《杜臆》：富、骆、卢、王俱才子而穷，遂疑"文章憎命达"，似尔之才，不减四子，而官仍贵，则前贤之穷，其命可伤已。公伤前贤，实自伤也。

《杜诗详注》：凡排律，多在首联扼题。若作长排，必在首段总挈。如此篇用四语标眼，而后用四段分应；下篇用两语提纲，而后用两扇对承。细心体玩，方见杜诗脉络之精密。　　用意惬当，则机神飞动，此诗思之妙；篇势将终，而元气混茫，此诗力之厚。二句极推高，岑，实少陵自道也（"意惬"二句下）。

《纽斋诗谈》：整齐中带错综，势局便不板，此全是力大。"意惬关飞动，篇终接混茫"，论诗妙诀。

《读杜心解》：只分三段。首大段，总以怀人意，摄起高、岑之文章官职，起法便妙。似以"故人"侧到"今我"，却仍以老兴呼起词客，宾主互用，笔如游龙。……"诗好"、"书成"，一笔顿住。中大段，自叙在秦病疟，随以道远、身羁意，拖起高、岑。"男儿"、"客子"，提掇耸拔。本欲自说凄凉，偏能着此健笔。……妙在"刘表"四句，随借"羁旅"，钩搭到"高、岑"。……末大段，深致健羡，……随手以"旧官"、"淳俗"借表国运绵昌，使其勉建功名。又复插入自己，然后尽情说兴头话。……仍嵌论文字，令首尾一线，洵神工也。

《杜诗镜铨》：邵云："意惬"二句，杜诗实有此境地，他人不能到。反跌波澜横溢，亦是自家一肚皮牢骚，反借前人触发耳。
李云：顿挫处妙不容言，此法公当独步（"举天"二句下）。　　　　入主,接得健("男儿"二句下)。　　苦句("肉瘦"句下)。　　衬渡有神("陇草"句下)。　　李云：高岑伟人,兼公夙契,故其诗浑雄沉着,冠绝古今。　　此诗只开手两句,喝尽通篇大意：前后说高岑文章、官职及致羡所居,应上"故人何寂寞";中段自言边方远客,贫病交攻,应上"今我独凄凉"。叙法却用彼此错综,条理中正极其变化。　　高、岑特以词客见怀,故只于结末略及世事,篇中带定言诗处,脉理一丝不走。　　蒋云：琐屑怪幻,一一俱能写出。

寄李十二白二十韵

昔年有狂客,号尔谪仙人。
笔落惊风雨,诗成泣鬼神。
声名从此大,汨没一朝伸。
文彩承殊渥,流传必绝伦。
龙舟移棹晚,兽锦夺袍新。
白日来深殿,青云满后尘。
乞归优诏许,遇我宿心亲。
未负幽栖志,兼全宠辱身。
剧谈怜野逸,嗜酒见天真。
醉舞梁园夜,行歌泗水春。
才高心不展,道屈善无邻。
处士祢衡俊,诸生原宪贫。
稻粱求未足,薏苡谤何频！
五岭炎蒸地,三危放逐臣。
几年遭鵩鸟,独泣向麒麟。
苏武先还汉,黄公岂事秦？
楚筵辞醴日,梁狱上书辰。

已用当时法，谁将此义陈。

老吟秋月下，病起暮江滨。

莫怪恩波隔，乘槎与问津。

【汇评】

《本事诗》：（李白）常出入宫中，恩礼殊厚。竟以疏纵乞归，上亦以非廊庙器，优诏罢遣之。后以不羁流落江外，又以永王招礼，累谪于夜郎。及放还，卒于宣城。杜所赠二十韵，备叙其事。读其文，尽得其故迹。

《唐诗品汇》：刘云：彼此各称，自喻适意，太白足以当之（"昔年"四句下）。

《诗薮》：杜赠李，豪爽逸宕，便类青莲。如"笔落惊风雨，诗成泣鬼神"等语，犹司马子长作《相如传》也。

《义门读书记》：非此顶"仙人"不出（"笔落"一联下）。　　关照前后事（"未负"一联下）。

《杜诗详注》：王嗣奭曰：此诗分明为李白作传，其生平履历备矣。白才高而狂，人或疑其乏保身之哲，公故为之剖白。如："未负幽栖志，兼全宠辱身"及"楚筵辞醴"、"梁狱上书"数句，皆刻意辩明，与赠王维诗"一病缘明主，三年独此心"相同，总不欲使才人含冤千载耳。

《唐诗别裁》：太白一生，具见于此。

《唐宋诗醇》："笔落惊风雨"，白实不愧斯言；"诗成泣鬼神"，甫诗乃可当之。孟棨曰：杜赠白二十韵，备叙白事，读斯文尽得其故迹。杜逢禄山之乱，流离陇蜀，毕陈于诗，推见至隐，殆无遗事，故当号"诗史"。

《读杜心解》："谪仙"起笔现成，全神俱领。……"未负幽栖"、"兼全宠辱"，插在乞归时，极有力，为后立案。"才高"、"道屈"，折笔如铁；"祢俊"、"宪贫"，与前反对；"稻粱"、"薏苡"，回护含蓄。……语语见肝膈。

《杜诗镜铨》：张云：起笔真而纵（"昔年"四句下）。　　王阮亭云：善写荣遇（"文采"二句下）。　　二句早为下辩诬伏脉（"未负"二句下）。　　张云：用事精切，回护语何等浑妙（"苏武"二句下）。　　结到当下，无限悲怆。　　二语亦暗影"谪仙"意（"莫怪"二句下）。

蜀　相

丞相祠堂何处寻？锦官城外柏森森。
映阶碧草自春色，隔叶黄鹂空好音。
三顾频烦天下计，两朝开济老臣心。
出师未捷身先死，长使英雄泪满襟。

【汇评】

《苕溪渔隐丛话》：苕溪渔隐曰：半山老人《题双庙》诗云："北风吹树急，西日照窗凉。"细详味之，其托意深远，非止咏庙中景物而已。……此深得老杜句法。如老杜题蜀相庙诗云："映阶碧草自春色，隔叶黄鹂空好音"，亦自别托意在其中矣。

《瀛奎律髓》：子美流落剑南，拳拳于武侯不忘。其《咏怀古迹》，于武侯云："伯仲之间见伊吕，指挥若定失萧曹。"及此诗，皆善颂孔明者。

《唐诗品汇》：刘云：全首如此一字一泪矣。　　又云：千年遗下此语，使人意伤。

《唐诗援》：起语萧散悲凉，便堪下泪。

《唐诗选脉会通评林》：王安石曰：三、四止咏武侯庙，而托意在其中。　　董益曰：次联只用一"自"字与"空"字，有无限感怆之意。　　吴山民曰：次句纪地。三、四纪祠之冷落。"天下计"

见其雄略，"老臣心"见其苦衷。结语逗漏宋人议论。

《杜臆》：此与"诸葛大名"一首意正相发，……盖不止为诸葛悲之，而千古英雄有才无命者，皆括于此，言有尽而意无穷也。

《唐七律隽》：悲凉慷慨，吊古深情，淋淳于楮墨之间。胡元瑞谓结句滥觞宋人，浅视之矣。

《杜诗解》：三、四，碧草春色，黄鹂好音，入一"自"字、"空"字，便凄清之极。……第七句"未"字、"先"字妙，竟似后曾恢复而老臣未及身见之者，体其心而为言也。当日有未了之事，在今日长留一未了之计、未了之心。

《唐诗摘钞》：后半四句，就公始末以寓感慨，笔力简劲，宋人专学此种，流为议论一派，未免为公累耳。

《唐诗快》：呜呼！诗之感人至此，益信圣人"兴、观、群、怨"之言不妄。

《九家集注杜诗》：赵彦材云：悼之深矣。　　郭知达云：闵其志不遂也。

《删订唐诗解》：起句率。

《瀛奎律髓汇评》：纪昀：前四句疏疏洒洒，后四句忽变沉郁，魄力绝大。　　赵熙：沈郁、博大。

《杜诗详注》："天下计"，见匡时雄略；"老臣心"，见报国苦衷。有此二句之沉挚悲壮，结作痛心酸鼻语，方有精神。宋宗简公归殁时诵此二语，千载英雄有同感也。

《唐诗贯珠》："森森"二字有精神。

《唐宋诗醇》：老杜入蜀，于孔明三致意焉，其志有在也。诗意豪迈哀顿，具有无数层折，后来匹此，惟李商隐《筹笔驿》耳。世人论此二诗，互有短长，或不置轩轾，其实非有定见。今略而言之：此为谒祠之作，前半用笔甚淡，五六写出孔明身份，七、八转折而下，当时后世，悲感并到，正意注重后半。李诗因地兴感，故将孔明威灵撮入十四字中，写得十分满足，接笔一转，几将气焰扫尽，五、六两层折笔，末仍收归本事，非有神力者不能。二诗局阵各异，工力悉敌，悠悠耳食之论，未足与议也。

《唐诗别裁》：橐括武侯生平，激昂痛快。（"三顾频烦"二句下）。　　"开济"言开基济美，合二朝言之。

《杜诗镜铨》：邵子湘云：牢壮浑劲，此为七律正宗。　　自始至终，一生功业心事，只用四语括尽，是如椽之笔。（"三顾频烦"四句下）。　　俞犀月云：真正痛快激昂，八句诗便抵一篇绝大文字。

《十八家诗钞》：张云：后四句极开阖驰骤、沉郁顿挫之妙，须作一气读，乃得其用意湛至处。

《网师园唐诗笺》：只下"何处"二字，已见祠宇荒芜。"三顾"至尾，沉雄橐括，抱负自见。

《历代诗发》：前四句伤其人之不可见，后四句叹其功之不能成，凭吊最深。

《昭昧詹言》：此亦咏怀古迹。起句叙述点题，三、四写景，后半论议缔情，人所同有，但无其雄杰明卓及沉痛真至耳。

《读杜心解》：五、六，实拍，句法如兼金铸成，其贴切武侯，亦如熔金浑化。……后来武侯庙诗，名作林立，然必枚举一事为句。始信此诗统体浑成，尽空作者。

《闻鹤轩初盛唐近体读本》：陈德公曰：五、六稳尽，结亦洒然。　　评：三、四写祠堂物色，只着"自"、"空"二句眼于中，便已悲凉欲绝，而肃穆深沉之象，更与荒芜零落者不同。

《历代诗评注读本》：悲壮雄劲，此为七律正宗。

《唐宋诗举要》：吴曰：起严庄凝重，此为正格。然亦自有开阖，不可平直（"丞相祠堂"四句下）。　　吴曰：顿转作收，用笔提空，故异常得势。

卜 居

浣花流水水西头，主人为卜林塘幽。

已知出郭少尘事，更有澄江销客愁。

无数蜻蜓齐上下，一双鸂鶒对沉浮。

东行万里堪乘兴，须向山阴上小舟。

【汇评】

《杜臆》：客游者以即次为快，故此诗篇翩跹潇洒，不但自适，亦且与物俱适。况溪水东行，一泻万里，直通吴越，可以乘兴而往，山阴易舟作子猷之访戴，岂非卜居之一快哉？

《杜诗解》："已知"、"更有"，写出主人选地，先生即次一段情事，所谓暂脱樊笼，其一时饮啄之乐如此。

《义门读书记》：草堂在西，却纵言东面澄江之可以销愁，则水西幽胜言外益见。如此诗法，使人何处捉摸！

《杜诗详注》：公《壮游》诗云："鉴湖五月凉。"盖深羡山阴风景之美。今见浣溪幽胜，仿佛似之，故思乘兴东游，此快意语，非愁叹语。

《唐宋诗醇》：黄生曰：结联暗用孔明、子猷语，融会入妙。

《读杜心解》：公虽入蜀，而东游乃其素志，故结联特缘江寄兴。盖当卜筑伊始，而露栖止未定之情也。

《杜诗镜铨》：张云："齐"字、"对"字，写出物情。

《闻鹤轩初盛唐近体读本》：评：亦是浅率之章。用第四一句引开，下即写江中所见，二句便复出乘流"东行"一意，章法有开展，便不径直矣。

宾　至

幽栖地僻经过少，老病人扶再拜难。

岂有文章惊海内？漫劳车马驻江干。

竟日淹留佳客坐，百年粗粝腐儒餐。

不嫌野外无供给，乘兴还来看药栏。

【汇评】

《容斋随笔》：（七律）五十六言，大抵多引韵起，若以侧句入，尤峻健。如老杜"幽栖地僻经过少，老病人扶再拜难"是也。

《唐诗归》：钟云：少陵有言："畏人嫌我真"，读此可想。钟云：愦语，尽傲尽狂（"老病人扶"句下）。

《义门读书记》：《诗纪》编客至二诗，体势相似，意味各别，公诗所以妙。

《杜诗详注》：上四宾至，下四留宾。直叙情事而不及于景，此七律独创之体，不拘唐人成格矣。　　此诗五、六失粘。　　朱瀚曰：一主一宾，对仗成篇，而错综照应，极结构之法。起语郑重，次联谦谨，腹联真率，结语殷勤。如聆其謦咳，如见其仪型。较之香山诸作，真觉高曾规矩，肃肃雍雍也。

《绁斋诗谈》：《有客》（按《宾至》一作《有客》）……篇法、意思、笔力无不备，七律当以此为正格，《诸将》、《秋兴》乃一支一派。

《唐宋诗醇》：直举胸情，扫绝依傍。

《唐诗别裁》：自谦实自任也（"岂有文章"二句下）。

《读杜心解》：一宾，二主；三主，四宾；五宾，六主；七主，八宾：续麻而下，结体绝奇。

《历代诗发》：此诗养局最宽，立格最严，下字最虚，诠题最确，细心体认，于诗学思过半矣。

《杜诗镜铨》：邵云：对起老致又别（"幽栖地僻"二句下）。　　杜诗七律间有失严者，尚沿初唐体（"竟日淹留"四句下）。　　顾宸曰：此诗词人声价，高士性情，种种俱见。

《昭昧詹言》：叙事耳，而语意透彻朗俊，温醇得体。情韵缠绵，律度井然。

狂　夫

万里桥西一草堂，百花潭水即沧浪。
风含翠篠娟娟静，雨浥红蕖冉冉香。
厚禄故人书断绝，恒饥稚子色凄凉。
欲填沟壑唯疏放，自笑狂夫老更狂。

【汇评】

《鹤林玉露》：杜少陵诗云："风含翠篠娟娟静，雨浥红蕖冉冉香。"上句风中有雨，下句雨中有风，谓之"互体"。

《瀛奎律髓》：老杜七言律诗一百五十余首，求其郊野闲适如此者仅三篇（按指《江村》、《南邻》及此篇）。而此之第三篇后四句，亦未免叹贵交之绝，悯贫稚之饥。信矣和平之音难道，而喜起明良之音难值也。然格高律熟，意奇句妥，若造化生成。为此等诗者，非真积力久不能到也，学诗者以此为准。为"吴体"，拗字、变格，亦不可不知。

《杜诗详注》：杨升庵曰：诗中叠字最难下，唯少陵用之独工。……有用之下腰者，如："穿花蛱蝶深深见，点水蜻蜓款款飞"，"风含翠篠娟娟静，雨浥红蕖冉冉香"、"无边落木萧萧下，不尽长江滚滚来"、"碧窗宿露濛濛湿，朱拱浮云细细轻"是也。声谐义恰，句句带仙灵之气，真不可及矣。

《义门读书记》：清风峻节，固穷独立，比赋相参，不全讦露。

……"欲填沟壑惟疏放"二句,只自嘲,怨而不怒。

《瀛奎律髓汇评》:纪昀:亦是宋派之先声,非杜之佳处。
许印芳:前四句不恶,五句太激太露,后三句亦不免伧气。

《唐宋诗醇》:卢元昌曰:因草堂而兴感,诗成之后,用末句"狂夫"为题。

《读杜心解》:客中贫窭无聊之作,却说得极恬淡。……五、六,露意,公自以为已涉狂夫之言,故急以"自笑"煞住,而因以"狂夫"命题,浑然无乖角。

《杜诗镜铨》:读末二句,见此老倔强犹昔。　　邵子湘云:《宾至》苍老,《狂夫》萧散,各是一种风格。

堂　成

背郭堂成荫白茅,缘江路熟俯青郊。
桤林碍日吟风叶,笼竹和烟滴露梢。
暂止飞乌将数子,频来语燕定新巢。
旁人错比扬雄宅,懒惰无心作解嘲。

【汇评】

《鹤林玉露》:《堂成》云:"暂止飞乌将数子,频来语燕定新巢。"盖因乌飞燕语,而喜己之携雏卜居,其乐与之相似;此比也,亦兴也。

《唐诗镜》:结意闷闷,调笑自遣,意况深沉。

《义门读书记》:句句是初成语。……"桤木碍日吟风叶"一联,以竹木衬出新堂之高,顶上"俯"字。……"吟风"、"滴露"交互对。

《杜诗详注》:背郭成堂,缘江熟路,四字本相对,将"堂成"、"路熟"倒转,则上半句句变化矣。林碍日,叶吟风,竹和烟,露滴梢,六字本相对,将"风叶"、"露梢"倒转,则下半句法变化矣("背郭堂成"四句下)。

《唐宋诗醇》:语意宽闲,颔联托兴,风趣绝佳。

《读杜心解》:五、六,著"暂止"、"频来"字,即景为比,意中尚有傍徨在。……言外有神。

《杜诗镜铨》:翻案得妙。("旁人错比"二句下)。

《闻鹤轩初盛唐近体读本》:陈德公曰:音节如欲沦近,然前半字字琢叠不易。五、六皆第二字稍读,又"飞"、"语"二字是缀着,乃增情致。　　评:写堂成不作正说,只将"乌止""燕来"借衬形容,更是径别。结作傲睨语,弥觉洒然。

进　艇

南京久客耕南亩,北望伤神坐北窗。
昼引老妻乘小艇,晴看稚子浴清江。
俱飞蛱蝶元相逐,并蒂芙蓉本自双。
茗饮蔗浆携所有,瓷罂无谢玉为缸。

【汇评】

《韵语阳秋》:老杜《北征》诗云:"经年至茅屋,……垢腻脚不袜。"方是时,杜方脱身于万死一生之地,得见妻儿,其情如是。泊至秦州,则有:"晒药能无妇,应门亦有儿"之句。至成都,则有"老妻忧坐痹,幼女问头风"之句。观其情悰,已非《北征》时比也。诗则曰:"昼引老妻乘小艇,晴看稚子浴清江。"……其优游愉悦之情,见于嬉戏之间,则又异于在秦、益时矣。

《唐诗镜》:善自遣者。　　老杜尝云:"老去诗篇浑漫兴。"篇中得此居多。古人善于托言,唐人长于漫兴。

《杜臆》:观起语,知非真快心之作,所谓"驾言出游,以写我忧"者。……公虽漂泊，而得携妻子与同苦乐，犹不幸中之幸，故"俱飞"、"并蒂"，借微物以见意，虽"茗饮蔗浆"，亦甘之如饴，而瓷罂等于玉缸矣。

《杜诗详注》：申涵光曰："南京久客耕南亩，北望伤神坐北窗"，南、北字叠用对映，杜诗每戏为之。如"旧日重阳日，传杯不放杯"，"桃花细逐杨花落"，"即从巴峡穿巫峡"之类。后人效之，易入恶道。

《读杜心解》：一、二，有意嵌入"南"、"北"字，殊减趣。

《杜诗镜铨》：邵云：叠字易入恶道，语亦颇村气。

所　思

　　苦忆荆州醉司马，谪官樽俎定常开。

　　九江日落醒何处？一柱观头眠几回。

　　可怜怀抱向人尽，欲问平安无使来。

　　故凭锦水将双泪，好过瞿塘滟滪堆。

【汇评】

《容斋随笔》：五十六言，太抵多引韵起。若以侧句入，尤峻健。如老杜"幽栖地僻经过少，老病人扶再拜难"是也。然此犹是作对。若以散句起，又佳。如"苦忆荆州醉司马，谪官樽俎定常开"是也。

《杜臆》："苦忆"引起下三句，都是忆。"可怜怀抱"句，……还是自怜，亦根"苦忆"。因忆之苦，……起下"故凭"才有力。

《诗源辩体》：（杜诗）至如"黄草峡西"、"苦忆荆州"、"白帝城中"、"西岳崚嶒"、"城尖径仄"、"二月饶睡"、"爱汝玉山"、"去年登高"等篇，以歌行入律，是为大变，宋朝诸公及李献吉辈虽多学之，实无有相类者。

《义门读书记》：对属浑化（"可怜怀抱"一联下）。

《声调谱》：此种诗，不可不学，不可专学；不学则无格，专学则滑矣。

《唐宋诗醇》：如此诗可谓古直悲凉矣，其性情真至，自然流露，又在语言文字之外，所以高视天壤，独称作者。　　卢世㴶曰：突兀崚嶒，有拔剑斫地之意。

《读杜心解》：三、四，醉况、谪况，历历想出，下乃一口气吐出衷情，却只是"苦忆"二字，全神流露。　　的是空思，不是投寄，一片神行。

《杜诗镜铨》：侧句入突兀，通首亦一片神行，不为律缚。奇语（"故凭锦水"句下）。　　刘须溪云：肆笔纵横有疏野气，大家数不可无此。　　李子德云：极悲凉又极排宕，负才独大，故其运笔最高。

江　村

清江一曲抱村流，长夏江村事事幽。
自去自来堂上燕，相亲相近水中鸥。
老妻画纸为棋局，稚子敲针作钓钩。
多病所须唯药物，微躯此外更何求？

【汇评】

《杜工部草堂诗话》：《萤雪丛说》："老妻画纸为棋局，稚子敲针作钓钩。"以"老"对"稚"，以其妻对其子，如此之亲切，又是闺门之事，宜与智者道。

《木天禁语》：七言律诗篇法：二字贯穿，三字栋梁在内。《江村》："清江一曲抱村流，……。"

《诗薮》：（杜七言律）太易者，"清江一曲抱村流"之类。……

杜则可,学杜则不可。

《杜诗说》:杜律不难于老健,而难于轻松。此诗见潇洒流逸之致。

《诗源辩体》:(杜甫)七言律,如"清江一曲"、"一片花飞"、"朝回日日"等篇,亦宛似宋人口语。

《唐诗选脉会通评林》:刘辰翁曰:全首高旷,真野人之能言者,三联语意近放。　　周敬曰:最爱其不琢不磨,自由自在,随景布词,遂成江村一幅妙画。　　单复曰:此可见公胸次洒落,殆外声利,不以事物经心者。　　周珽曰:物得遂其幽闲之性,人得尽其伦理之和,非无萦襟怀,不能享此清福。　　陆时雍曰:自生幽兴。　　钱光绣曰:眼前口边,妙,妙。

《杜诗解》:瞿斋云:先生以夔龙、伊吕自待者,起手便着"事事幽"三字,真乃声声泪、点点血矣。何必读终篇而见其不堪耶!

《瀛奎律髓汇评》:纪昀:工部颓唐之作,已逗放翁一派。以为老境,则失之。　　许印芳:通体凡近,五、六尤琐屑近俗,杜诗之极劣者。　　无名氏(乙):次联,近情乃尔。　　冯舒:不必粘题,无句脱题;不必紧结,却自收得住,说得煞;不必求好,却无句不好。圣人! 神人!　　何处分情景?

《杜诗详注》:申涵光曰:此诗起二语,尚是少陵本色,其馀便是《千家诗》声口。选《千家诗》者,于茫茫《杜集》中,特简此首出来,亦是奇事。

《随园诗话》:论诗区别唐、宋,判分中、晚,余雅不喜。……"老妻画纸为棋局,稚子敲针作钓钩。"琐碎极矣,得不谓之宋诗乎?

《读杜心解》:萧闲即事之笔。

《杜诗镜铨》:诗亦潇洒清真,遂开宋派。

《唐七律选》:此总承"事事幽"也。宋人第以五、六击节,而不知前四之妙,便失自然一地步矣。("稚子敲针"句下)

《小清华园诗谈》：昔人谓狮子搏象用全力，搏兔亦用全力。余以为杜诗亦然。故有时似浅而实不浅，似淡而实不淡，似粗而实不粗，似易而实不易。此境最难，然其秘只在"深入浅出"四字耳。如"舍南舍北皆春水，……隔篱呼取尽馀杯。"浅矣而不可谓之浅。"清江一曲抱村流，……微躯此外复何求？"淡矣而不可谓之淡。

野　老

野老篱前江岸回，柴门不正逐江开。

渔人网集澄潭下，贾客船随返照来。

长路关心悲剑阁，片云何意傍琴台。

王师未报收东郡，城阙秋生画角哀。

【汇评】

《唐诗品汇》：刘云：句句洗削（"渔人网集"二句下）。

《唐诗归》：钟云：趣事。谭云：妙于穷境（首二句下）。钟云：佳境甚画（"贾客随船"句下）。

《诗源辩体》：如"西望瑶池降王母"、"柴门不正逐江开"……等句，皆稚语也。

《杜臆》：柴门面江而开，故渔网商船，时常在目。"长路关心"，言其思乡；"片云何意"，言非恋蜀。东郡未收，归乡无日，故听画角而生哀也。

《唐诗选脉会通评林》：周珽曰：江岸纤曲，柴门瞰岸而开，故不审方面之正；渔网下集，贾船晚来，乃江上所有之景。

《唐诗评选》：境遇蕴藉，波势平远。

《唐诗摘钞》：即所见所闻以寓意，捉笔一直写就，诗成乃拈二字为题，此类皆漫兴之作。……细思此一诗非"野老"二字，亦无可为题，此正如画家落款，有一定天然位置，毫发不差，未易为浅人道也。

《纽斋诗谈》：前解切近，后解推开，言天下未平，虽有佳处，不敢宁居，非判然不相照管也。

《唐诗成法》：前景后情。次句写景如画。……全无斧凿痕，已臻自然。

《唐宋诗醇》：黄生曰：前摹晚景，真是诗中有画；后说旅情，几于泪痕湿纸矣。

《唐诗别裁》：前写晚景，后写旅情，不必承接，杜诗中偶有此格。

《读杜心解》：临江晚望而成。始望而得野趣，久望而动愁肠也。……八句中，各次句尤胜。盖出调犹见用意，接手全归自然矣。

《杜诗镜铨》：张云：偶然事，写出便妙（"柴门不出"二句下）。　对句活变，喻留蜀非己意也（"片云何意"句下）。　邵云：非此一结，全首味浅（"王师未报"句下）。

《唐七律选》：写景贵如睹，此如睹也。（"贾客船随"句下）。

《闻鹤轩初盛唐近体读本》：陈德公曰：……单笔起，第二承作最老健，复是趣笔。三、四写物色，……"集"则曰"澄潭"，"来"则曰"随返照"，便生色矣！此琢句之法，笔复苍茫。第五忽悲来路，正是关心。第六触目，寓存飘零，不意而出对二句，各各加工烹炼。……结又入时事，另意矫拔，弥增郁然。

遣　兴

干戈犹未定，弟妹各何之？
拭泪沾襟血，梳头满面丝。
地卑荒野大，天远暮江迟。
衰疾那能久？应无见汝时！

【汇评】

《唐诗归》：钟云：极婉极细，只是一真。

《瀛奎律髓汇评》：纪昀：语亦真至，然非极笔。　　许印芳：前半固是平常，五、六写景不著一情思字，而孤危愁苦之意含蓄不尽。结语尤为沉痛。此等诗老杜外，更无第二手，晓岚谓"非极笔"，何耶？

《杜诗详注》：题曰《遣兴》，借诗以自遣也。

《唐宋诗醇》：五、六悲慨之言，又极沉雄。

《读杜心解》：伤离叹老，一诗之干。以三、四作转枢。"沾襟血"，申上"弟妹何之"之惨；"满面丝"，起下"衰疾那久"之悲。

《杜诗镜铨》：邵云：情事飒然。地平无山，故见野宽；江水缓流，故望天益远。二句正写一身寥落之景，起下（"地卑"二句下）。

南　邻

锦里先生乌角巾，园收芋粟不全贫。

惯看宾客儿童喜，得食阶除鸟雀驯。

秋水才深四五尺，野航恰受两三人。

白沙翠竹江村暮，相对柴门月色新。

【汇评】

《杜工部草堂诗话》：《萤雪丛说》：老杜诗词，酷爱下"受"字，盖自得之妙，不一而足。如……"野航恰受两三人"诚用字之工也。然其大过人者无它，只是平易，虽曰似俗，其实眼前事尔。

《唐诗镜》：五、六清彻，入摩诘意象。

《唐诗归》：钟云：野老看客，儿童看客，写出村僻人情如见（"惯看宾客"句下）。

《唐诗摘钞》："受"字杜惯用，故不足奇。然入他人手，定是"载"字矣（"野航恰受"句下）。　　前段叙事，语简而意深；后段写景，语妙而意浅。盖前面将主人作人行径，逸韵高情，一一写出，却只是四句；后面不过只写一"别"字，却亦是四句，浅深繁简之间，便是一篇极有章法古文也。　　"锦里"、"乌巾"亦以彩色字相映有情。三句尤深，盖富翁好客不难，贫士好客难，贫士家人不厌客为尤难。非平日喜客之诚，浃入家人心髓，何以有此？

《义门读书记》："对"，注作"送"。棹舟过访，月生而未厌相对，作"送"字反觉意味殊短。落句衬出竟日淹留，无迹（"相对柴门"句下）。

《瀛奎律髓汇评》：纪昀：五、六天然好句。然无其根蒂而效之，则易俚、易率。"江西"变症，多于此种暗受病根。　　许印芳：纪评指摘"江西"病根，可谓深切著明；然非谓此诗五、六不可学也。凡天地间事物，有一美在前，即有一病随之于后。……根蒂浅薄者，每学古人，未得其美，病已著身；非古人原有是病，乃不善学而自成其病耳。　　无名氏（乙）：五、六化尽律家对属，化工妙。此景千古常新，杜公亦千古长在。

《杜诗详注》：诗善炼格。前段叙事，数层括以四语；后段写景，一意拓为半篇。"儿童"、"鸟雀"，用倒装法；"秋水"、"野航"，用流对法。

《唐宋诗醇》：申涵光曰："秋水才深四五尺，野航恰受两三人"，语疏落而不酸，今人作七律，堆砌排耦，全无生气，而矫之者又单弱无体裁，读杜诸律，可悟不整为整之妙。

《唐诗别裁》：前半言造南邻之居，后半言同舟送别也。

《读杜心解》：前半山庄访隐图，后半江村送客图。

《杜诗镜铨》：蒋云：只就"儿童"、"鸟雀"，写先生好客忘机，情怀自妙。　　画意最幽，总在自然入妙（"白沙翠竹"句下）。

刘须溪云：浅溪小艇，本是实景，然写此有至足之味。　　画意最幽，总在自然入妙（"白沙翠竹"句下）。

《近体秋阳》：写描邻比风景，活似摩诘山水，使人依依欲相与身迎然。

《网师园唐诗笺》：蝉联而下，一片天机。　　落笔似不经意，而拈来俱成眼前天趣，此诗之化境也。当从靖节脱胎。

《闻鹤轩初盛唐近体读本》：陈德公曰：全作致趣语，五、六取致，又复婉倩，更佳。　　评：后半字字作意，能使前半直置语亦复不嫌浅率。落句着"月色新"，则"白沙翠竹"，便更宛然目即矣。

《昭昧詹言》：此赠朱山人也，皆向山人一边写，而情景各极亲切清新，章法井然明白。　　韩公《赠崔立之》五言长篇，许多言语始写出，似不若此八句中面面俱到，为尤佳也。

恨　别

洛城一别四千里，胡骑长驱五六年。
草木变衰行剑外，兵戈阻绝老江边。
思家步月清宵立，忆弟看云白日眠。
闻道河阳近乘胜，司徒急为破幽燕。

【汇评】

《杜臆》：宵立昼眠，起居舛戾，恨极故然。"司徒急为破幽燕"，则故乡可归，别可免矣。

《义门读书记》："清宵立"、"白日眠"，兼写出老态来。……"近"字、"急"字并应"五六年"（"闻道河阳"二句下）。

《瀛奎律髓汇评》：纪昀：六句是名句。然终觉"看云"不贯"眠"字。　　许印芳："眠"与"看云"不贯？眠时不可看云乎？若谓夜眠不合，诗固明云"白日眠"矣。此二句全在转换处用意，盖清宵本是眠时，偏说"立"而"步月"；白日本是立时，偏说眠而看云。所以见思家忆弟之无时不然也。

《杜诗详注》：首二领起"恨别"。"四千里"，言其远；"五六年"，言其久。

《唐宋诗醇》：老笔空苍，任华所云"势攫虎豹，气腾蛟螭"者。尺幅中能有其象。至于直捣幽燕之举，未尝无计及者，而良谋不用，莫奏肤功，甫诗盖屡及之，此用兵得失之机，足见甫之识略矣。若建都荆门，甫尤以为非计。彼其流离漂泊，衣食不暇而关心国事，触绪辄来，所谓发乎性，止乎忠孝者，寻常词章之士，岂能望其项背哉！

《唐诗别裁》：若说如何"思"，如何"忆"，情事易尽，"步月"、"看云"，有不言神伤之妙。　　结语见公将略。

《读杜心解》：人知上六为恨别语，至结联，则曰望切寇平而已；岂知《恨别》本旨，乃正在此二句结出，而其根苗，已在次句伏下也。公之长别故乡，由东都再乱故也。解者不察，则七、八为"游骑"矣。

《杜诗镜铨》：邵云：格老气苍，律家上乘。

《闻鹤轩初盛唐近体读本》：陈德公曰：起二笔力矫拔而意绪淋漓。三、四亦是骨立峭笔，为复沉痛。五、六字字琢叠，情真力到。结语引开，正照起绪，似此峭削章笔，更尔沉着刻挚，绝无率瘦之笔，当是情至气郁，律细工深，四合成章，乃无遗憾。

《历代诗发》：前四句双起双承。五、六言颠倒错乱，极形思忆之状。

《此木轩五七言律诗选读本》：末联十四字，何字为妙？识得此字（按指"急"）之妙，则诗家关捩，子已得之矣。

岁　暮

岁暮远为客，边隅还用兵。

烟尘犯雪岭，鼓角动江城。

天地日流血，朝廷谁请缨？

济时敢爱死？寂寞壮心惊。

【汇评】

《瀛奎律髓汇评》：纪昀：沉郁顿挫，后半首中有海立云垂之势。中四句俱承"用兵"说下，末句仍暗缴首句"为客"意，运法最密。

《杜诗详注》："烟尘"、"鼓角"，蒙上"用兵"。当此"流血"不已，"请缨"无人，安忍惜死不救哉？故虽"寂寞"之中，而壮心忽觉惊起。可见公济时之志，至老尤存也。

《读杜心解》：虽还梓州，亦客也。中四，两申用兵，两起壮心。

《杜诗镜铨》：沉着。

和裴迪登蜀州东亭送客逢早梅相忆见寄

东阁官梅动诗兴，还如何逊在扬州。

此时对雪遥相忆，送客逢春可自由？

幸不折来伤岁暮，若为看去乱乡愁。

江边一树垂垂发，朝夕催人自白头。

【汇评】

《瀛奎律髓》：老杜诗，自入蜀后又别，至夔州又别，后至湖南又别。此诗脱去体贴，于不甚对偶之中，寓无穷婉曲之意。惟陈后山得其法。

《艺苑卮言》：宋诗如林和靖《梅花》诗，一时传诵。"暗香"、"疏影"，景态虽佳，已落异境，是许浑至语，非关开元、大历人语。至"霜禽"、"粉蝶"，直五尺童耳。老杜云："幸不折来伤岁暮，若为看去乱乡愁。"风骨苍然，……足为梅花吐气。

《四溟诗话》：子美《和裴迪早梅相忆》之作，两联用二十二虚字，句法老健，意味深长，非巨笔不能到。

《唐诗归》钟云：太唐突（首句下）。　　钟云：五句曲折多情，而骨气苍朴，不堕题咏劫（"幸不折来"二句下）。

《杜诗说》：此诗直而突曲，朴而突秀。其暗映早梅，婉折如意，往复尽情。

《唐诗选脉会通评林》：刘辰翁曰：起得称情，中联亦宛妥沉着。　　王洙曰："伤岁暮"、"乱乡愁"，此梅之所以动诗兴也。逢梅得诗，彼此相忆，交情可见。　　周珽曰：中联神骨玉映，韵想葩流，最耐咀嚼。于鳞、元美所取正在此。郭明龙谓其爱之太过，将何者始当其意？

《义门读书记》：淡然。初不着题，的是早梅，后人何由可到？

《诗筏》：作诗必句句着题，失之远矣，子瞻所谓"赋诗必此诗，定非知诗人"。如咏梅花诗，林逋诸人，句句从香色摹拟，犹恐未切。……杜子美但云"幸不折来伤岁暮，若为看去乱乡愁"而已，全不粘住梅花，然非梅花莫敢当也。……此皆以不必切题为妙者。

《初白庵诗评》：看老手赋物，何曾屑屑求工，通体是风神骨力，举此压卷，难乎为继矣。

《杜诗详注》：杨德周曰："幸不折来伤岁暮，若为看去乱乡愁。"必如此，方不堕咏物劫。王元美以为古今咏梅第一。

《唐宋诗醇》：幽情婉调，别有风神。

《唐诗别裁》：无限曲折（"幸不折来伤岁暮"二句下）。

《读杜心解》：上四，作呼体；下四，作应体。　　官亭梅放，诗兴遄飞,高怀不减古人矣。……意绪千端,衷肠百结,何图于五十六字曲曲传之？ "可自由"三字,由自己善悲,意其亦尔,恰好呼动下截。 本非专咏,却句句是梅;句句是和咏梅,又全不使故实。咏物至此,乃如十地菩萨,未许声闻、辟支问径。

《杜诗镜铨》:王阮亭云:本非专咏,却句句是梅;句句是和咏梅,又全不着迹。斯为大家。 吴东岩云:用意曲折飞舞,自是生龙活虎,不受排偶拘束,然亦开宋人门庭。

客 至

原注:喜崔明府相过。

舍南舍北皆春水,但见群鸥日日来。
花径不曾缘客扫,蓬门今始为君开。
盘餐市远无兼味,樽酒家贫只旧醅。
肯与邻翁相对饮,隔篱呼取尽馀杯。

【汇评】

《后村诗话》:此篇若戏效元白体者。

《唐诗归》:钟云:二语严,门无杂宾,意在言外矣("花径不曾"二句下)。 谭云:"肯与"二字形容贵客豪宾入妙("肯与邻翁"二句下)。

《唐诗援》:天然风韵,不烦涂抹。

《唐诗镜》:村朴趣,村朴语。

《唐诗摘钞》:经时无客过,日日有鸥来。语中虽见寂寞,意内愈形高旷。前半见空谷足音之喜,后半见贫家真率之趣。

《初白庵诗评》:自始至末,蝉联不断,七律得此,有掉臂游行之乐。

《义门读书记》:反打开去,惟公能之,《宾至》起相似。风雨则思友，况经春积水绕舍，日惟鸥鹭群乎？极写不至，则"喜"字溢发纸上矣（"舍南舍北"二句下）。

《纫斋诗谈》：一、二言无人来也。三、四是敬客意。五、六是待客具，每句含三层意，人却不觉，炼力到也。七、八又商量得妙。如书法之有中锋，最当临摹。

《唐宋诗醇》：朱瀚云：首句用"在水一方"诗意。次句用"渔翁狎鸥"故事。

《读杜心解》：首联兴起，次联流水入题。三联使"至"字足意，至则须款也；末联就"客"字生情，客则须陪也。

《杜诗镜铨》：邵云：超脱有真趣。　　陈秋田云：宾是贵介之宾，客是相知之客，与前《宾至》首各见用意所在。

《唐诗归折衷》：唐云：前篇《宾至》以气骨胜，此以风韵胜。　　吴敬夫云：临文命意，如匠石呈材，《早朝》必取高华，《客至》不妨朴野。昔人评杜诗，谓如周公制作，巨细咸备，以此也。

《唐七律隽》：只家常话耳，不见深艰作意之语，而有天然真致。与《宾至》诗同一格，而《宾至》犹有作意语。虽开元、白一派，而元、白一生，何曾得此妙境！

《唐诗偶评》：极写不至，则喜意溢发纸上矣。市远家贫，惟恐我喜之无以将也。

《近体秋阳》：无意为诗，率然而成。却增损一意不得，颠倒一句不得，变易一字不得。此等构结，浅人既不辨，深人又不肯，非子美，吾谁与归！

《闻鹤轩初盛唐近体读本》：评：首二句是《三百篇》即所见以起兴，反兴法也。……三、四开合了然，五、六直率。近人学杜，但袭此种，便失少陵真面目矣！落句作致，在着"隔篱呼取"字。

《读杜私言》：《宾至》、《客至》二首，别有机杼，自成经纬。

《杜诗集评》：朱彝尊云：起二句妙极天趣。

《历代诗发》：诗人荡然谦厚之意,见于言外。

《唐宋诗举要》：层层反跌,一句到题,自然得势("蓬门今始"句下)。

漫成二首（其二）

江皋已仲春,花下复清晨。
仰面贪看鸟,回头错应人。
读书难字过,对酒满壶频。
近识峨嵋老,知予懒是真。

【汇评】

《唐诗镜》：三、四真极,是寻常道性语,将诗家气味一并去尽,绝近陶。

《唐诗归》：谭云：真读书人乃尔("读书"句下)！   钟云：古今真懒几人(末句下)？

《杜臆》：起语与下文全不相应,故云《漫成》。中四句俱写懒态,而三、四更妙。结句谓他人不足知我所以懒之由。

《唐诗评选》：杜诗情事朴率者惟此,自有风味。过是则"鹅鸭宜长数"、"计拙无衣食"、"老翁难早出"一流语,先已自堕尘土,非但"学之者拙,似之者死"也。杜又有一种门面摊子句,往往取惊俗目。如"水流心不竞,云在意俱迟",装名理为腔壳；如"致君尧舜上,再使风俗淳",摆忠孝为局面：皆此老人品、心术、学问、器量大败缺处。或加以不虞之誉,则紫之夺朱,其来久矣。《七月》、《东山》、《大明》、《小毖》,何尝如此哉！

《纻斋诗谈》："仰面贪看鸟,回头错应人"。自己画自己出神,可谓力大于身。

《唐诗成法》：三、四写无心疏懒,正得妙处。朱晦翁极赏之。

诗果佳,宋调亦何妨?不佳,虽唐调亦可笑也。

《读杜心解》:"难字过",正见懒趣;五柳先生不求甚解,意亦犹是。　　二诗似启宋调。

《杜诗镜铨》:刘须溪云:偶然语,偶然道之,自见天趣。一片忘机意思("仰面"二句下)。

春夜喜雨

> 好雨知时节,当春乃发生。
> 随风潜入夜,润物细无声。
> 野径云俱黑,江船火独明。
> 晓看红湿处,花重锦官城。

【汇评】

《瀛奎律髓》:"红湿"二字,或谓惟海棠可当。　　此诗绝唱。

《诗薮》:咏物起自六朝,唐人沿袭,虽风华竞爽,而独造未闻。惟杜诸作自开堂奥,尽削前规。如题《月》:"关山随地阔,河汉近人流。"《雨》:"野径云俱黑,江船火独明。"《雪》:"暗度南楼月,寒深北浦云。"《夜》:"重露成涓滴,稀星乍有无。"皆精深奇邃,前无古人,后无来者,然格则瘦劲太过,意则寄寓太深。

《唐诗归》:钟云:五字可作《卫风》灵雨注脚(首句下)。谭云:浑而幻,其幻更不易得("随风"二句下)。　　谭云:以此句为雨境尤妙("江船"句下)。　　谭云:"红湿"字已妙于说雨矣,"重"字尤妙,不湿不重(末两句下)。

《唐诗选脉会通评林》:周珽曰:此诗妙在春时雨,首联便得所喜之故。后摹雨景入细,而一结见春,尤有可爱处。

《杜臆》:"野径云俱黑",知雨不遽止,盖缘"江船火明",径临江上,从火光中见云之黑,皆写眼中实景,故妙。……束语"重"字妙,他人不能下。

《唐诗摘钞》：雨细而不骤，才能润物，又不遽停，才见好雨。三、四紧着雨说，五、六略开一步，七、八再绾合。杜咏物诗多如此，后学之圆规方矩也。　　五、六写雨境妙矣，尤妙能见"喜"意，盖云黑则雨浓可知。六衬五，五衬三，三衬四，加倍写"润物细无声"五字，即是加倍写"喜"字，结语更有风味。

《杜诗详注》：雨骤风狂，亦足损物。曰"潜"曰"细"，写得脉脉绵绵，于造化发生之机，最为密切（"随风"二句下）。

《义门读书记》："野径云俱黑"，此句暗；"江船火独明"，此句明：二句皆剔"夜"字。"晓看红湿处"二句，"细"、"润"故重而不落，结"春"字，工妙。

《瀛奎律髓汇评》：纪昀：此是名篇，通体精妙，后半尤有神。　　"随风"二句，虽细润，中晚人刻意或及之，后四句传神之笔，则非馀子所可到。

《绂斋诗谈》："野径云俱黑，江船火独明"，此是借"火"衬"云"。"晓看红湿处，花重锦官城"，此是借"花"衬"雨"。不知者谓止是写花，"红"下用"湿"字，可见其意。

《唐宋诗醇》：近人评此诗云：写得脉脉绵绵，于造化发生之机，最为密切。是已，然非有意为之，盖其胸次自然流出而意已潜会，所谓不涉理路，不落言诠者，如此若有意效之，即训诂语耳。

《读杜心解》：起有悟境，于"随风"、"润物"，悟出"发生"；于"发生"，悟出"知时"也。五、六拓开，自是定法。结语亦从悟得，乃是意其然也。通首下字，个个咀含而出，"喜"意都从罅缝里迸透。　　上四俱流水对。　　写雨切"夜"易，切"春"难，此处着眼。

《杜诗镜铨》：李子德云：诗非读书穷理，不至绝顶；然一堕理障书魔，拖泥带水，宋人远逊晋人矣。公深入其中，掉臂而出，飞行自在，独有千古。

《增订唐诗摘钞》：首剔"春"字，次点"春"字，三点"夜"字，四、五明画"夜"字，六傍托"夜"字。五、六承"无声"来，只写"夜"字耳。《初月》诗末句"晴"字，此末句"湿"字，绾合处并无着力瞻顾之痕。

《网师园唐诗笺》：起结多不脱"喜"意。

春水生二绝

其一

二月六夜春水生，门前小滩浑欲平。

鸬鹚鸂鶒莫漫喜，吾与汝曹俱眼明。

【汇评】

《唐诗归》：钟云：是何胸中（末二句下）！

《杜诗详注》：此章见春水而喜。

《杜诗镜铨》：下二，言莫便独夸得意，吾亦不输与汝曹也。

《杜诗镜铨》：邵云：绝句别致自老。　　先喜（"鸬鹚鸂鶒"句下）。

其二

一夜水高二尺强，数日不可更禁当。

南市津头有船卖，无钱即买系篱旁。

【汇评】

《藏海诗话》：老杜诗云："一夜水高二尺强，……无钱即买系篱旁。"与《竹枝词》相似，盖即俗为雅。

《鹤林玉露》：杨诚斋云："诗固有以俗为雅，然亦须经前辈熔化，乃可因承。"余观杜陵诗，亦有全篇用常俗语者，然不害其为超妙。如云："一夜水高二尺强，数日不可更禁当。南市津头有船卖，无钱即买系篱旁"……是也。杨诚斋多效此体，亦自痛快可喜。

《杜诗镜铨》：继以忧("南市津头"句下)。

【总评】

《义门读书记》：山谷只法此种。

《杜诗镜铨》：刘须溪云：此与《漫兴》及《江畔寻花》绝句，皆放荡自然，足洗凡陋，何必《竹枝》乐府。　　孙季昭云：子美善以方言谚语点化入诗句中，正不伤雅，如此类甚多。

江　亭

坦腹江亭暖，长吟野望时。
水流心不竞，云在意俱迟。
寂寂春将晚，欣欣物自私。
故林归未得，排闷强裁诗。

【汇评】

《杜工部草堂诗话》：横浦张子韶《心传录》曰："陶渊明辞云：'云无心而出岫，鸟倦飞而知还。'杜子美云：'水流心不竞，云在意俱迟。'若渊明与子美相易其语，则识者往往以谓子美不及渊明矣。观其云'云无心'、'鸟倦飞'，则可知其本意。至于水流而'心不竞'，云在而'意俱迟'，则与物初无间断，气更浑沦，难轻议也。"

《瀛奎律髓》：老杜诗不可以色相声音求。……又如"寂寂春将晚，欣欣物自私"、"江山如有待，花柳更无私"，作一串说，无斧凿痕，无妆点迹，又岂只是说景者之所能乎？……又此篇末句"排闷"似与"心不竞"、"意俱迟"同异，殊不知老杜诗以世乱为客，故多感慨。其初长吟野望时闲适如此，久之即又触动羁情如彼。不可以律束缚拘羁也。

《唐诗归》：钟云：禅("水流"二句下)。　　钟云：自私、无私各有其妙，传不出("寂寂"二句下)。　　结弱(末句下)。

《唐诗选脉会通评林》：刘辰翁曰：闲言闲语，非吃紧不能道。"更无私"，自好，"自私"，又好，实一意也。人自以为我私，则无私矣，最是相业。　　周珽曰："水流"、"云在"句意玄，"春将晚"、"物自私"句意脱。"坦腹"、"长吟"似放，"排闷"、"强诗"，忽增感慨。固知杜诗多变化。　　陆伯生曰：五、六语，露出此老本相，俱有识。

《杜臆》："水流"、"云在"一联，景与心融，神与景会，居然有道之言。盖当闲适时，道机自露，非公说不得如此通透，更觉"云淡风轻"，无此深趣。

《义门读书记》："云在意俱迟"，一"在"字人更不能到。

《瀛奎律髓汇评》：纪昀：虚谷此评最精。盖此诗转关五六句：春已寂寂，则有岁时迟暮之慨；物各欣欣，即有我独失所之悲。所以感念滋深，裁诗排闷耳。若说五、六亦是写景，则失作者之意。

纪昀：三、四本即景好句，宋人以理语诠之，遂生出诗家障碍。　　许印芳：虚谷深病晚唐人律诗中两联纯是写景，故常有此等议论。……此评所说一联中情景交融者，可谓独抒己见，得古秘诀矣。　　查慎行："长吟野望"，虽似闲适，实是遣闷。故结句唤醒，通体俱灵。非若方评所云久之触闷，多一转折也。

《杜诗详注》：按："欣欣物自私"，有物各得所之意；前诗云"花柳更无私"，有与物同春之意：分明是沂水春风气象。

《纫斋诗谈》："水流心不竞，云在意俱迟。"无心入妙，化工之笔。说是理学不得，说是禅学又不得，于两境外另有天然之趣。　　"故林归未得，排闷强裁诗"，此跳结法。

《唐宋诗醇》：薛瑄曰："水流心不竞，云在意俱迟"，从容自在，可以形容有道者之气象。"寂寂春将晚，欣欣物自私"，可以形容物各付物之气象。"江山如有待，花柳更无私"，唐诗皆不及此气象。

《唐诗别裁》：不着理语，自足理趣（"水流"二句下）。　　物各得所("欣欣"句下)。　　　与上六句似不合("故林"二句下)。

《读杜心解》：发端极优缓，故次联透出胸襟，便极闲适。……须知七、八离乡之感，从"物自私"三字带出，非硬装也。

《杜诗镜铨》：杜公性禀高明，故当闲适时，道机自露，不必专讲道学也。尧夫《击壤集》中，多有此意致，而超妙不及矣。　　　一妙在"无私"，一正妙在"有私"，可以意会("欣欣"句下)。

落　日

落日在帘钩，溪边春事幽。
芳菲缘岸圃，樵爨倚滩舟。
啅雀争枝坠，飞虫满院游。
浊醪谁造汝？一酌散千忧。

【汇评】

《四溟诗话》：五言律首句用韵，宜突然而起，势不可遏，若子美"落日在帘钩"是也。若许浑"天晚日沉沉"，便无力矣。　　　逊轩子曰：唐人中识锋犯者，莫如子美。其"落日在帘钩"之作，亦难以句匹者也，故置之首句，俊丽可爱；使束于联中，未必若首句之妙。学者观其全篇起结雄健，颈、颔微弱可见矣。

《唐诗归》：钟云："稍知花改岸，始验鸟随舟"；"青惜峰峦过，黄知桔柚来。"此舟行幽境。二语是舟泊幽境，非老于舟楫不知("芳菲"二句下)。　　　谭云：杜五言律，每首中必有一、二语妙绝者，多或至五、六语，竟以结句味短使人气闷。今作诗者何可止言对偶，而不留心于此也(末句下)。

《杜臆》：草堂中卷帘独酌，忽见落日正照帘钩，因用发兴，遂有此作。……情与景会，乐以忘忧，融融泄泄，不自知其乐之所自，而归功于酒曰：是谁造汝，一酌而千忧俱散乎？……公老逢乱离，异乡孤客,不如意事十常八九,至于衔杯对景,身世俱忘,百忧尽遣。吾谓此老胸中无宿物者,此也。谭于此诗评,……似不满于此结,未足与论杜诗也。

《唐诗评选》:熨贴中自有风骨。结语虽褊,自不兴波尺水之中。

《义门读书记》:"芳菲缘岸圃"一联,便觉有风月无边意。

《围炉诗话》:《落日》诗之"芳菲缘岸圃,樵爨倚滩舟",此景亦人所时遇者,经老杜笔即绝妙。

《唐宋诗醇》:起语天然工妙。

《读杜心解》:结比前诗(按指《早起》)稍作意。

《杜诗镜铨》:画景("芳菲"二句下)。 空中忽作动荡之笔("浊醪"二句下)。 李子德云:本是悒悒无聊,写来更饶景象。

《唐诗矩》:起句自然,接亦不懈。四句妙于三句,五句妙于六句,以饶作意故。结用"何以解忧,惟有杜康"语,而以"谁造汝"三字点化之,恰似于造酒之人倍加感激,并其忧之万难排遣,言外俱见。

独 酌

步履深林晚,开樽独酌迟。
仰蜂粘落絮,行蚁上枯梨。
薄劣惭真隐,幽偏得自怡。
本无轩冕意,不是傲当时。

【汇评】

《嬾真子》:古人吟诗,绝不草草,至于命题,各有深意。老杜《独酌》诗云:"步履深林晚,开樽独酌迟。仰蜂粘落絮,行蚁上枯梨。"……且独酌则无献酬也,徐步则非奔走也,以故蜂、蚁之类,细微之物,皆得见之。……舅氏曰:《东山》之诗,盖尝言之:"伊威在室,蟏蛸在户。町疃鹿场,熠耀宵行。"此物寻常亦有之,但人独居闲时,乃见之耳。杜诗之原出于此。

《艇斋诗话》:老杜写物之工,皆出于目见。如"花妥莺捎蝶,溪喧獭趁鱼"、"芹泥随燕嘴,花粉上蜂须"、"仰蜂粘落絮,行蚁上枯梨"……非目见安能造此等语?

《瀛奎律髓》:此以《独酌》为题,其实皆幽栖自怡之事。"仰蜂"、"行蚁",盖独酌时所见如此。凡为诗,只二句模景精工,为一篇之眼,馀放淡静净为佳。

《四溟诗话》:子美诗:"仰蜂粘落絮,行蚁上枯梨"。……诸联绮丽,颇宗陈隋,然句工气浑,不失为大家。

《杜臆》:首二句见幽闲自适之趣。三、四,根"步履"句来,纪深林所见,此物之适也。五、六,根"开樽"句来,独酌而自怡,此闲居之适也。

《瀛奎律髓汇评》:纪昀:此说有见。   纪昀:三、四小巧似姚武功,不为杜之佳处。

《载酒园诗话》:贾(岛)五言律亦出自于杜,……至如"仰蜂粘落絮,行蚁上枯梨",形容尤入僻细。

《绠斋诗谈》:不用怒张,风骨自劲,力大笔圆,故尔尔。学者师之。三四俱从无事人眼中看出。

《读杜心解》:一种幽微之景,悉领之于恬退之情,律体正宗。

《杜诗镜铨》:大手笔人偏善状此幽微之景("仰蜂"二句下)。   语极委婉,愈见身分("本无"二句下)。

《老生常谈》:五律终当以杜为宗,大则"奇兵不在众,万马救中原",小则"行蚁上枯梨"、"细麦落轻花"之类,无所不有也。

琴 台

茂陵多病后,尚爱卓文君。

酒肆人间世，琴台日暮云。

野花留宝靥，蔓草见罗裙。

归凤求凰意，寥寥不复闻。

【汇评】

《归田诗话》：老杜《琴台》诗……"宝靥"、"罗裙"，盖咏文君服饰，而用意亦精矣。以大家数而为此语，近于雕琢。然全篇相称，所以不可及。

《杜臆》：人间之世，付之酒肆；暮云之思，寄之琴台：见相如之洒落不羁。　　刘云："长卿怀抱，俯仰见之"是也。然在今日，文君安在？止有"野花"、"蔓草"，仿佛可象而已。

《唐诗评选》：裂尽古今人心脾，不能得此四十字，真可泣鬼神矣。"人间世"，"日暮云"，用古入化。凡用事、用成语、用景语不能尔者，无劳驱役。

《读杜心解》：三、四，即含凭吊。以玩世行云之地，而成阅世看云之区，此从有处慨其无。五、六，又从无处想其有。七、八，再转出"寥寥"作结。八句凡作四转，但"凤求凰"近俗。

《杜诗镜铨》：蒋云：千古情种，风流佳话尽此二语（"酒肆"二句下）。　　邵云："野花"十字，已开温、李。

后　游

寺忆新游处，桥怜再渡时。

江山如有待，花柳更无私。

野润烟光薄，沙暄日色迟。

客愁全为减，舍止复何之？

【汇评】

《李杜二家诗钞评林》：刘云：必如此，可言气象（"花柳"

句下）。

《唐诗归》：钟云："无私"二字解不得，有至理（"花柳"句下）。

《汇编唐诗十集》：唐云：如此好诗，钟、谭却不甚赞。

《唐诗选脉会通评林》：赵云龙曰：句句是"后游"，妙绝。

《杜诗详注》：赵汸曰：杜诗有两等句，皆尝自言之。其一曰："新诗改罢自长吟"……其二曰："意惬关飞动，篇终接混茫。"如此章"有待"、"无私"之类是也，盖与造化相流通矣。

《围炉诗话》：《后游》诗之"江山如有待，花柳更无私"，《江亭》之"水流心不竞，云在意俱迟"，非其人必无此诗思。

《唐宋诗醇》：颔联忽然而来，浑然而就，妙处只在眼前。

《说诗晬语》：杜诗"江山如有待，花柳自无私"、"水深鱼极乐，林茂鸟知还"、"水流心不竞，云在意俱迟"，俱入理趣。

《读杜心解》："忆"字、"怜"字全提，"客愁为减"全束，格整而意流。　　三、四脱口而成，要其中有性情在，七、八之神已摄。

《杜诗镜铨》：张上若云："润"字从"薄"字看出，"暄"字从"迟"字看出，写景极细（"野润"二句下）。

江　涨

江发蛮夷涨，山添雨雪流。
大声吹地转，高浪蹴天浮。
鱼鳖为人得，蛟龙不自谋。
轻帆好去便，吾道付沧洲。

【汇评】

《杜臆》：此时必有羌戎猾夏，或奸宄窃发，因感江涨而起兴，故结有"轻帆好去"之语。

《杜诗详注》：次联句意警拔，全在"吹"、"蹴"二字，下得奇隽。

《唐诗成法》：言在题外，意在题中，妙。

《唐宋诗醇》：落落写来，极有声势，他人一经模画，便觉与题不似。

《读杜心解》：上写"江涨"，气势汹涌。五、六，赋而兼比。结见避地东游之兴，远脉在上四，近旨却由五、六也。

《近体秋阳》：此诗雄长之气，几与涨江争流矣。而乃以倩淡语终篇，所谓阛阓鼓钟，归趣大雅，具见开阖斟酌之妙。

《唐宋诗举要》：吴曰：壮阔异常（"大声"二句下）。　　吴曰：忧乱远引之旨，而字斟句酌，绝不平易（末二句下）。

江上值水如海势聊短述

为人性僻耽佳句，语不惊人死不休。
老去诗篇浑漫兴，春来花鸟莫深愁。
新添水槛供垂钓，故著浮槎替入舟。
焉得思如陶谢手，令渠述作与同游？

【汇评】

《童蒙诗训》：陆士衡《文赋》云："立片言以居要，乃一篇之警策"，此要论也。文章无警策则不足以传世，盖不能竦动世人。如老杜及唐人诸诗，无不如此，但晋宋间人，专致力于此。……老杜诗云："语不惊人死不休"，所谓惊人语，即警策也。

《后村诗话》：前二句自负不浅，卒章乃推尊陶、谢，可见前哲服善不争名之意。

《瀛奎律髓》：以"诗篇"对"花鸟"，此为变体。后来者又善于推广云。

《杜臆》：此诗即"漫兴"也。水势不易描写，故止咏水槛、浮舟，此避实击虚之法。

《瀛奎律髓汇评》：纪昀：此诗究不称题。　　查慎行：此篇借题以寓作诗之法，观起结可见。　　许印芳曰：诗于江水如海，全未着笔。五、六虽说水，却是常语，不称"如海"之势，故晓岚贬之。起二句立志甚高，然必说破，便嫌浅露。次句尤嫌火气太重，大非雅人吐属。

《杜诗详注》：朱瀚曰：少陵对锦江水而袖手，青莲对黄鹤楼而搁笔，其警悟后学不浅。然玩颔联，亦有渐老渐熟之意，故字用借对法。　　今按：作诗机神偶有敏钝：忽然机到，则曰"诗应有神助"；忽然机钝，则曰"老去诗篇浑漫兴"。

《古欢堂集杂著》：少陵《江上值水如海势》诗，……申凫盟说杜，甚谯让之，谓："与题无涉，此老无故作矜夸语，抑又陋矣"。……少陵此诗，盖目触江上光景，思成佳句，以吟咏其奔涛骇浪之势，而不可得，废然长叹。曰"性癖"，曰"惊人"，言平生所笃嗜在诗也。曰"老去漫兴"，与"晚节渐于诗律细"似不相属，谦辞也。曰"花鸟莫深愁"，言诗人刻毒，遇一花一鸟，摹写无馀，能令花鸟愁也；今老无佳句，不必"深愁"矣。花鸟尚然，况值此江势之大，闭口束手，能复有惊人篇章耶？故只可添水槛以垂钓，著浮槎以闲游而已。若述作之手，非陶、谢不可，吾则何敢？悠悠千载，犹思慕陶、谢不置焉。少陵殆抑然自下者，全无矜夸语气。言在题外，神合题中，而江如海势之奇观，隐跃纸上矣。何谓无涉？固哉，凫盟之说杜也。

《唐诗成法》：言在题外，意在题中，妙。

《读杜心解》：吴论云：水如海势，见此奇景，偶无奇句，不能长吟，聊为短述，题意在下三字。愚按：此论得旨。通篇只述诗思之拙，水势只带过。

《杜诗镜铨》：自负其奇（"为人性僻"句下）。　　邵云：首二句见此老苦心。今人轻易作诗，何也？　　前半俱说"聊短述"处，五、六方入题。

送韩十四江东觐省

兵戈不见老莱衣，叹息人间万事非。

我已无家寻弟妹，君今何处访庭闱？

黄牛峡静滩声转，白马江寒树影稀。

此别应须各努力，故乡犹恐未同归。

【汇评】

《四溟诗话》：凡七言八句，起承转合，亦具四声，歌则扬之抑之，靡不尽妙。如子美《送韩十四江东省亲》诗云："兵戈不见老莱衣，叹息人间万事非。"此如平声扬之也。"我已无家寻弟妹，君今何处访庭闱？"此如上声抑之也。"黄牛峡静滩声转，白马江寒树影稀。"此如去声扬之也，"此别应须各努力，故乡犹恐未同归。"此如入声抑之也。安得姑苏邹伦者，樽前一歌，合以金石，和以琴瑟，宛乎清庙之乐，与子按拍赏音，同饮巨觥而不辞也。

《李杜二家诗钞评林》：刘云：此子美自谓，深悲极怨。

《唐诗选脉会通评林》：周敬曰：起句特出不群，次联多少工致。　　吴山民曰：首说省觐之因悲，次因韩生出想头。三、四词婉意切，"应须"、"犹恐"字相应"各努力"字，尤着意。　　郭正域曰：清空一气如话。　　周甸曰：首句见世乱，则父子不相保。五、六言由此之江东以省觐，应"何处访庭闱"之问。

《瀛奎律髓汇评》：纪昀：纯以气胜而复极沉郁顿挫，不比莽莽直行。　　因峡"静"而闻滩声之"转"，因江"寒"而见树影之"稀"，四字上下相生，虚谷却未标出。　　许印芳：此评尤当。观前段，可悟炼气之法；观后段，可悟炼句之法。　　对结。

《义门读书记》："黄牛峡静滩声转"四句，一路俱有水声、树影。兵戈之后，几于孑遗，正见寻访之难。……"各"字双收"我"字、

“君”字。

《杜诗详注》：朱瀚曰：“滩声”、“树影”二句，在韩是一片归思，在杜是一片离情。气韵淋漓，满纸犹湿。

《唐宋诗醇》：悲凉雄浑，谢肤泽而敦骨力，世人稳顺声势，当知大家此等气格。

《唐诗别裁》：“滩声”“树影”写离情乡思，神致淋漓（“黄牛峡静”二句下）。　　前半言江东觐省，后半言蜀江送别。

《读杜心解》：猛触起乱离心绪，情文恻恻。首提“莱衣”，扣题即紧，妙在不著韩说，虚从时会领起，故三、四便好彼此夹发。偏能笔势侧注，宾主历然，使五、六单项无痕。然先言“滩转”，神则预驰，后言蜀江，袂才初判。是虽单写彼行，仍已逆兜临送，恰好双拖“此别”，就势总收回顾，神矣，化矣。　　笔笔凌架。

《唐七律隽》：少陵一生不外忠、爱二字，故发而为诗，深得《三百篇》之妙。此种诗，他人鲜能及者，文笔可以修饰，性情不可假伪也。

《杜诗镜铨》：一气旋转，极沉郁顿挫之致。（“兵戈不见”二句下）。　　“转”字从“静”字看出，“稀”字从“寒”字看出，甚细（“黄牛峡静”二句下）。

《网师园唐诗笺》：“我已”二句，从蜀送别处生情。

《闻鹤轩初盛唐近体读本》：陈德公曰：得五、六森动，景联称作，遂成完构。

《昭昧詹言》：一起逆入，从天半跌落，皎然所谓“气象氤氲，由深于体势”也。五、六写景平滞，而造句细。结句又兜转，如回风舞絮，与前半相应。

《岘佣说诗》：“兵戈不见老莱衣”，是提清省觐矣。第三句“我已无家寻弟妹”，忽插入自己作衬，才是愁人对愁人，意更沉痛。五、六两句，景中含情，开展顿宕。收处“各努力”、“未同归”，又插入自己,期望亲切。是少陵送人省觐诗,他人移掇不得。

野人送朱樱

> 西蜀樱桃也自红,野人相赠满筠笼。
> 数回细写愁仍破,万颗匀圆讶许同。
> 忆昨赐沾门下省,退朝擎出大明宫。
> 金盘玉箸无消息,此日尝新任转蓬。

【汇评】

《潜溪诗眼》:老杜《樱桃诗》云:……此诗如禅家所谓信手拈来,头头是道者。直书目前所见,平易委曲,得人心所同然,但他人艰难,不能发耳。至于"忆昨赐沾门下省,……此日尝新任转蓬",其感兴皆出于自然,故终篇遒丽。韩退之有《赐樱桃诗》云:……盖学老杜前诗,然搜求事迹,排比对偶,其言出于勉强,所以相去甚远。

《瀛奎律髓》:野人尝云:"惟樱桃既摘,不可易器。青柄一脱,则红苞破而无味。"老杜既得此三昧,又下一句有"万颗匀圆"之讶,古今绝唱。

《杜臆》:公一见朱樱,遂想到在省中拜赐之时,故"也自红"、"愁仍破"、"讶许同",俱唤起"忆昨"二句,而归宿于"金盘玉箸无消息"。通篇血脉融为一片,公之律诗大都如此。

《杜诗解》:唐人极有好起好结。此诗起句奇绝,出自意外,遂宕成一篇之势,妙在"也自红"三字,全篇用意不出三字,乃创见惊心之辞。言樱桃之色之红,我岂不知,然不过知之于宫中宣赐耳。摩诘所云"归鞍竞带"、"中使频倾"是也。若西蜀樱桃之红,我乃今日始见,则岂非因野人之赠哉。……后解推开题面,自写悲愤,说出起句"也自红"一段惊创缘故来。看他五、六对仗,非杜诗不有。

《瀛奎律髓汇评》：纪昀：通篇诗眼在"也自"、"忆昨"、"此日"六字。古人所用意者如此，不必以一、二尖新之字为眼。　　"也自红"三字已包尽后四句，此一篇之骨。　　绝唱不在此句（按指"万颗匀圆"句）。后四句龙跳虎卧之笔，而虚谷不赏，琐琐讲一"破"字，盖其法门如是，只于小处着工夫。　　冯舒：一篇主意，只将"也自"二字轻轻点出。　　许印芳：此诗之妙有三：一在章法倒装，不肯平铺直叙；一在前半俱对赐樱桃着笔，不肯呆写题面；一在后半大开大合，不肯为律所缚。此皆律诗出奇制胜之处，学者宜细心体会也。

《雨村诗话》："也自红"三字，感慨悲凉，令人低徊不已。总之胸中先有无限感慨，然后遇题而发，故有此三字吐出。杜老最工此法。

《山满楼笺注唐诗七言律》：此等诗真句句笔歌墨舞，字字珠圆玉润，不特他人不辨，即在《草堂集》中，亦未可多得。

《唐诗近体》：后半流走直下，格法独创（"忆昨赐沾"四句下）。

《唐诗别裁》："也自红"、"愁仍破"、"讶许同"，俱对赐樱桃著笔。下半流走直下，格法独创。

《读杜心解》：通体清空一气，刷肉存骨，宋江西派之祖。

《杜诗镜铨》：前半俱即对赐樱桃下笔（"西蜀樱桃"二句下）。　　纵开（"忆昨赐沾"句下）。　　收转（"此日赏新"句下）。

托兴深远，格力矫健，此为咏物上乘。　　开手击此动彼，入后一气直下，独往独来，小题具如此笔力。

《闻鹤轩初盛唐近体读本》：评："细写"矣，不应复"破"，故着"仍"字。亦极作眼，非是无因。五、六走语对，最是老成。"朝"借"朝夕"之"朝"，故足对"昨"。

《小清华园诗谈》：少陵之"西蜀樱桃也自红，……此日尝新任转蓬。"其馀如《秋兴八首》、《诸将五篇》等作，皆格之最整炼者也。

《诗法简易录》：七、八自转合归题，神完气足，格老沉思，千古无两。

《昭昧詹言》：《野人送朱樱》，此小题也，前半细则极其工细，后发大议论则极其壮阔，实为后来各名家高曾规矩。而后半妙处即在首句"也自"二字根出，所谓诗律也。

《湘绮楼说诗》：杜诗惯技，每以此出新奇（末四句下）。

《海天琴思录》：少陵诗妙在比兴多而赋少。管韫山谓摩诘为正雅，少陵为变雅，观二《樱桃诗》可见。不知少陵《樱桃诗》比兴体也，言外有人在；摩诘《樱桃诗》特赋体耳。

《唐宋诗举要》：吴曰：倒摄后半，章法奇警，所谓"笔所未到气已吞"也（"西蜀樱桃"句下）。　吴曰：肖物精微，得未曾有。杜公天才豪迈，复能细心熨贴如此（"万颗匀圆"句下）。

赠花卿

锦城丝管日纷纷，半入江风半入云。
此曲只应天上有，人间能得几回闻？

【汇评】

《升庵诗话》：（花卿）蜀之勇将也，恃功骄恣。杜公此诗讥其僭用天子礼乐也，而含蓄不露，有风人言之无罪、闻之者足以戒之旨。公之绝句百馀首，此为之冠。唐世乐府，多取当时名人之诗唱之，而音调名题各异。杜公此诗，在乐府为入破第二叠。

《诗薮》：（杜甫七绝）惟"锦城丝管"一首近太白。杨复以措大语释之，何杜之不幸也！

《唐诗解》：少陵语不轻造，意必有托。若以"天上"一联为目前语，有何意味耶？元瑞复以用修为"措大"语，是不知解者。汉人叙《三百篇》，作讽刺者十居七，孰非"措大"语乎？

《唐风怀》：南村曰：少陵篇咏，感事固多，然亦未必皆有所指也。杨用修以花卿为敬定，颇似傅会。元瑞云是"歌妓"，于理或然。

《杜臆》：胡元瑞云："花卿盖歌妓之姓。"……余谓此诗非一歌妓所能当，公原有《花卿歌》，今正相同，其为花敬定无疑。

《杜诗详注》：此诗风华流丽，顿挫抑扬，虽太白、少伯，无以过之。

《唐宋诗醇》：绝句独主风神，此则音韵铿然矣。

《杜诗镜铨》：似谀似讽，所谓言之者无罪，闻之者足以戒也。此等绝句，亦复何减龙标、供奉！

《古唐诗合解》：杜工部诗称诗史，于此一绝便见。

《网师园唐诗笺》：不必果有讽刺，而含蕴无尽。

《岘佣说诗》：少陵七绝，槎枒粗硬，独《赠花卿》一首，最为婉而多讽。

《唐宋诗举要》：杜子美以涵天负地之才，区区四句之作未能尽其所长，有时遁为瘦硬牙杈，别饶风韵。宋之江西派往往祖之。然观"锦城丝管"之篇，"岐王宅里"之咏，较之太白、龙标，殊无愧色。

《石遗室诗话》：《花卿》、《龟年》诸作，在老杜正是变调，偶效当时体。

《王闿运手批唐诗选》：刺之耶？赞之耶？俱失身分，宜严武之欲杀。因自占地步，反成轻薄，诗人所宜戒也。

少年行

马上谁家薄媚郎，临阶下马坐人床。
不通姓字粗豪甚，指点银瓶索酒尝。

【汇评】

《四溟诗话》：予初赋《侠客行》曰：……，此结亦如爆竹而无馀音。……子美《少年行》，结句与前首相类。

《诗薮》：杜《少年行》："马上谁家白面郎，……指点银瓶索酒尝"，殊有古意，然自是少陵绝句，与乐府无干。

《麓堂诗话》：诗贵意，意贵远不贵近，贵淡不贵浓。浓而近者易识，淡而远者难知。如杜子美"钩帘宿鹭起，丸药流莺啭"、"不通姓字粗豪甚，指点银瓶索酒尝"……皆淡而愈浓，近而愈远，可与知者道，难与俗人言。

《杜臆》：此首是真咏少年者，然亦恶少。

《唐诗选脉会通评林》：周珽曰：他人呕血枯髯不能得者，少陵辄谈笑得之，如此与《花卿》真胸有圆镜，手有慧笔者。谁谓绝句非其所长？　　此诗全副精神，在"不通姓氏粗豪甚"七字上见出。

《杜诗详注》：此摹少年意气，色色逼真。下马坐床，指瓶索酒，有旁若无人之状。其写生之妙，尤在"不通姓氏"一句。　　胡夏客云：此盖贵介子弟，恃其家世，而恣情放荡者。既非才流，又非侠士，徒供少陵诗料，留千古一噱耳。

《杜诗镜铨》：略似太白。

《石洲诗话·渔洋评杜摘记》：《少年行》直书所见，不求语工，但觉格老。

《诗式》：二十八字，全写少年孟浪之状，与王摩诘"偏坐金鞍调白羽，纷纷射杀五单于"意境迥不相同。王言少年策功于沙场，杜言少年肆志于落拓也。［品］：豪放。

观李固请司马弟山水图三首（其二）

方丈浑连水，天台总映云。

人间长见画，老去恨空闻。

范蠡舟偏小，王乔鹤不群。

此生随万物，何路出尘氛？

【汇评】

《唐诗广选》：刘会孟曰：四句自伤足力不继也，三句亦足愧人之不能往者。"万物"句，语朴故佳。

《唐诗成法》：三、四题画诗中妙绝之句，七、八仍说自己，正应三、四。忽画忽情，生动精微，此题中第一流也。"老去空闻"，虚托一笔，妙境。

《唐诗矩》：虚实相间格。　题画诗寓意却在真山水，便自情深。

从韦二明府续处觅绵竹

华轩蔼蔼他年到，绵竹亭亭出县高。

江上舍前无此物，幸分苍翠拂波涛。

【汇评】

《杜诗解》：此首却将诗笑题。盖春夏乐事，备足无馀，其馀事事皆在可缓。无端无事讨事，又想数松（竹）点缀。静坐三思，不觉自笑……因而自言自语，自嘲自笑，故诗中皆作推敲商榷之语。

《杜诗详注》：此截律诗下四句。

《诗式》：首句言韦尝到绵竹为令，所谓平叙直起也。二句入绵竹，所谓从容承之也。三句言少甫宅里未尝有此物，写题中觅绵竹三字原理，转变得好。四句写"觅"字如顺流之舟，与上首格律同。少陵诗多悲壮一派，此独婉转。[品]清逸。

又于韦处乞大邑瓷碗

大邑烧瓷轻且坚,扣如哀玉锦城传。

君家白碗胜霜雪,急送茅斋也可怜。

【汇评】

《杜诗解》:一瓷碗至轻至微,却用三、四层笔法,曲曲染就名士玩物性情来。……先赞其质,后誉其声,方羡其色,觉在韦家案头,耀眼夺目,可望不可即一段光景……方显第四句"急送茅斋"之乐也。"可怜"二字,如渴鹿望尘,忽得甘泉、美草,一时身心泰然。皆文人常态,不失童心妙处。寄语世人勿见嗤也。

绝句漫兴九首(选六首)

其一

眼见客愁愁不醒,无赖春色到江亭。

即遣花开深造次,便觉莺语太丁宁。

【汇评】

《优古堂诗话》:唐杨巨源《早春》诗云:"马蹄经历应须过,莺语丁宁已怪迟。"盖效杜子美所谓"莫遣花开深造次,便觉莺语太丁宁。"

《杜臆》:"眼见客愁"者,春色也。春色安得有眼?奇得可笑。"即遣"、"便教",俱着春色说。"花开"、"莺语",因客愁而娱弄之使醒,此春色之无赖也。

《杜诗详注》:此因旅况无聊而发为恼春之词。

《杜诗镜铨》:蒋云:骂春色。 "客愁"二字乃九首之纲("眼见客愁"句下)。

其二

手种桃李非无主,野老墙低还似家。

恰似春风相欺得,夜来吹折数枝花。

【汇评】

《蔡宽夫诗话》:王元之本学白乐天诗,在商州尝赋《春日杂兴》云:"……何事春风容不得? 和莺吹折数枝花。"其子嘉祐云:"老杜尝有'恰似春风相欺得,夜来吹折数枝花'之句,语类相近。"因请易之。王元之忻然曰:"吾诗精诣,遂能暗合子美耶?"更为诗曰:"本与乐天为后进,敢期杜甫是前身。"卒不复易。

《唐诗归》:钟云:达甚("野花墙低"句下)。

《杜臆》:远客孤居,一时遭遇,多有不可人意者,故其二、其三,托之"春风"、"燕子",而"吹折花枝"、"点污琴书"、"接虫打人",皆非无为而发。

《杜诗详注》:此章借春风以寄其牢骚,承首章花开。……惜桃李,正自惜羁孤也。

《声调谱拾遗》:此字(按指"相")不仄便失律("恰是春风"句下)。

《杜诗镜铨》:再三与他论道理,妙绝("手种桃李"二句下)。   刘须溪云:疏野有佳致。

其三

熟知茅斋绝低小,江上燕子故来频。

衔泥点污琴书内,更接飞虫打着人。

【汇评】

《对床夜语》:"却似春风相欺得"、"更接飞虫打著人",……皆化俗为雅,灵丹点铁矣。

《麓堂诗话》:如杜子美……"衔泥点污琴书内,更接飞虫打著人"，……皆淡而愈浓，近而愈远，可与知者道，难与俗人言。

《杜诗详注》：此章借燕子以寓其感慨，承首章"莺语"。

《杜诗镜铨》：是感是怨（"江上燕子"句下）。　　数出罪过（"衔泥点污"句下）。

其五

肠断春江欲尽头，杖藜徐步立芳洲。

颠狂柳絮随风去，轻薄桃花逐水流。

【汇评】

《彦周诗话》：春时秾丽，无过桃柳。"桃之夭夭"、"杨柳依依"，诗人言之也。老杜云："颠狂柳絮随风去，轻薄桃花逐水流。"不知缘谁而波及桃花与杨柳矣。

《杜诗详注》：此见春光欲尽，有傲睨万物之意。"颠狂"、"轻薄"，是借人比物，亦是托物讽人，盖年老兴阑，不耐春事也。此并下二章，声调俱谐，不用拗体。

其七

糁径杨花铺白毡，点溪荷叶叠青钱。

笋根稚子无人见，沙上凫雏傍母眠。

【汇评】

《杜臆》：借景物以自宽，所谓取之无禁、用之不竭者。

《义门读书记》："白毡"、"青钱"，元、白最好写仿，其流遂有放翁。

《读杜心解》：本只点缀景物，其下二，微寓萧寂怜儿之感。

《杜诗镜铨》：此及下首，皆写入夏景。

其九

隔户杨柳弱袅袅，恰似十五女儿腰。

谁谓朝来不作意，狂风挽断最长条。

【汇评】

《杜臆》：与其二意相似，……"弱袅袅"、"女儿腰"，老人语，却自风致。

《杜诗详注》：自春入夏，所咏花木禽鸟，俱随时托兴者；独柳色夏青，而仍经摧折，故感慨终焉。

《读杜心解》：此与"手种桃李"章不同，乃好物不坚牢之意，盖以自况也。

《杜诗镜铨》：俚句是乐府体（"恰似十五"句下）。

【总评】

《苕溪渔隐丛话》：苕溪渔隐曰：古诗不拘声律，自唐至今，诗人皆然，初不待破弃声律。诗破弃声律，老杜自有此体。如《绝句漫兴》、《黄河》、《江畔独步寻花》、《夔州歌》、《春水生》，皆不拘声律，浑然成章，新奇可爱，故鲁直效之。

《汇编唐诗十集》：唐云：香山鼻祖。

《麓堂诗话》：杜子美《漫兴》诸绝句，有古《竹枝》意，跌宕奇古，超出诗人蹊径。韩退之亦有之。

《杜臆》：兴之所到，率然而成，故云《漫兴》，亦《竹枝》、乐府之变体也。"客愁"二字，乃九首之纲领。愁不可耐，故借目前景物以发之。　　杨铁厓曰：学杜者先得其性情语言而后可；得其性情语言，必自《漫兴》始。

《杜诗详注》：申涵光曰：绝句，以浑圆一气，言外浑然为正，王龙标其当行也，太白亦有失之轻者，然超轶绝尘，千古独步。惟杜诗别是一种，能重而不能轻，有鄙俚者，有板涩者，有散漫潦倒者，虽老放不可一世，终是别派，不可效也。……"恰似春风相欺得，夜来吹折数枝花",语尚轻便;"莫思身外无穷事,且尽生前有限杯",似今小说演义中语;"糁径杨花铺白毡",则俚甚矣。

《读杜心解》:七言绝句,至龙标、太白,入圣矣。少陵自是别调。然宋元以还,每以连篇作意,别见新裁。王、李遗音,已成《广陵散》,渊源故多出自少陵也,特声韵比杜谐贴耳。明空同、大复,多效此种。

《杜诗镜铨》:绝句以太白、少伯为宗。子美独创别调,颓然自放中,有不可一世之概,卢德水所谓"巧于用拙,长于用短"者也。

江畔独步寻花七绝句（选五首）

其一

江上被花恼不彻,无处告诉只颠狂。

走觅南邻爱酒伴,经旬出饮独空床。

【汇评】

《唐诗援》:漫兴寻花,颠狂潦倒,大有别致奇趣,想见此老胸中天地。

《唐诗归》:钟云:妙(首句下)。　　钟云:味此七字,方知"恼不彻"三字之妙,作诗文亦有此景("无处告诉"句下)。

《杜臆》:第一首"花恼",其二"怕春",皆反语;而"行步欹危"(见"其二")亦根"颠狂"来,"颠狂"根"恼"与"怕"来。

《义门读书记》:"走觅南邻爱酒伴"二句,冯云:"南邻"已出,洗题中"独"字。"独空床"三字,见其醉卧时多,顶出"爱酒",妙绝。

《杜诗镜铨》:首二句绾下六章。止一酒伴,又寻不着,明所以独步寻花之故。　　蒋云:着一"恼"字,寻花痴景,不描自出("江上被花"二句下)。

其二

稠花乱蕊畏江滨,行步欹危实怕春。

诗酒尚堪驱使在,未须料理白头人。

【汇评】

《藏海诗话》:老杜诗云:"行步欹危实怕春。""怕春"之语,乃是无合中有合。谓"春"字上不应用"怕"字,今却用之,故为奇耳。

《唐诗归》:钟云:"裹"(按"畏"一作"裹")字下得奇(首句下)。　　钟云:"恼不彻",莫作"恼"字看;"实怕春",莫作"怕"字看,皆喜极无奈何之辞,各下二句,正是消遣发付此两字妙处。

《杜臆》:诗酒而曰"驱使",白头人而曰"料理",俱是奇语。

《读杜心解》:上二,言花满而"畏江滨"。非"畏江滨",实以老而"怕春"也。春即从"花蕊"见出,语势曲甚。

《杜诗镜铨》:惨语不免逗出("行步欹危"句下)。　　旋自蹶张得妙("诗酒尚堪"二句下)。

其五

黄师塔前江水东,春光懒困倚微风。

桃花一簇开无主,可爱深红爱浅红?

【汇评】

《诗镜总记》:深情浅趣,深则情,浅则趣矣。杜子美云:"桃花一簇开无主,可爱深红爱浅红?"余以为深浅俱佳,惟是天然者可爱。

《唐诗镜》:老性风骚自别。

《杜臆》:"春光懒困倚微风",似不可解,而于恼、怕之外,别有领略,妙甚。桃花无主,可爱者深红耶? 浅红耶? 任人自择而已。

《杜诗详注》:吴论:此至黄师塔前而作。春时懒倦,故倚风少憩。师亡无主,则深、浅红花,亦任人自赏而已。　　朱注:叠用"爱"字,言爱深红乎? 抑爱浅红乎? 有令人应接不暇意。

《读杜心解》：两"爱"字有致。

《杜诗镜铨》：并传出春光之神，绮语令人欲死（"春光懒困"二句下）。

《野鸿诗的》：（七绝）龙标、供奉擅场一时，美则美矣，微嫌有窠臼，……往往至第三句意欲取新，作一势唱起，末或顺流泻下，或回波倒卷。初诵时殊觉醒目，三遍后便同嚼蜡。浣花深悉此弊，一扫而新之，既不以句胜，并不以意胜，直以风韵动人，洋洋乎愈歌愈妙。如《寻花》也，有曰："诗酒尚堪驱使在，未须料理白头人。"又曰："桃花一簇开无主，可爱深红爱浅红。"……方悟少陵七绝实从《三百篇》来，高驾王、李诸公多矣。

其六

黄四娘家花满蹊，千朵万朵压枝低。
留连戏蝶时时舞，自在娇莺恰恰啼。

【汇评】

《东坡题跋》：此诗虽不甚佳，可以见子美清狂野逸之态，故仆喜书之。

《杜臆》：其六之妙，在"留连"、"自在"，春光骀荡，又觉恼人。

《杜诗详注》：师塔、黄家，殁存虽异，但看春光易度，同归零落耳。故复有花尽老催之感。此三章联络意也。

《读杜心解》："黄四娘"自是妓人，用"戏蝶"、"娇莺"恰合，四更胜三。

《杜诗镜铨》：刘须溪云：骀荡称情（"留连戏蝶"二句下）。

《唐诗笺注》："时时舞"，故曰"留连"；"恰恰啼"，故曰"自在"。二语以莺蝶起兴，见黄四娘家花朵之宜人也。

《岘傭说诗》："黄四娘家花满蹊，……"诗并不佳，而音节夷宕可爱。东坡"陌上花开蝴蝶飞"，即此派也。

《诗境浅说续编》：此二诗在江畔行吟，不问花之有主、无主，逢花便看。黄师塔畔，评量深浅之红，黄四娘家，遍赏万千之朵。少陵诗雄视有唐，本不以绝句擅名，而绝句不事藻饰，有幅中独步之概。

其七

不是爱花即肯死，只恐花尽老相催。
繁枝容易纷纷落，嫩叶商量细细开。

【汇评】

《唐诗归》：钟惺：此二语即是恼花怕春意（"不是爱花"二句下）。　　钟云：此首又生转一意。

《杜诗详注》：远注：末章总结，乃惜花之词。……繁枝易落，过时者将谢；嫩蕊细开，方来者有待：亦寓悲老惜少之意。

《读杜心解》：向来无数恼花，得此起二语道破。

《杜诗镜铨》：明明供出，又不肯承认，妙（"不是爱花"二句下）。

【总评】

《竹庄诗话》：《禁脔》云：古诗有醇酽之气，《江畔独步寻花七绝句》云云。

《杜臆》：此亦《竹枝》变调，而"颠狂"二字，乃七首之纲。

《杜诗详注》：远注：每首寻花，章法各能变化。

《唐宋诗醇》：老杜七言绝句，在盛唐中独创一格，论者多所訾议，云非正派，当由其才力横绝，偶为短韵，不免有蟠屈之象，正如骐骥骅骝，一日千里，捕鼠则不如狸狌，不足为甫病也。然其间无意求工而别有风致，不特《花卿》、《龟年》数首久推绝唱，即此诸作，何尝不风调佳致乎？读者故当别具只眼，不为耳食。

《杜诗镜铨》：王阮亭曰：读《七绝》，此老是何等风致！　　　刘须溪曰：每诵数过，可歌可舞，能使老人复少。

三绝句

其一

楸树馨香倚钓矶，崭新花蕊未应飞。

不如醉里风吹尽，可忍醒时雨打稀。

【汇评】

《唐音癸签》："崭新花蕊未应飞"，非"崭"字不能形容其新。

《李杜诗选》：刘云：钟情有道，风味宛然。

《杜臆》：将楸树比反覆小人。……楸似松柏而有花无子，故以比交之鲜终者。

《杜诗解》："风吹尽"、"雨打稀"，总是一般零落，而又必宁"醉里"莫"醒时"者，老死一事，既是无法可施，则莫如付之度外。……读之使晚年人不敢不寻快活，妙绝。为此一绝生出下二绝来。

《杜诗详注》：一见花开，旋忧花落，有《庄子》"方生方死"意。　　卢注：宋无名氏《鹧鸪天》词："不如饮待奴先睡（醉），图得不知郎去时。"语意蓝本于此。

《读杜心解》：惜花飞也。看次句，当是先见有谢者。

《杜诗镜铨》：与花使性，妙（"不如醉里"句下）。　　邵云：老人情语。

其二

门外鸬鹚去不来，沙头忽见眼相猜。

自今已后知人意，一日须来一百回。

【汇评】

《杜诗解》：此一绝与后一绝，相对成章。……"一百回"字，本是最无文理语,却写得将朋友为金宝性命一片意思出。

《杜诗详注》:此咏鸬鹚也。物本异类,视若同群,有《列子》海翁狎鸥意。

《读杜心解》:盟鸬鹚也。去久乍见,因而祝之。

《杜诗镜铨》:正极写寂寞也。

《唐诗真趣篇》:极顿挫沉郁之致,而语又脱俊,信属绝唱。

其三

无数春笋满林生,柴门密掩断人行。

会须上番看成竹,客至从嗔不出迎。

【汇评】

《杜诗解》:下二句,不单云不出迎,而云"从嗔不出迎",便写尽恶客叫噪之恶,主人双眼之白也。

《杜诗详注》:胡夏客曰:因王子猷看竹不问主,遂翻为主不迎客,用意亦巧。

《读杜心解》:护新笋也。

《唐诗真趣编》:花则恐其飞去,鸟则欲其常来,独客至宁取其"嗔",不愿出迎:此其故不消明讲、不容细说也。……天下不如意事大抵如此,乃明明作悠谬之想,妄诞之谈者,欲博口头快活耶?将抑郁而情不自禁耶?触手拈出,莫知其然,次第数来成三绝句,遂以为题。

【总评】

《杜诗解》:三绝句恰成一篇,不可少一首,亦更不能多一首也。

《杜诗详注》:杨慎曰:"楸树"三绝句,格调既高,风致又韵,真可一空唐人。

《读杜心解》:《三绝》与《七绝》(按指《江畔独步寻花七绝

句》),直开宋元家数。

《杜诗镜铨》：三首一片无赖意思,有托而言,字字令人心醉。　　亦开宋元诗派。

戏为六绝句

其一

庾信文章老更成,凌云健笔意纵横。

今人嗤点流传赋,不觉前贤畏后生。

【汇评】

《岁寒堂诗话》：此诗非为庾信、王、杨、卢、骆而作,乃子美自谓也。方子美在时,虽名满天下,人犹有议论其诗者,故有"嗤点"、"哂未休"之句。

《升庵诗话》：庾信之诗,为梁之冠绝,启唐之先鞭。史评其诗曰绮艳,杜子美称之曰清新,又曰老成。绮艳、清新,人皆知之,而其老成,独子美能发其妙。余尝合而衍之曰：绮多伤质,艳多无骨；清易近薄,新易近尖。子山之诗,绮而有质,艳而有骨,清而不薄,新而不尖,所以为"老成"也。

《四溟诗话》：庾信《春赋》,间多诗语,赋体始大变矣。子美曰："庾信平生最萧瑟,暮年词赋动江关。"托以自寓,非称信也。

《杜臆》：大有意思人,必不轻薄前辈；盖名下无虚士,必有独到处。老杜文章冠千古,其推尊前辈如此。"庾信文章"不曰老始成,而曰"更成",其意可思。

《读杜心解》：首章提出"老更成"三字,便为后生顶门一针。

《杜诗镜铨》：蒋云：公每以庾信自比,殆亦兼遭时言之。

《诗学纂闻》："今人嗤点流传赋,不觉前贤畏后生?"乃诘问之言。今人诋毁庾信之赋,岂前贤如庾者,反畏尔曹后生耶?

其二

杨王卢骆当时体，轻薄为文哂未休。

尔曹身与名俱灭，不废江河万古流。

【汇评】

《容斋随笔》：王勃等四子之文，皆精切有本原。其用骈俪作记、序、碑、碣，盖一时体格如此，而后来颇议之。杜诗云："王杨卢骆当时体……不废江河万古流。"正谓此耳。"身名俱灭"，以责轻薄子，"江河万古"，指四子也。

《岁寒堂诗话》：夫子美诗超今冠古，一人而已，然其生也，人犹笑之，殁而后人敬之，况其下者乎？子美愤之，故云"尔曹身与名俱灭，不废江河万古流"、"龙文虎脊皆君驭，历块过都见尔曹"也。然子美岂真愤者，戏之而已。

《韵语阳秋》：李太白、杜子美诗皆掣鲸手也。……然李不取建安七子，而杜独取垂拱四杰何耶？南皮之韵，固不足取；而王、杨、卢、骆亦诗人之小巧者尔，至有"不废江河万古流"之句，褒之岂不太甚乎？

《诗学纂闻》："轻薄为文"乃后生哂四家语，非指后生辈为轻薄人也。

《读杜心解》：此与首章同旨。逗出"轻薄为文"四字，则于文之所谓体者，不足与言；宜于一时成体之文而"哂之"矣。首章下二，反言以警醒之；此则正言以点破之。

《杜诗镜铨》：未免过誉，亦属有激之词，下章仍稍带抑，不失分寸。

其三

纵使卢王操翰墨，劣于汉魏近风骚。

龙文虎脊皆君驭，历块过都见尔曹。

【汇评】

《杜诗详注》：承上章。言纵使卢、王操笔，不如汉、魏近古，但似此"龙文虎脊"，皆足供王者之用，若尔曹薄劣之材，试之长途，当自蹶耳，奈何轻议古人耶！

《读杜心解》：《风》《骚》为韵语之祖。后来格调变移，造端于汉之苏、李，继轨于魏之建安。至唐初诸子出，而体裁又变。要之，皆同祖《风》《骚》也。故言"纵使卢王操翰墨，劣于汉魏近风骚"者，要亦国初之《风》《骚》也。……上抑下扬，极有分寸。

《杜诗镜铨》：此二句谓果能力追汉魏，方足跨轶卢、王，不然而漫加嗤点，终未免陷于轻薄也（末二句下）。

《诗学纂闻》："汉魏近《风》《骚》"，五字相连，言卢、王亦近《风》《骚》，但劣于汉魏之近《风》《骚》耳。又一解：卢、王操翰墨劣于汉魏，九字相连，言卢、王比之汉魏则劣，然其于《风》、《骚》之旨则近矣。

其四

才力应难跨数公，凡今谁是出群雄？
或看翡翠兰苕上，未掣鲸鱼碧海中。

【汇评】

《岁寒堂诗话》：其云"或看翡翠兰苕上，未掣鲸鱼碧海中"，若子美真所谓掣鲸鱼碧海中者也，而嫌于自许，故皆题为"戏句"。

《杜臆》：但看翡翠于兰苕，未掣鲸鱼于碧海，采春华而忘秋实，此文人痛病，其轻薄前辈以此。

《杜诗详注》：此兼承上三章，才如庾、杨数公，应难跨出其上，今人亦谁是"出群"者！据其小巧适观，如戏翡翠于兰苕，岂能巨力惊人，若掣鲸鱼子碧海乎！

《杜诗镜铨》：隐然自负（"凡今谁是"句下）。

《诗境浅说》：此少陵论诗绝句也。己之能力所及，并世之作手，以及诗境之浅深，皆寓于四句之内。

其五

不薄今人爱古人，清词丽句必为邻。

窃攀屈宋宜方驾，恐与齐梁作后尘。

【汇评】

《杜臆》：谓我不薄今人之爱古人，而辞句必与为邻也。但学古人者在神不在貌，今优孟屈、宋，自谓可与方驾，恐不免作齐梁之后尘耳。

《杜诗详注》：言今人爱慕古人，取其清词丽句，而必与为邻，我亦岂敢薄之？但恐志大才庸，揣其意，窃思仰攀屈、宋，论其文，终作齐梁后尘耳。

《读杜心解》：统言"今人"，则齐梁而下，四杰而外皆是；统言"古人"，则汉魏以上，《风》《骚》以还皆是。"窃攀"、"恐后"，直指附远谩今之病根而药之也。

《杜诗镜铨》：俗子多好为高论，得少陵痛下针砭。　　此句又作一扬（"不薄今人"句下）。

《诗话纂闻》："今人爱古人"，五字相连，言古人之清词丽句今人爱之，其情原不可薄，但其根柢浅陋，齐梁且不能及，又安知所谓屈、宋哉？

其六

未及前贤更勿疑，递相祖述复先谁？

别裁伪体亲风雅，转益多师是汝师。

【汇评】

《升庵诗话》：此少陵示后人以学诗之法。前二句，戒后人之愈趋愈下;后二句,勉后人之学乎其上也。盖谓后人不及前人者,以"递相祖述",日趋日下也。必也区别裁正浮伪之体,而上亲风雅,则诸公之上,"转益多师",而"汝师"端在是矣。此说精妙。……须溪语罗履泰之说,而予衍之耳。

《杜臆》:不知优孟古人皆"伪体"也,必须区别正其伪体,而直与《风》《雅》为亲,始知前贤皆渊源于《风》《雅》。"转益多师",而汝师在是也。

《读杜心解》:"递相祖述",前贤各有师承,如宗支之代嬗也。……以齐梁以下为沿流,正是后生附远谩近之张本。……"复先谁"者,诘其轻噉轻哂,妄分先后。此三字,正笼起"多师"二字。　齐梁体制,少陵亟称之。乃其自为诗,不闻有好滥燕女、趋数教辟之音。宋人力黜之,而诗反纤薄。然则古人所为"风雅"者,有本领焉,有原委焉。

《诗学纂闻》:此子美自道其千四百首之杜诗也。细味此诗与(太史公)赞语,字字吻合,句句相通。"不及前贤",则好学宜亟矣。学贵心知其意,彼"递相祖述"者,规矩于古人字句之间,毫不能自抒其心得,终寄篱下,故曰"复先谁"也。"别裁伪体亲《风》《雅》"者,即赞云"其文不雅驯"、"择其言尤雅者"是也。"择"字即"别"字、"裁"字注脚。"转益多师是汝师",分明是"难为浅见寡闻"句转语。故知诗文一致,两公早已言之矣。

【总评】

《杜诗详注》:少陵绝句,多纵横跌宕,能以议论摅其胸臆,气格才情,迥异常调,不徒以风韵姿致见长矣。

《古欢堂集杂著》:古来论诗者,子美《戏为六绝句》……议论阐发,皆有妙理。

《唐宋诗醇》:以诗论文于绝句中,又属创体。此元好问《论诗绝句》之滥觞也。六朝、四子之文,自是天地英华,不可磨灭。其所成就,虽逊古人,要非浅薄疏陋之徒所可轻议,宜甫之直言诃之也。"翡翠兰苕"、"鲸鱼碧海",所见何其高阔!上亲《风》《雅》,转益多师,解人不当尔耶?此六诗固不当以字句工拙计之。

《读杜心解》:金元好问《论诗三十首》,托体于此。

《石洲诗话》:《六绝句》皆戒后生之沿流而忘源也。其曰"今人嗤点",曰"尔曹轻薄",曰"今谁出群",曰"未及前贤",不惜痛诋今人者,盖欲俾之考求古人源流,知以古人为师耳。六首俱以师古为主。……"别裁为体",正是薄之也;"亲《风》《雅》",正是爱之也。杜陵薄今人嗤点之辈,至于如此!与"尔曹身与名俱灭"之言,未免太刺骨矣,故题之曰"戏"也。

《杜诗镜铨》:张上若曰:六诗便为诗学指南。趋今议古,世世相同,惟大家持论极平,著眼极正。　　昌黎诗:"李杜文章在,光焰万丈长。不知群儿愚,那用故谤伤。蚍蜉撼大树,可笑不自量。"当公之世,其诽诋者亦不少矣。故偶借庾信、四子以发其意。皆属自寓意多,非如遗山《论诗绝句》通论古今人之诗也。然"别裁伪体"、"转益多师",学诗之道,实不出此。

野　望

西山白雪三城戍,南浦清江万里桥。
海内风尘诸弟隔,天涯涕泪一身遥。
唯将迟暮供多病,未有涓埃答圣朝。
跨马出郊时极目,不堪人事日萧条。

【汇评】

《瀛奎律髓》:此格律高耸,意气悲壮。唐人无能及之者。

《唐诗直解》:涕泪多端,更有不能忘情者。

《唐诗训解》:谓出自家衷臆,妙在真处,然一身只以"供多病"

而不以"报圣朝",则天涯涕泪,岂徒以哭吾私。

《唐诗镜》：后四语率怀摅写。

《唐诗选脉会通评林》：梅鼎祚曰：铿然苍然,有韵有骨。
周秉伦曰：第四句,悲语;第六,忠念。

《初白庵诗评》：中二联用力多在虚字,结意尤深。

《瀛奎律髓汇评》：纪昀：此首沉郁。　　许印芳：起句排对,
杜律多此。

《绠斋诗谈》：前六句先写情事索漠,末乃云："跨马出郊时极
目,不堪人事日萧条。"触目感伤,言简意透。

《唐诗贯珠》：五、六承四而下,结出野望,自有一种大方浑融
之气。起用对偶,对仗亦工。"供"字妙。

《唐宋诗醇》：孙仅所云：夐邈高耸,若凿太虚而噭万窍,此类
是已。流连光景,何足语此!

《读杜心解》：国患家离,两两系心。"三城戍",提忧国;"万里
桥",提思家。三、四顶次句,思家之切也;五、六,顶首句,忧国之忧
也。题中"望"字意,皆暗藏在内。七,点清;八,总收。

《杜诗镜铨》：思家忧国,首二并提,起势最健("西山白雪"二
句下)。　　沈著("海内风尘"二句下)。　　李云：可称高浑。
顾况《湖南客中春望诗》："风尘海内怜双鬓,涕泪天涯惨一身",全
袭杜语。

《唐七律选》：毛奇龄云：风景不殊,而人事异也。　　李因笃
云：可称高浑,前四句第五字皆数目相犯,学者宜忌。

《历代诗发》：笔意流动,亦复凄凄恻恻。

《昭昧詹言》：此诗起势写"望"而寓感慨。中四句题情,三、四
远,五、六近。收点题出场,创格。此变律创格,与"支离东北"
同。　　读此深悟山谷之旨。

水槛遣心二首（其一）

去郭轩楹敞，无村眺望赊。

澄江平少岸，幽树晚多花。

细雨鱼儿出，微风燕子斜。

城中十万户，此地两三家。

【汇评】

《石林诗话》：诗语固忌用巧太过，然缘情体物，自有天然工妙，老杜"细雨鱼儿出，微风燕子斜"，此十字，殆无一字虚设。雨细着水面为沤，鱼常上浮而淰，若大雨则伏而不出矣。燕体轻弱，风猛则不能胜，惟微风乃受以为势，故又有"轻燕受风斜"之语。……然读之浑然，全似未尝用力，此所以不碍其气格超胜。

《杜诗解》："细雨出"，"出"字妙，所乐亦既无尽矣；"微风斜"，"斜"字妙，所苦亦复无多矣（"微风"句下）。　　前半幅，写胸中极旷；后半幅，写胸中自得也。

《杜诗详注》：八句排对，各含"遣心"。

《纫斋诗谈》："澄江平少岸，……微风燕子斜。"此白描写生手。彼云杜诗粗莽者，知其未曾细读也。

《读杜心解》：首章横写。从槛外之景，空阔纵目也。……偏说有"家"，正使"无村"益显。

《杜诗镜铨》：应"去郭"（"城中"句下）。　　应"无村"（"此地"句下）。

奉送严公入朝十韵

鼎湖瞻望远，象阙宪章新。

四海犹多难,中原忆旧臣。

与时安反侧,自昔有经纶。

感激张天步,从容静塞尘。

南图回羽翮,北极捧星辰。

漏鼓还思昼,宫莺罢啭春。

空留玉帐术,愁杀锦城人。

阁道通丹地,江潭隐白苹。

此生那老蜀? 不死会归秦。

公若登台辅,临危莫爱身。

【汇评】

《唐诗援》:王西斋曰:如此结句,非此公谁敢尔。

《杜诗详注》:卢世㴶曰:此诗十韵,气象规模,与题雅称。末复嘱之曰:"公若登台辅,临危莫爱身。"法言忠告,令人肃然。夫奉送府主,谁敢作此语,亦谁肯作此语! 子美真古人也。

《义门读书记》:句句筋两,字字精神。……亦欲入朝,不徒送公也。收转前半,词高意足("此生"四句下)。

《读杜心解》:前八句,四提召还之由,见代嬗伊始,为时艰而"忆旧臣",郑重得体。四颂旧绩而勉新功,敲紧严公身上。中四句,叙入朝正面。后八句,从严入己。离别之情,留滞之感,责难之义,无处不到。

《杜诗镜铨》:张云:端严简括,排体之正。　　只四句,将从前、当下、才略、忠悃俱包入("四海"四句下)。　　自叙亦极简切("此身"二句下)。

九日登梓州城

伊昔黄花酒,如今白发翁。

追欢筋力异,望远岁时同。

弟妹悲歌里,朝廷醉眼中。

兵戈与关塞,此日意无穷。

【汇评】

《瀛奎律髓》：老杜此诗悲不可言,唐人无能及之者。

《杜臆》：三、四顶"白发"来,追欢之筋力既异于前矣;九日登高,则望远之"岁时同"也。"弟妹"、"朝廷",正望远之感;而弟妹之流离,朝廷之隔绝,实以兵戈未定,而身羁关塞,故此日兴无穷之思也。

《瀛奎律髓汇评》纪昀：工部高出唐人,非此诗之谓。只觉未能深厚,当缘下手太快耳。   冯舒：前篇结到九日,后篇不结黄花。无所不妙,左宜右宜。有如此诗,而曰"江西"得其正派,未知何法可得?

《读杜心解》：同是"黄花酒"也,向尝与朝士、家人同把,今大不然矣。只一句,全神都现,盖以七句对射此一句也。

不 见

原注：近无李白消息。

不见李生久,佯狂真可哀。

世人皆欲杀,吾意独怜才。

敏捷诗千首,飘零酒一杯。

匡山读书处,头白好归来。

【汇评】

《杜诗详注》：顾宸曰：公与白同游齐鲁,在天宝四载。白有《鲁郡石门别杜》诗,自此以后,公屡形怀忆,竟不得再见。

《义门读书记》：(李白)不过佯狂纵酒,遂致世人欲杀,触此骇机,真可哀也。……深讽其自爱也（末二句下）。

《唐宋诗醇》：三诗（此诗与《怀旧》、《所思》）真朴,若自胸臆流出,所谓文生于情,不求工而自至。

《读杜心解》："不见"、"可哀"四字,八句之骨。只五、六着李说,馀俱就自心上写出"不见"之哀,笔笔凌空。上四,泛言其概,下乃从放逐后招之。然放逐之由,已含"欲杀"内；招之之神,已含"怜才"内。公忆李诗,首首着痛痒。

《杜诗镜铨》：真知己语（"世人"二句下）。　　结语抵一篇《大招》。

题玄武禅师屋壁

何年顾虎头,满壁画瀛州。

赤日石林气,青天江海流。

锡飞常近鹤,杯度不惊鸥。

似得庐山路,真随惠远游。

【汇评】

《唐诗广选》：胡元瑞曰："锡飞"二语,杜用事入化处,然不作用事看,则古庙荒凉,画壁飞动,亦更无人可着语。此老杜千古绝技,未易追也。

《唐诗镜》：三、四格力挺劲,六句巧而稳,是为画意。

《唐诗摘钞》：岂惟山水如真,人物亦相随入画矣。一边赞画,一边赞禅师,凡题有主人,诗必照顾之,此唐贤不易之法也。

《增订唐诗摘钞》：画不必是顾,壁亦不必是沧州,硬派得妙。

《杜诗详注》：黄生曰：三、四本极奇极险语,人多作寻常看过,以奇在立意而句法浑融故耳。

客　夜

客睡何曾著？秋天不肯明。
入帘残月影，高枕远江声。
计拙无衣食，途穷仗友生。
老妻书数纸，应悉未归情。

【汇评】

《韵语阳秋》：杜甫《客夜》诗云："客睡何曾著？秋天不肯明"；《陪王使君泛江》诗云："山豁何时断？江平不肯流"。"不肯"二字含蓄甚佳，故杜两言之，与渊明所谓"日月不肯迟，四时相催迫"同意。

《杜诗攟》：《客夜》诗"秋天不肯明"，旧称其工，吾谓此从孤眠苦境中自然流出，非有意求工也。如"江平不肯流"，乃是因字工耳。

《杜诗解》："何曾"，"曾"字妙，若有人冤其曾著者；"不肯"，"肯"字妙，便似天有心与客作冤然。"残月"句妙于"入帘"字，看其渐渐移来；"远江"句妙于"高枕"字，写出忽忽听去。

《唐诗成法》：起二句皆用俗语，却雅绝，可为知者道。

《初白庵诗话》：朴老清高。

《瀛奎律髓汇评》：纪昀：三、四写不寐，非写月影江声。五、六质而不俚，直是神骨不同。

《闻鹤轩初盛唐近体读本》：评：生峭之章，三、四诗家所能。五、六欲无一字，而真苍警挚，断非其馀可庶。　　邹古愚曰：三、四虽诗家本分，然亦大费吟安。"月影"、"江声"从"入帘"、"高枕"见闻，已极作致，而月影则残，江声则远，寻常景物，耐人百思。　　陈硕甫曰：五、六情语，根三、四来，影残声远之时，辗转难寐,遂尔触景伤怀,不禁感慨,未归情事,书悉老妻。后半一气直下,细玩自得也。

《杜诗镜铨》:着"不肯"字妙,真景只说得出为难。

客 亭

秋窗犹曙色,落木更天风。
日出寒山外,江流宿雾中。
圣朝无弃物,老病已成翁。
多少残生事,飘零似转蓬。

【汇评】

《瀛奎律髓》:王右丞诗云:"江流天地外,山色有无中。"此诗三、四以写秋晓,亦足以敌右丞之壮。然其佳处,乃在五、六有感慨。两句言景,两句言情,诗必如此,则净洁而顿挫也。

《李杜二家诗钞评林》:赵云:怨而不怒,哀而不伤,故非后来所及。

《唐诗归》:钟云:最真最妙,入峡始知("日出"二句下)。

《诗源辩体》:"圣朝无弃物,老病已成翁"、"近泪无干土,低空有断云"……等句,皆意思悲感而沉雄者。

《唐诗选脉会通评林》:徐中行曰:说到无聊,只得如此放下。周敬曰:"圣朝无弃物",比之"不才明主弃"远矣,浑厚中含自伤。非悲非怨,故自苦心巧舌。

《杜臆》:谚云:"日高风",故"曙色"着"犹"字,谓风之早也。三、四写客途曙景极肖。

《瀛奎律髓汇评》:冯舒:八句如天生成,无复人力雕镂。看杜诗何拘情景!　　纪昀:浑厚之至,是为诗人之笔。　　感慨不难,难于浑厚不激耳。入他人手,有多少愤愤不平语?　　许印芳：起是对偶。

《纵斋诗谈》："圣朝无弃物，衰病成老翁。"此互勾句法。

《唐诗别裁》：一呼一应（"圣朝"二句下）。　　比"不才明主弃"，蕴藉何如？

《读杜心解》：三、四晓景，有向晓而光明动荡之意，以反兴下截也。……"飘零"句，又结清"客"字。

《杜诗镜铨》：写峡中秋晓如画（"日出"二句下）。　　邵云：怨而不怒，见诗人忠厚（"圣朝"二句下）。

《闻鹤轩初盛唐近体读本》：评：三、四浑而有骨，大家景联，然摩诘亦时有此；五、六白话老笔，直而不瘐，直推此公擅长。

秋　尽

秋尽东行且未回，茅斋寄在少城隈。

篱边老却陶潜菊，江上徒逢袁绍杯。

雪岭独看西日落，剑门犹阻北人来。

不辞万里长为客，怀抱何时得好开！

【汇评】

《瀛奎律髓》：读老杜诗开口便觉不同。"独看西日落，犹阻北人来"一联，不胜悲壮，结句更有气力。

《杜臆》："东行未回"，谓到梓未还成都；而"且"字极有含蓄。盖公无日不思还京，故云秋已尽矣，东行且未得回，何况故乡！

《义门读书记》："不辞万里长为客"二句，怀抱之恶，岂独为一身远客？公诗所以深远。

《瀛奎律髓汇评》：纪昀：前四语殊平平，后四句自极沉郁顿挫之致。"袁绍杯"不切"秋尽"。　　许印芳：前半平正，方衬得出后半之沉郁顿挫，此正章法之妙。

《闻鹤轩初盛唐近体读本》：陈德公曰：苍峭之章，自喜不堕。五、六遒亮，骨立高姿。中四，虚活字有力。　　评：题标"秋尽"，通首皆迟暮淹留之感。第三、第五，语语增凄。结二，曰"长"，曰"何时"，字字咽哽矣。

《唐宋诗举要》：吴曰：有宇宙无人、萧然独立之概（"雪岭独看"句下）。吴曰：本作客不得意之辞，乃云"不辞"，千回百折而出之者也（"不辞万里"句下）。　　李曰：气格苍然（"怀抱何时"句下）。

闻官军收河南河北

剑外忽传收蓟北，初闻涕泪满衣裳。
却看妻子愁何在，漫卷诗书喜欲狂。
白日放歌须纵酒，青春作伴好还乡。
即从巴峡穿巫峡，便下襄阳向洛阳。

【汇评】

《潜溪诗眼》：古人律诗亦是一片文章，语或似无伦次，而意若贯珠。……"剑外忽传收蓟北，初闻涕泪满衣裳"，夫人感极则悲，悲定而后喜；忽闻大盗之平，喜唐室复见太平，顾视妻子，知免流离，故曰"却看妻子愁何在"；其喜之至也，不知手之舞之，足之蹈之，故曰"漫展诗书喜欲狂"；从此有乐生之心，故曰"白日放歌须纵酒"；于是率中原流寓之人同归，以青春和暖之时即路，故曰"青春作伴好还乡"。言其道涂则曰"欲从巴峡穿巫峡"，言其所归则曰"便下襄阳到洛阳"。此盖曲尽一时之意，惬当众人之情，通畅而有条理，如辩士之语言也。

《诗薮》：老杜好句中迭用字，惟"落花游丝"妙极。此外，如……"便下襄阳向洛阳"之类，颇令人厌。

《杜臆》：说喜者云喜跃，此诗无一字非喜，无一字不跃。其喜在"还乡"，而最妙在束语直写还乡之路，他人决不敢道。

《唐诗快》：写出意外惊喜之况，有如长江放流，骏马注坡，直是一往奔腾，不可收拾。

《杜诗说》：杜诗强半言愁，其言喜者，惟《寄弟》数首，及此作而已。言愁者使人对之欲哭，言喜者使人对之欲笑。盖能以其性情，达之纸墨，而后人之性情，类为之感动故也。使舍此而徒讨论其格调，剽拟其字句，抑末矣。

《义门读书记》：如龙。二泉云：后半喜之极，故言之泽。

《杜诗解》："愁何在"妙。平日我虽不在妻子面前愁，妻子却偏要在我面前愁，一切攒眉泪眼之状，甚是难看。"漫卷诗书"妙，身在剑外，惟以诗书消遣过日，心却不在诗书上。

《初白庵诗评》：由浅入深，句法相生，自首至尾，一气贯注，似此章法，香山以外罕有其匹。

《杜诗详注》：顾宸曰：杜诗之妙，有以命意胜者，有以篇法胜者，有以俚质胜者，有以仓卒造状胜者。此诗之"忽传"、"初闻"、"却看"、"漫卷"、"即从"、"便下"，于仓卒间，写出欲歌欲哭之状，使人千载如见。　　朱瀚曰："涕泪"，为收河北；狂喜，为收河南。此通章关键也。而河北则先点后发，河南则先发后点，详略顿挫，笔如游龙。又地名凡六见，主宾虚实，累累如贯珠，真善于将多者。

《纫斋诗谈》：一气如注，并异日归程一齐算出，神理如生，古今绝唱也。

《唐宋诗醇》：惊喜溢于字句之外，故其为诗，一气呵成，法极无迹。末联撒手空行，如懒残履衡岳之石，旋转而下，非有伯昏瞀人之气者不能也。

《唐诗别裁》：一气流注，不见句法字法之迹。对结自是落句，故收得住。若他人为之，仍是中间对偶，便无气力。

《读杜心解》：八句诗，其疾如飞。题事只一句，馀俱写情。得力全在次句，于情理，妙在逼真，于文势，妙在反振。三、四，以转作承，第五，乃能缓受；第六，上下引脉，七、八，紧申"还乡"。生平第一首快诗也。

《杜诗镜铨》：毛西河云：即实从归途一直快数作结，大奇。且两"峡"两"阳"作跌宕句，律法又变。

《闻鹤轩初盛唐近体读本》：陈德公曰：所谓狂喜，其中生气莽溢行间，结二尤见踊跃如鹜。作诗有气，岂在字句争妍？

《读杜私言》："剑外忽传收蓟北，初闻涕泪满衣裳"，纯用倒装，在起手犹难。

《杜诗集评》：李因笃云：转宕有神，纵横自得，深情老致，此为七律绝顶之篇。律诗中当带古意，乃致神境。然崔颢《黄鹤楼》以散为古，公此篇以整为古，较崔作更难。

《杜诗言志》：看他八句一气浑成中，细按之却有无限妙义，直是情至文生。

《唐诗绎》：通首一气挥洒，曲折如意。

《岘傭说诗》："剑外忽传收蓟北"，今人动笔，便接"喜欲狂"矣。忽拗一笔云："初闻涕泪满衣裳"，以曲取势。活动在"初闻"两字，从"初闻"转出"却看"，从"却看"转出"漫卷"，才到喜得"还乡"正面，又不遽接"还乡"，用"白首放歌"一句垫之，然后转到"还乡"。收笔"巴峡穿巫峡"、"襄阳下洛阳"，正说还乡矣，又恐通首太流利，作对句锁之。即走即守，再三读之，思之，可悟俯仰用笔之妙。

《近体秋阳》："白首"不能"放歌"，要"须纵酒"而歌；"还乡"无人作伴，聊请"青春"相伴。对法整而乱，乱而整（"还乡"句下）。

一气注下，格律清异。

《全唐风雅》：写喜意真切，愈朴而近（"漫卷诗书"句下）。　自然是喜意流动得人，结复何等自然。喜愿之极，诚有如此，他语不足易也。

送路六侍御入朝

童稚情亲四十年，中间消息两茫然。

更为后会知何地？忽漫相逢是别筵。

不忿桃花红胜锦，生憎柳絮白于绵。

剑南春色还无赖，触忤愁人到酒边。

【汇评】

《对床夜语》："不忿桃花红似锦"，"惜君只欲苦死留"，……一皆化俗为雅，灵丹点铁矣。

《杜臆》：四十年相知，后会不可期，而相逢即别，真不可堪，写得曲折条达。"桃花"、"柳絮"，寻常景物，句头添两虚字，桃柳遂为我用。

《杜诗解》：别四十年而得会，会却是"别筵"，奇绝事。于"四十年"前插"童稚情亲"，于今日后插"更为后会"字，奇绝笔。"桃花红胜锦，柳絮白于绵"，岂复成诗？诗在"不忿"、"生憎"字，加四俗字，便成佳笔，固知文贵章法也。

《义门读书记》：结句得体有味。先起"别"字，屈折有力（"更为后会"句下）。

《初白庵诗评》：第四句方入题，何等缠绵委婉！

《杜诗详注》：朱瀚曰：始而相亲，继而相隔，忽而相逢，俄而相别，此一定步骤也。能反复照应，便觉神彩飞动。及细按之："后会"无期，应"消息茫然"；"忽漫相逢"，应"童稚情亲"；"无赖"，即花"锦"絮"绵"；"触忤"，即"不忿"、"生憎"。脉理之精密如此。

《瀛奎律髓汇评》：纪昀：五、六究非雅音，七句承五、六来。　　许印芳：中四句皆用虚字装头，亦是一病。

《答万季野诗问》：（少陵七律）更有异体如"童稚情亲"篇，只须前半首,诗意已完,后四句以兴足之。去后四句,于义不缺,然不可以其无意而竟去之者,如画之有空纸,不可以其无树石人物而竟去之也。

《围炉诗话》:"童稚情亲"篇,只前二联,诗意已足,后二联无意,以兴完之。义山《蜀中离席》诗,正仿此篇之体。

《杜诗镜铨》:王元美曰:(七言律)句法有直下者,有倒插者。倒插最难,非老杜不能也。　　李云:一气滚注,只如说话,而浑成不可及。　　无限曲折,正以倒插入妙("更为后会"二句下)。

《唐宋诗举要》:吴曰:起四句几跌几断,第三句倒插一语尤奇。四句入题有神。五、六以下尤为凌空倒影之笔。"桃花"、"柳絮"皆色也,"不忿"、"生憎"皆写愁也。五、六、七三句转为第八句,铺写作势,而皆突兀不平。第四句一露"别筵",旋即撇开,至末始倒煞"酒边"、"愁人"等字,神光离合,极排阖纵横之妙。杜公七律所以横绝古今,专在离奇变化,如此等篇,尤宜寻讨。

《近体秋阳》:忽倒提一句,以出"送"义,有势得情,此虽运笔之妙,而构思不足以副之,何可得也!

《诗法易简录》:第三句插入"后会",再转到"别筵",便觉活脱流转,化尽板滞之气。

上兜率寺

兜率知名寺,真如会法堂。
江山有巴蜀,栋宇自齐梁。
庾信哀虽久,何颙好不忘。
白牛车远近,且欲上慈航。

【汇评】

《石林诗话》:诗人以一字为工,世固知之。惟老杜变化开阖,出奇无穷,殆不可以形迹捕。如"江山有巴蜀,栋宇自齐梁",远近数千里,上下数百年,只在"有"与"自"两字间,而吞纳山川之气,俯仰古今之怀,皆见于言外。……今人多取其已用之字模仿用之,偓蹇狭陋,尽成死法。不知意与境会,言中其节,凡字皆可用也。

《对床夜语》:虚活字极难下,虚死字尤不易。盖虽是死字,欲使之活。此所以为难。老杜"古墙犹竹色,虚阁自松声"及"江山有巴蜀,栋宇自齐梁",人到于今诵之。

《瀛奎律髓》:韩魏公谓人才须入粗入细。老杜诗,不有前诗(《上牛头寺》),何以入细?此一诗三、四忽又如此广远,五、六古淡有意。

《杜臆》:本是巴蜀有江山而倒言之,见此江山不囿于巴蜀耳;刘评可笑。"庾信"、"何颙"俱自寓。

《瀛奎律髓汇评》:纪昀:唐代诸公,多各是一家法度。惟杜无所不有,故曰大家。此论是。　　　五、六非古淡。　　　冯舒:以"上"字结构,好。　　　查慎行:三、四用虚字作句中眼。　　　纪昀:此单拗法。单拗者,本句("江山有巴蜀")三、四平仄互换也;惟用于出句,不用于对句。

《读雪山房唐诗序例》:五言用虚字易弱,独工部"江山有巴蜀,栋宇自齐梁"、"古墙犹竹色,虚阁自松声",转从虚字出力。

《读杜心解》:一、二对体。三、四,气象函盖。五、六,将自身转侧牵搭。七、八结出仰法意,收束完密。

涪城县香积寺官阁

寺下春江深不流,山腰官阁迥添愁。
含风翠壁孤云细,背日丹枫万木稠。
小院回廊春寂寂,浴凫飞鹭晚悠悠。

诸天合在藤萝外，昏黑应须到上头。

【汇评】

《瀛奎律髓》：老杜七言律，晚唐人无之。凡学诗，五言律可晚唐；只如七言律，不可不老杜也。

《诗薮》：老杜好句中叠用字，惟"落花游丝"妙绝。此外，如"高江急峡"、"小院回廊"，皆排比无关妙处。　　老杜七言律全篇可法者，《紫宸殿退朝》、《九日》、《登高》、《送韩十四》、《香积寺》……气象雄盖宇宙，法律细入毫芒，自是千秋鼻祖。

《唐诗镜》：五、六是岑寂中语，结意故人遣怀。

《义门读书记》：正叙官阁，又起下之凫鹥，上之藤萝；通篇无一句不切山腰也（"小院回廊"句下）。　　此句是下，"晚"字既承"背日"，又起昏黑（"浴凫飞鹭"句下）。

《瀛奎律髓汇评》：纪昀："壁"与"云"是两物，"枫"与"木"却是一物，此两句铢两不称，语亦近于冗塞。　　五、六就句作对，故为慢调，又自一种。然不及"落花游丝白日静，鸣鸠乳燕青春深"也。

《杜诗详注》：诗作三层看，便明。山下有江，山腰有阁，山上有寺也。轻风散云则渐细，落日映枫则更稠，此从一淡一浓对说。"寂寂"，境地之幽；"悠悠"，物性之闲。

《读杜心解》：三、四，从阁仰观；五、六，就阁边写。春无"丹枫"，反照映之故赤，著一"背"字，晚景可想。傍晚就阁盘桓，结联透后，有不尽之致。

《杜诗镜铨》：陈勾山云：前诗（《送路六侍御入朝》）言情婉挚，此诗写景曲折可寻，俱是律诗入手。

倦　夜

竹凉侵卧内，野月满庭隅。

重露成涓滴，稀星乍有无。

暗飞萤自照，水宿鸟相呼。

万事干戈里，空悲清夜徂。

【汇评】

《东坡志林》：司空表圣自论其诗，以为得味外味。"绿树连村暗，黄花入麦稀"，此句最善。……若杜子美"暗飞萤自照，水宿鸟相呼"，……则才力富健，去表圣之流远矣。

《朱子语类》：杜子美"暗飞流萤照"，语只是巧。韦苏州云："寒雨暗深更，流萤度高阁"，此景可想，但则是自在说了。

《对床夜语》：老杜诗："重露成涓滴，稀星乍有无。"前辈谓此联能穷物理之变，探造化之微。

《诗薮》：（咏物诗）唯杜诸作自开堂奥，尽削前规。如……《倦夜》"重露成涓滴，稀星乍有无"，皆精深奇邃，前无古人，后无来者。然格则瘦劲太过，意则寄寓太深。

《李杜诗选》：刘须溪曰："暗飞"二语，以为赋景则浅，以为兴比则长。作者于景未有不兼（"暗飞"句下）。

《唐诗归》：钟云：三字体物最精，亦人所累言说不出者（"暗飞"句下）。

《唐诗解》："重露"一联直书所见。

《杜臆》：题曰《倦夜》，是无情无绪，无可自宽，亦无从告语，故此诗亦比兴，非单咏夜景也，但不宜逐句贴解。

《唐诗评选》：清适如此，必非指天画地以学杜人所得。

《义门读书记》：此诗前三句上半夜，下三句后半夜，以"徂"字结裹，以见彻夜不寐，悲且倦也（"空悲"句下）。

《初白庵诗评》：静极细极，此段境界，他人百舍不能至也。首尾四十字，无一字虚设。五律至此难矣，蔑以加矣。

《汇编唐诗十集》：唐云：通篇清雅，结更悄然。

《瀛奎律髓汇评》：纪昀：体物入神，而不失大方。视姚合、贾岛之体物，有仙凡之别。五、六寓飘零之感。　　李天生：写倦俱在景上说，不用羁孤疲困之意，所以为高。

《唐诗矩》：尾联见意格。写景处无一字不用意，体物之精，千古无两。清夜之景本佳，但因干戈未定，万事萦心，无复佳赏，亦空悲此夜之徂而已。以"清夜"二字，收拾一篇之意。

《杜诗镜铨》：李子德曰：写夜易，写"倦夜"难。却俱只在景上说，不着一"倦"字字面，故浑然无迹。　　邵云：清景如见，一结感慨。

对　雨

> 莽莽天涯雨，江边独立时。
> 不愁巴道路，恐湿汉旌旗。
> 雪岭防秋急，绳桥战胜迟。
> 西戎甥舅礼，未敢背恩私。

【汇评】

《后村诗话》：杜五言感时伤事，……如"不愁巴道路，恐湿汉旌旗"，……八句之中，著此一联，安得不独步千古！

《杜臆》：雨湿则行迟，故以为恐；而题云《对雨》，非无为也。战胜云"迟"，背恩云"未敢"，委婉含蓄。

《义门读书记》：首联引得起，直笼罩到"绳桥"、"雪岭"。

《瀛奎律髓汇评》：冯舒：此等诗俱无与晴雨。

《春酒堂诗话》："不愁巴道路，恐失汉旌旗。""失"字旧本是"湿"。须溪曰："'失'字好。"友人问："毕竟宜从何字？"余曰："'湿'字险，'失'字晦。"友人曰："少陵晦句固多。"余曰："少陵无晦句，只是今人学问浅耳。"

《唐宋诗醇》：感时忧国，触绪即来，非忠义根于至性者，不可强为，所以独冠千古，而上继《骚》《雅》。

《读杜心解》：雨阻行人，行犹可待；雨淋戍士，戍且无休。三、四，即借雨景搭上，手法便利。五、六，竟顶"汉旌旗"。

《杜诗镜铨》：起句苍凉雄浑（"莽莽"二句下）。

王　命

汉北豺狼满，巴西道路难。

血埋诸将甲，骨断使臣鞍。

牢落新烧栈，苍茫旧筑坛。

深怀喻蜀意，恸哭望王官。

【汇评】

《杜臆》："骨断使臣鞍"，谓遣使之无益也，故题云"王命"，诗意在此。要在得名将以御之，而时尚无之，故云"苍茫旧筑坛"。

《义门读书记》：言将帅自立。如此使事，意味乃长（"苍茫"句下）。

《杜诗详注》：题曰《王命》，望王朝之命将也。

《读杜心解》："汉北"、"巴西"并提。三、四，总统言之，五、六亦总，而诗意却借"旧筑坛"句，度落"喻蜀"、"王官"。此则以"王命"命题之意，双起单收，在蜀言蜀也。

有感五首（选三首）

其二

幽蓟馀蛇豕，乾坤尚虎狼。

诸侯春不贡，使者日相望。

慎勿吞青海，无劳问越裳。

大君先息战，归马华山阳。

【汇评】

《义门读书记》：师老气竭，亦复难用。不如息战务农，养威伺衅也（末二句下）。

《读杜心解》：明点河北，隐讽朝廷也。一、二，言降将拥兵，国患方大。三、四申之。……下乃重为太息曰：今勿侈言远略也，即此两河近地，大君方以休息为期耳。直探其心事，而不下断词。

《杜诗镜铨》：此首叹镇将拥兵，天子懦弱不能致讨，是正旨。二句乃所以"有感"，作诗之主（"诸侯"二句下）。　　杜笔（"慎勿"句下）。　　隐谓朝廷不复能用兵也，而措词甚婉（"大君"二句下）。

其三

洛下舟车入，天中贡赋均。

日闻红粟腐，寒待翠华春。

莫取金汤固，长令宇宙新。

不过行俭德，盗贼本王臣。

【汇评】

《杜诗详注》：上四述时议，下四讽时事。

《读杜心解》："日闻"，言近日有闻。此两字直贯两句，谓传闻驾将东幸也。"金汤"，指洛下。"宇宙新"，起下"行俭"以安反侧。

《杜诗镜铨》：仁人之言（"盗贼"句下）。

《诗法易简录》：通首一气转折，气足神完，议论尤为醇正。

其五

盗灭人还乱，兵残将自疑。

登坛名绝假，报主尔何迟？

领郡辄无色，之官皆有词。

愿闻哀痛诏，端拱问疮痍。

【汇评】

《义门读书记》：此篇直缴应发端四句。"愿闻哀痛诏"，则终上以"行俭德"为本也。

《读杜心解》：一、二倒装，推言骄恣之由。……三、四，直斥负固之罪。五、六，形容郡守积轻之情状，最为剀切。……归结到"问疮痍"三字，所谓"民惟邦本，本固邦宁"，其效不独在镇权之革而已。洵硕画哉！

【总评】

《杜臆》：诗人尚"风"，其弊也，烟云花草，撮凑成篇，而核其归存，恍无定处。杜诗宗"雅"、"颂"，比兴少而赋多。如此五首，皆赋也，即用比兴，意有所主，总归于赋。故情景不一而变化无穷，一时感触而千载长新。　　读此五首。皆救时之硕画，报主之赤心，自许稷、契，真非亵语。……而皮相者谓公志大才疏，良可悲矣！

《杜诗说》：公平日谆谆论社稷、忧时事者，大指尽此五首。

《唐宋诗醇》："中原未得平安报，醉里眉攒万国愁。"以韵语摅说议，其源固自二《雅》来也。"至今劳圣主，何以报皇天。"直使泄泄之臣，置身无地。"不过行俭德，盗贼本王臣。"其识解闳远如此。

登　高

风急天高猿啸哀，渚清沙白鸟飞回。

无边落木萧萧下，不尽长江滚滚来。

万里悲秋常作客，百年多病独登台。

艰难苦恨繁霜鬓，潦倒新停浊酒杯。

【汇评】

《鹤林玉露》：杜陵诗云："万里悲秋常作客，百年多病独登台。"万里，地之远也；悲秋，时之惨凄也；作客，羁旅也；常作客，久旅也；百年，暮齿也；多病，衰疾也；台，高迥处也；独登台，无亲朋也。十四字之间含有八意，而对偶又极精确。

《诚斋诗话》："词源倒流三峡水，笔阵独扫千人军"、"无边落木萧萧下，不尽长江滚滚来"，前一联蜂腰，后一联鹤膝。

《后村诗话》：此两联（按指"无边落木"四句）不用故事，自然高妙，在樊川《齐山九日》七言之上。

《瀛奎律髓》：此诗已去成都分晓。旧以为在梓州作，恐亦未然。当考公病而止酒在何年也。长江滚滚，必临大江耳。

《唐诗广选》：杨诚斋曰：全以"萧萧"、"滚滚"唤起精神，见得连绵，不是装凑赘语。　　刘会孟曰：三、四句自雄畅，结复郑重。

《麓堂诗话》："无边落木……独登台"。景是何等景，事是何等事！宋人乃以《九日蓝田崔氏庄》为律诗绝唱，何耶？

《艺苑卮言》：何仲默取沈云卿"独不见"，严沧浪取崔司勋《黄鹤楼》，为七言律压卷。二诗固胜，百尺无枝，亭亭独上，在厥体中，要不得为第一也。……老杜集中，吾甚爱"风急天高"一章，结亦微弱；"玉露凋伤"、"老去悲秋"，首尾匀称，而斤两不足；"昆明池水"，秾丽况切，惜多平调，金石之声微乖耳。然竟当于四章求之。

《五色批本杜工部集》：起结皆臃肿逗滞，节促而兴短，句句实，乃不满耳。

《诗薮》：杜"风急天高"一章五十六字，如海底珊瑚，瘦劲难名，沉深莫测，而精光万丈，力量万钧。通章章法、句法、字法，前无昔人，后无来学。微有说者，是杜诗，非唐诗耳。然此诗自当为古今七言律第一，不必为唐人七言律第一也。元人评此诗云："一篇之内，句句皆奇；一句之中，字字皆奇。"亦有识者。

《唐音癸签》：无论结语腽重，即起处"鸟飞回"三字，亦勉强属对，无意味。

《唐诗镜》：三、四是愁绪语。

《唐诗选脉会通评林》：陆深曰：杜格高，不尽合唐律。此篇声韵，字字可歌，与诸作又别。　　蒋一葵曰：虽起联而句中各自对，老杜中联亦多用此法。　　吴山民曰：次联势若大海奔涛，四叠字振起之。三联"常"、"独"二字，何等骨力！　　周珽云：章法句法，直是蛇神牛鬼佐其笔战。

《唐诗评选》：尽古来今，必不可废。结句生僵，不恶，要亦破体特断，不作死板语。

《初白庵诗评》：七律八句皆属对，创自老杜。前四句写景，何等魄力。

《义门读书记》：远客悲秋，又以老病止酒，其无聊可知。千绪万端，无首无尾，使人无处捉摸，此等诗如何可学？"风急天高猿啸哀"，发端已藏"独"字。……"潦倒新停浊酒杯"，顶"百年多病"。结凄壮，止益登高之悲，不见九日之乐也。前半先写"登高"所见，第五插出"万里作客"，呼起"艰难"，然后点出"登台"，在第六句中，见排冪纵横。

《唐诗别裁》：八句皆对，起二句，对举之中仍复用韵，格奇变。昔人谓两联俱可裁去二字，试思"落木萧萧下"，"长江滚滚来"，成何语耶？好在"无边"、"不尽"、"万里"、"百年"。

《瀛奎律髓汇评》：纪昀：归愚谓"落句词意并竭"，其言良是。　　许印芳：七言律八句皆对，首句仍复用韵，初唐人已创此格，至老杜始为精密耳。此诗前人有褒无贬，胡元瑞尤极口称赞，未免过夸，然亦可见此诗本无疵颣也。至于沈归愚评语，今按所选《别裁集》评此诗云："格奇而变，每句中有三层，中四句好在'无边'、'不尽'、'万里'、'百年'。"归愚之言止此，晓岚称其贬落句为

"词意并竭"，所引未审出于何书？果有是言，勿论所评的当与否，而一口两舌，沈之胸无学识，亦是虚谷一流耳。

《唐宋诗醇》：气象高浑，有如巫峡千寻，走云连风，诚为七律中希有之作。后人无其骨力，徒肖之于声貌之间，外强而中干，是为不善学杜者。

《删订唐诗解》：太白过散，少陵过整，故此诗起太实，结亦滞。

《唐七律隽》：四句如千军万马，冲坚破锐，又如飘风骤雨，折旆翻盆。弇州极爱之，真有力拔泰山之势。

《唐诗笺注》：通首下字皆不寻常。

《杜诗镜铨》：高浑一气，古今独步，当为杜集七言律诗第一。

《岘傭说诗》：《登高》一首，起二"风急天高……鸟飞回"，收二"艰难苦恨……浊酒杯"，通首作对而不嫌其笨者；三、四"无边落木"二句，有疏宕之气；五、六"万里悲愁"二句，有顿挫之神耳。又首句妙在押韵，押韵则声长，不押韵则局板。

《昭昧詹言》：前四句景，后四句情。一、二碎，三、四整，变化笔法。五、六接递开合，兼叙点，一气喷薄而出。此放翁所常拟之境也。收不觉为对句，换笔换意，一定章法也。而笔势雄骏奔放，若天马之不可羁，则他人不及。

《十八家诗钞》：张云：此孙仅所谓"夐邈高耸，若凿太虚而号万窍"者。

九　日

去年登高郪县北，今日重在涪江滨。
苦遭白发不相放，羞见黄花无数新。
世乱郁郁久为客，路难悠悠常傍人。
酒阑却忆十年事，肠断骊山清路尘。

【汇评】

《瀛奎律髓》：此两首（按两首同题同体）皆当入"节序类"。以其为变体之祖，故入此。"白发"，人事也；"黄花"，天时也。亦景对情之谓。后人九日诗，无不以"白发"对"黄花"，皆本老杜。如"即今蓬鬓改，但愧菊花开"，亦是。"苦遭"、"羞见"，乃虚字着力处。

《杜臆》：天宝十四年冬，公自京师归奉先，路经骊山；玄宗时幸华清宫。禄山反，然后还京。……至今广德元年，则十年矣，公所以忆之而肠断也。

《瀛奎律髓汇评》：无名氏（乙）：高亮。无此健笔，即不堪为此体。亦十四字屈盘如铁，情思激昂不歇。　　许印芳："白发"、"黄花"之对，自老杜创出，后人公然剿袭。……此拗律之正变相参者，一、三联是变格，三、四联是正格。"年"字、"路"字皆复。

《杜诗详注》：白发、黄花，本属常景，只添数虚字，语意便新。……末作推原祸本，方有关系；若徒说追思盛事，诗义反浅矣。

《读杜心解》：字字爽朗。通首以"去年"、"今日"、"久"字、"常"字、"十年"字作线，回思作客之由，是以伤心乱始。

《杜诗镜铨》：李云：古色蔚然，一结尤见忠爱。　　悲甚，直欲自厌其馀生（"苦遭白发"二句下）。　　追维乱本，结语黯然（"酒阑却忆"二句下）。

遣　愤

闻道花门将，论功未尽归。
自从收帝里，谁复总戎机？
蜂虿终怀毒，雷霆可震威。
莫令鞭血地，再湿汉臣衣。

《杜臆》：此正发前篇（按指《近闻》）未尽之意。花门同逐吐蕃，而论功未尽归，其觖望可知。

《义门读书记》：言当自强以定难，勿复乞师小夷，致宫臣有鞭血之辱也（"雷霆"三句下）。

《杜诗详注》：回纥方矜功邀赏，而总戎又不得其人，此皆时事之可愤者。

《读杜心解》：言之哀痛，字字披沥，闻者能无动心。

《杜诗镜铨》：可当奏章，结句几于痛哭流涕。

送陵州路使君赴任

王室此多难，高官皆武臣。
幽燕通使者，岳牧用词人。
国待贤良急，君当拔擢新。
佩刀成气象，行盖出风尘。
战伐乾坤破，疮痍府库贫。
众僚宜洁白，万役但平均。
霄汉瞻佳士，泥途任此身。
秋天正摇落，回首大江滨。

【汇评】

《瀛奎律髓》：前四句以初用儒者为喜，实论时也；次四句，美路使君也；又四句，教之以为政也，选同僚、平庶役，则乾坤之破尚可救也。尾四句又感慨之，不得已也。

《杜臆》："众僚"一联，友朋之忠告，亦救乱之良方。

《瀛奎律髓汇评》：查慎行：一篇有韵之文，感时策勋，托意深厚。　　纪昀：风骨老重，语亦沉着。然尚非杜之极笔。　　无名氏（乙）：以史笔为诗，醒快夺目。辞严义正，不粉饰一笔。审时事以立言，忠君爱友之诚，霭然流露。

《读杜心解》：起四句，述简用之由。一往一今，综括玄、肃、代三朝之局，令千载了然。读史历数册，不如此四语也。中八句，正告使君，是诗腹。上四，作其锐，壮其行；下四，剀切恳到，时弊政经，字字金石。

《杜诗镜铨》：此亦诗史，言之慨然（"王室"句下）。　　写得气色。此正文臣抚绥弭乱之道，语不嫌质（"众僚"句下）。　　结到自己（"泥途"句下）。　　邵云：杜此等诗，不必尽有警语，要是深浑难到。

伤春五首（其一）

原注：巴阆僻远，伤春罢，始知春前已收宫阙。

> 天下兵虽满，春光日自浓。
> 西京疲百战，北阙任群凶。
> 关塞三千里，烟花一万重。
> 蒙尘清路急，御宿且谁供？
> 殷复前王道，周迁旧国容。
> 蓬莱足云气，应合总从龙。

【汇评】

《杜臆》：五首皆感春色而伤朝廷之乱也。公诗凡一题数首，必有次第，而脉理相贯；此不然，总哀乘舆播越，而时不去心，有触即发，非一日之作，故语不嫌其重复也。

《义门读书记》：是倒装法。言春光虽日浓，天下兵方满，故可伤也（"天下"二句下）。

《杜诗详注》：卢世㴭曰：排律原为酬赠设，乃环络先朝，切劘当世,纡回郑重,就排场中,而封事出焉。本领体裁,绝世独立。　　《有感》五首,以五律纪时事;《伤春》五首,以五排纪时事。缠绵悱恻,发于忠君爱国之诚,当与《洞房》八首并传。

《唐宋诗醇》:无穷悲愤,一片忠恳,《大雅》之后,绝无而仅有,论诗至此,可以表乾里坤,与天地始终。求之于风容色泽之间,无以涉其藩篱,况堂奥乎!

《读杜心解》:首章为五诗之总。起二句,统冒本章,即统领五首。“西京”六句,应“兵满”;“殷复”四句,应“春浓”;……七、八,悬想行在之惨;九、十,冀幸反正之词。“周迁”着“旧国”字,借言复国可知,与“殷复”句例看;结言群情乐于反正而从之也。

《杜诗镜铨》:一首感世而带及感身。　　便尔伤心,开手揭明大旨(“天下”二句下)。

将赴荆南寄别李剑州

使君高义驱今古,寥落三年坐剑州。
但见文翁能化俗,焉知李广未封侯!
路经滟滪双蓬鬓,天入沧浪一钓舟。
戎马相逢更何日? 春风回首仲宣楼。

【汇评】

《杜诗详注》:上四,寄李剑州;下四,将赴荆南。“能化蜀”,承剑州,此引太守事;“未封侯”,承流落,此用同姓人。　　申涵光曰:“路经滟滪双蓬鬓,天入沧浪一钓舟。”王、李七子,全学此等句法。

《唐诗别裁》:与古并驱(首二句下)。　　预道赴荆南之景,炼句字(“路经滟滪”二句下)。　　切荆南(末句下)。

《读杜心解》:通体响亮,入后更胜。

《杜诗镜铨》：写得景色苍茫（"天入沧浪"句下）。　　前半寄李剑州，先代为伤慰。五、六将赴荆南，并诉出衰老无家之况。末句带出惜别意，其情自深。

《昭昧詹言》：起只叙述点题，而语意文势，跌宕历落。三、四妙切，犹明七子所能。五、六造语奇警，则义山、放翁且难之，胜《送韩十四》五、六多矣。结句回转跌宕不穷。　　滟滪、沧浪，皆自夔入荆之路。

《岘傭说诗》："路经滟滪双蓬鬓，天入沧浪一钓舟"，李义山"永忆江湖归白发，欲回天地入扁舟"全学此种。

《唐宋诗举要》：范曰：以"驱"字呼出"坐"字，见久而不起也。　　吴曰：代为不平而语转豁达（"使君高义"四句下）。吴曰：每于收束，极力萦回，以取风韵。　　又曰：章法、句法皆臻绝妙（"戎马相逢"二句下）。

绝句二首

其一

迟日江山丽，春风花草香。
泥融飞燕子，沙暖睡鸳鸯。

【汇评】

《鹤林玉露》：杜少陵绝句云："迟日江山丽，……沙暖睡鸳鸯。"或谓此与儿童之属对何以异。余曰：不然。上二句，见两间莫非生意；下二句，见万物莫不适性。于此而涵泳之，体认之，岂不足以感发吾心之真乐乎？大抵古人好诗，在人如何看，在人把做甚么用。

《艺苑卮言》：谢茂榛论诗，五言绝以少陵"日出篱东水"作诗法。又宋人以"迟日江山丽"为法。此皆学究教小儿号嗄者。

《杜诗详注》：杨慎曰：绝句者，一句一绝，起于《四时咏》："春水满四泽，夏云多奇峰，秋月扬明辉，冬岭秀孤松"是也。今按此诗，一章而四时皆备。杜诗"迟日江山丽，春风花草香"四句似之。

（五言绝句）大约散起散结者，一气流注，自成首尾，此正法也。若四句皆对，似律诗中联，则不见首尾呼应之妙。必如王勃《赠李十四》诗："乱竹开三径，飞花满四邻，从来扬子宅，别有尚玄人"，……皆语对而意流，四句自成起讫，真佳作也。……莫谓"迟日"一首，但似学堂对句也。

《读杜心解》：只写春景，未出意。

《唐诗笺注》：有惜春之意，有感物之情，却含在二十字中，妙甚。

其二

江碧鸟逾白，山青花欲燃。

今春看又过，何日是归年？

【汇评】

《唐诗选脉会通评林》：周珽曰：江山、花鸟，着眼易过，身在他乡，归莫有期，则所触皆成悲思矣。

《杜诗详注》：次章言春过可忧。　　杜诗如："江碧鸟逾白，……何日是归年。"此即双起单结体也。

《读杜心解》：此则对景出情。

《杜诗镜铨》：佳句（"江碧"句下）。

《诗式》：因江碧而觉之逾白，因山青而显花之色红，此十字中有多少层次，可悟炼句之法。而老杜因江山花鸟，感物思归，一种神理，已跃然于纸上。

玉台观

中天积翠玉台遥,上帝高居绛节朝。

遂有冯夷来击鼓,始知嬴女善吹箫。

江光隐见鼋鼍窟,石势参差乌鹊桥。

更有红颜生羽翼,便应黄发老渔樵。

【汇评】

《唐诗品汇》:刘云:虽是江境,语有神隽("江光隐见"一联下)。

《唐诗镜》:三、四写得活,"遂有"、"始知",觉此境宛然在目。

《闻鹤轩初盛唐近体读本》:陈德公曰:三、四写观中物色,绝开生面,都成奇警。第六复具生动之势,结作对,笔亦不衰。评:三、四及落句皆着虚字运掣,气莽笔苍,不觉率弱。"遂有"、"更有"重"有"字,亦是兴会所到,无嫌疏忽。

《御选唐宋诗醇》:纯从空际形容,秾郁之中,弥见格力。

《杜诗镜铨》:黄白山云:此诗首尾皆对,能化排偶之痕。而其写景灵活,寓意深长,触事必见本怀,故虽闲题杂咏,不为徒作也。

滕王亭子

寂寞春山路,君王不复行。

古墙犹竹色,虚阁自松声。

鸟雀荒村暮,云霞过客情。

尚思歌吹入,千骑把霓旌。

【汇评】

《石林诗话》:《滕王亭子》"粉墙犹竹色,虚阁自松声",若不用"犹"与"自"两字,则馀八言凡亭子皆可用,不必滕王也。此皆工妙至到，人力不可及，而此老独雍容闲肆，出于自然，略不见其用力处。

《唐诗广选》：赵子常曰：五、六应首句，结尾应二句，伤今怀古，曲尽变态。

《增订唐诗摘钞》："寂寞"二字领一篇之意。前六句凄凉已极，七、八故用丽句。

《唐风怀》：与京曰：三、四语境清丽，颇似辋川，故知少陵手笔无所不可。

《杜诗镜铨》：黄白山云：前六句凄凉已甚，结处若用衰飒语，意便索然；末二句忽翻身作结，振起文势，用笔最为奇变。

将赴成都草堂途中有作先寄
严郑公五首（选三首）

其一

得归茅屋赴成都，直为文翁再剖符。
但使闾阎还揖让，敢论松竹久荒芜？
鱼知丙穴由来美，酒忆郫筒不用沽。
五马旧曾谙小径，几回书札待潜夫。

【汇评】

《唐诗镜》：三、四语意老杰，以下道出喜意浮沉。

《唐诗选脉会通评林》：周珽曰：情至之语，为中晚别开一局。　又曰：词极虚婉，句句字字从真情实意打出精神，可谓探骊得珠。

《义门读书记》：言成都可居，旧所深悉；然所以复来，故非为此。正呼起落句也（"鱼知丙穴"二句下）。

其四

常苦沙崩损药栏,也从江槛落风湍。

新松恨不高千尺,恶竹应须斩万竿。

生理只凭黄阁老,衰颜欲付紫金丹。

三年奔走空皮骨,信有人间行路难。

【汇评】

《李杜诗选》:刘曰:历练慷慨,兴恨言外。

《唐诗镜》:三、四老笔,顿觉怀抱可想。结语喜极追悲,感知己情深,语往往颠倒入妙。

《杜臆》:"新松"一联,亦有感于时事而不觉露之,亦见此老经世之略。

《义门读书记》:以下二篇又反复洗发,总为"文翁再剖符"之意。

《杜诗镜铨》:二句兼寓扶善疾恶意("新松恨不"二句下)。 痛定思痛,语极沉着("三年奔走"二句下)。 此首言再葺草堂,得依严公暂尔休息之乐。

《闻鹤轩初盛唐近体读本》:陈德公曰:三、四老笔高调,写眼前语并无浅俗之虑。五、六"黄阁老"、"紫金丹",莽态自喜,大有气格。 比之上篇,彼为婉便,此特峭拔矣。

其五

锦官城西生事微,乌皮几在还思归。

昔去为忧乱兵入,今来已恐邻人非。

侧身天地更怀古,回首风尘甘息机。

共说总戎云鸟阵,不妨游子芰荷衣。

【汇评】

《唐诗镜》:五、六,披写本怀,痛痒自悉,高襟老气,令人可仰。

《杜臆》："侧身天地"句，自写小影；"回首风尘"句，自述近状。结语谓有严公之雄略则蜀安，而己之荚荷衣亦无恙矣。五作意极条达，词极稳称，都是真人真话，诗只应如此。

《读杜心解》：五、六，为一诗骨子，亦五诗质干。……尾联再缴清面目，与首章之起相呼应，是五首总结。

《杜诗镜铨》：到此又不免触出无聊心事（"锦官城西"二句下）。　　刘须溪云：历练慷慨，无限言外（"侧身天地"二句下）。

《昭昧詹言》：起二句叙事点题。三、四展宕，空转真切。后半真至而蕴藉有味，下语得体。盖谓有严公将略，则游子可以优游托足也。

《唐宋诗醇》：数诗情致委折，骨肉停匀，杜诗之最近人者，末篇特用拗调，节奏极佳。

【总评】

《读杜心解》：五诗之致严也：首篇述来因，二篇邀游赏，三篇再速驾，四篇诉生计，末篇预归功。其自叙也：首篇，提出将赴之由；二篇，泛说堂边野趣；三篇，悬揣目今荒秽；四篇，逆计归时整顿；末篇，申缴将赴之故。

《杜诗镜铨》：邵子湘云：五诗不作奇语高调，而情致圆足，景趣幽新，遂开玉谿、剑南门户。

别房太尉墓

他乡复行役，驻马别孤坟。

近泪无干土，低空有断云。

对棋陪谢傅，把剑觅徐君。

唯见林花落，莺啼送客闻。

【汇评】

《瀛奎律髓》：第一句自十分好，他乡已为客矣，于客之中又复行役，则愈客愈远，此句中折旋法也。"近泪无干土"，尤佳，"泪"一作"哭"，可谓痛之至而哭之多矣。"对棋"、"把剑"一联，一指生前房公之待少陵为何如，一指身后少陵之所以感房公为何如，诗之不苟如此。

《四溟诗话》：诗中泪字若"沾衣"、"沾裳"，通用不为剽窃。多有出奇者，潘岳曰"涕泪应情倾"，子美曰"近泪无干土"。

《唐诗品汇》：刘曰：钟情苦语，着"低"、"近"二字，唯孟东野有之（"近泪"二句下）。　　好景，凄绝（末句下）。

《唐诗选脉会通评林》：赵云龙曰：用事典切，末语多思，愈觉惆怅。　　吴山民曰：三、四语悲，下句更悲。

《瀛奎律髓汇评》：冯舒：不谓之"诗圣"不可。　　纪昀：情至之语，然却不十分精警。三句太着迹，须是四句一旁托。五句"陪"字不似追叙，且复"对"字。

《围炉诗话》：《别房太尉墓》云："他乡复行役，驻马别孤坟。"亦有三层苦境苦情。"近泪无干土，低空有断云"，上句意中事也，下句不知从何而来。在今思之，实有然者，当是意困境生耳。

《答万季野诗问》：问：诗唯情景，其用处何如？答：……在今卑之无甚高论，但能融景入情，如少陵之"近泪无干土，低空有断云"；寄情于景，如严维之"柳塘春水漫，花坞夕阳迟"。哀乐之意宛然，斯尽善矣。

登　楼

花近高楼伤客心，万方多难此登临。
锦江春色来天地，玉垒浮云变古今。

北极朝廷终不改,西山寇盗莫相侵。

可怜后主还祠庙,日暮聊为梁甫吟。

【汇评】

《石林诗话》:七言难于气象雄浑,句中有力,而纡徐不失言外之意。自老杜"锦江春色来天地,玉垒浮云变古今"与"五更鼓角声悲壮,三峡星河影动摇"等句之后,常恨无复继者。

《瀛奎律髓》:老杜七言律诗一百五十九首,当写以常玩,不可暂废。今"登览"中选此为式。"锦江"、"玉垒"一联,景中寓情;后联却明说破,道理如此,岂徒模写江山而已哉!

《唐诗品汇》:刘云:先主庙中乃亦有后主,此亡国者何足祠!徒使人思诸葛《梁父》之恨而已。《梁甫吟》亦兴废之感也,武侯以之。

《唐诗归》:谭云:常人以"花近高楼",何伤心之有?心亦有粗细雅俗,非其人不知。　　钟云:对花伤心,亦诗中常语,情景生于"近高楼"三字(首句下)。　　钟云:动不得,却不板样("锦江春色"二句下)。　　钟云:七字蓄意无穷("可怜后主"句下)。

《杜臆》:此诗妙在突然而起,情理反常,令人错愕;而伤之故,至末始尽发之,而竟不使人知,此作诗者之苦心也……首联写登临所见,意极愤懑,词犹未露,此亦急来缓受,文法固应如是。言锦江春水与天地俱来,而玉垒云浮与古今俱变,俯视宏阔,气笼宇宙,可称奇杰。而佳不在是,止借作过脉起下:云"北极朝廷"如锦江水源远流长,终不为改;而"西山寇盗"如"玉垒浮云",悠起悠灭,莫来相侵。……"终"、"莫"二字有微意在。

《瀛奎律髓汇评》:冯班:拘情景便非高手。　　查慎行:发端悲壮,得笼罩之势。　　纪昀:何等气象!何等寄托!如此种诗,如日月终古常见而光景常新。　　无名氏(乙):起情景悲辏,三、四壮丽不板,五、六忠赤生动,结苍深,一字不懈,殆亦可冠长句。

《唐诗镜》：三、四空头，且带俚气，凡说豪、说霸、说高、说大、说奇、说怪，皆非本色，皆来人憎。第五句有疵，结二语浑浑大家。

《杜诗集评》：李因笃云：造意大，命格高，真可度越诸家。

《唐诗训解》：起二句呼应。后六句皆所以伤心之实。因登楼而望西北，上句有兴亡之感，落句公以自况。

《唐诗选脉会通评林》：周敬曰：三、四宏丽奇幻，结含意深浑，自是大家。　　蒋一葵曰：起二句呼应，后六句皆所以伤心之实。第三句野马细缊，极自万里；第四句苍狗变化，瞬息千年。五、六因登楼而望西北，末上句有兴亡之感，落句自况。　　徐中行曰：天地、古今，直包括许多景象情事。　　郭濬曰：此诗悲壮，句句有力，须看他用字之妙。　　黄家鼎曰：触时感事，一读一悲怆。

周珽曰：酸心之语，惊心之笔，落纸自成悲风凄雨之状。

《唐风定》：胸中阔大，亦自诸家不及。

《杜诗详注》：朱瀚曰：俯视江流，仰观山色，矫首而北，矫首而西，切登楼情事；又登楼以望荒祠，因念及卧龙一段忠勤，有功于后主，伤今无是人，以致三朝鼎沸，寇盗频仍，遂彷徨徙倚，至于日暮，犹为《梁父吟》，而不忍下楼，其自负亦可见矣。

《唐诗归折衷》：吴敬夫云：气色语，然已藏下感时意矣（"玉垒浮云"句下）。　　唐士雅云：警吐蕃须峻，三字甚健。　　敬夫云：词气太婉，于情事未称（"西山寇盗"句下）。

《唐诗贯珠》：五、六与"今"字有血脉，结则吊古之意。

《唐宋诗醇》：申涵光曰："北极"、"西山"二语，可抵一篇《王命论》。

《唐诗别裁》：气象雄伟，笼盖宇宙，此杜诗之最上者。

《杜诗镜铨》：首二句倒装突兀。　　李子德云：造意大，命格高，真可度越诸家。　　吴东岩曰："可怜"字、"还"字、"聊为"字，伤心之故，只在吞吐中流出。

《唐诗近体》：律法甚细，隐衷极厚，不独以雄浑高阔之象，陵轹千古。妙在倒装（"花近高楼"二句下）。

《增订唐诗摘钞》：次句只了"伤客心"三字，下最难接。看此词句浑雅，而兴韵无亏，绝不堕怒骂一流。首二句在后人必云："花近高楼此一临，万方多难客伤心。"盖不知唐贤运意曲折，造句参差之妙耳。若尾联之寓意深曲，更万非所及。　　全诗以"伤客心"三字作骨。

《网师园唐诗笺》：雄浑天成，笼罩一切。钱笺谓代宗任用程元振、鱼朝恩致蒙尘之祸，故以后主之任黄皓比之。

《历代诗发》：虚处取神，其实一字不闲投，逐句接递，故为奇绝。

《岘佣说诗》：起得沉厚突兀。若倒装一转，"万方多难此登临，花近高楼伤客心"，便是平调。此秘诀也。

《唐七律选》：自"花近高楼"起便意兴勃发。下句虽奇廓，然故平实有至理，总是纵横千万里，上下千百年耳（首四句下）。

春　归

苔径临江竹，茅檐覆地花。
别来频甲子，倏忽又春华。
倚杖看孤石，倾壶就浅沙。
远鸥浮水静，轻燕受风斜。
世路虽多梗，吾生亦有涯。
此身醒复醉，乘兴即为家。

【汇评】

《石林诗话》：诗语固忌用巧太过，然缘情体物，自有天然工妙，虽巧而不见刻削之痕。……燕体轻弱，风猛则不能胜，唯微风乃受以为势，故又有"轻燕受风斜"之语。

《杜工部草堂诗话》：《萤雪丛书》：老杜诗词，酷爱下"受"字，盖自得之妙，不一而足。如"修竹不受暑"、"轻燕受风斜"……诚用字之工也。然其所以大过人者无它，只是平易，虽曰似俗，其实眼前事耳。

《唐诗广选》：有态（"轻燕"句下）。　　范元实曰：杜有喜用字，如"修竹不受暑"、"吹面受和风"及"轻燕"句，"受"字皆入妙。老坡尤爱"轻燕"句，以为燕迎风低飞，乍前乍却，非"受"字不能形容也。

《杜诗说》："轻燕"句，宋人所极称。上句之工秀，人未见赏。鸥去人还，故久浮不动也。

《唐诗镜》：应手处觉其谈笑而成。

《唐宋诗醇》：杨德周曰："微风燕子斜"，正与此同看，咏之不尽，味之有馀。

《唐诗别裁》：鸥、燕性情形态，以"静"字、"斜"字传出（"轻燕受风斜"句下）。

《杜诗镜铨》：末四自伤自解，不堪多读，亦有随遇而安之意。

《闻鹤轩初盛唐近体评选读本》：评：起二最隽语。八句"受"字法，最婉。

《诗境浅说》：杜诗三用"受"字，"轻燕受风斜"、"修竹不受暑"与"野航恰受（两三人）"句，皆善用"受"字。

归　雁

东来万里客，乱定几年归？
肠断江城雁，高高正北飞。

《杜臆》:"乱定几年归?"谓如此之乱,定是何年可归也。

《杜诗详注》:此是托物之寓意。……见江雁北飞,故乡思弥切耳。

《唐宋诗醇》:自写心事,与王勃《九日》一绝正堪对照。

《读杜心解》:神味高远。

《唐诗近体》:自写心事,非赋雁也。情在语外,故佳。

奉和严大夫军城早秋

秋风袅袅动高旌,玉帐分弓射房营。

已收滴博云间戍,更夺蓬婆雪外城。

【汇评】

《杜诗说》:诗中用地名,必取其佳者,方能助色。如"凤林"、"鱼海"、"鸟蛮"、"白帝"、"鱼龙"、"鸟鼠"是也。"滴博"、"蓬婆",地名本粗硬,用"云间"、"雪外"字以调适之,读来便觉风秀,运用之妙如此。

《杜臆》:"玉帐分弓"句雄壮,而"分弓"字奇。

《读杜心解》:此破蕃曲也。诗比严诗更透一层。盖"滴博戍"为我被陷之边,"蓬婆城"为彼据险之处。

《杜诗镜铨》:蒋云:严诗一味英武,此更写得精细,有多少方略在,而颂处仍不溢美。

《诗境浅说续编》:首句言牙旌风动,写早秋之景色也。次句"玉帐分弓",言军城之兵略也。后二句承第二句言。"云开滴博",已归亭障之中;"雪满蓬婆",更夺康辋之隘。西南建绩,等于斐、岑之天山纪功。二句作对语,笔力雄厚,乃少陵之本色。

宿　府

清秋幕府井梧寒，独宿江城蜡炬残。
永夜角声悲自语，中天月色好谁看？
风尘荏苒音书绝，关塞萧条行路难。
已忍伶俜十年事，强移栖息一枝安。

【汇评】

《瀛奎律髓》：此严武幕府秋夜直宿时也。三、四与"五更鼓角声悲壮，三峡星河影动摇"，同一声调，诗之样式极矣。

《唐诗品汇》：刘云：上、下沉着（"永夜角声"二句下）。

《汇编唐诗十集》：八句皆对，韵度不乏，非老杜不能。

《唐诗选脉会通评林》：虞伯生曰：第二联雄壮工致。当时夜深无寐独宿之情，宛然可见。　　唐陈彝曰："悲自语"三字，说"角声"，妙、妙。妆点联法，在"荏苒"、"萧条"四虚字。　　唐孟庄曰：好不能看，方见其苦。　　周珽曰：孤衷幽绪，低徊慨切。

《杜臆》："永夜角声悲"、"中天月色好"为句，而缀以"自语"、"谁看"，此句法之奇者，乃府中不得意之语。……余初笺将三、四联"悲"、"好"，连上为句法之奇。今细思之，终不成语。盖"悲"、"好"当作活字看。

《瀛奎律髓汇评》：纪昀：八句终有拙意。　　许印芳：八句对。　　八句收到"宿府"，回应首句，法律细密。晓岚以词语之工拙苛求古人，吾所不取。　　冯舒：三、四之高妙，亦不在于声调。

《杜诗详注》：朱瀚曰："一枝"应"井梧"，"栖息"应"独宿"，格意精妍。

《唐诗贯珠》：此诗对起对结，而气自流走。

《唐宋诗醇》：多少心事，于无聊中出之，字字沉郁。

《读杜心解》:"独宿"二字,一诗之眼。"悲自语"、"好谁看",正即景自伤"独宿"之况也。"茫苒"、"萧条",则从"自语"、"谁看"中追写其故。而总束之曰"伶俜十年",见此身甘任飘蓬矣。

《历代诗发》:写"独宿"之境,真主悲惋。令人想见其枕上踌躇,不能成寐。

《闻鹤轩初盛唐近体读本》:评:三、四峭,"永夜"则更悲,"中天"则堪看,着四字乃益增情。五、六隐括老尽。对结尤为沈挚。

《岘佣说诗》:"永夜角声悲自语,中天月色好谁看","悲"字、"好"字,作一顿挫,实七律奇调,令人读之烂不觉耳。

《唐宋诗举要》:吴北江曰:"永夜"二句皆中夜不眠凄恻之景,而不明言,故佳。

奉观严郑公厅事岷山沱江画图十韵

沱水流中座,岷山到此堂。
白波吹粉壁,青嶂插雕梁。
直讶杉树冷,兼疑菱荇香。
雪云虚点缀,沙草得微茫。
岭雁随毫末,川蜺饮练光。
霏红洲蕊乱,拂黛石萝长。
暗谷非关雨,丹枫不为霜。
秋成玄圃外,景物洞庭旁。
绘事功殊绝,幽襟兴激昂。
从来谢太傅,丘壑道难忘。

【汇评】

《诚斋诗话》:杜《蜀山水图》云:"沱水流中座,……青嶂插雕梁。"此以画为真也。曾吉父云:"断崖韦偃树,小雨郭熙山。"此以真为画也。

《唐诗品汇》：刘云：此篇句句看画意，政似未离本处。谓义尽分明，儿童之见也。

《唐诗选脉会通评林》：杨廷秀曰：杜诗排律多矣，独此琼枝寸寸是玉，旃檀片片皆香也。　　杨慎曰：善用虚字，点缀斡旋，真大匠手。　　郭濬曰：体格安详，出口又清脆。

《杜臆》：此诗是唐人咏画格调，但遣词工致，娓娓不穷，令人无复措手处。末用谢太傅，落"忘"字韵，稳称。

《唐宋诗醇》：甫心系国家，往往因题阑入，今为严武题画而不及此。盖志将远引，故语不旁及，其诗精严流丽，点睛在虚字，读者宜细玩之。　　胡夏客曰：起联庄重，接联精警，收语稳足，此最入格之篇。

《唐诗别裁》：竟以为真，题画要得此法（首二句下）。　　以下皆山水对言（"白波"二句下）。　　归重郑公（末句下）。

《读杜心解》：章妥句适，浪静风恬，犹似唐初人排律体制。　　起四句，领清山水厅事，却不露画图字。中间十二句，细细分写。俱以真境作画境。但用"直讶"、"兼疑"、"毫末"、"练光"、"非关"、"不为"等，隔联隐逗，而又借"玄圃"、"洞庭"，作比例体束住，其"画图"字面，仍不实露也。至末四句，方以"绘事"点还"画图"，以"幽襟"点还"奉观"，以"谢傅"点还"郑公"，仍就郑公拍上山水作结。

《杜诗镜铨》：邵云：刻划秀净，巧不伤雅。　　沈云：即"堂上不合生枫树"起法（首四句下）。　　逐联山水分贴（"直讶"二句下）。　　自写"观"字，收到严公，郑重得体（末四句下）。　　王阮亭云：格律精细，点眼只在一二虚字，学者宜潜心玩之。　　此诗诚斋所极赏，然在杜排律中，却另为一体，格调似诸唐人，必谓公他作皆不及，则非也。

绝句六首（选二首）

其四

急雨捎溪足，斜晖转树腰。

隔巢黄鸟并，翻藻白鱼跳。

【汇评】

《杜臆》：一日之间，忽而急雨，忽而斜晖，理或有之。"斜晖转树腰"，晚日横穿树也，与"隔巢黄鸟并"，一时之景却有致。

《杜诗详注》：四章，悠雨悠晴之景。

《杜诗镜铨》：承树（"隔巢"句下）。　　承溪（"翻藻"句下）。

其六

江动月移石，溪虚云傍花。

鸟栖知故道，帆过宿谁家？

【汇评】

《杜臆》："江动"、"溪虚"二句似不可解，而景象却好。然江月，溪花，不无昼夜之别而并用之。如画家写花卉，春秋错列；虽名人不拘，而终不可为法。"帆过宿谁家"，因鸟之知止，而为当止不知止者虑也。诗本即景，而意出于景之外矣。

《杜诗详注》：六章，江溪春夜之景。江动月翻，恍如移石而去；溪虚云度，隐然傍花而迷。写景俱在空际。

《唐诗摘钞》：体物甚精。

《读杜心解》：此首笔意尤胜。

【总评】

《杜臆》：奔窜既久，初归草堂，凡目所见，景所触，情所感，掇拾成诗，犹之漫兴也。

《杜诗镜铨》：写所居景物，当在春夏之交，禽鱼花草，种种幽适，自堪入画，唯稍嫌太板实耳。

《读杜心解》：六绝兴与境会，触手成咏。　绝句截中四者殊少，惟公独多。后人六言诗，往往用此体。

绝句四首（其三）

两个黄鹂鸣翠柳，一行白鹭上青天。
窗含西岭千秋雪，门泊东吴万里船。

【汇评】

《漫叟诗话》：诗中有拙句，不失为奇作。若……子美诗云："两个黄鹂鸣翠柳，一行白鹭上青天"之类是也。

《高斋诗话》：子美诗云："两个黄鹂鸣翠柳，……门泊东吴万里船。"东坡《题真州范氏溪堂诗》云："白水满时双鹭下，绿槐高处一蝉吟。酒醒门外三竿日，卧看溪南十亩阴。"盖用杜老诗意也。

《艇斋诗话》：韩子苍云：老杜"两个黄鹂鸣翠柳，一行白鹭上青天"，古人用颜色字，亦须配得相当方用，"翠"上方见得"黄"，"青"上方见得"白"，此说有理。

《诗人玉屑》引范季随《陵阳先生室中语》：杜少陵诗云："两个黄鹂鸣翠柳，一行白鹭上青天。"王维诗云："漠漠水田飞白鹭，阴阴夏木啭黄鹂。"极尽写物之工。

《升庵诗话》：绝句四句皆对，杜工部"两个黄鹂"一首是也。然不相连属，即是律中四句也。　绝句者，一句一绝，起于《四时咏》："春水满四泽，夏云多奇峰。秋月扬明辉，冬岭秀孤松"是也。或以为陶渊明诗，非。杜诗"两个黄鹂鸣翠柳"实祖之。

《诗薮》：杜之律，李之绝，皆天授神诣。然杜以律为绝，如"窗含西岭千秋雪，门泊东吴万里船"等句，本七言律壮语，而以为绝句,则断锦裂缯类也。李以绝为律,如"十月吴山晓,梅花落敬亭"等句,本五言绝妙境,而以为律诗,则骈拇枝指类也。

《夷白斋诗话》:长江万里,人言出于岷山,而不知元从雪山万壑中来。山亘三千余里,特起三峰。其上高寒多积雪,朝日曜之,远望日光若银海。杜子美草堂正当其胜处。其诗曰:"窗含西岭千秋雪。"

《杜臆》:此四诗盖作于入居草堂之后,拟客居此以终老,而自叙情事如此。其三,是自适语。草堂多竹树,境亦超旷,故鸟鸣鹭飞,与物俱适,窗对西山,古雪相映,对之不厌,此与拄笏看爽气者同趣。门泊吴船,即公诗"平生江海心,夙昔具扁舟"是也。公盖尝思吴,今安则可居,乱则可去,去亦不恶,何适如之!

《唐宋诗醇》:虽非正格,自是绝唱。

禹　庙

禹庙空山里,秋风落日斜。

荒庭垂橘柚,古屋画龙蛇。

云气生虚壁,江声走白沙。

早知乘四载,疏凿控三巴。

【汇评】

《瀛奎律髓》:凡唐人祠庙诗,皆不能出老杜此等局段之外。二诗(《禹庙》、《重过昭陵》)盖绝唱也。

《唐诗品汇》:孙莘老云:"橘柚锡贡"、"驱龙蛇",皆禹之事。公因见此有感也。　　刘云:皆本色语,暗用("荒庭"二句下)。　　刘芷堂光庭云:尝侍须溪先生,论及禹庙诗,至结语,先生云:此言禹功疏凿,自三巴而始。禹庙在上流,故控持也。言三巴皆控持于此。"早知",言其气力之威壮也。

《诗薮》:"荒庭垂橘柚,古屋画龙蛇",……杜用事入化处。然不作用事看，则古庙之荒凉，画壁之飞动，亦更无人可著语。此老杜千古绝技，未易追也。

《唐诗直解》：意气荒愁，结追念禹功得体。

《唐诗归》：谭云："声走"妙！　　钟云：蜂声曰"游"，江声曰"走"，痴人前说不得（"江声"句下）。

《唐诗选脉会通评林》：赵云龙曰：古意宛然。

《瀛奎律髓汇评》：纪昀：三、四孙莘老以为关合禹事，确有此意，而《诗话》不取。盖务欲翻案，不顾是非，乃宋人之通病。末二句语意未详。　　无名氏（甲）：《禹贡》有橘柚之包，治水远龙蛇之害，妙对；而又出之无意之间，故为神笔。

《杜诗详注》：四十字中，风景形胜，庙貌功德，无所不包。局法谨严，气象宏壮，是大手笔。

《唐宋诗醇》：龙蛇橘柚，宋人亦知其用本事，不知其妙在无迹，极镜花水月之趣，学者悟此，乃得使事三昧法。

《唐诗近体》："龙蛇"、"橘柚"，点染禹事，妙在无迹，极镜花水月之趣。

《杜诗镜铨》：王阮亭曰：写得神灵飒然，笔墨之妙。

《杜诗话》：庙观诗以"禹庙"为第一。略用"橘柚"、"龙蛇"贴禹事，遂觉江声云气中，如对黻冕，来临一代王者。

《闻鹤轩初盛唐近体读本》：陈德公曰：三、四"垂"、"画"二眼字，自道现成，自然老。五、六作意奇动，警句无多。结意是谓"三巴"应有禹庙，语更苍错。　　评：六句"走"字险，人不敢道，翻成奇警之句。

《增订唐诗摘钞》：中四句法本同，但一联顺说，一联逆说，便不犯复。

《札朴》：杜《禹庙诗》："古屋画龙蛇"，又云："云气生虚壁"，嫌其重复。《文苑英华》本乃是"云气嘘青壁"。……杜以"云气"、"青壁"赋山，"江声"、"白沙"赋水，皆庙外景物，与庙壁无涉。结句"疏凿"二字，双承山水。

《唐诗矩》：尾联寓意格。　　次句不遽入禹庙景事，如此开法，人不能知；如此对法，人更不能知。"橘柚"字出《禹贡》，"龙蛇"字出《孟子》，暗用禹事，极其浑化。　　言不尽意（尾联句下）。

《唐诗归折衷》：吴敬夫云："走"字写江声神动（"江声"句下）。　　唐云：即所闻以想其凿（末句下）。

《唐宋诗举要》：妙只在写景，有意无意（"荒庭"二句下）。　　范曰：结二句点禹事，言功在万古，所以有此庙耳（"早知"二句下）。

《诗境浅说》：孙莘老谓此二句点染禹事，说固有征。但少陵因禹庙所见，适与古合，遂运化入诗，乃其能事。若未栽橘柚，未绘龙蛇，决不因用禹事而虚构此景，与《秦州杂诗》"鱼龙"、"鸟鼠"相类。学诗运用古事，当以此为法。

旅夜书怀

细草微风岸，危樯独夜舟。
星垂平野阔，月涌大江流。
名岂文章著？官因老病休。
飘飘何所似，天地一沙鸥。

【汇评】

《鹤林玉露》：诗要健字撑柱，活字斡旋。如"红入桃花嫩，青归柳叶新"、"弟子贫原宪，诸生老服虔"，"入"与"归"字，"贫"与"老"字，乃撑柱也；……"名岂文章著，官应老病休"，……"岂"与"应"字，乃斡旋也。撑柱，如屋之有柱；斡旋，如车之有轴。文亦然，诗以字，文以句。

《瀛奎律髓》：老杜夕、暝、晚、夜五言律近二十首，选此八首洁净精致者。多是中二句言景物、二句言情。若四句皆言景物，则必有情思贯其间，痛愤哀怨之意多，舒徐和易之调少。以老杜之为人，纯乎忠襟义气，而所遇之时，丧乱不已，宜其然也。

《唐诗品汇》：刘曰：等闲星月，着一"涌"字，复觉不同（"月涌"句下）。

《四溟诗话》：子美"星垂平野阔，月涌大江流"，句法森严，"涌"字尤奇。可严则严，不可严则放过些子，若"鸿雁几时到？江湖秋水多"，意在一贯，又觉闲雅不凡矣。

《诗薮》："山随平野尽，江入大荒流"，太白壮语也；杜"星垂平野阔，月涌大江流"，骨力过之。

《增定评注唐诗正声》："星垂"二语壮远，意实凄冷。

《唐诗训解》：眉批：夜景之近而小者（"细草"二句下）。夜景之远而大者（"星垂"二句下）。　　　范德机曰：作诗要有惊人语，险诗便惊人。如子美……"船舷暝戛云际寺，水面月出兰田关"、"星垂平野阔，月涌大江流"，……李贺"黑云压城城欲摧，甲光照日金鳞开"。此等语，任是人道不到。

《唐诗直解》：写景妙，传情亦妙（"星垂"二句下）。

《唐诗选脉会通评林》：周敬曰：写景妙，传情更妙。

《唐诗评选》：领联一空万古。虽以后四语之脱气，不得不留之，看杜诗常有此憾。"名岂文章著"自是好句，"天地一沙鸥"则大言无实也。

《杜诗解》：看他眼中但见星垂、月涌，不见平野、大江；心头但为平野、大江，不为星垂、月涌。千锤万炼，成此奇句，使人读之，咄咄乎怪事矣！

《瀛奎律髓汇评》：纪昀：通首神完气足，气象万千，可当雄浑之品。

《砚斋诗谈》："星垂平野阔，月涌大江流"，气象极佳。极失意事，看他气不痿苶，此是骨力定。

《唐宋诗醇》："小市常争米，孤城早闭门"，写荒凉之景，如在目前。若此孤舟夜泊，著语乃极雄杰，当由真力弥满耳。李白"山随平野"一联，语意暗合，不分上下，亦见大家才力天然相似。

《唐诗别裁》：胸怀经济，故云名岂以文章而著？官以论事罢，而云老病应休。立言之妙如此。

《杜诗镜铨》：邵子湘云：警联不易得（"星垂"句下）。

《唐诗选》：此二句与后二句俱用单字起，是句法（"月涌"句下）。

《网师园唐诗笺》：十字写得广大，几莫能测（"星垂"二句下）。

《唐诗矩》：前后两截格。　　"一沙鸥"，何其渺；"天地"字，何其大。合而言之曰："天地一沙鸥"，语愈悲，气愈傲。

《闻鹤轩初盛唐近体读本》：评：三、四雄大而有骨，不入虚枵，此居可辨。五、六亦大峭健，必无时弱。且二联一景一情，肉骨称适，章法最整。　　首联必多对起，又每用"独"字，此老杜所独。

三绝句

其一

前年渝州杀刺史，今年开州杀刺史，

群盗相随剧虎狼，食人更肯留妻子？

【汇评】

《苕溪渔隐丛话》：《学林新编》云：子美《绝句》："前年渝州杀刺史，……食人更肯留妻子？"此诗正与《杜鹃诗》相类，乃自是一格也。

《杜臆》：二句连用两"刺史"，虽非故创新格，而笔锋所至，不妨自我作祖。

《杜诗解》:"相随"字妙,写尽盗贼无部署,无册籍,只是到处成群而走。……"杀人"句妙于"更肯"字,本是杀其人而淫其妻,却写得一似蒙其肯留,感出意外者。非是写惨恶事,犹用滑稽笔,不尔,便恐粗犷不可读也。

《读杜心解》:此证近境之杂乱,二州皆在蜀之东界。

《杜诗镜铨》:诗史("前年渝州"二句下)。

其二

二十一家同入蜀,惟残一人出骆谷。

自说二女啮臂时,回头却向秦云哭。

【汇评】

《杜臆》:临行时,二女啮臂,恐不两全,弃之而走,此实事也。今借其口语一转,而悲不可堪,且不得议其忍。

《杜诗解》:惟"馀"一人,是剩一完全人;"惟残一人",是剩下不完全人。只一字,写乱离之惨如睹。　　写被淫杀之难者,只据骆谷一人口中,则有"二十一家",其外何恨?

《读杜心解》:"回头"句,乃状此人说时情景,非述二女哭也。此句添毫。

《杜诗镜铨》:偏留得一人,情事更惨("惟残一人"句下)。

其三

殿前兵马虽骁勇,纵暴略与羌浑同。

闻道杀人汉水上,妇女多在官军中。

【汇评】

《杜诗解》:右一绝,写殿前兵马即盗贼。"杀人","人"字妙,并不杀贼可知。

《读杜心解》:注意尤在此章,刺中人典军也。禁军之害,等于山贼羌、浑,可以鉴矣。

《杜诗镜铨》:笔力横绝。此等绝句,亦非他人所有。

【总评】

《杜诗解》:《三绝句》不可少一首,亦更不能多一首,惟先生法如此,馀人不知。

《杜诗镜铨》:邵云:有古绝,有律绝。此及《黄河》二首,皆古绝也。

十二月一日三首（其二）

寒轻市上山烟碧,日满楼前江雾黄。
负盐出井此溪女,打鼓发船何郡郎?
新亭举目风景切,茂陵著书消渴长。
春花不愁不烂漫,楚客唯听棹相将。

【汇评】

《苕溪渔隐丛话》:《禁脔》云:鲁直换字对句法,如"只今满坐且尊酒,后夜此堂空月明"。……其法于当下平字处,以仄字易之,欲其气挺然不群。前此未有人作此体,独鲁直变之。"苕溪渔隐曰:此体本出于老杜,如:"宠光蕙叶与多碧,点注桃花舒小红","一双白鱼不受钓,三寸黄柑犹自青","外江三峡且相接,斗酒新诗终日疏","负盐出井此溪女,打鼓发舡何郡郎"。

《后村诗话》:"一声何处送书雁,百丈谁家上濑船。"又云:"负盐出井此溪女,打鼓发船何郡郎?"此两联,真(云安)县图也。

《瀛奎律髓》:此三诗张文潜集中多有似之者,气象大,语句熟,虽或拗字,近吴体,然他人拘平仄者,反不如也。

《瀛奎律髓汇评》:许印芳:此亦通首不粘。

《唐诗评选》:如"日满楼前江雾黄",冬景独绝,不得此语,勿效此制。

《杜诗详注》：杜诗凡数章承接，必有相连章法。首章结出还京，次章结出下峡，三章又恐终老峡中，皆其布置次第也。

《唐宋诗醇》：借拗调以遣怀，铿然可听。

《读杜心解》：惟"寒轻"、"日满"，故"烟碧"、"雾黄"，俱于"腊"中见"春意"。"溪女"亦娴生计，"船郎"尽有归期。江间所见如此，而客途抚景，作赋言愁，又何堪此留滞乎？

《杜诗镜铨》：刘须溪曰：子美七言律每每放荡，此又参差《竹枝》之比。

子　规

峡里云安县，江楼翼瓦齐。
两边山木合，终日子规啼。
眇眇春风见，萧萧夜色凄。
客愁那听此？故傍旅人低。

【汇评】

《竹坡诗话》：（余）又尝独行山谷间，古木夹道交阴，惟闻子规相应木间，乃知"两边山木合，终日子规啼"之为佳句也。

《对床夜语》：老杜诗："两边山木合，终日子规啼。"以"终日"对"两边"……句意适然，不觉为偏橘，然终非法也。柳下惠则可，吾则不可。

《诗薮》："两边山木合，终日子规啼。"卢仝、马异之浑成。

《杜臆》："见"字连下，盖两句作一句也，杜诗多有此法。不然，则"眇眇春风见"不可解矣。一云：子规非杜鹃，乃叫"不如归去"者，是也。此于客愁更切。

《杜诗解》：看他前解一、二、三句，都不是子规，至第四句，方轻点;后解五、六、七句,又都不是子规,至第八句,方轻写。一首诗便只如二句而已,我从未睹如是妙笔。 "故"字、"傍"字、"低"字妙。不知为是子规真有是事,抑并无是事?然据客愁耳边,则已真有其事也。道树云:"那听此"妙,便如仰诉子规,求其曲谅;"故傍人"妙,便如明知客愁,越来相聒。写小鸟动成情理,先生每每如此。

《义门读书记》:后山云:此等语盖不从笔墨径中来,其所熔裁,殆有造化也。"眇眇春风见",含傍人;"萧萧夜色凄",含愁听。

《杜诗详注》:申涵光曰:"两边山木合,终日子规啼",爽豁如弹丸脱手,此太白隽语也。

《读杜心解》:绝无艰涩之态,杜律之最爽隽者。

《杜诗镜铨》:张云:真景老笔,写蜀中如画。

漫成一绝

江月去人只数尺,风灯照夜欲三更。
沙头宿鹭联拳静,船尾跳鱼拨剌鸣。

【汇评】

《鹤林玉露》:孟浩然诗云:"江清月近人",杜陵云:"江月去人只数尺",子美视浩然为前辈,岂祖述而敷衍之耶?浩然之句浑涵,子美之句精工。

《唐诗归》:钟云:好景(首句下)。

《杜诗详注》:四句,皆舟中夜景,各就一远一近说。

《读杜心解》:夜泊之景,画不能到。 月映江而觉近,故可尺量;灯飐风而渐昏,故知更次。

船下夔州郭宿雨湿不得上岸别王十二判官

依沙宿舸船，石濑月娟娟。

风起春灯乱，江鸣夜雨悬。

晨钟云外湿，胜地石堂烟。

柔橹轻鸥外，含凄觉汝贤。

【汇评】

《唐诗品汇》：刘曰：精章不刻（"风起"二句下）。

《唐诗矩》：前后二截格。　　只羡轻鸥，不得别王意却在言外。用意精深，运笔松远。五、六如此点"雨"、"湿"字，七、八如此写不得上岸意，浑沦透脱，真是前无古人，后无来者。

《唐诗直解》：无一字着象，无一字不写景。

《唐诗归》：钟云：忽说月，才是宿雨（"石濑"句下）。　　钟云：妙在"悬"字是说雨后（"江鸣"句下）。　　谭云：妙！　　钟云：言"湿"，又言"云外"，作何解（"晨钟"句下）？　　谭云：妙在言前（"柔橹"句下）。　　钟云：穷途实语（末句下）。

《唐风怀》：五字摇荡，含情正远（"柔橹"句下）。

《唐诗选脉会通评林》：黄家鼎曰：每历一境，为搜出一境妙处，才人之笔，文士之胸，真乃天壤同不朽者。　　董益曰：五、六不用对，即如"斫却月中桂，清光应更多"句，皆是一意出故也。

《杜臆》："钟湿"字新。　　后《贻柳少府》云："并坐石堂下，俯视大江奔。"知石堂为夔州胜地。

《唐诗评选》：深润细密，杜出峡诗方是至境。

《义门读书记》：无对属痕。　　先作上岸之势（"石濑"句下）。　　望王所居。"烟"字含"湿"意（"胜地"句下）。　　补出

"下"字("柔橹"句下)。

《原诗》：《夔州雨湿不得上岸》作"晨钟云外湿"句，以晨钟为物而湿乎？云外之物，何啻以万万计，且钟必于寺观，即寺观中，钟之外，物亦无算，何独湿钟乎？然为此语者，因闻钟声有触而云然也。声无形，安能湿？钟声入耳而有闻，闻在耳，止能辨其声，安能辨其湿？曰"云外"，是又以目始见云，不见钟，故曰"云外"。然此诗为雨湿而作，有云然后有雨，钟为雨湿，则钟在云内，不应云外也。斯语也，吾不知其为耳闻耶？为目见耶？为意揣耶？俗儒于此，必曰："晨钟云外度"，又必曰："晨钟云外发"，决无下"湿"字者。不知其于隔云见钟，声中闻湿，妙语天开，从至理实事中领悟，乃得此境界也。

《读杜心解》：起联点"郭宿"在未雨之前，以见月剔起下意；次联写"夜雨"一层，而又以"风起"作引；三联写"湿不得上"一层，而"石堂烟"句，已神注"王十二"处矣；结联致诗遥别，而先以"柔橹"句带定"郭宿"，后以"含情"意，见作别无由。首尾一片，其层次之密，线索之清如此。

《杜诗镜铨》：从薄暮至天晓，从泊舟至开船，情景一一写出，而寓意仍复隽永，此亦杜五律之胜者。惟复一"石"字。　　蒋云：江声与雨声响应，终夜不绝，故但觉其空际如悬耳，形容入神（"风起"二句下）。　　写别况只用"觉汝贤"三字，无限含蓄。

宿江边阁

暝色延山径，高斋次水门。
薄云岩际宿，孤月浪中翻。
鹳鹤追飞静，豺狼得食喧。
不眠忧战伐，无力正乾坤。

【汇评】

《苕溪渔隐丛话》：《西清诗话》云：诗之声律成于唐，然亦多原六朝旨意。何逊《入西塞诗》云："薄云岩际出，初月波中上。"至少陵《江边小阁诗》则云："薄云岩际宿，孤月浪中翻"，虽因旧而益妍，此类獭髓补痕也。

《唐诗选脉会通评林》：刘辰翁曰：自是仙骨。　　吴山民曰："翻"字佳，作对语结整有力。　　周启琦曰：阴铿有"薄云岩际出，初月波中上"，杜有"薄云岩际宿，孤月浪中翻"。又阴有"花逐下山风"，杜有"云逐度溪风"。所谓祖述有自，青出于蓝也。若今人病为盗袭矣。

《杜臆》："无力正乾坤"，无限感慨。

《杜诗详注》："薄云岩际出，初月波中上"，此何仲言诗，尚在实处摹景。此用前人成句，只换转一、二字间，便觉点睛欲飞。

《读杜心解》：李子德云：写时地毫无遗憾，结正稷、契分中语，全诗雄健，是以副之。

《西圃诗说》：《西清诗话》云云如此。以予论之，"出"与"上"，"宿"与"翻"，四字各有意会，各有见地，所谓同而不同，并不可以言优劣。且杜句着力，而何句乃在有意无意之间，识者自得之。

《唐诗矩》：尾联见意格。　　五句喻贤人远举，六句喻盗贼纵横，与结尾二句笋缝密密相接。　　字字协律。

《闻鹤轩初盛唐近体读本》：陈德公曰："延"、"次"字法高老。三、四袭古，可知前人好古，心摹手追，不嫌直用。如此后半作庄语，亦有正气在。　　评：水部句亦自佳，但"出"、"上"二字无甚分别。少陵易"出"以"宿"，易"上"以"翻"，一静一动，意象各殊。……且"宿"字切合夜景，而"翻"字尤写得月涌江流，涵光弄碧，上下不定，正从不眠中领略得来，故当让此公青出。

阁　夜

　　岁暮阴阳催短景,天涯霜雪霁寒宵。
　　五更鼓角声悲壮,三峡星河影动摇。
　　野哭千家闻战伐,夷歌数处起渔樵。
　　卧龙跃马终黄土,人事音书漫寂寥。

【汇评】

　　《苕溪渔隐丛话》:《西清诗话》云:杜少陵云:"作诗用事,要如禅家语:水中着盐,饮水乃知盐味。"此说,诗家秘密藏也。如"五更鼓角声悲壮,三峡星河影动摇",人徒见凌轹造化之工,不知乃用事也。《弥衡传》:"挝《渔阳操》,声悲壮。"《汉武故事》:"星辰动摇,东方朔谓:民劳之应。"则善用事者,如系风捕影,岂有迹耶!

　　《瀛奎律髓》:"悲壮"、"动摇"一联,诗势如之。"卧龙跃马俱黄土",谓诸葛、公孙,贤愚俱尽。……感慨豪荡,他人所无。

　　《唐诗品汇》刘云:第三、第四句对看,自是无穷俯仰之悲。

　　《唐诗广选》:刘会孟曰:三、四二句只见奇丽。若上句何足异?评诗未易,以此。

　　《唐诗直解》:光芒四射,若令人不敢正视。

　　《唐诗镜》:三、四意尽无馀。

　　《唐诗选脉会通评林》:蒋一梅曰:鼓角,阁上所闻;星河,阁上所见。野哭夷歌,是倒装法。　　周启琦曰:杜《刈稻咏怀》云:"野哭初闻战,樵歌稍出村。"只此五、六意。说诗者何必多喙。　　单复曰:结语愈缓而意愈切。

　　《杜臆》:此诗全于起结着意。而向来论诗止称"五更"一联,并不知其微意之所在也。"卧龙"句终为自家才不得施,志不得展而发,非笑诸葛也。

《杜诗解》：一解写"夜"，……笔势又沉郁，又精悍，反复吟之，使人增长意气百倍（首四句下）。

《杜诗详注》：卢世㴶云：杜诗，如《登楼》、《阁夜》、《黄草》、《白帝》、《九日》二首，一题不止为一事，一诗不止了一题，意中言外，怆然有无穷之思，当与《诸将》、《古迹》、《秋兴》诸章，相为表里，读者宜知其关系至重也。

《瀛奎律髓汇评》：查慎行：对起极警拔，三、四尤壮阔。纪昀：前格凌跨一切，结句费解。凡费解便非诗之至者。　　三、四只是现景，宋人诗话穿凿可笑。　　冯舒：无首无尾，自成首尾；无转无接，自成转接。但见悲壮动人，诗至此而《律髓》之选法于是乎穷。

《唐宋诗醇》：音节雄浑，波澜壮阔，不独"五更鼓角"、"三峡星河"脍炙人口为足赏也。　　李因笃曰：壮采以朴气行之，非泛为声调者可比。

《网师园唐诗笺》："五更"二句，与"锦江春色"同一笔力。

《读杜心解》："天涯"、"短景"，直呼动结联，而流对作起，则以阴晴不定，托出"寒宵"忽"霁"。三、四，从"霁寒宵"生出。"鼓角"不值"五更"，则"声"不透，"五更"最凄切时也，再著"悲壮"字，直刺睡醒耳根也；"星河"不映"三峡"，则"影"不烁，"三峡"最湍急处也，再著"动摇"字，直闪朦胧眼光也。……彼定乱之"卧龙"，起乱之"跃马"，总归黄土。则"野哭"、"夷歌"，行且眨时变灭，顾犹以耳"悲"目"动"，寄虚愿于纷纷漠漠之世情，天涯短景，其与几何？曰"漫寂寥"，任运之旨也。噫！其词似宽，其情弥结矣。

《杜诗镜铨》：吴瞻泰云："人事"绾上"野哭""夷歌"，"音书"绾上"天涯""三峡"，关锁极密。

《闻鹤轩初盛唐近体读本》：前四写景，后四言情。笔力坚苍，两俱称惬。千古绝调，公独擅之。

《批点唐诗正声》：全首悲壮慷慨，无不适意。中二联皆将明之景，首联雄浑动荡，卓冠千古。次联哀乐皆眼前景，人亦难道。结以忠逆同归自慰，然音节尤婉曲。

《昭昧詹言》：起二句夜。三、四切阁夜，并切在蜀，东坡赏此二句。此自写景，钱以为星摇民乱，不必如此解。五、六情。

《十八家诗钞》：张云卿云：勿学其壮阔，须玩其沉至。

暮春题瀼西新赁草屋五首（选二首）

其三

彩云阴复白，锦树晓来青。

身世双蓬鬓，乾坤一草亭。

哀歌时自惜，醉舞为谁醒？

细雨荷锄立，江猿吟翠屏。

【汇评】

《瀛奎律髓》："锦树晓来青"，谓花之骤开如锦，晓来犹是青树，未见花也。……而"细雨"一句，唤醒二起句，盖是景也，实雨为之。"猿吟"一句，尤深怨矣。老杜伤时乱离，往往如此。其诗开阖起伏，不可一律齐也。

《四溟诗话》：子美曰："细雨荷锄立，江猿吟翠屏。"此语宛然入画，情景适会，与造物同其妙，非沉思苦索而得之也。

《李杜二家诗钞评林》：张绖云：此与"林猿为我啼清昼"同，而语更微婉。（末句下）。

《唐诗选脉会通评林》：刘辰翁曰：眼前语，道得苦。"细雨"句，自在。　　唐陈彝曰：首联非真无聊，畴能察此？　　周启琦曰：三、四高爽，落句闲雅。

《义门读书记》：已苍云："言乾坤之大，止有一'草堂'，非以天地为围幕。"按:草堂尚属新赁,所谓"世乱一身多"也("乾坤"句下)。　　与哀歌相答。落句山谷多效之。冉冉老至,身世飘零,几将为农设世,故因暮春兴感也("江猿"句下)。

《瀛奎律髓汇评》:纪昀:花本如锦,花尽叶存,则变青矣。虚谷解次句未是。　　冯班:暮春花谢叶生,故云"晓来青"。

《杜诗说》:此诗首尾实而中间虚,是"实包虚格",惟杜有之。三、四乃"藏头句法",若申言之,则"悠悠身世双蓬鬓,落落乾坤一草亭"耳。"江猿吟翠屏"即"白鸥元水宿,何事有馀哀",而含蓄较深永矣。

《唐宋诗醇》:颔联情在言中,耐人讽味,结语深秀。

《读杜心解》:一、二,略逗暮春。三、四,言如此"身世"而老于"蓬鬓",则悲甚矣;自有"乾坤",而春在"草堂",抑又洒然也。此两句,所谓通局之柱也。

《杜诗镜铨》:三首方及新赁草屋。意甚悲而语自壮("身世"二句下)。　　张愒庵云:此等结句,黄山谷多效之。

《唐诗矩》:中联见意格。　　首联写景而意反见于中联,此格惟老杜有之。

其五

欲陈济世策,已老尚书郎。

未息豺虎斗,空惭鸳鹭行。

时危人事急,风逆羽毛伤。

落日悲江汉,中宵泪满床。

【汇评】

《瀛奎律髓》:"济世策"三字皆仄,"尚书郎"三字皆平,乃更觉入律。"豺虎"、"鸥鹭"又是一样拗体。"时危"一联,亦变体也。

《杜臆》:今时危而人事急,死期将至;风急而羽毛伤,不能奋飞。"落日"兴悲,"中宵"流泪。岂谓赁此草屋,遂可安身而自适哉?

《义门读书记》:济世策,须北归而陈于天子之前;今淹留使府,且以尚书郎老矣,即下所谓"风逆羽毛伤"也("欲陈"二句下)。　　"落日悲江汉",自叹朝宗无期也。

《瀛奎律髓汇评》:纪昀:此亦双拗,乃"济"、"尚"二字回换,非三平、三仄之谓。　　纪昀:上句二四不谐,下句第三字必用平声以救之,亦是定格。

【总评】

《读杜心解》:五诗乃始迁瀼西,题于屋壁者。……于定居伊始,曲写身世之悲,盖有不得已而托于此者矣。　　老杜连章片段,大率如此精密,如何卤莽读得!

秋野五首（选二首）

其一

秋野日疏芜,寒江动碧虚。
系舟蛮井络,卜宅楚村墟。
枣熟从人打,葵荒欲自锄。
盘餐老夫食,分减及溪鱼。

【汇评】

《唐诗归》:谭云:真道学(末句下)。

《杜臆》:"系舟蛮井","卜宅楚村",则去住尚未能自决也。"枣从人打",则人己一视;"葵欲自锄",则贵贱一视;"盘餐"及"溪鱼",则物我一视。非见道何以有此!

《读杜心解》:首章上四,述所处之地,直与末章结处相照;下四,……其言平日所事,本甚无聊,却极恬适,非襟期高旷,不能有此。

《杜诗镜铨》：下四句有万物一体之意（"枣熟"四句下）。

其二

易识浮生理，难教一物违。

水深鱼极乐，林茂鸟知归。

吾老甘贫病，荣华有是非。

秋风吹几杖，不厌此山薇。

【汇评】

《岁寒堂诗话》："易识浮生理，……林茂鸟知归。"夫生理有何难识？观鱼鸟则可知矣。鱼不厌深，鸟不厌高，人岂厌山林乎？故云……此子美悟理之句也。杜子美作诗悟理，韩退之学文知道，精于此故尔。

《瀛奎律髓》：或问"吾老"系单字，"荣华"是双字，亦可对否？曰：在老杜则可，若我辈且当作"衰老甘贫病"，然不如"吾老"之语健意足也。

《四溟诗话》：子美《秋野》诗："水深鱼极乐，林茂鸟知归。"此适会物情，殊有天趣。然本于子建《离思赋》："水重深而鱼悦，林修茂而鸟喜。"二家辞同工异，则老杜之苦心可见矣。

《杜臆》："荣华有是非"而自甘贫病，亦见道语也。……甘贫病，则自得其得，其乐不减于鱼潜渊、鸟归丛矣。

《瀛奎律髓汇评》：冯班："吾"字实是不妥，……何必以其出自老杜，即以为妙而曲为之讳哉？　纪昀：可则可，不可则不可，安在老杜独可？此种纯是英雄欺人。　末数语却是。　纪昀：后四句亦近浅直，起二句却似宋人。　无名氏（乙）：见道之言。

《唐宋诗醇》：用庞公语，得委运之旨，与《遣兴》篇不同。

《读杜心解》：首句提出正意，另作一顿，乃下半首之根。次句引入喻意，鱼鸟藏身，正物性难违处，即投老"山薇"影子也。

【总评】

《瀛奎律髓》：读老杜此五诗，不见所谓景联，亦不见所谓颔联，何处是四虚？何处是四实？虚中有实，实中有虚；景可为颔，颔可为景。大手笔混混乎无穷也。却有一绝不可及处，五首诗五个结句，无不吃紧着力，未尝有轻易放过也。然则真积力久，亦在乎熟之而已。

《瀛奎律髓汇评》：无名氏（乙）：五首自道平素，有安分息机意，气清词厚，又是公一格。

《杜臆》：此五首皆有行藏安于所遇之意。

《杜诗详注》：前三章，叙日间景事。第四章，则自日而晚。末一章，则自晚而夜矣。凡杜诗连叙数首，必有层次安顿。

《读杜心解》：久寓瀼西，俯仰无聊，而作是诗。……五诗俱见安贫适志气象，此变风之正声。

刈稻了咏怀

稻获空云水，川平对石门。
寒风疏草木，旭日散鸡豚。
野哭初闻战，樵歌稍出村。
无家问消息，作客信乾坤。

【汇评】

《瀛奎律髓》：三、四乃诗家句法，必合如此下字则健峭。

《唐诗品汇》：刘云：初闻其战，后见野哭而已，五字悲甚。"稍"字尤萧索可怜。结意沉着，非托之悠悠者。

《唐诗镜》：三、四老而得雅。

《瀛奎律髓汇评》：纪昀：悲壮沉著。

《杜诗镜铨》：画寒村如见。　　后半所谓乐未毕也，哀又继之。

武侯庙

遗庙丹青落，空山草木长。

犹闻辞后主，不复卧南阳。

【汇评】

《岁寒堂诗话》：此诗若草草不甚留意，而读之使人凛然，想见孔明风采。比李义山"猿鸟犹疑畏简书，风云常为护储胥"之句，又加一等矣。

《李杜二家诗钞评林》：刘云：上句想望其风采犹在，下句则伤其已死。

《批点唐诗正声》：格韵高雅。"犹闻辞后主"句，武侯多少忠贞，尽在衷怀！

《杜臆》："辞后主"，谓《出师》二表，至今神采如生，岂真作南阳卧龙哉！……昔人诗："当时诸葛成何事，只合终身作卧龙。"小儒乱道。

《杜诗详注》：朱鹤龄曰：此诗后二句，人无解者。武侯为昭烈驱驰，未见其忠，惟当后主昏庸而尽瘁出师，不复有归卧南阳之意，此则云霄万古者耳。曰"犹闻"者，空山精爽，如或闻之。

《而庵说唐诗》：子美感公之忠，悲公之志深矣。

《唐宋诗醇》：十字中包括武侯一生行迹，不涉议论，弥淡弥高。

《读杜心解》：后二语隐括两《出师表》而出之，诗中单指后主者，表上于后主时也。朱氏分别两主，疏解尽忠之说，多少痕迹！其疏"犹闻"二字："空山精爽，如或闻之"，却有味。

《唐诗绳尺》：词意悲婉，丹青工于绘画者，得丹青之妙理。

《诗法易简录》：通首一气流宕。"落"字、"长"字作势，转出"犹闻"二字，最有力。后二句谓其死犹未已，是加一倍写法，方写得武侯之神，奕奕如在。

《古唐诗合解》：唐仲言曰：刘会孟谓落句"惜其已死"，其说平平，读者多以为是，殊不知庙既古矣，尚论其人之存否耶？意子美必无此语。

八阵图

功盖三分国，名高八阵图。

江流石不转，遗恨失吞吴。

【汇评】

《东坡志林》：仆尝梦见人，云是杜子美，谓仆曰："世人多误解吾诗。《八阵图》诗云：'江流石不转，遗恨失吞吴'，人皆以为'先主、武侯，皆欲与关羽复仇，故恨其不能灭吴'，非也。我本意谓吴、蜀唇齿之国，不当相图。晋之所以能取蜀者，以蜀有吞吴之意，此为恨耳。"此理甚长。

《唐诗选脉会通评林》：周珽曰：洒英雄之泪，唾壶无不碎者矣。

《杜工部集》钱谦益笺：按先主征吴败绩，还至鱼腹，孔明叹曰："法孝直若在，必能制主上东行，不至危倾矣。"公诗意亦如此。

《杜诗详注》：下句（按指"遗恨失吞吴"）有四说：以不能灭吴为恨，此旧说也；以先主之征吴为恨，此东坡说也；不能制主上东行，而自以为恨，此《杜臆》、朱注说也；以不能用阵法而致吞吴失师，此刘逴之说也。

《唐宋诗醇》：遂使诸葛精神，炳然千古，读之殷殷有金石声。

《读杜心解》：说是诗者，言人人殊。……抛却"石不转"三字，致全诗走作。岂知"遗恨"从"石不转"生出耶？盖阵图正当控扼东吴之口，故假石以寄其婉惜。云此石不为江水所转，天若欲为千载留遗此恨迹耳。如此才是咏阵图之诗。

《诗法易简录》：前题《武侯庙》，故写出武侯全部精神，此题《八阵图》，故只就阵图一节写其遗恨，作诗切题之法有如是。

《诗境浅说续编》：武侯之志，征吴非所急也。乃北伐未成，而先主猇亭挫败，强邻未灭，剩有阵图遗石，动悲壮之江声。故少陵低徊江浦，感遗恨于吞吴，千载下如闻叹息声也。

《唐人绝句精华》："江流"句，从句面看似写聚石不为水所冲激，实已含末句"恨"字之意。……"石不转"有恨不消之意，知此五字亦非空设。杜甫运思之细，命意之高，于此可见。

谒先主庙

惨淡风云会，乘时各有人。
力侔分社稷，志屈偃经纶。
复汉留长策，中原仗老臣。
杂耕心未已，呕血事酸辛。
霸气西南歇，雄图历数屯。
锦江元过楚，剑阁复通秦。
旧俗存祠庙，空山立鬼神。
虚簷交鸟道，枯木半龙鳞。
竹送清溪月，苔移玉座春。
闾阎儿女换，歌舞岁时新。
绝域归舟远，荒城系马频。
如何对摇落，况乃久风尘。

孰与关张并？功临耿邓亲。

应天才不小，得士契无邻。

迟暮堪帷幄，飘零且钓缗。

向来忧国泪，寂寞洒衣巾。

【汇评】

《唐诗广选》：刘会孟曰：来得浑浑，有无限可感。开基季世，君臣心事不分远近、不立宾主，老人口、老人耳，仿佛尽之矣。又曰："霸气"一联，寂寞语壮浪；"虚簷"一联，寂寞语奇丽。"如何对摇落"十字，开合古今。　　又曰：首尾曲折，句句典实有味，真大手，真谒先主庙诗，评意皆合。

《唐诗品汇》：排律之盛，至少陵极矣，诸家皆不及。诸家得其一概，少陵独得其兼善者。如《上韦左相》、《赠哥舒翰》、《谒先主庙》等篇，其出入始终，排比声韵，发敛抑扬，疾徐纵横，无所施而不可也。

《诗薮》：排律，沈、宋二氏，藻赡精工；太白、右丞，明秀高爽。然皆不过十韵，且体在绳墨之中，调非畦径之外。惟杜陵大篇钜什，雄伟神奇。如《谒蜀庙》、《赠哥舒》等作，开辟驰骤，如飞龙行云，鳞鬣爪甲，自中矩度；又如淮阴用兵，百万掌握，变化无方，虽时有险朴，无害大家。

《唐诗选脉会通评林》：周敬曰：苦心之思，活泼泼地。铸局运调，无出其右。

《网师园唐诗笺》：先主始末，四句包括殆尽，何等笔力（首四句下）。

《杜诗详注》：善作诗者，必构全局，全局既定，则议论得展而意义层出矣。此篇若无起段之激昂悲壮，则开端少力量；若无后段之感慨淋漓，则收结少精神。能以弔古之情写用世之志，足令千年上下，英雄堕泪，烈士抚膺，不独记叙庙貌处，见其古色斑斓，哀音悽怆也。

《杜诗镜铨》：邵云：全首浑壮，是大家数。托孤是先主一生大著，尽瘁而死，又是孔明一生大志，两人俱即末以该全，复汉又其本也，四句绝顶识议。　　纯以议论成章，他人无此深厚力量。

《唐宋诗举要》：李子德曰：其意则慷慨缠绵，其气则纵横排宕，其词则沉郁顿挫，其音则激壮铿锵，怀古感时，溯洄不尽。大小《雅》之篇章，太史公之叙次，可以兼之矣。　　吴曰：将落尚提，所以轩昂飞动（"霸气"句下）。　　吴曰：此等转接起落，纯以神行，所谓绝迹无行地者也（"歌舞"句下）。

白　帝

白帝城中云出门，白帝城下雨翻盆。
高江急峡雷霆斗，翠木苍藤日月昏。
戎马不如归马逸，千家今有百家存。
哀哀寡妇诛求尽，恸哭秋原何处村？

【汇评】

《诗薮》：崔曙"汉文皇帝有高台，此日登临曙色开"，老杜"野老篱前江岸回，柴门不正逐江开"、"白帝城中云出门，白帝城下雨翻盆"，……虽意稍疏野，亦自一种风致。

《唐诗归》：钟云：奇景，移用不得（首句下）。　　谭云：此句丑，下句不然（"戎马不如"句下）。

《诗源辩体》：子美七言律……至如"黄草峡西"、"苦忆荆州"、"白帝城中"……等篇，以歌行入律，是为大变。

《杜臆》：前四句因骤雨而写一时难状之景，妙。　　二字写峡中雨后之状更新妙，然实兴起"戎马"以写乱象，非与下不相关也。

《杜诗详注》：杜诗起句，有歌行似律诗者，如"倚江楠树草堂前,古老相传二百年"是也;有律体似歌行者,如"白帝城中云出门,白帝城下雨翻盆"是也。然起四句,一起滚出,律中带古何碍。唯五、六掉字成句,词调乃稍平耳。

《载酒园诗话又编》:(杜诗)唯七言律,则失官流涉之后,日益精工,反不似拾遗时曲江诸作,有老人衰飒之气。在蜀时犹仅风流潇洒,夔州后更沉雄、温丽,如……写景则如"高江急峡雷霆斗,古树苍藤日月昏",……真一代冠冕。

《纫斋诗谈》:一气喷薄,不关雕刻。　　拗格诗,炼到此地位也难。　　"高江急峡雷霆斗,古木苍藤日月昏。"险怪夺人魄,却自文从理顺,与鬼窟中伎俩有天渊之别。

《读杜心解》:自是率笔,结语少陵本色。

《杜诗镜铨》:邵云:奇警之作。　　不曰"急江高峡",而曰"高江急峡",自妙于写此江此峡也。

《闻鹤轩初盛唐近体读本》:陈德公曰:五、六反是婉笔。故作白话,不见俚率,结转痛切。此篇四句截,上下如不相属者。评:起二末三字,最作异。三、四,写得奇险。　　徐孟芳曰:前四写雨,后四言情,妙在绝不相蒙而意仍贯。

《杜诗集评》:吴农祥云:起横逸。三、四苍老雄杰,不易再得也。后四语稍减,然比《滟滪》作似过,彼拙中之拙,此拙中带工也。

《历代诗发》:前四句写雨景凌壮,后四句写离绪惨凄。

《昭昧詹言》:树谓:此所谓意度盘薄,深于作用,力全而不苦涩,气足而不怒张。他人无其志事者学之,则成客气,是不可强也。《暮归》首结二句亦然。

白帝城最高楼

城尖径昃旌旆愁,独立缥缈之飞楼。

峡坼云霾龙虎卧,江清日抱鼋鼍游。

扶桑西枝对断石,弱水东影随长流。

杖藜叹世者谁子? 泣血迸空回白头。

【汇评】

《岁寒堂诗话》:"扶桑西枝对断石,弱水东影随长流。"使后来作者如何措手? 东坡《登常山绝顶广丽亭》云:"西望穆陵关,东望琅琊台。南望九仙山,北望空飞埃。相将叫虞舜,遂欲归蓬莱。"袭子美已陈之迹,而不逮远甚。

《升庵诗话》:韩石溪廷延语余曰:"杜子美《登白帝最高楼》诗云:'峡坼云霾龙虎卧,江清日抱鼋鼍游。'此乃登高临深,形容疑似之状耳。云霾坼峡,山木蟠挐,有似龙虎之卧;日抱清江,滩石波荡,有若鼋鼍之游。"余因悟旧注之非。

《诗薮》:杜七言律……太险者,"城尖径昃旌旆愁"之类。杜则可,学杜则不可。

《艺苑卮言》:老杜以歌行入律,亦是变风,不宜多作,作则伤境。

《唐诗归》:钟云:此句之奇,不奇在"日抱"字,而在"游"字,再吟想始知之("江清日抱"句下)。   钟云:"影随"便妙("弱水东影"句下)。

《杜臆》:此诗真惊人之语,总是以忧世苦心发之,以自消其垒块者。……"扶桑"一联,亦形容所立之高,不意想头到此。"泣血迸空",起于叹世,而"迸空"尤奇。

《义门读书记》:城当云顶,日漾江中,惨淡变幻。弱水无力,犹随江流朝宗,叹息我老独不能出峡也。

《分甘馀话》:唐人拗体律诗有二种,其一苍茫历落中自成音节,如老杜"城尖径昃旌旆愁,独立缥缈之飞楼"诸篇是也。

《围炉诗话》:子美之"峡坼云霾龙虎卧,江清日抱鼋鼍游",晚唐人险句之祖也。

《唐宋诗醇》：笔势险绝，与题相配。

《唐诗别裁》：句法古体，对法律体，两者兼用之。

《读杜心解》：二句起，二句结。"独立""叹世"四字，以两头交贯中腹。

《杜诗镜铨》：拗体，歌行变格。　　邵子湘云：奇气矗兀，此种七律，少陵独步。　　邵二泉云："扶桑西枝"，以西言东；"弱水东影"，以东言西。谢灵运诗："早闻夕飙急，晚见朝日暾"，略同此句法，而此尤奇横绝人。　　三字（"旌旆愁"）便含末二句意。　　二句近景（"峡坼云霾"二句下）。　　二句远景，出力写"最高"二字（"扶桑西枝"二句下）。　　应"独立"（末句下）。

《唐诗归折衷》：唐云：字字琢炼，字字奇古。

《杜诗集评》：李因笃云：浑古之极，不可名言。律不难于工而难于宕，律中古意不难于宕而难于劲。此首次句着一"之"字，其力万钧。　　吴农祥云：郭美命极赏此作，盖雕刻之极，归于自然；纵放之馀，时见精理者。

《昭昧詹言》：此亦造句用力之法，句法字字攒炼。起句促簇。次句疏直而阔步放纵，乃立命之根。……收句起格历落，用意疏豁。非是则收不住中四句之奇倔。如此奇险，寻其意脉，却文从字顺，各称其职。

《唐诗成法》：此与《玉台观》"中天积翠"一篇同一作法，七律中三唐所无也。

《历代诗发》：世多称此诗入近体，细看作歌行为当。

《石洲诗话》：拗律如杜公"城尖径仄"一种，历落苍茫，然亦自有天然斗笋处，非如七古专以三平为正调也。

《岘傭说诗》：七律有全首拗调如古诗者，少陵"主家阴洞"一首、"城尖径昃"一首之类是也。初学不可轻效。

《海天琴思录》：少陵"白帝城"，以古调入律也。

《十二笔舫笔录》：通体平仄入古。其源自庾开府《乌夜啼》等作来，而气魄特盛，宋陆放翁尤多此等作。

夔州歌十绝句（选六首）

其一

中巴之东巴东山，江水开辟流其间。

白帝高为三峡镇，夔州险过百牢关。

【汇评】

《诗薮》：少陵不甚工绝句，遍阅其集得二首："东逾辽水北滹沱，星象风云喜气和。紫气关临天地阔，黄金台贮俊贤多。""中巴之东有巴山，……夔州险过百牢关。"颇与太白《明皇幸蜀歌》相类。

《杜臆》：第一首写其形势，便堪为夔吐气。

《杜诗详注》：志夔州形胜，与下两章相连。白帝、瞿唐，分承山水，见其为蜀中险要。

《读杜心解》：第一首，领全势。"高为峡镇"，顶首句，就本地形胜作意；"险过百牢"，顶次句，以他处地险相形。

《杜诗镜铨》：前二首记形胜，兼入感慨。

其四

赤甲白盐俱刺天，间阎缭绕接山巅。

枫林橘树丹青合，复道重楼锦绣悬。

【汇评】

《杜臆》："赤甲白盐"，正公初卜居处。云"间阎缭绕"，似厌喧嚣而再卜居瀼西耳。

《杜诗详注》：卢云：见夔州既庶且富也。　　吴论：此下七章,散咏夔州景物。

《读杜心解》:诗可作画。青红层叠,楼榭参差,不嫌山体之孤峻矣。

《杜诗镜铨》:便是画图,想见二边掩映之妙("枫林橘树"二句下)。

其五

瀼东瀼西一万家,江北江南春冬花。

背飞鹤子遗琼蕊,相趁凫雏入蒋牙。

【汇评】

《杜臆》:瀼东、西一万家,知其喧犹不减也。岂复厌之而再徙东屯耶?

《杜诗详注》:春冬花,地气暖。……瀼水直流,故地界东西;江水横流,故地分南北。　　吴论:鹤子、凫雏,季夏之景。

《读杜心解》:下二,比《成都》诗"笋根"、"雉子"一联较胜。

《杜诗镜铨》:李云:生拗处,自见风流。

其六

东屯稻畦一百顷,北有涧水通青苗。

晴浴狎鸥分处处,雨随神女下朝朝。

其七

蜀麻吴盐自古通,万斛之舟行若风。

长年三老长歌里,白昼摊钱高浪中。

【汇评】

《杜臆》:可与《滟滪》诗互看。"白昼摊钱",岂即所谓"横黄金"者耶?

《读杜心解》:蜀在夔西,吴在夔东,夔峡乃其咽喉。此记商货之走集也。"三老"、"摊钱",写出习水饶财之状。

其九

武侯祠堂不可忘,中有松柏参天长。

干戈满地客愁破,云日如火炎天凉。

【汇评】

《杜诗详注》:武侯忠义,千古难忘,见非英雄割据及楚宫高唐可比。松柏阴森,堪散愁而纳凉,亦对树怀人之意。

《读杜心解》:想"武侯"之神,而"干戈"之"愁"可"破";承"松柏"之荫,而"云日"之"炎"可"凉":是分顶格。

《杜诗镜铨》:李子德云:此等直自作开山手!于三唐绝句,另为一种。

【总评】

《唐宋诗醇》:诸作亦自成风调,存之以备一体。

《读杜心解》:前九首俱截律诗上半,故下二对结,往往有律诗高调。

《杜诗镜铨》:十首亦《竹枝》词体,自是老境。

《石洲诗话》:《竹枝》本近鄙俚。杜公虽无《竹枝》,而《夔州歌》之类,即开其端。然其吞吐之大,则非语《竹枝》者所敢望也。

《唐人绝句精华》:"中巴"一首,记夔州形势也。"赤甲"写夔州之富庶,"东屯"述农田稻米之丰,"蜀麻"说蜀中商业之盛,皆有关国计民生之事,又与但写地方风俗之琐细者不同。

偶　题

文章千古事,得失寸心知。

作者皆殊列,名声岂浪垂?

骚人嗟不见，汉道盛于斯。

前辈飞腾入，馀波绮丽为。

后贤兼旧列，历代各清规。

法自儒家有，心从弱岁疲。

永怀江左逸，多病邺中奇。

骐骥皆良马，麒麟带好儿。

车轮徒已斫，堂构惜仍亏。

漫作潜夫论，虚传幼妇碑。

缘情慰漂荡，抱疾屡迁移。

经济惭长策，飞栖假一枝。

尘沙傍蜂虿，江峡绕蛟螭。

萧瑟唐虞远，联翩楚汉危。

圣朝兼盗贼，异俗更喧卑。

郁郁星辰剑，苍苍云雨池。

两都开幕府，万宇插军麾。

南海残铜柱，东风避月支。

音书恨乌鹊，号怒怪熊罴。

稼穑分诗兴，柴荆学土宜。

故山迷白阁，秋水隐黄陂。

不敢要佳句，愁来赋别离。

【汇评】

《岁寒堂诗话》：此少陵论文章也。夫"文章千古事，得失寸心知。作者皆殊列，名声岂浪垂"，乌可以轻议哉！

《艺圃撷馀》：少陵故多变态，其诗有深句，有雄句，有老句，有秀句，有丽句，有险句，有拙句，有累句，后世别为大家。特高于盛唐者，以其有深句、雄句、老句也；而终不失为盛唐者，以其有秀句、丽句也。……其愈险愈老，正是此老独得处，故不足难之；独拙、累之句,我不能掩瑕。虽然,更千百世无能胜之者何?要曰无露句耳。其意何尝不自高自任,然其诗曰:"文章千古事,得失寸心知。"曰:"新诗句句好,应任老夫传。"温然其辞,而隐然言外,何尝有所谓吾道主盟代兴哉?自少陵逗漏此趣,而大智大力者,发挥毕尽。

《杜臆》:此公一生精力,用之文章,始成一部《杜诗》,而此篇乃其自序也。《诗三百篇》各自有序,而此篇又一部《杜诗》之总序也。起来二句,乃一部《杜诗》所以胎孕者。"文章千古事",便须有千古识力为之骨;而"得失寸心知",则寸心具有千古。此乃文章家秘密藏,而千古立言之标准。……自"经济惭长策"至"秋水忆皇陂",皆叙其漂荡之实与其漂荡之故,……而"缘情慰漂荡",乃后半篇之总括也。

《义门读书记》:诗体态("前辈"二句下)。　　"儒家"疑"传家",谓乃祖审言也。"骁骥"、"斫轮"等语,皆承此联来("法自"二句下)。　　诗源流。江左谓徐、庾、阴、何,邺下谓建安也("永怀"二句下)。

《杜诗详注》:张溍曰:文章秘诀,诗统源流,前半已道尽。曰"骚人"、曰"汉道"、曰"邺中"、曰"江左",言诗家历代,各有体制可仿,后人兼采,原不宜过贬偏抑。公之所见甚大,所论甚正。太白则云:"自从建安来,绮丽不足珍。"自晋人以下,未免一概抹倒矣。　　此诗是二段格,前半论诗文,以"文章千古事"为纲领;后半叙境遇,以"缘情慰漂荡"为关键。前段结云:"漫作《潜夫论》,虚传幼妇碑。"隐以千古事自期矣;后段结云:"不敢要佳句,愁来赋别离",仍以慰漂荡自解矣。其段落之严整,脉理之精细如此。

《级斋诗谈》:"前辈飞腾入,馀波绮丽为。后贤兼旧列,历代各清规。"此亦错对法,交叉中文气通利,文义分晰,所以为难;若故意强纽,便不合格。

《龙性堂诗话初集》:少陵《偶题》云:"前辈飞腾入,馀波绮丽为。"自汉魏至齐梁，千馀年间，文章升降，评骘尽此二语。其曰："车轮徒已斫，堂构惜仍亏"，伤己之无贤嗣也。"漫作《潜夫论》，虚传幼妇碑"，慨时之无知音也。此为微词隽旨最多，读者当心知其意。

《唐宋诗醇》："文章千古事，得失寸心知"，其识解可谓广大精微；"前辈飞腾入，馀波绮丽为"，则操觚秘要，觉陆机《文赋》为繁。昔元稹为甫志曰："上薄《风》、《骚》，下该沈、宋，言夺苏、李，气吞曹、刘，掩颜、谢之孤高，杂徐、庾之流丽，尽得古今之体势，而兼文人之所独专。"其推许诚不为过，要未及此二十字之包括也。甫他诗云："读书破万卷，下笔如有神。"与此参观而微会之，子美之能事，思过半矣。

《剑溪说诗》："意惬关飞动，篇终接混茫"，刘须溪谓："即子美自道"，良是。高、岑不足以当之。

《读杜心解》：起二，立言心印。次二，总领派别。《骚》以该前，汉以统后，所包者广，皆"前辈"也。"飞腾"而"入"，兼有"千古"；"馀波绮丽"，到底不懈。此中"旧例"、"清规"，俱宜大费窥寻矣。

《杜诗镜铨》：首叙诗学，源流兼收，中自有区别，当与《戏为六绝句》"别裁伪体"、"转益多师"语参看。　　此叹诗学莫传（"漫作"二句下）。　　蒋弱六云：前半说文章，后半说境遇，皆"寸心知"者。前语少而意括，后语详而情绵，公一生心迹尽是矣。

秋兴八首

其一

玉露凋伤枫树林，巫山巫峡气萧森。
江间波浪兼天涌，塞上风云接地阴。

丛菊两开他日泪,孤舟一系故园心。

寒衣处处催刀尺,白帝城高急暮砧。

【汇评】

《唐诗品汇》：刘云：此七字拙（"丛菊两开"句下）。

《唐诗选脉会通评林》：周甸曰：江涛在地而曰"兼天"，风云在天而曰"接地"，见汹涌阴晦，触目天地间，无不可感兴也。　　屠隆曰：杜老《秋兴》诸篇，托意深远，如"江间"、"塞上"二语，不大悲壮乎？　　范梈曰：作诗实字多则健，虚字多则弱，如杜诗"丛菊"、"孤舟"一联，此等语亦何尝不健？　　蒋一葵曰：五、六不独"两开"、"一系"为佳，有感时溅泪，恨别惊心之况。末句掉下一声，中寓千声，万声。　　周珽曰：天钧异奏，人间绝响。

《唐诗评选》：笼盖包举一切，皆在"丛菊两开"句联上景语，就中带出情事，乐之如贯珠者，拍板与句，不为终始也。捱句截然，以句范意，则村巫傩歌一例。以俟知音者。

《杜诗解》：若谓玉树斯零，枫林叶映，虽志士之所增悲，亦幽人之所寄托。奈何流滞巫山巫峡，而举目江间，但涌兼天之波浪；凝眸塞上，惟阴接地之风云。真为可痛可悲，使人心尽气绝。此一解总贯八首，直接"佳人拾翠"末一解，而叹息"白头吟望苦低垂"也。

《义门读书记》：中四句，虚实蹉对。　　"江间波浪兼天涌"二句，虚含第二首"望"字。　　"丛菊两开他日泪"二句，虚含"望"之久也。

《而庵说唐诗》：此是《秋兴》第一首，须看其笔下何等齐整。

《杜臆》：前联言景，后联言情，而情不可极，后七首皆胞孕于（五、六）两言中也。又约言之，则"故园心"三字尽之矣。

《围炉诗话》：《秋兴》首篇之前四句，叙时与景之萧索也，泪落于"丛菊"，心系于"归舟"，不能安处夔州，必为无贤地主也。结不过在秋景上说,觉得淋漓悲戚,惊心动魄,通篇笔情之妙也。

《杜诗集评》:吴农祥曰:惊心动魄,不可以句求,不可以字摘。后人言"兼天"、"接地"之太板,"两开"、"一系"之无谓,岂不知工中有拙,拙中有工者也。

《唐宋诗醇》:钱谦益曰:首篇颔联悲壮,颈联凄紧,以节则杪秋,以地则高城,以时则薄暮,刀尺苦寒,急砧促别,末句标举兴会,略有五重,所谓嵯峨萧瑟,真不可言。　　黄生曰:杜公七律,当以《秋兴》为裘领,乃公一生心神结聚所作也。八首之中难为轩轾。

《读杜心解》:首章,八诗之纲领也,明写"秋景",虚含"兴"意,实拈"夔府",暗提"京华"。……五、六,则贴身起下,……"他日"、"故园"四字,包举无遗。言"他日",则后七首所云"香炉"、"抗疏"、"弈棋"、"世事"、"青琐"、"珠帘"、"旌旗"、"彩笔",无不举矣;言"故园",则后七首所云"北斗"、"五陵"、"长安"、"第宅"、"蓬莱"、"曲江"、"渼陂",无不举矣。……发兴之端,情见乎此。第七,仍收"秋",第八,仍收"夔",而曰"处处催",则旅泊经寒之况,亦吞吐句中,真乃无一剩字。

《杜诗镜铨》:"江间"、"塞上",状其悲壮;"丛菊"、"孤舟",写其凄紧。末二句结上生下,故以"夔府孤城"次之。　　言外寓客子无衣之感("寒衣处处"二句下)。

《诗法易简录》:末二句写出客子无家之感,紧顶"故园心"作结,而能不脱"秋"字,尤佳。

《昭昧詹言》:起句下字密重,不单侧佻薄,可法,是宋人对治之药。三、四,沉雄壮阔。五、六,哀痛。收,别出一层,凄紧萧瑟。

其二

夔府孤城落日斜,每依南斗望京华。
听猿实下三声泪,奉使虚随八月槎。

画省香炉违伏枕，山楼粉堞隐悲笳。

　　请看石上藤萝月，已映洲前芦荻花。

【汇评】

　　《唐诗品汇》：刘云：语苦（"听猿实下"句下）。

　　《七修类稿》：通篇悲惋，实、虚、违、隐，又是篇中之目。

　　《唐诗选脉会通评林》：刘辰翁曰："画省香炉"虽点缀意，然亦朴。　　吴山民曰：三、四根"京华"句说来。　　周珽曰：精笃快思，异情自溢。

　　《唐诗评选》：斡旋善巧。　　尾联故用活句，以留不尽。

　　《杜臆》："望京华"正故园所在也。望而不得，奚能不悲？……公虽不奉使，然朝廷授以省郎，……公不赴任，实以病故，是"画省香炉"，因"伏枕"而"违"也。

　　《杜诗解》：三，应云"听猿三声实下泪"，今云然者，句法倒装，与第七首三、四一样奇妙。……"请看"二字妙，意不在月也。"已"字妙，月上山头，已穿过藤萝，照此洲前久矣，我适才得见也。先生唯有望京华过日子，见此月色，方知又是一日了也。

　　《义门读书记》：后此皆"望京华"之事，三字所谓诗眼也。　　以"夔府"、"京华"蹉对，……上承"日斜"，下起"月映"，忽晦忽明，曲折变化。

　　《钱注杜诗》："每依北斗望京华"，皎然所谓"截断众流句"也。孤城砧断，日薄虞渊，万里孤臣，翘首京国，虽又八表昏黄，绝塞惨淡，唯此望阙寸心，与南斗共其色耳。此句为八首之纲骨。

　　《围炉诗话》：子美在夔，非是一日，次篇乃薄暮作诗之情景。……"依南斗"而"望京华"者，身虽弃逐凄凉，而未尝一念忘国家之治乱。……猿声下泪，昔于书卷见之，今处此境，诚有然者，故曰"实下"；浮槎犹上天，已不得还京，故曰"虚随"。……日斜吟诗，诗成而月已在"藤萝"、"芦荻"，只以境结，而情在其中。

《唐诗别裁》："望京华"，八首之旨，特于此章指出。

《读杜心解》：二章，乃是八首提掇处。提"望京华"本旨，以申明"他日泪"之所由，正所谓"故园心"也。……首句，点明"夔府"。次句，所谓点眼也。三、四，申上"望京华"，起下"违伏枕"。……五、六长去"京华"，远羁"夔府"也。……"藤萝月"应"落日"，"芦荻花"含"秋"字。此章大意，言留南望北，身远无依，当此高秋，讵堪回首？正为前后筋脉。旧谓夔州暮景，是隔壁话。

《杜诗镜铨》：此八诗之骨（"每依北斗"句下）。　对结无痕，（八首）篇篇映带秋意（"请看石上"二句下）。　此首言才看落日，已复深更，正见流光迅速，总寓不归之感，故下章接言"日日"。

《近体秋阳》：《秋兴》诗虽以雄瞻擅名千古，实乃唯此作与"玉露"、"昆明"二篇为胜。然"玉露"篇，独"丛菊"一联叫绝；"昆明"篇结语不出，虽强为之解者，累墨连楮，而总无裨于实理；又不如此篇深细见情，惋折可爱也。

《闻鹤轩初盛唐近体读本》：陈德公曰：虚实作句眼、字法，杜陵每用之，盖亦无端，此更有力。五、六，"违"既自言，"隐"亦在己。二句琢叠，弥费安吟，遂成沉郁。结语回映日斜。"八月"二句绪道所迟暮之感，意流语对，乃见萧疏。　评：此首以"夔府"二字为纽，以下俱属夔府情景。

《杜诗言志》：通首重"望京华"三字，盖"望京华"者乃少陵之至性所钟，生平命脉，皆在于此。

《昭昧詹言》：正言在夔府情事。结句乃叹岁月蹉跎，又值秋辰，作惊婉之情，以致哀思。乃倒煞题"秋"字，收拾本篇，即从次句"每"字生来。"每"者，二年在此，常此悲思，而今不觉忽又值秋辰，玩末章末句可见。《笺》乃妄解，引皎然盲说，以次句为"截断众流"。此诗词意景物，皆主夔府言，不主长安，何谓"截断众流"也？……七句无限之情不说，八句变律。　先兴后秋。

其三

千家山郭静朝晖，日日江楼坐翠微。

信宿渔人还泛泛，清秋燕子故飞飞。

匡衡抗疏功名薄，刘向传经心事违。

同学少年多不贱，五陵衣马自轻肥。

【汇评】

《唐诗品汇》：刘曰："泛泛"无所得也（"信宿渔人"句下）。　刘曰：既前后不相涉，只用二人名，亦莫知其意之所在，落落自可（"匡衡抗疏"二句下）。

《唐音癸签》：诗家虽刺讥中，要带一分含蓄，庶不失忠厚之旨。杜甫《秋兴》"同学少年多不贱，五陵衣马自轻肥"，着一"自"字，以为怨之，可也；以为羡之，亦可也。何等不露！

《杜臆》：公在江流，暮亦坐，朝亦坐。前章言暮，此章言朝，承上言光阴迅速，而日坐江楼，对翠微，良可叹也。故渔舟之泛，燕子之飞，此人情、物情之各适，而以愁人观之，反觉可厌；曰"还"、曰"故"，厌之也。

《唐诗评选》：此与下作，皆以脱露显本色，风神自非世间物。

《杜诗解》："千家山郭"下加一"静"字，又加一"朝晖"字，写得何等有趣，何等可爱。"江楼坐翠微"，亦是绝妙好致。但轻轻只用得"日日"二字，便不但使江楼翠微生憎可厌，而山郭朝晖俱触目恼人。

《义门读书记》："五陵"起下"长安"（"五陵衣马"句下）。

《钱注杜诗》：《七歌》云："长安卿相多少年"，所谓"同学"者，盖"长安卿相"也。曰少年，曰轻肥，公之目当时卿相如此。

《围炉诗话》：第三篇乃是晨兴独坐山楼，望江上之情景，故起语云："千家山郭静朝晖，日日江楼坐翠微。"一宿曰宿，再宿曰信。"信宿"与"日日"相应。"信宿渔人还泛泛"，言渔人日日泛江，则已亦日日坐于江楼，无聊甚也。"清秋燕子故飞飞"，言秋时燕可南去，而飞飞于江上，似乎有意者然。子美此时有南适衡、湘之意矣。

《山满楼笺注唐诗》：其旨微，其文隐而不露，深得立言蕴藉之妙。　　此章前四句结上，后四句起下，乃八篇中之关键也。

《唐宋诗醇》：陈廷敬曰：前三章详夔州而略长安，后五章详长安而略夔州，次第秩然。

《唐诗别裁》：以上就夔府言，以下就长安言。此八诗分界处也。二句喻己之飘泊（"信宿渔人"二句下）。　　二句慨己之不遇（"匡衡抗疏"二句下）。

《读杜心解》：三章申明"望京华"之故，主意在五、六逗出。文章家原题法也。……前二首"故园"、"京华"，虽已提出，尚未明言其所以。至是，说出事与愿违衷曲来，是吾所谓"望"之故，钱氏所谓"文之心"也。

《杜诗镜铨》：直是目空一世，此公之狂不减乃祖（"同学少年"二句下）。

《闻鹤轩初盛唐近体读本》：陈德公曰：三、四亦寓迟暮之感。五、六使事能自入情，不为泛率。　　评：此首以"江楼"二字作纽："信宿"二句，江楼所见之景；下则江楼之情。

《唐诗成法》：此伤马齿渐长，而功名不立于天壤也。……有言此首首尾全不关合者。一、二即含"京华"，五、六言"京华"事，七、八正接五、六，非不关合也。

《网师园唐诗笺》：首二句有身羁夔府、日月如流之感，三、四喻己之漂泊，五、六慨己之不遇。

《读杜诗说》：作"日日"非但重字太多，与"千家"字亦不对。（按："日日"一作"一日"，一作"百处"。）

其四

闻道长安似弈棋，百年世事不胜悲。

王侯第宅皆新主，文武衣冠异昔时。

直北关山金鼓振，征西车马羽书迟。

鱼龙寂寞秋江冷，故国平居有所思。

【汇评】

《后村诗话》：公诗叙乱离，多百韵，或五十韵，或三四十韵，惟此篇最简而切也。

《瀛奎律髓》：广德元年癸卯冬十月，吐蕃入长安，代宗幸陕。安、史死久矣，而又有此事，故曰"弈棋"。然首篇有云："巫山巫峡气萧森"，即大历初诗也。

《杜臆》：遂及国家之变。则长安一破于禄山，再乱于朱泚，三陷于吐蕃，如弈棋之迭为胜负，而百年世事，有不胜悲者。

《姜斋诗话》：至若"故国平居有所思"，"有所"二字，虚笼喝起，以下曲江、蓬莱、昆明、紫阁，皆所思者，此自《大雅》来。

《唐诗评选》：末句连下四首，为作提纲，章法奇绝。

《钱注杜诗》：肃宗收京已后，中外多故。公不以移官僻远，愁置君国之忧，殆欲以沧江遗老，奋袖屈指，覆定百年举棋之局，非徒悲伤晼晚，如昔人愿得入帝城而已。

《杜诗解》："闻道"妙，不忍直言之也，也不敢遽信之也。二字贯全解。世事可悲，加"百年"二字妙。正见先生满肚真才实学，非腐儒呴呴腹诽迂论（"闻道长安"二句下）。 "迟"上用"羽书"妙。羽书最急，而复迟迟，想见当时世事（"征西车马"句下）。"故国"下用"平居"字妙。我自思我之平居尔，岂敢于故国有所怨讪哉（"故国平居"句下）！

《瀛奎律髓汇评》：查慎行：三、四紧承"似弈棋"，若如评语，则首句反无着落。 冯舒：历看选家，自南宋以来，万历以上，不知何以只选此首？　　冯班：何以只选一首，好大胆！　　纪昀：八首取一，便减多少神采。此等去取，可谓庸妄至极！

《唐宋诗醇》：陈廷敬曰：末句犹云："历历开元事，分明在目前。"此结本章以起下数章。

《读杜心解》：四章正写"望京华"，又是总领。为前后大关键。"弈棋"、"世事"不专指京师屡陷，观三、四，单以"第宅"、"衣冠"言可见。……"故国思"缴本首之"长安"，应前首之"望京"，起前后之分写，通身锁钥。

《杜诗集评》：似极力言之，仍自悠然不尽。

《杜诗镜铨》：三、四言朝局之变更，五、六言边境之多事。当此时而穷老荒江，了无施其变化飞腾之术，此所以回忆故国，追念平居而不胜慨然也。

《昭昧詹言》：第四首思长安。自此以下，皆思长安。"弈棋"言迭盛迭衰，即鲍明远《升天行》意，而此首又总冒。……五、六远，忽纵开，大波澜起，既振又换。结"秋"字陡入，悲壮勒转，收足五、六句意。而"思"字又起下四章，章法入妙无痕。　　此诗浑浩流转，龙跳虎卧。

《闻鹤轩初盛唐近体读本》：评：一结束上三章，起下四章。

《读杜札记》："长安似弈棋"上着"闻道"二字，疑当时有此语。"百年"乃统举开国以来言之。此二句乃发端感叹之词，下乃入时事。

其五

蓬莱宫阙对南山，承露金茎霄汉间。
西望瑶池降王母，东来紫气满函关。
云移雉尾开宫扇，日绕龙鳞识圣颜。
一卧沧江惊岁晚，几回青琐点朝班。

【汇评】

《唐诗品汇》：刘云：律句有此，自觉雄浑（"西望瑶池"二句下）。

《唐诗评选》：无起无转无叙无收，平点生色，八风自从，律而不奸，真以古诗作律。后人不审此制，半为皎然老髡所误。

《唐诗选脉会通评林》：徐常吉曰：以下几诗，但追忆秦中之事，而故宫离黍之感，因寓其中。"蓬莱宫阙"，言明皇之事神仙；"瞿塘峡口"，言明皇之事游乐；"昆明池水"，言明皇之事边功，而末但寓感慨之意。　　吴山民曰：起联皇居之壮。　　蒋一葵曰：因开宫扇，故识圣颜，有映带法。　　周明辅曰：只就实事赋出，沉壮温厚无不有。　　梅鼎祚曰：八首皆有大声响，余得"玉露"、"蓬莱"、"昆明"尔。

《杜臆》：极言玄宗当年丰亨豫大之时，享安富尊荣之盛。不言致乱，而乱萌于此。语若赞颂，而刺在言外。……家有丰考功《秋兴帖》写"蓬莱宫阙"诗，尾自注："仙"误作"宫"，……盖下有"宫扇"，字复，宜作"仙"。

《杜诗解》："点"字妙。先生此时之在朝班，只如密雨中之一点耳，虽欲谏议，亦复何从（"几回青琐"句下）！

《钱注杜诗》：此诗追思长安全盛，叙述其宫阙崇丽，朝省尊严，而伤感则见于末句。

《杜诗详注》：陈泽州注：此诗前六句，是明皇时事；"一卧沧江"，是代宗时事；"青琐"、"朝班"，是肃宗时事。前言天宝之盛，陡然截住，陡接末联。他人为此，中间当有几许繁絮矣。……此章用对结，末二章亦然。　　卢德水疑上四用宫殿字太多，五、六似早朝诗语。今按赋长安景事，自当以宫殿为首，所谓"不睹皇居壮，安知天子尊"也。公以布衣召见，感荷主知，故追忆入朝觐君之事，没齿不忘。若必全首俱说秋景，则笔下有"秋"，意中无"兴"矣。此章下六句,俱有一虚字、二实字于句尾,如:"降王母"、"满函关"、"开宫扇"、"识圣颜"、"惊岁晚"、"点朝班",句法相似,未免犯"上尾叠足"之病矣。

《围炉诗话》:此诗前六句皆是兴,结以赋出正意,与《吹笛》篇同体,不可以起承转合之法求之也。

《唐诗成法》:此思昔日之得觐天颜也。七开笔说今日,八合,方是追昔。

《网师园唐诗笺》:上半盛写宫阙之壮丽,三、四联写朝省之尊严。

《唐诗别裁》:前对南山,西眺瑶池,东接函关,极言宫阙气象之盛,无讥刺意("蓬莱宫阙"四句下)。　　追思长安全盛时,宫阙壮丽,朝省尊严,而末叹己之久违朝宁也。

《读杜心解》:五章以后,分写"望京华"。此溯宫阙朝仪之盛,首帝居也,而意却重在曾列朝班,是为"所思"之一。　　"沧江"带"夔"。"岁晚"本言"身老",亦带映"秋"。

《杜诗集评》:吴农祥云:极刺时事而雄浑不觉。　　徐士新云:"蓬莱宫阙"言明皇之事神仙,不若指贵妃为当。

《读雪山房唐诗序例》:杜公"蓬莱宫阙对南山",六句开,两句合;太白"越王勾践破吴归",三句开,一句合,皆是律绝中创调。

《杜诗镜铨》:此思长安宫阙之盛,而叹朝宁久违也。　　前六句直下,皆言昔之盛,第七,一句打转,笔力超劲。　　陈秋田云:下四首不用句面呼吸,一片神光动荡,几于无迹可寻。　　吴瞻泰云:此处指拾遗移官事,只用虚括,他人当用几许繁絮矣。

《读杜札记》:说者以此四句专指天宝之盛,亦非通论。看五、六即入身预朝班,系肃宗朝事,则上四不得坐煞天宝。

《杜诗言志》:追忆太平宫阙之盛,为孤忠之所爱慕不忘也。……通首博大昌明,铿铉绮丽,举初、盛早朝应制诸篇,一齐尽出其下,真杰作也。

《增定评注唐诗正声》:周云:只就实事赋出,沉壮温厚无不有。

《闻鹤轩初盛唐近体读本》:陈德公曰:结二方是此时意绪。上六止写入结内一"朝"字耳。章法极为开动。结语仍是对出,起二警亮,五、六郁丽,弥见沉挚。

《昭昧詹言》:思宫阙,高华典丽,气象万千。……结句收五、六句,忽跳开出场,归宿自己,收拾全篇,苍凉凄断。此乱后追思,故极言富盛,一片承平瑞气,而言外有馀悲,所以为佳。

其六

瞿唐峡口曲江头,万里风烟接素秋。
花萼夹城通御气,芙蓉小苑入边愁。
朱帘绣柱围黄鹤,锦缆牙樯起白鸥。
回首可怜歌舞地,秦中自古帝王州。

【汇评】

《唐诗品汇》:刘云:两句写幸蜀之怨,怀故京之思,不分远近,如将见其实焉("花萼夹城"二句下)。　刘云:对句耳!不足为雅丽("珠帘绣柱"二句下)。

《唐诗选脉会通评林》:唐孟庄曰:"入"字莫轻看,见自我致之。　徐常吉曰:"歌舞地"今戎马场,"帝王都"今腥膻窟,公之意在言表。

《义门读书记》:倒起,变化。言我凝望之久,虽万里而遥,不啻与京华风烟相接。亦从"一卧沧江"来("瞿塘峡口"二句下)。

《杜臆》:此章直承首章以来,乃结上生下,而仍归宿于故园之思也。

《唐诗评选》:揉碎乱点,掉尾孤行以显之。如万紫乘风,回飘一合。"接素秋",妙在"素秋"二字止;此之外,不堪回首。

《杜诗解》:御气用一"通"字,何等融和!边愁用一"入"字,出入意外。先生不尚纤巧,而耀人心目如此("花萼夹城"二句下)。

《杜诗详注》:陈廷敬曰:此承上章,先宫殿而后池苑也;下继"昆明"二章,先内苑而及城外也。上下四章,皆前六句长安,后两句夔州;此章在中间,首句从"瞿塘"引端,下六则专言长安事。俱见章法变化。 "帝王州",又起下汉武帝。

《围炉诗话》:"瞿塘峡口曲江头,万里风烟接素秋",言两地极远,而秋怀是同,不忘魏阙也。故即叙长安事,而曰"花萼夹城通御气",言此二地是圣驾所常游幸。而又曰"芙蓉小苑入边愁",则转出兵乱矣。又曰"珠帘绣柱"不围人而"围黄鹄","锦缆牙樯"无人迹而"起白鸥",则荒凉之极也,是以"可怜"。又叹关中自秦、汉至唐皆为帝都,而今乃至于此也。

《山满楼笺注唐诗》:此二句则谓之顺便成对,种种神奇,不可思议。勿但以工丽赏之("花萼夹城"一联)下。

《唐诗别裁》:此追叙长安失陷之由。城通御气,指敦伦勤政时;苑入边愁,即所云"渔阳鼙鼓动地来"。上言治,下言乱也。下追叙游幸之时,见盛衰无常,自古为然,言外无穷猛省。

《读杜心解》:六章,就"曲江头"写"望京华",为"所思"之二。 此诗开口即带夔州,法变。"瞿峡"、"曲江",相悬万里,次句钩锁有方,趁便嵌入"秋"字,何等筋节!中四,乃申写"曲江"之事变景象,末以嗟叹束之,总是一片身亲意想之神。

《杜诗镜铨》:吞吐意在言外("回首可怜"二句下)。

《唐诗成法》:此首格奇。

《读杜诗说》:意本衰飒,而语特浓丽,犹下章"织女"、"石鲸"等句。

《网师园唐诗笺》:此思失陷后之长安。

《杜诗集评》：吴农祥云：本言《黍离》、《麦秀》之悲，乃反拟秦中富盛，立言最有含蓄。　　徐士新云：讥明皇之事远游误矣。

《杜诗言志》：叙次及于巡幸之地，而兼伤其变乱之所由生。……上首言宫阙，则极其盛；此首言胜地，则带言其衰。此自互文，可见立言之有体，且得杼柚，饶有变化也。

《昭昧詹言》：他篇或末句结穴点"秋"字，或中间点"秋"字，此却易为起处，横空突入，又复错综入妙。"瞿唐"，己所在地；"曲江"，所思长安地；却将第二句回合入妙，点"秋"字，较"隔千里兮共明月"健漫悬绝。

《十八家诗钞》：张廉卿云：收句雄远奇妙，它人不能到。

其七

昆明池水汉时功，武帝旌旗在眼中。
织女机丝虚夜月，石鲸鳞甲动秋风。
波漂菰米沉云黑，露冷莲房坠粉红。
关塞极天唯鸟道，江湖满地一渔翁。

【汇评】

《石林诗话》：禅宗论云间有三种语：……其三为"函盖乾坤句"，谓泯然皆契，无间可伺，其深浅以是为序。余尝戏谓学子言，老杜诗亦有此三种语，但先后不同。"波漂菰米沉云黑，露冷莲房坠粉红"，为函盖乾坤句。

《升庵诗话》：隋任希古《昆明池应制》诗曰："回眺牵牛渚，激赏镂鲸川"，便见太平宴乐气象。今一变云："织女机丝虚夜月，石鲸鳞甲动秋风"，读之则荒烟野草之悲，见于言外矣。《西京杂记》云："太液池中有雕菰，紫箨绿节，凫雏雁子，唼喋其间。"……便见人物游嬉，宫沼富贵。今一变云："波漂菰米沉云黑，露冷莲房坠粉红。"读之则菰米不收而任其沉，莲房不采而任其坠，则兵戈乱离之状具见矣。杜诗之妙,在翻古语;《千家注》无有引此者,虽万家注何用哉?因悟杜诗之妙。

《木天禁语》:七言律诗篇法:……单抛:《秋兴》"昆明池水汉时功,……江湖满地一渔翁"。

《艺苑卮言》:秾丽况切,惜多平调,金石之声微乖耳。

《唐音癸签》:"昆明池水"前四语故自绝,奈颈联肥重,"坠粉红",尤俗。

《唐诗归》:钟云:此诗不但取其雄壮,而取其深寂。   钟云:中四语诵之,心魄谡谡("织女机丝"四句下)。

《唐诗选脉会通评林》:杨慎曰:……杜诗之妙,在翻古语。此与《三百篇》"牂羊坟首,三星在罶"同,比之唐晚"乱杀平人不怕天"、"抽旗乱插死人堆",岂但天壤之隔。   周珽曰:风华韵郁,静想其得力,不独以诗学擅富者。   黄家鼎曰:写怨怀思,劲笔深情,言外自多馀想。

《唐诗评选》:"旌旗"字入得分外光鲜。   尾联藏锋极密,中有神力,人不可测。

《杜臆》:且"织女"、"鲸鱼",铺张伟丽,壮千载之观;"菰米"、"莲房",物产丰饶,溥生民之利。予安能不思?乃剑阁危关,才通"鸟道",欲归不得,而留滞峡中,"江湖满地",而漂泊如"渔翁",与前所见之"信宿泛泛"者何异?

《杜诗解》:"在眼中"妙。汉武武功,固灿然耳目,百代一日者也。三、四即承上昆明池景,而寓言所以不能比汉之意。织女机丝既虚,则杼柚已空;石鲸鳞甲方动,则强梁日炽。觉夜月空悬,秋风可畏,真是画影描风好手,不肯作唐突语磕时事也。

《钱注杜诗》:今人论唐七言长句,推老杜"昆明池水"为冠,实不解此诗所以佳。……余谓班、张以汉人叙汉事,铺陈名胜,故有"云汉"、"日月"之言;公以唐人叙汉事,摩娑陈迹,故有"机丝"、"夜月"之词。此立言之体也,何谓彼颂繁华而此伤丧乱乎?"菰米"、"莲房",补班、张铺叙所未见;"沉云"、"坠粉",描画素秋景物,居然金碧粉本。……今谓"昆明"一章,紧承上章"秦中自古帝王州"一句而申言之,时则曰"汉时",帝则曰"武帝","织女"、"石鲸"、"莲房"、"菰米",金堤灵沼之遗迹,与戈船楼橹,并在眼中,而自伤其僻远而不得见也。于上章末句,尅指其来脉,则此中叙致,褶叠环锁,了然分明。如是而曰:七言长句果以此诗为首,知此老亦为点头矣。末二句正写所思之况,"关塞极天",岂非风烟万里;"满地一渔翁",即"信宿""泛泛"之渔人耳。上下俯仰,亦在眼中,谓公自指一渔翁则陋。

《杜诗详注》:陈泽州注:"关塞",即"塞上风云";"江"即"江间波浪",带言湖者,地势接近,指赴荆南也。公诗"天入沧浪一钓舟"、"欲把钓竿终远去",皆以"渔翁"自比。　范季随《陵阳室中语》曰:少陵七律诗,卒章有时而对,然语意皆收结之词。今人学之,于诗尾作一景联,一篇之意,无所归宿,非诗法也。

《读杜心解》:就"昆明池"写"望京华",次武事也。为所思之三。……三、四切"昆明"傅彩;五、六,从"池水"抽思,一景分作两层写。

《闻鹤轩初盛唐近体读本》:陈德公曰:三、四,十二实字,只着二活字作眼,雄丽生动,遂成一悲壮名句。五、六自"菰米"、"莲房"相属字外,一不现成,逐字琢叠,吟安定竭工力,成兹郁语,如见盘错。岂容可几?　评:菰米沉黑,莲房坠红,即景言情,乱离无人之状,宛然在目。

《杜诗言志》:此第七首,因上文"自古帝王"之语,遂引汉武以为明皇之比。……末二语言天下大势坏乱已极,忧之者唯己一人也。此一首追咎明皇喜事开边,而宠贼臣之过也。

《昭昧詹言》:中四句分写两大景,两细景。收句结穴归宿,言己落江湖,远望弗及,气激于中,横放于外,喷薄而出,却用倒煞,所谓文法高妙也。沉着悲壮,色色俱绝。此"渔翁",公自谓,乃本篇结穴。《笺》乃谓指"信宿"之"渔人",成何文理!此借汉思唐,以昆明迹本于武帝也,《笺》乃以为思古长安,可谓说梦。

其八

昆吾御宿自逶迤,紫阁峰阴入渼陂。

香稻啄馀鹦鹉粒,碧梧栖老凤皇枝。

佳人拾翠春相问,仙侣同舟晚更移。

彩笔昔曾干气象,白头吟望苦低垂。

【汇评】

《古今诗话》:杜子美诗云:"红("香"一作"红")稻啄馀鹦鹉粒,碧梧栖老凤凰枝。"此语反而意奇。退之诗云:"舞鉴鸾窥沼,行天马度桥"亦效此理。

《诗学禁脔》:错综句法,不错综则不成文章。平直叙之,则曰"鹦鹉啄馀红稻粒,凤凰栖老碧梧枝。"而用"红稻"、"碧梧"于上者,错综之也。

《唐诗品汇》:刘云:语有悲慨可念("香稻啄馀"二句下)。　　刘云:甚有风韵,"春"字又胜("佳人拾翠"二句下)。

《诗薮》:七言如……"香稻啄馀鹦鹉粒,碧梧栖老凤凰枝"、"听猿实下三声泪,奉使虚随八月槎",字中化境也。

《唐诗选脉会通评林》:周珽曰:次联撰句巧致,装点得法。《诗话》谓语反而意奇,退之"舞镜鸾窥沼,行天马渡桥"效此体。要知此句法,必熟练始得,否则不无伤雕病雅之累也。故王元美有曰:"倒插句非老杜不能",正谓不易臻化耳。此妙在"啄馀"、"栖老"二字。

《杜臆》:地产香稻,鹦鹉食之有馀;林茂碧梧,凤凰栖之至老。……此诗止"仙侣同舟"一语涉渼陂，而《演义》云："专为渼陂而作"，误甚。"香稻"二句，所重不在"鹦鹉"、"凤凰"，非故颠倒其语，文势自应如此（"香稻啄馀"二句下）。

《唐诗评选》：一直盈下。八首中，此作最为佳境。为不忘乃祖，俗论不谓然。

《而庵说唐诗》："佳人"句娟秀明媚，不知其为少陵笔，如千年老树挺一新枝。……吾尝论文人之笔，到苍老之境，必有一种秀嫩之色，如百岁老人有婴儿之致，又如商彝周鼎，丹翠烂然也。今于公益信（"佳人拾翠"二句下）。　　八首中独此一句苦，若非此首上七句追来，亦不见此句之苦也。此首又是先生自画咏《秋兴》小像也（"白头吟望"句下）。

《义门读书记》：安溪云：稻馀鹦粒而梧老凤枝，佳人拾翠，仙侣移棹，皆因当年景物起兴，隐寓宠禄之多而贤士远去，妖幸之感而高人遁迹也。末联入己事，宛与此意凑泊。按：师说更浑融，亦表里俱彻也。

《唐诗别裁》：此章追叙交游，一结并收拾八章，所谓"故园心"、"望京华"者，一付之苦吟怅望而已。

《读杜心解》：卒章之在"京华"，无专指，于前三章外，别为一例。此则明收入自身游赏诸处，所谓向之所欣，已为陈迹，情随事迁，感慨系之。此《秋兴》之所为作也，为八诗大结局。……"彩笔"句，七字承转，通体灵动。

《杜诗镜铨》：此首复借春景作反映（"佳人拾翠"句下）。
陈注：此"望"字与"望京华"相应，既"望"而又"低垂"，并不能望矣。"笔干气象"，昔何其壮；头白低垂，今何其惫？诗此至声泪俱尽，故遂终焉。　　俞云：用作诗意总结，并八篇俱缴住，真大家手笔（"彩笔昔曾"二句下）。

《闻鹤轩初盛唐近体读本》：陈德公曰：章法，结法亦同前篇，中联亦关吟琢，特用跳脱之笔。　　　评：第二，隽句。末语乃极沉郁。

《唐诗成法》：此思昆吾诸处之游也。　　　一、二出诸处地名，三、四诸处所见之景物，五、六诸处之游人。七昔游，结后四首，八"吟望"，结前四首，章法井然。

《杜诗集评》：吴农祥云：三、四浓艳，五、六流逸。结本"今望"，非"吟望"，是对法体，当从。

【总评】

《唐诗品汇》：刘云：八诗大体沉雄富丽，哀伤无限，尽在言外，故自不厌确实，小家数不可仿佛耳。

《唐诗援》：宗子发曰：《秋兴》诸作，调极铿锵而能沉实，词极工丽而尤耸拔，格极雄浑而兼蕴藉，词人之能事毕矣，在此体中可称神境。乃世犹有訾议此八首者，正昌黎所谓"群儿愚"也。

《唐诗归》：钟云：《秋兴》偶然八首耳，非必于八也。今人诗拟《秋兴》已非矣，况舍其所为秋兴，而专取盈于八首乎？胸中有八首，便无复秋兴矣。杜至处不在《秋兴》，《秋兴》至处亦非八首也。

《唐诗训解》：《秋兴》八首是杜律中最有力量者，其声响自别。

《唐诗选脉会通评林》：陈继儒曰：云霞满空，回翔万状，天风吹海，怒涛飞涌，可喻老杜《秋兴》诸篇。

《杜臆》：《秋兴》八章，以第一首起兴，而后七首俱发中怀，或承上，或起下，或互相发，或遥相应，总是一篇文字，拆去一章不得，单选一章不得。

《唐诗评选》：八首如正变七音，旋相为宫，而自成一章。或为割裂，则神体尽失矣，选诗者之贼不小。

《杜诗说》：杜公七律，当以《秋兴》为裘领，乃公一生心神结聚之所作也。

《杜诗解》：此诗八首凡十六解。才真是才，法真是法，哭真是哭,笑真是笑。道他是连,却每首断;道他是断,却每首连。倒置一首不得,增减一首不得。分明八首诗,直可作一首诗读,盖其前一首结句,与后一首起句相通。后来董解元《西厢》,善用此法。

题是《秋兴》,诗却是无兴。作诗者,满肚皮无兴,而又偏要作"秋兴",故不特诗是的的妙诗,而题亦是的的妙题,而先生的的妙人也。　　试看此诗第一首纯是写秋,第八首纯是写兴,便知其八首是一首也。

《而庵说唐诗》:《秋兴》八首,规模弘远,气骨苍丽,脉络贯通,精神凝聚,……七字之内,八句之中,现出如是奇观大观,真使唐代人空,千秋罢唱。寄语世间才人,勿再和《秋兴》诗也。　　秋兴者,因秋起兴也。子美一肚皮忠愤借秋以发之,故以名篇也。

《义门读书记》:贾开宗曰:少陵之诗,以《文选》为宗,故《秋兴八首》其题原于卢子谅,其笔取之刘太尉,文词几于乱丝而头绪井然,一丝不紊,又本于左太冲《咏史八首》,熟精《文选》理者,当自知之。按:左之《咏史》,昭明所采适八首耳,此自以八首为章法,贾言本此者,非。古今诗体不同,谓其笔取之刘太尉,亦附会之谬者也。

《杜诗详注》:郝敬曰:《秋兴》八首,富丽之词,沉浑之气,力扛九鼎,勇夺三军,真大方家如椽之笔。王元美谓其藻绣太过,肌肤太肥,造语牵率而情不接,结响凑合而意未调。如此诸篇,往往有之。由其材大而气厚,格高而声弘,如万石之钟,不能为喁喁细响;河流万里,那得不千里一曲? 子美之于诗,兼综条贯,非单丝独竹,一夏一击,可以论宫商者也。　　陈廷敬曰:《秋兴八首》,命意炼句之妙,自不必言,即以章法论:分之如骇鸡之犀,四面皆见;合之如常山之阵,首尾互应。前人皆云:李如《史记》,杜如《汉书》。予独谓不然,杜合子长、孟坚为一手者也。

《载酒园诗话》:《秋兴》诗体高格厚,意味深长。……乃因秋起兴，非咏秋也。其言忽而蜀中，忽而秦中；忽而写景，忽而言怀；忽而壮丽，忽而荒凉；忽而直陈，忽而隐喻。正所谓哀伤之至，语言失伦，或笑或泣，苦乐自知者。

《绂斋诗谈》：《秋兴八首》"秋兴"二字，或在首尾，或藏腰脊，钩连甚密。……其一，秋起秋结，"丛菊"二句，兴也。其二，兴起秋结。其三，秋起兴结。其四，兴起秋结。其五，兴起秋结。其六，秋起兴结。其七，兴起兴结，中四句带入"秋"字。其八，兴起兴结，"红豆"二句，暗藏"秋"字。　其四，上二句冒下六句格。其六，后二句擎上六句格。其七，起结各二句格，中四句妙在壮丽语写荒凉景。

《唐七律选》：八首意极浅，不过"抚今追昔"四字而已，而诗甚伟练。旧谓杜诗以八首冠全集，又谓八首如一首，缺一不得，皆稚儿强解事语。……只八首原有得失，世并不晓，所当明眼人一指破耳。

《唐音审体》：一题八首，句句稳叶，前后照应，结构森严，此格自公创之，遂为七言律诗之祖。有谓本于左思《咏史》诗者，亦强为之说也。

《围炉诗话》：凡读唐人诗，孤篇须看通篇意，有几篇者须合看诸篇意，然后作解，庶几可得作者之意，不可执一二句、一二字轻立论也。《秋兴八首》皆是追昔伤今，绝无讥刺。

《唐宋诗醇》：吴渭曰：诗有六义，兴居其一，凡阴阳寒暑，草木鸟兽，山川风景，得于适然之感而为诗者，皆兴也。老杜《秋兴》八首，深诣诗人之阃奥，兴之入律者宗焉。

《唐诗别裁》：曰巫峡，曰夔府，曰瞿塘，曰江楼、沧江、关塞，皆言身之所处；曰故国，曰故园，曰京华、长安、蓬莱、昆明、曲江、紫阁，皆言心之所思。此八诗中线索。怀乡恋阙，吊古伤今，杜老生平，具见于此。其才气之大，笔力之高，天风海涛，金钟大镛，莫能拟其所到。

《唐诗成法》：此诗诸家称说，大相悬绝。有谓妙绝古今者，有谓全无好处者。愚谓若首首分论，不惟唐一代不为绝传，即在本集亦非至极；若八首作一首读，其变幻纵横，沉郁顿挫，一气贯注，章法、句法，妙不可言。初、盛大家，七律一题八首者谁乎？

《杜诗镜铨》：郝楚望云：八首才大气厚，格高声宏，真足虎视词坛，独步一世。　　王阮亭云：《秋兴》八首，皆雄浑丰丽，沉着痛快，其有感于长安者，但极言其盛，而所感自富其中。徐而味之，凡怀乡恋阙之情，慨往伤今之意，寇盗交兵，小人病国，风俗之非旧，盛衰之相寻，所谓不胜其悲者，固已不出乎意言之表矣。近日王梦楼太史云：子美《秋兴》八篇，可抵庾子山一篇《哀江南赋》，此论亦前人之所未发。

《随园诗话》：余雅不喜杜少陵《秋兴》八首，而世间耳食者，往往赞叹，奉为标准。不知少陵海涵地负之才，其佳处未易窥测。此八首，不过一时兴到语耳，非其至者也。

《昭昧詹言》："秋兴"者，因秋而发兴也。谓之"兴"者，言在于此，寄意于彼，随指一处一事为言，又在此而思他处也。而皆以己为纬，以秋为主，以哀伤为骨。

《杜诗言志》：秋兴，言当秋日漫兴以为诗也。漫兴体本无深意，而老杜即于此诗备极淋漓工巧。盖唐人七律，以老杜为最，而老杜七律，又以此八首为最者，以其生平之所郁结，与其遭际，一时荟萃，形为慷慨悲歌，遂为千古之绝调。

《五色批本杜工部集》：《秋兴》自是杜集有名大篇。八章固有八章之结构，一章亦各有一章之结构。浑浑吟讽，佳趣自当得之。必如《笺》所云如何穿插，如何钩锁，则凿矣。作者胸中无此定见。

咏怀古迹五首

其一

支离东北风尘际，漂泊西南天地间。

三峡楼台淹日月，五溪衣服共云山。

羯胡事主终无赖，词客哀时且未还。

庾信平生最萧瑟，暮年诗赋动江关。

【汇评】

《杜臆》：五首各一古迹。第一首古迹不曾说明，盖庾信宅也。借古迹以咏怀，非咏古迹也。……公于此自称"词客"，盖将自比庾信，先用引起下句，而以己之"哀时"比信之《哀江南》也。

《唐诗评选》：本以咏庾信，只似带出，妙于取象。

《义门读书记》：《哀江南赋》云："诛茅宋玉之宅，开径临江之府"。公误以为子山亦尝居此，故咏古迹及之，恐漂泊羁旅同子山之身世也。"宅"字于次篇总见，与后二首相对为章法。

《杜诗详注》：首章咏怀，以庾信自方也。……五、六宾主双关，盖禄山叛唐，犹侯景叛梁；公思故国，犹庾信哀江南。

《唐音审体》：以庾信自比，非咏信也。下皆咏蜀事。信非蜀人。

《唐诗别裁》：此章以庾信自况，非专咏庾也。五、六语已与庾信双关；以上，少陵自叙。

《读杜心解》：三、四，正咏"漂泊"。五、六，流水，乃首尾关键。"终无赖"申"支离"，"且未还"起"萧瑟"。

《杜诗镜铨》：自叙起，为五诗总冒。　　俞云：二句作诗本旨（"支离东北"二句下）。

《杜诗集评》：李因笃云：格严整而意沉着。　　吴家祥云：

声调悲凉。

《闻鹤轩初盛唐近体读本》：陈德公曰：此章纯是自述，非关古迹矣，故有作《咏怀》一章、《古迹》四首者。

《唐诗绎》：此因寓羁不得归，而自伤漂泊也。

《昭昧詹言》：首章前六句，先发己哀为总冒。庾信宅在荆州，公未到荆州而将有江陵之行，流寓等于庾信，故先及之。

其二

> 摇落深知宋玉悲，风流儒雅亦吾师。
> 怅望千秋一洒泪，萧条异代不同时。
> 江山故宅空文藻，云雨荒台岂梦思？
> 最是楚宫俱泯灭，舟人指点到今疑。

【汇评】

《杜臆》：玉悲"摇落"，而公云"深知"，则悲与之同也。故"怅望千秋"，为之"洒泪"；谓玉萧条于前代，公萧条于今代，但不同时耳。不同时而同悲也，……知玉所存虽止文藻，而有一段灵气行乎其间，其"风流儒雅"不曾死也，故吾愿以为师也。

《杜诗详注》：（"怅望千秋"一联）二句乃流对。　　此诗起二句失粘。

《唐音审体》：义山诗"楚天云雨俱堪疑"从此生出。

《唐宋诗醇》：顾宸曰：李义山诗云："襄王枕上元无梦，莫枉阳台一段云。"得此诗之旨。

《唐诗别裁》：谓高唐之赋乃假托之词，以讽淫惑，非真有梦也。　　怀宋玉亦所以自伤。言斯人虽往，文藻犹存，不与楚宫同其泯灭，其寄慨深矣。

《读杜心解》：此下四首，分咏峡口古迹也，俱就各人时事寄慨。……三、四，空写，申"知悲"；五、六，实拈，申"吾师"。……结以"楚宫泯灭",与"故宅"相形,神致吞吐,抬托愈高。

《杜诗镜铨》:流水对,一往情深("怅望千秋"二句下)。意在言外("最是楚宫"二句下)。　"亦"字承庾信来,有岭断云连之妙。

《杜诗集评》:如此诗亦自"风流儒雅"。

《杜诗言志》:此第二首,则将自己怀抱与宋玉古事引为同调。

《昭昧詹言》:一意到底不换,而笔势回旋往复,有深韵。七律固以句法坚峻、壮丽、高朗为贵,又以机趣凑泊、本色自然天成者为上乘。

《唐宋诗举要》:吴曰:次首以宋玉自况,深曲精警,不落恒蹊,有神交千载之契。

其三

群山万壑赴荆门,生长明妃尚有村。
一去紫台连朔漠,独留青冢向黄昏。
画图省识春风面,环珮空归月夜魂。
千载琵琶作胡语,分明怨恨曲中论。

【汇评】

《后村诗话》:《昭君村》云:"画图省识春风面,环佩空归月夜魂",亦佳句。

《唐诗品汇》:刘云:起得磊落("群山万壑"二句下)。

《汇编唐诗十集》:吴云:此篇温雅深邃,杜集中之最佳者。钟、谭求深而不能探此,恐非网珊瑚手。

《唐诗选脉会通评林》:徐常吉曰:"画图"句,言汉恩浅,不言不识,而言"省识",婉词。　郭濬曰:悲悼中,难得如此风韵。五、六分承三、四有法。　周珽曰:写怨境愁思,灵通清回,古今咏昭君无出其右。　陈继儒曰:怨情悲响,胸中骨力,笔下风电。

《杜臆》：因昭君村而悲其人。昭君有国色，而入宫见妒；公亦国士，而入朝见嫉：正相似也。悲昭以自悲也。……"月夜"当作"夜月"，不但对"春风"，而与夜月俱来，意味迥别。

《唐诗评选》：只是现成意思，往往点染飞动，如公输刻木为鸢，凌空而去。首句是极大好句，但施之于"生长明妃"之上，则佛头加冠矣。故虽有佳句，失所则为疵颣。　　平收不作记赞，方成诗体。

《杜诗解》：咏明妃，为千古负材不偶者，十分痛惜。　　"省"作省事之省。若作实字解，何能与"空归"对耶？

《唐诗快》：昔人评"群山万壑"句，颇似生长英雄，不似生长美人。固哉斯言！美人岂劣于英雄耶？

《杜诗详注》：朱瀚曰：起处，见钟灵毓秀而出佳人，有几许珍惜；结处，言托身绝域而作胡语，含许多悲愤。　　陶开虞曰：此诗风流摇曳，杜诗之极有韵致者。

《围炉诗话》：子美"群山万壑赴荆门"等语，浩然一往中，复有委婉曲折之致。

《唐宋诗醇》：破空而来，文势如天骥下坂，明珠走盘。咏明妃者，此首第一；欧阳修、王安石诗犹落第二乘。

《唐诗别裁》：咏昭君诗，此为绝唱，馀皆平平。至杨凭"马驼弦管向阴山"，风斯下矣。

《读杜心解》：结语"怨恨"二字，乃一诗之归宿处。……中四，述事申哀，笔情缭绕。"一去"，怨恨之始也；"独留"，怨恨所结也。"画图识面"，生前失宠之"怨恨"可知；"环佩归魂"，死后无依之"怨恨"何极！

《杜诗镜铨》：起句：从地灵说入，多少郑重。　　李子德云：只叙明妃，始终无一语涉议论，而意无不包，后来诸家总不能及。　　王阮亭云：青邱专学此种。

《诗法易简录》：起笔亦有千岩竞秀、万壑争辉之势。

《网师园唐诗笺》：奔腾而来，悲壮浑成，安得不推绝唱！

《随园诗话》：同一著述，文曰作，诗曰吟，可知音节之不可不讲。然音节一事，难以言传。少陵"群山万壑赴荆门"，使改"群"字为"千"字，便不入调。……字义一也，而差之毫厘，失以千里，其他可以类推。

《闻鹤轩初盛唐近体读本》：陈德公曰：三、四笔老峭而情事已尽，后半沉郁，结最缠绵。　　评：开口气象万千，全为"明妃村"三字作势。而下文"紫台"、"青冢"亦俱托起矣。且"赴"字、"尚有"字、"独留"字，字字相生，不同泛率，故是才大而心细。

《唐宋诗举要》：吴曰：庾信、宋玉皆词人之雄，作者所以自负。至于明妃，若不伦矣，而其身世流离，固与己同也。篇末归重琵琶，尤其微旨所寄，若曰：虽千载已上之胡曲，苟有知音者聆之，则怨恨分明若面论也。此自喻其寂寥千载之感也。

《诗境浅说》：咏明妃诗多矣，沈归愚推此诗为绝唱，以能包举其生平，而以苍凉激楚出之也。首句咏荆门之地势，用一"赴"字，沉着有力。

其四

蜀主窥吴幸三峡，崩年亦在永安宫。
翠华想像空山里，玉殿虚无野寺中。
古庙杉松巢水鹤，岁时伏腊走村翁。
武侯祠屋常邻近，一体君臣祭祀同。

【汇评】

《杜臆》：其四：咏先主祠。而所以怀之，重其君臣之相契也。……幸三峡而崩永安，直述而悲愤自见。

《杜诗解》：前解，首句如疾雷破山，何等声势！次句如落日掩照,何等苍凉！三,虚想当年,四,实笑今日也。……"翠华"、"玉殿",又极声势,"空山"、"野寺",又极苍凉。只一句中,上下忽变,真是异样笔墨。

《义门读书记》:先主失计,莫过窥吴。丧败涂地,崩殂随之,汉室不可复兴,遂以蜀主终矣。所赖托孤诸葛心神不二,犹得支数十年之祚耳。此篇叙中有断言,婉而辨,非公不能。

《读杜心解》:三、四语意,一显一隐,空山殿宇,神理如是。五、六流水递下。……结以"武侯"伴说,波澜近便,鱼水"君臣",殁犹"邻近",由废斥漂零之人对之,有深感焉。

《杜诗镜铨》:曰"幸"曰"崩",尊昭烈为正统也。是《春秋》书法。

《闻鹤轩初盛唐近体读本》:起二便是峭笔。三、四低徊,凭吊备极迷离。五、六"巢"、"走"二字法高,而"走"字尤似出意。结腐而峭,笔可排山。

《唐诗笺注》:此诗似无咏怀意,然俯仰中有无限感慨。

《杜诗集评》:抑扬反复,其于虚实之间,可谓踌躇满志。

《杜诗言志》:此一首是咏蜀主。而己怀之所系,则在于"一体君臣"四字中。盖少陵生平,只是君臣义重,所恨不能如先主武侯之明良相际耳。

《昭昧詹言》:"古庙"二句,就事指点,以寓哀寂。山谷《樊侯庙》所出。

《唐宋诗举要》:吴曰:先主一章,特以引起武侯。

其五

诸葛大名垂宇宙,宗臣遗像肃清高。

三分割据纡筹策,万古云霄一羽毛。

伯仲之间见伊吕,指挥若定失萧曹。

运移汉祚难恢复，志决身歼军务劳。

【汇评】

《后村诗话》："……武侯祠屋长邻近，一体君臣祭祀同。"又云"万古云霄一羽毛"，又云"伯仲之间见伊吕"。卧龙公没已千载，而有志世道者，皆以三代之佐评之。如云"万古云霄一羽毛"，如侪之伊吕伯仲间，而以萧曹为不足道，此论皆自子美发之。考亭、南轩近世大儒，不能发也。

《唐诗品汇》：刘云：两语气概别，足掩上句之劣。知己语，赞孔明者不能复出此也（"伯仲之间"二句下）。

《四溟诗话》：七言绝律，起句借韵，谓之"孤雁出群"，宋人多有之。宁用仄字，勿借平字，若子美"先帝贵妃俱寂寞"、"诸葛大名垂宇宙"是也。

《诗源辩体》：（杜甫）七言多稚语、累语，……"志决身歼军务劳"……等句，皆累语也。胡元瑞云："子美利钝杂陈，正变互出，后来沾溉者无穷，讹误者亦不少"。

《杜臆》：通篇一气呵成，宛转呼应，五十六字多少曲折，有太史公笔力。薄宋诗者谓其带议论，此诗非议论乎？

《唐诗归》：钟云：对法奇。又云：下句好眼！真不以成败论古人（"伯仲之间"二句下）。

《唐诗选脉会通评林》：周敬曰：通篇笔力议论，妙绝古今。中联知己之语，千载神交。　　陆深曰：疏卤悲愤，无复绳墨可寻。　　周启陲曰：余谓鼎足之业，武侯自视不过万古云霄中一羽毛之轻，故下云："伯仲伊吕"、"运失萧曹"，意脉固甚联属。

《杜诗说》：此诗先表其才之挺出，后惜其志之不践，武侯平生出处，直以五十六字论定。

《杜诗解》："羽毛"状其"清"，"云霄"状其"高"也。……前解慕其大名不朽，后解惜其大功不成。慕是十分慕，惜是十分惜。

《义门读书记》：带"迹"字（"宗臣遗像"句下）。　直判定千年大公案，不特无一字无来处（"伯仲之间"二句下）。

《杜诗详注》："三分割据"，见时势难为；"万古云霄"，见才品杰出。

《载酒园诗话又编》：如咏诸葛："伯仲之间见伊吕，指挥若定失萧曹"。言简而尽，胜读一篇史论。

《唐诗贯珠》：全是颂体。……有时流言三、四不对，不知起已对，此亦"偷春格"，而况气苍局大耶！

《唐诗别裁》："云霄"、"羽毛"，犹鸾凤高翔，状其才品不可及也。文中子谓"诸葛武侯不死，礼乐其有兴乎？"即"失萧曹"之旨，此议论之最高者。后人谓诗不必著议论，非通言也。

《读杜心解》："宗臣"，一诗之颂；"伊吕"，一诗之的。……八句一气转掉，言此"名垂宇宙"、"肃然清高"者，非所谓"宗臣"也哉？功业所见，纡策三分，居之特轻若一羽耳。……胸中拿定"运移汉祚"四字，便已识得帝统所归。知前篇曰"幸"曰"崩"，及"翠华"、"玉殿"等字，不得浪下也。

《杜诗镜铨》：四联皆一扬一抑。　对笔奇险（"万古云霄"句下）。　二语确是孔明身分，具见论世卓识（"伯仲之间"二句下）。　陈秋田云：小视三分，抬高诸葛，一结归之于天。识高笔老，而章法之变，直横绝古今。

《唐诗成法》：此首通篇论断，吊古体所忌，然未经人道过，故佳，若拾他人唾馀，便同土壤。

《杜诗言志》：此第五首，则咏武侯以自况。盖第三首之以明妃自喻，犹在遭际不幸一边，而此之以武侯自喻，则并其才具气节而一概举似之。

《唐宋诗举要》：吴曰：前幅尤壮伟非常，淋漓独绝。全篇精神所注在此，故以为结束。

《麓堂诗话》：文章如精金美玉，经百炼历万选而后见。……
杜子美《秋兴》、《诸将》、《咏怀古迹》……终日诵之不厌也。

《杜臆》：五首各一古迹。

《杜诗详注》：卢世㴶曰：杜诗《诸将》五首，《咏怀古迹》五首，
此乃七言律命脉根蒂。

《甚原诗说》：读《秋兴八首》、《咏怀古迹》、《诸将五首》，不废
议论，不弃藻缋，笼盖宇宙，铿戞钧韶，而纵横出没中，复含蕴藉微
远之致，目为大成，非虚语也。

《杜诗镜铨》：五诗咏古即咏怀，一面当作两面看，其源出太冲
《咏史》。　　李子德云：五首托兴最远，有纵横万古，吞吐八极之
概。　　庾信、宋玉二首，一点在末，一点在起。明妃首虽点在首
二句，而出落另是一法。末二首咏先主即带出武侯，咏武侯又缴转
汉祚，章法无一相同处。

《瓯北诗话》：今观夔州后诗，惟《秋兴八首》及《咏怀古迹》五
首，细意熨贴，一唱三叹，意味悠长。

诸将五首

其一

汉朝陵墓对南山，胡虏千秋尚入关。
昨日玉鱼蒙葬地，早时金碗出人间。
见愁汗马西戎逼，曾闪朱旗北斗殷。
多少材官守泾渭，将军且莫破愁颜。

【汇评】

《九家集注杜诗》：赵彦材云：前四句言既有胡虏之祸发掘冢
墓矣，今继有吐蕃之难，而诸将不知愤激，速来长安御戎也。

《唐诗选脉会通评林》：周珽曰：前四句借汉事以言禄山之始祸，后四句悲时事，警今吐蕃当预防。曰"见愁"，我见之也，谓见诸将不胜戎寇之逼，以汗马为劳也。曰"曾闪"，言汝尝建牙要地，以享安闲富贵，今日始劳，何必用愁也！"破愁颜"谓为乐也，言不用愁，亦不可玩也。此见老杜忠国本心处。读"昨日"、"早时"二语，令人惨不能终篇，玩"见愁"、"曾闪"、"多少"、"且莫"八字，令人激不能释手。

《杜臆》：借汉以伤时。公他诗止云焚烧宫殿，观此诗则陵寝亦遭发掘，更惨矣。

《载酒园诗话》：首篇"玉鱼"、"金碗"，是言兵燹之馀，冢墓多伤。

《义门读书记》：陵墓残毁，臣子之至痛，故托言汉事。第二句又逗出"千秋"二字，见赤眉之祸又见于今日也。

《唐诗别裁》：此为吐蕃内侵，诸将不能御侮而作也。不忍斥言，故借汉为比。

《读杜心解》：焚陵系广德事，"见愁"，指永泰事也。诗特用两截递写者，盖谓陷京之惨，前事痛心；曾不旋踵，震惊又告。益显寇警非时，刻不可玩。……公遂有一虚一实之妙用。上截意中之唐，言中则汉也，故下截用"见愁"字递落，便无复举之病。　　既曰"千秋"，又曰"昨日"、"早时"，以"千秋"字避指斥之嫌，以"昨日"、"早时"，显惨祸之速，既隐之，复惕之也。　　两"愁"字复，偶失检耳。

《杜诗镜铨》：极伤心语偏写得工丽（"昨日玉鱼"二句下）。　　婉挚（"将军且莫"句下）。　　此以吐蕃侵逼责诸将也。吐蕃于广德元年一陷京师，上年永泰元年再逼京师，最为迩年大患，故首论之。上四，援往事以惕之也，吐蕃之祸至于辱及陵寝，为臣子者能自安乎？下四，言京畿之间，近复告警，虽暂行退去，而出没不常，守御者正当时时警戒，未可一时安枕也。

《昭昧詹言》：起以汉比,点陵墓简省。"昨日"、"早时",言禄山之发冢也。

其二

韩公本意筑三城,拟绝天骄拔汉旌。
岂谓尽烦回纥马,翻然远救朔方兵?
胡来不觉潼关隘,龙起犹闻晋水清。
独使至尊忧社稷,诸君何以答升平?

【汇评】

《后村诗话》：《诸将》篇云："独使至尊忧社稷,诸君何以答升平",其责望诸将深矣。此篇谓张仁愿筑三城,本欲扫平吐蕃,岂知乃用以救朔方,言九节度之败。

《杜臆》：明是升平难冀,不忍明言,而委曲如此。

《载酒园诗话》："胡来不觉潼关隘","不觉"二字最妙,即孟子所云："委而去之,地利不如人和"也。末句"独使至尊忧社稷,诸君何以答升平",读至此,真令顽者泚颜,懦者奋勇,可谓深得讽喻之道。

《五色批本杜工部集》：邵长蘅云：通首一气抟皖,格力高绝。

《义门读书记》：俯仰感慨,无限曲折,剧言借助回纥之非。

《唐诗别裁》：感伤目前,追忆盛时,龙跳虎卧之笔("胡来不觉"二句下)。此为回纥入境,责诸将不能分忧而言也。　　筑城本以御寇,岂谓反赖回纥以平乱耶! 故追思开创之主以勖诸君。

《读杜心解》：起借先臣拒突厥事作引,突厥、回纥,俱在漠北也。三、四紧承作转,手腕跳脱。……此一结,用诘问之词。

《杜诗镜铨》：感叹愁绝("岂谓尽烦"句下)。　　对法奇变不测,有龙跳虎卧之观("胡来不觉"二句下)。　　此以借助回纥责诸将也。自回纥助顺,肃宗之复二京,雍王之讨朝义,皆用其兵力,卒之恃功侵扰，反合吐蕃入寇。公故追感晋阳起义之盛，而叹诸将之不能为天子分忧也。

《网师园唐诗笺》：此以回纥言，抚今追昔，笔若游龙。

《闻鹤轩初盛唐近体读本》：陈德公曰：老气自稳。五、六序事用异笔，绝成生面。句法飞舞，五篇中最是生骏之作。

《昭昧詹言》：起四句大往大来，一开一合，所谓来得勇猛，乾坤摆雷硠也。五句宕接，六句绕回，言后之弱，以思祖宗之盛为开合，笔势宏放。收点明作意归宿，作诗之人本意。此直如太史公一首年月表序矣。

其三

洛阳宫殿化为烽，休道秦关百二重。
沧海未全归禹贡，蓟门何处尽尧封？
朝廷衮职虽多预，天下军储不自供。
稍喜临边王相国，肯销金甲事春农。

【汇评】

《杜臆》：诗但举王缙而不及李、郭，时缙为河南副元帅，特就河北诸帅而较论之耳。玩“临边”二字可见。

《钱注杜诗》：此责朝廷之大臣出将者也。如王缙者，不过募耕劝农，修承平有司之职业而已。曰：“稍喜”者，盖深致不满之意，非褒词也。朝廷衮职，思得中兴贤佐如仲山甫以补衮缺，非寻常谏净之谓也。

《载酒园诗话》：“禹贡”、“尧封”，是言安、史虽诛，卢龙、魏博诸镇犬牙负固。故前责诸将之逗留，后奖边臣之效职，八句中劝惩咸备。

《义门读书记》：“洛阳宫殿化为烽”，九庙为烬，但举其半言之。“休道秦关百二重”，此言秦关难恃，隐显见意。

《唐诗别裁》：其人只此一事可嘉，故曰"稍喜"（末句下）。　　起追忆安、史陷京，下指河北馀孽。因伤转输不继，而以王缙愧励诸藩，其言微矣。

《读杜心解》：此为制河北者告也。……虽次第三，实为五首中权。……三、四，实拈藩镇，谓此辈多其馀孽，至今犹然梗化也。五、六，彼此双摄，作上下转关，蹴上截来。……七、八，又奖借得好。此一结，用忻动之词。

《杜诗镜铨》：开合动荡，出化入神，不复知为律体。此境系少陵独步，后惟遗山善学之。　　邵云：语意深浑（"稍喜临边"二句下）。　　此责诸将之坐视河北沦弃，不修屯营之制，而姑举王缙以愧励诸藩也。

《闻鹤轩初盛唐近体读本》：陈德公曰：通首自念耳。非有实地沉炼，而粗笔所道，自不觉其薄弱。结笔入一人，更见槎枒，粗态自喜。

《昭昧詹言》：告洛阳诸将：东京之陷，秦关不守。沧海指淄、青之先陷于禄山者，蓟门则遍指河北三郡。　　"朝廷"二句，蒙叟、义门皆混解。光聿原云："时方镇皆令仆，又各有军资钱，皆取给度支，故云云。"按：王缙领诸道节度，兼留守东京，请减军资钱四十万贯。《笺》以为讥缙，非是。

其四

回首扶桑铜柱标，冥冥氛祲未全销。
越裳翡翠无消息，南海明珠久寂寥。
殊锡曾为大司马，总戎皆插侍中貂。
炎风朔雪天王地，只在忠臣翊圣朝。

【汇评】

《杜臆》：此时诸将被殊宠，有为大司马，则兵权在握，又有总戎而兼侍中，则莫为中制，而未有能恢复旧疆者。……此本刺诸臣之不忠，而第云"忠良翊圣"；如前章西戎之逼，诸将应诛，而第云"莫破愁颜"；国不升平，诸君之罪，而第云"何以答之"；不行屯田以济军储，亦当事者之罪，而第称"王相国"。皆风人温柔敦厚之旨，词不迫切，而意实恳至者也。

《钱注杜诗》：此深戒朝廷不当使中官出将也。杨思勖讨安南五溪，残酷好杀，故越裳不贡；吕太一收珠南海，阻兵作乱，故南海不靖。李辅国以中官拜大司马，所谓殊锡也；鱼朝恩等中官为观军容使，所谓总戎也。炎风朔雪，皆天王之地，只当精求忠良，以翊圣朝，安得偏信一二中人，据将帅之重任，自取溃偾乎？肃、代间，国势衰弱，不复再振，其根本胥在于此。斯岂非忠规切谏救世之针药乎？

《载酒园诗话》："越裳翡翠"、"南海明珠"，是言拥兵者专殖自封，贡献亏缺，即《春秋》诘包茅意。

《唐诗别裁》：言南方不靖，贡献久稀，由诸将膺异宠，拥高官，而不尽抚绥之道耳。故于忠良有厚望焉。

《读杜心解》："回首"二字，蒙上三首来。……五、六，极写镇帅武臣之威耀，言外正见其必。……"炎风"带"朔雪"，与前诗有左萦右拂之致，且与"回首"相应，而略轻之意，亦见矣。此一结，用开晓之词。

《唐诗成法》：王士禛云：词意俱绝顶。

《杜诗镜铨》：前三首皆北望发叹，此方及南望，故用"回首"字。

《网师园唐诗笺》："殊锡"二句，可慨，可愧。

《闻鹤轩初盛唐近体读本》：评：通首味炎方，结处夹下"朔雪"二字，遂使前四，如归取影，章笔二法，两俱开宕。

《诗境浅说》：此诗悲情壮采，尤为警动，可谓诗史矣。首二句言勿谓炎荒之地，绥定为难，但看铜柱标勋，当日伏波横海，曾建奇功,何以至今氛祲尚未销耶?三、四谓化外越裳,固无翡翠;即境中南海,谁贡明珠!五、六谓环顾廷臣,司马则登坛节钺,侍中则上服金貂,邀殊锡而冀总戎,接踵于朝;乃求官而逢硕鼠,御将而得饥鹰,可为长太息矣。时方回纥窥边,故末句因炎风扇海而兼及朔雪防秋,听鼓鼙而思将帅,有望于方召之忠良也。

其五

> 锦江春色逐人来,巫峡清秋万壑哀。
> 正忆往时严仆射,共迎中使望乡台。
> 主恩前后三持节,军令分明数举杯。
> 西蜀地形天下险,安危须仗出群材。

【汇评】

《杜臆》:《演义》谓公春发成都,秋至巫峡,解首二句是矣。此诗作于严武死后,故以"万壑哀"起下"正忆",而以"迎中使"起下"主恩",此篇中血脉。

《钱注杜诗》:此言蜀中将帅也。崔旰杀郭英义,柏茂林、李昌夔、杨子琳举兵讨旰,蜀中大乱。杜鸿渐受命镇蜀,畏旰,数荐之于朝,请以节制让旰,茂、琳等各为本州刺史,上不得已从之。鸿渐以宰相兼成都尹,剑南东西川副元帅,主恩尤隆于严武,而畏怯无远略,惮旰雄武,反委以任,姑息养乱,日与从事置酒高会,其有愧于前镇多矣。公诗标巫峡锦江,指西蜀之地形也。曰"正忆",曰"往时",感今而指昔也。主恩则是,军令则非,昔人之三杯,何如今人之纵饮,如武者真出群之材,可以当安危之寄,而今之非其人,居可知也。公身居蜀中,而讽刺出镇之宗衮,故其诗指远而词义如此。

《载酒园诗话》:末篇光焰稍减,乃因严武初丧,郭英义骄纵,恐复致乱,故先叙武事,末又叮咛郑重,有阴雨彻桑之虑。

《杜诗详注》:通首逐句递下,此流水格也。细玩文气,"望乡台"与"锦江"相应,"出群才"与"军令"相应,仍于四句作截。

《唐宋诗醇》:此诗学纪传议论时事,非吟风弄月,登眺游览可任兴漫作也。必有子美忧时真心,又有其识学笔力,乃能斟酌裁补,合度如律。

《唐诗别裁》:有雅歌投壶气象("军令分明"句下)。　　思严武,伤武后之镇蜀者,皆非其人也。

《杜诗镜铨》:邵云:好起("锦江春色"句下)。　　慨然遐思("西蜀地形"二句下)。

《闻鹤轩初盛唐近体读本》:陈德公曰:严已殁矣,极序六句而用末二冷语,不满后人言表而已。前四,止是忆严时"清秋迎使"一事耳,如此起法入手最倩。五、六实写严事,简括生俊,亦是圆溜之音。

《昭昧詹言》:诗先兴象声律而后义意。此诗起二句,兴象声律极佳。以义意求之,则见于第七句,以兴易赋也。

《唐宋诗举要》:吴曰:"军令分明"句,此就己所亲见言之,谓其军令既严,而复数开雅宴,见有古人投壶雅歌之致。《左传》所谓"好整似暇"者也。盖必言及此而后名将之风度跃然纸上。末乃以蜀地形胜之险要结之,意不可轻以托人,神危语重,有撼山震岳之势。诗人之能事毕矣。

【总评】

《唐诗选脉会通评林》:陈继儒曰:《诸将》诗俱明正剀切,不落影响,一腔忠悃可鉴。　　陆时雍曰:《诸将》五首,多以议论行诗。

《杜臆》:前四首皆责备天宝以来诸将,而末章颂严武以愧之。观武镇蜀,来则安,去则乱,无忝将才,亦非阿其所好也。

《载酒园诗话》:余尝谓此数诗可与《小雅·雨无正》篇相匹。

《杜诗详注》:郝敬曰:各首纵横开合,宛是一章奏议,一篇训诰,与《三百篇》并存可也。　　又曰：五首慷慨蕴藉,反复唱叹,忧君爱国绸缪之意,殷勤笃至,至末及蜀事,深属意于严武,盖已尝与共事,而勋业未竟,特致婉惜,亦有感于国士之遇耳。　　陈廷敬曰：五首合而观之,"汉朝陵墓"、"韩公三城"、"洛阳宫殿"、"扶桑铜柱"、"锦江春色"皆从地名叙起。分而观之,一、二章言吐蕃、回纥,其事对,其诗章、句法亦相似;三、四章言河北、广南,其事对,其诗章、句法又相似;末则收到蜀中,另为一体。杜诗无论其他,即如此类,亦可想见当日炉锤之法,所谓"晚节渐于诗律细"也。与《秋兴》诗并观,愈见。

《绠斋诗谈》：《诸将》,此崆峒所宗。在杜诗不是绝调,特其一支耳。

《唐宋诗醇》：骨力如马、班,议论如董、贾,特缘以韵语耳。既已精理,为文亦复秀气成采,读者于此沿洪流而穷深源,然后知甫之所以度越千古也。　　黄生曰：《有感》五首与《诸将》相为表里,大旨在于忠君报国,休兵恤民,安边而弭乱。其老谋硕画,款款披陈,纯是至诚血性悟。

《读杜心解》：五首纯以议论为叙事,讦谟壮彩,与日月争光,出《秋兴》之上。

《杜诗镜铨》：邵云：《秋兴》、《诸将》同是少陵七律圣处。沉实高华,当让《秋兴》;深浑苍郁,定推《诸将》。有谓《诸将》不如《秋兴》者,乃少年耳食之见耳。　　此与《有感》五首皆以议论为诗,其感愤时事处慷慨蕴藉,反复唱叹,而于每篇结末,尤致丁宁,所谓言之者无罪,而闻之者足以戒,与《三百篇》并存可也。

《闻鹤轩初盛唐近体读本》：陈德公曰：五首感时,勃郁盛气而言非无典实,全用峭笔转挚,每句必下上三虚活字作眼,他人便须软嫩,此家转得遒拔。　　评：五首纯以议论骨力胜,骨力全在虚字转掉得妙,句法便成遒紧。若一味呆实,议论虽佳,不板滞亦软靡矣。

《读雪山房唐诗序例》：少陵七律，自当以《诸将五首》为压卷。关中、朔方、洛阳、南海、西蜀，直以天下全局运量胸中。如借兵回纥，府兵法坏，宦官监军，皆是当时大利大害，而廷臣无能见及者。气雄词杰，足以称其所欲言。每章起结，皆具二十分力量。

《昭昧詹言》：此咏时事，存为诗史，公所擅场。大抵从《小雅》来，不离讽刺，而又不许讦直，致伤忠厚。总以吐属高深，文法高妙，音调响切，采色古泽，旁见侧出，不犯正实。情以悲愤为主，句以朗俊为宗，衣被千古，无能出其区盖。

《岘傭说诗》：《诸将》、《秋兴》、《咏怀古迹》皆集中杰作。分读合读，暂读久读，触处皆有领悟。

《唐宋诗举要》：吴曰：《诸将》之作，所以纪当时天下之形势，作者闳略也。步瀛按：此子美深忧国事，望武臣皆思报国，而朝廷用得其人，故借诸将以寓其意焉。

秋日夔府咏怀奉寄郑监审
李宾客之芳一百韵

绝塞乌蛮北，孤城白帝边。
飘零仍百里，消渴巳三年。
雄剑鸣开匣，群书满系船。
乱离心不展，衰谢日萧然。
筋力妻孥问，菁华岁月迁。
登临多物色，陶冶赖诗篇。
峡束沧江起，岩排石树圆。
拂云霾楚气，朝海蹴吴天。
煮井为盐速，烧畲度地偏。

有时惊叠嶂，何处觅平川？
鸂鶒双双舞，猕猿垒垒悬。
碧萝长似带，锦石小如钱。
春草何曾歇，寒花亦可怜。
猎人吹戍火，野店引山泉。
唤起搔头急，扶行几屦穿。
两京犹薄产，四海绝随肩。
幕府初交辟，郎官幸备员。
瓜时犹旅寓，萍泛苦羁缘。
药饵虚狼藉，秋风洒静便。
开襟驱瘴疠，明目扫云烟。
高宴诸侯礼，佳人上客前。
哀筝伤老大，华屋艳神仙。
南内开元曲，常时弟子传。
法歌声变转，满座涕潺湲。
吊影夔州僻，回肠杜曲煎。
即今龙厩水，莫带犬戎膻。
耿贾扶王室，萧曹拱御筵。
乘威灭蜂虿，戮力效鹰鹯。
旧物森犹在，凶徒恶未悛。
国须行战伐，人忆止戈铤。
奴仆何知礼，恩荣错与权。
胡星一彗孛，黔首遂拘挛。
哀痛丝纶切，烦苛法令蠲。
业成陈始王，兆喜出于畋。
宫禁经纶密，台阶翊戴全。
熊黑载吕望，鸿雁美周宣。

侧听中兴主，长吟不世贤。

音徽一柱数，道里下牢千。

郑李光时论，文章并我先。

阴何尚清省，沈宋欻联翩。

律比昆仑竹，音知燥湿弦。

风流俱善价，惬当久忘筌。

置驿常如此，登龙盖有焉。

虽云隔礼数，不敢坠周旋。

高视收人表，虚心味道玄。

马来皆汗血，鹤唳必青田。

羽翼商山起，蓬莱汉阁连。

管宁纱帽净，江令锦袍鲜。

东郡时题壁，南湖日扣舷。

远游凌绝境，佳句染华笺。

每欲孤飞去，徒为百虑牵。

生涯已寥落，国步乃迍邅。

衾枕成芜没，池塘作弃捐。

别离忧怛怛，伏腊涕涟涟。

露菊班丰镐，秋蔬影涧瀍。

共谁论昔事，几处有新阡。

富贵空回首，喧争懒著鞭。

兵戈尘漠漠，江汉月娟娟。

局促看秋燕，萧疏听晚蝉。

雕虫蒙记忆，烹鲤问沉绵。

卜羡君平杖，偷存子敬毡。

囊虚把钗钏，米尽坼花钿。

甘子阴凉叶，茅斋八九椽。

阵图沙北岸,市暨瀼西巅。
羁绊心常折,栖迟病即痊。
紫收岷岭芋,白种陆池莲。
色好梨胜颊,穰多栗过拳。
敕厨唯一味,求饱或三鳣。
儿去看鱼筍,人来坐马鞯。
缚柴门窄窄,通竹溜涓涓。
堑抵公畦棱,村依野庙墙。
缺篱将棘拒,倒石赖藤缠。
借问频朝谒,何如稳醉眠。
谁云行不逮,自觉坐能坚。
雾雨银章涩,馨香粉署妍。
紫鸾无近远,黄雀任翩翾。
困学违从众,明公各勉旃。
声华夹宸极,早晚到星躔。
恳谏留匡鼎,诸儒引服虔。
不逢输鲠直,会是正陶甄。
宵旰忧虞轸,黎元疾苦骈。
云台终日画,青简为谁编?
行路难何有,招寻兴已专。
由来具飞楫,暂拟控鸣弦。
身许双峰寺,门求七祖禅。
落帆追宿昔,衣褐向真诠。
安石名高晋,昭王客赴燕。
途中非阮籍,查上似张骞。
披拂云宁在,淹留景不延。
风期终破浪,水怪莫飞涎。

他日辞神女，伤春怯杜鹃。

淡交随聚散，泽国绕回旋。

本自依迦叶，何曾藉偓佺？

炉峰生转盼，橘井尚高褰。

东走穷归鹤，南征尽跕鸢。

晚闻多妙教，卒践塞前愆。

顾凯丹青列，头陀琬琰镌。

众香深黯黯，几地肃芊芊。

勇猛为心极，清羸任体孱。

金篦空刮眼，镜象未离铨。

【汇评】

《蔡宽夫诗话》：子美诗善叙事，故号诗史。其律诗多至百韵，本末贯穿如一词，前此盖未有。

《精选唐诗分类评释绳尺》：自来一首百韵者，惟子美、乐天二人有之。君日摛词，终有盛唐中唐之别，非才有优劣，亦世途使然也。

《唐诗镜》：如此长篇，可观不窘。

《唐风怀》：孙月峰曰：气格闳阔。笔下驱遣运动，真如龙之势；穿插转折，略不费力；允为千古绝技。

《唐音审体》：律诗多至百韵，自公创之，前人未有也，此诗实元、白诸家之祖。

《杜臆》：题属咏怀，故篇中详于自叙，而转换穿插，妙合自然。唐人百韵诗，杜公首创，句句精致，字字峭拔，真千古独擅之长。

《杜诗详注》：诗题咏怀寄友，是宾主两意，此诗或分或合，极开阖变化、错综恣肆之奇，而按以纪律，却又结构完整。　　诗有近体，古意衰矣；近体而有排律，去古益远矣。考唐人排律，初惟六韵左右耳，长篇排律起于少陵，多至百韵，实为后人滥觞。元、白集中往往叠见，不免诗多斗靡，气缓而脉弛矣。此篇典雅工秀，才学既优，而部伍森严，章法尤为精密。　　　短章诗，断处多用突接；长排体，则须用钩挑之法。每段出落处，回顾上文者为钩，逗起下文者为挑。必层层连络，各有关合照应，否则散漫不属矣。玩此诗，逐段钩挑挑逗，俱见作法之巧。

《杜诗镜铨》：卢德水云：此是集中第一首长诗，其中起伏转折，顿挫承递，若断若续，乍离乍合，波澜层叠，竟无丝痕，真绝作也。　　　张上若云：此诗才大而学足以副之，故能随意转合，曲折自如。其忽自叙，忽叙人；忽言景，忽言情；忽纪事，忽立论；忽述见在，忽及已前：皆过接无痕，而照应有法。　　　王西樵云：起笔整肃，如悠悠旆旌。　　　俞犀月云：世乱而不得中兴之佐，故望于郑、李之心甚切；垂老而将为出世之人，故皈依曹溪之念特深。

《五七言今体诗钞》：此诗后半觉用意少漫，颇有牵率处。前半则峥嵘萧瑟。分别观之。

《唐宋诗举要》：姚曰：太史公叙事，牵连旁人，曲致无不尽，诗中惟少陵时亦有之（"满座"句下）。

解闷十二首（选八首）

其一

草阁柴扉星散居，浪翻江黑雨飞初。
山禽引子哺红果，溪友得钱留白鱼。

【汇评】

《唐诗归》：钟云："溪友"二字，即"野老争席"之意，或作"溪女"，则肤且近矣（末句下）。

《杜诗详注》：前二首，即事兴感，此从夔州风景叙起。上二句，山水对言。山禽引子，山间之景；溪友留鱼，江边之事。

《读杜心解》："留"字逸甚。

《杜诗镜铨》：写得色色有致（"山禽引子"二句下）。

其二

商胡离别下扬州，忆上西陵故驿楼。

为问淮南米贵贱，老夫乘兴欲东游。

【汇评】

《杜诗详注》：朱注：时有胡商下扬州，来别，因道其事。

《读杜心解》：因人动兴。　　"离别"，商自与其徒别耳。朱注以为"来别"，太泥。

《杜诗镜铨》：此预思解闷。

其三

一辞故国十经秋，每见秋瓜忆故丘。

今日南湖采薇蕨，何人为觅郑瓜州？

【汇评】

《唐诗广选》：刘会孟曰：因瓜忆郑审，为金陵有瓜州，号郑瓜州，皆词人跌荡之态，亦多类此。

《杜诗说》：此诗二"故"字、二"秋"字、二"瓜"字，连环钩搭，亦绝句弄笔之法。大家时一为之耳。

《读杜心解》："忆故丘"，因而忆郑监。郑监长安所居，与故丘近也。今公在夔府，郑在南湖，彼此离乡，故云尔。

《杜诗镜铨》："故"、"秋"、"瓜"字特重见致（首二句下）。

其五

李陵苏武是吾师，孟子论文更不疑。

一饭未曾留俗客，数篇今见古人诗。

【汇评】

《诗笺》：少陵云："李陵苏武是吾师。"少陵沉雄顿挫，与苏、李淡宕一派殊不相类，乃知古人师资，不在形声相似，但以气味相取。

《杜诗详注》：此怀孟云卿也。"苏、李吾师"，此述其论诗。"今见古人"，此称其作诗。便知云卿诗格，独能力追西汉。

《读杜心解》："数篇今见"，乃孟子自为诗。服其议论，而美其风雅也。

《杜诗镜铨》：五首（"沈范早知何水部"、"李陵苏武是吾师"等）皆怀诗人，而兼及自写。

其六

复忆襄阳孟浩然，清诗句句尽堪传。

即今耆旧无新语，漫钓槎头缩项鳊。

【汇评】

《苕溪渔隐丛话》：《解闷》云："复忆襄阳孟浩然，……漫钓槎头缩项鳊。"《襄阳耆旧传》：岘山下，汉水中，出鳊鱼，味极肥美，常禁人采捕，以槎断水，因谓之"槎头鳊"。……孟浩然尝有诗云："试垂竹竿钓，果得槎头鳊。"用此事也。苕溪渔隐曰：山谷以今时人名入诗句，盖取法于少陵。少陵诗云："不见高人王右丞，蓝田丘壑蔓寒藤。"又云："复忆襄阳孟浩然，清诗句句尽堪传。"之类是也。

《杜诗详注》：上二，忆其诗句；下二，叹其人亡。新句无闻，而徒然把钓，则耆旧为之一空矣。"槎头缩项鳊"，即用浩然句，孟诗："鸟泊随阳雁，鱼藏缩项鳊。"又："试垂竹竿钓，果得槎头鳊。"　此独记名，以别于（孟）云卿。

《剑溪说诗》：东坡言："孟浩然之诗，韵高而才短，如造内法酒手而无材料尔。"顾老杜诗曰："复忆襄阳孟浩然，清诗句句尽堪传。"又曰:"赋诗何必多,往往凌鲍谢。"孟诗在子美意中居何等也?

《唐宋诗醇》:王士禛曰:子美与孟浩然诗不同调,此诗可谓具眼,次篇(按指"不见高人王右丞")亦具眼,公论古人不必苟同也。

《读杜心解》,耆旧新语,孟已独漱其芳,今无能为者,漫以把钓之逸致方之而已。

其七

陶冶性灵在底物,新诗改罢自长吟。

孰知二谢将能事,颇学阴何苦用心。

【汇评】

《苕溪渔隐丛话》:韩子苍云:东坡尝语参僚曰:如老杜云"新诗改罢自长吟"者,乃知此老用心甚苦,后人不复见其剖劂,但称其浑厚耳。

《杜臆》:"陶冶性灵",乃此公实得语,然非"用心"不可。……"改罢长吟",此用心之所得,得诗之趣,斯得诗之益矣。公谓李白佳句"似阴铿",论者谓公有不满白之意,试读此诗,岂其然乎?

《读杜心解》:自言攻苦如此。卤莽其学殖者,可以矍然矣。"将"字与"纵之将圣""将"字,同一微婉。

《杜诗镜铨》:将自己插在中间,杜每有此章法("陶冶性灵"二句下)。　　邵云:此老苦心乃尔,后人草草何耶?

《石洲诗话》:"孰知二谢将能事,颇学阴何苦用心。"言欲以大小谢之性灵而兼学阴、何之苦诣也。"二谢"只作性灵一边人看,"阴何"只作苦心锻炼一边人看,似乎公之自命,乃欲兼而有之,亦初非真欲学阴、何,亦初非真自许为二谢也。正须善会。

《浪迹丛谈》(苏斋)师曰:杜言:"孰知二谢将能事,颇学阴何苦用心。"此二句必一气读乃明白也。所赖乎陶冶性灵者,夫岂谓仅恃我之能事以为陶冶乎!仅恃在我之能事以为陶冶性灵,其必至于专骋才力,而不衷诸节制之方,虽杜公之精诣,亦不敢也。所以新诗必自改定之,改定之后,而后拍节以长吟之,苟其一隙之未中窾,一音之未中节者,仍与未改者等也。……二谢者,非果二谢有此事也,语意之间,直若欲云杜陵野老将能事,不便直说,而假二谢以言之,曰:岂知具二谢之能事,而亦不能不学阴、何之艰苦,刻意以成之乎!"苦"字非正称之语,乃是旁敲之语,试看有二谢如许之才力,而却亦甘为阴、何之刻苦乎!"苦"字神理,只得半面,"苦"字只似就阴、何一边卑之,无甚高论,若谦下,若敛抑之词,其实亦何尝阴、何果实如此,直是对上"二谢""能事",不得不如此。……夫然后上七字"二谢"、"能事"四字轩然飞扬而出。

其八

不见高人王右丞,蓝田丘壑漫寒藤。

最传秀句寰区满,未绝风流相国能。

【汇评】

《麓堂诗话》:唐诗李、杜之外,孟浩然、王摩诘足称大家。王诗丰缛而不华靡,孟却专心古淡而悠远深厚,自无寒俭枯瘠之病。由此言之,则孟为尤胜。储光羲有孟之古,而深远不及;岑参有王之缛,而又以华靡掩之。故杜子美称"吾怜孟浩然",称"高人王右丞",而不及储、岑,有以也夫。

《读杜心解》:《金壶记》:王维与弟缙,名冠一时。时议云:论诗则王维、崔颢,论笔则王缙、李邕。　　美二王诗笔竞爽也。

《杜诗镜铨》:赞襄阳只一"清"字,赞摩诘只一"秀"字,品评不苟。

其九

先帝贵妃今寂寞,荔枝还复入长安。

炎方每续朱樱献,玉座应悲白露团。

【汇评】

《钱注杜诗》:此诗为蜀贡荔枝而作。谓仙游久闷,时荐未改,自伤流落,不获与炎方花果共荐寝园,不胜园陵白露、清秋草木之悲也。

《读杜心解》:此章志旧贡未除也。诗情悠远,含有两意:荔枝为先庙所嗜,当兹续献,得无对"露团"而凄然乎?荔枝又祸乱所因,至此还来,得无抚"玉座"而惕然乎?盖两讽云。

《杜诗镜铨》:何限悲凉("玉座应悲"句下)。 下四首皆借荔枝遣兴。蜀岁贡荔枝,志所触也。

【总评】

《杜臆》:非诗能解闷,谓当闷时,随意所至,吟为短章以自消遣耳。

《杜诗镜铨》:诸作俱随意所及,为诗不拘一律。

复愁十二首（选五首）

其三

万国尚防寇,故园今若何?

昔归相识少,早已战场多。

【汇评】

《杜臆》:"故园今若何?"问也,下二句答。味其答意,则已无家可归矣,安得不愁!首尾二句"尚防"、"早已"相应,见乱之久也。

《而庵说唐诗》:先从"万国"说到"故园",复因今日说到昔时。二十字中,其如是曲折,非子美不能也。

《义门读书记》:如此说,转自悲凉,偏留馀味。

《唐诗别裁》:先言今,追言昔,"早已"两字,无限情伤。

《读杜心解》："昔归"二句,悠然不尽。"昔归"已如此,今复何如耶?

《杜诗镜铨》:("早已")二字含蓄。

其六

胡虏何曾盛? 干戈不肯休。

闾阎听小子,谈话觅封侯。

【汇评】

《杜臆》:定胡虏易,定人心难。人怀幸功之心,此干戈所以不息也。

《义门读书记》:此言中国习于逆乱,人心不靖,乃更可忧。

《读杜心解》:首句,扑下口气,勿呆看。　　邵长蘅曰:有喜乱乐祸之惧。

其七

贞观铜牙弩,开元锦兽张。

花门小箭好,此物弃沙场。

【汇评】

《杜臆》:"贞观之弩"、"开元之弓",因喜"花门小箭"而弃之,此必实事,然寓意深远。

《杜诗详注》:国家兵仗虽精,而收功反在花门,慨利器不足恃,而虏性终难测也。

《读杜心解》:中国之"弩"、"张",不如回纥之小箭。此不特慨兵之损威,盖深以回纥为不可狎而警之。

其八

今日翔麟马,先宜驾鼓车。

无劳问河北，诸将觉荣华。

【汇评】

《杜臆》：内厩之马，先架"鼓车"，勿问河北诸将，欲朝廷修文德以来之也。

《杜诗详注》：郭子仪将略威名，足以慑服降将。今置之闲散，犹"翔麟"之马，不用于战阵，而先驾鼓车矣。彼河北诸将，竞相角胜，谁复起而问之乎？

《读杜心解》：为朝廷不问河北，而反词以醒之也。……讽意在第三挑出；举国骄惰之象，在第四指点出。

《杜诗镜铨》：邵云：将骄卒惰之意，隐隐言外。

其九

任转江淮粟，休添苑圃兵。

由来貔虎士，不满凤凰城。

【汇评】

《杜臆》：食粮有兵，御敌无兵，此承平之弊，而古今之通患也。

《杜诗详注》：卢元昌曰：时鱼朝恩以神策军屯禁中，分为左右厢，居北军右。公曰："由来貔虎士，不满凤凰城。"隐述祖制，以讽时事。

《读杜心解》：为宠任宦官，专掌禁旅而讽也。首句勿呆认，亦是反呼下文之词，……下以正言点破之。盖唐初府兵，藏之于民。卢氏所谓"隐述祖制，以讽时事"是也。

【总评】

《杜诗详注》：卢世㴰曰：此诗中五首所论时事，词气渊然黯然，偏有雅人深致。

《义门读书记》：数诗之中，多感慨时事，所谓"意有馀"也。

《杜诗镜铨》：邵云：非杜能事，聊存一格。

《千首唐人绝句》：刘云：首章愁吐蕃侵陵，次章愁内乱不正，三章愁借兵贻患，四章愁藩镇割据，五章愁宦官擅权，所言皆国家之荦荦大端。措危言谠论于二十字中，纵横激越，而意味弥醇，在唐人五言绝中，未可多得。

承闻河北诸道节度入朝欢喜口号绝句十二首（选四首）

其三

喧喧道路多歌谣，河北将军尽入朝。

始是乾坤王室正，却教江汉客魂销。

【汇评】

《杜诗详注》：河北入朝，出于道路童谣，盖据一时传闻而言耳。

《读杜心解》：此章乃点题处，所谓"承闻入朝欢喜"也。

《杜诗镜铨》：此首入题，末句急入自家，方见关切。

其九

东逾辽水北滹沱，星象风云喜共和。

紫气关临天地阔，黄金台贮俊贤多。

【汇评】

《诗薮》：杜七言句壮而闳大者："二仪清浊还高下，三伏炎蒸定有无"；……壮而典硕者："紫气关临天地阔，黄金台贮俊贤多"。

《杜臆》："天地阔"三字妙，承"东逾辽水北滹沱"来。

《读杜心解》："紫气临"，统赞京都形势之控制；"金台贮"，悬拟北地贤才之向风，皆唱叹之词。

《杜诗镜铨》：下三首（指其八至其十）俱极意铺张，以志喜慰，亦是题目正文。　　壮句（"紫气关临"二句下）。

其十

渔阳突骑邯郸儿，酒酣并辔金鞭垂。

意气即归双阙舞，雄豪复遣五陵知。

【汇评】

《杜臆》："渔阳突骑邯郸儿"，皆昔为贼用者，今为我用而被朝廷之宠，其意气投于双阙，而雄豪埒于五陵。

《读杜心解》：首句统括河北诸处，下乃鼓舞其来归之兴致也。

《义门读书记》：此言降将当收之环卫，縻以富贵，不当复使据土地、领兵马也。

《杜诗镜铨》：王洙注：汉之五陵，乃豪侠所聚之地，昔为贼党者，今为国用，所以鼓舞其来归之兴也（末句下）。

其十二

十二年来多战场，天威已息阵堂堂。

神灵汉代中兴主，功业汾阳异姓王。

【汇评】

《杜臆》：按史：是年诏郭子仪讨周智光，斩之。想诸侯入朝以此，故归功于郭。

《杜诗详注》：独以"异姓王"配"中兴主"，见其君臣一德，始终无间也。

《唐宋诗醇》：推功李、郭，足为史笔。

《读杜心解》：上二句，总括祸乱始终，作大结束。下二，君臣配美，与《洛诰》之文"其作周匹休，我二人共贞"同一笔法，极淋漓颂扬之致。

《杜诗镜铨》：结归君、相，皇皇大文（"神灵汉代"二句下）。

《钱注杜诗》：河北诸将，归顺之后，朝廷多故。招聚安、史余党，各拥劲卒数万，治兵完城，自署文武将吏，不供贡赋，结为婚姻，互相表里。朝廷专事姑息，不能复制，虽名藩臣，羁縻而已。故闻其入朝，喜而作诗，首举禄山以示戒，耸动之以周宣、汉武，劝勉之以为孝子忠臣，而末二章，则举临淮、汾阳以为表仪，其立意深远如此。题曰"欢喜"，曰"口号"，实恫乎有馀悲矣。　　本朝弘、正间，学杜者专法此等诗，模拟其槎牙突兀，粗皮老干，以为形似，而不知敦厚隽永，来龙远而结脉深之若是也。今人惩生吞活剥之病，并此诗与《秋兴》、《诸将》而嗤点之，则又倭人观墙之见，岂足道哉！

《读杜心解》：十二首竟是大篇议论夹叙事之文，与纪、传、论、赞相表里，钱氏所谓"敦厚隽永，来龙远而结脉深"是也。若章章而求，句句而摘，半为土饭尘羹矣。

斗　鸡

斗鸡初赐锦，舞马既登床。
帘下宫人出，楼前御柳长。
仙游终一阕，女乐久无香。
寂寞骊山道，清秋草木黄。

【汇评】

《容斋随笔》：杜公诗命意用事，旨趣深远，若随口一读，往往不能晓解。……"斗鸡初赐金，……清秋草木黄。"先忠宣公在北方，得唐人画《骊山宫殿图》一轴：华清宫居山巅，殿外垂帘，宫人无数，穴帘隙而窥，一时伶官戏剧，品类杂沓，皆列于下。杜一诗真所谓亲见之也。

《岁寒堂诗话》："帘下宫人出，楼前御柳长"。此名《斗鸡》，乃看棚诗尔。

《杜臆》：前四句感言乐事，而言悲止云"终一阕"、"久无香"何等浑厚！

《义门读书记》："女乐久无香"，三事独归重女乐言之。"寂寞骊山道"，次联暗接，至此点明。

《读杜心解》：此首前后转关处，述明皇两头事。中间播迁一段，泯然隐起，俟后两篇叙出。但将上下半篇，一翻转看，盛衰存没之间，满目泪痕矣。

《剑溪说诗》：世人但目皮色苍厚、格度端凝为杜体，不知此老学博思深，笔力矫变，于沉郁顿挫之极，更见微婉。……五律之《洞房》、《斗鸡》，七律之"东阁观梅"等篇，学杜者视此种曾百得其一二与？

草　阁

草阁临无地，柴扉永不关。
鱼龙回夜水，星月动秋山。
久露晴初湿，高云薄未还。
泛舟惭小妇，飘泊损红颜。

【汇评】

《唐诗归》：钟云："回"字更妙于"动"字（"鱼龙"二句下）。　钟云：真境却说不出（"久露"二句下）。　谭云：此老亦妩媚如此（末二句下）。

《杜臆》：五、六写夜景妙。然云何以知其未还？盖感于己之未还也。故结语遂及"泛舟"，作还家计，而惭对"小妇"。盖初发巴渝，便拟下江陵；今漂泊于云、夔者久，妇之颜亦非其初矣，故以为"惭"。其意极悲，而谭谓"此老妩媚"，可笑。

《杜诗详注》：三、四草阁夜景。……"回夜水"，秋蛰伏也；"动秋山"，光闪烁也。

《读杜心解》：三、四，相因而出。阁下皆水，水外皆山，惟"回"故"动"，下句因上句也。"鱼龙"虚拟，"星月"实拈。由"动"思"回"，上句因下句也。

《增订唐诗摘钞》：结二语，极情切，亦极雅致，然俗人每讳而不肯道。

《近体秋阳》：此诗以别趣终篇，又一格也。顾实非别趣，盖随所见而寄感写怀，虽题中别趣，乃诗人本指也。

江　上

江上日多雨，萧萧荆楚秋。

高风下木叶，永夜揽貂裘。

勋业频看镜，行藏独倚楼。

时危思报主，衰谢不能休。

【汇评】

《苕溪渔隐丛话》：《后山诗话》：裕陵常谓杜子美诗："勋业频看镜，行藏独倚楼"，谓甫之诗，皆不迨此。　　《冷斋夜话》云：诗句有含蓄者，如老杜："勋业频看镜，行藏独倚楼。"

《唐诗镜》：三四格老，五六情难，"看镜"、"倚楼"毕竟是少陵隐语。

《诗镜总论》：凡异想异境，其托胎处固已远矣。老杜云："勋业频看镜，行藏独倚楼。"语意徘徊。司空曙"相悲各问年"，更自应手犀快。风尘阅历，有此苦语。

《杜诗解》：只"萧萧荆楚秋"五字，是正写江上景。……"荆楚"二字妙，目睹荆楚，口言荆楚，心不在荆楚也。"频看镜"者，老年心热人,忽忽自忘其白,妙在一"频"字;"独倚楼"者,登楼所以远望,岂身羸弱者所宜? 然衰暮之人,极恐人笑,于是背地自登,因而久倚,妙在"独"字。

《杜诗说》:此诗后半所云,是本怀,是正说,其馀自嗤其怪,自宽自释,皆即此意而反复变化以出之。

《杜臆》:逢时之危,思报主恩,故身虽老而志不能休耳。结乃说破一篇之意。

《唐宋诗醇》:颔联抑郁无聊,却说得如此含蓄,宜宋真宗之极称之也。

《读杜心解》:高爽悲凉。于老杜难得此朗朗之语,不须注脚也。

《精选五七言律耐吟集》:五六是不说的妙,此宋真宗所以独赏之也。

《唐宋诗举要》:李子德云:"勋业"十字,至大至悲,老极淡极,声气俱化矣。

江 汉

江汉思归客,乾坤一腐儒。
片云天共远,永夜月同孤。
落日心犹壮,秋风病欲苏。
古来存老马,不必取长途。

【汇评】

《中山诗话》:杨大年不喜杜工部诗,谓为"村夫子"。乡人有强大年者,读杜句曰"江汉思归客",杨亦属对。乡人徐举"乾坤一腐儒",大年默然若少屈。

《瀛奎律髓》:(余)味之久矣,愈老而愈见其工。中四句用"云天"、"夜月"、"落日"、"秋风",皆景也,以情贯之。"共远"、"同孤"、"犹壮"、"欲苏"八字绝妙,世之能诗者,不复有出其右矣。公之意自比于"老马",虽不能取"长途",而犹可以知道释惑也。

《诗薮》:"片云天共远,永夜月同孤,落日心犹壮,秋风病欲苏",含阔大于深沉,高、岑瞠乎其后。

《唐诗归》:谭云:此老杜累句,今人便称之("乾坤"句下)。　　钟云:老人厚语(末二句下)。

《唐诗选脉会通评林》:董养性曰:此篇起联便突兀,或疑中联不应全用天文字,殊不知二联自"归客"上说,三联于"腐儒"上说。况老杜于诗,虽有纵诞,终句句有理,不可以常格拘之,然有极谨严处。学者先当以谨严为法,若首以纵诞为师,必取败也。

《杜诗说》:五言齿暮心雄,六言时衰身健。一"腐"上着"乾坤"字,自鄙而兼自负。

《初白庵诗评》:牢落之况,经子美写出,气概亦自高远。

《瀛奎律髓汇评》:纪昀:前四句是思归。"片云"二句紧承"思归"说出。后四句乃壮心斗发。"落日"二句提笔振起,呼出末二句,语气截然不同。虚谷此评却不差。　　纪昀:"落日"二字乃景迫桑榆之意,借对"秋风",非实事也。　　冯舒:妙处不在字眼。　　冯舒:第二联是比。　　何义门:言所以思归者,非怀安也。庙堂勿用,因其老以安用?腐儒见弃,则犹可以端委而折冲也。若单点起联,恐未熟读《解嘲》。

《杜诗详注》:赵汸曰:中四句,情景混合入化。……他诗多以景对景,情对情;其以情对景者已鲜。若此之虚实一贯,不可分别,效之者尤鲜。

《围炉诗话》:《江汉》诗云:"古来存老马,不必取长途。"怨而不怒。

《唐诗近体》:前辈有病此诗"日"、"月"并用者,不知"落日"乃借喻,本属咏怀,何病之有!

有　叹

壮心久零落,白首寄人间。
天下兵常斗,江东客未还。
穷猿号雨雪,老马怯关山。
武德开元际,苍生岂重攀!

【汇评】

《杜臆》:"穷猿"句,比作客之苦;"老马"句,比思归之切。

《义门读书记》:言所叹非为羁穷,壮心零落,不得致主重见武德、开元之治,使苍生各有家耳。

《唐宋诗醇》:有慨乎其言之,是为《匪风》《下泉》之绪。

《读杜心解》:此因衰年羁旅,而叹兵端之未靖,客路之多艰也;追想盛时,穆然神远。

《杜诗镜铨》:李子德云:格雄以老,词淡而悲,复乎大家之篇。　　结语寓深悲于蔼然唱叹中,真《清庙》朱弦也。

月

四更山吐月,残夜水明楼。
尘匣元开镜,风帘自上钩。
兔应疑鹤发,蟾亦恋貂裘。
斟酌姮娥寡,天寒耐九秋。

【汇评】

苏轼《江月五首并引》:杜子美云:"四更山吐月,残夜水明楼",此殆古今绝唱也。

《贯华堂选批唐才子诗》:嗟乎!四句二十字,声泪俱尽矣。

《增订唐诗摘钞》：一起飘然而来，二句高浑壮阔，而其精神，微于"元"字一露。

《唐诗矩》：全篇直叙格。　　起句之妙从次句衬出。通首俱写月，看他"镜"字、"蟾""兔"字、"嫦娥"字，尽情撒用，殊不觉厌，以其用意精切，运笔风趣故也。

《唐宋诗举要》：黄白生曰：此诗写景精切，布格整密，运意又极玲珑。东坡但以"残夜水明楼"五字称为绝唱，其比兴之深远，从来未经人道也。　　又曰：叠用"镜"、"钩"、"蟾"、"兔"、"姮娥"，他人且入目生厌矣。一经公笔，顾反耐思，由其命意深而出语秀也。

夜

露下天高秋水清，空山独夜旅魂惊。
疏灯自照孤帆宿，新月犹悬双杵鸣。
南菊再逢人卧病，北书不至雁无情。
步檐倚杖看牛斗，银汉遥应接凤城。

【汇评】

《瀛奎律髓》：此诗中四句自是一家句法。……山谷得之，则古诗用为"沧江鸥鹭野心性，阴壑虎豹雄牙须"，亦是也。盖上四字、下三字，本是二句，今以合为一句。而中不相粘，实则不可拆离也。试先读上四字绝句，然后读下三字，则句法截然可见矣。

《唐诗归》：钟云：同一清壮而节细味永，按之有物，觉"老去悲秋"、"昆明池水"等作皆逊之。　　谭云：情事有味，音韵亦妙。钟云：森起（"疏灯自照"二句下）。　　钟云："菊逢人"妙，倒转则庸矣（"南菊再逢"句下）。

《唐诗解》：此秋夜旅情也。

《杜诗集评》：高洁。

《唐诗选脉会通评林》：虞集曰：此诗与"玉露凋伤"篇语相出入。　　吴山民曰：《秋兴》首章结联但述旅情，此章结联有忠君慕国想头，故觉胜之；若前六句，则难第甲乙矣。　　周明辅曰：意象清森，读之增感。

《唐诗评选》：尽一夜所适目惊心者，随拈随合，才高自可。不尔，必杂；要亦变体也。每句锵然，犹不失七言宗风。

《杜诗说》：此与"玉露凋伤"不相上下，一、二、五、六，工力悉敌；三、四写景虽逊彼之高壮，七、八含情，此处却较深厚也。此与云安、夔州诸诗相合。"露下天高"，即"玉露凋伤枫树林"也；"独夜魂惊"，即"听猿实下三声泪"也；"孤帆宿"，即"孤舟一系故园心"也；"双杵鸣"，即"白帝城高急暮砧"也；"菊再逢"，即"丛菊两开他日泪"也；"雁无情"，即"一声何处送书雁"也；"看牛斗"则"每依北斗望京华"也。诗中词意，大概相同。窃意此诗在先，故《秋兴》得以详叙耳。

《义门读书记》：第四顾"惊"字。"双杵鸣"谓闻砧声也，非月中捣药之杵。七句收足"旅魂"。

《瀛奎律髓汇评》：冯舒：老杜之高不在此。　　查慎行：起、结扣定题面。中间二句说夜，二句说秋，切题极矣，却极开宕。　　纪昀：笔笔清拔，而意境又极阔远。

《杜诗详注》：范德机曰：善诗者，就景中写意。不善诗者，去意中寻景。如杜诗……"疏灯自照孤帆宿，新月犹悬双杵鸣"，……即景物之中，含蓄多少愁恨意。若说出，便短浅矣。

《杜臆》：今本多作"秋气清"，而《演义》旧本作"秋水清"，当从之。……而"自照孤帆宿"者，客舟也，根"秋水"来。盖从阁上见之，客舟多，故见疏灯皆自照孤帆而宿。

《唐诗摘钞》：此篇以次句作骨。"孤蓬"自宿，"双杵"自鸣，明其为独夜也。已贫病羁留，所望亲朋略加援引，则归朝不难，何意音书日杳，正回首凤城，惟见银汉遥遥相接，旅魂安得不为之惊乎？

《唐宋诗醇》：宛转关生，浑然无迹。

《读杜心解》：首联，一景一情。自对格起，字字晶莹。次联，景由情出。……三联，情就景生。"菊再逢"，实景也，而动人益向衰之慨；"书不至"，虚景也，而起雁仍空到之思。……结又情景双融矣。

《杜诗镜铨》：清丽亦开义山。　　好起（"露下天高"句下）。　　二句情在景中（"疏灯自照"二句下）。　　托怨雁是风人体（"北书不至"句下）。

《唐诗归折衷》：唐云：《秋兴》首篇与此足敌。喜雄壮者采彼，嗜沉细者取此，终不可定伯仲。吴子谓结胜于彼，亦是宋儒议论。

《闻鹤轩初盛唐近体读本》：陈德公曰：似疏而刻。　　评：三、四寻常景色，写极萧疏。结二仍分一南一北，紧承五、六，尤是法密。

《唐诗笺要》：此诗不当仅赏其清壮，须玩其音节深细、步武端和处。

返　照

> 楚王宫北正黄昏，白帝城西过雨痕。
> 返照入江翻石壁，归云拥树失山村。
> 衰年肺病唯高枕，绝塞愁时早闭门。
> 不可久留豺虎乱，南方实有未招魂。

【汇评】

《童蒙诗训》：潘邠老言：七言诗第五字要响，如"返照入江翻石壁，归云拥树失山村"，"翻"字、"失"字是响字也。……所谓响者,致力处也。予窃以为字字当活,活则字字自响。

《唐诗品汇》:刘曰:字字着意("返照入江"二句下)。 刘曰:语不轻易,感恨更多("不可久留"二句下)。

《诗薮》:盛唐句法浑涵,如两汉之诗,不可以一字求。至老杜而后,句中有奇字为眼,才有此,句法更不浑涵。昔人谓石之有眼为砚之一病,余亦谓句中有眼为诗之一病。……如"返照入江翻石壁,归云拥树失山村",故不如"蓝水远从千涧落,玉山高并两峰寒"也。此最诗家三昧,具眼自能辨之。

《唐诗训解》:应次句落照摇浪,故城西犹明。应首句暗云迷树,故北宫已昏。此联字字清,意以"翻"意写"返照",以"失"字写"归云",如画。

《唐诗直解》:"返照"一联,字字着意,以"翻"字写返照,以"失"意写归云,一联用六虚眼,工练无痕,景复如画。

《唐诗选脉会通评林》:周珽曰:景尽情至,鞭石成梁,不复世人行径。 蒋一葵曰:"惟高枕"形容"病肺","早闭门"形容"愁时","招魂"应"楚"。

《杜臆》:此诗作于西阁者。……阁临城西,无所障蔽,故云开日漏,犹风雨痕,亦映于返照而见之。乃返照入江,至翻动石壁,而归云拥树,遂失山村,此宫北所以先暗也。此固一时晚雨初晴变幻光景,然亦比夫蜀中兵乱胜败无常如此。

《唐诗归折衷》:吴敬夫云:刻划如画,而画所不能到("归云拥树"句下)。 唐云:"翻"字峭,"失"字玄。不若今人纤巧。吴敬夫云:每用起二联,绘写景物;后二联,诉出愁怀。调苦声沉,如呻所痛。

《义门读书记》:起二句倒装,更错综可喜。

《瀛奎律髓汇评》:纪昀:三句顶首句,四句顶次句。 无名氏(乙):全首沉着,"返照"一句点题,是寄意耳。 许印芳:起句对。

《杜诗说》：前半写景，可作诗中图画；后半言情，能湿纸上泪痕。此为七律正宗，较《白帝城》诗更胜。

《缫斋诗谈》：颈联"返照入江翻石壁，归云拥树失山村"：日射水，水混石壁；云归树，树遮山村。一句三层意，非精于观物者说不出。

《读杜心解》："黄昏"非指夜静，是日落苍黄时也。结亦翻用法。

《杜诗镜铨》：李云：文体蔚然，在杜诗中尤为秀出。　　年老多病，感时思归，集中不出此四意。而横说竖说，反说正说，无不曲尽其情。此诗四项俱见，至结语云云，尤足凄神戛魄。

《唐诗近体》：三句正面起，二句是前一层，四句是衬，后半皆因"返照"而起。

《昭昧詹言》：章法明整，前景后情匀称。……后半句意，有韵味风格，不同平淡庸熟枯浅，此等章法之正者。前四将题说足了，再换笔换意也。

《闻鹤轩初盛唐近体读本》：陈德公云：三、四"翻"、"失"二字，法老。五、六情相称，而琢造老成，复有骨致为胜。颔、颈、结语，苍挚沉痛，尤足黯然。　　评："翻"、"失"二字，固云法老，但非"入"不"翻"，惟"拥"乃"失"，句法相生。且"返"、"归"二字，尤下得不率易也。

《岘傭说诗》："返照入江翻石壁，归云拥树失山村。"一句中炼两字关锁法。

日　暮

牛羊下来久，各已闭柴门。

风月自清夜，江山非故园。

石泉流暗壁，草露滴秋根。

头白灯明里，何须花烬繁？

【汇评】

《韵语阳秋》：老杜寄身于兵戈骚屑之中，感时对物，则悲伤系之，……故作诗多用一"自"字。……《日暮》诗云："风月自清夜，江山非故园。"……言人情对境，自有悲喜，而初不能累无情之物也。

《唐诗品汇》：刘云：人人能言，人人不能言，与"可惜欢娱地"同耳（"风月"二句下）。

《唐诗归》：谭云：通首王、孟。不杂己调，所以为大。　　钟云：语闲气和，中藏悲感，客中清霄，吟此不觉低徊（首四句下）。　　钟云：王、孟少此怨调（末二句下）。

《义门读书记》：起二句破"日暮"，即笼起"非故园"。　　作倒装句、流水对看更有意（"石泉"二句下）。

《杜臆》："风月自清夜"一联，其意极悲而不着色相。……至结语尤悲，意在济时而伤于头白，反怪花烬之繁也，与"待尔嗔乌鹊"同妙。

《杜诗解》：如此奇句，便是佛唱，岂复风人（"牛羊"句下）！

《瀛奎律髓汇评》：纪昀：寂寞之景都从次句生出。六句"滴"字有神，"满"字笨而少味（按："滴秋根"一作"满秋原"）。

《读杜心解》：一、二，"暮"之候；三、四，诗之骨。五、六，申"自清夜"；七、八，申"非故园"。自嫌头白不归，反嗔灯烬相照，无聊而错怪，情绪如见。　　五、六，大似鬼语。

《杜诗镜铨》：淡语隽永，游子不堪多读（"风月"二句下）。

《一瓢诗话》：老杜善用"自"字，如……"风月自清夜"、"虚阁自松声"之类，下一"自"字，便觉其寄身离乱感时伤事之情，掬出纸上。

十六夜玩月

旧挹金波爽，皆传玉露秋。
关山随地阔，河汉近人流。
谷口樵归唱，孤城笛起愁。
巴童浑不寝，半夜有行舟。

【汇评】

《后村诗话》："河汉近人流"，绝佳。

《诗薮》：咏物起自六朝，唐初沿袭，虽风华竞爽，而独造未闻。唯杜公诸作，自开堂奥，尽削前规，如题咏月，则"关山随地阔，河汉近人流"，……皆精深奇邃，前无古人，后无来者。然格则瘦劲太过，意则寄寓太深。

《杜臆》：中秋前白露，后寒露，故有是（玉露）名。此时两间游气俱敛，故关山随地而阔，河汉近人而流，金波之爽，无如此时。后四句一时闻见，亦月明故。

《义门读书记》：下语皆切"玩"字。……"旧挹金波爽"，切十六夜。……"关山随地阔"，当空正圆，高下深阻一片皆明，故曰"随地阔"。

《初白庵诗评》：结语似闲，细味殊觉其妙。

《瀛奎律髓汇评》：纪昀："金波"、"玉露"之类，在当日犹非滥套，今则触目生厌矣。不得以此诋古人，亦不得以此藉口。　　不言己不寐，而言"巴童"不寐，用笔曲折。张继"半夜钟声到客船"，同此机轴。　　查慎行曰：结语似闲，细味殊觉其妙。

《读杜心解》："河汉"逼近，而光如欲"流"，于夔地尤切。……中秋之月，去（天）河甚远，远则光不相掩；而河于此时，斜亘西南，于夔为近，而夔地又高，所以清辉交映也。下皆言明月夜事，人人忘寝,愈为月光增色。

熟食日示宗文宗武

消渴游江汉,羁栖尚甲兵。

几年逢熟食,万里逼清明。

松柏邛山路,风花白帝城。

汝曹催我老,回首泪纵横。

【汇评】

《杜臆》:儿渐长,身渐老,分明是"汝曹"催之。

《杜诗解》:起十字,对得错落之极。出他人手,便费笔墨无数矣。三句,我亦能道;四句,非人所及也。熟读细思,便能自造奇句。老人忽忽无乐,只向松柏一路,纵复风花满眼,与之全没交涉。见诸少年及时行乐,不胜厌恶,真有"催老"之恨也。从"清明"字中,分出"松柏"、"风花"二项,松柏渐与老人亲,风花徒属少年事。

《杜诗详注》:旧注:公先茔在洛,流寓不能展省,故有此句("松柏"句下)。

《唐宋诗醇》:不着一字,悲感无穷,惟真故妙耳。

《读杜心解》:公此际心头,追前慨后,无一样恶怀不转到。

九日五首 (其一)

重阳独酌杯中酒,抱病起登江上台。

竹叶于人既无分,菊花从此不须开。

殊方日落玄猿哭,旧国霜前白雁来。

弟妹萧条各何往? 干戈衰谢两相催。

【汇评】

《诚斋诗话》：渊明、子美、无己三人作《九日》诗，大概相似。子美云："竹叶于人既无分，菊花从此不须开。"渊明所谓"尘爵耻虚罍，寒花徒自容"也。无己云："人事自生今日意，寒花只作去年香。"此渊明所谓"日月依辰至，举俗爱其名"也。

《诗人玉屑》：杜子美云："竹叶于人既无分，菊花从此不须开。"直以"菊花"对"竹叶"，便萧散不为绳墨所窘。

《瀛奎律髓》：此"竹叶"，酒也，以对"菊花"，是为真对假，亦变体。"于人既无分"、"从此不须开"，于虚字上十分着力。

《杜臆》："竹叶"一联反言，以见佳节不可不饮也。"雁来"恒事，加一"旧国"便异，以起下句，雁来而旧国之弟妹不来也。

《义门读书记》："抱病起登江上台"，伏"衰谢"。"殊方日落玄猿哭"，伏"干戈"。

《瀛奎律髓汇评》：纪昀：真对假乃常格，不得谓之变体。前四句笔笔峭健，后四句以哀曼收之，声情俱佳。　　查慎行：牧之七律，得法于此三、四句。　　无名氏（乙）：八句对，清空一气如话。　　　次联十四字句，磊落伉健，挥洒极笔，又接以颈联之陡振，千古一人而已。　　如此大手笔，何屑屑以变体论！

《杜诗说》：岑参诗云："见雁思乡信，闻猿积泪痕"，与五、六意同。而十四之融会蕴藉，更过彼十字也。

《唐宋诗醇》：悲塞矣，而声情高亮，后人九日诗无及之者。

《唐诗别裁》：即注明"独酌"，言弗与弟妹饮也。"竹叶"、"菊花"，真假对。

《读杜心解》：（五首）皆辍饮独登之作也。故首句先提出"独酌"二字，以见年年高会，今日凄凉，闷对一樽，全无饮兴。随以"抱病起登"撇却之；悟此，则三、四豁然也。……"玄猿"闻自"殊方"，"白雁"来从"故国"，顾云"紧注末联"是也。而其情皆触于独登翘首之中,仍是一串。

《杜诗镜铨》:五、六写景,言外无限凄凉。　　使性得妙("菊花从此"句下)。

《闻鹤轩初盛唐近体读本》:第五"玄猿"着一"哭"字,已属奇险,其佳处尤在着"日落"二字于中,倍觉凄楚,结则声泪俱迸矣。

冬　至

年年至日长为客,忽忽穷愁泥杀人。
江上形容吾独老,天边风俗自相亲。
杖藜雪后临丹壑,鸣玉朝来散紫宸。
心折此时无一寸,路迷何处见三秦?

【汇评】

《诗源辩体》:律诗诣极者,以圆紧为正,驰荡为变。《黄鹤》前四句虽歌行语,而后四句则其圆紧,《雁门》则语语圆紧矣,"年年"一篇,虽通体对偶,而淋漓驰荡,遂入小变。机趣虽同,而体制则异也。

《杜臆》:"泥杀"二字,发自苦衷。"穷愁",故形容"独老";"长为客",故风俗"相亲"。

《瀛奎律髓汇评》:纪昀:此首较可。　　三、四句老健,七句太纤,不类杜之笔墨,遂为全篇之累。　　许印芳:此亦八句皆对,但首句不用韵耳。"一寸心",诗家常用语;此处七句拆开用,晓岚便斥为"纤",亦奇论也。

《读杜心解》:"长为客"三字,一诗纲领。

《杜诗镜铨》:八句皆对。

《闻鹤轩初盛唐近体读本》:陈德公曰:亦是峭削之意。起已无赖,五、六一此一彼夹说:因此"杖藜",而彼云"鸣玉";因彼"紫宸",而此云"丹壑"。作意着色,硬人态矣。　　评:结,指点此彼,亦复老尽。

览　物

曾为掾吏趋三辅,忆在潼关诗兴多。
巫峡忽如瞻华岳,蜀江犹似见黄河。
舟中得病移衾枕,洞口经春长薜萝。
形胜有馀风土恶,几时回首一高歌。

【汇评】

《杜臆》:巫峡、蜀江,诗人亦堪发兴,其如风土之恶何! 不知几时回首三辅,发一高歌,以续旧时之兴也。

《杜诗详注》:此在峡而忆华州也。白乐天《九江春望》诗云:"炉烟岂异终南色,盆草宁殊渭北春";苏子瞻《横翠阁》诗云:"已见西湖思濯锦,更看横翠忆峨嵋",其句意皆本于少陵("巫峡忽如"二句下)。　　朱瀚曰:初联语平;"巫峡"、"华岳",首尾痴肥;"忽如"、"犹似",衬笔庸滑;"瞻见"二字,不免合掌;第五似病呈,"移"字亦晦;"洞口"何地,未明;七八句,亦近庸率。断非少陵真笔。

《读杜心解》:何缘独思华州? 适览"巫峡"、"蜀江",有如"华岳"、"黄河"故以为言耳。华在两京之间,亦乡思也。境虽相似,而病泊逾时,与"潼关"迥别矣。　　质实。

愁

原注:强戏为吴体。

江草日日唤愁生,巫峡泠泠非世情。
盘涡鹭浴底心性? 独树花发自分明。

十年戎马暗万国，异域宾客老孤城。

渭水秦山得见否？人经罢病虎纵横。

【汇评】

《蔡宽夫诗话》：文章变态固亡穷尽，然高下工拙亦各系其人才。子美以"盘涡鹭浴底心性，独树花发自分明"为吴体，以"家家养乌鬼，顿顿食黄鱼"为俳谐体，……虽若为戏，然不害其格力。

《杜臆》：愁起于心，真有一段郁戾不平之气，而因以拗语发之。公之拗体大都如是。此诗前四句是愁，后四句是所以愁。

《唐诗归》：钟云：字字性情（首句下）。　　谭云：人只畏其险耳，"泠泠非世情"，别自有心眼对之（"巫峡泠泠"句下）。　　钟云：深于观物，心目静甚（"盘涡鹭浴"二句下）。

《瀛奎律髓汇评》：纪昀：此诗殊无可采。　　何义门：言草又生而不得归也。三、四言乐子之无知。　　纪昀：此四首（按指此及《昼梦》、《暮归》、《早秋苦热堆案相仍》）皆"吴体"，全不入律，与前首用拗法者不同。

《围炉诗话》："盘涡浴鹭底心性"，王建诗之祖也。

《读杜心解》：客阻言愁之作。"日日"而长者，既忌其形我憔悴；"泠泠"而淡者，又恼其对我寂寞。愁人听触，无一而可，故于"鹭浴"、"花发"皆怪之。

《增订唐诗摘钞》：此因不得归秦，沉忧莫写，无端对物生憎，皆是愁人实历之境。草生花发，水流鹭浴，皆唤愁之具。下三句，特变文言之耳。愁从中来，非物之故，则亦强戏言之而已。皮、陆集中，亦有吴体诗。乃当时俚俗为此体耳，诗流不屑效之。杜公篇什既众，时出变调，凡集中拗律，皆属此体，偶发例于此，曰"戏"者，明其非正律也。

《退庵随笔》：七律有全首不入律者，谓之吴体，与拗体诗不同。方虚谷《瀛奎律髓》合之"拗字类"中，非也。如杜少陵之《题省中院壁》、《愁》……诸诗皆是。其诀在每对句第五字以平声救转，故虽拗而音节仍谐。宋人黄山谷以下多效为之。

即　事

暮春三月巫峡长，晶晶行云浮日光。
雷声忽送千峰雨，花气浑如百和香。
黄莺过水翻回去，燕子衔泥湿不妨。
飞阁卷帘图画里，虚无只少对潇湘。

【汇评】

《苕溪渔隐丛话》：律诗之作，用字平侧，世固有定体，众共守之。然不若时用变体，如兵之出奇，变化无穷，以惊世骇目。如……老杜云："暮春三月巫峡长，……虚无只少对潇湘。"韦应物云："与君十五侍皇闱，……一杯成喜亦成悲。"此二诗起头用平声，故第三句亦用平声。凡此皆律诗之变体，学者不可不知。

《瀛奎律髓》：三、四必先得之句。其体又自不同，亦是一法。

《唐诗镜》：后四语似楚歌、越吟，当是遣愁漫兴所为。

《杜臆》：此亦西阁之作。淋漓生动，不烦绳削。燕子营巢，泥欲其湿，而莺则愁湿，各适其性。帘前图画，补以潇湘，妙于取景，见此公胸中造化。尾句一则为思下荆南而及之。

《唐诗评选》：纯净，好节奏。

《瀛奎律髓汇评》：纪昀：此总以后人装头缀尾之法揣量古人。　纪昀：此篇人所熟颂，然实未佳。　何义门：妙在一气。　许印芳：前三联不粘。　三、四实佳，（纪昀）此评太刻。起句是拗调，馀皆平调。

《杜诗说》：起句稍拗。中二联亦失粘，对法更不衫不履。然其写景之妙，可作暮春山居图看。

《读杜心解》：通写郁蒸得雨之景。"翻回去"，雨中栖止不定也。"不妨"对"回去"不作虚用，身虽"湿"而"不妨"其所事也。……结即前篇（《暮春》）"潇湘洞庭虚映空"意，恨不即为峡外游也。

闷

瘴疠浮三蜀，风云暗百蛮。

卷帘唯白水，隐几亦青山。

猿捷常难见，鸥轻故不还。

无钱从滞客，有镜巧催颜。

【汇评】

《梁溪漫志》：杜少陵作《闷》诗云："卷帘惟白水，隐几亦青山。"或曰："人之好恶固自不同，若使吾居此，当卒以乐死矣。"予以为不然。人心忧郁，则所触而皆闷，其心和平，则何适而非快？青山白水，本是乐处，苟其中不快，则惨淡苍莽，适足以憎闷耳！少陵又有诗云："感时花溅泪，恨别鸟惊心。"花、鸟本是平时可喜之物，而拗郁如此者，亦以触目有感，所遇之时异耳。

《对床夜语》："卷帘唯白水，隐几亦青山。"情中之景也。

《杜臆》：总为无钱而闷，而形容闷怀，沉着有致。

《义门读书记》：起句"浮"字起"暗"字。"卷帘惟白水"一联，伏"滞"字。"猿捷长难见"一联，与"滞"反。

《杜诗详注》：陶开虞曰：镜亦何尝催颜？却归巧于镜，此际韵绝。与《熟食示子》诗"汝曹催我老"，同一机杼。

《读杜心解》：先着"瘴"、"蛮"两句，则"白水"、"青山"，亦是限隔人之阱矣；是以见"猿"、"鸥"之"轻""捷"，而伤己之"滞"且老也。下语偏潇洒。

喜观即到复题短篇二首（其一）

> 巫峡千山暗，终南万里春。
>
> 病中吾见弟，书到汝为人。
>
> 意答儿童问，来经战伐新。
>
> 泊船悲喜后，款款话归秦。

【汇评】

《唐诗镜》：四句悲甚喜甚，痛快处，老杜擅长。

《而庵说唐诗》：人取杜诗，单取其殿阁庄严者，若如此天真动荡，入骨入髓之作，即子美作过复取来读，当亦自叹不能及也。

《闻鹤轩初盛唐近体读本》：陈德公曰：后半纯是空际语，偏乃踊跃。　　评：沉痛历落，情至无文。第三，现成真语，刻画不成；见弟尝尔，病中乍见，喜过倍徒。第四，末三字至无义理，然得老成，不觉时弱，缘久绝音书，疑尔死矣，今乃知其为人也。根性至情，非杜老不办。

《杜诗详注》：黄生曰：杜诗有两句断续看者，"两京三十口，虽在命如经"，上七字连说，下三字另住。"病中见吾弟，书到汝为人"，亦然。

《杜诗镜铨》：刘须溪云：情事惊痛，语得倾至。　　蒋云：人情至此，真化工之笔。

又呈吴郎

> 堂前扑枣任西邻，无食无儿一妇人。
>
> 不为困穷宁有此？只缘恐惧转须亲。
>
> 即防远客虽多事，便插疏篱却甚真。

已诉征求贫到骨，正思戎马泪盈巾。

【汇评】

《汇编唐诗十集》：通涉议论，是律中最下乘。

《诗薮》：杜七言律，通体太拙者，"闻道云安曲米春"之类；太粗者，"堂前扑枣任西邻"之类。……杜则可，学杜则不可。

《四溟诗话》：太白不成语者少，老杜不成语者多，如"无食无儿"、"举家闻"、"若咳"之类。凡看二公诗，不必病其累句，不必曲为之护，正使瑕瑜不掩，亦是大家。

《唐诗归》：钟云：许妇人扑枣，已是细故，况吴郎之枣乎？当看其作诗又呈吴郎，是何念头？　　钟云："无食无儿"四字不合说不苦，近人以此为不成语，何故（"无食无儿"句下）？　　钟云：于困贱人非惟体悉，又生出一段爱敬，彼呼就者何人？又云：菩萨心肠，经济人话头（"不为穷困"二句下）。

《杜臆》：此亦一简，本不成诗。然直写情事，曲折明了，亦成诗家一体。大家无所不有，亦无所不可也。

《杜诗集评》：李因笃云：盛唐唯公有此等诗，未见超脱。吴农祥云：虽非公佳处，亦可见公爱物济世之心。

《杜诗详注》：此章告以恤邻之道也。……"无食无儿一妇人"句，中含四层哀矜意，通章皆包摄于此。　　此诗是直写性情，唐人无此格调。然语淡而意厚，蔼然仁者痌瘝一体之心，真得《三百篇》神理者。　　卢世㴶曰：杜诗温柔敦厚，其慈祥恺悌之衷，往往溢于言表。如此章，极煦育邻妇，又出脱邻妇；欲开示吴郎，又回护吴郎。八句中，百种千层，莫非仁音，所谓仁义之人，其言蔼如也。

《读杜心解》：若只观字句，如嚼蜡耳。须味于无味之表。

《杜诗镜铨》：此与《题桃树》作，皆未可以寻常格律求之。　　体贴深至（"不为困穷"句下）。

《五色批本杜工部集》：邵长衡云：此诗说有佳者，吾所不解。　　王慎中云：不成诗。

《王闿运手批唐诗选》：叫化腔，亦创格，不害为切至，然卑之甚。纯用议论，亦是新体。

寄杜位

原注：顷者与位同在故严尚书幕。

寒日经檐短，穷猿失木悲。

峡中为客恨，江上忆君时。

天地身何往？风尘病敢辞！

封书两行泪，沾洒裛新诗。

【汇评】

《杜臆》："穷猿失木悲"，哀严武之死也。"天地身何往"，便堪流涕；既无可往，身健无益，病亦奚辞！

《读杜心解》：起，兴而比也，寓日暮途穷意。"江上"，指成都严幕。

存殁口号二首（其二）

郑公粉绘随长夜，曹霸丹青已白头。

天下何曾有山水？人间不解重骅骝。

【汇评】

《容斋随笔》：杜子美有《存殁绝句》二首，……每篇一存一殁：盖席谦、曹霸存，毕（曜）、郑（虔）殁也。黄鲁直《荆江亭即事十首》，其一云："闭门觅句陈无己，对客挥毫秦少游。正字不知漫饱未？西风吹泪古藤州。"乃用此体。时少游殁而无己存也。

《木天禁语》：绝句篇法：扇对。《存殁口号》："郑公彩绘随长夜，……人间不解重骅骝。"

《杜臆》：此亦公之自创为体，而其人亦偶然有存殁之异。后遂有效之者。

《杜诗详注》：此谓郑殁而曹存也。郑虔既亡，世更无山水之奇；曹霸虽存，人谁识骅骝之价乎？一伤之，一惜之也。　或云：得虔之图，几令天下山水无色；得霸之马，能使人间骅骝减价。乃极赞其笔墨之神妙，亦通。

《杜诗镜铨》：戏拈自成一体。

见萤火

巫山秋夜萤火飞，帘疏巧入坐人衣。

忽惊屋里琴书冷，复乱檐边星宿稀。

却绕井阑添个个，偶经花蕊弄辉辉。

沧江白发愁看汝，来岁如今归未归？

【汇评】

《杜工部草堂诗话》引黄常明《诗话》：数物以"个"，谓食为"吃"，甚近鄙俗，独杜屡用。"峡口惊猿闻一个"，……"却绕井边添个个"，……盖篇中大概奇特，可以映带者也。

《唐诗归》：钟云：细（"帘疏巧入"句下）。

《杜臆》：本意全在末二句，而借萤以发端，正《诗》之兴也。乃其描萤火，入神在"弄辉辉"。然"经花蕊"而"弄辉"，似自以为得所者，以起下"归未归"，不可谓全无涉也。

《杜诗解》：题是《见萤火》，诗却从"见"字写出。　"屋里琴书冷"用"忽惊"字，妙。天热，萤在空野处飞，今见其入屋，必且惊曰："天又冷起来了。"……"沧江"、"白发"，字法对映，正写"愁"字。

《义门读书记》：写得历乱飞扬，又句句是"见"字。……"忽惊屋里琴书冷"，"冷"字与"火"字关应得妙。……"沧江白发愁看汝"，收出"见"字。　　杨云："沧江"、"白发"，又因萤火照出，映带绝妙。

《杜诗详注》："萤火飞"，领下五句。自山而帘，自帘而衣，从外飞入内；屋而檐，自井而花，从近飞出远：六句皆摹写"见"字。

邵云："却绕"，见聚散不常；"偶经"，见明灭不定。照入井中，一萤两影，若"添个个"；闪过花间，其光互映，如"弄辉辉"。　　顾注：萤尾耀光，迭开迭阖，不停一瞬，如弄光然，"弄"字工于肖物。

《杜诗说》："见"字中，去来聚散，高下远近，一一写出。

《唐宋诗醇》：结联点入"见"字，便觉通体皆活。

《读杜心解》："坐"、"入"二字连续，盖自谓也。……猝见萤火入衣，故接"忽惊"字，"琴书"正是坐处所对。因见入来之萤，便出外看到"檐前"群飞之萤，再看到"井阑"，再看到"花蕊"，层次如此。

《杜诗镜铨》：邵云：流丽称情，此为咏物上乘。

《古唐诗合解》：总只做"见"字，处处不脱秋夜光景。

吹　笛

吹笛秋山风月清，谁家巧作断肠声？
风飘律吕相和切，月傍关山几处明？
胡骑中宵堪北走，武陵一曲想南征。
故园杨柳今摇落，何得愁中却尽生！

【汇评】

《瀛奎律髓》：慷慨悲怨，自是一种风味。李太白谓"江城五月落梅花"，此亦以指《杨柳》，盖笛中有此二曲也。

《唐诗训解》：出"风"、"月"二字，分应首句。见其声能断肠，应第二句。"愁中"字亦与"断肠"相应。

《杜臆》：何大复云："此诗起结皆可作唐人绝唱，而末出一联甚可恨。"余谓引刘琨、马援事以形容其声之悲，有何可恨？且使事融洽，妙甚。　　　三、四顶"风月"来，五、六顶"断肠"来。束语说到自家，而"杨柳摇落"亦根"秋风"，"愁中"亦根"断肠"，此章乃诗律之最细者。

《瀛奎律髓汇评》：查慎行：五、六虚处传神。　　　纪昀云："风"、"月"分承，法本云卿《龙池》篇。　　　五、六妙切时事，不比"昆体"之排比故实。纯以风调胜，在杜集又是一格，故前人疑非杜公作。　　　许印芳："风"、"月"分承，不为复。"山"字、"中"字俱犯复。

《杜诗详注》：蒋一梅曰：绝大手笔，声律极细，然有对意不对词、对词不对意者。

《围炉诗话》：少陵七律，有一气直下，如"剑外忽传收蓟北"者；又有前六句皆是兴，末二句方是赋，如《吹笛》诗，通篇正意只在"故园愁"三字耳。说者谓首句"风月"二字立眼目，次联应之，名为"二字格"，盲矣！"风月"是笛上之宾，于怀乡主意隔两层也。

《唐宋诗醇》：吞吐含芳，安详合度，极顿挫之妙，而高雅绝人。明人何景明七律全本此种，千载而下，固有合续弦胶者也。

《增订评注唐诗正声》：郭（濬）云：句句凄远，咏物绝唱。

《读杜心解》：三、四，分承"风月"，以申"巧作"。……五、六，用古而印合寇乱，而"北走"、"南征"，又即"断肠"之一证也。七、八，翻古而感切家乡，而"摇落"、"尽生"，却与"秋"字为呼应也。句句咏物，笔笔写意，格法又出一奇。"却尽生"似拙。

《杜诗镜铨》：此诗句句咏物，笔笔写意，用巧而不觉，斯为大家。

《杜诗集评》：李因笃云：气机流利，声韵壮凉，末二句更自悠然。　　　吴农祥云：时有拙处，不碍大体。

孤　雁

> 孤雁不饮啄，飞鸣声念群。
> 谁怜一片影，相失万重云。
> 望尽似犹见，哀多如更闻。
> 野鸦无意绪，鸣噪自纷纷。

【汇评】

《鹤林玉露》：杜陵诗云："孤雁不饮啄，……鸣噪自纷纷。"……以兴君子寡而小人多，君子凄凉零落，小人嘈咂喧竞。其形容精矣。

《潜溪诗眼》：（余）尝爱崔涂《孤雁》诗云："几行归塞尽，念尔独何之"八句；公（按指山谷）又使读老杜"孤雁不饮啄"者，然后知崔涂之无奇。《老杜补遗》云："鲍当《孤雁》诗云：'更无声接续，空有影相随'，孤则孤矣，岂若子美'孤雁不饮啄，飞鸣声念群。谁怜一片影，相失万重云'，含不尽之意乎？"

《后村诗话》：《孤雁》云："孤雁不饮啄……鸣噪自纷纷。"读此篇便见得鲍当辈止是小家数。

《瀛奎律髓》：唐末有鲍当为《孤雁》诗，因谓之"鲍孤雁"，亦未能逮此。

《唐诗归》：钟云：将孤雁说作一极有交情、极不妄交人。谭云："万重云"三字益显甚孤矣，馀七句之妙易见（"相失"句下）。　　钟云："似犹见"、"如更闻"，说不得"见"与"闻"矣。"孤"字、"念群"字，意皆尽此二句（"望尽"二句下）。　　钟云：咏物请客，语难于妙，此可为法（末二句下）。

《瀛奎律髓汇评》：冯舒：诗中所应有，无所不有，诗中周、孔也。　　查慎行：次联笔意空阔。　　李天生：着意写"孤"字，直探其微，而无一笔落呆。　　　　何义门：五、六遥遥一雁在前，又隐隐一群在后，虚摹"孤"字入神。　　　　纪昀：前半就孤雁意中写，三、四自然。后半就咏孤雁者意中写，不着一分装点。结稍露骨，托之咏物，尚不甚碍耳。　　　　许印芳：全诗主意在第二句。三、四固佳，五、六尤沉刻。世人但知学三、四之自然，往往流为浮滑浅率；正宜学五、六以救之。结句"野鸦"衬"雁"，"纷纷"衬"孤"。题字无一落空，此法律谨严处。

　　《杜诗详注》：鹤注：此托孤雁以念兄弟也。　　　　玉彦辅曰：公值丧乱，羁旅南土，而见于诗者，常在乡井，故托意于孤雁。章末，讥不知我而诮诮者。

　　《读杜心解》："飞鸣声念群"，一诗之骨。"片影"、"重云"，失群之所以结念也。……"望断"矣而飞不止，似犹见其群而逐之者；"哀多"矣而鸣不绝，如更闻其群而呼之者。写生至此，天雨泣矣。末用借结法。

　　《杜诗镜铨》：张云：羁离之苦，触物兴哀，不觉极情尽态如此。公诗每善于空处传神（"望尽"二句下）。

　　《近体秋阳》：殊无甚深迥，而构辞切笃，遂成绝调（"相失"句下）。

　　《网师园唐诗笺》：借鸦相形，抑彼而伸此，尊题格也。

　　《筱园诗话》：少陵……《孤雁》、《萤火》之什，《蕃剑》、《捣衣》之作，皆小题咏物诗也，而不废议论，不废体贴，形容仍超超玄著，刻划亦落落大方，神理俱足，情韵遥深，视晚唐、南宋诗人体物，迨如草根虫吟耳。是以知具大手笔，并小诗亦妙绝时人，学者可知所取法矣。

白　小

白小群分命，天然二寸鱼。
细微沾水族，风俗当园蔬。

入肆银花乱，倾箱雪片虚。

生成犹拾卵，尽取义何如？

【汇评】

《唐诗归》：钟云：精切奇妙，别具笔舌。　　钟云：五字胸中造化（首句下）。　　谭云：形容细鱼贱而多，妙绝！钟云：此"风俗"字尤用得奇（"细微"二句下）！　　钟云：问得贫馋人语塞。谭云：菩萨心（末二句下）。

《杜臆》：起来二句，仁心蔼然，真有万物一体之思。……盖十字为句者，老杜往往有之。

《姜斋诗话》：咏物诗齐梁始多有之。其标格高下，犹画之有匠作，有士气。征故实，写色泽，广比譬，虽极镂绘之工，皆匠气也。……李峤称"大手笔"，咏物尤其属意之作，裁剪整齐，而生意索然，亦匠笔耳。至盛唐以后，始有即物达情之作。……杜陵《白小》诸篇，踯躅自寻别路，虽风韵不足，而如黄大痴写景，苍莽不群。

《杜诗详注》：唐人咏物诗，唯李巨山集中最多，拈一字为题，用五律写意，其对仗亦颇工致，但有景无情，全少生动之色。阅此八首，皆托物寓意，情与景会，身分便自不同矣。

《读杜心解》：中四，措语风秀。

麂

永与清溪别，蒙将玉馔俱。

无才逐仙隐，不敢恨庖厨。

乱世轻全物，微声及祸枢。

衣冠兼盗贼，饕餮用斯须。

【汇评】

《而庵说唐诗》：子美此诗将借麂以警世，以君子之心度麂之心,使人恻然动念,又使人冷然解颐。仁人至言,才人绝调也。

《唐诗矩》:前后两截格。　　此题写入"盗贼"字,奇矣。更奇在将"衣冠"与"盗贼"并说,意谓此辈草菅杀人,物命固非所惜,若衣冠当此乱世,尚以饕餮闻,得无贻"肉食者鄙"之讥耶?后半语不离咏物意,却全不是咏物,所谓大手笔,惟公足以当之。

《增订唐诗摘钞》:此物颇难入咏,看他前半写得如许风致,妙在以"清溪"字陪对"玉馔",以"仙隐"字陪对"庖厨",遂觉烟火之气净尽。　　虽曰大手笔,至其遣调又甚灵动。全代麂作自谦之语,至尾遂而大骂,何其前恭而后倨耶?读之失笑。

《杜诗镜铨》:张上若云:"微声"句有至理,自古文人才士,遭乱婴祸,如中郎之于董卓,中散之于司马,何一不从声名得之?此"苟全性命"、"不求闻达",隆中所以独绝千古也。

江　梅

梅蕊腊前破,梅花年后多。
绝知春意好,最奈客愁何?
雪树元同色,江风亦自波。
故园不可见,巫岫郁嵯峨。

【汇评】

《瀛奎律髓》:起句十字,已尽梅花次第。

《杜臆》:春意愈早,客愁转深。"雪树同色",见其早;"江风自波",所以愁。盖愁出峡之不早,而总迫于故园之思耳。

《瀛奎律髓汇评》:冯班:力举千钧。起句老极。　　何义门:破题二字,已非"江梅"不可。　　首句"梅"起,七句"江"结。法好。　　纪昀:平正妥帖,无出色处。

《杜诗详注》:梅占春意,景物自好,而反动客愁者,盖见腊前映雪,年后飘风,花开花谢,都非故园春色,是以对巫岫而添愁耳。

《读杜心解》：下四,暗用新亭风景河山之感。

《杜诗镜铨》：李子德云：不贪写梅,从江上着眼,是为高手。 　　春江微波,正与梅相漾发。五、六对句,正以不粘煞为佳。

舟月对驿近寺

更深不假烛,月朗自明船。

金刹青枫外,朱楼白水边。

城乌啼眇眇,野鹭宿娟娟。

皓首江湖客,钩帘独未眠。

【汇评】

《瀛奎律髓汇评》：纪昀：此首未见其佳。"眇眇"二字,不切"啼"。"朗"、"明"复。

《杜诗详注》：乌啼鹭宿,月下见闻。钩帘而望,借此遣怀也。

《读杜心解》：船窗对月,不寐得句。

《唐宋诗醇》：以四句了题,舟夜遣怀,词意清丽乃尔。

《杜诗镜铨》：一结含情无限(末二句下)。

舟出江陵南浦奉寄郑少尹

更欲投何处？飘然去此都。

形骸元土木,舟楫复江湖。

社稷缠妖气,干戈送老儒。

百年同弃物,万国尽穷途。

雨洗平沙静,天衔阔岸纡。

鸣蝥随泛梗,别燕赴秋菰。

栖托难高卧,饥寒迫向隅。

寂寥相煦沫,浩荡报恩珠。

溟涨鲸波动,衡阳雁影徂。

南征问悬榻,东逝想乘桴。

滥窃商歌听,时忧下泣诛。

经过忆郑驿,斟酌旅情孤。

【汇评】

《岁寒堂诗话》:少陵遭右武之朝,老不见用,又处处无所遇,故有"百年同弃物,万国尽穷途"之句,余三复悲之。

《唐诗归》:钟云:悲甚(首句下)。　　钟云:"送"字凄甚,读不得("干戈"句下)。　　钟云:"斟酌"二字,若不可解。妙,妙(末句下)!

《杜臆》:此诗无一字不悲,而起语突然,更不堪读。……"缠妖气"、"送老儒","缠"、"送"字俱妙。"鸣蛰"、"别燕",自况。在人少相煦之沫,而我亦旷于报恩之珠,见人亦不足深怪,与一味责人者异矣。

《义门读书记》:"百年同弃物"二句,悲凉。……"南征问悬榻"二句,"南征"、"东逝",不知所适,俱从"更欲投何处"生下。

《读杜心解》:通首皆情语。其寄郑意,只结处一带。……"社稷"四句,泛述漂泊至今之概,于出浦意,不粘不脱。……此(末)四句,借世途之冷落,挽合郑尹作结。

《杜诗镜铨》:李云:每至佳处,凄然欲涕,而语仍横放,雄气逼人。"送"字可伤("干戈"句下)。　　寄郑只一句,语有含蓄("经过"句下)。

江南逢李龟年

岐王宅里寻常见,崔九堂前几度闻。

正是江南好风景，落花时节又逢君。

【汇评】

《云溪友议》：明皇帝幸岷山，百官皆窜辱，积尸满中原，士族随车驾也。伶官：张野狐觱栗、雷海青琵琶、李龟年唱歌、公孙大娘舞剑……唯李龟年奔泊江潭，杜甫以诗赠之曰："岐王宅里寻常见，……落花时节又逢君。"

《木天禁语》：绝句篇法。

《杜诗说》：此诗与《剑器行》同意。今昔盛衰之感，言外黯然欲绝。见风韵于行间，寓感慨于字里，即使龙标、供奉操笔，亦无以过。乃知公于此体，非不能为正声，直不屑耳。有目公七言绝句为别调者，亦可持此解嘲矣。

《李杜诗选》：刘曰：兴来感旧，不觉真率自然。

《义门读书记》：四句浑浑说去，而世运之盛衰，年华之迟暮，两人之流落，俱在言表。

《唐诗摘钞》：一、二总藏一"歌"字。"江南"字见地，"落花时节"见时，四字将"好风景"三字衬润一层。"正是"字、"又"字紧醒前二句，明"岐宅"、"崔堂"听歌之时，无非"好风景"之时也。今风景不殊，而回思天宝之盛，已如隔世，流离异地，旧人相见，亦复何堪？无限深情，俱藏于数虚字之内。杜有此七言绝而选者多忽之，信识真者之少也。

《唐宋诗醇》：言情在笔墨之外，悄然数语，可抵白氏一篇《琵琶行》矣。"休唱贞元供奉曲，当时朝士已无多"，刘禹锡之婉情；"钿蝉金雁皆零落，一曲伊州泪万行"，温庭筠之哀调。以彼方此，何其超妙！此千秋绝调也。

《唐诗别裁》：含意未伸，有案无断。

《杜诗镜铨》：邵云：子美七绝，此为压卷。

《唐诗笺注》："落花时节又逢君"，多少盛衰今昔之思！上二句是追旧,下二句是感今,却不说尽,偏着"好风景"三字,而意含在"正是"字、"又"字内。

《唐诗从绳》:无限深情,俱藏裹于数虚字之内,真妙作也。

《诗法易简录》:少陵七绝多类《竹枝》体,殊失正宗。此诗纯用止锋、藏锋,深得绝句之味。

《唐诗近体》:含意未伸,有案无断,而世运之治乱、年华之盛衰、彼此之凄凉流落,俱在其中。

《唐诗评注读本》:王文濡曰:上二句极言其宠遇之隆,下二句陡然一转,以见盛衰不同,伤龟年亦所以自伤也。

《诗境浅说续编》:少陵为诗家泰斗,人无间言,而皆谓其不长于七绝。今观此诗,馀味深长,神韵独绝,虽王之涣之"黄河远上",刘禹锡之"潮打空城",群推绝唱者,不能过是。此诗以多少盛衰之感,千万语无从说起,皆于"又逢君"三字之中,蕴无穷酸泪。

暮 归

霜黄碧梧白鹤栖,城上击柝复乌啼。
客子入门月皎皎,谁家捣练风凄凄?
南渡桂水阙舟楫,北归秦川多鼓鞞。
年过半百不称意,明日看云还杖藜。

【汇评】

《瀛奎律髓》:自是一种骨格风调,又自是一种悲壮哀惨。

《诗薮》:(老杜七律)"昆明池水"、"风急天高"、"老去悲秋"、"霜黄碧梧",篇中化境也。

《唐诗归》:谭云:妙在能宕。　　钟云:拗体不难于老,而难于细;不难于宕,而难于深。又妙在不可入歌行。　　钟云"黄"、"碧"、"白"三字安顿得好(首句下)。　　钟云:清矫("谁家捣练"

句下）。

《唐诗选脉会通评林》：刘辰翁曰：古乐府少及。　　陆时雍曰：三、四语入《骚》意。　　周启琦：写景描情，神情骨秀，如天半芙蓉，削青天而独出。

《瀛奎律髓汇评》：冯舒：此等真正惟老杜能之。　　何义门：去住两乖，经日彳亍，不知所出。从"暮"字直叙起，却用"明日"二字，显出笔力奇变。"暮"字反收，笔力与胸襟相副。　　纪昀：三、四神来。　　无名氏（乙）：起语生造出奇，三、四戍削高亮，结处凄紧，殊难再读。此"吴体"中苍郁清急之音也。　　冯班：妙极，势甚阔。

《杜诗详注》：申涵光曰：作拗体诗，须有疏斜之致，不衫不履，如"客子入门月皎胶"及"落日更见渔樵人"，语出天然，欲不拗不可得。而此一首，律中带古，倾欹错落，尤为入化。又曰："霜黄碧梧白鹤栖"，一句中用三个颜色字，见安插顿放之妙。　　毛奇龄曰：杜律拗体，较他人独合声律，即诸诗皆然，始知通人必知音也。

《绅斋诗谈》："霜黄碧梧白鹤栖"，三色作一句，不见堆砌。

《增订唐诗摘钞》：朝出于斯，暮归于斯，南渡不可，北归不能，年老客居失意，可胜道哉。起一"复"字，结一"还"字，见日日如是，皆无可奈何之词。　　卢世㴶曰：《崔氏东山草堂》、《暮归》、《晓发公安》三首皆拗调，诗之绝佳者。"霜黄碧梧"，全首矫秀，原是悲诗，却绝无一点悲愁溽气犯其笔端，读去如《竹枝》乐府。

《唐诗归折衷》：唐云：虚用"黄"字，便见秋色。　　吴敬夫云：矫健。

《杜诗镜铨》：邵云：拗体高调，未许时手问津。

《笺注唐诗》："还"字伤心欲绝（"明日看云"句下）。

《闻鹤轩初盛唐近体读本》：三、四承足一、二。月皎则梧、鹤弥见，风凄则乌、树倍哀。上下回环，用意乃密。结因暮归而预道明日，亦复有致。

《昭昧詹言》：起四句，情景交融，清新真至。后四句叙情，一气顿折，曲盘瘦硬，而笔势回旋，顿挫阔达，纵横如意，不流于直致，一往易尽，百炼钢化为绕指柔矣。

《唐宋诗举要》：方虚谷曰：拗字诗在老杜七言律诗中谓之吴体。老杜七言律一百五十九首，而此体凡十九出。不止句中拗一字，往往神出鬼没，虽拗字愈多而骨格愈峻峭。　　步瀛案：吴体与拗字诗有别，拗字有一定之法，仍自入律，若吴体则拗字甚多，非律所能限，而音节仍自和谐，又不得人之古诗，即吴体也。

公安县怀古

野旷吕蒙营，江深刘备城。
寒天催日短，风浪与云平。
洒落君臣契，飞腾战伐名。
维舟倚前浦，长啸一含情。

【汇评】

《杜臆》：《名胜志》云："县北二十五里有吕蒙城，即蒙所屯兵者。后汉建安年，左将军刘备居此，时号'左公'。以左公所安，故云'公安'。"五、六，一谓刘，一谓吕。

《义门读书记》："寒天催日短"二句，先含"维舟"，曲折变化。"洒落君臣契"二句，承上"风"、"云"二字，忽然接下。

《杜诗详注》：先主得公安，使关羽守之。……孙、刘之战争，始自公安；汉业之不振，亦挠于公安。公至其地，故吊古而有慨。

《纽斋诗谈》：八句通用错对，一二呼五六，三四呼七八。此法本妙，却不易学，扭捏太甚，便支离不通。　　"野旷吕蒙营，江深刘备城。寒天催日短，风浪与云平。"到此地适会此景，故陡接不觉其隔。

《唐宋诗醇》：黄生曰：章法最整。

《唐诗别裁》："洒落"二字，形得君臣欢如鱼水意思出。结松。

《读杜心解》：上言古，下言怀也。言古处接景，言怀处接情，章法相配。……"君臣"谓刘，"战伐"谓吕，指出当年气谊功名来，正是怀处。结云"一含情"，为此也。其间夹入"维舟"句，黄生谓以"前浦"二字绾住前半者，是也。

《甚原诗说》：作怀古诗，必切时地。杜甫《公安县怀古》中联云："洒落君臣契，飞腾战伐名。"简而能该，真史笔也。

《唐宋诗举要》：吴曰：后半精彩飞动。

晓发公安

原注：数月憩息此县。

北城击柝复欲罢，东方明星亦不迟。
邻鸡野哭如昨日，物色生态能几时？
舟楫眇然自此去，江湖远适无前期。
出门转眄已陈迹，药饵扶吾随所之。

【汇评】

《唐诗归》：钟云：愁苦翻说出高兴（"舟楫眇然"二句下）。

《杜臆》：七言律之变，至此而极妙，亦至此而神，此老夔州以后诗，七言律无一篇不妙，真山谷所云："不烦绳削而合"者。

《杜诗详注》：杜律有语承、意承之法。"不迟"承"欲罢"，"几时"承"如昨"，此句承法也。"邻鸡"承"击柝"，以所闻言；"物色"承"明星"，以所见言，此意承法也。

《义门读书记》："北城击柝复欲罢"，"晓"字起。"舟楫眇然自此去"，转到"发"字。

《读杜心解》：苍茫而起，所写者晓之景，所感者发之情也。……信手信心，一气旋转，不烦绳削，化境也。

《杜诗镜铨》：邵云：疏老，亦拗体之佳者。　　蒋云：乱离漂泊之馀，若感若悟，真堪泣下。

泊岳阳城下

江国逾千里，山城仅百层。
岸风翻夕浪，舟雪洒寒灯。
留滞才难尽，艰危气益增。
图南未可料，变化有鲲鹏。

【汇评】

《瀛奎律髓》：此一诗只一句言雪，而终篇自有雪意。其诗壮哉，乃诗家样子也。

《瀛奎律髓汇评》：纪昀：此亦附会之说。第五句未甚圆。

《杜臆》：后诗"穷迫挫囊怀"，今云"艰危气益增"，似为相左。然读谭、衡等诗，神王气壮，知非虚语。然亦因舟向南溟而意激于鲲鹏之变化也。

《义门读书记》：殊不肯放下。然贤于梦得者，怀忠思效故也。

《说诗晬语》："岸风翻夕浪，舟雪洒寒灯"，和平矣，下接云："留滞才难尽，艰危气益增"，如此拓开，方振得起。温飞卿《商山早行》于"鸡声茅店月，人迹板桥霜"下，接"槲叶落山路，枳花明驿墙"，……便觉直坍下去。

《读杜心解》：首句，漂流之远。次句，仰眺之神。三、四之景，正从五、六之"留滞"、"艰危"写出，而忽以才气变化，结出壮往兴致。盖因向南触起，亦聊以自豪也。

《杜诗镜铨》：李云：只此十字写岳阳城，有吞吐烟涛之妙（"图南"二句下）。

《甚原诗说》：三、四句法贵匀称，承上陡峭而来，宜缓脉赴之；五、六必耸然挺拔，别开一境，上既和平，至此必须振起也。

《唐宋诗举要》：吴曰：沉郁英壮。

登岳阳楼

昔闻洞庭水，今上岳阳楼。
吴楚东南坼，乾坤日夜浮。
亲朋无一字，老病有孤舟。
戎马关山北，凭轩涕泗流。

【汇评】

《唐子西文录》：过岳阳楼，观杜子美诗，不过四十字尔，气象宏放，涵蓄深远，殆与洞庭争雄，所谓富哉言乎者。太白、退之辈率为大篇，极其笔力，终不逮也。杜诗虽小而大，馀诗虽大而小。

《苕溪渔隐丛话》：《西清诗话》云：洞庭天下壮观，自昔骚人墨客，题之者众矣，……皆见称于世。然未若孟浩然"气蒸云梦泽，波动岳阳城"，则洞庭空旷无际，气象雄张，如在目前。至读子美诗，则又不然，"吴楚东南坼，乾坤日夜浮"，不知少陵胸中吞几云梦也。

《后村诗话》：岳阳城赋咏多矣，须推此篇独步，非孟浩然辈所及。

《瀛奎律髓》：岳阳楼天下壮观，孟、杜二诗尽之矣。中二联，前言景，后言情，乃诗质一体也。

《唐诗品汇》：刘曰：气压百代，为五言雄浑之绝（"吴楚"二句下）。

《唐诗选脉会通评林》：刘辰翁曰：五、六略不用意，而情景适等。　赵云龙曰：句律浑朴。盛唐起语，大率如此，三、四高绝。

《义门读书记》：定远云：破题笔力千钧。岳阳楼因洞庭湖而有，先点洞庭，后破"登"字，迎刃之势。……上下各四句，直似不相照顾，仍复浑成一气。非公笔力天纵，鲜不顾此失彼。

《诗薮》："气蒸云梦泽，波撼岳阳城"，浩然壮语也，杜"吴楚东南坼，乾坤日夜浮"，气象过之。

《唐诗评选》：出峡时摄汗漫于整暇，不复作"花鸟无私"、"水流不竞"等语。起二句得未曾有，虽近情而不俗。"亲朋"一联，情中有景。"戎马关山北"五字卓炼。此诗之佳亦止此。必推高之以为大家，为元气，为雄浑壮健，皆不知诗者以耳食不以舌食之论。

《初白庵诗评》：杜作前半首由近说到远，阔大沉雄，千古绝唱，孟作亦在下风。

《瀛奎律髓汇评》：冯舒：因登楼而望洞庭，乃云"昔闻洞庭水，今上岳阳楼"，是倒入法。三、四"吴楚"、"乾坤"，则目之所见，心之所思，已不在岳阳矣，故直接"亲朋"、"老病"云云。落句五字总收上七句，笔力千钧。　　冯班：次联力破千钧。　　李天生：八句似各一意，全篇仍自浑然，相贯相仍，故为绝调。　　俞犀月：三、四极开阔，五、六极暗淡，正于开旷处俯仰一身，凄然欲绝。岳阳之胜在洞庭，第一句安顿极好。　　无名氏（乙）：中四句与孟功力悉敌，而颈联尤老，起结辣豁。孟只身世之感，而此抱家国无穷之悲，事境尤大云。　　许印芳：一、二点题。三、四承"闻水"写景，"乾坤"句已为五、六伏脉。五、六承"上楼"言情，与"乾坤"句消息相通，神不外散。七句申明五、六伤感之故，亦倒点法。八句扣住登楼，总收上文。法律精细如此。

《唐诗摘钞》：亲朋无一字相遗，老病有孤舟相伴，各藏后二字，名"歇后句"。题是登岳阳楼，诗中便要见出登楼之人是何身分；对此景作此诗，是何胸次，如此诗方与洞庭岳阳气势相敌。

《杜诗说》：前半写景，如此阔大，五、六自叙，如此落寞，诗境阔狭顿异。结语凑泊极难,转出"戎马关山北"五字,胸襟气象,一等相称,宜使后人搁笔也。

《闻鹤轩初盛唐近体读本》:陈德公曰:三、四大欲称题,然对语极开枒庞之习。五、六真至老厉,莽笔所成,使"一"字、"孤"字,都成浑气,篇中警语在此耳。结亦莽莽不衰。　　评:五、六人情语,骤闻似觉突然,细按之,仍是分承三、四,"东南坼"则"一字"难通,"日夜浮"则"孤舟"同泛。情景相宜,浑成一片。

《纫斋诗谈》:"吴楚东南坼,乾坤日夜浮。"十字写尽湖势,气象甚大。一转入自己心事,力与之敌。

《唐诗别裁》:三、四雄跨今古,五、六写情黯淡。著此一联,方不板滞。　　孟襄阳三、四语实写洞庭,此只用空写,却移他处不得,本领更大。

《读杜心解》:黄生云:写景如此阔大,自叙如此落寞,诗境阔狭顿异。……愚按:不阔则狭处不苦,能狭则阔境愈空。然玩三、四,亦已暗逗辽远漂流之象。

《杜诗镜铨》:王阮亭云:元气浑沦,不可凑泊,高立云霄,纵怀身世。写洞庭只两句,雄跨今古。下只写情,方不似后人泛咏洞庭诗也。

《唐诗归折衷》:钟云:寻不出佳处,只是一气。　　钟云:《洞庭》诗,人只写其景之奇耳,不知登临时少此情思不得("老病"句下)。　　唐云:四句说尽题目,后但写情,云不称者,宋儒之论也。　　又云:真景实情,凌厉千古。　　吴敬夫云:作大题目,须有大气概。不得但作景色语,读襄阳《望洞庭湖》及此诗,可想见两翁胸次。

《近体秋阳》:元气浑灏,目无今古。

《网师园唐诗笺》:"吴楚"二句雄伟,雅与题称。此作与襄阳《临洞庭》诗同为绝唱,宜方虚谷大书毬门,后人更不敢题也。

《浪迹丛谈》:徐筠亭时作曰:"孟襄阳诗'气蒸云梦泽,波撼岳阳城'，杜少陵诗'吴楚东南坼，乾坤日夜浮'，力量气魄已无可加，而孟则继之曰'欲济无舟楫，端居耻圣明'，杜则继之曰'亲朋无一字，老病有孤舟'，皆以索寞幽渺之情，摄归至小。两公所作，不谋而合，可见文章有定法。若更求博大高深之语以称之，必无可称而力蹶无完诗矣。"

祠南夕望

> 百丈牵江色，孤舟泛日斜。
> 兴来犹杖屦，目断更云沙。
> 山鬼迷春竹，湘娥倚暮花。
> 湖南清绝地，万古一长嗟。

【汇评】

《唐诗归》：谭云：频用"山鬼"、"湘娥"，皆说得实有形影声响，的的惊人。钟云：使实事妙在幻，使幻事妙在实（"山鬼"二句下）。

《唐诗评选》：此等诗自贤于夔府作远甚，诵之自知。"牵江色"，一"色"字幻妙，然于理则幻，寓目则诚。苟无其诚，幻不足立也。

《杜诗说》：此近体中《吊屈原赋》也。结亦自喻。此借酒杯以浇块垒，"山鬼"、"湘娥"，即屈原也；屈原，即少陵也。

《义门读书记》：祠南写得杳冥恍惚，是"夕望"神致（"山鬼"二句下）。

《杜诗详注》：张綖曰：如此清绝之地，徒为迁客羁人之所历，此万古所以同嗟也。结极有含蓄。

《绠斋诗谈》："山鬼迷春竹，湘娥倚暮花"，写幻景只似实事，乃思之愈幻，笔墨异人处在此。

《唐宋诗醇》：秀色中含老气，何景明之渊源也。

《读杜心解》：盖"山鬼"、"湘娥"，皆屈赋寓言，今于"夕望"、"清绝"之馀，恍然遇之。此日之含情，即当年之托兴，故曰"万古""长嗟"。

《杜诗镜铨》：邵云：幽秀。　　王阮亭云：何仲默诗多学子美此种。

《唐诗矩》：尾联见意格。　　鲍照云："昨行春竹丛，中鬼火狐鸣"，殊为哀切，五句意本此。"迷"字、"倚"字下得虚实恍惚，易以它字即呆矣。

《岘佣说诗》："山鬼迷春竹，湘娥倚暮花"，是惝恍语；"怪禽啼旷野，落日恐行人"，是奇警语。皆律诗中必有之境，姑举一端。

舟中夜雪有怀卢十四侍御弟

朔风吹桂水，大雪夜纷纷。
暗渡南楼月，寒深北渚云。
烛斜初近见，舟重竟无闻。
不识山阴道，听鸡更忆君。

【汇评】

《瀛奎律髓》："舟重竟无闻"，可谓善言舟中听雪之状。凡用事必须翻案，雪夜访戴，一时故实，今用为不识路而不可往，则奇矣。

《增订唐诗摘钞》：三、四写彼地之雪，意中想象；五、六写己地之雪，即事形容。情中景，景中情，融成一片，无象可窥，此之谓化境。

《唐诗矩》：尾联点题格。　　起法浑成老到。"北渚"忆卢前途所经，"南楼"用庾亮事，影韦尚书。月曰"暗度"，明其人已不存，用意深细之极。中二联先开后合，律中变体。　　舟中夜雪则当写景，怀卢十四则当写情，人皆知之，却不知从景衬出情来，如三、四二句便居然有一卢十四在其笔下。若写卢十四亦是大雪，此犹不奇，看他突将“云”、“月”二字换过雪景写，犹人意所及，写月则梦想不到矣。

《闻鹤轩初盛唐近体读本》：三、四切楚地，语亦婉成。五、六不言雪而雪如画见。　　吴濬冲曰：用风陪雪作起，中二联极写夜雪，而怀人意只结处一点，即从第六生出，关合舟中，律法尤细。

《瀛奎律髓汇评》：纪昀：结亦关合大雅，“烛斜”句亦神肖。

《杜诗详注》：咏雪则云“烛斜初近见，舟重竟无闻”，咏雨则云“随风潜入夜，润物细无声”，此画工所不能绘，直是化工之笔。

《唐宋诗醇》：遂为咏雪粉本，赋物如此，乃能使气格超胜。

《杜诗镜铨》：三、四只写意，高绝。　　李云：雪与雨异，雨则天暗，雪则天明，非细心人体认不到。

楼　上

天地空搔首，频抽白玉簪。
皇舆三极北，身事五湖南。
恋阙劳肝肺，论材愧杞柟。
乱离难自救，终是老湘潭。

【汇评】

《杜臆》：“乱离难自救，终是老湘潭”，苦语次骨。

《杜诗详注》：公律诗多在首联领起，亦有在三、四领下者。如七律“万古云霄一羽毛”领下“伊吕”、“萧曹”，“三分割据纡筹策”领下“运移”、“身歼”是也。五律此诗“皇舆三极北”领下“恋阙”、“论材”，“身事五湖南”领下“乱离”、“湘潭”是也。

《读杜心解》：起联声激而情壮，是虚领。次联为实拈，正指实

"搔首"、"抽簪"之故,而又已分引下截。

《杜诗镜铨》:李子德云:语淡而雄,雄而悲,于此见大家身份("皇舆"二句下)。

《唐宋诗举要》:吴曰:健拔英伟,所谓磊磊轩天地者。

风疾舟中伏枕书怀三十六韵奉呈湖南亲友

轩辕休制律,虞舜罢弹琴。

尚错雄鸣管,犹伤半死心。

圣贤名古邈,羁旅病年侵。

舟泊常依震,湖平早见参。

如闻马融笛,若倚仲宣襟。

故国悲寒望,群云惨岁阴。

水乡霾白屋,枫岸叠青岑。

郁郁冬炎瘴,濛濛雨滞淫。

鼓迎非祭鬼,弹落似鸮禽。

兴尽才无闷,愁来遽不禁。

生涯相汩没,时物自萧森。

疑惑尊中弩,淹留冠上簪。

牵裾惊魏帝,投阁为刘歆。

狂走终奚适?微才谢所钦。

吾安藜不糁,汝贵玉为琛。

乌几重重缚,鹑衣寸寸针。

哀伤同庚信,述作异陈琳。

十暑岷山葛,三霜楚户砧。

叨陪锦帐座,久放白头吟。

反朴时难遇,忘机陆易沉。

应过数粒食,得近四知金。

春草封归恨,源花费独寻。

转蓬忧悄悄,行药病涔涔。

瘗天追潘岳,持危觅邓林。

蹉跎翻学步,感激在知音。

却假苏张舌,高夸周宋镡。

纳流迷浩汗,峻址得嵚崟。

城府开清旭,松筠起碧浔。

披颜争倩倩,逸足竞骎骎。

朗鉴存愚直,皇天实照临。

公孙仍恃险,侯景未生擒。

书信中原阔,干戈北斗深。

畏人千里井,问俗九州箴。

战血流依旧,军声动至今。

葛洪尸定解,许靖力还任。

家事丹砂诀,无成涕作霖。

【汇评】

《杜臆》:起来四句愤激语,而"犹伤半死心"更痛。……"群云惨岁阴","群云"创语。

《读杜心解》:絮絮叨叨,纯是老人病愈时,追思历历、寄谢种种情状,然细寻之,条理仍复楚楚。……公诗本苦多乐少,然未有苦至此者。竟是一篇绝命词。

《杜诗镜铨》:张惕庵云:此亦杜集大文章,曾子易箦之词,留守渡河之志。发端奇警("轩辕"二句下)。　　陆放翁《临终示儿诗》云:"王师北定中原日,家祭毋忘告乃翁。"务观生平学杜,其忠爱乃有嗣音。

燕子来舟中作

湖南为客动经春，燕子衔泥两度新。

旧入故园常识主，如今社日远看人。

可怜处处巢君室，何异飘飘托此身？

暂语船樯还起去，穿花落水益沾巾。

【汇评】

《杜臆》：乃其本意，盖悲人情之不如也。

《唐诗评选》：右二首乃湖南作，无半点王昌龄、李颀气习矣，学杜者不当问津于此耶？

《而庵说唐诗》：子美此诗，无异长沙《鵩赋》。

《义门读书记》："来"字情味（"如今社日"句下）。　是设为燕语，与上"湖南为客"相应（"可怜处处"二句下）。

《杜诗解》："处处"二字，即在"故园"与"湖南"上说，不必说开；燕子巢居，也不得安栖一处：原其情，真是可怜。……"暂语船樯"句，悲在"还起去"三字。

《杜诗详注》：卢世㴓曰：此子美晚岁客湖南时作。七言律诗，以此收卷。五十六字内，比物连类，似复似繁，茫茫有身世无穷之感，却又一字不说出，读之但觉满纸是泪。世之相后也，一千岁矣，而其诗能动人如此。　朱瀚曰：《毛诗》"燕燕于飞，……"为送别而作也。兹则对燕伤心，形影相吊，至于泣下沾巾，又何其苍茫历乱耶！篇中曰"衔"，曰"巢"，曰"起"，曰"去"，俱就燕言；曰"识"，曰"看"，曰"语"，曰"沾"，皆与自己相关。分合错综，无不匠心入妙。

《读杜心解》：详观诗体，知题句"来"字须读；盖六句只是咏燕子来，不粘舟也，七、八，乃贴舟中作。　"为客"、"经春"四字，一篇骨子。中四,句句自咏,仍是咏燕;句句咏燕,却是自咏。字字切,字字空。结联方专就燕子写其若舍若恋之情,而以十一字贴燕,旋以三字打入自心中。

《杜诗镜铨》:李云:情至之篇,感兴深厚。

归雁二首（其一）

万里衡阳雁,今年又北归。
双双瞻客上,一一背人飞。
云里相呼疾,沙边自宿稀。
系书元浪语,愁寂故山薇。

【汇评】

《杜臆》:雁本自去自来,乃瞻客而上,背人而飞,若有心为之;且同侣相呼,未尝独宿,人固不如雁也。

《义门读书记》:"又"字暗藏久客在内("今年"句下)。

《唐宋诗醇》:楚调凄然,深情无限。

《杜诗镜铨》:咏物诗托兴凄惋,并为绝调。

《增订唐诗摘钞》:杜公咏物诗,皆因所见以起兴,与后人泛泛拈题者自别。是故己之性情出,而物之声态物色亦出。

小寒食舟中作

佳辰强饭食犹寒,隐几萧条带鹖冠。
春水船如天上坐,老年花似雾中看。
娟娟戏蝶过闲幔,片片轻鸥下急湍。
云白山青万馀里,愁看直北是长安。

【汇评】

《潜溪诗眼》：古人学问必有师友渊源。汉杨恽一书，迥出当时流辈，则司马迁外孙故也。自杜审言已自工诗，当时沈佺期、宋之问等，同在儒馆为交游，故老杜律诗布置法度，全学沈佺期，更推广集大成耳。沈云："雪白山青千万里，几时重谒圣明君？"杜云："云白山青万馀里，愁看直北是长安。"……是皆不免蹈袭前辈，然前后杰句，亦未易优劣也。

《苕溪渔隐丛话》：山谷云："船如天上坐，人似镜中行"、"舡如天上坐，鱼似镜中悬"，沈云卿诗也。云卿得意于此，故屡用之。老杜"春水船如天上坐"，祖述佺期之语也；继之以"老年花似雾中看"，盖触类而长之。

《后村诗话》："春水船如天上坐，老年花似雾中看"，此联在目前，而古今人所未发。

《瀛奎律髓》：沈佺期《钓竿篇》云："人如天上坐，鱼似镜中悬。"公加以斤斧，一变而妙矣。

《瀛奎律髓汇评》：纪昀：五、六言物皆自得，以反照下文。

《唐诗品汇》：刘云：意虽索寞，语不寒俭（"春水船如"二句下）。

《升庵诗话》：陈僧慧标《咏水》诗："舟如空里泛，人似镜中行。"沈佺期《钓竿篇》："人如天上坐，鱼似镜中悬。"杜诗"春水船如天上坐，老年花似雾中看。"虽用二字之句，而壮丽倍之，可谓得夺胎之妙矣。

《唐诗归》：钟云：非二字说不出戏蝶之情（"娟娟戏蝶"句下）。

《唐诗评选》：意兴交到。

《杜诗详注》：时逢寒食，故春水盈江；老景萧条，故看花目暗，须于了无蹊径处，寻其草蛇灰线之妙。

《西河诗话》：杜甫《小寒食舟中作》，船如天上，花似雾中，娟娟戏蝶,片片轻鸥,极其闲适。忽望及长安,蓦然生愁,故结云:"愁看直北是长安。"此即事生感也。然人第知前七句皆即事,惟此句拨转,而不知此句之上,先有"云白山青万馀里"七字,说得世界开扩尽情,而后接是句,则目极神伤,通体生动,言想望如许地也。

《唐宋诗醇》:顾宸曰:《诗眼》谓公诗多本沈语,无一字无来历。余谓少陵所以独立千古者,不在有所本也。读书破万卷,偶拈来即是耳。《诗三百篇》,岂必有所本哉?

《唐诗别裁》:二语以往来自在,反兴欲归老长安而不得也("娟娟戏蝶"二句下)。

《读杜心解》:"小寒食",只开头一点,馀俱就舟中泛写春况,不粘著。(朱)瀚又云:蝶鸥自在,而云山空望,所以对景生愁,首尾又暗相照应。

《杜诗镜铨》:结有远神。"看"字复。

《唐七律选》:结出舟中望长安七字,以为从此望去也,然而山青云白,一万馀里,目惊神痛,说得尽情。

《增订唐诗摘钞》:起二句便是愁之深,故结用"愁"字点破应转。……前六句轻俊流利,七句实接"云白山青"四字振起。章法之佳甚者也。

《老生常谈》:杜诗选读甚难,当看其对句变化不测处。如"春水船如天上坐",岂料对句为"老年花似雾中看"哉!其妙处不可讲说,正要出人意表。

《闻鹤轩初盛唐近体读本》:陈德公曰:三、四老气,浑而不俗。一结开浑,弥振全篇。

《岘佣说诗》:少陵七律有最拙者,如"桃花细逐杨花落,黄鸟时兼白鸟飞"之类是也;有最纤者,如"春水船如天上坐,老年花似雾中看"之类是也。皆开后人习气,学者不必震于少陵之名,随声附和。

清明二首（其二）

此身飘泊苦西东，右臂偏枯半耳聋。

寂寂系舟双下泪，悠悠伏枕左书空。

十年蹴踘将雏远，万里秋千习俗同。

旅雁上云归紫塞，家人钻火用青枫。

秦城楼阁莺花里，汉主山河锦绣中。

风水春来洞庭阔，白𬞟愁杀白头翁。

【汇评】

《瀛奎律髓》：（杜）又有《清明》二长句，云大历四年作，恐即是此诗（按指《小寒食舟中作》）之后二日。……后云："秦城楼阁烟花里，汉主山河锦绣中。"皆壮丽悲慨。诗至老杜，万古之准则哉！

《艺苑卮言》：七言排律创自老杜，然亦不得佳。盖七字为句，束以声偶，气力已尽矣，又欲衍之使长，调高则难续而伤篇，调卑则易冗而伤句，合璧犹可，贯珠益艰。

《千里面谭》：七言排律，唐人亦不多见。初唐有此三首（按指谢偃《新曲》、崔融《从军行》、蔡孚《打毬篇》）可谓绝唱。其后，则杜工部《清明》二首。此外，何其寥寥乎！

《唐风怀》：孙月峰云：苍郁稳密，当为七言排律第一。

《杜诗详注》：朱瀚曰：起四句，竟似贫病挐舟，乞嗟来之食者，有一字近少陵风骨否？因右臂偏枯，而以左臂书空，既可喷饭，只点"左"字，尤为险怪。"蹴踘"、"秋千"，坊间对类："将雏"、"习俗"，属对殊难。"钻火"句，又犯"朝来新火"。"秦城"二句，街市灯联耳，"汉主"更不可解。"风水"句，亦是吴歌，结句无聊。铺陈情事，则有五言百韵等作；格律精严，则有七言八句，集中偏缺此体，无须蛇足，食肉不食马肝，未为不知味也。

《绠斋诗谈》：又如"寂寂系舟双下泪，悠悠伏枕左书空"，以感愤对悲怆，亦是各意对。诗家得此，出奇无穷，然须无意得之，强造反有痕，又必字字相当，分两一样。

《唐宋诗醇》：风致自足，气亦逸宕，何可妄加訾议？

《读杜心解》：全乎"漂泊"之感，《清明》只用点逗。起四，言"漂泊"而病废，分承说下，但"左书空"似稚。……而"莺花"、"锦绣"，亦映带《清明》。

《杜诗镜铨》：七排聊备一体，元、白颇祖其风调。　　刘梦得《嘉话》赏此末二句，以为不可及。　　前首从湖南风景叙起，说到自家；后首从自家老病说起，结到湖南，亦见回环章法。

遣　忧

乱离知又甚，消息苦难真。

受谏无今日，临危忆古人。

纷纷乘白马，攘攘著黄巾。

隋氏留宫室，焚烧何太频！

【汇评】

《能改斋漫录》：余家有唐顾陶大中丙子岁所编《唐诗类选》，载杜子美《遣忧》一诗云："乱离知又甚，……焚烧何太频？"世所传杜集，皆无此诗。

《唐诗归》：钟云：模写计晚狼狈，古今同慨（"受谏"二句下）。

《杜臆》："知又甚"、"苦难真"，写初闻变光景甚肖。……隋氏宫室能留至于今，而今反不留，则王室之乱甚于隋矣，所以深痛之也。

《瀛奎律髓汇评》：冯班：落句妙。　　何义门：前后一片说"忧"，只腰联略见"遣"意。　　纪昀：五、六亦太率易。结处不斥唐而托之隋，风人之旨。

《杜诗镜铨》：李子德云：情深词婉，《国风》之遗。　　张云："知甚"、"难真"，是在远遥测之情，非身历不知。　　邵云：语味深浑（"受谏"二句下）。

《精选五七言律耐吟集》："又"字妙，是一肚皮热泪语。

早　花

西京安稳未？不见一人来。

腊日巴江曲，山花已自开。

盈盈当雪杏，艳艳待春梅。

直苦风尘暗，谁忧客鬓催！

【汇评】

《杜臆》：因吉报之迟，而伤花开之早；因花开早，又见光阴之迅速，有二意。"直苦风尘"顶前二句，"谁忧客鬓"顶中四句，总前作结；非不忧甚老，因忧主之危而不暇及也。

《读杜心解》：此逢腊而遥寄蒙尘之叹。月两易矣，花又发矣，而安稳之信杳然，"鬓催"又何足慨！

《杜诗镜铨》：直下格，亦自清空一气。　　折进一层，应首二句（"直苦"二句下）。

收　京

复道收京邑，兼闻杀犬戎。

衣冠却扈从，车驾已还宫。

克复成如此，安危在数公。

莫令回首地，恸哭起悲风。

《杜臆》:"衣冠"自然扈从,用"却"字,是不满诸臣之意。……前诗云:"受谏无今日",又云:"群臣安在哉?"参观而意自见矣。

《读杜心解》:《杜臆》云:……愚谓:此属深文,三、四乃喜词也。当仓皇出幸时,诸臣必有不及奔赴者;天宝之事,公亦尝陷城中,而兹顾云尔乎。

《杜诗镜铨》:邵云:老成忧国,结意更深。

《闻鹤轩初盛唐近体读本》:"杀"字老,"却"字有讽:始出不扈从,而今扈从,故云。前四,老尽。后半,更作申祝,纯用白语,弱字质说,觉苍莽有气势,此关笔力。

《一瓢诗话》:好事者往往伪撰杜少陵逸诗,或谓得于石刻,或谓得于民间败篇中,以冀流传。惟《巴西闻收京》有句云:"克复诚如此,安危在数公",确是杜句,易"安危"二字。

遣闷戏呈路十九曹长

江浦雷声喧昨夜,春城雨色动微寒。
黄鹂并坐交愁湿,白鹭群飞太剧干。
晚节渐于诗律细,谁家数去酒杯宽?
惟君最爱清狂客,百遍相过意未阑。

【汇评】

《杜臆》:同此雨色,同此微寒,莺则"坐",鹭则"飞";"坐"者"愁湿","飞"者"剧干",皆失其性也。……非莺真"愁湿",鹭真"剧干",闷中览物,若莺、鹭同此闷者,所以为"戏"也。又说到自身,晚节漂零,诗律渐细,若得酒伴与之谈诗,岂非闷中一适,谁家可以数去而不自惜其酒乎?此亦"戏"也。……"老去诗篇浑漫兴",真语也;"晚节渐于诗律细",戏语也。然公于漫兴中脉理甚细,戏语亦真。

《杜诗详注》:"清狂客"三字,旷怀豪兴,兼而有之,公之自命甚高。公尝言"老去诗篇浑漫与",此言"晚节渐于诗律细",言用心精密;"漫与",言出手纯熟,熟从精处得来,两意未尝不合。　　朱瀚曰:"江浦"二字打头,近俗;"暄昨夜",更俗;"动微寒",欠稳;"雨色"、"雷声",土木对偶,比"雷声忽送千峰雨"何如?"交"、"并"二字,重复;"太剧干"三字,晦涩;……其云"晚律渐细",岂少年自居粗率乎?

《读杜心解》:旧以此诗为索饮戏呈,遂来寒乞之诮,而不知其非也。详诗意,平时常饮于路,此夜则留宿路斋而晓呈者。……其曰"遣闷"者,居夔枯寂而"闷";曹长多情,是可"遣"也。……峡中朋宴殊简,得一曹长,便深嗟而乐道之。议者自家错解,乃云不类少陵本色,不知此正少陵本色处也。

《杜诗镜铨》:邵云:曰稳曰细,总见此老苦心("晚节渐于"句下)。

《雨村诗话》:少陵诗有不可解之句,……又如"晚节渐于诗律细,谁家数去酒杯宽",偶对不测,自称"律细",何耶?盖雨中遣闷,戏呈路十九曹长耳。雨中闷极,唯有作诗饮酒,故想路十九也。此皆意在空际之法。

去　蜀

五载客蜀郡,一年居梓州。
如何关塞阻,转作潇湘游?
世事已黄发,残生随白鸥。
安危大臣在,不必泪长流。

【汇评】

《瀛奎律髓》:"世事已黄发",此句哀甚。尾句则为大臣者贤否,亦可见矣。

《杜臆》:结语乃失意中自宽之词,亦知公之流泪非为一身之私也。

《瀛奎律髓汇评》:纪昀:末二句乃无可奈何,强作排遣之词。注家或曰"有所推评",或曰"有所讥刺",皆强生支节。　　何义门:第七,正言若反,梅都官所谓"不尽"之意。

《杜诗解》:"五载"字痛("五载"句下)。　　"一年"字痛("一年"句下)。　　五载蜀郡,一年梓州,骤读之,谓只记其年月踪迹,殊平平无警耳。不知先生以大臣自待,国家安危,无日去心,身在此中,真朝朝暮暮以眼泪洗面,虽一日有甚不可者,奈何"五载"?奈何"一年"?唱此四字,椎心喷血,已为积愤极痛。三句"如何关塞"一转,不觉失声怪叫:"今日去蜀,又非归关中耶?"看他"游"下得愤极。今日岂得"游"之日? 我岂得"游"之人? 然此行不谓之"游",又谓之何? 刘越石、祖士稚一齐放声恸哭,是此二十字也(首四句下)。　　是勉强收泪语,正复更痛("万事"二句下)。　　自云"何("不"一作"何")必",正复更痛也(末二句下)!

《围炉诗话》:《去蜀》结云:"安危大臣在,何必泪长流。"眼中意中,无数过不得,说不能尽。

《读杜心解》:只短律耳,而六年中流寓之迹,思归之怀,东游之想,身世衰迟之悲,职任就舍之感,无不括尽,可作人蜀以来数卷诗大结束。是何等手笔!

《杜诗镜铨》:有篇无句,此方是老境。结又得体。　　结用反言见意,语似自宽,正隐讽大臣也。

贾　至

贾至(718—772),字幼邻,一字幼几,洛阳(今属河南)人。天宝元年(742),擢明经第。自校书郎为单父尉。天宝末,官起居舍人,从玄宗入蜀,迁中书舍人。肃宗即位灵武,充册礼使判官。册礼毕,为起居郎、知制诰,迁中书舍人。出为汝州刺史,贬岳州司马。代宗即位,复中书舍人,迁尚书左丞。永泰元年以礼部侍郎知东都贡举。大历初,迁兵部侍郎,进京兆尹,终右散骑常侍。至工诗能文,为李白、杜甫称许。掌诰多年,朝廷重要典册多出其手。有《贾至集》二十卷、别集十五卷,又手编谪岳州诗为《巴陵诗集》,均佚。《全唐诗》存诗一卷。

【汇评】

　　贾常侍之文,如高冠华簪,曳裾鸣玉,立于廊庙,非法不言,可以望为羽仪,资以道义。(皇甫湜《喻业》)

　　唐自景云以前,诗人犹习齐梁之气,不除故态,率以纤巧为工。开元后,格律一变,遂超然越度前古。当时虽李、杜独据关键,然一时辈流,亦非大和、元和间诸人可跂望。如王摩诘世固知之矣,独贾至未见深称者。予尝观其五言,如"极浦三春草,高楼万里心。……"又"越井人南去,湘川水不流。……"如此等类,使置老

杜集中,虽明眼人,恐未易辨也。(《蔡宽夫诗话》)

至特工诗,俊逸之气,不减鲍昭、庾信。调亦清畅,且多素辞,盖厌于漂流沦落者也。(《唐才子传》)

至以《早朝》七言,一时绝唱,倾动朝士,朝士争起而和之。不知五言之妙,高古壮往,非当时高、王辈所可比拟者。从来司衡家辄轻易弃去,殊不可解。(《近体秋阳》)

其源出于阴、何,故音调节畅,无声病之累。"万里莺花"传为名句,与《岳阳楼》之作俯仰遥深。(《三唐诗品》)

其诗气质不及高适,而典雅过之。间作绮语,亦文质俱见,不落凡近。(《诗学渊源》)

赠裴九侍御昌江草堂弹琴

朔风吹疏林,积雪在崖巅。
鸣琴草堂响,小涧清且浅。
沉吟东山意,欲去芳岁晚。
怅望黄绮心,白云若在眼。

寓言二首(其一)

春草纷碧色,佳人旷无期。
悠哉千里心,欲采商山芝。
叹息良会晚,如何桃李时?
怀君晴川上,伫立夏云滋。

【汇评】

《批点唐诗正声》:格高调绝,不尚铅华,自极佳丽。

《批选唐诗》:穆然大雅。

铜雀台

日暮铜台静,西陵鸟雀归。
抚弦心断绝,听管泪霏微。
灵几临朝奠,空床卷夜衣。
苍苍川上月,应照妾魂飞。

【汇评】

《韵语阳秋》:铜雀伎,古人赋咏多矣。郑愔云:"舞馀依帐泣,歌罢向陵看",张正见云:"云惨当歌日,松吟欲舞风",贾至云:"灵几临朝奠,空床卷夜衣",……皆佳句也。

《近体秋阳》:健力奇气,愔情令读者毛发都竖。

送陆协律赴端州

越井人南去,湘川水北流。
江边数杯酒,海内一孤舟。
岭峤同仙客,京华即旧游。
春心将别恨,万里共悠悠。

【汇评】

《唐诗从绳》:贾公在盛唐较弱,然终不作晚唐寒气。

《唐诗选脉会通评林》:周珽曰:"忽与朝中旧,同为泽畔吟"、"岭峤同仙客,京华即旧游",俱一串说,乃十字句法也。

岳阳楼宴王员外贬长沙

极浦三春草,高楼万里心。

楚山晴霭碧，湘水暮流深。

忽与朝中旧，同为泽畔吟。

停杯试北望，还欲泪沾巾。

【汇评】

《升庵诗话》：贾至中书舍人，左迁巴陵，有诗云："极浦三春草，高楼万里心。……"太白此诗（按指《巴陵赠贾至舍人》）解其怨嗟也，得温柔敦厚之旨矣。

《唐诗广选》：蒋仲舒曰：情景只在眼前。

《唐贤三昧集笺注》：此是三四写景，五六乃写情，妙在动荡流转，否则颓弱。伟丽。

《近体秋阳》：笼罩全题，壮旷悲浑（"高楼"句下）。　　层层转入，无一境排并，无一言重复，无一意拖沓，如秋潭千尺，上鉴眉睫，下见须髻，至哉！

早朝大明宫呈两省僚友

银烛熏天紫陌长，禁城春色晓苍苍。

千条弱柳垂青琐，百啭流莺绕建章。

剑珮声随玉墀步，衣冠身惹御炉香。

共沐恩波凤池上，朝朝染翰侍君王。

【汇评】

《诚斋诗话》：七言褒颂功德，如少陵、贾至诸人倡和《早朝大明宫》，乃为典雅重大。

《诗法家数》：荣遇之诗，要富贵尊严，典雅温厚。写意要闲雅，美丽清细。如王维、贾至诸公《早朝》之作，气格雄深，句意严整，如宫商迭奏，音韵铿锵，真麟游灵沼，凤鸣朝阳也。学者熟之，可以一洗寒陋。后来诸公应诏之作，多用此体，然多志骄气盈；处富贵而不失其正者,几希矣。此又不可不知。

《批点唐诗正声》:禁体气象轩冕,无一字不佳。

《四溟诗话》:《金针诗格》云:内意欲尽其理,外意欲尽其象,内外涵蓄,方入诗格。若子美"旌旗日暖龙蛇动,宫殿风微鸟雀高"是也。此固上乘之论,殆非盛唐之法。且如贾至、王维、岑参诸联,皆非内意,谓之不入诗格,可乎?然格高气畅,自是盛唐家数。

《唐诗广选》:顾华玉曰:此篇只是好结,音律雄浑。中联参差,不及王、岑远甚。

《唐诗选脉会通评林》:周敬曰:气度冠冕,音调琳琅。起句高华,即唐人有数。结浑雄壮雅,作寻常煞语者,少窥其妙。中联亦佳,不必吹毛求疵。

《唐风怀》:南邨曰:前《早朝》诸篇乃杨仲弘所称宫商迭奏,音韵铿锵,麟游灵沼,凤鸣朝阳者也。读者观其气格,咏叹反复,果能识某人擅场在某处,一一体会,久之出口自然雄高整丽,亦可以悟倡和之妙矣。

《唐律偶评》:意极深致而微婉不露,唐诗于此为盛。

《瀛奎律髓汇评》:何义门:第四句"百啭流莺"含"僚友"。第五句拈"大明宫"。　纪昀:四公皆盛唐巨手,同时唱和,世所艳称。然此种题目无性情风旨之可言,仍是初唐应制之体,但色较鲜明,气较生动,各能不失本质耳。后人拈为公案,评议纷纷,殊可不必。　许印芳:贾诗平平,诚如此评。杜、王、岑三诗实佳,晓岚一概不取,好高之过也。　无名氏(甲):此公华,然亦平,不为佳作。　无名氏(乙):尝早朝,转出正阳门驰道,烟月笼城楼,车灯衔接,谓首二句豁然。五、六句有神。四诗予定原唱为冠。

《唐诗笺要》:由其诗律至细,故官样字面都安顿妥适,风格自卓然诸家之上。

春思二首（其一）

　　草色青青柳色黄，桃花历乱李花香。
　　东风不为吹愁去，春日偏能惹恨长。

【汇评】

　　《诚斋诗话》：山谷集中有绝句云："草色青青柳色黄，桃花零乱杏花香。春风不解吹愁去，春日偏能惹恨长"。此唐人贾至诗也，特改五字耳。

　　《增定评注唐诗正声》：李云："不""去"、"故""惹"，句法字法皆妙。　　郭云：寻常花柳风日，写得种种关情。

　　《唐诗笺注》："惹"字绝妙，"不为吹愁"，反能"惹恨"，埋怨东风，思柔语脆。

　　《唐诗合选详解》：田子艺曰：诗中用"惹"字，有有情之惹，有无情之惹。隋炀帝"被惹香黛残古词"、"至今衣袖惹天香"，贾至"衣冠身惹御炉香"、"春日偏能惹恨长"，温庭筠"暖香惹梦鸳鸯锦"，孙光宪"眉黛惹春愁"，皆有情之惹。王维"扬花惹暮春"，李贺"古竹老梢惹碧云"，皆惹而春，独为无情之惹，此又大奇。

送李侍郎赴常州

　　雪晴云散北风寒，楚水吴山道路难。
　　今日送君须尽醉，明朝相忆路漫漫。

【汇评】

　　《注解选唐诗》：诗意谓今日送君而不尽醉，明朝两地相望，道路漫漫，欲如今日之对饮，不可留矣。

　　《批点唐音》：此篇音律纯熟，语亦清婉，可谓楷式。

《批点唐诗正声》：饮饯读此，令人沉痛，此与王维《送元二使安西》诗同意，王诗觉胜。

《唐诗绝句类选》：不须深语，自露深情。

《增定评注唐诗正声》：唐云：语虽真率，终让《阳关》一筹。

《唐诗三集合编》："雪晴云散北风寒"，所以"送君须尽醉"；"楚水吴山道路难，"所以"相忆路漫漫"。横竖错综，秩然不乱，盖规矩法度之作。

《唐诗选》：又添一意，益后深长。

《增订唐诗摘钞》：此自送别佳作，然不免是压于《渭城》，要是风神韵度有逊耳。

《网师园唐诗笺》：语浅情深。

《唐诗笺注》：此与摩诘《渭城》诗同意。"明朝相忆路漫漫"，语婉而深；"西出阳关无故人"，思沉而痛，各极其妙。

《唐人绝句诗钞注略》：蒋一梅曰：无限离情只在口头，妙于不尽说。

《诗境浅说》：唐人送友诗多矣，此诗直抒胸臆，初无深曲之思，而恋别情多，溢于楮墨。后二句与王右丞之"劝君更尽一杯酒，西出阳关无故人"，词意极相似；平子言愁，文通限别，今古同怀。

初至巴陵与李十二白裴九同
泛洞庭湖三首（其二）

枫岸纷纷落叶多，洞庭秋水晚来波。
乘兴轻舟无近远，白云明月吊湘娥。

【汇评】

《增定评注唐诗正声》：郭云：无聊之甚。此景此地同此人，那得不如此！

《唐诗广选》：蒋仲舒曰：末句翻李白案。

《唐诗解》：上用《楚辞》语布景，下遂有湘娥之吊，逐臣托兴之微意也。

《唐诗笺注》：李白诗"不知何处吊湘君"，此云"白云明月吊湘娥"，各极其趣。上半设色，亦各有兴会。

《唐诗别裁》：前人谓末句翻太白案，试思"白云明月"，仍是"不知何处"矣，何尝翻案耶？

《诗法易简录》：太白云"不知何处吊湘君"，此翻其语而以"白云明月"想象之。然云"无近远"，则虽处处可吊，仍无定处可指也，与太白诗若相反而实不相悖。

《唐人万首绝句选评》：神采气魄，不似太白，而景与情含，悠然不尽，亦是佳作。

西亭春望

> 日长风暖柳青青，北雁归飞入窅冥。
>
> 岳阳城上闻吹笛，能使春心满洞庭。

【汇评】

《唐诗归》：警语，读之悠然。

《唐诗训解》：春景深矣，雁当北归，庶几一寄乡书，今不见返，故云"入窅冥"也。想往既切，后闻笛声，能不动吾归心乎？

《唐风怀》：静公曰：如此风景，指点微妙，谁人会取！

《唐诗笺注》：上二句即是"春心"，而笛中又有《折杨柳》曲，故于望中不觉春心遂满洞庭也。

《历代诗发》：唐贤绝句，风格句调铢两不失累黍者，必推贾常侍。

钱　起

钱起,生卒年不详,字仲文,吴兴(今属浙江)人。天宝十载(751)登进士第。释褐授秘书省校书郎。乾元中任蓝田尉,与王维频有唱和。大历中,官司勋、祠部员外郎,迁考功郎中。建中末或贞元初卒。起工诗,与郎士元齐名,时称"钱郎"。又与卢纶、韩翃、吉中孚、司空曙、苗发、耿沛、崔峒、李端、夏侯审合称"大历十才子"。有《钱起诗》一卷。今有《钱考功集》十卷行世,其中《江行无题一百首》等乃其曾孙钱珝诗误入。《全唐诗》编诗四卷。

【汇评】

员外诗,体格新奇,理致清赡。越从登第,挺冠词林,文宗右丞,许以高格,右丞没后,员外为雄。芟齐宋之浮游,削梁陈之靡嫚,迥然独立,莫之与群。且如"鸟道挂疏雨,人家残夕阳",又"牛羊上山小,烟火隔林疏",又"长乐钟声花外尽,龙池柳色雨中深",皆特出意表,标雅古今。又"穷达恋明主,耕桑亦近郊",则礼义克全,忠孝兼著,足可弘长名流,为后楷式。士林语曰:前有沈、宋,后有钱、郎。(《中兴间气集》)

大历来,自丞相已下出使作牧,无钱起、郎士元诗祖送者,时论

鄙之。(《南部新书》)

钱起与郎士元齐名,时人语曰:"前有沈、宋,后有钱、郎。"然郎岂敢望钱哉!起《中书遇雨》诗云:"云衔七曜起,雨拂九门来。"《宴李监宅》云:"晚钟过竹静,醉客出花迟。"《罢官后》云:"秋堂人闲夜,云月思离居。"《对雨》云:"生事萍无定,愁心云不开。"亦可谓奇句矣。士元诗岂有如此句乎?《赠盖少府新除江南尉》云:"客路寻常随竹影,人家大抵傍山岚。"《题王季友半日村别业》云:"长溪南路当群岫,半景东邻照数家。"此何等语!余读其诗,尽帙未见有可喜处,以是知不及起远甚。(《韵语阳秋》)

天宝以还,钱起、刘长卿并鸣于时,与前诸家实相羽翼,品格亦近似。至其赋咏之多,自得之妙,或有过焉。(《唐诗品汇》)

钱诗亦有奇趣,盖刘为主盟,而钱为尸祝矣。　　排律自钱起以后,自是一格,中间随珠、燕石俱在,观者少失淘洗,便坠迹蹊径矣。(《批点唐诗正声》)

钱、刘七言近体,两联多用虚字,声口虽好,而格调渐下,此文随世变故尔。钱仲文七言律,《品汇》所取十九首,上四字虚者亦强半。(《四溟诗话》)

钟云:钱诗精出处,虽盛唐妙手不能过之,亦有秀于文房者。泛览全集,冗易难读处实多,以此知诗之贵选也。(《唐诗归》)

诗至钱、刘,遂露中唐面目。钱才远不及刘,然其诗尚有盛唐遗响。(《诗薮》)

唐诗七律,……钱仲文清新闲雅,风趣一变。(《唐诗韵汇》)

唐七言律,……钱、刘稍加流畅,降为中唐,又一变也。(《唐音癸签》)

钱、刘才力既薄,风气复散,……五七言律造诣兴趣所到,化机自在。(《诗源辩体》)

流利清隽,钱、刘亦可式也。(《唐诗品汇删》)

敬夫云：刘颇闲婉，其失也浮；钱稍峭厉，其失也滞。似正相反，不知当时何以钱、刘并称。（《唐诗归折衷》）

仲文五言古仿佛右丞，而清秀弥甚。然右丞所以高出者，能冲和，能浑厚也。（《唐诗别裁》）

钱起诗尽有裴、王意，其失也浅。储、王作清诗，定有厚气裹其笔端。（《小㵎草堂杂论诗》）

仲文五言稍近宣城，亦工起调，顾语多轻俊，体质不厚，为逊储、王。（《大历诗略》）

仲文诗如芷珠春色，精丽绝尘，右丞以后，一人而已。（同上）

大历以还，诗格初变，开、宝浑厚之气渐远渐漓，风调相高，稍趋浮响。升降之关，十子实为之职志。起与郎士元，其称首也。然温秀蕴藉，不失风人之旨，前辈典型，犹有存焉。（《四库全书总目》）

予谓中唐七言律诗，……唯钱员外规模摩诘，差属秾丽。（《说铃》）

理致清淡，仲文之长。高仲武称其芟齐宋之浮游，削梁陈之靡嫚，未免太过。（《唐诗笺要》）

盛唐之后，中唐之初，一时雄俊，无过钱、刘。然五言秀绝，固足接武，至于七言歌行，则独立万古，已被杜公占尽，仲文、文房皆泍右丞馀波耳。然却亦渐于转调伸缩处，微微小变。诚以熟到极处，不得不变，虽才力各有不同，而源委未尝不从此导也。（《石洲诗话》）

钱仲文七律，平雅不及随州，而撑架处转过之。（同上）

大历钱、刘古诗亦近摩诘，然清气中时露工秀，淡字、远字、微字皆不能到，此所以日趋于薄也。（《岘傭说诗》）

其源出于谢朓，清新扬采，寥然远音。《登高》、《愁望》、《苦雨》、《秋夜》诸篇，蒨逸神清，宛然齐秀。《行路难》、《秋夜长》，亦梁陈之选也。五律则"山来樵路"、"岸去花林",与老杜"青惜峰峦"、"黄知橘柚"体境同工,不徒"江上峰青"、湘灵千古。(《三唐诗品》)

画鹤篇

点素凝姿任画工,霜毛玉羽照帘栊。
借问飞鸣华表上,何如粉缋彩屏中?
文昌宫近芙蓉阙,兰室绷缊香且结。
炉气朝成缑岭云,银灯夜作华亭月。
日暖花明梁燕归,应惊片雪在仙闱。
主人顾盼千金重,谁肯装回五里飞!

送邬三落第还乡

邬客文章绝世稀,常嗟时命与心违。
十年失路谁知己?千里思亲独远归。
云帆春水将何适?日爱东南暮山碧。
关中新月对离尊,江上残花待归客。
名宦无媒自古迟,穷途此别不堪悲。
荷衣垂钓且安命,金马招贤会有时。

【汇评】

《全唐风雅》:黄绍夫云:写得和平婉至,甚有风人馀韵。

《网师园唐诗笺》:即景即情,写来入妙("关中"句下)。

酬王维春夜竹亭赠别

山月随客来,主人兴不浅。

今宵竹林下，谁觉花源远。

惆怅曙莺啼，孤云还绝巇。

【汇评】

《唐诗选脉会通评林》：周珽曰：冰清石骨。

《唐诗合选详解》：吴绥眉曰：达夫称仲文诗格新奇，理致清淡，迥然独立，莫之与京，此与摩诘赠别亦佳作也。但过求风致，去古稍远。

《唐诗选胜直解》：送别之意，淡而愈浓。

早渡伊川见旧邻作

鹧鸪鸣早霜，秋水寒旅涉。

渔人昔邻舍，相见具舟楫。

出浦兴未尽，向山心更惬。

村落通白云，茅茨隐红叶。

东皋满时稼，归客欣复业。

【汇评】

《唐诗归》：钟云：清和厚远。不读此，不知钱、刘诗中，尚有储、王一派。

《汇编唐诗十集》：唐云：仲文五古，微有滞气，独此淘洗得尽。

广德初銮驾出关后登高愁望二首（其一）

长安不可望，远处边愁起。

辇毂混戎夷，山河空表里。

黄云压城阙，斜照移烽垒。

汉帜远成霞，胡马来如蚁。

不知涿鹿战，早晚蚩尤死。

渴日候河清，沉忧催暮齿。

杪秋南山西峰题准上人兰若

向山看霁色，步步豁幽性。

返照乱流明，寒空千嶂净。

石门有馀好，霞残月欲映。

上诣远公庐，孤峰悬一径。

云里隔窗火，松下闻山磬。

客到两忘言，猿心与禅定。

【汇评】

《唐诗选脉会通评林》：周敬曰：写两峰与兰若景趣入细，结言已与上人俱有所得，正幽性豁然悟处。清和温雅，不失储、王一派。   周珽曰：濯秀披鲜，芳蕤堪把。

《大历诗略》：一往明秀，中复饶警句。

《精选评注五朝诗学津梁》：清逸秀劲，不减右丞。

《问花楼诗话》：昔人谓"诗中有画，画中有诗"，然亦有画手所不能到者，先广文尝言："钱仲文《秋杪南山》诗：'返照乱流明，寒空千嶂净'，……此岂画手所能到耶？"先广文尝命为唐人摘句一小册，以供卧游。

蓝田溪与渔者宿

独游屡忘归，况此隐沦处。

濯发清泠泉，月明不能去。

更怜垂纶叟，静若沙上鹭。

一论白云心，千里沧洲趣。

芦中夜火尽，浦口秋山曙。

叹息分枝禽，何时更相遇？

【汇评】

《批点唐诗正声》：兴孤意淡，造语故入妙。

《增定评注唐诗正声》：郭云：兴孤意淡，语脆而有骨。

《汇编唐诗十集》：吴逸一云：悠远清拔，稍逼右丞便佳。

过沈氏山居

鸡鸣孤烟起，静者能卜筑。

乔木出云心，闲门掩山腹。

贫交喜相见，把臂欢不足。

空林留宴言，永日清耳目。

泉声冷尊俎，荷气香童仆。

往往仙犬鸣，樵人度深竹。

酒酣出谷口，世网何羁束。

始愿今不从，区区折腰禄。

【汇评】

《唐诗镜》：语多芬气。

《唐风怀》：南村曰：清空一气如话，排律至此，可称仙品。

山斋独坐喜玄上人夕至

舍下虎溪径，烟霞入暝开。

柴门兼竹静，山月与僧来。

心莹红莲水，言忘绿茗杯。

前峰曙更好，斜汉欲西回。

【汇评】

《唐诗分类绳尺》：颔联亦雅畅，颈联流下细小。

《唐诗镜》：三四清新。

《大历诗略》：起便字字用意，遂生出颔联妙境。第五抱"僧"字，第六申写"喜"字。结意无他，只收"夕"字耳。此公惯用颜色字，殆无一不淡雅自然。

早下江宁

暮天微雨散，凉吹片帆轻。
云物高秋节，山川孤客情。
霜苹留楚水，寒雁别吴城。
宿浦有归梦，愁猿莫夜鸣。

【汇评】

《唐诗归》：钟云：精神傲迥。

《唐诗评选》：奕奕自胜。钱、刘诗如已上诸篇，犹得浑成。然此作一结虽情致宛切，乃移作起句，亦未见其不可。中唐之病在谋句而不谋篇，琢字而不琢句，以故神情离脱者，往往有之。

县城秋夕

山城日易夕，愁坐先掩扉。
俸薄不沽酒，家贫忘授衣。
露重蕙花落，月冷莎鸡飞。
效拙惭无补，云林叹再归。

《大历诗略》：格苍，似开、宝诸公作。

送征雁

秋空万里净，嘹唳独南征。
风急翻霜冷，云开见月惊。
塞长怯去翼，影灭有馀声。
怅望遥天外，乡愁满目生。

【汇评】

《唐诗分类绳尺》：虽不粘皮骨，丰韵亦可，然不脱中唐本色。

《唐诗选脉会通评林》：摩写征雁在秋空，远近飞鸣隐见，情状逼真。结语寄慨思深，已见送之之意。直并驱骆宾王《秋雁》之咏，然初、中分量，亦觉自别。

《围炉诗话》：《送征雁》诗，与子美"吹笛关山"篇同体。

《唐诗别裁》：六语传雁去后之神。

下第题长安客舍

不遂青云望，愁看黄鸟飞。
梨花度寒食，客子未春衣。
世事随时变，交情与我违。
空馀主人柳，相见却依依。

裴迪南门秋夜对月

夜来诗酒兴，月满谢公楼。

影闭重门静,寒生独树秋。

鹊惊随叶散,萤远入烟流。

今夕遥天末,清光几处愁。

【汇评】

《瀛奎律髓》：姚合《极玄集》取此诗,"月满"作"独上",予以"独"字重,改从元本。

《唐诗选脉会通评林》：周敬曰：得趣。　　周珽曰：此与《谷口书斋》篇俱有幽深不自知情况。

《唐诗分类绳尺》：清洁幽柔,然示中唐本色。

《唐诗评选》：旁取得润,音响不衰。

《唐诗别裁》：月夜萤光自失,然远入烟丛,则仍见其流矣。此最工于体物。

《网师园唐诗笺》：善于绘景。

《大历诗略》：刻划不伤气韵。

《唐贤清雅集》：此首清健有远神。

《瀛奎律髓汇评》：冯舒：诗酒发兴,故接"独上",不嫌其重用"独"字也。"月满"呆矣,"独上"二字妙绝。且谢公楼内已含"月"字,不必再赘。　　何义门："诗酒兴"与"愁"字反对。纪昀："月"乃题眼,不可不点,不但"独"字重也。　　六句微妙,胜出句。

送夏侯审校书东归

楚乡飞鸟没,独与碧云还。
破镜催归客,残阳见旧山。
诗成流水上,梦尽落花间。
傥寄相思字,愁人定解颜。

《唐诗归》：钟云：五字幽情伤动（"梦尽"句下）。

《五朝诗善鸣集》："流水"、"落花"，亦似神助之句，似非思议可及。

送郎四补阙东归

无事共干世，多时废隐沦。
相看恋簪组，不觉老风尘。
劝酒怜今别，伤心倍去春。
徒言树萱草，何处慰离人！

题苏公林亭

平津东阁在，别是竹林期。
万叶秋声里，千家落照时。
门随深巷静，窗过远钟迟。
客位苔生处，依然又赋诗。

山路见梅感而有作

莫言山路僻，还被好风催。
行客凄凉过，村篱冷落开。
晚溪寒水照，晴日数蜂来。
重忆江南酒，何因把一杯！

【汇评】

《瀛奎律髓》：刊本误以"蜂"为"峰"，必是"蜂"字无疑。梅发虽则尚寒，然晴日既暖，必有蜂采香，但不多耳，予每亲见之。

《瀛奎律髓汇评》：冯班：神矣，妙矣！　　纪云：唐人梅诗不似宋人作意。此首特有情韵。五、六最佳。

忆山中寄旧友

数岁白云里，与君同采薇。
树深烟不散，溪静鹭忘飞。
更忆东岩趣，残阳破翠微。
脱巾花下醉，洗药月前归。
风景今还好，如何与世违？

【汇评】

《载酒园诗话又编》：予又喜其《忆山中寄旧友》曰："数载白云里，与君同采薇……"，此诚不减王、孟，不解何以从无赏音。

东皋早春寄郎四校书

禄微赖学稼，岁起归衡茅。
穷达恋明主，耕桑亦近郊。
夜来霁山雪，阳气动林梢。
兰蕙暖初吐，春鸠鸣欲巢。
蓬莱时入梦，知子忆贫交。

【汇评】

《唐诗别裁》："耕桑"近于穷矣，而"亦近郊"，见中心不忘君也。语厚而不腐。

《网师园唐诗笺》：三、四句天真绝俗。

南溪春耕

　　荷蓑趣南径，戴胜鸣条枚。

　　溪雨有馀润，土膏宁厌开？

　　沟塍落花尽，耒耜度云回。

　　谁道耦耕倦，仍兼胜赏催。

　　日长农有暇，悔不带经来。

【汇评】

　　《载酒园诗话又编》：作诗嫌于意随言尽，如仲文《登覆釜山遇道人》第二篇曰："真气重嶂里，知君嘉遁幽……"，又《南溪春耕》曰："荷蓑趣南径，戴胜鸣条枚……"，如此转笔，真可云水穷云起矣。

省试湘灵鼓瑟

　　善鼓云和瑟，常闻帝子灵。

　　冯夷空自舞，楚客不堪听。

　　苦调凄金石，清音入杳冥。

　　苍梧来怨慕，白芷动芳馨。

　　流水传潇浦，悲风过洞庭。

　　曲终人不见，江上数峰青。

【汇评】

　　《旧唐书·钱徽传》：(钱)起能五言诗。初从乡荐，寄家江湖，尝于客舍月夜独吟，遽闻人吟于庭曰："曲终人不见，江上数峰青"。起愕然，摄衣视之，无所见矣，以为鬼怪，而志其一十字。起就试之年，李暐所试《湘灵鼓瑟》诗题中有"青"字，起即以鬼谣十字为落句，暐深嘉之，称为绝唱。

《韵语阳秋》：唐朝人士以诗名者甚众，往往因一篇之善，一句之工，名公先达为之游谈延誉，遂至声闻四驰。"曲终人不见，江上数峰青"。钱起以是得名。

《增定评注唐诗正声》：郭云：馀亦常调，只末二语杳渺，咀味不尽。

《唐诗分类绳尺》：通篇大雅，一结信乎神助！

《古唐诗合解》：孙月峰曰：风致超脱，然体格却最稳密。次承二句，中四句腹，后束二句，用二句结。此省试中佳构也。

《五朝诗善鸣集》：真神助语，湘灵有灵。

《增订唐诗摘钞》：结自有神助，亦先有"湘浦"、"洞庭"二句，故接"曲终"、"江上"，觉缥缈超旷，云烟万状，吾谓此四句皆神助也。至"流水"、"悲风"，原系曲名，紧接"曲终"，真是神来之笔。

《唐人试帖》：承点屈平一句，亦补题法（"楚客"句下）。

《围炉诗话》：钱起亦天宝人，而《湘灵鼓瑟》诗，虽甚佳而气象萧瑟。

《而庵说唐诗》：落句真是绝调，主司读至此，叹有神助。

《大历诗略》：题境惝恍，非此杳渺之音不称。

《网师园唐诗笺》：曲与人与地胶粘入妙。末二句远韵悠然。

《唐诗近体》：结得缥缈不尽。

《唐诗五言排律》：先虚描二句，即点明题之来历，最工稳（首四句下）。结得渺然，题境方尽。"曲终"非专指既终后说，盖谓自始至终，究竟但闻其声未见其形，正不知于何来于何往，一片苍茫，杳然极目而已。题外映衬，乃得题妙，此为入神之技。

题玉山村叟屋壁

谷口好泉石，居人能陆沉。

牛羊下山小，烟火隔云深。

一径入溪色，数家连竹阴。

藏虹辞晚雨，惊隼落残禽。

涉趣皆流目，将归羡在林。

却思黄绶事，辜负紫芝心。

【汇评】

《唐诗分类绳尺》：眼前实景，口头平语，发自奇妙。

《唐诗归》：恬秀中有远神，有全力。

《唐诗归折衷》：吴云：会心妙语（"涉趣"句下）。

和李员外扈驾幸温泉宫

未央月晓度疏钟，凤辇时巡出九重。

雪霁山门迎瑞日，云开水殿候飞龙。

轻寒不入宫中树，佳气常薰仗外峰。

遥羡枚皋扈仙跸，偏承宵汉渥恩浓。

【汇评】

《五朝诗善鸣集》：典重题，出以轻快无妆点排当字面，此中唐体制，反超出盛唐也。

《唐诗成法》：起虽在题前，着笔却以"未央宫"提动"温泉宫"。……惟泉温，故轻寒不入；温泉冬日有气，故仗外常浮。二句写温泉特妙，而王元美抑之，不可解。

《唐诗观澜集》：用意深而无迹，轻圆婉丽，右丞而外，此为正音。

《网师园唐诗笺》：空灵（"轻寒"二句下）。

《大历诗略》：清丽是右丞一派，但气象未能浑阔耳。

送李评事赴潭州使幕

湖南远去有馀情，苹叶初齐白芷生。
谩说简书催物役，遥知心赏缓王程。
兴过山寺先云到，啸引江帆带月行。
幕下由来贵无事，伫闻谈笑静黎氓。

【汇评】

《湘绮楼说诗》：当玩其神韵，愈浅愈佳，此等正所谓"羚羊挂角"。

送兴平王少府游梁

旧识相逢情更亲，攀欢甚少怆离频。
黄绶罢来多远客，青山何处不愁人？
日斜官树闻蝉满，雨过关城见月新。
梁国遗风重词赋，诸侯应念马卿贫。

【汇评】

《历代诗发》：作者固忌庸下，然有意生造，反入旁门。阅此等诗，开合处平淡无奇，自然合拍。

和王员外雪晴早朝

紫微晴雪带恩光，绕仗偏随鸳鹭行。
长信月留宁避晓，宜春花满不飞香。
独看积素凝清禁，已觉轻寒让太阳。
题柱盛名兼绝唱，风流谁继汉田郎？

《艺圃撷馀》：钱员外诗"长信"、"宜春"句，于晴雪妙极形容，脍炙人口。其源得之初唐，然从初竟落中唐，了不与盛唐相关。何者？愈巧则愈远。

《唐风定》：仲文宫禁三诗远过随州，盛唐遗响，惟赖此尔。

《唐诗别裁》：可追随嘉州作，惜一结泛然，不如岑诗关合。

《唐律偶评》：处处不如岑嘉州诗，然风调自好，且易于步趋。

山中酬杨补阙见过

日暖风恬种药时，红泉翠壁薜萝垂。

幽溪鹿过苔还静，深树云来鸟不知。

青琐同心多逸兴，春山载酒远相随。

却惭身外牵缨冕，未胜杯前倒接䍦。

【汇评】

《唐风定》：清幽浑朴，依稀摩诘。

《唐诗成法》：三、四亦是佳句。"红泉"、"幽溪"亦复。后四意甚浅直，世人多喜此诗，故录之。

赠张南史

紫泥何日到沧州？笑向东阳沈隐侯。

黛色晴峰云外出，縠文江水县前流。

使臣自欲论公道，才子非关厌薄游。

溪畔秋兰虽可佩，知君不得少停舟。

【汇评】

《近体秋阳》：一气直下，若少住，读之味同嚼蜡矣。七、八浅语,极透世情,而又自风流出色。

赠阙下裴舍人

二月黄莺飞上林,春城紫禁晓阴阴。

长乐钟声花外尽,龙池柳色雨中深。

阳和不散穷途恨,霄汉长怀捧日新。

献赋十年犹未遇,羞将白发对华簪。

【汇评】

《批点唐诗正声》:禁体极为佳语,贵在有无点缀。

《唐诗广选》:刘会孟曰:有情、有味,有体,色深可观。

《唐诗镜》:中唐七律时见偃纵,故体格不严。

《诗源辩体》:气亦不薄。

《唐风定》:天然富丽,气象宏远,文房之所不及。

《唐诗评选》:"花外尽",乃以写花蹊之远,借钟作假,对以灵绝。

《载酒园诗话又编》:昔人推钱诗者,多举"长乐钟声花外尽,龙池柳色雨中深"。予以二语诚一篇警策,但读其全篇,终似公厨之馈,餍腹有馀,爽口不足,去王维、李颀尚远。

《唐诗绎》:通首逐层顶接,丝缕细密。

《唐诗贯珠》:法脉细极。

《增订唐诗摘钞》:"花外尽"者,不闻于外也;"雨中深"者,独蒙其泽也。

《唐诗别裁》:诗格近李东川(首句下)。

《唐诗成法》:前半羡舍人之得志,后半伤己之不遇。

《网师园唐诗笺》:华赡,更馀风致("长乐钟声"一联下)。

《大历诗略》:额联比兴微妙,非徒丽句也。结似气尽,然向达官而叹老嗟卑，此岂无意耶？

《历代诗发》：工致流丽，中唐佳律也。

《唐诗笺注》：上四句从阙下想象着笔，下半悲不遇，故有"羞对华簪"之句。

《唐诗向荣集》：钟声从里面一层一层想出来，柳色从外面一层一层看进去，才觉得"尽"字、"深"字之妙，而神韵悠长，气味和厚，殊难遽造此诣，宜当时之脍炙人口。

《唐诗三百首》：句句从阙下生情。

《唐诗笺要》：气格虽逊宝应以前，而不落软媚。员外之雄迈，所以直继右丞也。

《匡山丛话》："长乐钟声花外尽，龙池柳色雨中深"，不减盛唐之音。

《昭昧詹言》：前四句写阁景气象，真朴自然，不减盛唐王摩诘。后四句托赠常语，平平耳。

《唐诗五七言近体五七言绝句选评》：何减东川风调？唯结意平直。

逢侠者

燕赵悲歌士，相逢剧孟家。
寸心言不尽，前路日将斜。

【汇评】

《唐诗正声》：吴逸一评：多少感慨，不是莽莽作别者。

《唐诗选脉会通评林》：周敬曰：惟其相投，不自知其话之久。妙在第三句。

《唐诗直解》：末句全根于"剧孟"二字来。

《唐诗训解》：结句意沉可味。

《唐诗归折衷》：敬夫云：抱难吐之情，而值萧飒之景，真有易水悲歌气象。

《而庵说唐诗》：描写游侠忽遽相逢，行径如画。

《精选评注五朝诗学津梁》：亦豪勇，亦缠绵。后二句神韵不尽。

梨　花

艳静如笼月，香寒未逐风。
桃花徒照地，终被笑妖红。

【汇评】

《诗式》：咏物诗断无刻划一物之理。首句咏梨花而想到月，以月色皎白正面衬起，冠以"艳静"二字，自切梨花。次句但言花之未落，而寄托遥远。三句又想到桃花，以衬梨花。四句曰"妖红"，以桃花之色衬梨花之色，系从对面衬结。通体无一字犯实，读此苟能隅反，用笔自尔空灵。

蓝田溪杂咏二十二首（选四首）

戏　鸥

乍依菱蔓聚，尽向芦花灭。
更喜好风来，数片翻晴雪。

远山钟

风送出山钟，云霞度水浅。
欲知声尽处，鸟灭寥天远。

衔鱼翠鸟

有意莲叶间，瞥然下高树。

掣波得潜鱼，一点翠光去。

潺湲声

乱石跳素波，寒声闻几处。

飕飕暝风引，散出空林去。

【汇评】

《唐人绝句精华》：钱起小诗，颇具画意。《戏鸥》写白色，《远山钟》写钟声，有画笔所不到处。

暮春归故山草堂

谷口春残黄鸟稀，辛夷花尽杏花飞。

始怜幽竹山窗下，不改清阴待我归。

【汇评】

《注解选唐诗》：春光欲尽，莺老花残，独山窗幽竹不改清阴，好待主人之归。此与"岁寒然后知松柏之后凋"同意。

《唐诗正声》：吴逸一评：意深讽刺，却又不说出。

《唐诗绝句类选》：风韵含蓄，不落色相，较之"试问门前客，今朝几个来"，深浅自是不同。

《唐诗解》：此诗本以愧市道之客，而隐然不露，有风人遗音。

《唐诗选脉会通评林》：周敬曰：贞心难识，"始"字见解更深。

《网师园唐诗笺》：雅人自饶深致，正不必作讽刺观。

《诗法易简录》：以鸟稀、花尽，陪出幽竹之不改清阴，借花竹以寓意耳。若以朱子注《诗》之例，当曰赋而比也。

《诗式》：四句一气相生，题中无一字漏却，而又极洒脱之致，无刻画之痕。　　〔品〕清奇。

故王维右丞堂前芍药花开凄然感怀

芍药花开出旧栏，春衫掩泪再来看。
主人不在花长在，更胜青松守岁寒。

【汇评】

《诗式》：凡做诗题字虽多，就其要者落笔，此定法也。此题以
"芍药花开"为题中要字，故首句以此四字起，而以"出旧栏"三字
承，则"王维右丞堂前"与"凄然感怀"数字，意均略见。二句便已全
露，然则一起一承，题意已毕。三句忽转言王维已故，而芍药长开，
看甚平常，而意境却突兀。四句形容以足之，兴味倍胜。

归　雁

潇湘何事等闲回？水碧沙明两岸苔。
二十五弦弹夜月，不胜清怨却飞来。

【汇评】

《画禅室随笔》：古人诗语之妙，有不可与册子参者，惟当境方
知之。长沙两岸皆山，余以牙樯游行其中，望之，地皆作金色，因忆
"水碧沙明"之语。

《批点唐诗正声》：极佳，后人更无此作者，用意精深，乃知良
工心独苦。

《唐诗解》：瑟中有《归雁操》，仲文所赋《湘灵鼓瑟》为当时所
称，盖托意归雁，而自矜其作，谓可泣鬼神、感飞鸟也。

《唐诗选脉会通评林》：周敬曰：馀音婉转、词气悠扬，竟似瑟
中弹出。

《唐诗摘钞》：三句接法浑而健。

《三体唐诗评》：托意于迁客也。禽鸟犹畏卑湿而却归，况于人乎？

《唐诗笺注》：意似有寄托，作问答法妙。

《诗法易简录》：此上呼下应体，用"何事"二字呼起，而以三、四申明之。琴瑟中有《归雁操》，第三句即从此落想，生出"不胜清怨"四字，与"何事"紧相呼应，寄慨自在言外。

《唐诗选胜直解》：情与境会，触绪牵怀，为比为兴，无不妙合。

《精选评注五朝诗学津梁》："清辞丽句必为邻"为此诗写照。

《唐人万首绝句选评》：为雁想出归思，奇绝妙绝。此作清新俊逸，珠圆玉润。

《诗境浅说续编》：作闻雁诗者，每言旅思乡愁。此诗独擅空灵之笔，殊耐循讽。

春　郊

水绕冰渠渐有声，气融烟坞晚来明。
东风好作阳和使，逢草逢花报发生。

过故洛城

故城门外春日斜，故城门里无人家。
市朝欲认不知处，漠漠野田空草花。

【汇评】

《历代诗发》：结句淡而有味，上以一气三句托出，又是一格。

《唐人绝句精华》：此黍离麦秀之悲也。

元　结

元结(719—772),字次山,自号漫叟、聱叟。鲁山(今属河南)人。年十七,折节读书,师事从兄元德秀。天宝十二载(753),登进士第。安史乱起,举家南奔,避难于猗玗洞(在今湖北大冶)。乾元二年,苏源明荐为右金吾兵曹参军、山南东道节度参谋,抗击史思明。迁水部员外郎,荆南节度判官。代宗初,召为著作郎,后出守道州,招抚流亡,颇有政声。迁容州都督。卒。结反对当世"拘限声病,喜尚形似"之风,编录沈千运等七人诗二十四首为《箧中集》,今存。其所著《元子》十卷、《文编》十卷等均已散佚。后人辑有《元次山文集》十卷行世。《全唐诗》编诗二卷。

【汇评】

元结,好奇之士也。其所居山水,必自名之,唯恐不奇。而其文章用意亦然,而气力不足,故少遗韵。(欧阳修《唐元结华阳岩铭》)

结性耿介,有忧道悯世之思,逢天宝之乱,或仕或隐,自谓与世聱牙。岂独其行事而然,其文辞亦如之。然其辞义幽约,譬古钟磬不谐于里耳,而可寻玩。在当时名出萧、李下,至韩愈称数唐之文

人,独及结云。(《郡斋读书志》)

(元结)性梗僻,深憎薄俗,有忧道悯世之心,《中兴颂》一文,灿烂金石,清夺湘流。作诗著辞,尚聱牙。天下皆知敬仰。(《唐才子传》)

余自北游,观艺于燕冀之都,得《元子》而异焉。欲质不欲野,欲朴不欲陋,欲拙不欲固,卓然自成其家者也。唐之大家,风斯下矣,其骎骎乎中古而不已矣乎!其泯而不传,将文末之世而已乎!(湛若水《元次山集序》)

元结诗每有真性,浅而可讽。(《唐诗镜》)

钟云:元次山诗,傒刻直奥,有异趣,有奇响,在盛唐中自为调。不读此,不知古人无所不有;若掩其姓名以示俗人,决不以为盛唐人作矣。　　又云:不知者笑其稚朴,知者惊其奇险,当观其意法深老处。　　又云:只是一字不肯近人。(《唐诗归》)

元结五言古,声体尽纯,在李、杜、岑参外另成一家。结《与刘侍御宴会诗序》云:"文章道丧久矣。时之作者,烦杂过多,歌儿舞女,且相喜爱,系之《风》《雅》,谁道是耶?"故其诗不为浮泛,关系实多;但其品高性洁,激扬太过,故往往伤于讦直。中如《贱士吟》、《贫妇词》、《下客谣》等,质实无华,最为淳古。其他意在匠心,故多游戏自得,而有奇趣。盖上源渊明,下开白、苏之门户矣,惜调多一律耳。(《诗源辩体》)

元结《箧中集序》谓:"近世作者,更相沿袭,拘限声病。"故其五言古极意洗削,声体之纯,远胜光羲诸子。但矫枉太过,往往有稚朴戆直之句。(同上)

唐诗人能以真朴自立门户者,唯元次山一人。次山不唯不似唐人,并不似元亮。盖次山自有次山之真朴,此其所以自立门户也。(《诗筏》)

疏率自任,元次山之本趣也,然亦有太轻太朴者。酬赠、游宴

诸诗，须分别存之；唯悯贫穷、悲兵燹之言，宜备矇瞍之诵，为人牧者，尤宜置之座右。(《载酒园诗话又编》)

次山效伟长而有获。(《野鸿诗的》)

次山诗自写胸次，不欲规模古人，而奇响逸趣，在唐人中另辟门径，前人譬诸古钟磬不谐里耳，信然。(《唐诗别裁》)

元次山诗悠然自适，一种冲穆和平之味，又在少陵以上。(《纫斋诗谈》)

高古浑穆，老杜甘处其下，王摩诘更不必言。惟韦苏州略近，而矜贵终让一筹。(同上)

元次山朴素中更饶妩媚。(《小澥草堂杂论诗》)

元次山诗，在唐人中又是一格，所谓"仁义之人，其言蔼如"也。(《剑溪说诗》)

结性不谐俗，亦往往迹涉诡激，……颇近古之狂。然制行高洁，而深抱悯时忧国之心；文章戛戛自异，变排偶绮靡之习。杜甫尚和其《舂陵行》，称其可为天地万物吐气。晁公武谓其文如古钟磬，不谐俗耳。高似孙谓其文章奇古，不蹈袭。盖唐文在韩愈以前毅然自为者，自结始，亦可谓耿介拔俗之姿矣。皇甫湜尝题其《浯溪中兴颂》曰："次山有文章，可惋只在碎。然长于指叙，约洁有馀态。心语适相应，出句多分外。于诸作者间，拔戟成一队。"其品题亦颇近实也。(《四库全书总目》)

元次山古调独弹，冰襟雪抱，令人不敢亵玩。(《读雪山房唐诗序例》)

元、韦两家皆学陶。然苏州犹多一"慕陶直可庶"之意，吾尤爱次山以不必似为真似也。(《艺概·诗概》)

其源出于应德琏、刘公幹。《贫妇》、《农臣》、《下客》诸篇，托讽深微，朴而不野。《闵荒》、《舂陵》，古思同颉。杂言七字，别具风味，正如未下盐豉，千里莼羹。(《三唐诗品》)

次山五言古，开香山讽谕之体。(《石遗室诗话》)

次山在道州诸作，笔力遒劲，充以时事，可诵可谣，其体极雅。少陵气势较博，而深永匀饬不若也。(陈兆奎《王志》附案)

系乐府十二首并序（选三首）

天宝辛未中，元子将前世尝可称叹者，为诗十二篇，为引其义以名之，总命曰《系乐府》。古人咏歌不尽其情声者，化金石以尽之；其欢怨甚邪戏尽欢怨之声者，可以上感于上，下化于下，故元子系之。

贫妇词

谁知苦贫夫，家有愁怨妻。

请君听其词，能不为酸凄。

所怜抱中儿，不如山下麂。

空念庭前地，化为人吏蹊。

出门望山泽，回头心复迷。

何时见府主，长跪向之啼？

【汇评】

《唐诗归》：钟云：凡悲者必婉，此诗愈直愈悲。　　谭云：偏不浅薄。

《唐风定》：感讽诗愈直愈朴，最为高古，《舂陵行》不必观矣。

去乡悲

踌躇古塞关，悲歌为谁长？

日行见孤老，羸弱相提将。

闻其呼怨声，闻声问其方。

方言无患苦，岂弃父母乡！

非不见其心,仁惠诚所望。

念之何可说,独立为凄伤。

【汇评】

《唐诗归》:钟云:却细却妙("闻声"句下)! 钟云:语不多而情多,情不多而感人处多,觉深曲者反浅一层。

农臣怨

农臣何所怨,乃欲干人主?

不识天地心,徒然怨风雨。

将论草木患,欲说昆虫苦。

巡回宫阙傍,其意无由吐。

一朝哭都市,泪尽归田亩。

谣颂若采之,此言当可取。

【汇评】

《唐诗归》:谭云:人情物理之言("徒然"句下)。 钟云:伤悯语,只似讥嘲更深。

漫歌八曲并序(选二首)

壬寅中,漫叟得免职事,漫家樊上,修耕钓以自资。作《漫歌八曲》与县大夫孟士源,欲士源唱而和之。

大回中

樊水欲东流,大江又北来。

樊山当其南,此中为大回。

回中鱼好游,回中多钓舟。

漫欲作渔人,终焉无所求。

李肇《国史补》：结，天宝中，始在商馀之山，称元子干。逃难入猗玕山，或称浪士；渔者呼为聱叟，酒徒呼为漫叟。乃为官，呼为漫郎。

小回中

丛石横大江，人言是钓台。

水石相冲激，此中为小回。

回中浪不恶，复在武昌郭。

来客去客船，皆向此中泊。

春陵行并序

癸卯岁，漫叟授道州刺史。道州旧四万馀户，经贼已来，不满四千，大半不胜赋税。到官未五十日，承诸使征求符牒二百馀封，皆曰："失其限者，罪至贬削。"於戏！若悉应其命，则州县破乱，刺史欲焉逃罪？若不应命，又即获罪戾，必不免也。吾将守官，静以安人，待罪而已。此州是春陵故地，故作《春陵行》以达下情。

军国多所需，切责在有司。

有司临郡县，刑法竞欲施。

供给岂不忧，征敛又可悲。

州小经乱亡，遗人实困疲。

大乡无十家，大族命单羸。

朝餐是草根，暮食仍木皮。

出言气欲绝，意速行步迟。

追呼尚不忍，况乃鞭扑之！

郭亭传急符，来往迹相追。

更无宽大恩，但有迫促期。

欲令鬻儿女，言发恐乱随。

悉使索其家，而又无生资。

听彼道路言，怨伤谁复知？

去冬山贼来，杀夺几无遗。

所愿见王官，抚养以惠慈。

奈何重驱逐，不使存活为！

安人天子命，符节我所持。

州县忽乱亡，得罪复是谁？

逋缓违诏令，蒙责固其宜。

前贤重守分，恶以祸福移。

亦云贵守官，不爱能适时。

顾惟屏弱者，正直当不亏。

何人采国风？吾欲献此辞。

【汇评】

杜甫《同元使君〈春陵行〉序》：览道州元使君结《春陵行》兼《贼退后示官吏作》二首，志之曰：当天子分忧之地，效汉官良吏之目。今盗贼未息，知民疾苦。得结辈十数公，落落然参错天下为邦伯，万物吐气，天下少安，可得矣。不意复见比兴体制、微婉顿挫之词。感而有诗，增诸卷轴。简知我者，不必寄元。

《韵语阳秋》：元结刺道州，承兵贼之后，征率烦重，民不堪命，作《春陵行》。其末云："何人采国风？吾欲献此诗。"以传考之，结以人困甚，不忍加赋，尝奏免税租及和市杂物十三万缗，又奏免租庸十馀万缗，困乏流亡尽归。乃知贤者所存，不特空言而已。

《汇编唐诗十集》：唐云：元诗本从风谣结构，独此作称其笔。

《纫斋诗谈》：读高简平淡诗，须看其无所不尽处，若局促气短，挂漏偏缺，岂得言诗？《春陵行》沉着痛切，忠厚之意，自行其中。若令柴桑公为此,轻拂淡染,含情半吐,反不能动人。此界当知。

贼退示官吏并序

癸卯岁,西原贼入道州,焚烧杀掠,几尽而去。明年,贼又攻永破邵,不犯此州边鄙而退。岂力能制敌欤? 盖蒙其伤怜而已。诸使何为忍苦征敛? 故作诗一篇以示官吏。

昔岁逢太平,山林二十年。

泉源在庭户,洞壑当门前。

井税有常期,日晏犹得眠。

忽然遭世变,数岁亲戎旃。

今来典斯郡,山夷又纷然。

城小贼不屠,人贫伤可怜。

是以陷邻境,此州独见全。

使臣将王命,岂不如贼焉?

今彼征敛者,迫之如火煎。

谁能绝人命,以作时世贤!

思欲委符节,引竿自刺船。

将家就鱼麦,归老江湖边。

【汇评】

《韵语阳秋》:杜子美褒称元结《春陵行》兼《贼退示官吏》二诗云:"两章对秋水,一字偕华星。致君唐虞际,淳朴忆大庭。"……盖非专称其文也。至于李义山,乃谓次山之作以自然为祖,以元气为根,无乃过乎? 秦少游《漫郎》诗云:"字偕华星章对月,漏泄元气烦挥毫",盖用子美、义山语也。

《唐诗援》:人皆知次山诗朴老古淡,在盛唐自成一家,惟子美

《舂陵行序》云:"今盗贼未息,知民疾苦,得结辈十数公,落落然参错天下为邦伯。万物吐气,天下少安可得矣!"数语真次山知己。

《唐贤三昧集笺注》:真朴恻怛,如读"变风"、"小雅"。不独有仁慈之心,亦可以为诗史也。

《砚斋诗谈》:若纯作刺时语,亦伤厚道。看首尾词意和平,可知古人用笔之妙。

《岘傭说诗》:诗忌拙直,然如元次山《舂陵行》、《贼退示官吏》诸诗,愈拙直,愈可爱。盖以仁心结为真气,发为愤词,字字悲痛,《小雅》之哀音也。

与瀼溪邻里 并序

乾元元年,元子将家自全于瀼溪。上元二年,领荆南之兵,镇于九江。方在军旅,与瀼溪邻里不得如往时相见游。又知瀼溪之人日转穷困,故作诗与之。

昔年苦逆乱,举族来南奔。

日行几十里,爱君此山村。

峰谷呀回映,谁家无泉源?

修竹多夹路,扁舟皆到门。

瀼溪中曲滨,其阳有闲园。

邻里昔赠我,许之及子孙。

我尝有匮乏,邻里能相分。

我尝有不安,邻里能相存。

斯人转贫弱,力役非无冤。

终以瀼滨讼,无令天下论。

【汇评】

《唐诗归》:钟云:厚处似储,闲处似王,别有一段苍奥之气裹其笔端。

《唐诗别裁》：桃花源乃设言瀼溪，真太古也。而忽使之贫弱，能毋为之讼冤乎？

招孟武昌 并序

漫叟作《退谷铭》，指曰："干进之客，不能游之。"作《杯湖铭》，指曰："为人厌者，勿泛杯湖。"孟士源尝黜官，无情干进；在武昌不为人厌；可游退谷，可泛杯湖，故作诗招之。

> 风霜枯万物，退谷如春时。
> 穷冬涸江海，杯湖澄清漪。
> 湖尽到谷口，单船近阶墀。
> 湖中更何好？坐见大江水。
> 鼓石为水涯，半山在湖里。
> 谷口更何好？绝壑流寒泉。
> 松桂荫茅舍，白云生坐边。
> 武昌不干进，武昌人不厌。
> 退谷正可游，杯湖任来泛。
> 湖上有水鸟，见人不飞鸣。
> 谷口有山兽，往往随人行。
> 莫将车马来，令我鸟兽惊。

【汇评】

《唐诗归》：钟云：一双绝亮眼光，处朋友山水之间。又云：点景物，俱深一层说。驱尽俗客。　　谭云：莽莽苍苍之气，使人肃然。

《唐诗快》：次山诗文如商匜、周斝，方响、云璈，述迷、都梁，江瑶、海月，别有一种异色、异声、异香、异味，出乎寻常耳目口鼻之外，自是世上奇观。

《纫斋诗谈》：取友之严，正其人品高处。胸次洒然，诵其言使人凛凛。丘壑间有此意思，方免骚人俗气。

《网师园唐诗笺》：奇响独辟（首四句下）。　　写得襟抱出（末六句下）。

喻瀼溪乡旧游

往年在瀼滨，瀼人皆忘情。
今来游瀼乡，瀼人见我惊。
我心与瀼人，岂有辱与荣。
瀼人异其心，应为我冠缨。
昔贤恶如此，所以辞公卿。
贫穷老乡里，自休还力耕。
况曾经逆乱，日厌闻战争。
尤爱一溪水，而能存让名。
终当来其滨，饮啄全此生。

【汇评】

《唐诗归》：谭云：世人无乡里情，终日留心经济，只是虚意耳。看次山惓惓瀼溪，便知其《春陵行》、《贼退示官吏》所以伤心之本，总不出一"情"字。

《唐诗别裁》：何等胸次，惜不令热官一读之。

喻旧部曲

漫游樊水阴，忽见旧部曲。
尚言军中好，犹望有所属。

故令争者心，至死终不足。

与之一杯酒，喻使烧戎服。

兵兴向十年，所见堪叹哭。

相逢是遗人，当合识荣辱。

劝汝学全生，随我畲退谷。

【汇评】

《唐诗归》：钟云：是安得务农息战斗意，说得深至动人。

酬孟武昌苦雪

积雪闲山路，有人到庭前。

云是孟武昌，令献苦雪篇。

长吟未及终，不觉为凄然。

古之贤达者，与世竟何异？

不能救时患，讽谕以全意。

知公惜春物，岂非爱时和？

知公苦阴雪，伤彼灾患多。

奸凶正驱驰，不合问君子。

林莺与野兽，无乃怨于此。

兵兴向九岁，稼穑谁能忧。

何时不发卒，何日不杀牛？

耕者日已少，耕牛日已希。

皇天复何忍，更又恐毙之。

自经危乱来，触物堪伤叹。

见君问我意，只益胸中乱。

山禽饥不飞，山木冻皆折。

悬泉化为冰，寒水近不热。

出门望天地，天地皆昏昏。

时见双峰下，雪中生白云。

【汇评】

《汇编唐诗十集》：唐云：起结清远，中觉冗杂，要不失乐府浅调。

《缦斋诗谈》：悯人穷是造化在心处，绝不写雪景，可谓能见其人。

送孟校书往南海 并序

平昌孟云卿，与元次山同州里，以词学相友，几二十年。次山今罢守舂陵，云卿始典校芸阁。於戏！材业，次山不如云卿；词赋，次山不如云卿；通和，次山不如云卿；在次山，又诩然求进者也。谁言时命，吾欲听之！次山今且未老，云卿少次山六七岁。云卿声名满天下，知已在朝廷。及次山之年，云卿何事不可至？勿随长风，乘兴蹈海；勿爱罗浮，往而不归。南海幕府有乐安任鸿，与次山最旧，请任公为次山一白府主，趣资装云卿使北归，慎勿令徘徊海上。诸公第作歌送之。

吾闻近南海，乃是魑魅乡。

忽见孟夫子，欢然游此方。

忽喜海风来，海帆又欲张。

漂漂随所去，不念归路长。

君有失母儿，爱之似阿阳。

始解随人行，不欲离君傍。

相劝早旋归，此言慎勿忘。

【汇评】

《唐诗快》：一序古拙隽妙，诗特平平，然自非俗笔可及。

《唐诗归》：钟云：序中一篇大文章，乃以儿女缱绻小语成诗，若不相蒙。盖补题序所缺，又一格也。

夜宴石鱼湖作

风霜虽惨然，出游熙天正。
登临日暮归，置酒湖上亭。
高烛照泉深，光华溢轩楹。
如见海底日，曈曈始欲生。
夜寒闭窗户，石溜何清泠。
若在深洞中，半崖闻水声。
醉人疑舫影，呼指递相惊。
何故有双鱼，随吾酒舫行？
醉昏能诞语，劝醉能忘情。
坐无拘忌人，勿限醉与醒。

【汇评】

《唐诗归》：钟云："勿限醉与醒"，饮酒妙理快事，然从"坐无拘忌人"生出，反看，益想出俗客在坐之苦。

石鱼湖上作并序

潓泉南上，有独石在水中，状如游鱼。鱼凹处，修之可以赔酒。水涯四匝，多敧石相连，石上堪人坐。水能浮小舫载酒，又能绕石鱼洄流。乃命湖曰"石鱼湖"，镌铭于湖上，显示来者，又作诗以歌之。

吾爱石鱼湖，石鱼在湖里。
鱼背有酒樽，绕鱼是湖水。

儿童作小舫，载酒胜一杯。

座中令酒舫，空去复满来。

湖岸多敧石，石下流寒泉。

醉中一盥漱，快意无比焉。

金玉吾不须，轩冕吾不爱。

且欲坐湖畔，石鱼长相对。

【汇评】

《苕溪诗话》：元道州《舂陵行》，……子美志之曰："今盗贼未息，知民疾苦，得结辈十数公为邦伯，万物吐气，天下少安，可立待矣。"余谓漫叟所以能然者，先民后己，轻官爵，重人命也。观其"赋石鱼湖"诗云："金鱼吾不须，轩冕吾不爱。"此所以能不徇权势而专务爱民也。杜云："乃知正人意，不苟飞长缨。"可谓深相知矣。

《唐诗归》：谭云：小记妙手。　　钟云：序古甚。

《纫斋诗谈》：物莫能两胜，鼻既隆起，颊辅不能不平。此序诗相让之喻。

窊尊诗

原注：在道州。

嶾嶾小山石，数峰对窊亭。

窊石堪为尊，状类不可名。

巡回数尺间，如见小蓬瀛。

尊中酒初涨，始有岛屿生。

岂无日观峰，直下临沧溟？

爱之不觉醉，醉卧还自醒。

醒醉在尊畔，始为吾性情。

若以形胜论，坐隅临郡城。

平湖近阶砌,近山复青青。

异木几十株,林条冒樯楹。

盘根满石上,皆作龙蛇形。

酒堂贮酿器,户牖皆罂瓶。

此尊可常满,谁是陶渊明?

说洄溪招退者

原注:在州南江华县。

长松亭亭满四山,山间乳窦流清泉。

洄溪正在此山里,乳水松膏常灌田。

松膏乳水田肥良,稻苗如蒲米粒长。

糜色如珈玉液酒,酒熟犹闻松节香。

溪边老翁年几许?长男头白孙嫁女。

问言只食松田米,无药无方向人语。

浯溪石下多泉源,盛暑大寒冬大温。

屠苏宜在水中石,洄溪一曲自当门。

吾今欲作洄溪翁,谁能住我舍西东?

勿惮山深与地僻,罗浮尚有葛仙翁。

【汇评】

《升庵诗话》:文章好奇,自是一病,好奇之过,反不奇矣。《元次山集》凡十一卷,《大唐中兴颂》一篇,足名世矣。诗如《欸乃》一绝,已入选。《舂陵行》及《贼退示官吏》,虽为杜公所称,取其志,非取其辞也。其馀如《洄溪》诗:"松膏乳水田肥良,稻苗如蒲米粒长。糜色如珈玉液酒,酒熟犹闻松节香。"又"修竹多夹路,扁舟皆到门",东坡常书之。然此外亦无留良矣。

《唐诗归》:谭云:真修养人语("无药无方"句下)。

《唐风定》：澹然高素，质多文少，歌行上乘。然视新乡、嘉州另一机轴，盛唐风轨不存矣。

《唐诗别裁》：通体俱写涸溪之可隐，招客意只末路一点。

《唐诗归折衷》：唐云：幽境幽事，感兴成篇，自不觉其缠绵委致耳。

宿丹崖翁宅

扁舟欲到泷口湍，春水湍湍上水难。
投竿来泊丹崖下，得与崖翁尽一欢。
丹崖之亭当石颠，破竹半山引寒泉。
泉流掩映在木杪，有若白鸟飞林间。
往往随风作雾雨，湿人巾履满庭前。
丹崖翁，爱丹崖，弃官几年崖下家。
儿孙棹船抱酒瓮，醉里长歌挥钓车。
吾将求退与翁游，学翁歌醉在鱼舟。
官吏随人往未得，却望丹崖惭复羞。

【汇评】

《苕溪诗话》：六一有"自惭前引朱衣吏，不称闲行白发翁"，说者谓不言亦可。然次山《宿丹崖翁宅》诗亦云："吾将求退与翁游，学翁歌醉在渔舟。官吏随人往未得，却望丹崖惭复羞。"吁！非淫乎富贵者也。

《唐诗归》：谭云：泉诗多清冽者，数语独为畅快（"湿人巾履"句下）。

《唐诗归折衷》：唐云：篇法奇放，语意幽爽。

《唐诗别裁》：接竹引水，写来如画（"泉流掩映"二句下）。

石鱼湖上醉歌 并序

漫叟以公田米酿酒,因休暇则载酒于湖上,时取一醉。欢醉中,据湖岸,引臂向"鱼"取酒,使舫载之,遍饮坐者。意疑倚巴丘酌于君山之上,诸子环洞庭而坐,酒舫泛泛然触波涛而往来者。乃作歌以长之。

石鱼湖,似洞庭,夏水欲满君山青。
山为樽,水为沼,酒徒历历坐洲岛。
长风连日作大浪,不能废人运酒舫。
我持长瓢坐巴丘,酌饮四坐以散愁。

【汇评】

《唐诗归》：钟云：道州七言古数首,几于忘情学草木矣,然直谓草木无情,则不能看元诗。

《绂斋诗谈》：简而远,此境最不易到。

《唐贤清雅集》：不着一字,尽得风流,结处深情无限。太白所谓"泪亦不能为之堕,声亦不能为之哀"也。

《唐贤三昧集笺注》：短古,奇格可爱。

橘 井

灵橘无根井有泉,世间如梦又千年。
乡园不见重归鹤,姓字今为第几仙。
风泠露坛人悄悄,地闲荒径草绵绵。
如何蹑得苏君迹,白日霓旌拥上天！

【汇评】

《唐诗选脉会通评林》：周敬曰：隽致飞动。

《山满楼笺注唐诗七言律》："露坛"、"荒径"再补写其故宅之凄凉，与首句照应。玩一结，有废然而返之意。若曰："白日霓旌拥上天"，自是人生快事，然苏君安在，纵欲摄其迹，如何可得耶？

欸乃曲五首并序（选三首）

大历丁未中，漫叟结为道州刺史，以军事诣都使。还州，逢春水，舟行不进，作《欸乃》五首，令舟子唱之，盖以取适于道路云。

其二

湘江二月春水平，满月和风宜夜行。

唱桡欲过平阳戍，守吏相呼问姓名。

【汇评】

《唐人万首绝句选评》：轻轻浅浅，悠然在目，味正在逼真。

《诗境浅说续编》：桡歌与竹枝词相似，就眼前景物，随意写之。此诗赋夜行船。后二句言榜人摇舻作歌，将过平阳之戍，津吏以宵行宜诘，呼问姓名，乃启关放客。此水程恒有之事，作者独能写出之。

其三

千里枫林烟雨深，无朝无暮有猿吟。

停桡静听曲中意，好是云山韶濩音。

【汇评】

元好问《论诗三十首》：切响浮声发巧深，研摩虽苦果何心？浪翁水乐无宫徵，自是云山韶濩音。自注："水乐，次山事。又其《欸乃曲》云：'停桡静听曲中意，好是云山韶濩音。'"宗廷辅《古今论诗绝句》解云："元次山诗，自在方圆之外。末句即以其所作《欸乃曲》拟之。"

《唐诗选脉会通评林》：徐充云：有幽渺无穷之趣。　　周珽云：烟雨晦暝，猿吟朝暮，此际"欸乃"时发，静而听之，自有无穷幽思，谁谓山讴野唱，非清庙、明堂之响，不足以娱耳也。

《历代诗发》：微变《竹枝》。

其五

下泷船似入深渊，上泷船似欲升天。

泷南始到九疑郡，应绝高人乘兴船。

【汇评】

《唐诗归》：钟云：此境非目击不信（"上泷船似"句下）。

又云：语带嘲笑，妙甚可思。

《汇编唐诗十集》：唐云：语类风谣，《欸乃》本色。

【总评】

《钦定词谱》引程大昌《演繁露》：元次山《欸乃曲》五章，全是绝句，如《竹枝》之类，其谓"欸乃"者，殆舟人于歌声之外，别出一声，以互相其歌也。

张　继

张继，生卒年不详，字懿孙，襄阳（今湖北襄樊）人，郡望南阳（今属河南）。天宝十二载（753）登进士第。安史乱起，流寓吴越。约代宗初年，官御史。大历中，官检校祠部员外郎，分掌财赋于洪州，与其妻相次而殁，刘长卿有诗哭之。与皇甫冉、窦叔向等友善。有《张继诗》一卷。《全唐诗》编诗一卷，颇与他人作品相杂。

【汇评】

员外累代词伯，积习弓裘。其于为文，不雕自饰。及尔登第，秀发当时，诗体清迥，有道者风。如“女停襄邑杼，农废汶阳耕”，可谓事理双切。又“火燎原犹热，风摇海未平”，比兴深矣。（《中兴间气集》）

继诗三十馀篇，余家有之，往往多佳句。（《石林诗话》）

继博览有识，好谈论。知治体，亦尝领郡，辄有政声。诗情爽激，多金玉音，盖其累代词伯，积袭弓裘。其于为文，不雕自饰，丰姿清迥，有道者风。（《唐才子传》）

继诗多弦外音，适意写心，不求工而自工者也。然绝句已渐改盛唐之旧，而下逗中晚体格矣。（《诗学渊源》）

题严陵钓台

旧隐人如在，清风亦似秋。

客星沉夜壑，钓石俯春流。

鸟向乔枝聚，鱼依浅濑游。

古来芳饵下，谁是不吞钩？

会稽郡楼雪霁

江城昨夜雪如花，郢客登楼望霁华。

夏禹坛前仍聚玉，西施浦上更飞沙。

帘栊向晚寒风度，睥睨初晴落景斜。

数处微明销不尽，湖山青映越人家。

【汇评】

《山满楼笺注唐诗七言律》：欲写今朝，先写昨夜，自是问水导源之法。三四承一，夏禹、西施，配耦甚奇。"坛前聚玉"，何等高华！"浦上飞纱"何等娟洁！如此咏雪，谢道蕴不当退避三舍乎？下半首俱承二，而五六止及"登楼"，七八才是"望霁华"也。"寒风度"、"落景斜"，不言雪霁，正妙在意在言外。"数处微明"是"消不尽"之处，"湖山青映"是已消尽之处，一起一伏，想其弄笔之姿，真不啻蝶影低回、花枝摇曳也。

送邹判官往陈留

齐宋伤心地，频年此用兵。

女停襄邑杼，农废汶阳耕。

国使乘轺去，诸侯拥节迎。

深仁荷君子，薄赋恤黎甿。

火燎原犹热，波摇海未平。

应将否泰理，一问鲁诸生。

【汇评】

《升庵诗话》：《国语》："室无悬耜，野无奥草。"《尉缭子》兵法："耕有春悬耜，织有日断机。"言用兵之妨于耕织也。唐张继诗："女停襄邑杼，农废汶阳耕"。盖祖《尉缭子》之语。

《唐诗别裁》：兵荒之后，以深仁薄赋期之，得"赠人以言"之意。

枫桥夜泊

月落乌啼霜满天，江枫渔火对愁眠。

姑苏城外寒山寺，夜半钟声到客船。

【汇评】

《庚溪诗话》：六一居士《诗话》谓："句则佳矣，奈半夜非鸣钟时。"然余昔官姑苏，每三鼓尽，四鼓初，即诸寺钟皆鸣，想自唐时已然也。后观于鹄诗云："定知别后家中伴，遥听缑山半夜钟。"白乐天云："新秋松影下，半夜钟声后。"温庭筠云："悠然旅榜频回首，无复松窗半夜钟。"则前人言之，不独张继也。

《批点唐诗正声》：诗佳，效之恐伤气。

《诗薮》：张继"夜半钟声到客船"，谈者纷纷，皆为昔人愚弄。诗流借景立言，惟在声律之调，兴象之合，区区事实，彼岂暇计？无论夜半是非，即钟声闻否，未可知也。

《唐诗选脉会通评林》：周敬曰：目未交睫而斋钟声遽至，则客夜恨怀，何假名言？　　周珽曰：看似口头机锋，却作口头机锋看不得。

《唐风怀》：南邨曰：此诗苍凉欲绝，或多辨夜半钟声有无，亦太拘矣。且释家名幽宾钟者，尝彻夜鸣之。如于鹄"遥听缑山半夜钟"，温庭筠"无复松窗半夜钟"之类，不止此也。

《唐诗三集合编》：全篇诗意自"愁眠"上起，妙在不说出。

《唐诗摘钞》：三句承上起下，深而有力，从夜半无眠至晓，故怨钟声太早，搅人魂梦耳。语脉深深，只"对愁眠"三字略露意。夜半钟声或谓其误，或谓此地故有半夜钟，俱非解人。要之，诗人兴象所至，不可执着。必曰执着者，则"晨钟云外湿"、"钟声和白云"、"落叶满疏钟"皆不可通矣。

《笺注唐贤三体诗法》：何焯评：愁人自不能寐，却咎晓钟，诗人语妙，往往乃尔。

《碛砂唐诗》："对愁眠"三字为全章关目。明逗一"愁"字，虚写竟夕光景，转辗反侧之意自见。

《唐诗别裁》：尘市喧阗之处，只闻钟声，荒凉寥寂可知。

《古唐诗合解》：此诗装句法最妙，似连而断，似断而连。

《大历诗略》：高亮殊特，青莲遗响。

《网师园唐诗笺》：写野景夜景，即不必作离乱荒凉解，亦妙。

《诗境浅说续编》：作者不过夜行记事之诗，随手写来，得自然趣味。诗非不佳，然唐人七绝佳作如林，独此诗流传日本，几妇稚皆习诵之。诗之传与不传，亦有幸有不幸耶！

《唐人绝句精华》：此诗所写枫桥泊舟一夜之景，诗中除所见所闻外，只一"愁"字透露心情。半夜钟声，非有旅愁者未必便能听到。后人纷纷辨夜半有无钟声，殊觉可笑。

阊门即事

耕夫召募逐楼船，春草青青万顷田。

试上吴门窥郡郭，清明几处有新烟。

【汇评】

《精选评注五朝诗学津梁》：极写乱时情景，与"试向城楼高处望"二句同意。

《唐人绝句精华》：此诗因登城眺望，见田野荒芜，人民流散，皆因募农民为水兵也。"春草"句言田园荒芜，"清明"句言人民流散。……唐自天宝乱后，兵源缺乏，募民为兵，以致人民逃亡者多，故当清明之时，举火之户甚少，故曰"清明几处有新烟"。

韩 翃

韩翃，生卒年不详，字君平，南阳（今属河南）人。天宝十三载（754），登进士第。代宗初，入侯希逸淄青幕为从事。希逸被逐，闲居将十年。大历中，入田神功汴宋幕。九年，神功死，弟神玉代为节度，翃仍在幕中。后又佐李希烈、李勉汴州幕。建中初，以《寒食》诗受知于德宗，征为驾部郎中、知制诰。官终中书舍人。翃工诗，为"大历十才子"之一。有《韩翃诗集》五卷。明人重编《韩君平集》八卷行世。《全唐诗》编诗三卷。

【汇评】

韩员外诗，匠意近于史，兴致繁富，一篇一咏，朝士珍之，多士之选也。如"星河秋一雁，砧杵夜千家"，又"客衣筒布润，山舍荔枝繁"，又"疏帘看雪卷，深户映花关"，方之前载，芙蓉出水，未足多也。其比兴深于刘员外，筋节成于皇甫冉也。（《中兴间气集》）

君平意气清华，才情俱秀，故发调警拔，节奏琅然，每一篇出，辄相传布，亦雅道之中兴也。七言古作，性情奔会，词采蓊郁，虽格稍不振，而风调弥远，讽其华要，亦足解于烦襟矣。（《唐诗品》）

唐人评韩翃诗，谓"比兴深于刘长卿，筋节减于皇甫冉"。比

兴,景也,筋节,情也。(《升庵诗话》)

余谓君平之诗,比兴不深于长卿,筋节不减于皇甫也。(《少室山房笔丛》)

中唐钱、刘虽有风味,气骨顿衰,不如所为近体。惟韩翃诸绝最高,如《江南曲》、《宿山中》、《赠张千牛》、《送齐山人》、《寒食》、《调马》,皆可参入初盛间。(《诗薮》)

君平高华之句,几夺右丞之席,无奈其使事堆垛堪憎,见珍朝士以此,见侮后进亦以此。(《唐音癸签》)

翃七言绝,后二句多偶对者,藻丽精工,是其特创,晚唐人决不能有也。(《诗源辩体》)

韩七言古艳冶婉媚,乃诗馀之渐。(同上)

君平长篇,天才逸丽,兴逐笔生,复工染缀,色泽秾妙,在天宝后,文房、仲文俱当却席者也。(《诗辩坻》)

贞元以前人诗多朴重,韩翃在天宝中已有名,其诗始修辞逞态,有风流自赏之意,昌黎曰:"欢愉之辞难工,穷苦之言易好。"独翃反是。其佳句如"寒雨送归千里外,东风沉醉百花前"、"露色点衣孤屿晓,花枝妨帽小园春"、"池畔花深斗鸭栏,桥边雨洗藏鸦柳"、"门外碧潭春洗马,楼前红烛夜迎人"、"急管昼催平乐酒,春衣夜宿杜陵花",皆豪华逸乐之概。唯《送李少府入蜀》诗"孤城晚闭秋江上,匹马寒嘶白露中",稍觉凄然可念。然在集中,亦如九十春光,一朝风雨耳。第姿韵虽增,风气亦渐降。至若"葛花满地能消酒,栀子同心好赠人",……骎骎已入轻靡,为晚唐风调矣。(《载酒园诗话又编》)

歌行诸制,笔力不高,而调态新颖动人。　　诸绝句兴寄或深或浅,具有乐府意。　　韩舍人翃才调翩翩,大历能品。(《大历诗略》)

韩君平翃七律健丽而对仗天成,七绝亦神情疏畅。"雨馀衫袖冷,风急马蹄轻"、"星河秋一雁,砧杵夜千家"、"鸣磬夕阳尽,卷帘秋色来"、"万叶秋声里,千家落照时",为五言佳句。如"小县春生日,公孙吏隐时"、"远水流春色,回风送落晖"、"过淮芳草歇,千里又东归"、"县舍江云里,心闲境又偏"、"还家不落春风后"、"白皙风流似有须",皆工于发端。(《石园诗话》)

其源出于谢元晖,泛艳轻华,已无深致。歌行法初唐之体,亦能卷舒命匠,经纬成机。律体自亚李、卢,犹称芳润。(《三唐诗品》)

送孙泼赴云中

黄骢少年舞双戟,目视旁人皆辟易。
百战能夸陇上儿,一身复作云中客。
寒风动地气苍茫,横吹先悲出塞长。
敲石军中传夜火,斧冰河畔汲朝浆。
前锋直指阴山外,虏骑纷纷胆应碎。
匈奴破尽人看归,金印酬功如斗大。

张山人草堂会王方士

屿花晚,山日长,蕙带麻襦食草堂。
一片水光飞入户,千竿竹影乱登墙。
园梅熟,家酝香,新湿头巾不复篸,
相看醉倒卧藜床。

酬程延秋夜即事见赠

长簟迎风早,空城澹月华。

星河秋一雁，砧杵夜千家。

节候看应晚，心期卧亦赊。

向来吟秀句，不觉已鸣鸦。

【汇评】

《瀛奎律髓》："砧杵夜千家"，必旅中。

《瀛奎律髓汇评》：纪昀：何必旅中方有砧声？此说固甚。

又：三、四清远纤秀，通体亦皆清妥。结和字密。

《初白庵诗评》："秋"、"夜"二字极寻常，一经炉锤，便成诗眼（"星河"二句下）。

题荐福寺衡岳暕师房

春城乞食还，高论此中闲。

僧腊阶前树，禅心江上山。

疏帘看雪卷，深户映花关。

晚送门人出，钟声杳霭间。

【汇评】

《瀛奎律髓》：第三句最佳，五、六近套，尾句乃有味也。

《唐诗选脉会通评林》：象外之趣，色外之艳，读之使人神远。非深于佛理，谁能道只语？

《唐诗摘钞》：起句着"禅师"，次句着"房"字。三、四又着"师"，五、六又着"房"。结云云，既与师相别，但闻钟声杳霭，而其空遂远矣，此亦暗暗双绾。人知此诗风致韶秀，而不知其章法之紧密也。

《唐诗成法》：通篇总发"此中闲"三字。"花"字正应"春城"，"雪"字反应"春城"，"钟声"又反应"闲"字也。"山"、"树"写寺，"帘"、"户"写禅房，非复也。

《唐诗笺要》：开端真甚老甚。"僧腊"一联，情外情，景外景，百思难道。

《瀛奎律髓汇评》：冯舒：如此结尚是开、宝。　　冯班：三胜四，人多不解。第三联亦未为工。　　纪昀：三、四微有俗韵，不及五、六。

送丹阳刘太真

长干道上落花朝，美尔当年赏事饶。
下箸已怜鹅炙美，开笼不奈鸭媒娇。
春衣晚入青杨巷，细马初过皂荚桥。
相访不辞千里远，西风好借木兰桡。

【汇评】

《唐诗评选》：五十六字一气，谁云有法？君平终是艳诗手。

《唐诗摘钞》：起句"落花朝"三字，已将彼中风景写得好看矣。然后接入次句，领起下文，良辰美景，赏心乐事，四者俱备，却叙得松动有致。此中唐极轻极秀之笔也。

《瀛奎律髓汇评》：冯班：风华。君平绮缛过于大历诸子。

纪昀：此追叙旧游之作。　　无名氏：次句尤俊。不用"雄媒"，而用"鸭媒"，求生新也。今江南更有"雁媒"。

《山满楼笺注唐诗七言律》：此送行专写其归后事，而末则订以相访，又是一格。

《湘绮楼说诗》：专取对仗，开王士禛一派，然易油滑，不可学。

送客归江州

东归复得采真游，江水迎君日夜流。

客舍不离青雀舫，人家旧在白鸥洲。

风吹山带遥知雨，露湿荷裳已报秋。

闻道泉明居止近，篮舆相访为淹留。

【汇评】

《五朝诗善鸣集》：字字隽永，"山带"句尤新，当日少年以为恶诗轻之，何说？

《唐诗摘钞》："采真游"三字，领一篇之意。"迎君"二字，并归人心窝中无量快乐也为绘出。用笔隽妙，实属中唐第一人。李嘉祐"山当晔晚常多雨，地近潇湘畏及秋"，与此五、六句法相似，彼是写在郡之愁，此是写归乡之乐，兴象便迥然不同，唐人下笔信有化工也。

《大历诗略》：属对太工，伤浑雅之气，而风调仍佳。

送襄垣王君归南阳别墅

都门霁后不飞尘，草色萋萋满路春。

双兔坡东千室吏，三鸦水上一归人。

愁眠客舍衣香满，走渡河桥马汗新。

少妇比来多远望，应知蟢子上罗巾。

【汇评】

《唐诗摘钞》：此人罢官在京，又从京中归家，前段写景处殊觉凄凉，却是反映结句到家之乐，在送行诗中又是一种笔意也。人生骨肉相聚之乐每不自知，惟是千里睽违，一朝聚首，其乐实有不可以言语形容者。此诗中反语相映之妙，非身历不知。　　八句僧语细事入诗俱妙，要在妙笔用之耳。

《增订唐诗摘钞》：一、三、四地名点染入诗，甚有色泽。即得一地，索性再入数字成句，色泽更加一倍。

《唐诗成法》：轻清明洁，不必有深意。眼前景，口头语，亦自可喜。

《唐七律隽》：张南士曰：七律至刘随州辈，依然王、杜规格，不知何故，辄如舍国都至州县，降五侯七贵邸里入三戟门第，顿觉神减。若韩翃、耿沣辈则居然清门，不过青漆板庙，乌榇墙巷，一好样子而已。自此以后，竟分作佻染、嗲悦两种，佻染宗大历，嗲悦宗长庆，因之晚唐、宋、元、初明皆递相转环，而不知于君平、乐天三致意焉，可谓不知本矣。

送王少府归杭州

归舟一路转青蘋，更欲随潮向富春。
吴郡陆机称地主，钱塘苏小是乡亲。
葛花满把能消酒，栀子同心好赠人。
早晚重过鱼浦宿，遥怜佳句箧中新。

【汇评】

《唐七律选》：中唐至君平气调全卑，又降文房数格矣，但刻意纤秀，实启晚唐及宋、元、初明修词饰事之习，此亦开关运会人也。

《唐诗成法》：典雅清新，从容有馀地。调虽不高，意甚淡远。

同题仙游观

仙台下见五城楼，风物凄凄宿雨收。
山色遥连秦树晚，砧声近报汉宫秋。
疏松影落空坛静，细草香闲小洞幽。
何用别寻方外去？人间亦自有丹丘。

【汇评】

《批点唐诗正声》：气格近逸，音节亦雅，佳佳。

《唐诗选脉会通评林》：周珽曰：韵致亦自楚楚。

《唐风定》：高华整炼，绝近李颀，中唐之极盛也。

《贯华堂选批唐才子诗》：读此五、六两句，便胜读全部《道经》，不谓先生眼光至此！

《增订唐诗摘钞》：若非次句，中联如何承接？若非七句，全首如何结合？真可味。

《唐诗笺要》：颔联极精警之致，此二语接得匀称，格意又不犯重，甚妙。

《精选评注五朝诗学津梁》：气息沉雄，笔下有萧散之气。

《诗式》：落句两句如一句，上句略作开势，下句合而意义愈显愈深，盖谓人间自有妙境，何用托之于仙！

《山满楼笺注唐诗七言律》：既登山以后，未入观以前，所见所闻如此，风物凄清已隐然有个"晚"字、"秋"字在内，非但以宿雨初收之故。"秦树"、"汉宫"须活着，妙处全在"远连"、"近报"之四虚字。

《唐三体诗评》：何焯云："初"字乃与"何用别寻"呼应。三、四台上远望之大观，五、六观中历览之幽致，皆一高一下，乃尽见五城十二楼也。

《删订唐诗解》：三、四言其地之所近，五、六以境之幽起结语。次句似脱，然是秋晚意。

《大历诗略》：诗格平正忽澜，去佻小之习。

《唐诗选胜直解》：此篇全是赋体，首句出题，后写观中之景。

《唐诗近体》：收合仙游意。

送冷朝阳还上元

青丝绰引木兰船，名遂身归拜庆年。

落日澄江乌榜外，秋风疏柳白门前。

桥通小市家林近，山带平湖野寺连。

别后依依寒食里，共君携手在东田。

【汇评】

《唐诗善鸣集》：意致高闲，如把霜毫于玉碗冰瓯中，濯天池浩露而出。

《贯华堂选批唐才子诗》：看他将异样妙笔，只从自己眼中画出一船。只画一船者，便是从船中画出一冷朝阳，从冷朝阳心头，画出无限快活也。

《唐诗摘钞》：五、六倒提"东田"之景。七、八言别后依依，唯当时寒食携手"东田"之乐，不能去怀耳。

《网师园唐诗笺》：风神摇曳（"落日澄江"二句下）。

《山满楼笺注唐诗七言律》：首句无端只写一船，真是凭空结构。写船所以必写船之富丽，如此者，正为衬出次句船中人之得意，非泛常可比也。

《历代诗发》：写景过于描头画角，便落小家，如"落日"一联清真，则身分自在。

送长史李少府入蜀

行行独出故关迟，南望千山无尽期。

见舞巴童应暂笑，闻歌蜀道又堪悲。

孤城晚闭清江上，匹马寒嘶白露时。

别后此心君自见，山中何事不相思？

【汇评】

《贯华堂选批唐才子诗》：故关曰"关"，妙。出故关曰"独出故关"，妙。独出故关，又加一"迟"字，妙。独出故关迟，又加"行行"，妙。行行者,言其行步可数,此是"迟"字之真正神理也。二再加七字写,转入转深。三笑,四悲;悲固泪落不止,笑亦泪落不止者也。

《大历诗略》:此亦君平七律之最佳者,为其锻炼无迹,而气韵犹存也。

兖州送李明府使苏州便赴吉期

莫言水国去迢迢,白马吴门见不遥。
枫树林中经楚雨,木兰舟上踏江潮。
空山古寺千年石,草色寒堤百尺桥。
早晚卢家兰室在,珊瑚玉佩彻青宵。

【汇评】

《唐诗摘钞》:时人于此题便着意在"吉期"上摹写,满纸俗艳。岂知唐人制题便不同！前面纵笔只写李使苏州,至尾始点吉期,只淡淡一语了了。人见其不极力摹写,不知起联"莫言"字,"见不遥"字,结联"早晚"字,正是代写速赴吉期心事,初不觉有行役之劳,而早晚有新婚之乐,满纸便通是写赴吉期也。

汉宫曲二首

其一

骏马绣障泥,红尘扑四蹄。
归时何太晚,日照杏花西。

【汇评】

《批点唐诗正声》:诗本言骏马骄冶,何谓《汉宫曲》耶？汉时韩嫣、董贤兰诸侯游冶,出入宫掖,类多矜饰,故此虽似言马,实讽刺时事也。

《唐诗训解》：托言于汉，寄刺于时。

《汇编唐诗十集》：唐云：赋宫庭实事，微有刺讥。

其二

绣幕珊瑚钩，春开翡翠楼。

深情不肯道，娇倚钿箜篌。

【汇评】

《唐人万首绝句选评》：声俊语艳，大似六朝。

《诗境浅说续编》：此诗纯写宫中景物，唯三句"深情"二字略见本意，而承以"不肯道"三字，则此句亦是虚写。此作言汉宫之富丽，宫怨之低回，以含浑出之，欢愁两不着，在宫词中别是一格。

《唐诗摘钞》：此为未承恩者之言，故含情不露。

寒　食

春城无处不飞花，寒食东风御柳斜。

日暮汉宫传蜡烛，轻烟散入五侯家。

【汇评】

《本事诗》：韩已迟暮，……邑邑殊不得意，多辞疾在家。唯末职韦巡官者，亦知名士，与韩独善。一日，夜将半，韦叩门急，韩出见之，贺曰："员外除驾部郎中，知制诰。"韩大愕然，曰："必无此事，定误矣。"韦就座，曰："留邸状报制诰阙人，中书两进名，御笔不点出。又请之，且求圣旨所与。德宗批曰：'与韩翃'。时有与翃同姓名者为江淮刺史。又具二人同进，御笔复批曰：'春城无处不飞花，寒食东风御柳斜，日暮汉宫传蜡烛，轻烟散入五侯家。'又批曰：'与此韩翃'"韦又贺曰："此非员外诗耶？"韩曰："是也"。是知不误也。

《批点唐音》：大家语。

《批点唐诗正声》：禁体不事雕琢语，富贵闲雅自见。

《载酒园诗话又编》：君平以《寒食》诗得名，宋亡而天下不复禁烟，今人不知钻燧，又不深习唐事，因不解此诗立言之妙。如"春城无处不飞花，寒食东风御柳斜"二语，犹只淡写。至"日暮汉宫传蜡烛，轻烟散入五侯家"，上句言新火，下句言赐火也。此诗作于天宝中，其时杨氏擅宠，国忠、铦与秦、虢、韩三姨号为五家，豪贵荣盛，莫之能比，故借汉王氏五侯喻之。即赐火一事，而恩泽先沾于戚畹，非他人可望，其馀锡予之滥，又不待言矣。寓意远，托兴微，真得风人之遗。

《围炉诗话》：唐之亡国，由于宦官握兵，实代宗授之以柄。此诗在德宗建中初，只"五侯"二字见意，唐诗之通于《春秋》者也。

《唐诗别裁》："五侯"或指王氏五侯，或指宦官灭梁冀之五侯，总之先及贵近家也。

《唐诗笺注》：首句逗出寒食，次句以"御柳斜"三字引线，下"汉宫传蜡烛"便不突。"散入五侯家"，谓近幸者先得之，有托讽意。

《而庵说唐诗》："不飞花"，"飞"字窥作者之意，初欲用"开"字，"开"字不妙，故用"飞"字；"开"字呆，"飞"字灵，与下句"风"字有情。"东"字与"春"字有情，"柳"字与"花"字有情，"御"字与"宫"字有情，"斜"字与"飞"字有情，"蜡烛"字与"日暮"字有情，"烟"字与"风"字有情，"青"字与"柳"字有情，"五侯"字与"汉"字有情，"散"字与"传"字有情，"寒食"二字又装叠得妙。其用心细密，如一匹蜀锦，无一丝跳梭，真正能手。

《网师园唐诗笺》：不用禁火而用赐火，烘托入妙（末二句下）。

《唐人万首绝句选评》：气骨高妙不待言，用"五侯"寓讽更微。

《大历诗略》：气象词调，居然江宁、嘉州。

《读雪山房杂著》：韩君平"春城何处不飞花"，只说侯家富贵，而对面之寥落可知，与少伯"昨夜风开露井桃"一例，所谓怨而不怒也。

《诗境浅说续编》：二十八字中，想见五剧春浓，八荒无事，宫廷之闲暇，贵族之沾恩，皆在诗境之内。以轻丽之笔，写出承平景象，宜其一时传诵也。

羽林骑

骏马牵来御柳中，鸣鞭欲向渭桥东。
红蹄乱踏春城雪，花颔骄嘶上苑风。

看调马

鸳鸯赭白齿新齐，晚日花中散碧蹄。
玉勒斗回初喷沫，金鞭欲下不成嘶。

【汇评】

《杜阳杂编》：一日花木方春，上（德宗）欲幸诸苑，内厩控马侍者进瑞鞭，上指二骏，语近臣曰："昔朕西幸有二骏，谓之'二绝'。今获此鞭，可谓'三绝'矣。"遂命酒饮之，左右引翼而去，因吟曰："鸳鸯赭白齿新齐……"。

《诗源辩体》：（韩）翃七言绝，后二句多偶对者，藻丽精工，是其特创，晚唐人决不能有也。如"急管昼催平乐酒，春衣夜宿杜陵花"、"春楼不闭葳蕤锁，绿水回通宛转桥"、"门外碧潭春洗马，楼前红烛夜迎人"、"红蹄乱踏春城雪，花颔骄嘶上苑风"、"玉勒乍回初喷沫，金鞭欲下不成嘶"等句，皆精工特创者也。

《唐诗选脉会通评林》：周珽曰：君平诸绝，玉岫虹惊，珠渊龙变，法力神识俱到，中唐之王、李也。

《载酒园诗话又编》：德宗又爱其《调马》诗，……余意此诗止于咏物,无嘶臧塞渊之旨,固非《寒食》之匹。

宿石邑山中

浮云不共此山齐,山霭苍苍望转迷。

晓月暂飞高树里,秋河隔在数峰西。

【汇评】

《唐诗训解》:作句多奇。

《唐诗解》:首言山之高,次言山之广。下联即首句意,"暂飞"、"隔在"四字奇绝。 "云"、"霭"、"月"、"河"并用觉重。

《三体唐诗评》:月为高树所蔽,河为远峰所隔,两句借明处衬出暗处,非身在万山之中不见其妙。

《笺注唐贤三体诗法》:改一"千"字,便成死句("晓月暂飞"句下。按:"高"一作"千")。

《唐诗选》:"暂飞"二字巧而倩。

《唐诗选胜直解》:"晓月"、"秋河"二句,词最飞动,然亦五更景象也,而山之高、树之深,不言而喻矣。

《唐诗笺注》:写景如上二句,画不能到,人只赏下二句,不知上二句有虚情在内。

《唐人万首绝句选评》:极力写出,无雕琢痕,此君平高处。

江南曲

长乐花枝雨点销,江城日暮好相邀。

春楼不闭葳蕤锁,绿水回通宛转桥。

【汇评】

《唐诗选脉会通评林》:周敬曰:俊逸之语,出以玲珑,大是风流人物。

《唐诗摘钞》：唐人诗妙在只说一撇，不须极力摹写，而隐隐跃跃，无所不有。

赠张千牛

蓬莱阙下是天家，上路新回白鼻䯄。
急管昼催平乐酒，春衣夜宿杜陵花。

【汇评】

《诗薮》：韩翃七言绝，如⋯⋯"急管昼催平乐酒，春衣夜宿杜陵花"、"晓月暂飞千树里，秋河隔在数峰西"，皆全首高华明秀，而古意内含，非初非盛，直是梁、陈妙语，行以唐调耳，人不易晓。

《唐诗选脉会通评林》：周敬曰：此（按：指《赠李翼》）与《赠张千牛》篇，可称双璧。　　周启琦曰：才情雄浩，矢口自成异响。

周珽曰：称美张之居处出入得地得宠，而朝宴暮游，极奢极乐，其丰神明媚，意气豪侠，不言可知。声调翩翩飞越。

独孤及

独孤及(725—777),字至之,洛阳(今属河南)人。天宝中,客游梁、宋,与高适、贾至、陈兼为友。十三载(754),应道举,对策高第,授华阴尉。安史乱起,南奔。上元初为左金吾兵曹,充江淮都统李峘掌书记。征为右拾遗,历太常博士、礼吏二部员外郎。大历中,出为濠、舒二州刺史,以治绩加检校司封郎中,赐金紫。九年,徙常州刺史,卒。及与李华、萧颖士齐名,提倡古文,奖掖后进,梁肃、朱巨川、崔元翰等皆出其门,天下谓之文伯。有《毘陵集》二十卷,今存。《全唐诗》编诗二卷。

【汇评】

公之文章,大抵以立宪诫世、褒贤遏恶为用,故论议最长。其或列于碑颂,流于咏歌,峻如嵩华,威如江河,清如秋风过物,邈不可逮。(崔祐甫《独孤公神道碑》)

其文宽而简,直而婉,辩而不华,博厚而高明,论人无虚美,比事为实录,天下凛然,复睹两汉之遗风。……其馀记物叙事,一篇一咏,足以追纵往烈,裁正狂简。(梁肃《常州刺史独孤及集后序》)

独孤及刚方直清,根于性术。其修身莅官,确乎处中,立言遣

辞,有古风格。辩论裁正,昭德塞违,潜波澜而去流荡,得菁华而无枝叶。(权德舆《唐故常州刺史独孤及谥议》)

独孤尚书之文,如危峰绝壁,穿倚霄汉,长松怪石,倾倒溪壑,然而略无和畅,雅德者避之。(皇甫湜《谕业》)

及性孝友,喜鉴拔。为文必彰明善恶,长于议论。工诗,格调高古,风尘迥绝,得大名当时。(《唐才子传》)

钟云:少不喜此君诗,其全集近八十首,冗累处甚不好看,故所选止此。然其高处已似元道州矣,以此知诗之难看者,不当便弃之也。使此君止传此数诗,则亦盛唐好手,惟读其全集,故反生厌。(《唐诗归》)

独孤至之诗笔俱高,中唐时亦一大家。(《唐律消夏录》)

海上寄萧立

朔风剪塞草,寒露日夜结。

行行到瀛壖,归思生暮节。

驿楼见万里,延首望辽碣。

远海入大荒,平芜际穷发。

旧国在梦想,故人胡且越。

契阔阻风期,荏苒成雨别。

海西望京口,两地各天末。

索居动经秋,再笑知曷月?

日南望中尽,唯见飞鸟灭。

音尘未易得,何由慰饥渴!

【汇评】

《唐诗镜》:及诗语气凝重。

观　海

北登渤澥岛,回首秦东门。
谁尸造物功,凿此天池源?
颍洞吞百谷,周流无四垠。
廓然混茫际,望见天地根。
白日自中吐,扶桑如可扪。
超遥蓬莱峰,想像金台存。
秦帝昔经此,登临冀飞翻。
扬旌百神会,望日群山奔。
徐福竟何成,羡门徒空言!
唯见石桥足,千年潮水痕。

【汇评】

《后村诗话》:常州《观海》篇,……虽高雅未及陈拾遗,然气魄雄浑,与岑参适相上下。

杂　诗

百花结成子,春物舍我去。
流年惜不得,独坐空闺暮。
心自有所待,甘为物华误。
未必千黄金,买得一人顾。

【汇评】

《唐诗选脉会通评林》:周敬曰:"甘为物华误",傲而有忿激意。

《唐诗归》:钟云:傲("甘为"句下)。

山中春思

獭祭川水大，人家春日长。

独谣昼不暮，搔首惭年芳。

靡草知节换，含葩向新阳。

不嫌三径深，为我生池塘。

亭午井灶闲，雀声响空仓。

花落没屐齿，风动群木香。

归路云水外，天涯杳茫茫。

独卷万里心，深入山鸟行。

芳景勿相迫，春愁未遽忘。

【汇评】

《唐诗归》：钟云：起亦奇（首句下）。　　"不嫌深"三字已高一层矣，用来说草，妙妙（"不嫌"二句下）！　　孤远（"深入"句下）。　　钟云：清奥而远。

《唐诗镜》：风趣最饶。

同皇甫侍御斋中春望见示之作

望远思归心易伤，况将衰鬓偶年光。

时攀芳树愁花尽，昼掩高斋厌日长。

甘比流波辞旧浦，忍看新草遍横塘？

因君赠我江枫咏，春思如今未易量。

【汇评】

《山满楼笺注唐诗七言律》：七、八稍用折笔，带出"见示之作"，然后正点"春"字，一总收拾上文，终是未尝"望"也。古人作诗，只是自写心曲，安肯随人短长，以希附和哉！

江宁酬郑县刘少府兄赠别作

往年脱缝掖，接武仕关西。

结绶腰章并，趋阶手板齐。

仙山不用买，朋酒日相携。

抵掌夸潭壑，忘情向组珪。

事迁时既往，年长迹逾暌。

何为青云器，犹嗟浊水泥？

役牵方远别，道在或先迷。

莫见良田晚，遭时亦杖藜。

【汇评】

《闻鹤轩初盛唐近体读本》：陈德公曰：叙情事语语婉折。凡用虚活字皆能高婉，此是唐音，最须鉴别。只"事迁"、"役牵"二质述联，音节温婉是最难到也。

将还越留别豫章诸公

客鸟倦飞思旧林，徘徊犹恋众花阴。

他时相忆双航苇，莫问吴江深不深。

【汇评】

《唐诗摘钞》：下一"双"字，包尽许多说话，其妙难言。

郎士元

郎士元,生卒年不详,字君胄,中山(今河北定县)人。天宝十五载(756)登进士第。宝应元年,选畿县官,诏试中书,补渭南尉。代宗时,登朝为左拾遗。大历末,自员外郎出为郢州刺史。士元工诗,与钱起齐名,时人谓"前有沈、宋,后有钱、郎"。朝官出使作牧,如无二人诗祖饯,时论鄙之。高仲武《中兴间气集》以士元为下卷之首,谓其诗较钱起"稍更闲雅,近于康乐"。有《郎士元诗》一卷。《全唐诗》编诗一卷。

【汇评】

员外,河岳英奇,人伦秀异,自家形国,遂拥大名。右丞以往,与钱更长。自丞相以下,更出作牧,二公无诗祖饯,时论鄙之。两君体调,大抵欲同。就中,郎公稍更闲雅,近于康乐。如"荒城背流水,远雁入寒云"、"去鸟不知倦,远帆生暮愁",又"萧条夜静边风吹,独倚营门向秋月",可以齐衡古人,掩映时辈。又"暮蝉不可听,落叶岂堪闻",古谓谢朓工于发端,比之于今,有惭沮矣。(《中兴间气集》)

郎士元诗句清绝,轻薄好为剧语。(《唐语林》)

李、杜之后,五言当学刘长卿、郎士元,下此则十才子。(《对床夜语》)

员外诗天然秀颖，复谐音节，大率以兴致为先，而济以流美，虽篇章错杂，酬应层出，而语多闲雅，不落俗韵，其取重时流，不徒然尔。惜无大作以齐曩代高手，将非尺寸短长之恨耶！（《唐诗品》）

士元诸诗，殊洗炼有味。虽自浓景，别有淡意。（《唐音癸签》引刘辰翁语）

高仲武云："郎公近于康乐。"既不知谢，亦不知郎。郎诗自从潘、陆来，变为七言，风旨固在。七言之从谢出者，唯杜陵耳。一出笔有三留三折，他人不能尔，亦不尔也。（《唐诗评选》）

郎君胄诗，不能高岸，而有谈言微中之妙。刘须溪谓其"浓景中别有澹意"，余则谓其澹语中饶有腴味。如"乱流江渡浅，远色海山微"、"河来当塞曲，山远与沙平"、"荒城背流水，远雁入寒云"、"罢磬风枝动，悬灯雪屋明"，虽萧寂而不入寒苦。至若"月到上方诸品净，心持半偈万缘空"，读之真躁心欲消，妄心欲熄矣。（《载酒园诗话又编》）

高仲武以郎士元"暮蝉不可听，落叶岂堪闻"谓工于发端。然"暮蝉"、"落叶"，有两景乎？"不可听"、"岂堪闻"，有两意乎？此诗论未当处。（《说诗晬语》）

君胄诸诗，意境闲逸，大历高品，卢、韩、司空辈为稍逊之。（《大历诗略》）

高仲武论郎士元诗云："古人谓谢朓工于发端，比之于今，有惭沮矣。"然"大江流日夜，客心悲未央"，君胄岂能到？（《秋窗随笔》）

题刘相公三湘图

昔别醉衡霍，迩来忆南州。
今朝平津邸，兼得潇湘游。
稍辨郢门树，依然芳杜州。

微明三巴峡，咫尺万里流。
飞鸟不知倦，远帆生暮愁。
浔阳指天末，北渚空悠悠。
枕上见渔父，坐中常狎鸥。
谁言魏阙下，自有东山幽。

【汇评】

《大历诗略》：古韵铿然，五言佳境。

长安逢故人

数年音信断，不意在长安。
马上相逢久，人中欲认难。
一官今懒道，双鬓竟羞看。
莫问生涯事，只应持钓竿。

【汇评】

《瀛奎律髓》：三、四绝妙。

《唐诗成法》："数年"字、"断"字、"不意"字、"久"字、"难"字相呼应。"懒"字、"羞"字、"莫问"字、"只应"字相呼应。

《大历诗略》：颔联写得若近若远，可谓传神，又妙切长安，不用长安事实。

《瀛奎律髓汇评》：纪昀：清空如话，然长庆派兆于此矣。

送韦湛判官

高阁晴江上，重阳古戍闲。
聊因送归客，更此望乡山。
惜别心能醉，经秋鬓自斑。

临流兴不尽,惆怅水云间。

【汇评】

《大历诗略》:又脱去送别蹊径。

送杨中丞和蕃

锦车登陇日,边草正萋萋。

旧好寻君长,新愁听鼓鼙。

河源飞鸟外,雪岭大荒西。

汉垒今犹在,遥知路不迷。

【汇评】

《唐风定》:气象雄阔,与杜相似。

《大历诗略》:五六浑阔,不减右丞边塞诸诗,钱、刘勿论也。

《瀛奎律髓汇评》:纪昀:汉有征蕃之垒,今乃有和蕃之使,讽刺入骨。

《唐诗笺要》:研炼精切,发响璆然,沈、宋能事,莫加于此。

送李将军赴定州

双旌汉飞将,万里授横戈。

春色临边尽,黄云出塞多。

鼓鼙悲绝漠,烽戍隔长河。

莫断阴山路,天骄已请和。

【汇评】

《唐诗选脉会通评林》:周珽曰:出口壮烈,五岳撼动。

《唐风定》:不独工炼,乃见壮采。

《诗源辨体》:郎士元、皇甫曾五言律,较钱、刘入录者虽少,然士元如"双旌汉飞将"，……气格神韵，可继开、宝。

《唐诗别裁》：极警拔语，右丞则以"黄云断春色"五字尽之（"春色"一联下）。

《瀛奎律髓汇评》：纪昀：右丞"黄云断春色"句以苍莽取神，此诗衍为二句，又以对照见意，繁简各有其妙。　　三、四警策。归愚谓不及右丞"黄云断春色"句，未免好为高论。言各有当，此正以内外截然见意。

送张南史

雨馀深巷静，独酌送残春。
车马虽嫌僻，莺花不弃贫。
虫丝粘户网，鼠迹印床尘。
借问山阳会，如今有几人？

【汇评】

《瀛奎律髓汇评》：冯班：腹联用事，如出胸臆。　　纪昀：三、四高唱。

《唐贤清雅集》：雅令可人，不入纤巧，是手法高处。

螯厔县郑礒宅送钱大

暮蝉不可听，落叶岂堪闻？
共是悲秋客，那知此路分？
荒城背流水，远雁入寒云。
陶令门前菊，馀花可赠君。

【汇评】

《汇编唐诗十集》：起结有情，气脉调畅。

《全唐风雅》：黄绍夫云：高仲武极取"暮蝉"二句，谓工于发端。予谓"荒城背流水"二句更入自然。

《诗辩坻》：《中兴间气》称郎士元"暮蝉不可听，落叶岂堪闻"工于发端，谢朓惭沮。然二语排而弱，思致浅竭，遽驾玄晖乎？

《唐律消夏录》："不可听"、"岂堪闻"，先含一"悲"字在内。三、四虽顺接，而笔力亦爽健。

《此木轩五言律七言律诗选读本》：意在笔先。

《唐诗别裁》：高仲武谓工于发端，然"不可听"、"岂堪闻"未免于复。愚谓结意望其能秉高节，更耐寻绎也。

《大历诗略》：气韵高绝，亦步步有情，不惟起调也。顾华玉谓次句重复无味，则风人之犯复多矣。

《唐诗笺要》：起四句虚字转折，直如一句，此初唐人手法，最是上乘。

赠强山人

或掉轻舟或杖藜，寻常适意钓前溪。
草堂竹径在何处？落日孤烟寒渚西。

【汇评】

《载酒园诗话又编》：吾尝喜其一绝："或掉轻舟或杖藜……"，可与卢纶"饥食松花渴饮泉，偶从山后到山前。阳坡软草厚如织，因与鹿麇相伴眠"一诗相匹，真善写隐沦之趣也。

赠韦司直

闻君感叹二毛初，旧友相依万里馀。
烽火有时惊暂定，甲兵无处可安居。

客来吴地星霜久，家在平陵音信疏。

昨日风光还入户，登山临水意何如？

【汇评】

《唐诗鼓吹评注》：三、四俯仰慨深，盖自是方镇擅命，民不复见承平之盛矣。

《大历诗略》：句句真率，有似未经锻琢者，此最为难到。

酬王季友题半日村别业兼呈李明府

村映寒原日已斜，烟生密竹早归鸦。

长溪南路当群岫，半景东邻照数家。

门通小径连芳草，马饮春泉踏浅沙。

欲待主人林上月，还思潘岳县中花。

【汇评】

《唐诗评选》：取景细而声情自亢，末点入题不靡。

《唐诗成法》："长溪南路"是远望村外之景，"小径"、"春泉"是已到村边之景，终有复意。

《唐律偶评》：第三补明蔽亏之故，是大手，亦分明如画。

塞下曲

宝刀塞下儿，身经百战曾百胜，

壮心竟未嫖姚知。

白草山头日初没，黄沙戍下悲歌发。

萧条夜静边风吹，独倚营门望秋月。

【汇评】

《大历诗略》：边塞诗多壮语，此独出之闲淡，觉后来壮语皆在下风。韵调亦小变。此名篇也,金大家赵秉文尝拟之。

《网师园唐诗笺》:"知"与"儿"为韵。　　深情无限(末句下)。

柏林寺南望

溪上遥闻精舍钟,泊舟微径度深松。

青山霁后云犹在,画出东南四五峰。

【汇评】

《唐诗善鸣集》:云画峰耶,峰画云耶？天然笔意。

《网师园唐诗笺》:须其自来,不以为构(末二句下)。

《诗境浅说续编》:诗仅平写寺中所见,而吐属蕴藉,写景能得其全神。首二句言闻钟声而寻精舍,泊舟山下,循小径前行,松林度尽,方到寺中。在寺中登眺,霁色初开,湿云未敛,西南数峰,已从云隙参差而出,苍润欲滴。读此诗如展秋山晚霁图,所谓"欲霁山如新染画"也。

春宴王补阙城东别业

柳陌乍随州势转,花源忽傍竹阴开。

能将瀑水清人境,直取流莺送酒杯。

山下古松当绮席,檐前片雨滴春苔。

地主同声复同舍,留欢不畏夕阳催。

【汇评】

《唐诗评选》:破格逸群,披胸见胆,待嗣嘉州法席。

《山满楼笺注唐诗七言律》:一写城东路,以折而幽;二写别业地,以深而胜;三写别业中有泉,是陪笔;四写别业中开宴,是正笔。"瀑水清人境",山之为也,而曰:王起令之;"流莺送酒杯",春之为也,而曰:王起取之。硬派得妙,只此四句写得园林之缥缈,宾主之风流,俱有可望不可即之妙,真笔墨中乐事也。

听邻家吹笙

凤吹声如隔彩霞,不知墙外是谁家。
重门深锁无寻处,疑有碧桃千树花。

【汇评】

《注解选唐诗》:只是听邻家吹笙,闻其声不见其人,求其人不得其所,一段风景极难形容。此诗情思句律极其工巧。唐钱起《湘灵鼓瑟》诗结句"曲终人不见,江上数峰青",人以为神助,此诗"重门深锁无人到,疑有碧桃千树花",高怀逸兴,不减钱起。

《唐诗选脉会通评林》:周敬曰:风华清丽,思切高云。

《唐诗摘钞》:诗人每以碧桃为仙家事,此盖以王子(乔)吹笙拟之。许浑(《缑山庙》)"王子求仙月满台,玉笙清转鹤徘徊。曲终飞去不知处,山下碧桃无数开"。又有(《登洛阳故城》)"可怜缑岭登仙子,犹自吹笙醉碧桃"。

题精舍寺

石林精舍武溪东,夜叩禅关谒远公。
月在上方诸品静,僧持半偈万缘空。
秋山竟日闻猿啸,落木寒泉听不穷。
惟有双峰最高顶,此心期与故人同。

【汇评】

《唐诗直解》:语坠天花,足证妙道。

《唐诗训解》:中唐人诗如"月到上方诸品静,心持半偈万缘空"之句,兴象俱佳,可称名作。若"庐岳高僧留偈别,茅山道士送书来"、"燕知社日辞巢去,菊为重阳冒雨开",如此等句,细味之亦索然者,而世传诵以为佳,何耶?岂承袭既久,亦世之耳鉴者多也。

《唐风定》:锻炼精工,郁成奇响。

《网师园唐诗笺》:深于禅悦("月在上方"二句下)。

《唐诗镜》:三、四色相,正音正局。

《唐诗成法》:中四对法不板,又有深厚之气。三、四在此等题中更不易得,较李颀《璿公山池》,三、四似高些。

盖少府新除江南尉问风俗

闻君作尉向江潭,吴越风烟到自谙。
客路寻常随竹影,人家大抵傍山岚。
缘溪花木偏宜远,避地衣冠尽向南。
惟有夜猿啼海树,思乡望国意难堪。

【汇评】

《唐诗鼓吹笺注》:江南负俗殊未易言,将从何处说起?"到自谙"三字,极有意味,未许无学问、无才能人知之也。

《贯华堂选批唐才子诗》:"惟有"字妙,言只此一事,或似难堪;只此难堪之为言,其馀皆不妨也。言"思乡",又必言"望国",唐人笔下精到必如此(末二句下)。

《唐体肤诠》:不是劝驾,乃是催归,妙!仍借吴越风景衬出。

《瀛奎律髓汇评》:冯班:三、四酷似乐天。　　陆贻典:第六句有关系,通篇担力。　　查慎行:第六句用于晋宋南渡时更切,唐都关中,衣冠未必皆南迁,然好句自不可废。　　纪昀:此种体裁只宜五律,作七律便成曼调。第五句"偏宜远"凑出。　　又:是时中原多故,衣冠多避而南,亦言其风土之佳,为人所乐趋耳。

注家引晋南渡事,非也。

送麹司直

曙雪苍苍兼曙云,朔风烟雁不堪闻。
贫交此别无他赠,唯有青山远送君。

夜泊湘江

湘山木落洞庭波,湘水连云秋雁多。
寂寞舟中谁借问? 月明只自听渔歌。

皇甫冉

皇甫冉(约 717—约 770)，字茂政，润州丹阳(今属江苏)人，郡望安定(今甘肃泾州)。十岁能属文，为张九龄所赏，谓"清颖秀拔，有江、徐之风"。天宝十五载(756)登进士第，授无锡尉。罢任游越，隐居阳羡，后官左金吾卫兵曹参军。广德二年，王缙为河南元帅，表掌书记。入朝为拾遗，迁补阙。奉使江南，省家至丹阳，卒于家。工诗，与弟皇甫曾齐名，时人方之晋张载、张协。有《皇甫冉诗集》三卷。《全唐诗》编诗二卷，颇与他人作品相杂。

【汇评】

沈、宋既殁，而崔司勋颢、王右丞维复崛起于开元、天宝之间，得其门而入者，尝代不过数人，补阙其人也。……其诗大略以古之比兴，就今之声律，涵咏风骚，宪章颜、谢。至若丽曲感动，逸思奔发，则天机独得，非师资所奖。每舞雩咏归，或金谷文会，曲水修禊，南浦怆别，新声秀句，辄加于常时一等，才钟于情故也。(独孤及《唐故左补阙安定皇甫公集序》)

冉诗巧于文字，发调新奇，远出情外。然而"云藏神女馆，雨到楚王宫"，与"闭门白日晚，倚仗青山暮"，及"远山重叠见，芳草浅深生"，"岸草知春晚，沙禽好夜惊"，又"燕知社日辞巢去，菊为重阳冒雨开"，可以雄视潘、张，平揖沈、谢。……长辔未骋，芳兰早凋。悲夫！(《中兴间气集》)

皇甫冉补阙，自擢桂礼闱，遂为高格。往以世道艰虞，避地江外，每文章一到朝廷，作者变色。于词场为先辈，推钱、郎为伯仲，谁家胜负，或逐鹿中原。如"果熟任霜封，篱疏从水度"，又"衰露收新稼，迎塞葺旧庐"，又"燕知社日辞巢去，菊为重阳冒雨开"，可以雄视潘、张，平揖沈、谢。(高仲武《皇甫冉集序》)

张曲江深爱之，谓清颖秀拔，有江、徐之风。(《唐诗纪事》)

皇大诗意在遣情，时出奇瑰，酬应弥多，而兴寄闲暇。高仲武极取《巫山篇》，至于排体所长，乃遗采拾。如《奉和独孤中丞法华寺》，全篇绮密，形神兼茂；而拟骚诸篇，亦皆楚人之致。天宝以后作者虽多，而翩翩然有盛时之风，茂政兄弟皆能使人失步，岂非兰玉森然之会耶？(《唐诗品》)

补阙诗五言之善者，犹夷绰约，有何仲言之音韵，特歌行体弱耳。律诗当与李从一比肩，精警或不足，而闲淡过之矣。(《大历诗略》)

巫山峡

巫峡见巴东，迢迢出半空。
云藏神女馆，雨到楚王宫。
朝暮泉声落，寒暄树色同。
清猿不可听，偏在九秋中。

【汇评】

《中兴间气集》：《巫山诗》终篇奇丽。自晋、宋、齐、梁、陈、隋以来，采掇者无数而补阙独获骊珠，使前贤失步，后辈却立，自非天假，何以逮斯。

《瀛奎律髓》：此诗与杜审言、陈子昂诗法相似。

《唐诗成法》：此诗虽无出色之处，颇能稳称。三、四"云"、"雨"时有，而"神女""楚宫"不见也。五、六所见者唯"泉声"、"树色"。七、八"九秋"、"清猿"更足愁也。

《唐诗别裁》：终篇稳称，可继沈云卿作。

《大历诗略》：平正浑逸，无锻琢痕。此种题六朝人最擅场，大历以前仿佛近之，后人难再措手矣。

《瀛奎律髓汇评》：何义门：停匀包括。三、四就云雨上点化，正见事在有无疑信间，用意超妙。　　冯班：次联妙。

三月三日义兴李明府后亭泛舟

江南烟景复如何？闻道新亭更可过。
处处艺兰春蒲绿，萋萋藉草远山多。
壶觞须就陶彭泽，时俗犹传晋永和。
更使轻桡徐转去，微风落日水增波。

【汇评】

《唐诗选脉会通评林》：周珽曰：诗格为先问后答格。起言江南风景，是一篇主意，一问一答之词。次联应首句，三联应次句，通篇有俯仰兴怀之寓。

《唐诗成法》：全篇格局变动，句法典雅，长吟觉有馀味。

《唐诗笺要》：词义浮淡，则易见长，中唐所以与初盛之沉厚径庭者以此。已为南宋好手分派。

同诸公有怀绝句

旧国迷江树，他乡近海门。

移家南渡久,童稚解方言。

【汇评】

《批点唐诗正声》：体裁良古,作者每入别调。

《唐诗正声》：吴逸一评：几多凄楚,隐而不露。

杂言湖山歌送许鸣谦并序

夫子,隐者也,耕于湖山之田。孤云无心,飞鸟无迹,伯仲邕友,家人怡怡,贞白之风,旁行于浇俗矣。始惠然而去,又翻然而归。春田雪馀,具物繁殖,结我幽梦,湖间一峰。酒而歌,歌之以送远。

湖中之山兮波上青,桂飒飒兮雨冥冥。

君归兮春早,满山兮碧草。

晨舂暮汲兮心何求,涧户岩扉兮身自老。

东岭西峰兮同白云,鸡鸣犬吠兮时相闻。

幽芳媚景兮当嘉月,践石扪萝兮恣超忽。

空山寂寂兮颍阳人,旦夕孤云随一身。

杂言月洲歌送赵洌还襄阳

汉之广矣中有洲,洲如月兮水环流。

流聒聒兮湍与濑,草青青兮春更秋。

苦竹林,香枫树,樵子罴师几家住。

万山飞雨一川来,巴客归船傍洲去。

归人不可迟,芳杜满洲时。

无限风烟皆自悲,莫辞贫贱阻心期。

家住洲头定近远,朝泛轻桡暮当返。

不能随尔卧芳洲,自念天机一何浅!

《唐诗归》：学问语厚甚。

《汇编唐诗十集》：唐云：非骚非诗，语皆平淡。

秋 怨

长信多秋气，昭阳借月华。

那堪闭永巷，闻道选良家。

【汇评】

《唐人万首绝句选评》：长信凄凉，只有昭阳恩宠，而使更选良家，亦永闭永巷而已。寓意深远，绝作也。

《诗境浅说续编》：长信则秋草丛生，昭阳惟月华遥望。永巷沉沦，方嗟命薄，忽听又选良家，沉沉宫禁，误尽婵娟，他时类我者，不知几辈。推己及人，相怜相恤，能无长太息耶！

山中五咏（其五）

山 馆

山馆长寂寂，闲云朝夕来。

空庭复何有？落日照青苔。

【汇评】

《唐诗解》：四语皆状山馆之幽，盛唐浑厚之风至此残尽，然清淡一种亦自足观，第未若韦苏州之绝尘耳。

《唐诗选胜直解》：四句皆写山馆之幽。山馆无尘，闲云来往，所有者日照青苔而已。摩诘《鹿柴》后二句相似，但王深厚，皇浅淡，中、盛之分也。

宿严维宅送包七

江湖同避地，分手自依依。
尽室今为客，经秋空念归。
岁储无别墅，寒服羡邻机。
草色村桥晚，蝉声江树稀。
夜凉宜共醉，时难惜相违。
何事随阳侣，汀洲忽背飞？

【汇评】

《唐诗笺要》：懋政情致绰约，建中以降自莫与俦。"尽室今为客"，天然之妙，即盛唐亦难多见。

送王司直

西塞云山远，东风道路长。
人心胜潮水，相送过浔阳。

【汇评】

《唐人万首绝句选评》：此等翻有理有致，情味蔼然独绝，然却从实境得来。

《诗境浅说续编》：江潮西上，至浔阳而止，而离心一片，飞逐征帆，比江潮更远。顾况诗云："近得麻姑书信否，浔阳江上不通潮。"皆以潮喻情怀，各有思致。

送魏十六还苏州

秋夜深深北送君，阴虫切切不堪闻。

归舟明日毗陵道,回首姑苏是白云。

【汇评】

《唐诗训解》:意在言外。

《唐诗笺要》:"送君南浦,伤如之何",此更深至。读此等诗,要看其笔情兼到处;情不深者无笔,非妙笔不足以传情,惟懋政兼之。

婕妤怨

由来咏团扇,今已值秋风。
事逐时皆往,恩无日再中。
早鸿闻上苑,寒露下深宫。
颜色年年谢,相如赋岂工!

【汇评】

《唐诗广选》:蒋春甫曰:从冷处得之。

《唐诗摘钞》:怨而不怒,可以怨矣。

《大历诗略》:颔联自切班姬,移咏阿娇、明妃不得。

《瀛奎律髓汇评》:冯班:匀美。

秋日东郊作

闲看秋水心无事,卧对寒松手自栽。
庐岳高僧留偈别,茅山道士寄书来。
燕知社日辞巢去,菊为重阳冒雨开。
浅薄将何称献纳,临岐终日自迟回。

【汇评】

《评注唐诗鼓吹》:前六句写景处,自带烟霞气味,末联亦不失忠爱之思,则此君亦未尽俗物也。

《贯华堂选批唐才子诗》：休沐诗写到如此田地，真乃现宰官身而说法也！

《大历诗略》：结体淡缓，腹联有比而兴极佳。

《山满楼笺注唐诗七言律》：七、八将欲作自商语，而五、六先用秋郊景物画一粉本。

送陆澧郭郧

才见吴洲百草春，已闻燕雁一声新。

秋风何处催年急？偏逐山行水宿人。

同温丹徒登万岁楼

高楼独立思依依，极浦遥山合翠微。

江客不堪频北顾，塞鸿何事复南飞？

丹阳古渡寒烟积，瓜步空洲远树稀。

闻道王师犹转战，谁能谈笑解重围！

【汇评】

《批点唐音》：绝类盛唐，优前首（按指《秋日东郊》）远甚。

《批点唐诗正声》：全首格力较胜，首尾俱不失。

《唐诗隽》：词调骨格，取肖盛唐。

《唐诗广选》：从王勃《九日》诗来（"江客不堪"二句下）。

《唐诗选脉会通评林》：陈继儒曰：风裁隽拔。

《唐风定》：骨苍气老，神检绝高，中唐上乘之作。

《贯华堂选批唐才子诗》：七"犹"字，八"谁"字，连用甚妙。

《唐诗成法》：声调颇高。

《唐诗笺注》：通首写楼望景色，而依依情思，俱在言外。

《唐诗笺要》：悲愁时事，未尝一字涉凄婉，正自使人难堪，颔联独步中唐。

《历代诗发》：流走处复能沉着有力。

《大历诗略》：此题诗襄阳只发其旅思，王江宁更取义于楼名，气象并皆浑润，茂政不能也。顾天宝之后，中原板荡，作者又一种情怀矣。此诗韵调绝佳。

《山满楼笺注唐诗七言律》："闻道"一起，"谁能"一落，不是别起波澜，乃是结出主意，古人作诗规矩留主意倒结出也。

《网师园唐诗笺》：含蕴不尽（"江客不堪"二句下）。

《唐诗近体》：流转有致（"塞鸿何事"句下）。　　收意更远（末二句下）。

宿淮阴南楼酬常伯能

淮阴日落上南楼，乔木荒城古渡头。
浦外野风初入户，窗中海月早知秋。
沧波一望通千里，画角三声起百忧。
伫立分宵绝来客，烦君步屧忽相求。

【汇评】

《唐诗鼓吹笺注》：七字中有无限仰怀古迹、俯伤近事情景（"乔木荒城"句下）。

赋长道一绝送陆邃潜夫并序

顷者江淮征镇，屡有抡才之举，子不列焉，有司之过。予方耕山钓湖，避人如逃寇；徒欲罗高鸿，捕深鱼，穷年竭日，其可得也？今齿发向暮，执劳无力，众雏嗷嗷，开口待哺。如有知者，子其行乎,无为自苦! 一绝《赋长道》。

　　　　高山迥欲登,远水深难渡。

　　　　杳杳复漫漫,行人别家去。

送郑二之茅山

　　　　水流绝涧终日,草长深山暮春。

　　　　犬吠鸡鸣几处,条桑种杏何人?

【汇评】

　　《四溟诗话》:六言体起于谷永、陆机,长篇一韵。迫张说、刘长卿八句,王维、皇甫冉四句。长短不同,优劣自见。

问李二司直所居云山

　　　　门外水流何处,天边树绕谁家?

　　　　山色东西多少,朝朝几度云遮?

【汇评】

　　《竹林答问》:问:"诗中有具问答体者,请示其法。"……有全章皆问辞者,如皇甫冉《问李二司直》六言绝句是也。

归渡洛水

　　　　暝色赴春愁,归人南渡头。

　　　　渚烟空翠合,滩月碎光流。

　　　　澧浦饶芳草,沧浪有钓舟。

　　　　谁知放歌客,此意正悠悠。

【汇评】

《对床夜语》：王荆公谓老杜"暝色赴春愁"，下得"赴"字大好，若下"见"字、"起"字，即小儿言语。予观唐诗，知此句乃皇甫冉诗，荆公误起也。……王昌龄亦有"寒鸟赴荒园"之句，似不逮前。

《瀛奎律髓》：诗第一句难得好，如此诗"赴"字，已见诗话所评。与"酒渴爱江清"、"四更山吐月"，并是起句便绝佳者。

《唐诗成法》：首句王荆公所赏，果佳。五、六忽写故乡风景，已见超脱。结不更顾"洛水"，止结"归"字，意格俱高，中晚所少。

《唐诗别裁》：写渡水晚景，自然入妙，与"落日在帘钩"一种起法。

《网师园唐诗笺》：起法俊逸。

《瀛奎律髓汇评》：冯班：好起。　　查慎行：起句后人用以填词。　　纪昀：五句比朝士无人，六句言贤者在下，妙于浑然不露。渔阳评陈元孝诗有"江晚多芳草，山春有杜鹃"句，以"江晚"比明末，"山春"比本朝，以"芳草"、"杜鹃"比遗老，似从此化出，而更青于蓝。

《唐诗近体》：写渡水晚景，天然入妙（"滩月"句下）。

春　思

莺啼燕语报新年，马邑龙堆路几千。
家住秦城邻汉苑，心随明月到胡天。
机中锦字论长恨，楼上花枝笑独眠。
为问元戎窦车骑，何时反旆勒燕然？

【汇评】

《唐诗别裁》："卢家少妇"之亚。唯"笑独眠"句工而近纤，或难与沈诗争席耳。

《唐诗笺注》：诗极缠绵。

《大历诗略》：一气蝉联而下，新丽自然，可谓情到兼神到矣。惟第六涉纤，或易"笑"作"照"，较浑。

《昭昧詹言》：前四句，一彼一此，属对奇丽，而又关生有情，所以为佳。五、六专就自己一边说，而点化入妙。结句出场入妙，胜沈云卿矣。此等诗，色相不出齐、梁，而意用则去《三百篇》不远；所谓哀而不伤，怨而不怒，温柔和平，可以怨者也。

刘方平

刘方平,生卒年不详,河南(今河南洛阳)人,唐初功臣刘政会玄孙。年二十,工词赋。天宝中,举进士不第,遂隐居颍阳太谷,终身不仕。工诗,善画山水,与元德秀、李颀、皇甫冉等友善,萧颖士誉之为"山东茂异",李勉亦甚重之。有《刘方平诗》一卷。《全唐诗》编诗一卷。

【汇评】

工诗,多悠远之思,陶写性灵,默会风雅,故能脱略世故,超然物外。(《唐才子传》)

方平五言与柳淡同祖六朝,而风姿各别。(《大历诗略》)

代宛转歌二首

其一

星参差,明月二八灯五枝。

黄鹤瑶琴将别去,芙蓉羽帐惜空垂。

歌宛转,宛转恨无穷。

愿为潮与浪,俱起碧流中。

其二

晓将近,黄姑织女银河尽。

九华锦衾无复情,千金宝镜谁能引?

歌宛转,宛转伤别离。

愿作杨与柳,同向玉窗垂。

乌栖曲二首（其二）

画舸双艚锦为缆,芙蓉花发莲叶暗。

门前月色映横塘,感郎中夜度潇湘。

【汇评】

《唐诗归》:钟云:即《郑风》"子惠思我,褰裳涉洧"意,然《郑风》语深厚而带谑,此语轻快而近真。

秋夜泛舟

林塘夜发舟,虫响荻飕飕。

万影皆因月,千声各为秋。

岁华空复晚,乡思不堪愁。

西北浮云外,伊川何处流?

【汇评】

《对床夜话》:刘方平有"万影皆因月,千声各为秋",亦佳,但不题树。然起句云"林塘夜泛舟,虫响荻飕飕",引带而下,顿觉精采。

《瀛奎律髓》:中四句皆好,"各"字尤妙。

《唐诗选脉会通评林》：周敬曰：三、四禅悟。　含情婉转，炼辞雅致，佳作也。

《网师园唐诗笺》：清新（"万影"二句下）。

《瀛奎律髓汇评》：冯舒：好起。　纪昀：有第二句，则"千声"句复矣。如曰申第二句，则第三句又不申第一句，此谓无法。

折杨枝

官渡初杨柳，风来亦动摇。
武昌行路好，应为最长条。
叶映黄鹂夕，花繁白雪朝。
年年攀折意，流恨入纤腰。

【汇评】

《大历诗略》：三、四语极驵宕，非复思议所及。结亦佳。

秋夜寄皇甫冉郑丰

洛阳清夜白云归，城里长河列宿稀。
秋后见飞千里雁，月中闻捣万家衣。
长怜西雍青门道，久别东吴黄鹄矶。
借问客书何所寄，用心不啻两乡违。

【汇评】

《唐诗归》：谭云：上句不熟在"见飞"二字，下句不熟在"万家衣"三字，须辨其佳处何在（"秋后见飞"二句下）。　钟云：灵活不脆。痴板人作七言律者，日入心中口中，久之身轻。

《贯华堂选批唐才子诗》：明是"洛阳城里"四字，却分"洛阳"着首句，"城里"着二句，最是疏奇之笔。然后人切不可学，学之且将失步也。

《唐诗摘钞》：诗中写己思乡，而得佳语；若代人写乡思，自隔一层，故语亦难佳。此诗恰因二子同乡，又客异地，思乡怀友两副笔墨凑在一起，遂写得实至款曲如是。

《大历诗略》：颔联造语特异，便觉意境亦新。

《山满楼笺注唐诗七言律》：此诗前半写秋夜，后半寄友人，笔疏墨朗，无不可晓。

采莲曲

落日晴江里，荆歌艳楚腰。

采莲从小惯，十五即乘潮。

【汇评】

《批点唐诗正声》：诵此如在镜湖莲花中与婵子语。

《大历诗略》：愈俚愈妙，六朝小乐府之遗。

《诗境浅说续编》：楚腰十五，便解乘潮，犹之胡儿十岁，都能骑马，各从其习尚也。诗既妍雅，调亦入古。

京兆眉

新作蛾眉样，谁将月里同？

有来凡几日，相效满城中。

【汇评】

《载酒园诗话》：似嘲似惜，却全是一片矜能炫慧之意，笔舌至此，可谓入微。

《唐诗笺注》：此等诗语质而味旨，真风人之遗。

《唐人万首绝句选评》：似矜似妒，意趣佳。

《诗境浅说续编》：堕马新妆，盘龙高髻，闺饰相效之风，汉唐以来，历明清而勿替。此诗咏新月眉痕，满城争学，特举其一端耳。

春　雪

飞雪带春风，裴回乱绕空。
君看似花处，偏在洛阳东。

【汇评】

《唐诗别裁》：天寒风雪，独宜富贵之家，却说来蕴藉。

《历代诗发》：楚楚有致。

《唐人绝句精华》：此诗三、四两句，意存讥讽。洛城东皆豪贵第宅所在，春雪至此等处，非但不寒，而且似花，故用一"偏"字，以见他处之雪与此不同。然则此中人之不知人之寒，可知矣。

送　别

华亭霁色满今朝，云里樯竿去转遥。
莫怪山前深复浅，清淮一日两回潮。

【汇评】

《大历诗略》：词气轻柔，疑亦送闺秀之作。

夜　月

更深月色半人家，北斗阑干南斗斜。
今夜偏知春气暖，虫声新透绿窗纱。

【汇评】

《唐诗笺注》：写意深微，味之觉含毫邈然。

《唐人万首绝句选评》：写景幽深，含情言外。

春　怨

纱窗日落渐黄昏，金屋无人见泪痕。

寂寞空庭春欲晚，梨花满地不开门。

【汇评】

《汇编唐诗十集》：唐云：四语只是形容冷落。

《唐诗解》：一日之愁，黄昏为切；一岁之怨，春暮居多。此时此景，宫人之最感慨者也。不忍见梨花之落，所以掩门耳。

《历代诗发》：无聊无赖，那得不怨？

《诗境浅说续编》：首二句言黄昏窗下，虽贵居金屋，时有泪痕。李白诗"但见泪痕湿，不知心恨谁"，愁深泪湿，尚有人窥。此则于寂寞无人处泪尽罗巾，愈可悲矣。后二句言本甘寂寞，一任春晚花飞，朱门深掩，安有馀绪怜花？结句不事藻饰，不诉幽怀，淡淡写来，而春怨自见。

《唐人绝句精华》：此诗于时于境皆极形其凄寂，处在此等环境中之人之情如何，不言而喻，况欲得一见泪痕之人而无之耶！设想至此，诗人用心之细、体情之切，俱非易到。

王之涣

王之涣(688—742),字季凌,祖籍晋阳(今山西太原),后徙居绛郡(今山西新绛)。幼聪颖,弱冠能文。开元中,以门荫调补冀州衡水主簿,因遭诬构,拂衣去官归,优游十五年,足迹遍大河南北。开元末,从亲友之劝,复出仕,补文安郡文安县尉,遘疾,卒于官。《全唐诗》存诗六首。

【汇评】

(王之涣)慷慨有大略,倜傥有异才。尝或歌从军,吟出塞,曒兮极关山明月之思,萧兮得易水寒风之声,传乎乐章,布在人口。至夫雅颂发挥之作,诗骚兴喻之致,文在斯矣,代未知焉,惜乎!(靳能《唐故文安郡文安县太原王府君墓志铭并序》)

唐之中叶,文章特盛,其姓名湮没不传于世者甚众。如河中府鹳雀楼有王之涣、畅当诗。畅诗曰:"迥临飞鸟上,高谢人世间。天势围平野,河流入断山。"王诗曰:"白日依山尽,黄河入海流。欲穷千里目,更上一层楼。"二人者,皆当时贤士所不数,如后人擅诗名者,岂能及之哉!(《温公续诗话》)

之涣,并州人,与兄之咸、之贲皆有文名,天宝间人。乐天作

《滁州刺史郑昈墓志》云："与王昌龄、王之涣、崔国辅连唱迭和，名动一时。"（《唐诗纪事》）

之涣，蓟门人。少有侠气，所从游皆五陵少年，击剑悲歌，从禽纵酒。中折节攻文，十年名誉自振。耻困场屋，遂交谒名公。为诗情致雅畅，得齐梁之风。每有作，乐工辄取以被声律。（《唐才子传》）

摩诘、少伯、太白三家鼎足而立，美不胜收。王之涣独以"黄河远上"一篇当之，彼不厌其多，此不愧其少，可谓拔戟自成一队。（《读雪山房唐诗序例》）

王之涣"黄河远上"之外，五言如《送别》及《鹳雀楼》二篇，亦当入旗亭之画。（同上）

或谓王之涣"黄河远上"一篇之外，何不多见？余应之曰：神来之作，即作者亦不能有再。（管世铭《读书偶得三十四则》）

登鹳雀楼

白日依山尽，黄河入海流。

欲穷千里目，更上一层楼。

【汇评】

《古今诗话》：河中府鹳雀楼，唐人留诗者极多，唯王之涣、李益、畅当诗最佳。

《诗薮》：对结者须意尽，如王之涣"欲穷千里目，更上一层楼"，高达夫"故乡今夜思千里，霜鬓明朝又一年"，添着一语不得乃可。

《唐诗解》：日没河流之景，未足称奇，穷目之观，更在高处。

《唐诗选》：玉遮曰：不明说"高"字，已自极高。

《唐诗训解》：结语天成，非可意撰。

《唐诗选脉会通评林》：周敬曰：大豁眼界。

《唐诗摘钞》：空阔中无所不有，故雄浑而不疏寂。

《增订唐诗摘钞》：两对工整，却又流动，五言绝，允推此为第一首。

《而庵说唐诗》：作诗最要眼界开阔。鹳雀楼，今在河中府。前瞻中条，下瞰大河，已极壮观。而之涣此作，亦遂写煞。

《唐贤三昧集笺注》：上二句横说楼所见之大，下二句竖说楼所临之高。

《唐诗别裁》：四语皆对，读去不嫌其排，骨高故也。

《唐诗笺注》：通首写其地势之高，分作两层，虚实互见。沈存中曰："鹳雀楼前瞻中条山，下瞰大河。"上十字大境界已尽，下十字以虚笔托之。

《诗法易简录》：先写登楼，再写形胜、便嫌平衍，虽有名句，总是卑格。此诗首二句先切定鹳雀楼境界，后二句再写登楼，格力便高。后二句不言楼之如何高，而楼之高已极尽形容，且于写景之外，更有未写之景在。此种格力，尤臻绝顶。

《唐诗近体》：王尧衢曰：首二句已尽目力所穷矣，下作转语，言若欲穷目力之胜，庶此楼上再上得一层更好。此诗人题外深一层作此虚想也。

《诗境浅说续编》：前二句写山河胜概，雄伟阔远，兼而有之，已如题之量；后二句复馀劲穿札。二十字中，有尺幅千里之势。

送　别

　　杨柳东风树，青青夹御河。

　　近来攀折苦，应为别离多。

【汇评】

　　《唐诗解》：离别之多，柳尚不胜攀折，岂人情所能堪！

《唐诗笺要》：以折柳送人为家常事，妙！妙！用笔最辣，寄情倍深。

《精选评注五朝诗学津梁》：从杨柳着想，"别"字意思一新。

《唐绝诗钞注略》：妙在只借柳说。

《唐人万首绝句选评》：因自己送别想到人世多别，托笔深情无限。

《唐诗评注读本》：此与(李白)"春风知别苦，不遣柳条青"，词相反而意同。

凉州词二首（其一）

黄河远上白云间，一片孤城万仞山。

羌笛何须怨杨柳，春风不度玉门关。

【汇评】

《集异记》：开元中，诗人王昌龄、高适、王之涣齐名。时风尘未偶，而游处略同。一日，天寒微雪，三诗人共诣旗亭，贳酒小饮。忽有梨园伶官十数人登楼会宴，三诗人因避席隈映，拥炉火以观焉。俄有妙妓四辈，寻续而至，奢华艳曳，都冶颇极，旋则奏乐，皆当时名部也。昌龄等私相约曰："我辈各擅诗名，每不自定其甲乙，今者可以密观诸伶所讴，若诗入歌词之多者，则为优矣。"俄而一伶拊节而唱，乃曰："寒雨连江夜入吴……"，昌龄则引手画壁曰："一绝句。"寻又一伶讴之曰："开箧泪沾臆……"，适则引手画壁。曰："奉帚平明金殿开……"，昌龄则又引手画壁曰："二绝句。"之涣自以得名已久，因谓诸人曰："此辈皆潦倒乐官，所唱皆巴人下俚之词耳，岂阳春白雪之曲，俗物敢近哉！"因指诸妓之中最佳者曰："待此子所唱，如非我诗，吾即终身不敢与子争衡矣。脱是吾诗，子等当须列拜床下，奉吾为师。"因欢笑而俟之。须臾，次至双鬟发声，则曰："黄沙远上白云间……"，之涣即揶揄二子曰："田舍奴，我岂妄哉!"因大谐笑。诸伶不喻其故，皆起诣曰："不知诸郎君何此欢噱?"昌龄等因话其事。诸伶竞拜曰："俗眼不识神仙，乞降清重，俯就筵席。"三子从之，饮醉竟日。

《唐诗正声》：吴逸一评：神气内敛，骨力全融，意沉而调响。满目征人苦情，妙在含蓄不露。

《升庵诗话》：此诗言恩泽不及于边塞，所谓君门远于万里也。

《唐诗镜》：此是怨词，思巧格老，跨绝人远矣。

《汇编唐诗十集》：唐云：一语不及征人，而征人之苦可想。

《唐诗训解》：句奇，意奇。

《唐风定》：字字雄浑，可与王翰《凉州》比美。

《唐诗摘钞》：王龙标"更吹羌笛关山月，无那金闺万里愁"，李君虞"不知何处吹芦管，一夜征人尽望乡"，与此并同一意，然不及此作，以其含蓄深永，只用"何须"二字略略见意故耳。

《而庵说唐诗》：此诗只要说玉门关外之苦而苦见矣。风致绝人，真好诗。

《唐贤三昧集笺注》：此状凉州之险恶也。笛中有《折柳曲》，然春光已不到，尚何须作杨柳之怨乎? 明说边境苦寒，阳和不至，措词宛委，深耐人思。

《一瓢诗话》："羌笛何须怨杨柳，春风不度玉门关"，其苦思妙响，尤得风人之旨。

《唐诗别裁》：李于鳞推王昌龄"秦时明月"为压卷。王元美推王翰"葡萄美酒"为压卷。王渔洋则云："必求压卷，王维之《渭城》、李白之《白帝》、王昌龄之"奉帚平明"、王之涣之"黄河远上"其庶几乎! 而终唐之世，绝句亦无出四章之右者矣。"

《诗法易简录》：神韵格力，俱臻绝顶。不言君恩之不及，而托言春风之不度，立言尤为得体。

《网师园唐诗笺》：深情蕴藉。

《诗境浅说续编》：此诗前二句之壮采，后二句之深情，宜其传遍旗亭，推为绝唱也。

叶景葵《卷盦书跋》：诗句有一字沿讹为后人所忽略者，如《凉州词》"黄河远上白云间"，古今传诵之句也，前见北平图书馆新得铜活字本《万首唐人绝句》，"黄河"作"黄沙"，恍然有悟。向诵此诗，即疑"黄河"两字与下三句皆不贯串，此诗之佳处不知何在！若作"黄沙"，则第二句"万仞山"便有意义，而第二联亦字字皆有着落，第一联写出凉州荒寒萧索之象，实为第三句"怨"字埋根，于是此诗全体灵活矣。

《唐人绝句精华》：此诗各本皆作"黄河远上"，惟计有功《唐诗纪事》作"黄沙直上"。按玉门关在敦煌，离黄河流域甚远，作"河"非也。且首句写关外之景，但见无际黄沙直与白云相连，已令人生荒远之感。再加第二句写其空旷寥廓，愈觉难堪。乃于此等境界之中忽闻羌笛吹《折杨柳》曲，不能不有"春风不度玉门关"之怨词。

阎　防

阎防，生卒年不详，广平（今河北鸡泽东）人。郡望常山（今河北元氏）。或云河中（今山西永济）人。曾卜居终南山，读书于终南丰德寺。开元二十二年登进士第，后谪为湘中司户。防在开元、天宝间有诗名，孟浩然、岑参、储光羲、刘眘虚均有诗赠。《全唐诗》存诗五首。

【汇评】

防为人好古博雅。其诗警策，语多真素。至如"荒庭何所有，老树半空腹"，又"熊桂庭中树，龙蒸栋里云"，皎然可信也。（《河岳英灵集》）

防在开元、天宝间有文称，岑参、孟浩然、韦苏州有赠章。（《唐诗纪事》）

为人好古博雅，诗语真素，魂清魄爽，放旷山水，高情独诣。于终南山丰德寺结茅茨读书，百丈溪是其隐处。（《唐才子传》）

百丈谿新理茅茨读书

浪迹弃人世，还山自幽独。

始傍巢由踪,吾其获心曲。

荒庭何所有? 老树半空腹。

秋蜩鸣北林,暮鸟穿我屋。

栖迟乐遵渚,恬旷寡所欲。

开卦推盈虚,散帙攻节目。

养闲度人事,达命知止足。

不学东周儒,侯时劳伐辐。

【汇评】

《唐贤三昧集笺注》:善写幽独之景。　　自是达人之况概,使人不堪钦羡。

《唐贤清雅集》:悫质自陶集得来。

《历代诗发》:此君风旨多从彭泽来,而能别有权衡。

与永乐诸公夜泛黄河作

烟深载酒入,但觉暮川虚。

映水见山火,鸣榔闻夜渔。

爱兹山水趣,忽与人世疏。

无暇然官烛,中流有望舒。

【汇评】

《唐贤三昧集笺注》:清旷。

《批唐贤三昧集》:此诗可与孟襄阳《宿武阳即事》一律并美。

《历代诗发》:世人诗每苦骨俗难医,亟宜醉心此种。

薛　据

薛据（？—约768），河中宝鼎（今山西万荣）人。幼孤，与兄播等为伯母林氏所育。开元十九年登进士第，曾任永乐主簿、涉县令。天宝六载，又登风雅古调科。十一载，与杜甫、高适、岑参、储光羲同登长安慈恩寺塔，赋诗。乾元中，除太子司议郎，后历祠部员外郎、水部郎中。大历初，滞居江陵，卒。《全唐诗》存诗十二首，残句二。

【汇评】

据为人骨鲠有气魄，其文亦尔。自伤不早达，因著《古兴》诗云："投珠恐见疑，抱玉但垂泣。道在君不举，功成嗟何及！"怨愤颇深。至如"寒风吹长林，白日原上没"，又"孟冬时短暮，日尽西南天"，可谓旷代之佳句。（《河岳英灵集》）

据为人骨鲠有气魄，文章亦然。尝自伤不得早达，造句往往追凌鲍、谢。（《唐才子传》）

水部骨鲠有气魄，诗遒劲雄浑。（《历代五言诗评选》）

怀哉行

明时无废人，广厦无弃材。

良工不我顾，有用宁自媒？

怀策望君门，岁晏空迟回。

秦城多车马，日夕飞尘埃。

伐鼓千门启，鸣珂双阙来。

我闻雷雨施，天泽罔不该。

何意斯人徒，弃之如死灰？

主好臣必效，时禁权不开。

俗流实骄矜，得志轻草莱。

文王赖多士，汉帝资群才。

一言并拜相，片善咸居台。

夫君何不遇？为泣黄金台。

【汇评】

《唐诗品汇》：刘云：英气拂拂（首四句下）。　　刘云：可叹
（"俗流"二句下）。

出青门往南山下别业

榛莽相蔽亏，去尔渐超忽。

散漫馀雪晴，苍茫季冬月。

寒风吹长林，白日原上没。

怀抱旷莫伸，相知阻胡越。

弱年好栖隐，炼药在岩窟。

及此离垢氛，兴来亦因物。

末路期赤松，斯言庶不伐。

【汇评】

《批点唐诗正声》：“寒风吹长林”二句，写得萧旷突奇。

姚　系

姚系，生卒年不详，河南（今河南洛阳）人，郡望吴兴（今浙江湖州）。姚崇曾孙。贞元元年，登进士第，官门下省典仪，又曾从事河中幕。《全唐诗》存诗十首。

京西遇旧识兼送往陇西

蝉鸣一何急，日暮秋风树。

即此不胜愁，陇阴人更去。

相逢与相失，共是亡羊路。

常　衮

> 　　常衮(729—783),京兆(今陕西西安)人。天宝十四载登进士第,
> 授太子正字,历补阙、起居郎。宝应二年入翰林,迁考功员外郎、郎
> 中,知制诰,转中书舍人。衮文章俊拔,为时推重,与杨炎并称"常
> 杨"。大历九年,迁礼部侍郎。十二年,拜门下侍郎,同平章事。德宗
> 立,贬河南少尹,再贬潮州刺史,迁福建观察使,卒。有《常衮集》十
> 卷,又《诏集》六十卷,均佚。《全唐诗》存诗九首。

【汇评】

　　(衮)文采赡蔚,长于应用,誉重一时。……惩元载败,窒卖官
之路,然一切以公议格之,非文词者皆摈不用,故世谓之"鹘伯",以
其鹘鹘无贤不肖之辨云。(《新唐书》本传)

晚秋集贤院即事寄徐薛二侍郎

穆穆上清居,沉沉中秘书。
金铺深内殿,石甃净寒渠。
花树台斜倚,空烟阁半虚。

缥囊披锦绣，翠轴卷琼琚。

墨润冰文茧，香消蠹字鱼。

翻黄桐叶老，吐白桂花初。

旧德双游处，联芳十载馀。

北朝荣庾薛，西汉盛严徐。

侍讲亲华宸，征吟步绮疏。

缀帘金翡翠，赐砚玉蟾蜍。

序秩东南远，离忧岁月除。

承明期重入，江海意何如！

【汇评】

《唐诗镜》：整而湛。

《唐诗观澜集》：浓不落纤，腴而有骨。　　　工妙（"墨润"二句下）。

苏　涣

苏涣(？—775)，里贯未详。少喜剽盗，善用白弩，巴蜀商人号为"白跖"，以比盗跖。后折节读书。广德二年登进士第。大历四年，以侍御佐崔瓘湖南幕，与杜甫交游，甫赞其诗作"突过黄初"。次年，臧玠杀崔瓘，据潭州，涣亡走岭南。哥舒晃杀广州刺史吕崇贲反，涣为之谋主。晃败，死之。有《苏涣诗》一卷，已佚。《全唐诗》存诗三首。

【汇评】

苏大侍御涣，静者也，旅于江侧，不交州府之客，人事都绝久矣。肩舆江浦，忽访老夫舟楫，已而茶酒内，余请诵近诗。肯吟数首，才力素壮，辞句动人。接对明日，忆其涌思雷出，书箧几杖之外，殷殷留金石声。赋八韵记异，亦见老夫倾倒于苏至矣。诗云："庞公不浪出，苏氏今有之。再闻诵新作，突过黄初时。乾坤几反复，扬马宜同时。今晨清镜中，胜食斋房芝……"（杜甫《苏大侍御访江浦赋八韵纪异》）

涣本不平者，善放白弩，巴中号曰"白跖"，賨人患之，以比盗跖。后自知非，变节从学。乡赋擢第，累迁至御史……三年中作《变律》诗九首，上广州李帅。其文意长于讽刺，亦有陈拾遗一鳞半

甲,故善之。(《中兴间气集》)

杜所称赏之苏涣,据《唐书》有为"白跖"者,不知即此人否?其诗有古律二十余首,不知即杜所称"殷殷几席者"否?其事其人皆不足以深究,其诗非古非律,不知何所据而创之。(《兰丛诗话》)

变律三首

其一

日月东西行,寒暑冬夏易。

阴阳无停机,造化渺莫测。

开目为晨光,闭目为夜色。

一开复一闭,明晦无休息。

居然六合外,旷哉天地德。

天地且不言,世人浪喧喧。

【汇评】

《蔡宽夫诗话》:涣诗世犹或见其一二,如"日月东西行……"唐人以为长于讽刺,得陈拾遗一鳞半甲。观其词气桀兀如此,固自可见其胸中也。

《唐诗选脉会通评林》:周珽曰:结理精悍,才力陟律,不将句字随人呼拜者。又曰:在想外,在言外,恒薰知见香,不醉声闻酒。

其二

毒蜂成一窠,高挂恶木枝。

行人百步外,目断魂亦飞。

长安大道边,挟弹谁家儿?

右手持金丸,引满无所疑。

一中纷下来,势若风雨随。

身如万箭攒，宛转迷所之。
徒有疾恶心，奈何不知几！

其三

养蚕为素丝，叶尽蚕不老。
倾筐对空林，此意向谁道？
一女不得织，万夫受其寒。
一夫不得意，四海行路难。
祸亦不在大，福亦不在先。
世路险孟门，吾徒当勉旃！

刘眘虚

刘眘虚，生卒年不详，字全乙，江东（今江苏南部及浙江一带）人。或云洪州（今江西南昌）人。开元十一年登进士第；又登宏词科，授校书郎。与孟浩然、王昌龄友善。虽有文章盛名，竟流落不偶。天宝中卒。《全唐诗》存诗一卷。

【汇评】

眘虚诗，情幽兴远，思苦语奇，忽有所得，便惊众听。顷东南高唱者数人，然声律宛态，无出其右，唯气骨不逮诸公。自永明已还，可杰立江表。至如"松色空照水，经声时有人"，又"沧溟千万里，日夜一孤舟"，又"归梦如春水，悠悠绕故乡"……并方外之言也。惜其不永，天碎国宝。（《河岳英灵集》）

钟云：妙在止十四首，一字去不得。其用意狠处，全在不肯多。予尝爱十四首，命林茂之书成小册，而题其后有云："陶公坐高秋，孤意先自立。"自谓此君实录。　　又云：诗少而妙，难矣。然难不在陶洗，而在包孕；妙不在孤严，而在深广。读眘虚一字一句一篇，若读数十百篇，隐隐隆隆，其中甚多，吾取此为少者法。（《唐诗归》）

高、岑非无流走为律者,轻重(与刘)迥自不同。殷璠赏其"思苦语奇",独谓"气骨不逮诸公",此深识之论也。(《载酒园诗话又编》)

刘眘虚字挺卿,其诗超远幽夐,在王、孟、王昌龄、常建、祖咏伯仲之间。考其人,盖深于经术,不但词华也。李华《三贤论》曰:"刘名儒,史官之家,兄弟以学称。述《易》、《诗》、《书》、《春秋》、《礼乐》为五说,条贯源流,备古今之变……"(《渔阳诗话》)

刘眘虚亦是齐梁体段,其骨清耳,且字句外有灵气往来。(《小澥草堂杂论诗》)

刘眘虚诗于王、孟外又辟一径,气象一派空明。(《剑溪说诗》)

刘眘虚诗、空明深厚,饶有理趣。(同上)

刘挺卿诗所传只十四首,钟伯敬、林古度、王贻上皆极赏之,以为字字可传。其诗多清空一气如话,却有不落色相之妙,然稍近率易。殷璠谓其"气骨不逮",诚哉是言!(《越缦堂诗话》)

江南曲

美人何荡漾,湖上风日长。
玉手欲有赠,裴回双明珰。
歌声随绿水,怨色起青阳。
日暮还家望,云波横洞房。

【汇评】

《载酒园诗话又编》:"怨色起青阳",即杜审言之"啼鸟惊残梦,飞花搅独愁",刘希夷"月明芳树群鸟飞,风过长林百花起",意也。妙在止写态度,不甚铺张,得颦眉不语之致。刘诗传者十四篇,唯此最有蕴藉。

暮秋扬子江寄孟浩然

木叶纷纷下,东南日烟霜。

林山相晚暮,天海空青苍。

暝色况复久,秋声亦何长。

孤舟兼微月,独夜仍越乡。

寒笛对京口,故人在襄阳。

咏思劳今夕,江汉遥相望。

【汇评】

《唐诗归》:"寒笛对京口"以上,一字不及孟浩然,读其诗已有一孟襄阳立其前矣。此法深妙,浅人不知。

《唐风定》:起语结撰奇隽,一篇景色鲜新。

《唐诗别裁》:前写暮秋江景,寄孟浩然意于末四语一点,无限深情。

《唐贤清雅集》:转接无痕,裁对亦稳,字字用意。

《唐诗笺要》:态度轻盈,如芙蓉着剑,宜乎东南高唱,无出其右。

浔阳陶氏别业

陶家习先隐,种柳长江边。

朝夕浔阳郭,白衣来几年?

霁云明孤岭,秋水澄寒天。

物象自清旷,野情何绵联。

萧萧丘中赏,明宰非徒然。

愿守黍稷税,归耕东山田。

《唐诗归》：钟云："先隐"二字，渊明妙题。

《唐贤三昧集笺注》：清新温雅，格调不凡。

《唐贤清雅集》：苍劲似颜光禄。

寄阎防

原注：防时在终南丰德寺读书。

> 青冥南山口，君与缁锡邻。
> 深路入古寺，乱花随暮春。
> 纷纷对寂寞，往往落衣巾。
> 松色空照水，经声时有人。
> 晚心复南望，山远情独亲。
> 应以修往业，亦惟立此身。
> 深林度空夜，烟月资清真。
> 莫叹文明日，弥年徒隐沦。

【汇评】

《唐诗选脉会通评林》：周珽曰：秋水为神玉为骨，有此清映谈锋。　　陈继儒曰：选言清卓，旨尚遥深，仙姿逸韵，自典常异。

《唐诗归》：钟云：看他首首下虚字皆有力。　　又云：人处甚深厚，莫只作清微看。　　谭云：清远诗多有之，难得如此淹洽。

《唐贤三昧集笺注》：句句有画致。

《唐诗别裁》："烟月资清真"，言性本清真，而烟月又资之也。清绝，高绝。

《唐贤清雅集》：纡徐卓荦，一往春容。"深林"、"烟月"二语，只是读书妙悟，即作诗妙悟，最要体会。

《石园诗话》：其"深路入古寺，乱花随暮春"、"闲门向山路，深柳读书堂"之句，可仿佛常建"曲径通幽处，禅房花木深"两句。

《越缦堂诗话》："天际南郡出，林端西江明"，"深林度空夜，烟月资清真"，四语最为高妙。

《历代诗发》："乱花随暮春"，纷纷开落，一气二句，然断句咏之，固自佳绝。

海上诗送薛文学归海东

何处归且远？送君东悠悠。

沧溟千万里，日夜一孤舟。

旷望绝国所，微茫天际愁。

有时近仙境，不定若梦游。

或见青色古，孤山百里秋。

前心方杳眇，后路劳夷犹。

离别惜吾道，风波敬皇休。

春浮花气远，思逐海水流。

日暮骊歌后，永怀空沧州。

【汇评】

《唐诗选脉会通评林》：陈继儒曰：华滋错兴，有景纯赞山海之致。

《唐风定》：大体空淡，而淡中有色，空际有神，清不足以尽之。

《唐风怀》：震青曰：如游仙岛，迷离幻惑，观此知刘诗高浑正不易尽。

《石园诗话》：徐侍郎倬谓其《积雪为小山》一联云："以幽能皎洁，谓近可循环"，此刘君自评其诗。愚谓其"春浮花气远，思逐海水流"，亦是刘君自评其诗也。

阙　题

道由白云尽,春与青溪长。

时有落花至,远随流水香。

闲门向山路,深柳读书堂。

幽映每白日,清辉照衣裳。

【汇评】

《唐诗归》:钟云:骨似王、孟,而气运隆厚或过之。

《汇编唐诗十集》:严整幽细,五言拗体中之佳者。

《唐律消夏录》:水远、花香、山深、林密,书堂正当其处,何乐如云!看他"长"字、"时"字、"至"字、"远"字、"香"字,回环勾锁,一字不虚。"道由白云尽"是望见,"闲门向山路"是到来,非重复也。

《唐诗成法》:"幽映"总上六句,"白日"应"春"字,"清辉"应"幽映"字。

《唐贤三昧集笺注》:此中有元气,后人拟之,便浅薄无味。

《近体秋阳》:清宕傲逸,纯乎古作,不徒所谓拗律已也。

《唐诗别裁》:每事过求,则当前妙境,忽而不领。解此意,方见其自然之趣。

《网师园唐诗笺》:纯乎天籁("时有"二句下)。

《唐诗三百首》:此以"深柳"句为主,言由白云尽处而来,见溪水长流,落花浮至,而门向山开,堂极深窈,虽白日唯清辉幽映耳("闲门"二句下)。

《越缦堂诗话》:"时有落花至,远随流水香",十字亦有禅谛。

《唐宋诗举要》:王孟胜景("时有"二句下)。

《诗境浅说》:此诗起结皆不用谐律,弥见古雅。初学效之,恐有举鼎绝膑之患,仍以谐音为妥贴。

寄江滔求孟六遗文

南望襄阳路，思君情转亲。

偏知汉水广，应与孟家邻。

在日贪为善，昨来闻更贫。

相如有遗草，一为问家人。

【汇评】

《汇编唐诗十集》：唐云：叙事有次。

《唐诗镜》：清瘦，似中唐气格。第五句佳。

《近体秋阳》：一气呵成，如相面话然。此不立法而法自具者，至哉！

《载酒园诗话又编》：刘夏县胜处在不避轻脱，率任孤清。如《寄江滔求孟六遗文》……作律至此，几于以笔为舌矣，然已隐隐逗张水部一派。　　黄白山评：汉广孟邻，俱有故实，却用得不觉，此圣于用事者也。

《越缦堂诗话》：《寄江滔求孟六遗文》一首，清气直达，却句句是律诗，此境亦不易到。

茙葵花歌

昨日一花开，今日一花开。

今日花正好，昨日花已老。

人生不得长少年，莫惜床头酤酒钱。

请君有钱向酒家，君不见，茙葵花。

【汇评】

《唐诗选脉会通评林》：周珽曰：合崔敏童《口章》、《宴城东庄》二诗，融化成歌。更掉尾一句，有许大搏犀缚象之力。

韦　建

　　韦建,生卒年不详,字正封,一字士经,京兆(今陕西西安)人。天宝末官河南令,与萧颖士交厚。贞元初,官至太子詹事。五年,授秘书监致仕。《全唐诗》存诗二首。

泊舟盱眙

泊舟淮水次,霜降夕流清。
夜久潮侵岸,天寒月近城。
平沙依雁宿,候馆听鸡鸣。
乡国云霄外,谁堪羁旅情!

柳中庸

柳中庸(? —775)，名淡，以字行。京兆(今陕西西安)人，郡望河东解县(今山西永济)。柳宗元族叔。幼善属文，学通百氏，与兄并、弟中行均有文名。受学于萧颖士，颖士爱其才，以女妻之。中庸淡于名利，曾诏授洪府户曹，不就。与陆羽、皎然等交厚。《全唐诗》存诗十三首。

【汇评】

中庸，子厚之族，御史并之弟也。与弟中行，皆有文名，咸为官早死。(《唐诗纪事》)

此公七绝，亦体源于乐府，微嫌笔头太重，无轩轩霞举意。而五言轻艳，殆不减梁、陈间人。(《大历诗略》)

秋　怨

玉树起凉烟，凝情一叶前。
别离伤晓镜，摇落思秋弦。
汉垒关山月，胡笳塞北天。

不知肠断梦，空绕几山川？

【汇评】

《瀛奎律髓汇评》：纪昀：出语婉约，不失雅音。

寒食戏赠

春暮越江边，春阴寒食天。
杏花香麦粥，柳絮伴秋千。
酒是芳菲节，人当桃李年。
不知何处恨，已解入筝弦。

征　怨

岁岁金河复玉关，朝朝马策与刀环。
三春白雪归青冢，万里黄河绕黑山。

【汇评】

《大历诗略》：工对不板。洗发"怨"字偏壮丽。

《唐人万首绝句选评》：直写得出，气格亦好。

《诗境浅说续编》：四句皆作对语，格调雄厚。前二句言情；后二句写景，嵌"白"、"青"、"黄"、"黑"四字，句法浑成。

凉州曲二首（其一）

关山万里远征人，一望关山泪满巾。
青海戍头空有月，黄沙碛里本无春。

【汇评】

《唐诗绝句类选》：谢叠山曰：言北边戍役凄凉，此诗极矣。

《唐人绝句精华》：此亦写边塞之诗，不及王（按指王之涣《凉州词》）者，不免显露也。末句可作王诗之注。

江 行

繁阴乍隐洲，落叶初飞浦。

萧萧楚客帆，暮入寒江雨。

【汇评】

《唐人万首绝句选评》：只举目前，悠然无极，此阮亭所极模笔也。

《诗境浅说续编》：凡纯是写景之诗，贵有远韵馀味，方耐吟讽。此诗寓情于景，不仅写楚江烟雨也。

《唐人绝句精华》：诗写江行景物，读之自生旅途凄寂之感。

扬子途中

楚塞望苍然，寒林古戍边。

秋风人渡水，落日雁飞天。

蒋 洌

蒋洌,生卒年未详,常州义兴(今江苏宜兴南)人。父挺,乃高宗时宰相高智周外孙。登进士第,开元中,历侍御史、司封考功二员外郎。天宝中,历礼、吏、户三部侍郎,尚书左丞。安史乱起,陷贼,受伪职,后不知所终。《全唐诗》存诗七首。

古 意

冉冉红罗帐,开君玉楼上。
画作同心鸟,衔花两相向。
春风正可怜,吹映绿窗前。
妾意空相感,君心何处边?

【汇评】

《唐诗归》:谭曰:读之凄婉动人。

蒋　涣

蒋涣(？—约795)，常州义兴(今江苏宜兴南)人。蒋冽之弟。玄宗朝登进士第，历官吏部员外郎、郎中。天宝末，官给事中。安史乱起，陷贼，受伪职。永泰初，历鸿胪卿、右散骑常侍，迁工部侍郎。大历三年，转尚书左丞，出为华州刺史、镇国军潼关防御使。七年，检校礼部尚书、东都留守，知大历八、九、十年东都贡举，卒。《全唐诗》存诗五首。

途次维扬望京口寄白下诸公

北望情何限，南行路转深。

晚帆低荻叶，寒日下枫林。

云白兰陵渚，烟青建业岑。

江天秋向尽，无处不伤心。

【汇评】

《近体秋阳》：怆怳迢递，一结足征《大雅》。

沈千运

沈千运，生卒年不详，吴兴（今属浙江）人，居于汝北（约今河南临汝）。家贫，天宝中，屡举进士不第，游襄、邓间。又游濮上，与高适交游。年已五十，尚无寸禄，遂归隐。人称"沈四山人"或"沈四逸士"。肃宗时，备礼征召，辞不应，卒。千运工旧体诗，气格高古。乾元三年，元结编《箧中集》，以千运诗为首，赞其能"独挺于流俗之中"。《全唐诗》存诗五首。

【汇评】

风雅不兴，几及千岁，……近世作者，更相沿袭，拘限声病，喜尚形似，且以流易为词，不知丧于雅正。然哉彼则指咏时物，会谐丝竹，与歌儿舞女，生污惑之声于私室可矣，若今方直之士、大雅君子，听而诵之，则未见其可矣。吴兴沈千运，独挺于流俗之中，强攘于已溺之后，穷老不惑，五十馀年，凡所为文，皆与时异，故朋友后生，稍见师效，能侣类者，有五六人。（元结《箧中集序》）

千运，吴兴人。工旧体诗，气格高古，当时士流，皆敬慕之，号为"沈四山人"。（《唐才子传》）

沈千运刊落文言，冷然独写真意，元次山甚推重之。其同调有

王季友、于逖、孟云卿、张彪、赵微明、元融数人。(《唐音癸签》)

千运为诗，力矫时习，一出雅正……《箧中集》千运为之冠。(《历代五言诗评选》)

感怀弟妹

今日春气暖，东风杏花拆。

筋力久不如，却羡涧中石。

神仙杳难准，中寿稀满百。

近世多夭伤，喜见鬓发白。

杖藜竹树间，宛宛旧行迹。

岂知林园主，却是林园客！

兄弟可存半，空为亡者惜。

冥冥无再期，哀哀望松柏。

骨肉能几人，年大自疏隔。

性情谁免此，与我不相易。

唯念得尔辈，时看慰朝夕。

平生兹已矣，此外尽非适。

【汇评】

《唐诗归》：钟云：愁怀达识，迫成斥苦之音。忧乐两境，人俱读不得。

《载酒园诗话又编》：诗有一意透快，略不含蓄，不碍其为佳者，沈千运、孟云卿是也。沈之"近世多夭伤，喜见鬓发白"，孟之"为长心易忧，早孤意常伤"，语皆入妙。但读其全诗，皆羽声角调，无甚宫商之音。

《唐贤三昧集笺注》：使人不禁凄然("岂知"二句下)。　　质朴语对家人，得体("骨肉"二句下)。　　末段先获我心。

《历代诗发》：未免衰飒，然具见至情。

《唐诗别裁》：达人有此旷怀，千古愦愦，无人吐出（"岂知"二句下）。

赠史脩文

故人阻千里，会面非别期。

握手于此地，当欢反成悲。

念离宛犹昨，俄已经数期。

畴昔皆少年，别来鬓如丝。

不道旧姓名，相逢知是谁？

曩游尽骞翥，与君仍布衣。

岂曰无其才？命理应有时。

别路渐欲少，不觉生涕洟。

【汇评】

《汇编唐诗十集》：唐云：词近意远，是五古妙笔。

《网师园唐诗笺》：朴直写来，自饶真趣（"不道"二句下）。

《石园诗话》：《赠史脩文》："畴昔皆少年，别来鬓如丝。不道旧姓名，相逢知是谁。"《汝坟示弟妹》（按：《感怀弟妹》一作《汝坟示弟妹》）云："岂知园林主，却是园林客。""骨肉能几人，年大自疏隔。"皆能自抒胸臆，平昌孟云卿诗，祖述沈公者也。

山中作

栖隐非别事，所愿离风尘。

不辞城邑游，礼乐拘束人。

迩来归山林，庶事皆吾身。

何者为形骸，谁是智与仁？

寂寞了闲事，而后知天真。

咳唾矜崇华，迂俯相屈伸。

如何巢与由，天子不知臣？

【汇评】

《唐诗归》：谭云：用"庶事"字妙。　　钟云：直直吐出。

《汇编唐诗十集》：似陶所以为佳。此稍直，亦不落浅调。

《唐诗选脉会通评林》：周珽曰：此诗似鹤立危岩。

古　歌

北邙不种田，但种松与柏。

松柏未生处，留待市朝客。

【汇评】

《唐诗归》：钟云：读此诗后，觉眼中人人是鬼。

《唐诗归折衷》：吴敬夫云：为名利中人痛下鞭策。

《增订唐诗摘钞》：吊古伤今，读之令英雄气散。

《唐诗真趣编》：语极难听，然嗔不得。

王季友

王季友,生卒年不详,河南(今河南洛阳)人。家贫,少有才学,暗诵书万卷。曾游渭州、华阳、长安等地。与岑参、杜甫、钱起、郎士元等友善,为时辈推仰。广德初,官太子司议郎。李勉出镇洪州,季友参幕画,授监察御史,为副使。后不知所终。季友工诗,乾元三年,元结编沈千运等七人诗为《箧中集》,季友诗入选。有《王季友诗》一卷,已佚。《全唐诗》存诗十一首。

【汇评】

季友诗,爱奇务险,远出常情之外。然而白首短褐,良可悲夫!至如《观于舍人西亭壁画山水诗》:"野人宿在人家少,朝见此山谓山晓。半壁仍栖岭上云,开帘放出湖中鸟。"甚有新意。(《河岳英灵集》)

工诗,性磊浪不羁,爱奇务险,远出常性之外,白首短褐,崎岖士林,伤哉贫也!尝有诗云:"山中谁余密?白发日相亲。雀鼠昼夜无,知我厨廪贫。"又:"自耕自刈食为天,如鹿如麋饮野泉。亦知世上公卿贵,且养丘中草木年。"观其笃志山水,可谓远性风疏,逸情云上矣。(《唐才子传》)

钟云：此公有古骨古心，复有妙舌妙笔，然在盛唐不甚有诗名，为其少耳。又云：此君尤妙七言古，四诗骨色似岑嘉州，而笔舌松妙似过之。(《唐诗归》)

诗体逼古，始为真诗，然必穷而后工。盛唐多困穷苦节之士，如王季友家贫卖履为生，致其妻恶而欲弃之。……其为诗皆冲淡自然，淡而不厌，往往为当时名流所推重。(《唐诗选脉会通评林》)

王季友诗不多，在盛唐自是别调，亦非诸大家、名家之比。又如《箧中集》诸人，皆别调也。(《师友诗传续录》)

寄韦子春

> 出山秋云曙，山木已再春。
> 食我山中药，不忆山中人。
> 山中谁余密，白发日相亲。
> 雀鼠昼夜无，知我厨廪贫。
> 依依北舍松，不厌吾南邻。
> 有情尽弃捐，土石为同身。
> 夫子质千寻，天泽枝叶新。
> 余以不材寿，非智免斧斤。

【汇评】

《唐诗归》：钟云：真相交之言("不忆"句下)。　谭云：句法妙("山中"句下)。　忘情学草木，不如此句无心("知我"句下)。

《唐诗归折衷》：唐云：委曲有情，逸士真境。　吴敬夫云：世外人与要人往来，最难措词。不激不阿，占地步尽高，而交情亦全。

《载酒园诗话又编》："雀鼠昼夜无，知我厨廪贫"，俨然一阆仙矣。

《历代诗发》：即山木为喻，落落有致。

还山留别长安知己

出山不见家，还山见家在。
山门是门前，此去长樵采。
青溪谁招隐，白发自相待。
惟馀涧底松，依依色不改。

【汇评】

《唐诗归》：口头笔端，略无沾带（首四句下）。

代贺若令誉赠沈千运

相逢问姓名亦存，别时无子今有孙。
山上双松长不改，百家唯有三家村。
村南村西车马道，一宿通舟水浩浩。
涧中磊磊十里石，河上淤泥种桑麦。
平坡冢墓皆我亲，满田主人是旧客。
举声酸鼻问同年，十人六七归下泉。
分手如何更此地，回头不语泪潸然。

【汇评】

《汇编唐诗十集》：唐云：叙别叹逝，语语酸楚，恐《思旧赋》未必有此真切。

《唐风定》：兴深语浅，筋骨渐露，故为变风之始。

酬李十六岐

炼丹文武火未成，卖药贩屦俱逃名。

出谷迷行洛阳道,乘流醉卧滑台城。

城下故人久离怨,一欢适我两家愿。

朝饮杖悬沽酒钱,暮餐囊有松花饭。

于何车马日憧憧,李膺门馆争登龙。

千宾揖对若流水,五经发难如叩钟。

下笔新诗行满壁,立谈古人坐在席。

问我草堂有卧云,知我山储无儋石。

自耕自刈食为天,如鹿如麋饮野泉。

亦知世上公卿贵,且养丘中草木年。

【汇评】

《唐诗选脉会通评林》:周珽曰:人艳处独淡,人闹处独闲,自得之趣,恬泊天成。故铸辞非玉非石,爰变丹青;读之如饮玉液,令人体轻。

《载酒园诗话又编》:王季友诗磊块有筋骨,但亦附寒苦以见长。如"自耕自刈食为天,如鹿如麋饮野泉。亦知世上公卿贵,且养山中草木年",诚高出流辈。

宿东溪李十五山亭

上山下山入山谷,溪中落日留我宿。

松石依依当主人,主人不在意亦足。

名花出地两重阶,绝顶平天一小斋。

本意由来是山水,何用相逢语旧怀?

【汇评】

《汇编唐诗十集》:吴逸一云:俊笔快语,可想其人。　　唐云:一片落落衿怀,自然悠远真率。

《唐诗别裁》:直白语自是真境。

《网师园唐诗笺》：真景奇情。

观于舍人壁画山水

野人宿在人家少，朝见此山谓山晓。

半壁仍栖岭上云，开帘欲放湖中鸟。

独坐长松是阿谁？再三招手起来迟。

于公大笑向予说，小弟丹青能尔为。

【汇评】

《唐诗归》：钟云：看他字字是真，却字字是画。　　谭云：诗中光景，一片清明世界。

《唐诗镜》：笔底省净。

《唐诗选脉会通评林》：周珽曰：骨气浑穆，神情古朴，初盛典型。　　画主逸韵，题画主轻脱。唐人题画诗无过老杜善于模写，至如王季友《观于舍人画壁》，另有一段清奇丰骨。其"独坐长松是阿谁，再三招手起来迟"二句，说者谓比杜之《双松图》"松根胡僧憩寂寞，庞眉皓首无住著，遍袒右肩露两脚，叶里松子僧前落"四语更觉轻绝。然杜以幽事妙语忽忽通禅，王以认真描假悠悠入化，均非有灵心巧思不能下笔。若论篇局，唐仲言谓《双松图》太着相可厌，则此诗固虚摹可爱者。一结虽似诙谐，兴到不嫌涉幻。　　又曰：题画本虚，必藉浮语铺写，此却以真意出之，所以妙绝。然六语不真，使难以"大笑"说破。

《养一斋诗话》：季友诗最沉奥有古骨。然如《观于舍人壁画山水》诗云："独坐长松是阿谁？再三招手起来迟。于公大笑向予说，小弟丹青能尔为"，未免质而有俚气，灵而有稚气。

于 逖

于逖，生卒年里贯均未详。玄宗时人，久居大梁（今河南开封），白首未仕。与李白、李颀、高适、独孤及等友善。天宝十四载，萧颖士客韦城，肿生左胁，逖为求药治之。乾元三年，元结编沈千运等七人诗为《箧中集》，逖诗入选。《全唐诗》存诗二首。

【汇评】

独孤及、李白皆有诗赠之，盖天宝间诗人也。（《唐诗纪事》）

忆舍弟

衰门少兄弟，兄弟唯两人。

饥寒各流浪，感念伤我神。

夏期秋未来，安知无他因。

不怨别天长，但愿见尔身。

茫茫天地间，万类各有亲。

安知汝与我，乖隔同胡秦。

何时对形影，愤懑当共陈。

张　彪

张彪，生卒年不详，颍、洛间（约今河南登封一带）人。与孟云卿
为中表兄弟。工古调诗，善草书，性高洁，好神仙长生之事，人称"张
十二山人"。安史乱起，奉老母避乱隐居华阴，杜甫有诗寄之。乾元
三年，元结编沈千运等七人诗为《箧中集》，彪诗入选。《全唐诗》存诗
四首。

【汇评】

杜子美《寄张十二山人彪》诗云："独卧嵩阳客，三违颍水春。艰
难随老母，惨淡向时人。谢氏登山屐，陶公漉酒巾。群凶弥宇宙，此
物在风尘。历下辞姜被，关西得孟邻。且通交契密，晚接道流新。
静者心多妙，先生艺绝伦。草书何太古？诗兴不无神。曹植休前
辈，张芝更后身。数篇吟可老，一字买堪贫。"读子美诗则彪盖颍、洛
间静者，天宝末将母避乱，故子美以诗寄云。（《唐诗纪事》）

神　仙

神仙可学无？百岁名大约。

天地何苍茫，人间半哀乐。

浮生亮多惑，善事翻为恶。

争先等驰驱，中路苦瘦弱。

长老思养寿，后生笑寂寞。

五谷非长年，四气乃灵药。

列子何必待？吾心满寥廓。

【汇评】

《唐诗归》：钟云：写尽物情，可笑可感（"争先"句下）。　　又云："满"字说尽欲去不去，形留神往，千古人学仙光景如见（末句下）。

古别离

别离无远近，事欢情亦悲。

不闻车轮声，后会将何时？

去日忘寄书，来日乖前期。

纵知明当返，一息千万思。

【汇评】

《唐诗归》：钟云：有古诗之情。

《唐风定》：此已入东野境，气运升降即二诗可见。

赵微明

赵微明，生卒年不详，或作赵徵明，误。天水（今甘肃天水西南）人。工书，窦臮《述书赋》称之。乾元三年，元结编沈千运等七人诗为《箧中集》，微明诗入选。《全唐诗》存诗三首。

【汇评】

同在一时（按指与张众甫同时）者，有赵微明、于逖、蒋涣、元季川，俱山颠水涯，苦学贞士。名同兰茝之芳，志非银黄之术，吟咏性灵，陶陈衷素，皆有佳篇，不能湮落。（《唐才子传》）

（微明）见《箧中集》……沈千运以下诸诗，生趣独造，与元次山相近，故次山收入《箧中集》。（《唐诗别裁》）

回军跛者

既老又不全，始得离边城。
一枝假枯木，步步向南行。
去时日一百，来时月一程。
常恐道路旁，掩弃狐兔茔。

所愿死乡里，到日不愿生。

闻此哀怨词，念念不忍听。

惜无异人术，倏忽具尔形。

【汇评】

《对床夜语》：右赵微明《回军跛者》之诗，只读起句，不必看题目，亦必知为此诗矣。所谓"去时日一百，来时一月程"，则前月行军之速，今日被疾而归，曲见于此。又"所愿死乡里，到日不愿生"，百世之下，诵之犹惨然，其时可知也。结句用事尤著题，且有不尽之哀。

《唐诗归》：钟云：五字可笑可哭。谭云：与太白"如苍蝇声"四字读之，同一失笑（"一枝"句下）。　　谭云：比少陵《垂老别》、《羌村》诸诗更悲（"到日"句下）。

《唐诗别裁》：少陵每如此用笔，"反畏消息来"一种是也（"所愿"句下）。

挽歌词

寒日蒿上明，凄凄郭东路。

素车谁家子？丹旐引将去。

原下荆棘丛，丛边有新墓。

人间痛伤别，此是长别处。

旷野多萧条，青松白杨树。

【汇评】

《吴礼部诗话》引时天彝《唐百家诗选评》：（第六卷除李嘉祐、杨衡、雍裕之外）馀人多有奇语，沈千运、王季友尤老成。赵微明最为不显，《挽歌》长别之句，使人三叹，虽当时作者，不能过也。

元季川

元季川,生卒年不详,名融,以字行。河南(今河南洛阳)人,元结从弟,一云元结弟。天宝中,从结学习于商余山。乾元三年,结编沈千运等七人诗为《箧中集》,季川诗亦入选。《全唐诗》存诗四首。

【汇评】

季川,大历、贞元间诗人也。一曰季川名融,次山之弟也。次山作《处观》云:"季川曰:兟复不言,兟有意乎(兟,兄之别称也)?"(《唐诗纪事》)

泉上雨后作

风雨荡繁暑,雷息佳霁初。
众峰带云闲,清气入我庐。
飒飒凉飙来,临窥惬所图。
绿萝长新蔓,袅袅垂坐隅。
流水复檐下,丹砂发清渠。
养葛为我衣,种芋为我蔬。
谁是畹与畦?渺漫连野芜。

秦　系

秦系（约725—约805），字公绪，越州会稽（今浙江绍兴）人。天宝末举进士不第。至德中隐居剡溪。大历五年，薛嵩辟为右卫率府仓曹参军，辞不就。大历末，因与妻谢氏离异获谤，迁居泉州南安，结庐九日山，穴石为砚，注《老子》，弥年不出。刺史薛播往见之，岁时致牛酒。建中末，返会稽。贞元七年，徐州节度使张建封荐，就加校书郎。晚年隐居茅山，年八十余卒。与刘长卿、韦应物、戴叔伦、皎然等友善，唱和甚多。有《秦系诗》一卷。《全唐诗》编诗一卷。

【汇评】

（刘长卿）尝自以为“五言长城”，而公绪用偏伍奇师，攻坚击众，虽老益壮，未尝顿锋。词或约而旨深，类乍近而致远，若珩珮之清越相激，类组绣之元黄相发，奇采逸响，争为前驱。（权德舆《秦征君校书与刘随州唱和集序》）

系辞意清远，讽而不怨，有古诗人之风。一时与游者钱起、韦应物、刘长卿、鲍防、耿沨，皆知名士，独权德舆深爱之，非所谓大音希声、大味必淡者欤？（李昭玘《跋秦系诗》）

韦苏州与系诗：“莫道谢公方在郡，五言今日为君休。”韦公五

言独步一世,而怜才下士如此。(《后村诗话》)

隐君夙慕林丘,早怀旷度,但气过其文,遂乏华秀,外无清庙明堂之奏,内无逍遥御风之景,寥寥自得,亦可谓跨俗之致而已。至如"流水闲过院,春风与闭门",又"门前山色能深浅,壁上河光自动摇",山人景象模榻殆尽。(《唐诗品》)

刘长卿自谓"五言长城",系欲以偏师攻之。然诗格近幽涩,未之许也。(《唐诗别裁》)

公绪人品高,诗品中中,而权载之谓文房"五言长城",秦以偏师攻之,其亦别有意在耶?(《大历诗略》)

晚秋拾遗朱放访山居

不逐时人后,终年独闭关。
家中贫自乐,石上卧常闲。
坠栗添新味,寒花带老颜。
侍臣当献纳,那得到空山?

【汇评】

《瀛奎律髓》:五、六工。读唐人五言律诗,千变万化。贾岛是一样,张司业是一样。忽读此诗,又别是一样,无穷无尽奇妙。

《五朝诗善鸣集》:公绪五言虽好,"偏师"难敌"长城"。

《瀛奎律髓汇评》:纪昀:五句犹是小样范,六句方是诗人之笔。　　许印芳:六句义兼比、赋,故佳。

山中赠张正则评事

原注:系时授右卫佐,以疾不就。

终年常避喧,师事五千言。

流水闲过院，春风与闭门。

山茶邀上客，桂实落前轩。

莫强教余起，微官不足论。

【汇评】

《瀛奎律髓》：三、四自然，天下咏之。

《瀛奎律髓汇评》：冯舒：末句"不足论"，少蕴藉。　　　冯班：结句放诞，非德隐之言。　　　纪昀：三、四高唱，馀皆晚唐习径，结尤浅而尽。

《载酒园诗话又编》：秦系诗唯工写景，故能近人。其《赠张评事》作最佳。如"流水闲过院，春风与闭门"，颇有闲澹之趣。……其他悉有绮思，惜音节渐柔。

《石园诗话》：（秦系）《拾遗朱放访山居》云："侍臣当献纳，那得到空山？"《赠张评事》云："莫强教余起，微官不足论。"《献薛仆射》云："更乞大贤容小隐，益看愚谷有光辉。"人己之间，措辞各当，宜乎韦苏州亦推服之。

山中奉寄钱起员外兼简苗发员外

空山岁计是胡麻，穷海无梁泛一槎。

稚子唯能觅梨栗，逸妻相共老烟霞。

高吟丽句惊巢鹤，闲闭春风看落花。

借问省中何水部，今人几个属诗家？

献薛仆射 并序

系家于剡山，向盈一纪。大历五年，人或以其文闻于邺留守薛公。无何，秦系右卫率府仓曹参军。意所不欲，以疾辞免，因将命者,辄献斯诗。

> 由来那敢议轻肥,散发行歌自采薇。
>
> 逋客未能忘野兴,辟书翻遣脱荷衣。
>
> 家中匹妇空相笑,池上群鸥尽欲飞。
>
> 更乞大贤容小隐,益看愚谷有光辉。

【汇评】

《贯华堂选批唐才子诗》:看他绝和平,绝耿介,丰棱又不错,气质又不乖,真为天地间第一等人,作此第一等诗也(首四句下)。　看他高人下笔,不惜公然竟写出"光辉"二字,便知真正冰雪胸襟,了无下土尘滓。彼嵇叔夜《答山巨源书》纯是一段名士恶习,至今犹不烧之,何为也(末句下)!

《山满楼笺注唐诗七言律》:玩次句七字,竟是自画一幅逋客行乐图也,妙在首句,先将平日一片不忮不求心地和盘托出,见得我已忘世,世亦可以忘我矣。……浅人读之,必病其词之过卑,而不知闾阎气象正自洋溢于楮墨间也。

题茅山李尊师山居

> 天师百岁少如童,不到山中竟不逢。
>
> 洗药每临新瀑水,步虚时上最高峰。
>
> 篱间五月留残雪,座右千年荫老松。
>
> 此去人寰今远近,回看云壑一重重。

【汇评】

《瀛奎律髓》:张司业有云:"下药远求新熟酒,看山时上最高楼",与此暗合。第五句、六句亦称之。

《载酒园诗话又编》:"篱间五月留残雪,座右千年荫怪松",工丽中不失矫健。

《瀛奎律髓汇评》：纪昀：六句不及五句。

《山满楼笺注唐诗七言律》：七之一问，八之一答，总见得茅山最高最险，山居最幽最僻。

题僧明惠房

檐前朝暮雨添花，八十真僧饭一麻。

入定几时将出定？不知巢燕污袈裟。

【汇评】

《唐诗选脉会通评林》：周珽曰：世有是老僧，不妨日与参证玄理。盖秦山人耽老泉石，付世事于罔闻，巢燕污衣，又岂所知哉！此诗摹习静之僧，亦婉而隽。

任　华

> 　　任华，生卒年不详，涪城（今四川三台西北）人，郡望乐安（今山东高青南）。曾官秘书省校书郎，后隐居岩壑累年。为人狷介，傲岸不羁。严武镇西川，曾上书干谒，大历中至长安，又致书京兆尹贾至，责其恃才傲物，均无所回忌。大历十二年，在李昌巙桂林幕，后不知所终。华与杜甫、高适交游，又慕李白为诗，曾访之于长安，未遇。《全唐诗》存诗三首。

【汇评】

　　开元中，任华杂言有《寄李白》、《寄杜甫》及《怀素草书歌》三篇，极其变怪（下流至卢仝、刘叉杂言），然语实鄙拙，未足成家。盖其人质性狂荡，而识趣庸劣，心慕李、杜而不能，故其流至此耳。（《诗源辩体》）

　　《松石轩诗评》云："任华之作，如疾雷辋空，长风蹴浪，飞电沓影，重云满盈，倏开倏合，一朗一晦，凛耳叠目，吁可怪也！"愚谓华唯传寄李、杜及《怀素上人草书歌》三诗。……将李、杜学力性情，一一写得逼肖，如读两公本传，令人心目俱豁。《摭言》："华与庾中丞书曰：华本野人，尝思渔钓。寻常杖策，归乎旧山。非有机心，

致斯扣击。"是必狂狷之流,惜乎其爵里莫详也。(《石园诗话》)

寄李白

古来文章,有能奔逸气,耸高格,
清人心神,惊人魂魄,
我闻当今有李白。
大猎赋,鸿猷文,
嗤长卿,笑子云。
班张所作琐细不入耳,未知卿云得在嗤笑限。
登庐山,观瀑布,
海风吹不断,江月照还空,
余爱此两句。
登天台,望渤海,
云垂大鹏飞,山压巨鳌背,
斯言亦好在。
至于他作多不拘常律,振摆超腾,
既俊且逸。
或醉中操纸,或兴来走笔,
手下忽然片云飞,眼前划见孤峰出。
而我有时白日忽欲睡,睡觉欻然起攘臂。
任生知有君,君也知有任生未?
中间闻道在长安,及余庚止,
君已江东访元丹。
邂逅不得见君面,每常把酒,
向东望良久。
见说往年在翰林,胸中矛戟何森森。

新诗传在宫人口,佳句不离明主心。

身骑天马多意气,目送飞鸿对豪贵。

承恩召入凡几回,待诏归来仍半醉。

权臣妒盛名,群犬多吠声。

有敕放君却归隐沧处,高歌大笑出关去。

且向东山为外臣,诸侯交迓驰朱轮。

白璧一双买交者,黄金百镒相知人。

平生傲岸其志不可测,数十年为客,

未尝一日低颜色。

八咏楼中坦腹眠,五侯门下无心忆。

繁花越台上,细柳吴宫侧。

绿水青山知有君,白云明月偏相识。

养高兼养闲,可望不可攀。

庄周万物外,范蠡五湖间。

人传访道沧海上,丁令王乔每往还。

蓬莱径是曾到来,方丈岂唯方一丈。

伊余每欲乘兴往相寻,江湖拥隔劳寸心。

今朝忽遇东飞翼,寄此一章表胸臆。

倘能报我一片言,但访任华有人识。

【汇评】

《唐诗归》:谭云:词赋中旷世老识。　　钟云:班张琐细,实是真话,英雄口中乃敢说出,小儒乍舌("班张所作"句下)。　　钟云:"目送飞鸿"写得傲意蕴藉("目送飞鸿"句下)。　　钟云:三字傲得深妙("平生傲岸"句下)。

《放胆诗》:此君于李、杜二公倾倒至矣。其诗才气浩瀚超迈,不愧寄赠之作,而二公并无一言及之,何也?

严　武

严武(726—765)，字季鹰，华州华阴（今属陕西）人。严挺之之子，以门荫调补太原府参军。天宝末，为陇右节度使哥舒翰判官，累迁殿中侍御史。安史乱起，从玄宗入蜀。肃宗即位灵武，房琯荐为给事中。两京收复，为京兆少尹，河南尹。乾元元年，坐房琯党贬巴州刺史，迁东川节度使。上元二年，为成都尹、剑南西川节度使。宝应元年入朝，历京兆尹、户部侍郎、黄门侍郎，复拜成都尹、剑南节度使，卒于镇。武与杜甫交谊颇厚，甫流寓成都，得其照拂。《全唐诗》存诗六首。

【汇评】

季鹰最善少陵，笃于推信，故附离声诗，若有合辙。然有收入杜集者，如"莫倚善题鹦鹉赋，何须不著鵔鸃冠"，又"江头枫叶红愁客，篱外黄花菊对谁"，又"郡邑地卑饶雾雨，江河天阔足风涛"，兹皆善于拟近，谓优孟为真叔敖，可尔。（《唐诗品》）

此人妙绝，交有奇情，诗有奇趣，想老杜不错。（《唐诗归》）

题巴州光福寺楠木

楚江长流对楚寺，楠木幽生赤崖背。
临溪插石盘老根，苔色青苍山雨痕。
高枝闹叶鸟不度，半掩白云朝与暮。
香殿萧条转密阴，花龛滴沥垂清露。
闻道偏多越水头，烟生雾敛使人愁。
月明忽忆湘川夜，猿叫还思鄂渚秋。
看君幽霭几千丈，寂寞穷山今遇赏。
亦知钟梵报黄昏，犹卧禅床恋奇响。

【汇评】

《唐诗归》：此诗奇郁有异采，人偏不取，却专取其《军城早秋》一首。

《唐诗选脉会通评林》：周珽曰：说得楠木根本枝叶古异幽奇。……唐仲言则云：沉细而奇，信非常调。但《军城早秋》亦七绝响调，钟今何违众而去之？

《载酒园诗话又编》：《题巴州光福寺楠木》曰："看君幽霭几千丈，寂寞穷山今遇赏。亦知钟梵报黄昏，犹卧禅床恋奇响。"兴趣不俗，骨气亦尽高。武诗如此，宜其知少陵也。

巴岭答杜二见忆

卧向巴山落月时，两乡千里梦相思。
可但步兵偏爱酒，也知光禄最能诗。
江头赤叶枫愁客，篱外黄花菊对谁。
跂马望君非一度，冷猿秋雁不胜悲。

【汇评】

《唐诗归》：钟云：此老七言律反似胜诸名家，以淹贯中有生骨也。　　谭云：诗文带英雄气，自然不得烂熟。　　钟云："枫愁客"、"菊对谁"，顿挫有腕力（"江头赤叶"二句下）。

《唐诗选脉会通评林》：陈继儒曰：盛唐佳调，王、李未能无逊。

《唐诗归折衷》：有此等诗，才是子美石交，复不作间丘晓，二公俱有天幸。圣叹云：读先生此诗，始悟工部昔日相依，直是二人才力、学力自应分投至深，岂为草草交游而已哉！

《唐体馀编》：此正系思之事，暗承无迹（"也知光禄"句下）。　　景有馀景，情有馀情（末句下）。

《唐诗成法》：沉着雄浑，有英雄气。

《闻鹤轩初盛唐近体读本》：章长玉曰：起最波俏，五、六"枫"，"菊"二字是倒着句法，最生。落句因跂马便及猿雁，是缩合之法。

《唐诗近体》：罢脱顿挫，风骨胜人。

《唐七律隽》：直抒胸臆，绝不设色，自有一种真致。

《山满楼笺注唐诗七言律》：人既不来，而"冷猿秋雁"顾乃苦叫哀啼之不绝，其能以无悲耶？

军城早秋

昨夜秋风入汉关，朔云边月满西山。
更催飞将追骄虏，莫遣沙场匹马还。

【汇评】

《批点唐诗正声》：桂天祥曰：风格矫然，唐人塞下诸作为第一。

《唐诗广选》：田子艺曰：气概雄壮，武将本色。

《载酒园诗话又编》：《军城早秋》自写英雄本色耳。

《唐诗别裁》：英爽与少陵作鲁、卫。

《诗法易简录》：前二句写早秋，即切定军城；三四句就军城生意，又不能脱早秋。盖秋高马肥，正骄虏入寇时也。

《唐诗笺要》：绝类高达夫，结更气概雄伟，不掩大将本色。

《唐人万首绝句选评》：此等诗不必有深思佳论，只须字字饱绽，气格并胜。阮亭于此种多取之，而凡有意而气不完者，不入选。

《岘佣说诗》：意尽句中矣，而雄健可喜。

《诗境浅说续编》：上二句气势雄阔，后二句有誓扫匈奴之概。如王昌龄云："不破楼兰终不还"，少陵《和郑公》之"更夺蓬婆雪外城"，虽皆作豪语，而非手握军符。此作出自郑公，弥见儒将英风。

《唐人绝句精华》：首二句写军城秋景，三四句杀敌雄心。

韩　滉

韩滉(723—787),字太冲,京兆长安(今陕西西安)人。太子少师韩休之子,以门荫解褐左威卫骑曹参军。肃宗朝,自殿中侍御史三迁至吏部员外郎,转郎中。又历尚书右丞、户部侍郎,大历末,出为晋、苏二州刺史。建中二年,迁润州刺史、镇海军节度使。贞元元年,检校左仆射,加同平章事。二年,朝京师,卒。滉工书,善丹青,好《易》及《春秋》,著有《春秋通例》、《天文事序议》等,均佚。《全唐诗》存诗二首。

听乐怅然自述

万事伤心对管弦,一身含泪向春烟。
黄金用尽教歌舞,留与他人乐少年。

郑　锡

郑锡，生卒年里贯均未详。宝应二年登进士第，与大历诗人李端、司空曙等为友。《全唐诗》存诗十首。

送客之江西

乘轺奉紫泥，泽国渺天涯。

九派春潮满，孤帆暮雨低。

草深莺断续，花落水东西。

更有高唐处，知君路不迷。

【汇评】

《唐诗别裁》：着雨则帆重，体物之妙，在一"低"字。

《大历诗略》：颔联上句景阔，下句又极微，合读乃见佳妙。结意似讽。

古之奇

古之奇，生卒年里贯均未详。宝应二年（763）登进士第。大历中，曾为泾州马燧辟置幕府，李端有诗送之。建中四年，朱泚反，伪授兵部员外郎，后不知所终。《全唐诗》存诗一首。

【汇评】

工古调，足幽闲淡泊之思，婉而成章。得名艺圃，不泛然矣。（《唐才子传》）

秦人谣

微生祖龙代，却思尧舜道。

何人仕帝庭，拔杀指佞草。

奸臣弄民柄，天子恣衮抱。

上下一相蒙，马鹿遂颠倒。

中国既板荡，骨肉安可保？

人生贵年寿，吾恨死不早。

严　维

严维,生卒年不详,字正文,越州山阴(今浙江绍兴)人。天宝中,应举不第。至德二载,江东选补使崔涣下进士及第,又擢辞藻宏丽科,以家贫亲老,不能远离,授诸暨尉,时年已四十馀。后官金吾卫长史。大历中在越州,与鲍防等交游,又与郑概、裴晃等唱和,编为《大历年浙东联唱集》二卷,已佚。大历末,官河南尉。严郢为河南尹,辟在幕府。终官秘书郎。约建中中卒。有《严维诗》一卷。《全唐诗》编诗一卷。

【汇评】

(严维)诗情雅重,挹魏晋之风,锻炼铿锵,庶少遗恨。一时名辈,孰非金兰!(《唐才子传》)

维诗错综亦密,时出俊语,澄除泾渭,亦可远致。如"柳塘春水慢,花坞夕阳迟",又"野烧明山郭,寒更出县楼",又"夜静溪声近,庭寒月色深",皆有自然之态,神情疏畅,自不可少。(《唐诗品》)

中唐数十年间,亦自风气不同。其初,类于平淡中时露一人情切景之语,故读元和以前诗,大抵如空山独行,忽闻兰气,馀则寒柯荒阜而已。如严维"柳塘春水漫,花坞夕阳迟",诚为佳句;但上云

"窗吟绝妙辞",却鄙。余惟喜其《留别邹绍先刘长卿诗》:"中年从一尉,自慊此身非。道在甘微禄,时危耻息机。晨趋本郡府,昼掩故山扉。待得干戈毕,何妨更采薇!"颇有长厚之风。又"还家万里梦,为客五更愁",深切情事。"阳雁叫霜来枕上,寒山映月在湖中"、"渔浦浪花摇素壁,西陵树色入秋窗",时一神游,忽忽在目。(《载酒园诗话又编》)

酬王侍御西陵渡见寄

前年万里别,昨日一封书。
郢曲西陵渡,秦官使者车。
柳塘薰昼日,花水溢春渠。
若不嫌鸡黍,先令扫弊庐。

【汇评】

《近体秋阳》:结束紧跟颈联,轻逸风致,妙。"令"字骤读之,殊觉意思不出,熟味之煞有韵致,不冷淡、不逢迎,使二句望友临况之情婉转逼露。

酬刘员外见寄

苏耽佐郡时,近出白云司。
药补清羸疾,窗吟绝妙词。
柳塘春水漫,花坞夕阳迟。
欲识怀君意,明朝访楫师。

【汇评】

《六一诗话》:若严维"柳塘春水漫,花坞夕阳迟",则天容时态,融和骀荡,岂不如在目前乎?

《中山诗话》：人多取佳句为句图，特小巧美丽可喜，皆指咏风景、影似万物者尔，不得见雄材远思之人也。梅圣俞爱严维诗曰："柳塘春水漫，花坞夕阳迟。"固善矣，细较之，"夕阳迟"则系花，"春水漫"何须柳也？

《观林诗话》：颜鲁公云"夕照明村树"，僧清塞云"夕照显重山"，顾非熊云"斜日晒林桑"，杜牧云"落日羡楼台"，半山云"返照媚林塘"，皆不若严维"花坞夕阳迟"也。

《瀛奎律髓》：五、六全于"漫"字上、"迟"字上用工。

《唐诗摘钞》：三、四不但写其才调，并文房丰神都为绘出。五、六作二景语，见己之对景相怀也。

《瀛奎律髓汇评》：纪昀："漫"乃春融而水涨之貌。俗本讹为"慢"字，非惟合掌，亦令全句少味。然宋人诗话已作"慢"字，则其讹久矣。　　查慎行：五、六全于第五字用意。　　何义门：测水痕，候日影，五、六正含落句，不徒为体日景物语，故韵味深。

送人入金华

明月双溪水，清风八咏楼。
昔年为客处，今日送君游。

【汇评】

《唐诗摘钞》：气局完密，绝无一字虚致，几欲与"白日依山尽"作争衡；所逊者，兴象微不逮耳。

《唐人万首绝句选评》：绝句妙境多在转句生意，此诗转句入妙，觉上二句都有情。

《诗境浅说续编》：凡人昔年屐齿所经，积久渐忘，忽逢故友，重履前尘，遂使钩游陈迹，一一潮上心头。……人情恋旧，大抵相同。作者回首当年，双溪打桨，八咏登楼，宜有桑下浮屠之感也。

赠万经

万公长慢世,昨日又骧官。

纵酒真彭泽,论诗得建安。

家山伯禹穴,别墅小长干。

辄有时人至,窗前白眼看。

【汇评】

《近体秋阳》:一起一结,写尽万钟人品。有此起结,于中随意写描,无不凌虚造极。

送李端

故关衰草遍,离别正堪悲。

路出寒云外,人归暮雪时。

少孤为客早,多难识君迟。

掩泣空相向,风尘何所期?

【汇评】

《唐诗近体》:“少孤”句悲李,“多难”句自悲。“掩泪”二句,送。

《养一斋诗话》:“少孤”二句,皆字字从肺肝中流露,写情到此,乃为入骨。虽是律体,实《三百篇》、汉魏之苗裔也。

《诗境浅说》:诗为乱离送友,满纸皆激楚之音。前四句言岁寒送别,念征途之递迢,值暮雪之纷飞,不过以平实之笔写之。后半篇沉郁激昂,为作者之特色。

《唐宋诗举要》:沉至(“少孤”二句下)。

丹阳送韦参军

丹阳郭里送行舟，一别心知两地秋。

日晚江南望江北，寒鸦飞尽水悠悠。

【汇评】

《唐诗正声》：吴逸一评：离情缥缈。

《批点唐诗正声》：作诗妙处，正不在多道，如"日晚"二句，多少相思，都在此隐括内。

《唐诗选胜直解》：首一句完题面，后三句递生出一江之隔，故曰"两地"，曰"南""北"。"悠悠"则实写江水，送别之意渐深渐远，有味。

《唐人万首绝句选评》：只一"望"字见意，末句转入空际，却自佳。

《诗境浅说续编》：临水寄怀，不落边际，自有渺渺予怀之感。

顾　况

顾况(约727—820),字逋翁,自号华阳山人。云阳(今江苏丹阳)人,亦称苏州(今属江苏)或海盐(今属浙江)人。至德二载,登进士第。尝求知新亭监,又为盐铁从事,大历中眷盐潮州。建中中,以大理司直为润州节度使韩滉判官。与李泌、柳浑善,贞元三年,柳浑为相,荐为秘书郎。李泌为相,转著作佐郎。五年,泌卒,况作《海鸥咏》嘲诮权贵,贬饶州司户。后归吴,隐于茅山,卒年九十餘。有《顾况集》二十卷,已佚。后人辑有《顾华阳集》三卷行世。《全唐诗》编诗四卷。

【汇评】

吴中山泉,气状英淑怪丽,……君出其中间,翕轻清以为性,结冷汰以为质,煦鲜荣以为词。偏于逸歌长句,骏发踔厉,往往若穿天心,出月胁,意外惊人语非寻常所能及,最为快也。李白、杜甫已死,非君将谁与欤?(皇甫湜《唐故著作佐郎顾况集序》)

吴人顾况:词句清绝,杂之以诙谐,尤多轻薄。为著作郎,傲毁朝列,贬死江南。(《唐国史补》)

顾况志尚疏逸,近于方外。时辈招以好官,况以诗答之曰:"四

海如今已太平,相公何用唤狂生? 此身还侣笼中鹤,东望瀛洲叫一声。"(《南部新书》)

顾况诗多在元、白之上,稍有盛唐风骨处。(《沧浪诗话》)

况诗天才不足,而问辩有馀,虽有骨气,殊乏风采。其《补亡》诸诗,颇有流调可讽,然词旨不圆,终违机悟。晚居华山,自号华阳真逸。今观其诗,类非裁谢风尘,超脱凡径,此岂感觊于山灵者耶!(《唐诗品》)

唐人诸古体,四言无论,为骚者太白外,王维、顾况二家,皆意浅格卑,相去千里。(《诗薮》)

逋翁乐府歌行多奇趣,拟之青莲近似,但无逸气耳。……其稍平正可法者却高。(《大历诗略》)

顾逋翁歌行,邪门外道,直不入格。(《石洲诗话》)

观其气度之磊落,诗笔之骏发踔厉,语必惊人,正孔门中狂者,故自称狂生。翁尝称皇甫湜为杨雄、孟某,翁即杨雄、孟某矣。其祭陆端公文曰:"有书满屋,与人共分,破富为贫,好事日闻。"何胸次之豁达开朗如是也! 翁盖自写其郁抑不平之气,借友人为杯酒耳,非狂者而能作如是语乎?(查世沣《重刻顾华阳集序》)

其文体与顾亭林先生有间,而骨力之苍雄、志气之豪迈,踔厉峻发,不可一世。(贺桂龄《重订顾华阳集序》)

其源出于汤惠休,幽永善怀,如层波叠藻,虽渊澜未阔,而芳润相因。行路悲歌,扣乐府之嗓喉,傅齐梁之粉泽,六朝香草,犹胜晚季风华。(《三唐诗品》)

况乐府歌行颇著于时。其杂曲长短句以体质自高,微伤于直率。《补亡》、《拟古》诸作,犹落言诠。间作绝句宫词,则殊不减王建,然已逗晚唐之先。其乐府则齐梁也。(《诗学渊源》)

上古之什补亡训传十三章（选二首）

囝一章

《囝》，哀闽也。

囝生闽方，闽吏得之，

乃绝其阳。

为臧为获，致金满屋；

为髡为钳，如视草木。

天道无知，我罹其毒；

神道无知，彼受其福。

郎罢别囝，吾悔生汝。

及汝既生，人劝不举。

不从人言，果获是苦。

囝别郎罢，心摧血下。

隔地绝天，及至黄泉，

不得在郎罢前。

【汇评】

《蔡宽夫诗话》：呼儿为"囝"，父为"郎罢"，此闽人语也。顾况作《补亡训传》十三章，其哀闽之词曰："囝别郎罢心摧血。"况善谐谑，故特取其方言为戏，至今观者为之发笑。

《唐诗归》：钟云：冤号满纸（"彼受其福"句下）。　　又云：以其俚朴，反近风雅。　　谭云：缭绕之音，绝是乐府。

《唐音癸签》：此为唐阉宦作也。唐宦官多出闽中小儿私割者，号"私白"。诸道每岁买献之于朝，故当时号闽为中官区薮，备载唐书《宦官传》。时中贵人初秉权作焰。况诗若怜之，亦若简贱之,寓有微意在。

《载酒园诗话》：如顾况《哀囝》诗颇鄙朴。

《晚唐诗善鸣集》：一语一答,酸入心脾。作诗能引人泪下,方是至情所感。

《唐诗快》：此岂治平之世所宜有乎？今日闽中固不闻有是也,何唐时风化殊绝乃尔。

《唐诗别裁》：闽童亦人子,何罪而遭此毒耶？即事直书,闻者足戒。

采蜡一章

《采蜡》,怨奢也。荒岩之间,有以纩蒙其身,腰藤造险。及有群蜂肆毒,哀呼不应,则上舍藤而下沉壑。

采采者蜡,于泉谷兮。

煌煌中堂,烈华烛兮。

新歌善舞,弦柱促兮。

荒岩之人,自取其毒兮。

弃妇词

古人虽弃妇,弃妇有归处。

今日妾辞君,辞君欲何去？

本家零落尽,恸哭来时路。

忆昔未嫁君,闻君甚周旋。

及与同结发,值君适幽燕。

孤魂托飞鸟,两眼如流泉。

流泉咽不燥,万里关山道。

及至见君归,君归妾已老。

物情弃衰歇，新宠方妍好。

拭泪出故房，伤心剧秋草。

妾以憔悴捐，羞将旧物还。

馀生欲有寄，谁肯相留连？

空床对虚牖，不觉尘埃厚。

寒水芙蓉花，秋风堕杨柳。

记得初嫁君，小姑始扶床。

今日君弃妾，小姑如妾长。

回头语小姑，莫嫁如兄夫。

【汇评】

《诗薮》：杨用修谓中唐后无古诗，唯李端"水国叶黄时"、温庭筠"昨日下西洲"及刘禹锡、陆龟蒙四首。然温、李所得，六朝馀绪耳；刘、陆更远。唯顾况《弃妇词》，末六句颇佳。

《载酒园诗话又编》：顾况诗……终当以《弃妇词》为第一。如："记得初嫁君，小姑始扶床。今日君弃妾，小姑如妾长。回首语小姑，莫嫁如兄夫。"虽繁弦促节，实能使行云为之不流，庭花为之翻落。

《说诗晬语》：（《庐江小吏妻》）别小姑一段，悲怆之中，自足温厚。唐人《弃妇篇》直用其语云："忆我初来时，小姑始扶床。今别小姑去，小姑如我长。"下节去"殷勤养公姥，好自相扶将"，而忽转二语云："回头语小姑，莫嫁如兄夫。"轻薄之言，了无馀味。此汉唐诗品之分。

《历代诗发》：着意摹写，妙在转换自然。

《王闿运手批唐诗选》：盖刺其府主之作，嫌多直致。

乌啼曲二首（其一）

玉房掣锁声翻叶，银箭添泉绕霜堞。
毕逋拨剌月衔城，八九雏飞其母惊。
此是天上老鸦鸣，人间老鸦无此声。
摇风杂佩耿华烛，夜听羽人弹此曲，
东方曈曈赤日旭。

【汇评】

《汇编唐诗十集》：篇似两截，语复照映，说闺情不露，乐府正调。

公子行

轻薄儿，面如玉，紫陌春风缠马足。
双鞬悬金缕鹘飞，长衫刺雪生犀束。
绿槐夹道阴初成，珊瑚几节敌流星。
红肌拂拂酒光狞，当街背拉金吾行。
朝游冬冬鼓声发，暮游冬冬鼓声绝。
入门不肯自升堂，美人扶踏金阶月。

【汇评】

《对床夜语》：张祐《公子》诗云："红粉美人擎酒劝，锦衣年少臂鹰随。"公子之富贵可知已。顾况云："双鞬悬金缕鹘飞，长衫刺雪生犀束。"不过形容其车马衣服之盛月。然末句云："入门不肯自升堂，美人扶踏金阶月。"气象不侔矣。

《唐诗镜》：绝有意致。

《载酒园诗话又编》：《公子行》尚可观，如"红光拂拂酒光凝，当街背拉金吾行。朝游冬冬鼓声发，暮游冬冬鼓声绝。入门不肯自升堂,美人扶踏金阶月",如见膏粱纨裤之状也。

梁广画花歌

王母欲过刘彻家,飞琼夜入云軿车。
紫书分付与青鸟,欲向人间求好花。
上元夫人最小女,头面端正能言语。
手把梁生画花看,凝唧掩笑心相许。
心相许,为白阿娘从嫁与。

送别日晚歌

日窅窅兮下山,望佳人兮不还。
花落兮屋上,草生兮阶间。
日日兮春风,芳菲兮欲歇。
老不可兮更少,君何为兮轻别?

【汇评】

《批点唐音》:浅语自真。

《批点唐诗正声》:近骚,亦自成佳语。

《唐诗解》:此为妇人望夫之辞,以记君臣遇合之晚也。日既晚而望夫不至,已不胜其悲,又况花落草生,芳菲将尽乎?因谓老不可兮更少,君奈何轻为远别,不惜妾之盛年哉!况与李泌为方外友,德宗时泌为相,迁况著作郎,坐诗语调谑,贬饶州司户,此因思还朝而不可得,故以轻别为恨云。　　语虽浅,神韵不在右丞之下。

《汇编唐诗十集》:吴山民曰:情真语切,楚音之浅者。

《唐诗选脉会通评林》:郭濬曰:生离至感。　　晦庵曰:《日晚歌》者,唐著作郎顾况所作也。况诗有集,然皆不及其见于韦应物集者尤胜。归来子录其楚语三章,以为可与王维相上下,予读之信然。其《朝上清》者有曰:"秋为舟兮露为马,因乘之觞于瑶池之上兮,三先罗列而在下。"则意非维之所能及,然他语殊不近,故不得取,而独采此篇,以为气虽短而意若差健云。

《唐诗笺要》:读此,觉陈思念朱华,泉明恨殊世,虽寄托不同,驹隙感人,千古一辙。

行路难三首(其一)

君不见担雪塞井空用力,炊砂作饭岂堪食?
一生肝胆向人尽,相识不如不相识。
冬青树上挂凌霄,岁晏花凋树不凋。
凡物各自有根本,种禾终不生豆苗。
行路难,行路难,何处是平道?
中心无事当富贵,今日看君颜色好。

悲　歌 并序(选三首)

　　情思发动,圣贤所不免也。故师乙陈其宜,延陵审其音,理乱之所经,王化之所兴,信无逃于声教,岂徒文采之丽耶? 遂作歌以悲之。

其一

边城路,今人犁田昔人墓。
岸上沙,昔日江水今人家。
今人昔人共长叹,四气相催节回换,
明月皎皎入华池,白云离离渡霄汉。

【汇评】

《批点唐音》：说得感慨意尽。

《唐诗选脉会通评林》：顾璘曰：数语黯切，感慨特至。　　周启琦曰：悟得透，说得彻，灵心痛味，意味沉细。　　周珽曰："昔时江水今人家"，即"去年沙口是江心"转语也。"今人犁田昔人墓"，比"樵人时倒一抹松，野人渐踏成官道"更深惨矣。……月入华池、云渡青汉，味上觉有言外想头。

其二

我欲升天天隔霄，我欲渡水水无桥。

我欲上山山路险，我欲汲井井泉遥。

越人翠被今何夕，独立沙边江草碧。

紫燕西飞欲寄书，白云何处逢来客？

【汇评】

《唐诗别裁》：悠然神远。

其三

新系青丝百尺绳，心在君家辘轳上。

我心皎洁君不知，辘轳一转一惆怅。

【汇评】

《唐诗别裁》：言悃忱之无由上达也，总以微婉出之。

《养一斋诗话》：按《才调集》顾况《悲歌》四首，与《文粹》顾况《悲歌》三首，章句多少互异。愚谓当以《文粹》本为正。盖《文粹》本前有顾况自序，似为详核。……《文粹》本第二首云："新系青丝百尺绳，心在君家辘轳上。我心皎洁君不知，辘轳一转一惆怅。何处春风吹晓幕，江南渌水通朱阁。美人二八颜如花，泣向春风畏花落。临春风，听春鸟；别时多，见时少。愁人一夜不得眠，瑶井玉绳相对晓。"首尾宛转关生，完整一片，较之《才调》本以"新系青丝百尺绳"四句为一首，"何处春风惊晓幕"四句为一首，而又无"临春风"以下六句者，格韵实属过之。

春草谣

春草不解行，随人上东城。
正月二月色绵绵，千里万里伤人情。

【汇评】

《唐诗归》：钟云：妙在不添一语。

露青竹鞭歌

鲜于仲通正当年，章仇兼琼在蜀川。
约束蜀儿采马鞭，蜀儿采鞭不敢眠。
横截斜飞飞鸟边，绳桥夜上层崖颠。
头插白云跨飞泉，采得马鞭长且坚。
浮沤丁子珠联联，灰煮蜡楷光烂然。
章仇兼琼持上天，上天雨露何其偏。
飞龙闲厩马数千，朝饮吴江夕秣燕。
红尘扑辔汗湿鞯，师子麒麟聊比肩。
江面昆明洗刷牵，四蹄踏浪头枿天。
蛟龙稽颡河伯虔，拓羯胡雏脚手鲜。
陈闳韩幹丹青妍，欲貌未貌眼欲穿。
金鞍玉勒锦连乾，骑入桃花杨柳烟。
十二楼中奏管弦，楼中美人夺神仙，
争爱大家把此鞭。

禄山入关关破年，忽见扬州北邙前，
只有人还千一钱。
亭亭笔直无皴节，磨挦形相一条铁，
市头格是无人别。
江海贱臣不拘绁，垂窗挂影西窗缺。
稚子觅衣挑仰穴，家童拾薪几拗折。
玉润犹沾玉垒雪，碧鲜似染苌弘血。
蜀帝城边子规咽，相如桥上文君绝。
往年策马降至尊，七盘九折横剑门。
穆王八骏超昆仑，安用冉冉孤生根？
圣人不贵难得货，金玉珊瑚谁买恩！

【汇评】

《四溟诗话》：诗中罕用"血"字，用则流于粗恶。李长吉《白虎行》云"衮龙衣点荆卿血"，顾逋翁《露青竹鞭歌》云"碧鲜似染苌弘血"。二公妙于句法，不假调和，野蔬何以有味？

《唐诗归》：钟云：小小题，讽刺慷慨，胸中有故，莫作咏物看。

范山人画山水歌

山峥嵘，水泓澄，
漫漫汗汗一笔耕，一草一木栖神明。
忽如空中有物，物中有声。
复如远道望乡客，梦绕山川身不行。

【汇评】

《唐诗归》：钟云：题外异想，细思之，却又切题，妙在此中（末句下）。

《汇编唐诗十集》：唐云：形容语深细。

《唐诗选脉会通评林》：周启琦曰：山人画，遒翁歌，妙合人化。

《王闿运手批唐诗选》：有意钓奇，使人不测。

李供奉弹箜篌歌

国府乐手弹箜篌，赤黄絛索金镥头。
早晨有敕驾鸳殿，夜静遂歌明月楼。
起坐可怜能抱撮，大指调弦中指拨。
腕头花落舞衣裂，手下鸟惊飞拨剌。
珊瑚席，一声一声鸣锡锡；
罗绮屏，一弦一弦如撼铃。
急弹好，迟亦好，宜远听，宜近听。
左手低，右手举，易调移音天赐与。
大弦似秋雁，联联度陇关；
小弦似春燕，喃喃向人语。
手头疾，腕头软，来来去去如风卷。
声清泠泠鸣索索，垂珠碎玉空中落。
美女争窥玳瑁帘，圣人卷上真珠箔。
大弦长，小弦短，小弦紧快大弦缓。
初调锵锵似鸳鸯水上弄新声，入深似太清仙鹤游秘馆。
李供奉，仪容质，身才稍稍六尺一。
在外不曾辄教人，内里声声不遣出。
指剥葱，腕削玉，饶盐饶酱五味足。
弄调人间不识名，弹尽天下崛奇曲。
胡曲汉曲声皆好，弹著曲髓曲肝脑。
往往从空入户来，瞥瞥随风落春草。
草头只觉风吹入，风来草即随风立。

草亦不知风到来，风亦不知声缓急。

爇玉烛，点银灯，光照手，实可憎。

只照箜篌弦上手，不照箜篌声里能。

驰凤阙，拜鸾殿，天子一日一回见。

王侯将相立马迎，巧声一日一回变。

实可重，不惜千金买一弄。

银器胡瓶马上驮，瑞锦轻罗满车送。

此州好手非一国，一国东西尽南北，

除却天上化下来，若向人间实难得。

【汇评】

《唐诗归》：钟云：慢声缓节，贵在微语居要，便觉冗易处可略。　　钟云：矜重得妙（"在外不曾"句下）。　　谭云：寄情无谓（"光照手"二句下）。钟云："能"字妙在落得不稳（"不照箜篌"句下）。

《王闿运手批唐诗选》：故意用不可用字，却非"泥沙俱下"本领，怪物已矣，然非韩愈所能。

李湖州孺人弹筝歌

武帝升天留法曲，凄情掩抑弦柱促。
上阳宫人怨青苔，此夜想夫怜碧玉。
思妇高楼刺壁窥，愁猿叫月鹦呼儿。
寸心十指有长短，妙入神处无人知。
独把梁州凡几拍，风沙对面胡秦隔。
听中忘却前溪碧，醉后犹疑边草白。

【汇评】

《载酒园诗话又编》：顾况诗极有气骨，但七言长篇，粗硬中时杂鄙句，惜有高调而非雅音。……唯《弹筝歌》尚佳，如"独抱梁州只几拍,风沙对面胡秦隔。听中忘却前溪碧,醉后犹疑边草白。"真在"新系青丝百尺绳"之上,不宜轶去。

送行歌

送行人,歌一曲,何者为泥何者玉?
年华已向秋草里,春梦犹传故山绿。

洛阳早春

何地避春愁? 终年忆旧游。
一家千里外,百舌五更头。
客路偏逢雨,乡山不入楼。
故园桃李月,伊水向东流。

【汇评】

《瀛奎律髓》:三、四妆砌甚佳,不觉为俳。第六句尤可喜。

《唐诗选脉会通评林》:周珽曰:中四句承首句,言见春愁之无可避也。末二句承次句,见旧游之长在忆。盖况苏州人,因在洛阳而思故乡,指伊水之流,见人之不如也。

《唐诗快》:春愁难避,无过于此。

《唐三体诗评》:落句亦有别趣。

《唐诗成法》:一春,二情;三承二,四承一;五承一,六承二;结句明点洛阳,何地作客也。三忆旧游,四客夜,六忆旧游,五何地春愁,皆虚写,结方出题。三、四是夜忆,五、六是昼忆。

《瀛奎律髓汇评》:何义门:落句亦有别趣。　　纪昀:三、四偶然凑泊,不可刻意效之。

《大历诗略》:起五字飘洒,落句不粘。"故园月"却转入身客洛阳,虚度光阴,用笔何婉而善变也!

闲居自述

荣辱不关身,谁为疏与亲?
有山堪结屋,无地可容尘。
白发偏添寿,黄花不笑贫。
一樽朝暮醉,陶令果何人!

【汇评】

《近体秋阳》:此诗浅淡矜贵,绝不标奇,而高出天外,不特为此道《广陵散》,要亦终唐无二作也。　　又曰:辟如明霞洞渊,几使人不能流览,不敢临照。

溪　上

采莲溪上女,舟小怯摇风。
惊起鸳鸯宿,水云撩乱红。

【汇评】

《唐诗镜》:景趣佳绝,令人肠断。

归山作

心事数茎白发,生涯一片青山。
空林有雪相待,古道无人独还。

【汇评】

《批点唐音》:语短意长。

《唐诗解》:笑白发则心事不知,归青山则生涯有寄,是以甘心寂寞此滨耳。岂逋翁被谪归华山而作欤！

过山农家

板桥人渡泉声，茅檐日午鸡鸣。

莫嗔焙茶烟暗，却喜晒谷天晴。

题叶道士山房

水边垂柳赤栏桥，洞里仙人碧玉箫。

近得麻姑音信否？浔阳江上不通潮。

【汇评】

《三体唐诗》：虚接体。

《升庵诗话》：妙品。

《唐诗选脉会通评林》：陈继儒曰：言山房景事，居然仙家，与世迥别。第神仙杳寞，向无接见之者，道士岂授其书箓也？后二句设为疑问，见仙事有之，凡人俗骨，莫作玄虚之想。 周珽曰：潮至浔阳而回，诗意谓道路不通，恐麻姑音信难遇。 又曰：用麻姑事只是以方平比道士耳，或云有所讥，恐凿。麻姑抚州人，抚州近浔阳，故云然。

《唐诗快》：此山房必在匡庐、彭蠡之间，不然何以向浔阳而问麻姑书信？

山　中

野人爱向山中宿，况在葛洪丹井西。

庭前有个长松树，夜半子规来上啼。

【汇评】

《艺苑卮言》：贾岛"三月正当三十日"与顾况"野人自爱山中宿"同一法，以拙起，唤出巧意，结语俱堪讽咏。

《唐诗解》：诗意谓本爱山中宿，况仙境之胜？然不可留者，以庭树啼鹃牵客思也。盖逷翁苏州人者，客越。

《唐三体诗评》：笔力矫变，至第四句方掣转，小才不敢也。

听角思归

故园黄叶满青苔，梦后城头晓角哀。

此夜断肠人不见，起行残月影徘徊。

【汇评】

《唐诗解颐》："思归"二字见于题而藏于诗，有旨哉！

《唐诗绝句类选》：蒋仲舒曰：此结真可断肠，足见无聊之态。

《唐诗解》：故园荒芜而归期未卜，梦后角声倍添客思，况独愁人莫见之，起行与残月徘徊，无聊甚也。

《唐诗选脉会通评林》：陈继儒曰：故园荒芜，归期未卜，角声悲惨，客思凄凉，梦起盘桓，残月空照，此时情况，何能独堪？妙在"人不见"三字，见伤心自知之耳。

《孙适斋评阅唐人小诗》：首句是梦中境，是插法，看"梦破"二字甚明。

《唐人万首绝句选评》：有伤心不语之致。

宫词五首（选二首）

其二

玉楼天半起笙歌，风送宫嫔笑语和。

月殿影开闻夜漏,水精帘卷近银河。

【汇评】

《唐诗选脉会通评林》:吴山民曰:前二句可欣可羡,后两句但写景而情具妙备。　　徐用吾曰:只用一"秋"字,便含多少言外意。

《唐诗笺要》:宫词多作怨望,此独不然,当是遁翁特地出脱处。

《大历诗略》:此亦追忆华清旧事。

《唐人万首绝句选评》:在宫词中,此首恰当行。

《唐诗三百首》:此诗不言怨情,而怨情显露言外。若无心人,安得于夜深时,犹在此间一一闻之悉而见之明耶?

《诗境浅说续编》:首二句言笑语笙歌,传从空际,当是咏骊山宫殿,故远处皆闻之。后二句但言风传玉漏,帘卷银河,而《霓裳》歌舞,自在清虚想象之中。

其四

九重天乐降神仙,步舞分行踏锦筵。

嘈囋一声钟鼓歇,万人楼下拾金钱。

湖　中

青草湖边日色低,黄茅嶂里鹧鸪啼。

丈夫飘荡今如此,一曲长歌楚水西。

【汇评】

《唐诗解颐》:写得丈夫气概。

《唐诗广选》:李于麟曰:一曲长歌,不失丈夫故步。

《唐诗选脉会通评林》:徐中行曰:感慨切至。　　敖英曰:

末二句无限悲慨。陈继儒曰：此伤湖中风气之恶，而自叹其飘泊也。然悲歌慷慨，终有狂奴故态也。

宿昭应

武帝祈灵太乙坛，新丰树色绕千官。
那知今日长生殿，独闭山门月影寒！

【汇评】

《批点唐音》：讽意高。

《唐诗解》：上联状昔之繁华，下联见今之寂寞，所以讥玄宗祈祷无益也。

《唐诗直解》：不胜古昔之感，"那知"字，"独"字，皆切要。

《唐诗选脉会通评林》：敖英曰：首二句自昔日言，后二句自今日言，与李约"君王游乐"、吴融"渔阳烽火"二诗相似。　　郭濬曰：感讽处扫却人兴。胡次焱曰：祈灵徼福，以觊不死，今独闭空山，唯有月影，仙安在哉？后之君人者睹此，则汗漫不经之说可以尽扫。规警之意寓于言外。

《唐诗摘钞》：次句想见当日扈从之盛，较王维"青山尽是朱旗绕"语特隐秀。三、四二语今昔对照，自是不堪回首。李约诗"玉辇升天人已尽，故宫犹有树长生"，讽求仙不效，此地空有树名长生耳。此诗亦与同意，只用"长生殿"隐隐寓讽，含意更深。

《大历诗略》：气调忽似龙标。

《唐诗笺要》：极写冷落，见明皇前番逸豫祈祷都属枉然。……吊古须有此体格方为真切，李、吴二作（按指李约、吴融所作《华清宫》诗）逊此首浑雄。

《网师园唐诗笺》：讽刺含蕴藉（末二句下）。

《唐人万首绝句选评》：此刺求仙也。长生殿闭，求长生者安在哉！

《唐人绝句精华》：此诗讽求仙也，德宗服胡僧长生药，暴疾不救，其后宪宗复服方士柳泌金丹药死。诗借汉武求长生以讽时君，三、四句讽意甚明。山门月寒，神仙安在，然则长生殿中人之梦可醒矣。

叶上题诗从苑中流出

花落深宫莺亦悲，上阳宫女断肠时。
君恩不闭东流水，叶上题诗寄与谁？

【汇评】

《本事诗》：顾况在洛，乘间与三诗友游于苑中，坐流水上，得大梧叶，题诗上曰："一入深宫里，年年不见春。聊题一片叶，寄与有情人。"况明日于上游，亦题叶上，放于波中，诗曰："花落深宫莺亦悲……"后十馀日，有人于苑中寻春，又于叶上得诗，以示况，诗曰："一叶题诗出禁城，谁人酬和独含情？自嗟不及波中叶，荡漾乘春取次行。"

《苕溪渔隐丛话》引《艺苑雌黄》：（除记上述事外）又，卢渥舍人应举京师，偶临御沟。见一红叶，上有一绝云："流水何太急，深宫尽日闲。殷勤谢红叶，好去到人间。"卢得之藏于巾篋。及宣宗有旨，出宫人，许其从人。卢独获其退宫者，睹红叶吁怨。问之，曰："当时偶题，不谓君得之也。"《青琐（高议）》乃互窜二事，合为一传，曰《流红记》，仍托他人姓名。呜呼！孰谓小说而可尽信乎？

早春思归有唱竹枝歌者坐中下泪

渺渺春生楚水波，楚人齐唱竹枝歌。
与君皆是思归客，拭泪看花奈老何！

耿 沣

耿沣,生卒年不详,河东(今山西永济)人。宝应二年登进士第,授盩厔尉。大历中登朝为左拾遗,曾奉使往江淮检括图书。大历末、贞元初,贬为许州司法参军,卒。沣工诗,为"大历十才子"之一,与戴叔伦、卢纶、司空曙、李端等均有唱和。有《耿沣诗集》二卷。《全唐诗》编诗二卷。

【汇评】

沣,宝应元年进士,为左拾遗。诗有"家贫童仆慢,官罢友朋疏",世多传之。(《唐诗纪事》)

沣大历中左拾遗,诗平正。(《瀛奎律髓》)

诗才俊爽,意思不群。似沣等辈,不可多得。(《唐才子传》)

沣诗不深琢判,而格调自胜;不加绘饰,而词旨自华。古诗数篇,颇近魏晋。要之,生有高性而寡夙学者也。然当世学子,虽复精思远诣,固当心灵相下。(《唐诗品》)

耿拾遗诗举体欲真。"家贫僮仆慢,官罢友朋疏",浅言偏深世情。《上第五相公》八韵,宛致可悯,时讶其不当作,何也?(《唐音癸签》)

耿沣诗善传荒寂之景,写细碎之事,故钟、谭表章皆当,无失人者。(《载酒园诗话又编》)

耿拾遗诗意境稍平,音响渐细,而说情透漏,尚不减卢允言诸子。(《大历诗略》)

其源出于孟浩然、刘长卿,淡霭春云,渊澄秋水。"长云迷一雁,渐远向南声",则发端神远,虽犹常语,自足缘情。《发南康》一首,乃大似小谢。(《三唐诗品》)

发南康夜泊灉石中

倦客乘归舟,春溪杳将暮。
群林结暝色,孤泊有佳趣。
夜山转长江,赤月吐深树。
飒飒松上吹,泛泛花间露。
险石俯潭涡,跳湍碍沿溯。
岂唯垂堂戒,兼以临深惧。
稍出回雁峰,明登斩蛟柱。
连云向重山,杳未见钟路。

【汇评】

《唐诗选脉会通评林》:周敬曰:首四句夜泊,次四句极言"有佳趣"。又四句述灉石中临险当慎,后四句即南康胜境,以足夜泊情思。描抹生动,韵致历落。

之江淮留别京中亲故

长云迷一雁,渐远向南声。
已带千霜鬓,初为万里行。

繁虫满夜草,连雨暗秋城。

前路诸侯贵,何人重客卿?

【汇评】

《汇编唐诗十集》:唐云:下字俱新,调不甚浅。

《唐风定》:高浑如此,起语尚协前规。

早　朝

钟鼓馀声里,千官向紫微。

冒寒人语少,乘月烛来稀。

清漏闻驰道,轻霞映琐闱。

犹看嘶马处,未启掖垣扉。

【汇评】

《唐诗解》:此于常情翻出新意,所以变盛为中。

《唐诗选脉会通评林》:周敬曰:作冠裳诗难得清峭如此,比摩诘《早朝》诗隽永。王只"柳暗百花明",起句妙耳。

《汇编唐诗十集》:唐云:初唐浮,盛唐浑,中唐切,读此诗可见。

《唐诗观澜集》:较盛唐人早朝诗,即知其工力之悬绝。近寒瘦,亦是真景("冒寒"二句下)。

《瀛奎律髓汇评》:冯舒:较岑、杜,次联便觉寒俭。　　陆贻典:三、四佳句也,然较之嘉州、工部,便觉气象寒俭。落句好,与"回看射雕处,千里暮云平"一列。　　何义门:尚未入朝,故只叙"早"字。题无大明宫字样,不得执贾、杜、王、岑讥其寒俭也。末二句钩勒甚清。　　纪昀:后四句颇有晏朝之讽,非写景也。许印芳:此评是,妙在浑含不露。　　无名氏(乙):清映无蒙气。

春日即事二首（其二）

数亩东皋宅，青春独屏居。
家贫僮仆慢，官罢友朋疏。
强饮沽来酒，羞看读了书。
闲花开满地，惆怅复何如！

【汇评】

《瀛奎律髓》：荆公选唐诗不取此首，岂谓三、四浅近？然实近人情。孟浩然"多病故人疏"，尤有气耳。"沽来"、"读了"等字，格卑。

《汇编唐诗十集》：山居鼓吹，幽细可赏。

《瀛奎律髓汇评》：纪昀：浅近之语，有不近人情者。杜荀鹤"势败奴欺主，时衰鬼弄人"句，何尝非实语乎？谓格卑，此论却是。　无名氏（甲）：又有《登第诗》："童仆生新敬"，即此意也。

赋得沙上雁

衡阳多道里，弱羽复哀音。
还塞知何日？惊弦乱此心。
夜阴前侣远，秋冷后湖深。
独立汀洲意，宁知霜霰侵。

【汇评】

《载酒园诗话又编》：《沙雁》篇尤有寄托。中联云："还塞知何日？惊弦乱此心。夜阴前侣远，秋冷后湖深。"读之令人凄然。

邠州留别

终岁山川路,生涯总几何?
艰难为客惯,贫残受恩多。
暮角寒山色,秋风远水波。
无人见惆怅,垂鞚入烟萝。

【汇评】

《网师园唐诗笺》:经历语("艰难"二句下)。　　看其用"寒"字、"远"字,可见炼句法("暮角"二句下)。

酬畅当

同游漆沮后,已是十年馀。
几度曾相梦,何时定得书?
月高城影尽,霜重柳条疏。
且对尊中酒,千般想未如。

【汇评】

《唐诗分类绳尺》:中唐音调类如此。

《唐诗选脉会通评林》:周珽曰:语意郑重。

《载酒园诗话又编》:"几度曾相梦,何时定得书?"酷似怀人之绪。

宋 中

百战无军食,孤城陷虏尘。
为伤多易子,翻吊浅为臣。

漫漫东流水,悠悠南陌人。
空思前事往,向晓泪沾巾。

送王润

相送临汉水,怆然望故关。
江芜连梦泽,楚雪入商山。
语我他年旧,看君此日还。
因将自悲泪,一洒别离间。

【汇评】

《删正二冯先生评定才调集》:纪云:一气浑成,风骨绝高,于此书为别调。

奉和李观察登河中白楼

城上高楼飞鸟齐,从公一递蹑丹梯。
黄河曲尽流天外,白日轮轻落海西。
玉树九重长在梦,云衢一望杳如迷。
何心更和阳春奏?况复秋风闻战鼙。

【汇评】

《唐体馀编》:不必张皇,气局自大("黄河曲尽"二句下)。

暗收五、六,即带和诗("何心更和"句下)。

上将行

萧关扫定犬羊群,闲阁层城白日曛。
栎上骅骝嘶鼓角,门前老将识风云。

旌旗四面寒山映,丝管千家静夜闻。

谁道古来多简册? 功臣唯有卫将军。

【汇评】

《贯华堂选批唐才子传》:灭胡后却已是"闭阁",写上相威德千言不尽者,此便只以二字了之,真是奇情大笔也。……三、四写战马,写老将,又妙。若只用来写灭胡,便神彩亦有限,今却用来写"闭阁",其神彩真乃无限。……五写四郊多备,六写内地燕乐,便翻古文"出则方叔召虎,入则周公、召公"二语来作好诗,妙妙。"莫道"下十二字为一句,言古人未可独步于前也。

《五朝诗善鸣集》:有壮气,又有清气。壮处续盛唐之灯,清处启中唐之径。

送友人游江南

远别悠悠白发新,江潭何处是通津?

潮声偏惧初来客,海味唯甘久住人。

漠漠烟光前浦晚,青青草色定山春。

汀洲更有南回雁,乱起联翩北向秦。

【汇评】

《唐诗选脉会通评林》:周珽曰:生情。妙在"偏"、"唯"二字。

《唐三体诗评》:三、四逼出,第六暗藏"别"字,结句点破。

《唐诗成法》:不作客,不知其妙;不近海,亦不知也。三、四警策。

秋　日

反照入闾巷,忧来与谁语?

古道无人行,秋风动禾黍。

【汇评】

《批点唐诗正声》:浅语自觉摇落,佳句!佳句!

《增定评注唐诗正声》:郭云:布景萧寂,只一句入情,妙妙!

《唐诗广选》:感慨语,却冷然。

《唐诗训解》:只言落日秋风,便见无人。

《唐诗解》:摹写索居之况,情景凄然。

《唐诗选脉会通评林》:闲雅多神韵。

《而庵说唐诗》:前二句是巷无居人,后二句是空谷足音。睹此秋日,能无离索之感?

《唐人绝句精华》:二十字中有一片秋天寥沉之气。

秋 夜

高秋夜分后,远客雁来时。
寂寞重门掩,无人问所思。

古 意

虽言千骑上头居,一世生离恨有馀。
叶下绮窗银烛冷,含啼自草锦中书。

【汇评】

《载酒园诗话》:此诗直而温,怨而不怒,当共《秋日》诗为集中之冠。

《唐诗笺注》:"一世生离",恨极之语。"叶下"二句,再就独夜言之。

《唐诗笺要》:撇过差强人意一层,倍益凄然,恨深。"千骑"、

"一世",意中自分低昂,妙。

《唐人绝句精华》:诗言"千骑上头居"之荣,不能偿"一世生离"之苦。与王昌龄"闺中少妇"一首略同,彼写春朝,此言秋夜也。

戎　昱

戎昱，生卒年不详，荆南(今湖北江陵)人，或云扶风(今陕西兴平东南)人。曾佐颜真卿幕。宝应元年，经滑州、洛阳赴长安，遇王季友，同作《苦哉行》。卫伯玉镇荆南，辟为从事。大历中，入湖南崔瓘幕，后又佐桂管李昌夔幕。建中中，返长安，供职御史台。贬为辰州刺史，后又官虔州刺史，贞元十三年左右在任，卒。有《戎昱集》五卷，已佚。《全唐诗》存诗一卷。

【汇评】

戎昱在盛唐为最下，已滥觞晚唐矣。戎昱之诗有绝似晚唐者。(《沧浪诗话》)

戎昱稍为后辈，多军旅离别之思，造语益巧，用意益浅矣。(《吴礼部诗话》引时天彝《唐百家诗选评》)

昱诗在盛唐，格气稍劣，中间有绝似晚作。然风流绮丽，不亏政化，当时赏音，喧传翰苑，固不诬矣。(《唐才子传》)

戎使君诗，锐情古作，力洗时波。当时作者类以质木自胜，君独远扬风力，近郁天藻，词既流美，复协声调。《苦哉行》、《泾州出师》等作，铿然金石之奏，虽越石感乱，明远戍边，何以过之？后之

论者,多采列新声而忽古意,混称于建中以后作者,不几听乐而卧诸鸿蒙者乎?(《唐诗品》)

戎昱诗在中唐,矫矫拔俗,⋯⋯诸篇靡不深情远致,清丽芊眠。(《十三唐人诗》)

戎昱、戴叔伦诗,品既不高,体又不健,只以指事陈词婉切动人,不可谓非唐音之凤好者。(《大历诗略》)

戎昱诗亦卑弱,《沧浪诗话》谓"昱在盛唐为最下,已滥觞晚唐"是也。然戎昱赴卫伯玉之辟,当是大历初年,其为刺史,仍在建中时,应入中唐,不应入盛唐。(《石洲诗话》)

其源出于邱希范、庾子山,蒨骨清言,达情婉至。律绝清新,自是中唐本色,而天然韵骨,含态生恣,大历之常词,乃晚唐之极思也。(《三唐诗品》)

其诗辞旨清拔,多感慨之作。乐府尤以气质胜;七律则承子美之遗规,开白傅之先河矣。(《诗学渊源》)

塞下曲(选三首)

其一

惨惨寒日没,北风卷蓬根。

将军领疲兵,却入古塞门。

回头指阴山,杀气成黄云。

其四

晚渡西海西,向东看日没。

傍岸砂砾堆,半和战兵骨。

单于竟未灭,阴气常勃勃。

其五

城上画角哀，即知兵心苦。

试问左右人，无言泪如雨。

何意休明时，终年事鼙鼓！

【汇评】

《历代诗发》：无一毫做作，最得古意。

苦哉行五首（选三首）

原注：宝应中过滑州、洛阳后同王季友作。

其一

彼鼠侵我厨，纵狸授梁肉。

鼠虽为君却，狸食自须足。

冀雪大国耻，翻是大国辱。

膻腥逼绮罗，砖瓦杂珠玉。

登楼非骋望，目笑是心哭。

何意天乐中，至今奏胡曲。

【汇评】

《批点唐音》：语用乐府，虽清可以观风。

其二

官军收洛阳，家住洛阳里。

夫婿与兄弟，目前见伤死。

吞声不许哭，还遣衣罗绮。

上马随匈奴，数秋黄尘里。

生为名家女，死作塞垣鬼。

乡国无还期，天津哭流水。

其四

妾家清河边，七叶承貂蝉。

身为最小女，偏得浑家怜。

亲戚不相识，幽闺十五年。

有时最远出，只到中门前。

前年狂胡来，惧死反生全。

今秋官军至，岂意遭戈铤？

匈奴为先锋，长鼻黄发拳。

弯弓猎生人，百步牛羊膻。

脱身落虎口，不及归黄泉。

苦哉难重陈，暗哭苍苍天！

【汇评】

《载酒园诗话又编》：戎有《苦哉行》写暴兵之虐甚工。如"去年狂胡来，惧死翻生全。今秋官军至，岂意遭戈铤"。真为酸鼻。

汉上题韦氏庄

结茅同楚客，卜筑汉江边。

日落数归鸟，夜深闻扣舷。

水痕侵岸柳，山翠借厨烟。

调笑提筐妇，春来蚕几眠？

【汇评】

《唐诗归》：六句以后，皆以幽事写出闲情。

《唐诗评选》：不可谓弱者必俗也，中晚诗如此类者，去《国风》不远。

早　梅

一树寒梅白玉条,迥临村路傍溪桥。

应缘近水花先发,疑是经春雪未销。

【汇评】

《宣和书谱》:(昱)作字有楷法,其用笔类段季展,然筋骨太刚,殊乏婉媚,故雅德者避之。尝自书其自作《早梅》诗云:"应缘近水花先发,疑是经春雪未消"。岂有得于此者?宜其字特奇崛,盖是挟胜气以作之耳。

移家别湖上亭

好是春风湖上亭,柳条藤蔓系离情。

黄莺久住浑相识,欲别频啼四五声。

【汇评】

《本事诗》:韩晋公镇浙西,戎昱为部内刺史。郡有酒妓,善歌,色亦媚妙,昱情属甚厚。浙西乐将闻其能,白晋公召置籍中。昱不敢留,饯于湖上,为歌词以赠之,且曰:"至彼令歌,必首唱是词。"既至,韩为开筵,自持杯命歌送之,遂唱戎词。曲既终,韩问曰:"戎使君于汝寄情邪?"悚然起立,曰:"然。"言随泪下。韩令更衣待命,席上为之忧危。韩召乐将责曰:"戎使君名士,留情郡妓,何故不知而召置之,成余之过!"乃笞之。命与妓百缣,即时归之,其词曰:"好去春风湖上亭……"。

《唐诗绝句类选》:末二句言禽鸟犹知惜别,而所居交情亦良薄矣,与杜子美"岸花飞迷客,墙燕语留人",皆风刺深厚,意在言外。

《唐诗选脉会通评林》：周珽曰：极情极语。情也,吾见其厚；语也,吾见其秀。超轶绝伦之诗。

《古唐诗合解》：句句推开,句句牵扯,妙绝。

《而庵说唐诗》：二句句法交互移换,有如此之妙,诗家丘壑,和盘托出(末二句下)。

《网师园唐诗笺》：辞意俱不尽。

客堂秋夕

隔窗萤影灭复流,北风微雨虚堂秋。
虫声竟夜引乡泪,蟋蟀何自知人愁？
四时不得一日乐,以此方悲客游恶。
寂寂江城无所闻,梧桐叶上偏萧索。

【汇评】

《批点唐诗正声》：如此诗岂不佳,但气格伤卑弱,后人屡屡爱此,遂成晚唐。

《批选唐诗》：情景逼真。

古　意

女伴朝来说,知君欲弃捐。
懒梳明镜下,羞到画堂前。
有泪沾脂粉,无情理管弦。
不知将巧笑,更遣向谁怜？

【汇评】

《载酒园诗话又编》：宛然如见伍举辞荆,廉颇去赵,真使逋臣羁客闻之泣下。

听杜山人弹胡笳

绿琴胡笳谁妙弹？山人杜陵名庭兰。

杜君少与山人友，山人没来今已久。

当时海内求知音，嘱付胡笳入君手。

杜陵攻琴四十年，琴声在音不在弦。

座中为我奏此曲，满堂萧瑟如穷边。

第一第二拍，泪尽蛾眉没蕃客。

更闻出塞入塞声，穹庐毡帐难为情。

胡天雨雪四时下，五月不曾芳草生。

须臾促轸变宫徵，一声悲兮一声喜。

南看汉月双眼明，却顾胡儿寸心死。

回鹘数年收洛阳，洛阳士女皆驱将。

岂无父母与兄弟？闻此哀情皆断肠。

杜陵先生证此道，沈家祝家皆绝倒。

如今世上雅风衰，若个深知此声好。

世上爱筝不爱琴，则明此调难知音。

今朝促轸为君奏，不向俗流传此心。

【汇评】

《大历诗略》：扼定胡琴，语无泛设，其兴酣落笔，如风雨杂遝而来，不减东川作，宜乎沧溟亟称之。

咏　史

汉家青史上，计拙是和亲。

社稷依明主，安危托妇人。

岂能将玉貌,便拟静胡尘!

地下千年骨,谁为辅佐臣?

【汇评】

《云溪友议》:宪宗皇帝朝,以北狄频侵边境,大臣奏议:古者和亲之有五利,而日无千金之费。上曰:"比闻有一卿能为诗,而姓氏稍僻,是谁?"……(侍臣答是戎昱)上悦曰:"朕又记得《咏史》一篇,此人若在,便与朗州刺史。武陵桃源,足称诗人之兴咏。"圣旨如此稠叠,士林之荣也。其《咏史》诗云:"汉家青史内,计拙是和亲……"。上笑曰:"魏绛之功,何其懦也!"大臣公卿遂息和戎之论矣。

《诗镜总论》:叙事议论,绝非诗家所需,以叙事则伤体,议论则费词也。然总贵不烦而至,如《棠棣》不废议论,《公刘》不无叙事,如后人以文体行之,则非也。戎昱"社稷依明主,安危托妇人"、"过因谗后重,恩合死前酬",此亦议论之佳者矣。

《唐诗近体》:议论正而不迂,锤炼工而不滞。

《瀛奎律髓汇评》:冯班:名篇。亦是议论耳,气味自然不同。意气激昂,不专作板论,所以为唐人。　　查慎行:与崔涂《过昭君故宅》寄慨略同。五、六太浅。　　纪昀:太直太尽,殊乖一唱三叹之旨。

《小清华园诗谈》:贤愚不分,不足以论人;是非不辨,不足以论事;取舍不明,不足以御事变而服人心。是故太冲《咏史》,其是非颇不乖人心所同然;嗣宗《咏怀》,其予夺几可继《春秋》之笔削。他如陶题甲子,见受禅之非宜;谢过庐陵,雪沉冤于既死。此后唯杜工部……等作,读之可见其经济之实学,笔削之微权焉。他如"汉家青史上,计拙是和亲"……数诗,亦其后劲者矣。

云梦故城秋望

故国遗墟在,登临想旧游。
一朝人事变,千载水空流。
梦渚鸿声晚,荆门树色秋。
片云凝不散,遥挂望乡愁。

【汇评】

《近体秋阳》:浩洁高老,古致蔚尔,末联更感怆摇曳,自是登临至作。

《历代诗发》:句句感伤。

辰州闻大驾还宫

闻道銮舆归魏阙,望云西拜喜成悲。
宁知陇水烟销日,再有园林秋荐时!
渭水战添亡虏血,秦人生睹旧朝仪。
自惭出守辰州畔,不得亲随日月旗。

江城秋霁

霁后江城风景凉,岂堪登眺只堪伤!
远天蟠蛛收残雨,映水鸬鹚近夕阳。
万事无成空过日,十年多难不还乡。
不知何处销兹恨,转觉愁随夜夜长。

霁 雪

风卷寒云暮雪晴,江烟洗尽柳条轻。

檐前数片无人扫,又得书窗一夜明。

【汇评】

《升庵诗话》:暗用孙康事,妙。

《网师园唐诗笺》:熟事虚用。

《载酒园诗话又编》:升庵不满于戎,余观其集,……好诗尚多。即如升庵所称《霁雪》诗,亦甚佳。

秋馆雨后得弟兄书即事呈李明府

弟兄书忽到,一夜喜兼愁。

空馆复闻雨,贫家怯到秋。

坐中孤烛暗,窗外数萤流。

试以他乡事,明朝问子游。

【汇评】

《瀛奎律髓》:第四句佳甚。

《瀛奎律髓汇评》:纪昀:意格稍薄,而不失雅则。尾句"子由"未详,《全唐诗》作"子游",亦未详。以意推之,当是"少游"。马援南征忆少游语,正弟兄事也。　　无名氏(甲):自此由盛而中而晚,虽才力不同,未可追工部之高躅,而典型自在,从无江西派之畔规越矩,庶乎学者犹可得其门而入也!

塞下曲

汉将归来虏塞空,旌旗初下玉关东。
高蹄战马三千匹,落日平原秋草中。

【汇评】

《唐诗笺注》:凯歌得意之曲,却以悲凉语出之,塞下景色如见。

《唐人绝句精华》:写战罢归来,便具雄浑气象。

采莲曲二首(其二)

浣阳女儿花满头,鸗鸗同泛木兰舟。
秋风日暮南湖里,争唱菱歌不肯休。

【汇评】

《唐人绝句精华》:写南湖采莲,自觉风光细腻。……诗人但因物赋形,随境设藻,自成名篇。

塞上曲

胡风略地烧连山,碎叶孤城未下关。
山头烽子声声叫,知是将军夜猎还。

旅次寄湖南张郎中

寒江近户漫流声,竹影临窗乱月明。
归梦不知湖水阔,夜来还到洛阳城。

【汇评】

《四溟诗话》：诗有简而妙者,亦有简而弗佳者。武元衡"梦逐春风到洛城",不如顾况(按当为戎昱)"归梦不知湖水阔,夜来还到洛阳城"。

窦叔向

窦叔向(？—约780)，字遗直，平陵(今陕西咸阳西北)人，郡望扶风(今陕西兴平东南)。至德初，游江西，受知于连帅皇甫侁。后曾为租庸使从事、州防御判官。历官太子通事舍人、国子博士。大历中，自江阴令召为左拾遗、内供奉。与常衮友善；十四年，常衮贬官，叔向亦出为溧水令，卒。叔向工五言诗，大历中，名冠流辈。有《窦叔向集》七卷，已佚。《全唐诗》存诗九首，残句二。

【汇评】

诗法谨严，又非常格。一流才子，多仰飙尘。(《唐才子传》)

五窦之父叔向，当代宗朝，善五言诗，名冠流辈。时属贞懿皇后山陵，上注意哀挽，即时进三章，内考首出，传诸人口，有"命妇羞蘋叶，都人插柰花"，"禁兵环素帟，宫女哭寒云"之句，可谓传唱。而略无一首传于今，荆公《百家诗选》亦无之，是可惜也。予尝得故吴良嗣家所抄唐诗，仅有叔向六篇，皆奇作，念其不传于世，今悉录之。(《窦氏联珠集序》)

过担石湖

晓发渔门戍,晴看担石湖。

日衔高浪出,天入四空无。

尺寸分洲岛,纤毫指舳舻。

渺然从此去,谁念客帆孤?

【汇评】

《五朝诗善鸣集》:盛唐声调。

《近体秋阳》:只极湖之浩漾淼茫,而翩然过于首尾,作法老彻。

《网师园唐诗笺》:常景写来出奇("日衔"二句下)。

《龙性堂诗话初集》:杜"星垂平野阔,月涌大江流",又"野流行地日,江入度山云",说得江山气魄与日月争光,罕有及者。……窦叔向"日衔高浪出,天入四空无",李义山"池光不受月,野气欲沉山",差足颉颃。

夏夜宿表兄话旧

夜合花开香满庭,夜深微雨醉初醒。

远书珍重何曾达?旧事凄凉不可听。

去日儿童皆长大,昔年亲友半凋零。

明朝又是孤舟别,愁见河桥酒幔青。

【汇评】

《唐诗选脉会通评林》:周敬曰:好起结,中本真情,不费斧凿。不知者以为太直致。

《贯华堂选批唐才子诗》:"珍重"下接"何曾"妙,"何曾"上加

"珍重"妙。此亦人人常有之事，偏能写得出来也。五、六是人人同有之事，是人人欲说之话，不叹他写得出来，叹他写来挑动。"明朝又别"四字，隐然言他日再归，便是儿童亦已凋零，亲友并无半在也。可不谓之大哀也哉！

《五朝诗善鸣集》：此诗章法一句紧似一句，无凑泊散缓之病，作意可师。

《近体秋阳》：收结惓切动情，迥异寻常晤对，妙。

《小清华园诗谈》：七律发端倍难于五言，如杜员外"今年游寓独游秦，愁思看春不当春"之奥折，钱员外"二月黄鹂飞上林，春城紫禁晓阴阴"暨卢允言"东风吹雨过青山，却望千门草色闲"之幽秀，刘得仁"御林闻有早莺声，玉槛春香九陌晴"之朗润，窦叔向"夜合花开香满庭，夜深微雨酒初醒"之闲逸，……尚可备脱胎换骨之用。然但宜师其势，不当仿其意。

窦　常

窦常(746—825),字中行,平陵(今陕西咸阳西北)人,郡望扶风(今陕西兴平东南)。大历十四年,登进士第。父叔向卒,遂卜居扬州之柳杨,疏泉种树,隐几著书。贞元十四年,成德军节度使王武俊辟掌书记,不就。淮南节度使杜佑奏授校书郎,为节度参谋,后历泉府从事,由协律郎迁监察御史里行。元和中,佐薛苹、李众湖南幕,为团练判官、副使。入朝为侍御史、水部员外郎。八年,出为朗州刺史,转夔、江、抚三州刺史,后除国子祭酒致仕。有文集十八卷,已佚。大中中,褚藏言编常兄弟五人诗为《窦氏联珠集》,今存。《全唐诗》存诗二十六首。

【汇评】

　　常兄弟五人,联芳比藻,词价霭然,法度风流,相距不远。且俱陈力王事,膺宠清流,岂怀玉迷津区区之比哉!后人集其所著诗通一百首为五卷,名《窦氏联珠集》,谓若五星然。(《唐才子传》)

之任武陵寒食日途次松滋渡先寄刘员外禹锡

杏花榆荚晓风前,云际离离上峡船。

江转数程淹驿骑，楚曾三户少人烟。

看春又过清明节，算老重经癸巳年。

幸得柱山当郡舍，在朝长咏卜居篇。

【汇评】

《韵语阳秋》：（窦）常历武陵、夔、江、抚四州刺史，所谓"看春又过清明节，算老重经癸巳年"者，将之武陵到松滋渡之所作也。

《唐诗成法》：结用掉笔法，妙！

七　夕

露盘花水望三星，仿佛虚无为降灵。

斜汉没时人不寐，几条蛛网下风庭。

窦　牟

窦牟(749—823),字贻周,平陵(今陕西咸阳西北)人,望出扶风(今山西兴平东南)。贞元二年登进士第,授秘书省校书郎,东都留守崔纵辟为巡官。又历河阳、昭义从事,再为东都留守判官,自协律郎累迁至检校都官郎中。元和五年,登朝为虞部郎中,转洛阳令、都官郎中、泽州刺史,迁国子司业,卒。有文集十卷,已佚。大中中,褚藏言编牟兄弟五人诗为《窦氏联珠集》,今存。《全唐诗》存诗二十一首。

【汇评】

(牟)奇文异行,闻于京师。舅给事中袁高,当时专重名,甄拔甚多,而牟未尝干谒,竟捷文场。(《唐才子传》)

奉诚园闻笛

曾绝朱缨吐锦茵,欲披荒草访遗尘。

秋风忽洒西园泪,满目山阳笛里人。

【汇评】

《唐诗解》:此因笛声兴感,伤马氏之微,见德宗待功臣之薄也。

《唐诗正声》：吴逸一评：感深知己，一字一泪。叠用故事，略无痕迹，更见炉锤之妙。论其声调，又逼盛唐。

《唐诗选脉会通评林》：末句唤起一章慨思，妙妙！

《唐人万首绝句选评》：精警圆亮，绝调也。

窦　群

窦群(760—814)，字丹列，平陵(今陕西咸阳西北)人，郡望扶风
(今陕西兴平东南)。初，隐居毗陵。贞元十年，诏征天下隐居丘园不
求闻达之士，郡守韦夏卿表荐之，不报。十八年，夏卿为京兆尹，复荐
之，授左拾遗，迁侍御史知杂。永贞中，自驾部员外郎出为唐州刺史。
元和初，入为吏部郎中，迁御史中丞。三年，与吕温、羊士谔撼拾宰相
李吉甫阴事告之，辞多不实，贬黔中观察使。坐十洞蛮反，贬开州刺
史，移容管经略使。诏还朝，道卒。大中中，褚藏言编群兄弟五人诗
为《窦氏联珠集》，今存。《全唐诗》存诗二十三首。

【汇评】

群与兄常、牟、弟庠、巩，皆为郎，工词章，为《联珠集》行于时，
义取昆弟若五星然。(《唐诗纪事》)

唐窦常、牟、群、庠、巩兄弟五人，四人擢进士，独群客隐毗陵，
因韦夏卿屡荐始入仕，皆诗人也。……兄弟中独群诗稍低，又不得
举进士，而位反居上。巩诗有《放鱼诗》云："好去长江千万里，不须
辛苦上龙门"，岂非为群而言乎？(《韵语阳秋》)

初入谏司喜家室至

一旦悲欢见孟光，十年辛苦伴沧浪。

不知笔砚缘封事，犹问佣书日几行。

【汇评】

《唐诗选脉会通评林》：周珽曰：宋人喜议论，往往不深谕。唐人主于性情，使隽永有味，然后为胜。如此诗言简意尽，使措大评之，则以窦氏内室为不解事妇人矣。

《碛砂唐诗》：谦曰：句句是喜极语，妙！

窦庠

窦庠(约767—约828),字胄卿,平陵(今陕西咸阳西北)人,郡望扶风(今陕西兴平东南)。初应进士举,后罢举为金商防御使判官,授国子主簿。永贞元年,韩皋镇武昌,辟为节度推官,权知岳州。元和三年,皋移镇润州,庠亦随之,为殿中侍御史,度支副使。迁漳州刺史。七年,范传正奏为宣歙团练副使,历奉天令、登州刺史。长庆中,韩皋留守东都,奏为汝州防御判官。后迁信州刺史。大和初,转婺州,卒。大中中,褚藏言编庠兄弟五人诗为《窦氏联珠集》,今存。《全唐诗》存诗二十一首。

【汇评】

(庠)平生工文甚苦,著述亦多,今并传之。(《唐才子传》)

庠为五字诗,颇得其妙。(《唐人绝句精华》)

金山行

西江中濡波四截,涌出一峰青堞堞。

外如削成中缺裂,阳气发生阴气结。

是时炎天五六月，上有火云下冰雪。
夜色晨光相荡沃，积翠流霞满坑谷。
龙泓彻底沙布金，鸟道插云梯瞪玉。
架险凌虚随指顾，榱桷玲珑皆固护。
翰流倒景不可窥，万仞千崖生趾步。
日华重重上金榜，丹楹碧础真珠网。
此时天海风浪清，吴楚万家皆在掌。
琼楼菌阁纷明媚，曲槛回轩深且邃。
海鸟夜上珊瑚枝，江花晓落琉璃地。
有时倒影沉江底，万状分明光似洗。
不知水上有楼台，却就波中看闭启。
舟人忘却江水深，水神误到人间世。
欻然风生波出没，灌濩晶莹无定物。
居人相顾非人间，如到日宫经月窟。
信知灵境长有灵，住者不得无仙骨。
三神山上蓬莱宫，徒有丹青人未逢。
何如此处灵山宅，清凉不与嚣尘隔。
曾到金山处处行，梦魂长羡金山客。

陪留守韩仆射巡内至上阳宫感兴二首（其二）

愁云漠漠草离离，太乙句陈处处疑。
薄暮毁垣春雨里，残花犹发万年枝。

【汇评】

《韵语阳秋》：《巡内》一绝云："愁云漠漠草离离……"，造句亦
可谓秀整矣。

《唐人万首绝句选评》：写出荒寒，真有黍离之感。

《诗境浅说续编》：咏前朝遗构者，访铜雀而寻残瓦，过隋苑而问迷楼，皆易代之后，沧桑凭吊。若洛中之上阳宫，则兴废仅数十年事，正朔未更，离宫垂圮，宜过客兴周道之嗟。同时窦巩亦有诗云："寂寂天桥车马绝，寒鸦飞入上阳宫。"一言春雨垣空，仅馀残萼；一言天桥人散，飞入寒鸦，皆有百年世事之悲也。

《唐人绝句精华》：诗描绘出一幅废宫荒苑之状。次句言旧日池台、后宫皆不能辨，故处处可疑。昔日繁华，惟此万年枝上之残花而已。盖高宗晚年常在此宫听政，则天传位太子后，亦居此。诗人巡视至此，不免有感，故曰"感兴"。

窦 巩

窦巩(769—831),字友封,平陵(今陕西咸阳西北)人,郡望扶风(今陕西兴平东南)。元和二年登进士第,授校书郎,为袁滋滑州、江陵二府掌书记。元和末,入薛平青州幕,官掌书记、判官、副使,累迁大理评事、监察殿中侍御史、检校祠部员外郎。宝历元年,随薛平入朝,除侍御史,迁司勋员外郎判度支、刑部郎中。大和四年,元稹出镇武昌,奏为观察副使,检校秘书少监、兼御史中丞。五年,北归,卒。大中中,褚藏言编巩及其兄五人诗为《窦氏联珠集》,今存。《全唐诗》存诗三十九首。

【汇评】

窦氏五昆皆能诗,友封(巩)尤长绝句,为元、白所称。(《窦氏联珠集序》)

乐天与微之书云:君兴有馀力,且与仆悉索还往诗中,取其尤长者,如张十八古乐府,李二十新歌行(绅也),卢、杨二秘书律诗(贞与巨源),窦七(巩也)、元八绝句,博考精掇,编而次之,号《元白往还诗集》。众君子得拟议于此者,莫不踊跃欢喜,以为盛事。(《唐诗纪事》)

早秋江行

回望滟城远，西风吹荻花。

暮潮江势阔，秋雨雁行斜。

多醉浑无梦，频愁欲到家。

渐惊云树转，数点是晨鸦。

【汇评】

《瀛奎律髓》：大醉则必无梦，诗人自来不曾说到，与予心暗合，盖非常醉者不能知也。今江州西溯地名盘塘，近兴国军港口，即有神鸦迎船，人与饭肉，唐以来固然矣。老杜《湖南》诗云"迎棹舞神鸦"，兼峡中亦如此。

《瀛奎律髓汇评》：纪昀：五、六警策，对句即"近乡情更怯，不敢问来人"之意。七句"渐惊"二字从"频愁"生出。

襄阳寒食寄宇文籍

烟水初销见万家，东风吹柳万条斜。

大堤欲上谁相伴？马踏春泥半是花。

【汇评】

《唐诗摘钞》：言外见怀宇文意。与杜牧"二十四桥明月夜，玉人何处教吹箫"同意，皆羡彼地之行乐，而己不得与也。

宫人斜

离宫路远北原斜，生死恩深不到家。

云雨令归何处去？黄鹂飞上野棠花。

《唐诗品汇》：谢云：宫人承恩幸之时，朝云暮雨，尽态极妍。而今不知在何处，但见墟墓之旁，听黄鹂之声，观海棠之色。宫人之音容与草木禽鸟同一澌尽，亦可哀矣。

《唐诗选脉会通评林》：周敬曰：悲悼。

《诗境浅说续编》：此诗吊宫人埋玉之地，深为致慨。窦有《南游感兴》诗云："日暮东风春草绿，鹧鸪飞上越王台。"一咏黄鹂，一咏鹧鸪，皆言鸟啼花落，惆怅遗墟，所谓"飞鸟不知陵谷变"也。后人习用之，遂成套语，而在中唐时作者，自有一种苍茫之感。

《唐人绝句精华》："生死"句写尽宫女一生惨事，盖一选入宫，则生死皆不得到家也。

代邻叟

年来七十罢耕桑，就暖支羸强下床。
满眼儿孙身外事，闲梳白发对残阳。

【汇评】

《唐人绝句精华》：此诗描画出劳动人民勤劳一生之形象。

南游感兴

伤心欲问前朝事，惟见江流去不回。
日暮东风春草绿，鹧鸪飞上越王台。

【汇评】

《优古堂诗话》：唐窦巩有《南游感兴》诗，……盖用李太白《览古》诗意也。李云："越王句践破吴归，义士还家尽锦衣。宫女如花满春殿，只今惟有鹧鸪飞。"

《注解选唐诗》：此诗只四句，无限情思。故国旧都，人更物换，过而悲者，莫不踌躇而凄惨。非巧心妙手，不能模写。

《批点唐诗正声》：伤调，绝处尤佳。

杨郇伯

　　杨郇伯，生卒年里贯均未详。窦常有《途中立春寄杨郇伯》诗，知为德宗时人。《全唐诗》存诗一首。

送妓人出家

尽出花钿与四邻，云鬟剪落厌残春。
暂惊风烛难留世，便是莲花不染身。
贝叶欲翻迷锦字，梵声初学误梁尘。
从今艳色归空后，湘浦应无解佩人。

【汇评】

　　《优古堂诗话》：唐顾陶大中丙子编《唐诗类选》，载杨郇伯作《妓人出家》诗，……《湘山野录》乃谓本朝（按指宋朝）申国长公主为尼，掖廷嫔御随出家者三十馀人，太宗诏两禁各以诗送之，陈彭年作诗八句。今考其诗，与杨郇伯所作一同，首句"尽出花钿散宝津"一句不同。岂后人改郇伯诗而托以彭年之名，而文莹又不考之过邪？

《贯华堂选批唐才子诗》：尽出花钿者，剪落云鬟也；剪落云鬟者，心厌残春也。"残春"，"残"字妙！已识尽春滋味矣，亦有限春滋味矣！三、四便是如来一切种智语，所谓"放下屠刀，立地成佛"也。　　五、六，在唐人本是佳句，近今乃纯作此言，便成恶道。……云何是近今恶道？如"贝叶"与"锦字"，"梵声"与"梁尘"，专取两误，以为巧妙，于是乃至一题作数十首不自休也。

《秋窗随笔》：岐王宫有侍儿出家为比丘尼者，张公稽仲赋诗云："六尺轻罗染曲尘，金莲稳步衬湘裙。从今不入襄王梦，剪尽巫山一朵云。"不及杨郇伯《伎人出家诗》云："贝叶欲翻迷锦字，梵声初落误梁尘"二句工妙。

《山满楼笺注唐诗七言律》：从来老将名妓，末后一段光景，最是不堪。

戴叔伦

戴叔伦(732—789),字次公,一作幼公,润州金坛(今江苏金坛)人。少师萧颖士。至德末,避兵乱居鄱阳。刘晏表授秘书正字,迁广文博士。大历中,晏掌财赋,以叔伦为监察御史,主湖南转运。建中初,出补东阳令。嗣曹王李皋镇湖南、江西,辟为从事,由大理司直迁殿中侍御史。后检校礼部郎中,兼侍御史。贞元初,官抚州刺史,后遇谤被代。贞元四年,起为容管经略使,次年,罢任北返,卒于道。有《述稿》十卷,已佚。明人辑有《戴叔伦集》。《全唐诗》编诗二卷,其中除与唐方干等人诗重出外,尚大量羼入宋王安石、周瑞臣、元丁鹤年、明刘崧、张以宁、汪广洋、刘绩等人作品。

【汇评】

叔伦之为人,温雅善举止,无贤与不肖,见皆尽心。……其诗体格虽不越中(格),然"廨宇经山火,公田没海潮",亦指事造形。其骨稍软,故诗家少之。(《中兴间气集》)

司空图记戴叔伦语云:"诗人之词,如蓝田日暖,良玉生烟。"亦是形似之微妙者,但学者不能味其言耳。(《石林诗话》)

工诗,……诗兴悠远,每作惊人。(《唐才子传》)

幼公未致羽仪之节,早收兰玉之誉,修辞合节,精研太始,亦可谓难士矣。夫太始之音,词以情胜,音以调谐。幼公情旨馀旷,而调颇促急,要之含气未融,心无流润,故虽工于研炼,而寡于华要矣。(《唐诗品》)

幼公以下,说情渐细。格律之累,正坐此境。(《批点唐音》)

高仲武谓叔伦骨气稍轻,晁公武谓唐史不称其能诗,正以少其绵弱。然尔时诗格日卑,幼公已云矫矫,愚不能人云亦云也。(《唐诗别裁集》)

大历五言皆纡而不迫,幼公后出,气调为小变,顾情来之作,有不自知其然者。(《大历诗略》)

容州七古,皮松肌软,此又在钱、刘诸公下矣。(《石洲诗话》)

戴容州尝拈"蓝田日暖,良玉生烟"之语以论诗,而其所自作,殊平易浅薄,实不可解。(同上)

其源出于沈休文,选韵笙和,谐音玉节,清歌平调,亦复睦耳关神。七言古风,如月林虚籁,晴霄霞绮,自然清丽,不杂微尘。五律高言壮阔,情语婉绵,在孟襄阳、刘随州之亚。(《三唐诗品》)

诗清新典雅,而不涉秾纤。乐府如《巫山高》等篇,颇似长吉。(《诗学渊源》)

去妇怨

出户不敢啼,风悲日凄凄。

心知恩义绝,谁忍分明别?

下坂车辚辚,畏逢乡里亲。

空持床前幔,却寄家中人。

忽辞王吉去,为是秋胡死。

若比今日情,烦冤不相似。

【汇评】

《唐诗选脉会通评林》：周珽曰：《去妇》词古今作者多矣，惟幼公此与顾浦翁作殊有隽致，令人读不能终篇。然顾悲怨，阐发尽情；戴郁结，含蓄不露。

《唐风定》：逋翁作叙事少冗，惟结数语入妙。此篇简净含蓄，较远胜之。

喜 雨

闲居倦时燠，开轩俯平林。
雷声殷遥空，云气布层阴。
川上风雨来，洒然涤烦襟。
田家共欢笑，沟浍亦已深。
团团聚邻曲，斗酒相与斟。
樵歌野田中，渔钓沧江浔。
苍天暨有念，悠悠终我心。

【汇评】

《唐诗归》：钟云：二语古淡之极，不免收其全篇。

《汇编唐诗十集》：唐云：通篇虽不峻拔，亦是平调。若论尾联，政宜黜耳。

怀素上人草书歌

楚僧怀素工草书，古法尽能新有馀。
神清骨竦意真率，醉来为我挥健笔。
始从破体变风姿，一一花开春景迟。
忽为壮丽就枯涩，龙蛇腾盘兽屹立。

驰毫骤墨剧奔驷，满坐失声看不及。

心手相师势转奇，诡形怪状翻合宜。

人人细问此中妙，怀素自言初不知。

【汇评】

《升庵诗话》：徐浩真书多渴笔，怀素草书多枯涩，在书法以为妙品。戴幼公《赠怀素诗》曰：“忽为壮丽就枯涩，龙蛇腾盘兽屹立。”曾收《怀素草书歌》：“连拂数竹势不绝，藤悬槎蹙生其节。”窦臮亦云：“殊彤诡状不易说，中含枯燥充警绝。”任华云：“时复枯燥何缡襦，忽觉阴山突兀横翠微。”盖深知怀素之三昧者。

《石洲诗话》：戴容州《怀素上人草书歌》：“始从破体变风姿。”可证义山《韩碑》语。

女耕田行

乳燕入巢笋成竹，谁家二女种新谷？

无人无牛不及犁，持刀斫地翻作泥。

自言家贫母年老，长兄从军未娶嫂。

去年灾疫牛囤空，截绢买刀都市中。

头巾掩面畏人识，以刀代牛谁与同？

姊妹相携心正苦，不见路人唯见土。

疏通畦陇防乱苗，整顿沟塍待时雨。

日正南冈下饷归，可怜朝雉扰惊飞。

东邻西舍花发尽，共惜馀芳泪满衣。

【汇评】

《汇编唐诗十集》：唐云：情苦而不逸，闺情之浑雅者。

《载酒园诗话又编》：此诗语直而气婉，悲感中仍带勉厉，作劳中不废礼防，真有女士之风，裨益风化。张司业得其致，王司马肖其语,白少傅时或得其意,此殆兼三子之长先鸣者也。

《唐诗别裁》：末二语一衬,愈见二女之苦,二女之正。

《大历诗略》：叙致曲折含情,末幅以牧犊之感,寓《标梅》之思,巧合天然。

《王闿运手批唐诗选》：引"朝雊",则心在路人,殊乖。诗乖又无益处,幼公不当如此("可怜朝雊"句下)。

屯田词

春来耕田遍沙碛,老稚欣欣种禾麦。

麦苗渐长天苦晴,土干确确锄不得。

新禾未熟飞蝗至,青苗食尽馀枯茎。

捕蝗归来守空屋,囊无寸帛瓶无粟。

十月移屯来向城,官教去伐南山木。

驱牛驾车入山去,霜重草枯牛冻死。

艰辛历尽谁得知？望断天南泪如雨。

除夜宿石头驿

旅馆谁相问？寒灯独可亲。

一年将尽夜,万里未归人。

寥落悲前事,支离笑此身。

愁颜与衰鬓,明日又逢春。

【汇评】

《瀛奎律髓》：此诗全不说景,意足辞洁。

《四溟诗话》：观此体轻气薄,如叶子金,非锭子金也。凡五言律,两联若纲目四条,辞不必详,意不必贯,此皆上句生下句之意,八句意相联属,中无罅隙,何以含蓄?颔联虽曲尽旅况,然两句一意,合则味长,离则味短。晚唐人多此句法。　　梁比部公实曰:戴叔伦《除夜》诗云:"一年将尽夜,万里未归人。"此联悲感,久客宁忍诵之!惜通篇不免敷演之病。

《诗薮》:司空曙"乍见翻疑梦,相悲各问年",戴叔伦"一年将尽夜,万里未归人",一则久别乍逢,一则客中除夜之绝唱也。

《唐风定》:言情刻露,无盛唐浑厚气。

《笺注唐贤三体诗法》:二联唐人所谓得句。

《瀛奎律髓汇评》:何义门:结浑成。

《历代诗发》:此诗机趣活泼,自性灵中得来。

《载酒园诗话》:首联写客舍萧条之景,次联呜咽自不待言,第三联不胜俯仰盛衰之感,恰与"衰鬓"、"逢春"紧相呼应,可谓深得性情之分。(《四溟诗话》)反谓"五言律两联若纲目四条,辞不必详,意不必贯,八句意相联属,中无罅隙,何以含蓄?"遂改为"灯火石头驿,风烟扬子津。一年将尽夜,万里未归人。萍梗南浮越,功名西向秦。明朝对青镜,衰鬓又逢春。"只图对仗整齐,堆垛排挤,有词无意,何能动人?真所谓胶离朱之目也。

《唐诗成法》:三联不开一笔,仍写愁语,此所以不及诸大家。若写石头驿景,可称合作。古诗"一年夜将尽,万里人未归",此唯倒一字,精神意思顿尔不同,如李光弼将郭子仪之军也。

《大历诗略》:诗极平易,而真至动人,故多能口颂之。

《网师园唐诗笺》:何等自然,却极清切("一年"联下)。

《历代诗评注读本》:前半写题已足,后半作无聊语,而以"明日"一结,寻出路法,便不索然。

《唐宋诗举要》:吴曰:此诗真所谓情景交融者,其意态兀傲处不减杜公,首尾浩然,一气舒卷,亦大家魄力。

客夜与故人偶集

天秋月又满，城阙夜千重。
还作江南会，翻疑梦里逢。
风枝惊暗鹊，露草覆寒蛩。
羁旅长堪醉，相留畏晓钟。

【汇评】

《载酒园诗话》：（谢榛《诗家直说》）又曰："诗有简而妙者，如阮籍'一身不自保，何况恋妻子'，不如裴说'避乱一身多'。戴叔伦'还作江南会，翻疑梦里逢'，不如司空曙'乍见翻疑梦'。"信如所云，诗只作一句耶？文人得心应手，偶尔写怀，简者非缩两句为一句，烦者非演一句为两句也。承接处各有气脉，一篇自有大旨，那得如此苛断！

《载酒园诗话又编》：（叔伦）近体诗亦多可观。如"风枝惊暗鹊，露草覆寒蛩"、"对酒惜馀景，问程愁乱山"、"竹暗闲房雨，茶香别院风"，语皆清警。

别友人

扰扰倦行役，相逢陈蔡间。
如何百年内，不见一人闲？
对酒惜馀景，问程愁乱山。
秋风万里道，又出穆陵关。

【汇评】

《围炉诗话》：戴叔伦"如何百年内，不见一人闲"，宋诗也。

卧　病

门掩青山卧，莓苔积雨深。

病多知药性，客久见人心。

众鸟趋林健，孤蝉抱叶吟。

沧洲诗社散，无梦盍朋簪。

【汇评】

《石园诗话》：卢允言《蓝溪期萧道士采药不至》云："病多知药性，老近忆仙方。"于鹄《山中自述》云："病多知药性，年长信人愁。"戴幼公叔伦《卧病》："病多知药性，客久见人心。"三人同时，皆上句优于下句，而幼公下句稍胜。

潭州使院书情寄江夏贺兰副端

云雨一萧散，悠悠关复河。

俱从泛舟役，近隔洞庭波。

楚水去不尽，秋风今又过。

无因得相见，却恨寄书多。

【汇评】

《汇编唐诗十集》：唐云：二诗（按指《过龙湾五王阁访友人不遇》及本诗）俱净雅，后篇更胜，有深情。

《唐诗笺要》："畏说寄书稀"，较"书寄北风遥，归雁洛阳边"进一层矣。如此首结句，乃翻案中又翻案之法。

《删正二冯先生评阅才调集》：纪昀：二诗（按指《秋日行》及本诗）皆气韵浑成，无细碎雕琢之习。

《唐诗归》：钟云：无限感慨，不露一情字尤深（"秋风"句下）。　　翻得无聊。

过申州

万人曾战死，几处见休兵？
井邑初安堵，儿童未长成。
凉风吹古木，野火入残营。
牢落千馀里，山空水复清。

送谢夷甫宰馀姚县

君去方为宰，干戈尚未销。
邑中残老小，乱后少官僚。
廨宇经兵火，公田没海潮。
到时应变俗，新政满馀姚。

【汇评】

《瀛奎律髓》：高仲武《中兴间气集》谓叔伦诗骨气稍软，然此诗五、六佳。纪昀：容州七律，大抵风华流美，而雄浑不足。五律尚不甚觉。

《瀛奎律髓汇评》："残老小"三字俚。

和汴州李相公勉人日喜春

年来日日春光好，今日春光好更新。
独献菜羹怜应节，遍传金胜喜逢人。
烟添柳色看犹浅，鸟踏梅花落已频。
东阁此时闻一曲，翻令和者不胜春。

《贯华堂选批唐才子诗》：三借立春，恰写自己。四借人口，恰写相公。"独献"好，"喜逢"好，犹言：何意良时，成此奇遇？（前四句下）。 五、六妙妙，才说柳看犹浅，早说梅落已频，此即《论语》"日月逝矣，岁不我与"之意。其所望于相公特有至亟，不止是写立春景物而已。 金雍补评：一、二连用两"春"字，至末又以"春"押脚，此复章法，浅人乃更讥其字重。

过贾谊旧居

楚乡卑湿叹殊方，鹏赋人非宅已荒。
谩有长书忧汉室，空将哀些吊沅湘。
雨馀古井生秋草，叶尽疏林见夕阳。
过客不须频太息，咸阳宫殿亦凄凉。

【汇评】

《贯华堂选批唐才子诗》：末句忽又稍带咸阳宫殿者，言彼热闹亦已同尽，无为独悲此悒郁人也。赖此一结，稍复抒气，不尔，几欲损年矣。 金雍补评："亦"字妙绝。

《唐体肤诠》：吴融《废宅》诗云："不独凄凉眼前事，咸阳一火便成原。"此诗实为蓝本。

宫 词

紫禁迢迢宫漏鸣，夜深无语独含情。
春风鸾镜愁中影，明月羊车梦里声。
尘暗玉阶綦迹断，香飘金屋篆烟清。
贞心一任娥眉妒，买赋何须问马卿？

《唐诗镜》：浓丽纤媚，是其体之所宜。

《唐诗别裁》：宫词不多作怨声，能存贞正。

《唐体肤诠》：自写傲兀，却翻得好。

酬鳌屋耿少府沣见寄

方丈萧萧落叶中，暮天深巷起悲风。

流年不尽人自老，外事无端心已空。

家近小山当海畔，身留环卫荫墙东。

遥闻相访频逢雪，一醉寒宵谁与同？

【汇评】

《贯华堂选批唐才子诗》：金雍补评：一解只写无人见寄，以与后解顿挫耳（首四句下）。　　又云：少府见寄，只道相访，如此奉酬，便要相招矣。此非无理穷相，实是同调共怜也。故云唐人五、六措语，一意全为七、八。试看如此七、八，若无五、六，即岂复成诗？然如此五、六，若无七、八，则又何为而云乎（末四句下）？

《唐诗选脉会通评林》：周珽曰：写情景，口边，眼边。

关山月二首（其二）

一雁过连营，繁霜覆古城。

胡笳在何处？半夜起边声。

【汇评】

《唐诗笺注》：雁度霜零，因月而见；胡笳声发，感月而兴。关山夜月之情，尽此二十字中。

《诗境浅说续编》：题为《关山月》，则营边鸣雁，城上严霜，皆月中所闻所见。当塞外早寒、月皎霜清之际，况闻呜咽笳声！诗虽虚写，不言闻笳之人，而自有李益《登受降城》“不知何处吹芦管，一夜征人尽望乡”诗意。李陵《答苏武书》云：“胡笳夜动，边声四起，只增切怛。”此诗三四句即此意也。

过三闾庙

沅湘流不尽，屈宋怨何深！
日暮秋烟起，萧萧枫树林。

【汇评】

《批点唐音》：短诗岂尽三闾？如此一结，便不可测。

《唐诗训解》：更是骚思。

《唐诗摘钞》：言屈子之怨与沅湘俱深，倒转便有味。更妙缀二景语在后，真觉山鬼欲来。

《唐诗别裁》：忧愁幽思，笔端缭绕。屈子之怨，岂沅湘所能流去耶？发端妙。

《诗法易简录》：咏古人必能写出古人之神，方不负题。此诗首二句悬空落笔，直将屈子一生忠愤写得至今犹在，发端之妙，已称绝调。三、四句但写眼前之景，不复加以品评，格力尤高。凡咏古以写景结，须与其人相肖，方有神致，否则流于宽泛矣。

《岘傭说诗》：并不用意而言外自有一种悲凉感慨之气，五绝中此格最高。

《诗境浅说续编》：前二句之意，与少陵咏《八阵图》“江流石不转”句，皆咏昔贤遗恨与江水俱长。后二句以秋风、枫树为灵均传哀怨之声，其传神在空际。王阮亭《题露筋祠》诗“门外野风开白莲”，不着迹象，为含有怀古苍凉之思，与此诗同意。

《唐人绝句精华》：末二句恍惚中如见屈原。暗用《招魂》语，使人不之觉。短短二十字而吊古之意深矣,故佳。

夜发袁江寄李颍川刘侍御

半夜回舟入楚乡,月明山水共苍苍。
孤猿更叫秋风里,不是愁人亦断肠。

【汇评】

《唐诗绝句类选》:蒋仲舒曰:浅浅语转觉思深。

对月答袁明府

山下孤城月上迟,相留一醉本无期。
明年此夕游何处? 纵有清光知对谁。

【汇评】

《注解选唐诗》:情凄惋而味悠长,正与杜子美《九日》诗相类。
"明年此会知谁健,醉把茱萸仔细看。"戴诗尤有味。

《批选唐诗正声》:极有风思。绝处乃"百尺竿头更加步"法。

湘南即事

卢橘花开枫叶衰,出门何处望京师?
沅湘日夜东流去,不为愁人住少时。

【汇评】

《批点唐诗正声》:沅湘住,便如何? 如此看,才见诗妙处。

《网师园唐诗笺》:深情若揭(末二句下)。

《唐人绝句精华》:此怀归不得而怨沅湘,语虽无理,情实有
之,读来使人为之黯然。

下鼻亭泷行八十里聊状限险
寄青苗郑副端朔阳

泷水天际来,鼻山地中坼。

盘涡几十处,叠溜皆千尺。

直写卷沉沙,惊翻冲绝壁。

淙淙振崖谷,汹汹竟朝夕。

人语不自闻,日光乱相射。

舣舟始摇漾,举棹旋奔激。

既下同建瓴,半空方避石。

前危苦未尽,后险何其迫!

倏闪疾风雷,苍皇荡魂魄。

因随伏流出,忽与跳波隔。

远想欲回轩,岂兹还泛鹢?

云涯多候馆,努力勤登历。

张建封

张建封(735—800)，字本立，兖州(今属山东)人。少喜文章，慷慨负气，以功名为己任。大历中，历佐使府。建中初，为岳州刺史。李希烈据淮西叛，诏牧寿州。以拒贼功，除徐州刺史、徐泗濠节度使，累加检校右仆射。贞元十三年冬入觐，及还镇，德宗及群臣赋诗送别，时人荣之。十六年，卒于镇。建封镇徐十年，治军有方，军州称理。又礼贤下士，与孟郊、李翱交往；韩愈、许孟容等均曾佐其幕。有《张建封集》，已佚。《全唐诗》存诗二首。

【汇评】

(建封)赞勋伐，表丘陇，铭器叙事，放言旨理，皆与作者方驾。而歌诗特优，有仲宣之气质，越石之清拔，如云涛溟涨，浩漾无际，而天琛夜光，往往在焉。其入觐也，献《朝天行》一篇，因喜气以摅肝膈，觉其词者见公之心焉。其还镇也，德宗皇帝纾天文以送别，湛恩异伦，辉动中朝。至于内庭锡宴，君唱臣和，皆酌六义之英，而为一时之盛。(权德舆《徐泗濠节度使赠司徒张公文集序》)

竞渡歌

五月五日天晴明，杨花绕江啼晓莺。
使君未出郡斋外，江上早闻齐和声。
使君出时皆有准，马前已被红旗引。
两岸罗衣破晕香，银钗照日如霜刃。
鼓声三下红旗开，两龙跃出浮水来。
棹影斡波飞万剑，鼓声劈浪鸣千雷。
鼓声渐急标将近，两龙望标目如瞬。
坡上人呼霹雳惊，竿头彩挂虹霓晕。
前船抢水已得标，后船失势空挥桡。
疮眉血首争不定，输岸一朋心似烧。
只将输赢分罚赏，两岸十舟五来往。
须臾戏罢各东西，竞脱文身请书上。
吾今细观竞渡儿，何殊当路权相持。
不思得岸各休去，会到摧车折楫时。

于良史

于良史,生卒年里贯均未详。大历中为监察御史。贞元中,为徐州节度使张建封幕从事。《全唐诗》存诗七首。

【汇评】

侍御诗清雅,工于形似。如"风兼残雪起,河带断冰流",吟之未终,皎然在目。(《中兴间气集》)

诗体清雅,工于形似,又多警句。盖其珪璋特达,早步清朝,兴致不群,词苑增价,虽平生似昧,而篇什多传。(《唐才子传》)

春山夜月

春山多胜事,赏玩夜忘归。
掬水月在手,弄花香满衣。
兴来无远近,欲去惜芳菲。
南望鸣钟处,楼台深翠微。

【汇评】

《瀛奎律髓》:"掬水"、"弄花"一联,恐是偶然道着。先得一句,又凑一句，乃成全篇。于六句缓慢之中，安顿此联，亦作家也。

《唐诗成法》：结亦有馀味。二联俗中传诵已久，故录之。

《瀛奎律髓汇评》：查慎行：三、四句法虽工，终属小巧。

纪昀：五、六颇有新味，好于三、四。　　无名氏（甲）：晚唐非无佳句，但看过杜诗，便觉纤细不足为耳。　　许印芳：小家诗多如此，其弊至于有句无联，有联无篇。大家则运以精思，行以浩气，分之则句句精妙，合之则一气浑成，有篇有句，斯为上乘。学者当以大家为法，此等不可效尤也。

《唐诗合选详解》："掬水"二句，逸兴幽情，结成妙想，成妙句。

冬日野望寄李赞府

地际朝阳满，天边宿雾收。
风兼残雪起，河带断冰流。
北阙驰心极，南图尚旅游。
登临思不已，何处得销愁？

【汇评】

《唐诗镜》：三、四清浅。

《唐诗成法》：通首合法，结太浅露耳。

《精选评注五朝诗学津梁》："兼"字、"带"字，唐人作诗，往往用此妙法。

《诗薮》：于良史《冬日野望》、李益《别内弟》，文皆中唐，妙境往往有不减盛唐者。